EN PLATS I SOLEN

Anmäl dig till Pocketförlagets nyhetsbrev
nyhetsbrev@pocketforlaget.se
eller besök
www.pocketforlaget.se

En plats i solen

av

Liza Marklund

Pocketförlaget

Av Liza Marklund:

Gömda (om Maria Eriksson) 1995, reviderad upplaga 2000
Sprängaren 1998
Studio sex 1999
Paradiset 2000
Prime time 2002
Den röda vargen 2003
Asyl (om Maria Eriksson) 2004
Det finns en särskild plats i helvetet för kvinnor som inte
hjälper varandra (med Lotta Snickare) 2005
Nobels testamente 2006
Livstid 2007
En plats i solen 2008

Pocketförlaget

www.pocketforlaget.se
info@pocketforlaget.se

ISBN 978-91-86067-06-9

Originalutgåvan utgiven av Piratförlaget
Pocketförlaget ägs av Piratförlaget, Företagslitteratur och Läsförlaget
Omslagsform Eric Thunfors/Thunfors Design
Omslagsfotografi Mikael Aspeborg
Tryckt i Danmark hos Norhaven A/S 2009

Del 1

Efter nyår

NATTEN VAR BECKSVART. Hon kunde ana apelsinträden längs gatan som svarta skuggor i kanten av synfältet. Tre raggiga katthuvuden stack upp ur en sopcontainer, strålkastarljuset reflekterades på botten av deras ögon och förvandlade dem till spöken.

Regnet hade upphört, men asfalten var fortfarande våt och blank och svalde ljuset från de fåtaliga gatlyktorna. Hon hade sidorutan nedvevad och lyssnade till däckens våta frasande mot underlaget, syrsorna som gned och gnisslade, blåsten som rasslade i palmkronorna. Draget genom rutan var kyligt av fukt.

Det var så stilla det kunde bli.

Hon bromsade in och tvekade i en korsning. Var det här hon skulle till vänster, eller nästa? Hon kramade ratten i ett krampaktigt tio i två-grepp. Denna ostrukturerade bebyggelse, inga bygglov hade de, och ingen stadsplanering och därmed inga kartor. Inte ens Google Earth hade hunnit med att dokumentera de nya områdena.

Jo, det måste vara här. Hon kände igen guldknopparna på grinden till höger. Allting såg så annorlunda ut i mörkret.

Hon slog på blinkersen så att lastbilen bakom henne kunde se vart de skulle.

Bägge fordonen körde med halvljuset tänt, något annat hade inte varit möjligt på de usla gatorna. En bil med släckta lyktor väckte dessutom mer uppmärksamhet än en som färdades med strålkastarna på. Hon väjde för ett stort hål mitt i vägbanan och kontrollerade sedan i backspegeln att föraren bakom gjorde detsamma.

Så svepte billyktorna över grinden till området, en prålig historia i svart järnsmide och med två betonglejon på var sida om själva entrén. Hon märkte hur axlarna sjönk av lättnad. Snabbt slog hon koden på stolpen framför det ena lejonet, grindarna skälvde till och gled isär. Hon kikade upp mot natthimlen.

Molnen hade rullat in från Afrika under eftermiddagen och lagt sig som ett tjockt täcke över hela kusten. Någonstans där bakom fanns en fullmåne. Hon noterade att vinden friskade i, hoppades att de skulle vara färdiga innan molntäcket började spricka upp.

Gatorna inne på området var, till skillnad från vägarna där ute, släta som salsgolv, med minutiöst målade trottoarer och spikraka häckar. Hon passerade tre avtagsvägar innan hon svängde till höger och fortsatte nedför en liten backe.

Villan låg på vänster sida, med terrasserna och poolen vända mot söder.

Hon körde förbi huset några tiotal meter, parkerade intill trottoaren vid en ödetomt och väntade tålmodigt medan lastbilschauffören svängde in bakom henne.

Sedan tog hon sin portfölj, låste bilen, gick bort till lastbilen och klättrade upp i hytten.

Männen såg koncentrerade och lite svettiga ut.

Hon drog på sig latexhandskarna och plockade upp injektionssprutorna, fäste den första kanylen.

– Luta dig framåt, sa hon.

Mannen stönade lågt och lydde, hans tjocka mage fick knappt plats under instrumentbrädan.

Hon brydde sig inte om att tvätta området på skinkan, utan körde med ett snabbt stick in nästan hela nålen i muskeln och sprutade in vätskan.

– Sådärja, sa hon när hon drog ut den. Börja plocka ut grejerna.

Hon flyttade på sig så att den tjocke kunde kliva av. Sedan satte hon sig intill chauffören.

– Och det här är bättre än gasmask? frågade chauffören och såg aningen förskräckt på sprutan i hennes hand.

Han talade förhållandevis bra spanska, men så var ju rumänska också ett latinskt språk.

– Jag tänker också ta en, sa hon.

Han knäppte upp bältet, lade händerna på ratten och lutade sig framåt så att hon skulle komma åt hans sätesmuskel.

– Det svider, sa han.

– Vilken barnunge du är, svarade hon.

Sedan drog hon upp kjolen och körde in den sista sprutan i sin egen lårmuskel.

– Och det är bara kassaskåpet du behöver? frågade mannen samtidigt som han öppnade dörren och klev ut ur förarhytten.

Hon log, böjde sig ner över portföljen och ställde upp två enliters San Miguel på den lilla panelen mellan förarplatsen och passagerarsätet.

– Bara kassaskåpet, sa hon. Allt annat är ert. Väl bekomme.

Föraren såg på ölflaskorna och skrattade till.

Den tjocke hade redan plockat fram verktygen och tuberna och ställt alltsammans vid sidan om entrén.

– Och du garanterar att de kommer att slockna av det här? undrade han och tittade en smula tvivlande på behållarna. De såg inte ut som de brukade.

Hon såg upp mot huset, fullmånen skymtade mellan molnmassorna. De borde sätta fart.

Koncentrerat slog hon koden, larmpanelen växlade över till grönt och grindlåset öppnades med ett klick.

– Oh ja, sa hon. De kommer garanterat att slockna.

Prinsessan i slottet bland molnen

Ljuset var alldeles vitt. Det svävade genom alla rummen som älvor, runt ljuskronor och bollfransar och hjorthuvuden, hon kunde höra hur det viskade och fnissade under takbjälkarna.

Det var så lätt att andas.

Faktiskt var luften så klar och ren att det hände att hon blev en liten fjäder, en tyst liten ljusblå fjäder som virvlade runt tillsammans med det vita ljuset på solstrålar och gobelänger med jaktmotiv.

Jag sa att hon var tyst, inte sant?

Oh, hon var så tyst, så tyst, för Führern fick inte störas.

Alla människorna talade lågt och vördnadsfullt i slottet uppe bland molnen, och tjocka mattor längs alla golv och stentrappor tog hand om deras viskningar och gömde dem på något säkert ställe.

Hennes favoritplats var die Halle, rummet som var stort som ett helt hav med fönstret mot molnen och snöberget utanför.

Ibland dansade hon i die Halle, tyst förstås och lätt på bara fötter, med skulpturerna och tavlorna och alla dockorna som entusiastisk publik. Hennes klänning i det tunna tyget fladdrade och levde omkring henne, hon hoppade och snurrade tills hela huvudet jublade, ja, hon var en Prinsessa, Prinsessan i slottet bland molnen, och hon dansade för hästarna och de döda hjortarna och alla de vackra träsnideriderna i taket. Nanna försökte alltid stoppa henne så klart, men hon struntade i Nanna, Nanna var bara en smutsig Landwirtmädchen som inte hade rätt att säga åt henne vad hon skulle göra, för hon var Prinsessan i slottet bland molnen.

En gång dansade hon rakt in i Führern.

Nanna hade sprungit bort och gråtit för att hon hade bitit henne i armen, dumma kossa, och hon hade kunnat dansa alldeles själv i *die Halle* en lång, lång stund, men Führern blev inte arg på henne, inte arg alls.

Han bara fångade upp henne i sina långa armar, böjde sig ner och lade händerna på hennes axlar. Han hade blåa ögon som var röda i kanterna, men Prinsessan tittade inte tillbaka in i hans ögon utan stirrade hänfört på håret som stack ut ur hans näsa.

Hon visste att hon hade gjort fel.

Nu skulle nog Mor bli vred!

Det var Nannas fel!

– Du var mig en riktig liten arier, sa Führern, och så rörde han vid hennes blonda lockar, och hon kände kraften strömma från honom, precis som Far hade beskrivit för Mor, och hon sa:

– Är jag välsignad nu?

Han släppte henne och gick bort mot bostadsdelen, och Blondi gick efter honom med vaggande svans, och det var sista gången hon såg honom.

Hon befann sig inte alltid i slottet bland molnen, så klart.

När de var i Obersalzberg bodde hon och Far och Mor nere på Hotel Zum Türken tillsammans med de andra officersfamiljerna, turken som Mor kallade det, *"Varför ska vi stuvas in på turken när Goebbels får bo uppe på Berghof?"*.

Mor talade ofta om *våningen*, den som legat på Friedrichstrasse och var alldeles sönderbombad nu, *die verdammten Verbündeten,* de fördömda allierade.

– Det var ju tur att någon av oss fortfarande är rationell, brukade hon säga och se vasst på Far, för Far hade inte velat evakuera, han tyckte det var att svika Führern, att inte *tro,* men Mor hade insisterat och tömt hela våningen och sett till att deras bohag forslats med tåg till huset i Adlerhorst.

När ryssen kom nära beställde Mor fram en bil från Partiet och skickade Prinsessan och Nanna och tre koffertar med alla hennes vackra dockor och klänningar till Harvestehuder Weg.

Prinsessan ville inte resa. Hon ville stanna i Adlerhorst, hon ville åka till Slottet.

Men Mor hängde en lapp runt hennes hals och var kort i tonen och het i ansiktet och gav henne en krampaktig avskedskyss som Prinsessan torkade bort direkt. Bildörren gick igen med en smäll.

De kom aldrig fram till Harvestehuder Weg.

De blev stoppade utanför en stad som hon inte visste vad den hette, och soldaterna tog hennes kappsäckar och släpade med sig Nanna in i skogen, och chauffören sköt de i huvudet så att det kom klet på Prinsessans kappa.

Hon hade bara kappan och klänningen och dockan Anna kvar när hon kom till Gudagården.

För på lappen hon fått runt halsen stod onkel Gunnars och tante Helgas adress, *Gudagården i Sörmland, Schweden*, och dit skickades Prinsessan när det inte längre fanns någon som kunde ta hand om henne.

Själv minns jag det inte, men jag har fått det berättat för mig.

Hur onkel Gunnar lade rikebarnskläderna och dockan i en hög på gårdsplanen, hällde fotogen över och sedan tände en eld som kom att eka genom årtiondena.

"Syndaren ska brinna i helvetet", ska han ha sagt, och det kan nog vara sant.

BRÅDSKANDE

RIKSÅKLAGAREN BEGÄR RESNING I TRIPPELMORD

STOCKHOLM (TT) Riksåklagaren (RÅ) Lilian Bergqvist lämnar på måndagen in en begäran om resning i målet mot den så kallade yxmannen, finansmannen Filip Andersson, erfar TT.

Filip Andersson är dömd till livstids fängelse för tre yxmord på Södermalm i Stockholm. Han har hela tiden hävdat att han är oskyldig.

– I december förra året, när den verkliga mördaren dödades, kunde Filip Andersson äntligen berätta sanningen, säger hans advokat Sven-Göran Olin. Det var Filips syster, Yvonne Nordin, som utförde morden.

För drygt fyra år sedan dömdes Filip Andersson av både tingsrätt och hovrätt till lagens strängaste straff för tre mord, hot, utpressning samt brott mot griftefrid. Samtliga offer, två män och en kvinna, stympades vid brottstillfället.

Bevisen mot Filip Andersson bedömdes som svaga redan vid de tidigare rättegångarna. Han fälldes på en indiciekedja som innefattade ena offrets DNA på hans byxben, ett fingeravtryck på ett dörrhandtag och en obetald skuld.

RÅ:s skrivelse till Högsta domstolen blir en sammanfattning av det bevismaterial åklagarna tänker åberopa.

(forts)

ANNIKA BENGTZON STACK in huvudet genom chefredaktörens halv-öppna glasdörr och knackade på träkarmen. Anders Schyman stod med ryggen mot henne och sorterade buntar med lösa papper som var utspridda över både skrivbordet och golvet. Vid knackningen vände han sig om, såg hennes frågande ansiktsuttryck och pekade på besöksstolen.

– Stäng dörren och sätt dig, sa han, gick runt skrivbordet och sjönk ner i sin egen stol. Den knakade olycksbådande.

Hon drog igen skjutdörren, sneglade misstänksamt på pappers-bunten vid sina fötter och noterade något som såg ut som en plan-ritning över redaktionen.

– Säg inte att vi ska bygga om här nu igen, sa hon och satte sig ner.

– Jag har en fråga till dig, sa Schyman. Hur ser du på din framtid här på tidningen?

Annika såg hastigt upp och mötte chefredaktörens blick.

– Hurså?

– Jag går rakt på sak. Vill du bli redaktionschef?

Halsen drogs ihop, hon öppnade munnen men stängde den igen, såg ner på sina händer i knäet.

– Du får ansvaret för samtliga nyhetshändelser över dygnet, fort-satte Schyman. Du jobbar fem och är ledig fem. Koordinerar sport och nöje med ledare, debatt och nyheter. Gör den slutgiltiga nyhets-bedömningen om vad vi ska toppa tidningen med. Dragarna på de olika avdelningarna bestämmer du gemensamt med gruppcheferna. Inget webb eller sådan skit. Du sitter med på ledningsmötena och får inflytande över budgetarbetet och marknadsföringsstrategierna. Jag vill att du börjar så snart som möjligt.

Hon harklade sig, men orden fastnade i halsen.

Redaktionschef var stort, ett tungt uppdrag. Hon skulle bli näst mäktigast på tidningen, direkt underställd chefredaktören, chef över alla underavdelningar. Hon skulle styra nyhetscheferna och nöjescheferna och sportcheferna och alla andra småpåvar som gick omkring och pratade med magstöd.

– Jag måste omorganisera, sa Anders Schyman med låg röst när hon inte svarade. Jag måste ha folk direkt under mig som jag litar på.

Hon fortsatte att stirra ner på sina händer. Hans röst gick ovanför hennes huvud, studsade mot väggen och träffade henne i nacken.

– Är du intresserad?

– Nej, sa Annika.

– Jag dubblar din lön.

Nu såg hon upp.

– Jag har testat det där med pengar, sa hon. Det var inte alls lika kul som de säger.

Chefredaktören reste sig och ställde sig vid glasdörren. Hans rum var så litet att hans vader nästan nuddade vid Annikas knän där hon satt i besöksstolen.

– Vid den här tiden för ett år sedan var vi nedläggningshotade, sa han. Visste du det?

Han kastade en blick över axeln för att kontrollera hennes reaktion. Hon gav honom ingen. Snurrade bara lite på mormors smaragdring på det vänstra pekfingret, ärret på fingret var rött och fult. Det dunkade och värkte också, särskilt när det var kallt.

– Vi har lyckats vända skutan, sa Schyman mot redaktionen som bredde ut sig på andra sidan glasrutan. Jag tror att det kommer att gå vägen, men jag vet inte hur länge jag stannar.

Han vände sig om och såg på henne. Hon vred på huvudet och lät ögonen glida förbi honom, ut på redaktionsgolvet.

– Jag vill inte ha ditt jobb, sa hon.

– Det är inte mitt jobb jag erbjuder dig. Det är redaktionschefens.

– Berit då? Hon skulle klara det.

– Vad får dig att tro att hon vill ha det?

– Jansson då? Eller Spiken?

Han satte sig på skrivbordet och suckade.

– Det saknas inte frivilliga, sa han. Men jag måste ha någon med omdöme.

Hon skrattade till, ofrivilligt.

– Och så frågar du mig? Det säger en del om befordringsunderlaget på den här redaktionen.

– Alternativet är att du går in på schema. Sitter vid desken och ringer på lappar och gör det som nyhetschefen säger åt dig.

Hon märkte med ens hur obekväm stolen var och flyttade på sig för att inte få ont i ryggen.

– Måste inte det här MBL-as? frågade hon.

– Facket är inget problem, sa han. Tro mig.

– Att sätta mig på schema är bara korkat, sa hon. Du vet att jag drar fram mycket bättre grejer om jag får sköta mig själv.

Han lutade sig fram emot henne, hon stirrade på hans knän.

– Annika, sa han, neddragningarna vi förhandlade fram i höstas är genomförda. Vi har vi inte längre resurser att hålla några special-reportrar. Du kommer att få Patrik som din närmaste chef.

Nu såg hon upp på honom.

– Du skämtar.

Han lade armarna i kors.

– Vi gjorde upp om det i mellandagarna. Som redaktionschef skul-le du bli hans överordnade. Du skulle styra honom, få honom på rätt spår. Om du går in och jobbar som reporter på schema måste du göra som han säger åt dig.

– Det var ju jag som anställde honom, sa Annika. Jag kan inte ha honom som chef. Och om det är omdöme du är ute efter är nog Patrik den sista som...

– Det goda omdömet måste finnas högre upp i organisationen. På nyhetschefsnivå behöver jag Patriks entusiasm, någon som går igång på allting hela tiden.

Annika sträckte på nacken och såg bort mot den decimerade

kriminalredaktionen, där Patrik satt med näsan mot sin dataskärm och skrev något med armbågarna i vädret. Hon mindes hur han lyckats få den enda kommentaren från statsministern den dagen näringslivsministern avgick: han hade sprungit bakom säpobilen genom hela Stockholms innerstad och till slut belönats med orden "Är du inte klok, din dumme jävel?". Han hade kommit tillbaka till redaktionen och beskrivit händelsen som en seger.

– Ja, sa hon, om det är glöd du är ute efter så ska du befordra Patrik.

– Du jobbar dagtid måndag till fredag, sa Schyman och reste sig. Ingen övertid och inga ob-tillägg. Eftersom vi lagt ner lokalredaktionerna runt om i landet så kan du skickas vart som helst med omedelbar verkan, även utomlands. Patriks planerade artikelserie om Kokainkusten får du ta över, till exempel. Du kan gå och sätta dig vid nyhetsdesken så kommer Patrik och ger dig dina lappar.

– Den skrivbordsprodukten? sa hon. Var den inte bara ett alibi för att Patrik skulle få åka och bada?

– Där har du också fel. Kokainkusten är en exklusiv artikelserie, initiativet kommer från redaktionsledningen här på tidningen. Vi har etablerat ett samarbete med Polismyndigheten och Justitiedepartementet för att få tillgång till unik information. Den kommer att genomföras.

– Vad händer med dagreporterbordet? frågade hon och såg på sin arbetsplats med datorn, jackan, bagen och alla utspridda papper.

Ska bli featureavdelning, sa Schyman och pekade mot planritningen på golvet. Kriminaldesken görs om till debattredaktion.

Hon reste sig och lämnade chefredaktörens glasbur utan att se sig om.

Det var henne fullständigt likgiltigt vilken stol hon satt på eller vilka artiklar hon skrev. Hennes man hade gått ifrån henne och tagit hälften av tiden med barnen med sig, hennes hus hade brunnit ner och försäkringspengarna var låsta. Hon bodde i en trerummare i polisfackets hus på Agnegatan som hade ordnats fram av kommissarie Q under högst tvivelaktiga former, vilken dag som helst skulle någon komma och ta den ifrån henne.

Hon rafsade ihop sina saker och balanserade bort alltsammans till en av de trånga platserna vid nyhetsdesken. Datorn fick knappt plats på bordsytan, så kläderna och bagen och alla anteckningarna släppte hon ner på golvet bredvid kontorsstolen. Hon satte sig ner, höjde upp stolssitsen, kollade att datorn var uppkopplad och skickade ett mejl till kommissarie Q: "Jag har flyttat in i lägenheten, men jag har inte sett skymten av något kontrakt. För din info så tänker jag rota i utlämningen av kissekatten. /a"

Det där skulle ge honom något att fundera på.

Sedan sträckte hon sig efter en av telefonerna och slog numret till departementen. Hon bad att få bli kopplad till justitieministerns pressekreterare, en kvinna som svarade något mycket stressat och med vinden vinande i mobiltelefonen.

Annika presenterade sig och sa var hon jobbade.

– Jag skulle vilja ha en kommentar av ministern angående utlämningen av en amerikansk yrkesmördare som går under namnet Kattungen, sa hon.

– En vad? sa pressekreteraren.

– Jag vet att hon utväxlades till USA mot att vi fick hem den dömde polismördaren Viktor Gabrielsson från fängelset i New Jersey. Jag vill veta varför, och hur det gick till.

– Ministern lämnar inga kommentarer kring frågor som gäller rikets säkerhet, sa pressekreteraren och försökte låta robotlik och ointresserad.

– Vem sa något om rikets säkerhet? sa Annika. Jag vill bara veta vad ni gjorde av Kattungen.

– Kan jag återkomma till dig?

Annika rabblade sitt mobilnummer och sitt direktnummer, som om de skulle ringa tillbaka. Jo tjenare. Hon tryckte ner klykan och slog sedan numret till Berit Hamrins mobil. Kollegan svarade direkt.

– Har du också blivit degraderad? frågade Annika.

– Med Patrik som chef, bekräftade Berit.

Det brusade av trafik i bakgrunden.

– Var är du nu?

– Svängde precis ut på E18. .

Annika såg Patrik komma forsande mot nyhetsdesken med en bunt lappar i högra näven och drog luren närmare munnen.

– Bossen är på ingång, sa hon lågt. Det här ska bli intressant.

Hon lade på samtidigt som Patrik satte sig ner på hennes skrivbord. Snabbt drog hon datorn åt sidan.

– Nu jävlar händer det grejer, sa den nybakade nyhetschefen och bläddrade bland utskrifterna. Vi har en lägenhetsbrand i Hallunda, ett gasmord på spanska solkusten och en bussolycka i Danmark. Börja med bussen och kolla om det är några svenskar med. Vill det sig riktigt illa så är det en svensk skolklass på väg hem från Tivoli.

– Lilian Bergqvist begär resning för Filip Anderssons räkning, sa hon och tryckte igång datorn vid Patriks lår.

– Gammalt, sa Patrik. Det fattade vi ju att hon skulle göra redan när vi avslöjade att den riktiga mördaren var hans syrra. Berit får skriva en notis.

När *jag* avslöjade den riktiga mördaren, tänkte hon, fast hon sa inget.

– Gasmordet verkar ganska äckligt, fortsatte han och räckte över lapparna. En hel familj är tydligen död, inklusive hunden. Se om du kan få loss något på det, gärna en bild på allesammans, och med namn och ålder på hunden. Folk engagerar sig ju i Spanien, det är väl fortfarande svenskarnas största turistmål.

– Har vi inte en stringer där nere? frågade Annika och erinrade sig en byline med en solbränd man med bistert leende.

– Han är hemma i Tärnaby på jullov. Branden i Hallunda känns rätt kall, men det är ju möjligt att de måste evakuera och att tant Hedvig inte kommer ner med rullstolen eller något annat som är bra i mixen.

– Okey, sa Annika och tänkte att han redan lärt sig vokabulären. Bra i mixen, herregud.

– Det är ett par andra grejer jag tänkte kolla, sa hon och ansträngde sig för att låta lugn och behärskad. Dels har jag fått tips om att regeringen varit inblandad i en märklig utlämning, och så har jag ett möte klockan två med en kvinna som kanske kan resultera i en intervju som…

Men Patrik hade vänt sig om och var på väg bort mot featureredaktionen.

Annika såg långt efter honom och beslutade sig för att inte bli upprörd. Om han valde att inte lyssna på, hm, sina underlydande, så var det hans problem.

Hon sjönk tillbaka mot stolsryggen och såg sig omkring på redaktionen.

Det var praktiskt taget bara hon här.

Hon hade blivit inringd av Schyman redan klockan åtta på morgonen och hade antagit att det rörde sig om ytterligare ett övertalningsförsök att få henne att acceptera någon av chefsposterna. Det brukade gå något år mellan erbjudandena, men det här var annorlunda. Jobben som nyhetschef och editionschef hade han försökt pracka på henne tidigare, kriminalchefsposten hade hon till och med accepterat under en kortare period, men aldrig tidigare hade han viftat med redaktionschefstjänsten.

Nåja. Hon suckade. Så som han hade beskrivit den, med fem dagars tjänstgöring följd av fem dagars ledighet, hade hon ändå delat den med någon, antagligen Sjölander. Hon skulle inte bara ha hållits ansvarig för alla tokigheter som oundvikligen hade kommit att uppstå i nyhetsarbetet, hon hade tvingats genomlida oändliga möten om budgetar och marknadsföringsplaner och långsiktiga personalfrågor.

Hellre bränder i Hallunda, tänkte hon och ringde direktnumret till SOS Alarms platschef.

Sängrökning, sa platschefen, en död förtidspensionär. Elden släckt. Begränsade rökskador. Ingen evakuering.

– Och vem var det som dog? frågade Annika.

Han bläddrade i några papper.

– Lägenheten tillhörde en… jag hade det ju här någonstans… Jonsson nånting… ja, det var ingen kändis i alla fall.

Ingen kändis = stendöd story.

De lade på.

Bussolyckan innefattade mycket riktigt en grupp med ungar, inte en skolklass utan ett innebandylag på väg till en turnering i Aalborg. Olyckan bestod av en långsam avåkning på en snorhal landsväg på Jylland, bussen hade lagt sig på sidan i diket och barnen hade fått klättra ut genom förarfönstret.

Annika mejlade uppgifterna till bildredaktionen och bad dem hålla koll på om det dök upp några dramatiska bilder på skräckslagna barn. Något annat än en bildtext var historien inte värd.

Gasmordet i Spanien var lite krångligare att få kläm på.

Patriks lapp var en utskrift av ett telegram från TT utrikes på tre rader där det stod att en familj med två barn och en hund hade hittats döda efter något som misstänktes vara ett gasinbrott.

Hon började med att gå in på nätsajten för den enda spanska tidning hon kunde namnet på, *El País*. Hennes blick fastnade på rubriken *España es el país europeo con más atropellos mortales de peatones*.

Hon kisade mot skärmen, det här borde hon fatta. Två års spanska på gymnasiet var inte mycket, men en tidningstext på nätet var knappast atomklyveri. Spanien var det land i Europa där flest fotgängare blev ihjälkörda, antog hon att det betydde. 680 stycken i fjol.

Hon klickade bort artikeln och letade vidare. *Familia muerto Costa del Sol* eller något liknande borde det stå.

Nada, ninguno, vacío.

Fast *El País* var ju en nationell tidning, den var antagligen baserad i Madrid. Den kanske inte sysslade med saker som hände långt nere på gränsen till Afrika.

Men en hel familj som dött borde väl kvala in, åtminstone i nätupplagan?

Hon gick och hämtade en plastmugg med kaffe i automaten. Drycken brände hennes vänstra pekfinger, det var nästan löjligt hur känsligt fingret hade blivit sedan hon blev skuren...

Hon slog sig ner och funderade. Gasinbrott? Hon hade aldrig hört ordet förut. Fanns det överhuvudtaget något som hette så?

Hon slog "gasinbrott" på Google och fick inte en enda träff.

Hade det uppstått något missförstånd i översättningen? Hade TT skrivit fel?

Försiktigt blåste hon på kaffet och tog en ängslig klunk. Det borde inte vara möjligt, men det smakade faktiskt ännu värre än i går.

Hon återvände till Google och särskrev ordet: "gas inbrott", och nu rasslade det till.

"Chaufför sövd med gas under inbrott", lydde fjärde träffen. Texten kom från Sveriges Radio och var publicerad på luciadagen 2004. Flera lastpallar med platta dataskärmar hade stulits ur en lastbil vid Shellmacken vid Västra Jära utmed riksväg 40 väster om Jönköping under natten. Varken chauffören eller hans hund, som legat och sovit i bilens hytt, hade märkt något av stölden. När han vaknade hade chauffören haft huvudvärk och mått rejält illa. Polisen misstänkte att han blivit sövd av någon gas. Man hade tagit blodprov för att se om det fanns några spår i hans blod.

Där ser man, tänkte hon och skrollade ner längs skärmen.

"Tjuvarna drogade hunden med gas – kraftig ökning av villainbrott i Stockholm", läste hon. Artikeln kom från Metro och var bara någon vecka gammal.

Hon gick in på tidningens eget arkiv och fortsatte sina slagningar.

"Tjuvar använde gas mot turister – Fyra personer sövdes i en husbil – Hexangasen kan i stora mängder leda till allvarliga skador", och "Actionregissör rånades med gas – Det var helt fruktansvärt".

Artikeln handlade om en svensk regissör som rånats i sin lägenhet på den spanska solkusten. Han och flickvännen hade vaknat på morgonen och funnit alla dörrar på vid gavel och hela lägenheten tömd.

– Så då är vi vanliga fotsoldater igen, sa Berit och ställde ner sin handväska på platsen mitt emot Annikas.

– Gott nytt och allt sånt, sa Annika.

– Hur har du det? frågade Berit och draperade sin kappa över stolsryggen.

Annika lät händerna vila på tangentbordet.

– Jotack, sa hon. Riktigt bra. Det här året måste bli bättre än det förra, för något annat är faktiskt inte möjligt…

Berit lade upp sin laptop på skrivbordet och såg ut över redaktionen.

– Är det bara du och jag kvar? frågade hon. Har alla andra blivit bortrationaliserade?

Annika såg sig omkring.

Patrik stod och pratade exalterat i mobiltelefonen borta vid sporten, några webbmänniskor skymtade på det som tidigare varit nöjesredaktionen men som numera producerade material för cyberspace, en dagredigerare från söndagsbilagan stod och trampade vid bild-desken. Tore, vaktmästaren som givit missnöjet ett ansikte, höll med tunga rörelser på att sätta upp dagens löpsedlar på anslagsväggen.

– Tidningskriget är som alla andra krig, sa Annika. Man drar ner på marktrupperna och satsar på teknik och smarta bomber. När pratade Schyman med dig?

Berit Hamrin pekade på Annikas kaffemugg.

– I fredags. Går det att dricka?

– Svar nej. Mig ringde han in i morse. Ville han ha med dig i ledningsgruppen?

– Nyhetschef, sa Berit. Jag sa tack men nej tack.

Annika såg ner i sin dataskärm, Schyman hade erbjudit henne en högre post.

– Så nu håller jag på och kollar ett spanskt gasmord, sa hon. En hel familj har dött i ett inbrott på Solkusten.

Berit slog igång datorn och gick bort mot kaffeautomaten.

– Ring Rickard Marmén, sa hon över axeln. Jag har inte hans nummer, men allt som händer på Solkusten som är värt att veta, det känner Rickard till.

Annika tog luren och slog numret till utlandsupplysningen.

Upptaget.

I stället gick hon in på Google igen, tänkte efter och skrev sedan *buscar numero telefono españa*. Stavades det så? Söka telefon nummer spanien?

Första träffen gick till något som hette *Paginas Blancas*, vita sidorna.

Bingo!

Ett formulär framträdde på skärmen, hon fyllde i provinsen Malaga och namnen Rickard och Marmén och tryckte *encontrar*.

Har man sett på maken!

Han bodde på Avenida Ricardo Soriano i Marbella och hade både en fast lina och mobilen registrerade.

Berit satte sig med en kopp rykande kaffe.

– Vem är den här Rickard? sa Annika med luren i handen.

– Gammal bekant till min svåger. Han har bott där nere i tjugo år och har försökt och misslyckats med precis allt som går att tänka sig. Han har hyrt ut solstolar och fött upp avelshingstar och drivit värdshus, ett tag var han delägare i en firma som sålde knuttimrade hus.

– På spanska solkusten? sa Annika tvivlande.

– Jag sa ju att han brukar misslyckas.

– Vad har Spanien för landsnummer?

– Trettiofyra, sa Berit och gjorde en ofrivillig grimas sedan hon läppjat på kaffet.

Annika började med hemnumret. Efter fem signaler kom en elektronisk röst som sa något obegripligt på spanska och hon lade på. Hon slog mobilnumret, två sekunder senare ropade en mansröst: *Sí dígame!*

– Rickard Marmén?

– *Hablando!*

– Öh, jag heter Annika Bengtzon och ringer från tidningen Kvällspressen i Stockholm. Är det Rickard Marmén som... Pratar du svenska förresten?

– Visst, hjärtat. Vad kan jag göra för dig då?

Han talade utpräglad göteborgska.

– Jag ringer till dig för jag har fått höra att du har koll på allt som händer på Solkusten, sa hon och tittade hastigt på Berit. Nu undrar jag om du vet något om ett gasinbrott någonstans där nere hos dig?

– Gasinbrott? *Ett* gasinbrott? Lilla vännen, vi har inga andra typer av inbrott här nere numera. Alla inbrott är gasinbrott. Gaslarm är vanligare än brandlarm i villorna i Nueva Andalucía. Var det något annat du undrade över?

Det dånade och brusade i bakgrunden, det lät som om han stod på en motorled.

– Öh, okey, sa Annika, du, vad är egentligen ett gasinbrott?

– Tjuvarna kör in någon typ av knockoutgas genom fönstren eller luftkonditioneringsanläggningen, och medan folket sover så söker bovarna igenom hela kåken. Brukar ta sig tid att sitta och äta lite i köket också, ta en flaska vin.

– Och det här är den vanligaste typen av inbrott, säger du, sa Annika.

– Rena epidemin. Den drog igång för fem, sex år sedan, fast gasningar förekom tidigare också.

– Varför är den så vanlig just hos er?

– Mycket pengar här nere, gullet. Tjocka sedelbuntar under madrasserna i kåkarna runt Puerto Banús. Och sedan finns det många kriminella element här, ser du, och gott om fattiga stackare som gör vad som helst för en hacka. De tog en liga med rumäner i höstas, de hade länsat ett hundratal villor längs hela kusten, från Gibraltar bort till Nerja…

– Tidningarnas telegrambyrå har gått ut med en uppgift om att en hel familj har dött i ett gasinbrott, sa Annika. Du vet inget om det?

– När då? Nu i natt? Var?

– Vet inte, sa Annika. Bara att alla dog, inklusive två barn och en hund.

Rickard Marmén svarade inte. Om det inte varit för trafikljuden skulle hon ha trott att linjen hade brutits.

– Vet han något? mimade Berit.

Annika skakade på huvudet.

– Döda vid ett gasinbrott, säger du? sa han och det lät som om trafikljuden förändrades bakom honom. Kan jag ringa tillbaka till dig?

Annika gav honom både direktnumret och mobilen.

– Vad tror du om det här? sa hon sedan hon lagt på.

Berit bet i ett äpple. Hon verkade ha gett upp om kaffet.

– Kriminaliteten på spanska solkusten eller den nya organisationen?

– Den nya organisationen.

Berit satte på sig terminalglasögonen och lutade sig fram mot dataskärmen.

– Man får göra det bästa av det, sa hon. Om ansvaret för det jag gör ligger på någon annan så får jag ju mer tid att göra sådant som jag verkligen vill.

– Vad då till exempel? Egna artikelserier? Påta i trädgården? Eller tänker du ta dykcertifikat?

– Jag skriver låtar, sa Berit samtidigt som hon läste koncentrerat på sin dator.

Annika stirrade på sin kollega.

– Låtar? Vad då för låtar? Poplåtar?

– Schlagers, bland annat. En gång skickade vi in en till Melodi-festivalen.

Berit släppte fortfarande inte skärmen med blicken. Annika kände hur hennes haka ramlade ner.

– Lägg av. Har du suttit i *green room*? Hur var det?

Berit såg upp.

– Låten kvalificerade sig inte bland de ettusentvåhundra bästa. Senast jag hörde något så hade den plockats upp av ett lokalt band i Kramfors som spelar den på ställena i sydöstra Ångermanland. Har du läst Lilian Bergqvists skrivelse till Högsta domstolen?

– Nej, jag har inte hunnit. Vad heter den?

– "Ansökan om resning i målet..."

– Låten.

Berit tog av sig glasögonen.

– *Absolutely me*, sa hon. Den innehåller bland annat den nyskapande textraden *to be or not to be*. Jag har jobbat på den här tidningen i trettio-två år, och om jag har tur så håller den sig flytande i tio år till. Då är jag sextiofem, och då tänker jag gå i pension. Jag uppskattar möjligheten att få ta reda på saker och skriva artiklar, men vem som ger mig uppdra-gen eller på vilken stol jag sitter är mig tämligen likgiltigt.

Hon såg granskande på Annika.

– Tycker du att jag verkar bitter och uppgiven?

Annika andades ut.

– Faktiskt inte alls, sa hon. Jag känner precis likadant. Inte för att jag ska gå i pension snart, men det har varit så många turer hit och dit att jag inte orkar bli åksjuk längre. *To be or not to be.* Sedan då?

– *No more crying, no self-denying*, sa Berit, tog på sig glasögonen och vände sig mot datorn igen. Vad tror du om Filip Anderssons chanser att bli frikänd?

– Att det är Riksåklagaren själv som begär resning är ett tungt argument, sa Annika.

Hon gick in på Riksåklagarens hemsida och klickade sig fram till skrivelsen.

– Du träffade ju honom på Kumla för några månader sedan, sa Berit. Tror du att han är oskyldig?

Annika ögnade igenom Riksåklagarens skrivelse. Hon greps alltid av obehag när hon läste något om de här morden. Hon hade åkt med i patrullbilen som kom först till platsen den där kvällen och travat rakt in bland mordoffren.

Sedan hittade hon Filip Anderssons namn flera gånger när hon grävde i fallet med den mördade poliskändisen David Lindholm i höstas. Filip Andersson var en hyfsat framgångsrik finansman som var mer känd från vimmelbilderna runt Stureplan än från närings-livssidorna i Dagens Industri, innan han blev världsberömd i hela Sverige som "Yxmannen på Söder". Han hade varit god vän med David Lindholm.

– Det var Filips tokiga syster som dödade de där människorna, sa Annika.

Hon klickade bort Riksåklagarens hemsida.

– Hur väl känner du Rickard Marmén?

– Känner och känner, sa Berit. Min svåger, Harald, som Thord brukar åka och fiska med, han har haft en lägenhet i Fuengirola sedan slutet av 70-talet. När barnen var små brukade vi låna den någon vecka varje sommar. Rickard är en sådan där som man stöter på förr eller senare om man vistas där nere. Jag är inte alls så säker på att Filip Andersson är oskyldig.

– Han är en rätt obehaglig typ, sa Annika och skrev in orden "svenskar spanska solkusten" i sökrutan på Google. Hon hamnade på www.costadelsol.nu. Sajten laddades och Annika böjde sig framåt för att läsa.

På Solkusten fanns en svensk radiokanal som sände reklamradio på svenska dygnet runt, förstod hon. Där fanns ett svenskt månads-magasin och en svensk nyhetstidning, svenska fastighetsmäklare och svenska golfbanor, svenska restauranger och svenska livsmedelsaffärer, svenska tandläkare, veterinärer, banker, byggföretag och tv-installatö-rer. Hon hittade några insändare som tyckte att allt var bättre förr och ett kalendarium som bland annat berättade att svenska kyrkan firade kanelbullens dag. Till och med Marbellas borgmästare visade sig vara svenska, eller rättare sagt gift med en svensk. Hon hette Angela Muñoz, men kallades tydligen för Titti.

– Herregud, sa hon. Marbella verkar vara lika svenskt som en regnig midsommarafton.

– Fast med avsevärt större solchanser, sa Berit.

– Hur många svenskar bor det där?

– Runt fyrtiotusen personer, sa Berit.

Annika höjde på ögonbrynen.

– Det är ju fler än i Katrineholm, sa hon.

– Fast det är bara de fast bosatta, sa Berit. Det finns många fler som bor där delar av året.

– Och här har man mördat en hel familj, sa Annika, mitt i svenskidyllen.

– Bra vinkel, sa Berit och lyfte luren och ringde Riksåklagaren.

Annika klickade och läste under rubriken "Senaste nytt från Spanien".

Den spanska polisen hade gjort ett stort narkotikabeslag i La Campana. 700 kilo kokain beslagtogs i ett fruktlager. Tre av ledarna för det omstridda baskiska partiet ANV hade delgivits misstanke om brott. Man befarade att det skulle bli torka i år igen, en val hade strandat utanför San Pedro och Antonio Banderas far skulle begravas i Marbella.

Hon släppte Google och gick in på tidningens egna arkiv.

Massor av svenska kändisar verkade ha hus eller lägenheter där nere, skådespelare och artister och sportstjärnor och finanshajar.

Hon tog luren och ringde utlandsupplysningen igen och hade bättre lycka den här gången. Hon bad att få telefonnumren till restaurang La Garrapata, Svenska Magasinet, tidningen Sydkusten och fastighetsmäklaren Wasa, samtliga i Malagaprovinsen.

Sedan ringde hon runt.

Ingen av svenskarna som svarade i de knastrande spanska telefonerna kände till något dödsfall i samband med något gasinbrott, men alla kunde berätta mustiga historier om andra inbrott, om traktens historia och utveckling, om vädret och folket och trafiken.

Annika fick veta att det bodde över en miljon människor i provinsen, varav en halv miljon i Malaga och ett par hundra tusen i Marbella. Medeltemperaturen var sjutton grader på vintern och tjugosju på sommaren, antalet soldagar trehundratjugo. Marbella hade grundats av romarna 1600 år före Kristus och först kallats Salduba. År 711 hade araberna erövrat staden och döpt om den till Marbi-la. De gamla stadsdelarna vilade fortfarande på de romerska ruinerna.

– Vi sprang fortfarande omkring i djurhudar när folk där nere hade rinnande vatten och luftkonditionering, sa Annika förundrat när hon lagt på.

– Ska du med och äta lunch? frågade Berit.

De loggade ut från sina användarkonton så att ingen skulle kunna sända fejkade mejl från deras identiteter medan de åt.

Annika rotade efter en matkupong i botten av sin bag när hennes direktnummer ringde. Numret på displayen var elva siffror långt och började med tre fyra.

– Annika Bengtzon? Rickard Marmén här. Du, jag kollade lite på det där med gasinbrottet. Det stämde.

Han måste ha flyttat sig från motorleden, för nu var det alldeles tyst i bakgrunden.

– Jaha, sa Annika som misströstade om matkupongen.

– Hade du någon information om familjen?

– Som dog?

Hon hittade en halvtrasig i nyckelfacket.

– Visste du att det var Sebastian Söderströms familj?

Hon höll på att säga "vem?" men drog i stället efter andan.

– Ishockeyspelaren? frågade hon och lät matkupongen falla ner på skrivbordet.

– Nja, det är väl tio år sedan han slutade i NHL. Han bor ju här nere nu och driver en tennisklubb. Såvitt jag vet strök hela hans familj med, inklusive svärmor.

– Är Sebastian Söderström död? sa Annika högt och viftade med hela armen för att stoppa Berit som var på väg mot personalmatsalen. Var det en svensk familj som dog?

– Han hade fru och två ganska små kottar.

– Vad är det med Sebastian Söderström? frågade Patrik som plötsligt hade materialiserats bredvid henne.

Annika vände ryggen mot honom och stoppade pekfingret i det fria örat.

– Hur säker är den här informationen? frågade hon.

– Bomb, sa han.

– Vem kan bekräfta?

– Det har jag ingen aning om, kära du. Men nu vet du.

Han lade på utan att vänta på svar.

– Vad var det där? frågade Patrik.

Berit kom tillbaka till sin plats och ställde ner handväskan på nyhetsdesken igen.

– Kolla Sebastian Söderström på paginasblancas.es, sa Annika och Berit loggade in igen och knappade in sig på sajten och läste innantill: Las Estrellas de Marbella, Nueva Andalucía.

Numret var niosiffrigt och började med 952.

– Vad är det som händer? frågade Patrik och vände handflatorna mot taket för att understryka sitt bryderi.

– Måste kolla en grej, sa Annika och slog numret till villan i Las Estrellas de Marbella. Efter fem signaler kom en elektronisk kvinno-röst som sa *"Ha llamado a nuevo cinco dos..."*. Hon lade på och slog direktnumret till Utrikesdepartementets pressjour.

– Ha inte för stora förhoppningar, sa Berit som såg vart hon ringde. De vet vanligtvis allting sist.

Efter tsunamin hade UD:s personal ryckt upp sig och varit nästan tillmötesgående under en period, men nu var man tillbaka i samma högdragna attityd som före flodvågskatastrofen.

– Jag heter Annika Bengtzon och ringer från tidningen Kvällspressen, sa hon när UD-människan äntligen svarade. Jag skulle vilja få bekräf-tat att den familj som dödades vid ett gasinbrott i Las Estrellas de Marbella i södra Spanien i natt var svenska medborgare.

– Några sådana uppgifter har vi inte fått in, snörpte UD-kvinnan fram.

– Skulle du vilja vara så vänlig och kolla det? frågade Annika honungslent och lade på.

– Min spanska är för dålig för den spanska polisen, sa Berit.

– Min med, sa Annika.

– Interpol, sa Berit.

– Europol, sa Annika. De är mer operativa.

– VAD?! vrålade Patrik.

Annika ryckte till och såg förvånat på sin kollega, hm, nyhetschef.

– Jag har en källa som påstår att den gasmördade familjen på Solkusten är Sebastian Söderström och hans fru, barn och svärmor.

Patrik vände på klacken och satte bägge händerna framför munnen och vrålade *sporten!!*

Annika tog tre långa steg och slet tag i hans axel.

– Lugna ner dig, sa hon när han snurrat runt och stod ansikte mot ansikte med henne igen. Jag måste få det bekräftat. Du kan inte be sportpojkarna börja skriva hans runa innan vi vet att det stämmer.

– De måste börja ringa runt, sa Patrik.

– Och säga vad då? Att vi *tror* han är död? Och även om det är sant, så vet vi inte om hans anhöriga är underrättade.

– Alla dog, sa du ju.

Annika stönade.

– Han kanske har syskon och föräldrar.

Hon tog ett steg till och ställde sig alldeles intill honom, hon räckte honom precis till adamsäpplet.

– Lyd ett litet råd, nyhetschefen. Dämpa din entusiasm. Du kommer att åka i diket så det stänker om det om du fortsätter att köra på så här.

Patrik bleknade en aning.

– Bara för att inte du blev befordrad, sa han och gick bort mot sportavdelningen.

– Vi får ta och kontrollera det här, sa Berit och tog telefonluren.

Efter ett antal samtal fick de klart för sig att den spanska polisen bekräftat att fem personer, bosatta utanför Marbella, hade avlidit under natten i vad som beskrevs som ett gasinbrott. Några identiteter eller nationaliteter kunde man tidigast kommentera vid lunchtid följande dag.

De tog en paus och skyndade sig ner till matsalen.

– Sport är inte min starkaste sida, sa Berit när de parkerat sig med var sin portion kalops vid ett av fönsterborden. Vem är den här mannen?

Annika tuggade på en knäckemacka och tittade ut på gråheten utanför fönstret.

– NHL-proffs i ganska många säsonger, sa hon, först i Anaheim Ducks och sedan i Colorado Avalanche. Back. I början av 90-talet var han uttagen i Tre kronor flera år i rad, jag tror han var med och vann VM-guld både -91 i Finland och -92 i Tjeckoslovakien...

Berit lade ner gaffeln i kalopsen.

– Hur vet du det här?

Annika drack en klunk mineralvatten och svalde hårt.

– Han var Svens idol, sa hon, och sedan frågade inte Berit mer.

– Det är något med slocknade idrottsstjärnor, sa hon och följde Annikas blick ut genom fönstret. De är som svarta hål, de drar elände till sig.

Stora regndroppar träffade glasrutan.

– Tänk att ha sin storhetstid när man är tjugofyra, sa Annika. Resten av livet kommer man att vara *före detta*.

De hoppade över kaffet och gick upp till redaktionen igen.

Patrik stod och trampade vid Annikas plats.

– Jag har en grej till dig, sa han. Från och med i eftermiddag ska Kicki Pop leda programmet som sänds före radions fördjupande sammanfattning i P1. Jag vill att du ringer till Erik Ponti på Ekot och frågar vad han tycker om den saken.

Annika stirrade på sin, ja, nyhetschef, och väntade på det förlösande skrattet.

Det kom inte.

– Driver du med mig? sa hon. Jag håller på med gasmordet i Marbella, det är en jättegrej. Det finns massor av svenskar där nere som...

– Det kan Berit ta hand om. Jag vill att du gör det här nu.

Hon trodde inte sina öron.

– Säger du åt mig att ringa till Erik Ponti och försöka få honom att snacka skit om en kvinnlig kollega? Som dessutom är ung och blond?

– Han är ju känd för att såga alla bimbos jäms med fotknölarna.

Annika satte sig ner på sin stol, spikrak i ryggen.

– Nog för att Ponti är uppblåst och självgod, sa hon, men korkad är han inte. Han har kritiserat en blond och kvinnlig kollega en gång, och då var det befogat. Med tanke på hur mycket skit han fick för det, tror du att han skulle göra om det?

Patrik lutade sig över henne.

– Nu ringer du, sa han.

Annika böjde på nacken, tog luren och ringde Ekot.

Erik Ponti ville inte ge någon elak kommentar, vare sig om Kicki Pop personligen eller om hennes program.

– Vilken överraskning, sa Annika, drog på sig jackan och gick mot vaktmästeriet.

– Vart ska du? ropade Patrik efter henne.

– Jag har ett möte klockan två, sa hon över axeln.

– Med vem då?

Hon vände sig om och såg på honom.

– Det finns något som heter källskydd, sa hon. Hört talas om det?

– Inte gentemot dina överordnade, sa han och Annika såg att hans örsnibbar var mörkröda.

– Inte gentemot ansvarige utgivaren, korrigerade hon.

Sedan gick hon bort till vaktmästeriet och kvitterade ut en bil hos den gode Tore.

Regnet ökade i intensitet, hon fick ha vindrutetorkarna igång hela tiden. Klockan var bara halv två men mörkret kröp närmare, det smög fram över frusna fotgängare och leriga gatlyktor och långtradare med flimrande strålkastare.

Hon körde västerut, mot Enköping, förbi Rissne, Rinkeby och Tensta. Passerade höghus, radhus, tomma skolor och en övergiven fotbollsplan. Det blev tvärstopp på motorvägen intill pendeltågsstationen vid Barkarby, Annika lutade sig fram och kikade genom vindrutan över bilen framför för att se om det inträffat en olycka, något att ringa in till tidningen om. Det verkade inte så. En påkörd fotgängare, kanske. Eller någon som hade hoppat framför tåget. Det var ganska vanligt.

Snart började trafiken rulla igen, tät och trög. Bebyggelsen tunnades ut, barrskog och industriområden tog vid. Väglaget var uselt. Brungrå lervälling stänkte upp på vindrutan från bilen framför, hon fick sätta torkarna på max. Hon slog på bilradion men hamnade mitt i ett reklamblock och stängde av den igen.

Landskapet omkring henne upplöstes alltmer. Industrierna försvann, bara granarna blev kvar. Deras grenar sträckte sig efter bilen, samma smutsiga Volvo som hon kört upp till Garphyttan med den där dagen i december när hon hittat Alexander.

Vid Brunna svängde hon höger, mot Roligheten. Med ens upphörde regnet och allting blev tyst. Annika hade utpräglat dåligt lokalsinne, något hon kompenserade genom att detaljgranska kartor och skriva färdbeskrivningar för sig själv. Vänster vid Lerberga, sedan vänster igen efter åttahundra meter, förbi Fornsta. Genom ett militärt övningsområde och sedan till höger.

Hon skulle till Lejongården, ett familjehem intill Lejondalssjön där Julia Lindholm vistades med sin återfunne pojke.

Annika hade lovat att hälsa på dem men hade dragit sig för det. Hon visste inte vad hon kunde vänta sig. De hade bara träffats två gånger, båda gångerna under extrema omständigheter.

Vid första tillfället hade de vandrat rakt in på mordplatsen på Sankt Paulsgatan på Söder tillsammans. Det var Julia och hennes kollega Nina Hoffman som Annika följde på deras arbetspass i patrullbil 1617 på Södermalm den där kvällen. Anropet lät inte särskilt allvarligt, ett lägenhetsbråk, så Annika hade fått gå med upp på villkor att hon höll sig i bakgrunden. Hon blev snabbt ivägkörd av Nina när kropparna upptäcktes.

Andra gången de möttes satt Julia häktad, misstänkt för mord på sin man, kändispolisen David Lindholm, och sin son Alexander. Hon hade dömts till livstids fängelse i tingsrätten. Att hon hela tiden hävdade att hon var oskyldig, att det var en annan kvinna som hon aldrig sett som hade skjutit hennes man och tagit Alexander med sig, det brydde sig ingen om.

Sonen Alexander hade Annika träffat en gång, den natten hon hittade honom i Yvonne Nordins torp utanför Garphyttan. Pojken hade varit kidnappad i sju månader när Annika återfann honom.

Billyktorna träffade en grovspåntad träfasad i falurött, den sortens faluröda som blänkte lite och alltså inte var äkta utan oljetäckfärg. Annika förstod att hon var framme. Hon svängde in på gårdsplanen, drog åt handbromsen, stängde av billyktorna och blev sittande i mörkret med motorn på tomgång.

Lejongården var en platt och mörk enplansbyggnad som vilade vid strandkanten av Lejondalssjön. Det såg ut som ett daghem eller kanske ett mindre ålderdomshem. En liten lekplats skymtade i skenet från entrébelysningen. Vattnet låg stilla och grått i fonden.

"Jag vill verkligen tacka dig", hade Julia sagt i telefonen och orden gjorde Annika generad.

Hon slätade till håret, slog av motorn och steg ut på gårdsgruset.

Vid entrén stannade hon till och såg ut över sjön. Några nakna björkar riste tveksamt vid strandkanten, grenarna var lika gråa som vattnet. En skogklädd holme skymtade något hundratal meter ut i sjön. Långt borta kunde hon höra ett svagt dån från motorvägen.

Dörren gick upp och en kvinna i lusekofta och fårskinnstofflor lutade sig ut på förstukvisten.

– Annika Bengtzon? Hej, det är jag som är Henrietta.

De skakade hand. Henrietta? Borde hon veta vem det var?

– Julia och Alexander väntar på dig.

Hon steg in på behandlingshemmet. Det luktade lite mögel och 70-tal. Ljusa linoleummattor, rosa glasfiberväggar, golvlister i plast. Rakt fram, bakom en halvstängd dörr, skymtade något som verkade vara ett upplyst samlingsrum. Hon såg några bruna plaststolar vid ett fanérbord och hörde någon som skrattade.

– Nu vill jag att du tänker på att uppträda precis som vanligt, sa Henrietta och Annika kände genast hur hela hennes väsen låste sig.

– Den här vägen…

Henrietta vek av till vänster, längs en trång korridor med rader av dörrar till höger och fönster mot parkering till vänster.

– Här får jag en flashback från mitt livs enda tågluffning, sa Annika och hoppades att hon lät normal.

Henrietta låtsades inte höra henne. Hon stannade vid en av

dörrarna i mitten och knackade lätt.

Ingenstans fanns några lås eller rumsnummer, noterade Annika. Hon hade läst på familjehemmets hemsida att institutionen strävade efter "hemkänsla för god omvårdnad och trygghet".

Dörren gick upp. En triangel av gult ljus ramlade ut på korridorgolvet.

Henrietta tog ett steg bakåt.

– Det är Alexander som har bakat kakan, sa hon och släppte in Annika. Säg till om du vill att jag ska ta med honom ut och leka en stund.

Det sista sa hon in i rummet.

Annika blev stående på tröskeln.

Rummet var mycket större än hon trott. Det var avlångt och slutade i en fönstervägg med egen utgång till en terrass. En dubbelsäng och en liten barnsäng stod bredvid varandra strax innanför dörren, längre in fanns både soffa och tv och ett köksbord med fyra stolar.

Vid bordet satt Julia Lindholm, i tröja med för långa ärmar och håret i hästsvans. Hennes pojke var vänd med ryggen mot dörren, hans armar rörde sig som om han ritade frenetiskt.

Julia sprang fram emot henne och kramade henne hårt.

– Vad kul att du kunde komma, sa hon och höll Annika intill sig.

Annika, som stått med handen framsträckt för att hälsa, kände sig dum och kramade tafatt tillbaka. Dörren stängdes bakom henne.

– Ja, hm, det är klart, sa hon. Att jag hälsar på.

– Det är inte så många som fått komma ännu, sa Julia som äntligen släppte taget och gick bort mot soffan. Mina föräldrar var här under julhelgen, och Nina har hälsat på oss några gånger, men Davids tossiga mamma har jag sagt nej till, henne vill jag inte ha hit. Har du träffat henne?

– Davids mamma? Nej.

Annika lät bagen och täckjackan falla ner på golvet intill soffan. Hon såg bort mot pojken, anade hans veka profil bakom lockarna. Han ritade med stora kritor, hårt och målmedvetet och utan att titta upp. Försiktigt gick hon närmare, sjönk ner bredvid honom och försökte fånga hans blick.

– Hej Alexander, sa hon. Jag heter Annika. Vad ritar du för något?

Pojken bet ihop käkarna hårdare, ökade intensiteten i kritans rörelser över pappret. Strecken var tjocka och svarta.

– Farmor är så förvirrad, sa Julia, och det skulle bara bli värre om vi möttes på ett sådant här konstigt ställe. Vi väntar med att träffa farmor tills vi har kommit hem igen, eller hur gubben?

Pojken reagerade inte. Hela teckningen var fylld av becksvarta ränder. Annika satte sig till rätta bredvid Julia Lindholm.

– Han pratar inte så mycket ännu, sa Julia lågt. De säger att det inte är någon fara, att det kommer att ta tid.

– Säger han något alls? frågade Annika.

Julias leende försvann. Hon skakade på huvudet.

Han pratade med mig, tänkte Annika. Den där natten. Han sa flera meningar. *Finns det mera godis? Hon är dum. Hon är jättedum. Jag tycker om gröna.*

Julia gick bort till fönstret och ställde sig med ryggen mot rummet, Annika såg i glasets spegling att hon bet på ena tumnageln. Sedan rusade hon plötsligt bort till en väggtelefon intill terrassdörren.

– Henrietta, kan du ta hand om Alexander en stund? Nu, genast. Jättetack.

Tystnaden när Julia lagt på var elektrisk. Annika blev torr i munnen, det började sticka i fingrarna. Hon kramade händerna i knäet och såg ner på mormors smaragdring. En evighetslång minut passerade innan vårdaren, eller vad hon nu var, kom in i rummet, tog Alexander i handen och sa:

– Ska vi se på en film, du och jag? Hitta Nemo?

Hon vände sig mot Annika.

– Den handlar om en liten fiskpojke som kommit bort från sin pappa men som sedan kommer tillbaka hem igen.

– Jo, sa Annika, jag vet.

Tystnaden dröjde sig kvar sedan de blivit ensamma.

– Jag jobbar ju på Kvällspressen, sa Annika för att bryta den. Därför vill jag fråga dig om du vill att jag skriver om dig i tidningen. Om dig och Alexander. Om hur ni har det här.

Julia bet på sin tumnagel.

– Inte än, sa hon. Senare, kanske. Jo, senare. Jag vill berätta, men det är för rörigt i mitt huvud.

Annika väntade tyst. Hon hade inte förväntat sig att Julia skulle tala ut om tiden efter frigivningen nu i eftermiddag, men hon hoppades att hon skulle göra det så småningom. För medierna slutade alltid polishistorierna med att brottet klarades upp och förövaren dömdes. Kriminalitetens konsekvenser, offrens långa och mödosamma väg tillbaka till ett någorlunda normalt liv, sådant skrev man aldrig om.

– Jag är så arg, sa Julia, lågt och nästan förvånat. Jag är så vansinnigt förbannad på hela världen.

Långsamt gick hon bort till bordet och sjönk ner på Alexanders stol. Hon var så liten att hon nästan försvann i den stora tröjan.

– De säger att också det är normalt. Allt är så jävla normalt här!

Hon slog ut med armarna i en hetsig gest.

– Har ni varit här hela tiden sedan du släpptes ur häktet? frågade Annika.

Julia nickade.

– Det var mitt i natten, de tog ner mig till jourdomstolen och hade en häktningsförhandling klockan halv två på morgonen, och sedan körde de mig hit. Alexander var redan här.

Hon såg bort mot fönstret. Det var mörkt där ute nu.

– Jag mådde inte bra i häktet, sa hon. Jag mådde inte så bra här i början heller. Alexander ville inte veta av mig. Han vände sig bort och ville bara vara hos Henrietta.

– Och det var också helt normalt? sa Annika och Julia skrattade faktiskt till.

– Du har fattat grejen, sa hon. Fast de är väldigt proffsiga här. Det säger Nina, hon har kollat upp dem. Det här är familjehemmens Rolls-Royce, säger Nina, och det är inte mer än rätt att samhället kompenserar oss lite grann för den orättvisa vi varit utsatta för…

Annika hörde Nina Hoffmans röst bakom Julias ord. Julias bästa vän, polisen som hon delat utbildning och patrullbil med, hade varit en av Annikas källor i granskningen av David Lindholm. Annika såg Nina framför sig, den strama hästsvansen, den resoluta blicken, handlingskraften.

Julia reste sig igen.

– Vill du ha kaffe, förresten? Det finns i termosen. Och det är inte Alexander som har bakat kakan, det är Henrietta medan Alexander satt bredvid och målade skatbon.

Hon tog teckningen som låg högst upp i en bunt på bordet och höll upp den mot Annika. Ett virrvarr av kolsvarta streck täckte nästan varenda kvadratmillimeter av det stora arket.

– Också normalt, sa hon och lade ner teckningen igen.

– Lite kaffe, kanske, sa Annika. Det vi har på redaktionen är odrickbart. Vi misstänker att någon har hällt kattpiss i vattentanken.

Julia pekade på termosen men gjorde ingen ansats att hälla upp.

– Minst tre månader till ska vi vara här, sa hon. Det är för Alexanders skull, säger de. Det är han som är omhändertagen. Just nu är vi akut-placerade. Vi är under utredning.

Ilskan fick hennes röst att spricka på det sista ordet.

– Det tar åtta veckor för läkarna att bedöma hur störda vi är. Sedan kommer vi att få behandling i två till sex månader. Längre fram följer ett bredvidboende i nära anslutning till institutionen. Tyngdpunkten just på det här stället ligger i relationen mellan föräldrar och barn. Jag kommer att få stöd och handledning i mitt föräldraskap. Efteråt finns möjlighet till uppföljning i hemmet...

Hon gömde ansiktet i händerna och började gråta.

Annika, som hällt upp en kopp kaffe ur termosen, skruvade åt locket och ställde tillbaka den på bordet så tyst hon kunde.

– Det är klart du är arg, sa hon. Och Alexander också. Jag är inte särskilt förtjust i hjärnskrynklare, men jag antar att de har rätt. Det mest normala är förmodligen att ni är ursinniga bägge två.

Julia tog en servett ur högen intill sockerkakan och snöt sig.

– De säger att ett halvår är ett helt liv för ett litet barn. Alex satt i sju månader där uppe i skogen med den där tokiga kärringen, så det är klart han är arg. Han fick antagligen aldrig några svar på sina frågor om var jag och David var, så för honom var vi döda. Dessutom kände han att det var fara för hans eget liv, säger läkarna. Han hade ganska många blånader och skrapsår på kroppen, så hon slog honom antagligen rätt ordentligt.

– Hur mår han nu?

– Han kommer till mig, men han vill inte titta på mig. Han sover illa om nätterna, vaknar och gråter. Vi har fått börja med blöjor på natten igen, han som har varit torr i nästan två år.

– Så vad gör ni hela dagarna? frågade Annika och drack av kaffet. Det var otroligt gott.

– Jag har enskilda samtal och snart ska jag få börja gå i gruppterapi och prata med några andra mammor, det ska visst vara väldigt helande. Alexander bara leker. Han gräver i sandlådan och ritar och spelar boll. När vi skrivs ut härifrån kommer så småningom Barn- och Ungdomspsykiatrin att ta över hans fall.

Hon skrattade till, med ens lite nervös.

– Men jag bara pratar, sa hon. Jag vill ju tacka dig, för allt du har gjort för oss. Det var ju du som…

Annika höll hårt i kaffekoppen.

– Det är okey, sa hon. Jag är glad att jag kunde vara till någon nytta.

Tystnaden bredde ut sig igen.

– Så, sa Julia, hur har du haft det i jul?

Annika ställde ner koppen på fatet.

Skulle hon säga som det var? Att hon och barnen hade suttit bland flyttkartongerna i Gamla stan på julafton och ätit färdigskuren Konsumskinka och tittat på Kalle Anka på datorn? Att hon lämnat bort sina barn till deras pappa över nyårs- och trettonhelgen och att de verkade trivas mycket bättre där?

– Jodå, sa hon, bara fint. Det är mycket på jobbet, bara. Just idag skriver vi om ett riktigt läskigt mord på spanska Solkusten.

Julia reste sig och vände ryggen mot Annika.

– Costa del Sol är ett gräsligt ställe, sa hon. Estepona är helt förfärligt.

Annika såg ner på sina händer, hennes ämnesval av kallprat var verkligen uselt. Hon visste ju att Julia haft en hemsk period där tillsammans med David.

– Förlåt, sa Annika, det var inte meningen att…

– Vi var där nere ett halvår, sa Julia, och David var bortrest nästan hela tiden. Jag var gravid och hade ingen bil, och det var flera kilometer till affären, och jag gick och släpade de där matkassarna och det var trettio grader varmt...

– Det måste ha varit jättejobbigt, sa Annika.

Julia ryckte på axlarna.

– Han var djupt undercover, ibland var han borta två veckor i sträck utan att höra av sig. Flera år höll den på, den där jävla operationen. Flera år!

Hon snurrade runt.

– Och jag fick aldrig veta vad det handlade om. Knark eller penningtvätt eller något annat skit, jag vet inte, jag fick aldrig veta...

Hon lutade sig över Annika.

– Och vet du vad det värsta var? Att jag var så vansinnigt rädd att han skulle komma till skada. Att något skulle inträffa, något farligt. Och vad händer?

Hon skrattade högt.

– Han knullar en galen brud en gång för mycket och hon skjuter av honom både huvudet och kuken, och mig spärrar de in och Alexander...

Hon kom alldeles nära och stirrade in i Annikas ögon.

– De säger att Alexander kommer att vara märkt av det här under resten av sitt liv. Och ingen trodde mig.

Hon slog med handflatan i bordet så att porslinet hoppade.

– *Ingen trodde mig!*

Med ens kände Annika att besökstiden var över.

Hon sköt kaffekoppen åt sidan och reste sig upp.

Julia sjönk ihop på pinnstolen och stirrade tomt framför sig.

– Och att det skulle vara Yvonne Nordin av alla människor, sa hon.

Annika stelnade till.

– Vad då? Kände du henne?

Julia skakade på huvudet.

– Jag har faktiskt aldrig träffat henne, och inte Filip Andersson heller.

Annika gick bort mot dörren för att hämta sin jacka.

– På tal om Filip Andersson, sa hon, så har Riksåklagaren sökt resning för honom idag.

Julia såg upp.

– Då blir Nina glad, sa hon tonlöst.

Annika stannade upp med jackan i handen.

– Nina Hoffman? Varför skulle hon bli glad för det?

Julia kliade sig intensivt på vänstra handryggen.

– Det är klart hon blir glad. Filip är ju hennes bror.

Annika rev fram sin mobiltelefon innan hon hunnit få upp bildörren, satte sig i förarsätet och slog Nina Hoffmans nummer direkt ur minnet.

Varför i helvete hade hon inte berättat att hon var syster till Filip Andersson och Yvonne Nordin?

Det susade och knäppte på linjen och tog ett bra tag innan samtalet kopplades fram. Annika stirrade på behandlingshemmets mörka fönsterrutor medan signalerna ekade.

Hur många gånger hade inte hon och Nina diskuterat morden på Söder? Huruvida Filip Andersson var skyldig eller oskyldig? Filips kontakter med undre världen, och med David Lindholm? Efter att hon hälsat på Andersson i fängelset i höstas så hade hon till och med åkt raka vägen hem till Nina och beskrivit besöket...

Det började tuta upptaget i luren, som om samtalet trycktes bort.

Under alla deras samtal hade Nina haft en dold agenda, hon kanske hade ljugit hela tiden, hon kanske hade pratat med Annika bara för att lura av henne hemligheter och styra vad hon skulle skriva?

Annika slog numret igen och såg hur ljuset tändes i korridoren inne i huset. Henrietta kom gående med pojken, han var så liten att Annika bara kunde se hans lockiga huvud som guppade för varje steg.

Det klickade till i luren och Telias telesvar gick igång.

Annika skyndade sig att lägga på, som om hon blivit påkommen med att göra något fult som hon inte borde.

Hon hade litat på Nina, och Nina hade inte varit sanningsenlig.

Annika hade bett henne ta fram passbilder på Yvonne, och Nina hade inte sagt ett knyst om att de var syskon.

Annika slog mobilnumret en tredje gång. Telesvar igen. Hon harklade sig.

– Hm, hej, det är Annika Bengtzon, sa hon. Gott nytt år. Du, kan inte du ringa till mig när du hör det här? Okey? Hej då.

Hon ringde polishusets växel och bad att bli kopplad till vakthavande på stationen på Torkel Knutssonsgatan. Han presenterade sig som Sisulu.

– Nina Hoffman har semester, sa han. Hon är tillbaka i tjänst på söndag.

Annika tackade och lade ifrån sig telefonen på passagerarsätet, startade bilen, svängde ut på vägen och körde snabbt tillbaka mot redaktionen.

I höjd med Kallhäll insåg hon att hon inte hade någon som helst anledning att ha bråttom någonstans.

Hon ville inte tillbaka till Patriks lappar, och hon längtade inte hem till sin ouppackade trerummare på Agnegatan.

När mobiltelefonen ringde på sätet bredvid henne och hon såg exmakens nummer på displayen blev hon egendomligt upprymd.

– Hej. Det är Thomas.

Hon drog efter andan, inte alls nöjd med fröjden i bröstet.

– Hej, sa hon, och rösten lät lite för ljus.

– Vad gör du? Är du ute och kör?

Hon skrattade lågt, kände värmen sprida sig.

– Varit ute på jobb, bara. Jag är på väg tillbaka. Det är lugnt.

– Du, vi sitter och planerar påsken här, och vi tänkte höra med dig hur du har det vecka sjutton?

Glädjen slets ur hennes kropp med en kraft som kändes rent fysisk.

– Har du börjat prata i pluralis majestatis? frågade hon och försökte låta skämtsam. Det fungerade inte alls.

– Påsken är ju sen i år, skärtorsdagen är den 21 april, och det är veckan därpå som är lite tight. Jag ska bort på konferens, och det är ju min vecka, men jag tänkte om vi kanske kunde byta...

– Kan jag inte svara på, sa Annika. Jag har fått en ny position på tidningen idag, och det kommer att innebära en del förändringar.

Han tystnade.

– Borde du inte ha diskuterat det med mig först? sa han sedan kort.

Ilskan var rå och ögonblicklig. Hon bet ihop och svalde.

– Det kommer inte att påverka mina veckor med barnen, så jag såg ingen som helst anledning att göra det.

– Okey, sa han surt. Sophia vill prata med dig.

Han räckte över luren till sin nya sambo utan att säga hej då.

– Hej Annika, det är Sophia.

– Hej, sa Annika.

– Du, vi har diskuterat lite i mitt nätverk, ja, mitt privata nätverk alltså, alla tjejkompisarna, och vi har en liten inbjudan till dig.

Annika drog ett djupt andetag och tvingade sig till lugn och behärskning.

– Du som jobbar med det skrivna språket och allt, skulle inte du vara intresserad av att vara med i vår läsecirkel?

Läsecirkel? Jeezez fucking Christ.

– Ähum, sa Annika och bromsade in vid trafikljusen i Rissne-korsningen.

– Den här veckan läser vi en underbar bok av Marie Hermansson, Svampkungens son, har du läst den? Den handlar om att ta vara på det som är viktigt, att hitta sin plats i tillvaron. Sonen växer upp i skogen men egentligen hör han hemma vid havet, det är en väldigt vacker historia. Tycker du om Marie Hermansson?

Annika hade läst Musselstranden och börjat på en bok om en man som bodde under en trappa, men den hade hon inte avslutat.

– Vet inte, sa hon. Alltså, jag står lite illa till här, och jag har fått ett nytt jobb på tidningen idag, så det kommer att vara lite körigt framöver…

– Nytt jobb? sa Sophia. Men hur påverkar det våra veckor med barnen?

Där, precis där gick gränsen för hur mycket bajs Annika kände att hon kunde äta.

– Du, sa hon, möjligen skulle jag kunna diskutera en större arbetsförändring med mina barns far, men dig kommer jag aldrig någonsin att diskutera mitt yrkesliv med. Har jag uttryckt mig tillräckligt klart?

Sophia Fucking Jävla Grenborg lät lite stött.

– Varför är du så aggressiv? Jag vill ju bara dina barns bästa.

Annika skrattade gällt och elakt.

– Vilken förbannad hycklare du är, sa hon, alldeles för högt. Om du velat mina barns bästa så hade du inte förstört vår familj, ditt jävla…

Hon hade hållit på att säga "sprutluder", men kände att termen inte var riktigt adekvat.

– Jag har inte tid med dig eller dina bokcirklar, sa hon i stället. Jag kommer aldrig i helvetet att bli vän med dig, så lägg ner det, okey?

Hon tryckte bort samtalet utan att vänta på svar.

För första gången skämdes hon inte för att hon strimlat sönder Sophias svindyra behå på en bensinmack utanför Kungsör.

Att hon skickat ett tips till tidningen från den fejkade mejladressen *deep-throat-rosenbad* och sett till att Thomas utredning på Justitiedepartementet hade blivit nedlagd kändes med ens också lite bättre. Någon nöd verkade det dessutom inte gå på honom. Thomas hade omedelbart fått ett nytt uppdrag som handlade om samordning av ny lagstiftning kring internationell, ekonomisk brottslighet, och det hade han minsann inte diskuterat med henne.

Trafiken var förvånansvärt gles för att vara rusningstid, men så var det ju en klämdag som många passat på att kompa ut eller ta ledigt, precis som Nina Hoffman.

Hon kom tillbaka till tidningen i lagom tid för att plocka ihop datorn och gå hem.

– Du där, hojtade Patrik så snart han fick syn på henne. Du flyger till Malaga i morgon bitti.

Annika, som börjat rafsa ihop dator och papper i sin bag, släppte ner sakerna på skrivbordet igen.

– Vad pratar du om? sa hon.

– Du är inbokad på ett plan som lyfter klockan 06.30, sa Patrik.

Annika slog ut med armarna.

– Men herregud, sa hon, jag kan inte resa någonstans. Jag har precis flyttat och jag har inte packat upp…

– Du har väl inte så mycket grejer, sa Patrik. Ditt hus brann väl upp? Clobbe på sporten är på semester i Marbella. Han är knappast någon Guldpenna, men han skriver huvudknäcket till i morgon. Du kan ta en överlämning med honom när du kommer ner. Sedan måste du koncentrera dig på att få offrens identiteter bekräftade, och om det stämmer att det är Sebastian Söderström så blir du nog kvar där resten av veckan.

Annika stirrade ner i sin bag. Erik Pontis överlägsna lögner om hur han uppskattade Kicki Pop och inte alls hade något emot att P1 invaderades av gapiga pladderprogram dröp fortfarande i hennes öra.

Hon gick ju, trots allt, på schema nu.

– Flygbiljetterna, sa Annika. Var finns de? Eller har jag bara ett bokningsnummer? Var ska jag bo? Ska jag hyra bil? Finns det någon tolk? Har vi etablerat kontakt med den lokala polisen? Och vem ska plåta?

Patrik såg på henne med något tomt i blicken, sedan spände han ut bröstet.

– Det där får du lösa på plats, sa han. Det finns väl frilansfotografer i Spanien. Och passa på och researcha lite om Kokainkusten också, det blir du som får ta över artikelserien om knarket och penningtvätten som jag skulle ha skrivit om jag inte hade blivit befordrad…

Sedan vände han på klacken och skyndade bort mot nöjet.

Annika vände sig mot Berit.

– Otroligt! sa hon. Han tror att nyhetschefsjobbet består av att springa omkring och sprida käcka vinklar omkring sig.

– Ditt bokningsnummer till Malagaflighten ligger i mejlen, sa Berit utan att titta upp. Det finns ett par skandinaviska polismän stationerade i Andalusien, du har namn och nummer i ett annat mejl. Börja med att ringa dem, de känner säkert till någon lokal tolk. Ta egna bilder, det är lättast. Jag kvitterade ut en kamera som är helautomatisk, bara sikta och tryck. Ring när du vet något.

Hon pekade på en liten kameraväska på bordet bredvid Annikas och tittade upp över glasögonkanten.

– Flyg försiktigt, sa hon, och lycka till.

Annika stönade.

– Varför tog du inte jobbet, Berit?

Det ekade när hon slog igen dörren till lägenheten. Hon blev stående i mörkret i hallen någon minut, precis som hon hade för vana, lyssnade mot ljuden från gatan och kände luftdraget som letade sig ut i trapphuset.

Den här våningen var mycket mörkare än alla tidigare hon bott i. Den svävade högre ovanför marken, på fjärde våningen. Stora trädkronor slukade ljuset från gatlyktorna nere på Agnegatan. Utanför hennes eget sovrumsfönster fanns bara den stjärnlösa himlen.

Från hallen såg hon genom vardagsrummet och in i mörkret som skulle bli Ellens rum. Köket låg omedelbart till vänster, en modern och avskalad historia som hon tyckte instinktivt illa om.

Hon tände ljuset, drog av sig täckjackan och lät den ramla ihop i en hög på golvet. Snabbt gick hon förbi köket, orkade inte se kartongerna med de ouppackade husgeråden.

Hon gick in i sitt rum, kröp upp i sängen och lutade sig mot sänggaveln.

Det var inget större fel på själva bostaden. Egentligen var den ganska bra. Det var en trea, men en stor sådan, etthundrafyra kvadratmeter, med en inre hall som gick att använda som vardagsrum vilket givit henne och barnen var sitt sovrum.

Nycklarna hade levererats med bud till hennes tillfälliga bostad i Gamla stan dagen före nyårsafton. Hon hade ägnat själva nyårsaftonen åt att hyra en bil och köra över de fåtal pinaler hon skaffat sig efter branden.

Hon såg upp i det släta innertaket. Det måste ha funnits tunga stuckaturer där uppe en gång i tiden, men huset hade renoverats i slutet av 1930-talet och all onödig utsmyckning hade slitits ut.

Hon hade tagit reda på att fastigheten, som hette Valnöten 1 på byråkratiska, var en andelsfastighet där var och en av de boende ägde sin del av huset. Just den här lägenheten ägdes av Statens Fastighetsverk.

Hur Q burit sig åt för att skaka fram den åt henne visste hon inte, och hon hade ingen aning om hur länge hon skulle få bo kvar där.

Hon tände en sänglampa och puffade till kuddarna bakom ryggen, vred huvudet lite åt höger och tittade upp mot himlen.

Hon såg sovrummet i villan på Vinterviksvägen framför sig, hur övergiven och ensam hon känt sig där. Hon blundade och mindes branden, röken, paniken.

Thomas hade inte varit hemma. Just den kvällen hade han lämnat familjen och åkt hem till Sophia Grenborg, och Annika hade fått rädda sig själv och barnen bäst hon kunde. Hon hade firat ner Kalle och Ellen från sovrumsfönstret på övervåningen med hjälp av sängkläderna, sedan hade hon själv hoppat ner och landat på altanbordet.

Hon kom själv att misstänkas för branden.

Efter flera månaders brandteknisk utredning hittade man ett fingeravtryck på en molotovcocktail i brandresterna som kunde knytas till den verkliga mordbrännaren: en amerikansk yrkesmördare som gick under namnet Kattungen.

Det gjorde varken till eller från för Annikas del.

Kattungen skulle aldrig ställas till svars för branden.

I stället för att häkta henne och åtala henne hade kommissarie Q varit med om att förhandla fram ett byte med de amerikanska myndigheterna: FBI fick hem sin Kattunge, och det amerikanska rättsväsendet skickade hem en svensk medborgare från ett fängelse i New Jersey.

"Du har sålt ut mitt hem, *mina barns hem*, för att få cred hos FBI och kunna plocka hem en polismördare", hade hon sagt till kommissarie Q.

Det var då han hade skojat om att han kunde fixa fram ett nytt åt henne, och nu satt hon här, på Agnegatan 28, i samma kvarter som den lägenhet hon först bott i när hon kom som sommarvikarie till tidningen Kvällspressen för tio år sedan. Hon hade inga fönster åt det hållet, annars skulle hon antagligen ha kunnat titta in i det gårdshus där hon bodde den där heta sommaren där allting började, före barnen, före Thomas, medan Sven fortfarande levde…

Telefonen började ringa någonstans i lägenheten, inte mobilen utan hennes fasta lina, hon flög upp och mindes inte var någonstans hon hade pluggat in den.

Efter fjärde signalen hittade hon den på golvet i Kalles rum.

– Annika Bengtzon? Det här är Jimmy Halenius.

Statssekreteraren på Justitiedepartementet, ministerns närmaste man.

Thomas chef.

Hon harklade sig ljudligt.

– Thomas har flyttat, sa hon, det har jag ju sagt.

– Det är inte honom jag söker, det är dig.

Hon flyttade luren till andra örat.

– Öh, sa hon, jaha?

– Jag hörde från Britta att du ville ha kommentarer kring utlämningen av en amerikansk medborgare i slutet av förra året. Som du vet har ministern inga möjligheter att kommentera enskilda ärenden, men om du vill så skulle jag kunna förklara en del av turerna på ett mer informellt sätt.

– Britta? sa hon.

– Jag kommer att vara på Järnet på Österlånggatan från och med klockan 19. Du kan komma dit om du är intresserad.

– Kan jag citera dig? frågade hon.

– Absolut inte, sa han. Men jag bjuder på middag.

– Jag äter inte middag med politiker, sa hon.

– Du gör som du vill. Tack och hej, sa han och lade på.

Hon lade tillbaka luren i klykan och ställde ner telefonen på golvet. Kalles rum hade inte fått någon belysning ännu, hon stod i mörkret intill fönstret och tittade ner på den nakna trädkronan ett par våningar längre ner.

Egentligen borde hon packa upp.

Hon tittade på klockan.

Fast hon behövde inte göra det precis ikväll. Att någon skulle höra av sig från departementet hade hon aldrig trott. Borde hon inte gå och höra efter vad de hade att säga? Hon hade dessutom träffat Halenius förut. Han hade varit med på den där middagen ute i villan, några kvällar innan det brann.

Hon såg sig omkring bland flyttbråten.

Konkurrensen är knivskarp, tänkte hon. Middag på finkrog med högt uppsatt källa eller en helkväll med Kalles Briojärnväg?

Järnet visade sig vara en av de där krogarna i Gamla stan som Annika gått förbi så många gånger och kikat in i, som om människorna där inne levde i ett tittskåp, i en annan och mycket vackrare tillvaro än hennes egen. Det såg alltid så varmt ut, ljusen brann och besticken glittrade, det var vin i glasen och skratt runt borden. Ute på gatan, där hon gick förbi, var det alltid kallt och vasst av blåst.

En enkel liten skylt med restaurangens namn i skrivstil vajade och knirkade ovanför porten. Hon sköt upp den ena halvan av en grågrön dubbeldörr och hamnade i en tambur. Omedelbart förkroppsligade sig en servitör som såg uppriktigt vänlig ut. Han tog hand om hennes täckjacka utan att ge henne en nummerlapp eller kräva 15 kronor i garderobsavgift.

Klockan var tio över sju. Hon hade valt tidpunkten noggrant, ville inte vara för angelägen men inte låta honom sitta och vänta ensam för länge heller.

Själva matsalen var liten, bara ett tiotal bord.

Jimmy Halenius satt längst in i ena hörnan, djupt försjunken i en kvällstidning och med en öl framför sig.

Inte Kvällspressen, noterade hon, utan Konkurrenten.

– Hej, sa hon. Du läser fel tidning.

Han såg upp. Hans bruna hår pekade åt alla håll, som om han tagit för vana att slita det i vanmakt.

Han reste sig och sträckte fram högernäven.

– Tjena, sa han. Sätt dig. Den rätta tidningen har jag redan läst. Memorerat, faktiskt. Vill du ha något att dricka?

– Mineralvatten, sa hon och hakade fast bagen över ena knoppen på stolsryggen.

– Festa till på en cola, vetja. Det är jag som bjuder.

Hon satte sig ner.

– Inte pappa staten, då?

Han lade armarna i kors och drog upp axlarna lite och log.

– Till skillnad från dina representationsnotor så är mina offentliga, sa han. Jag tror vi håller den här inom familjen.

Annika plockade med servetten och granskade statssekreteraren i ögonvrån, hans utstrålning och klädsel.

Han andades knappast makt. Självsäkerhet, ja, men inte formell position. Han hade en blårandig skjorta under en ganska skrynklig kavaj. Ingen slips. Jeans.

– Jag har förstått att Kattungens utlämning är en annan sak som vi håller inom familjen, sa hon och såg honom rakt i ögonen. Varför är ni så hemliga med det?

Jimmy Halenius vek ihop tidningen och lade ner den i en sliten portfölj.

– Jag måste försäkra mig om att det här stannar mellan dig och mig, sa han.

Annika svarade inte.

– Jag kan berätta en del av det du vill veta, fortsatte han, men du får inte publicera det.

– Varför skulle jag lyssna på dig om jag inte får skriva? frågade hon.

Han log lite och ryckte på axlarna.

– De har bra mat här, sa han.

Hon såg på sin klocka.

Han lutade sig bakåt mot stolsryggen.

– Det var Kattungen som begick morden på Nobelfesten för drygt ett år sedan, sa Annika.

– Korrekt, sa Jimmy Halenius.

– Hon dödade den där unga forskaren på Karolinska institutet också.

– Förmodligen.

– Och hon brände ner mitt hus genom att kasta in brandbomber i barnens rum.

– Vi utgår från att det gick till så.

Annika strök handen över pannan.

– För mig är det här helt obegripligt, sa hon. Hur kan ni avstå från att lagföra en av de värsta brottslingar som någonsin har gripits av svensk polis?

– Det handlar förstås om vad vi fick i utbyte, sa statssekreteraren.

– Och det har du tänkt berätta för mig nu?

Han skrattade.

– Vad vill du äta? sa han. Man fattar faktiskt vad det står, åtminstone det mesta.

Annika tog upp matsedeln.

– Det kan inte bara ha handlat om en sketen polismördare från New Jersey, sa hon.

Många av maträtterna kunde hon identifiera, stekt strömming med dillsmör och potatispuré till exempel. Gremolata emolution med confriterad potatis hade hon däremot klara problem med.

Jimmy Halenius tog hjortcarpaccio med svart trumpetsvamp och västerbottenost till förrätt och grillad entrecote (250 gram) med scharlottenlökspuré, rostad persiljerot och västerbottenostkroketter till varmrätt.

Hon beställde löjrom och renskavsgryta.

– Du gillar västerbottenost, kommenterade hon sedan kyparen susat iväg efter deras vin, en shiraz från Sydafrika.

– Du håller dig till Norrbotten, sa han. Renar och löjor.

– Fast jag är från Sörmland, sa hon och höjde sitt vattenglas.

– Jag vet, sa han.

Hon öppnade munnen för att fråga hur han kunde veta det, och i samma sekund mindes hon deras förra möte, ute i villan i Djursholm.

"Du har haft en gammal Volvo, eller hur?" hade han sagt. "En 144, en mörkblå, jätterostig?"

Annika mindes hur blodet vällt genom kroppen och gjort henne mörkröd i ansiktet.

Hon ställde ifrån sig mineralvattnet.

– Hur visste du att jag sålt Svens bil? frågade hon.

– Det var min kusin som köpte den, sa han och drack ur sin öl.

Hon stirrade på statssekreteraren.

– Roland Larsson? sa hon. Är det din kusin?

– Visst. Vi var bästa kompisar när vi växte upp.

– Han gick i min klass i Bruksskolan i Hälleforsnäs! sa hon.

Jimmy Halenius skrattade.

– Och han hade en totalcrush på dig i alla år.

Annika började också skratta.

– Om han hade, sa hon. Det var nästan synd om honom.

– Vi brukade ligga på loftet i höladan hos mormor i Vingåker på sommarkvällarna och Rolle berättade om dig i timmar. Han hade ett gammalt tidningsurklipp med en bild på dig tillsammans med några andra, fast han hade vikt den så att bara du syntes. Han hade den i plånboken, jämt…

Hovmästaren kom med deras förrätter och hällde upp vin i glasen. De åt, tysta och hungriga.

Annika sköt sin tomma tallrik åt sidan och tittade noggrannare på mannen framför sig.

– Hur gammal är du egentligen? frågade hon.

– Två är äldre än Roland, sa han.

– Som var ett år äldre än jag, för han fick gå om ett år.

– Utbildning var ingen högprioriterad fråga hos Haleniusarna. Jag är den första som någonsin tagit en universitetsexamen.

– Är du också från Sörmland?

Han drack vin och skakade på huvudet.

– Östergötland, Norrköping. Jag är uppvuxen på tredje våningen i ett smalhus på Himmelstalundsvägen.

– Är du sådan där sossenomenklatura? Mamma kommunalråd och pappa fackbas?

– Nej för fan, sa han. Farsan var kommunist. Först gick jag med i Röd ungdom, men de hade bättre fester i SSU. Och mycket snyggare tjejer. Jag fick Rolle att gå med också. Han sitter fortfarande i kommunalfullmäktige för sossarna i Flen.

Hon såg Roland Larsson framför sig, hans lite satta kropp och långa armar. Faktum var att han och Jimmy Halenius var ganska lika. Hon visste inte att han blivit kommunalpolitiker.

– Vad gör Roland annars nuförtiden?

– Han brukar jobba på glassbolaget i Flen på somrarna, men just nu går han och stämplar.

– Bor han kvar i Hälleforsnäs?

– Nej, i höstas tog han steget ända bort till Mellösa, flyttade in till en frånskild tjej med tre ungar som bor strax bakom lanthandeln, du vet på vägen ner till Harpsund…

– Inte Sylvia Hagtorn väl?

– Jo, så hette hon! Känner du henne?

– Hon gick klassen över oss. Har hon tre barn? Med vem då?

Hovmästaren tog bort deras förrättstallrikar och serverade huvudrätten. Han hällde upp mer vin i Jimmy Halenius glas.

– Är du gift? frågade Annika och sneglade på hans vänstra ringfinger.

– Skild, sa han och skar frenetiskt i sin köttbit.

– Barn? frågade hon och petade i sin renskavsgryta.

– Två, sa han och tittade upp. Tvillingar. En kille och en tjej. De är sex år nu.

– Och du har dem varannan vecka?

– Sedan de var ett och ett halvt.

– Hur tycker du det fungerar?

Han drack av sitt vin.

– Jodå, sa han. Hur tycker du själv att det funkar?

Han såg upp på henne och tuggade.

Hon skvimpade runt lite med vinet i glaset, hon gillade inte rödvin och det här var tungt och tjockt som lera.

– Jag tycker det är hemskt att vara skild, sa hon och mötte hans blick. Jag saknar mina barn så att jag nästan dör när de inte är hos mig. Och jag… har svårt för Thomas nya… sambo.

Hon hade hållit på att säga "hatar Thomas nya fitta".

– Jaså, varför det?

Han lät nästan road.

– Hela hon är en jävla klyscha. Jag fattar inte vad Thomas ser hos henne.

– Så du tycker inte att hon har slitit sönder din familj?

Annika tog ett hårt tag om besticken.

– Jo, det är klart hon har. Hade det inte varit för henne så skulle jag ha haft mina barn hos mig jämt.

Jimmy Halenius såg ner i sin tallrik.

– Tror du verkligen på det själv? sa han utan att se upp. Lyckades inte du och Thomas slita sönder er familj ganska rejält alldeles på egen hand?

Hon blev så ställd av hans ord att hon tappade gaffeln.

– Vad fan vet du om det? sa hon och hörde hur hennes röst lät konstig.

Nu tittade han upp och skrattade till.

– Nä, sa han, jag vet ingenting om er. Jag vet bara vad jag själv gjorde för misstag. Jag var hemsk att leva med. Jag kommunicerade inte. Jag kunde starta världskrig för småsaker, men när det gällde de viktiga grejerna så ställde jag aldrig några krav. Jag bara förväntade mig att hon skulle fatta vad jag ville. Nu har jag börjat fem meningar i rad med ordet "jag". Självcentrerad är jag också, sa jag det?

Hon stirrade på honom och brast sedan ut i gapskratt.

– Det hade kunnat vara mig du beskrev, sa hon förundrat. Jag var helt odräglig att vara gift med.

Och i samma sekund hon sa orden så visste hon att de var sanna.

– Jag talade aldrig ens om för honom att jag visste att han var otrogen. Jag bara hämnades på honom, i flera månader, utan att berätta varför. Han fattade naturligtvis ingenting.

Hovmästaren frågade om de önskade något annat och Jimmy Halenius tittade på sin klocka.

– Ska vi gå någonstans och hälla i oss drinkar? frågade han.

Med ens mindes Annika morgonplanet till Malaga klockan 06.30.

– Skit! utbrast hon och såg på sitt eget armbandsur. Jag har inte ens packat!

– Ska du åka bort?

– Jag ska vara på Arlanda klockan halv fem.

– Men då är det ju ingen idé att du går och lägger dig, sa han glatt.

– Jo tack du, sa hon och fumlade efter sin väska.

Statssekreteraren tog in notan och betalade den kontant. Han bad hovmästaren ringa efter en taxi och sedan hjälpte han henne på med täckjackan.

Det hade börjat snöa ute, stenhårda små isflingor som virvlade i luften och träffade henne i ansiktet som nålar. Skylten ovanför porten gnisslade i vinden. Ett gäng unga män som kammat sig med fläsk-kotletter och klätt sig i engelska oljetygsjackor marscherade i bredd mitt på gatan, viftande med vinflaskor och mobiltelefoner. Annika vände sig bort.

En taxi kom glidande utmed Österlånggatan. Jimmy Halenius steg ut på gatan och lät porten gå igen.

Han var inte särskilt lång, bara en dryg decimeter längre än hon.

– Vart ska du flyga? frågade han.

– Malaga, sa hon och såg taxin närma sig.

– Ah, España, sa han. *Entonces, vamos a salutar como los españoles!*

Han tog tag om hennes axlar och drog henne intill sig, gav henne en kindpuss på vänstra kinden och sedan en på den högra.

– Spanjorerna pussar två gånger, sa han med läpparna intill hennes öra. Kan vara värt att tänka på där nere.

Han släppte henne och log så att ögonen blev springor.

Taxin körde upp och stannade intill dem.

– Jag hör av mig, sa han och öppnade bildörren åt henne.

Annika klev in utan att tänka och lät honom stänga den bakom henne också. Hon såg honom vända sig bort och gå ner mot Järntorget, fälla upp kragen mot vinden och sedan försvinna runt hörnet.

– Vart ska vi? frågade taxichauffören.

Och det var först då som hon insåg att hon inte fått veta ett dugg mer om Kattungen än hon visste när hon kom.

LJUSET VAR SÅ hårt att hon var tvungen att blunda. Hon stod på flyg-planstrappan och vajade några sekunder innan hon förmådde öppna ögonen så pass att hon kunde gå nerför landgången och ut på land-ningsbanan.

Det värkte i knäna och korsryggen. Lågprisbolaget skojade inte när det marknadsförde sig under devisen "betala bara för det du får". SL-bussarna i Stockholms innerstad var ett eldorado av svängrum jäm-fört med sardinburken som flugit henne till Malaga.

Det var varmt, närmare tjugo grader. Lukten av flygbränsle och bränt gummi svävade över cementplattan. Hon maldes in i en jättebuss som svalde alla passagerarna och insåg misstaget att sätta på sig täckjackan. Hjälplös som en insekt på rygg försökte hon krångla den av sig. Det gick inte. I stället svettades hon och led medan hon skakade längs hela den långsträckta terminalbyggnaden och bort mot ingången.

Det verkade som om hela flygplatsen var en enda stor byggarbets-plats.

Oljudet av cementblandare och schaktmaskiner nådde ända in till hallen för bagageutlämning. Bagagebanden var många och låg tätt, de rasslade och gnisslade där de spottade fram koffertar och sportutrust-ning i ett flöde utan slut.

– Vet du var man kan hyra en bil? frågade hon en äldre man med stor mage och ännu större golfbag.

Han pekade mot tullen och ner åt höger.

Hon knölade ner sin jacka i resväskan och följde med strömmen.

En våning ner från bagageutlämningen öppnade sig en lika stor hall med bara biluthyrare. Hon gick tveksamt förbi raden av diskar. Där fanns alla de vanliga som Hertz och Avis, andra billigare varianter med enorma köer, längst bort trängdes några lokala förmågor.

Till slut hade hon passerat hela raden och stod obeslutsam i slutet av hallen.

Inne i hörnet fanns en sliten disk med en trött tjej som satt och halvsov under en skylt med texten Helle Hollis.

Ja, vad fan, tänkte Annika, och hyrde en Ford Escort.

Det tog en kvart att hitta bilen i det gigantiska garaget. Den var liten, blå och intetsägande. Hon slängde in resväskan i bagageluckan och placerade bagen, anteckningsblocket, mobilen, kameraväskan, den nyinförskaffade guideboken från Arlandas Pocketshop och biluthyrarens karta på passagerarsätet bredvid sig.

Hon krånglade sig in på förarplatsen och slog igång mobiltelefonen.

Clobbes värdelösa text hade hon läst på nätet på Arlanda. "Döden i paradiset" ropade rubriken. I den korta brödtexten staplades flosklerna på ett sätt som skulle ha vunnit klysch-VM. På himlen skiner solen, men i människornas hjärtan är det kallt och mörkt. De ville leva ett stilla liv, men fick en ond, bråd död.

Redan där och då hade hon beslutat sig för att negligera alla typer av överlämningar med Clobbe.

– Du har... fyra... nya meddelanden, sa hennes elektroniska brevlåderöst.

Det första var från Patrik som sa åt henne att ringa redaktionen så snart hon landat.

Det andra var från Patrik som undrade om hon inte var framme snart.

Det tredje var från Patrik som upphetsat hojtade att spanska polisen hade bekräftat att det var Sebastian Söderström och hans familj som dött i gasinbrottet, och hur kom det sig att hon inte hade koll på den informationen, hon var ju för helvete på plats?

Det fjärde var från Berit.

– Vi har delat upp det så här, sa kollegan på mobilsvaret, Annika kunde höra att hon bläddrade i några papper. Jag skriver Sebastian Söderströms levnadshistoria på klipp. Sporten tar hand om hockey-kompisarna från NHL och deras kommentarer. Du får skriva tre artiklar: "Allt om gasmordet", "Så levde familjen på Solkusten", och så förstås klassikern "En idyll i chock". Vi kan väl stämma av framåt kvällen. Lycka till nu.

Hon hade lagt på utan fler åthävor.

En man kom fram och viftade med bägge armarna och vrålade något åt Annika inne i bilen, hon antog att han ville att hon skulle köra iväg så att han kunde ta hennes plats.

Hon låste dörren och tog upp mobilen och anteckningsblocket.

Mannen bankade på hennes vindruta.

Hon vevade ner rutan en centimeter.

– Vad? sa hon.

Han fäktade och väsnades och hon låtsades inte fatta.

– Ledsen, sa hon. *No comprendo.*

Mannen började skrika att han skulle ringa till polisen.

– Gör det, sa Annika och drog upp rutan igen. Bra idé.

Hon slog mobilnumret till den första av de bägge skandinaviska poliser vars namn hon fått av Berit, en Knut Garen som visade sig vara norrman.

– Jag heter Annika Bengtzon och är reporter på tidningen Kvälls-pressen. Jag har fått ditt nummer av…

– Ja, jag pratade med Berit Hamrin i går, sa polismannen. Hon sa att du skulle höra av dig. Är du i Marbella nu?

– Jag är på väg.

– Vi kan ses på La Cañada klockan två.

– Lakanjada? sa Annika.

– Utanför H&M, sa polismannen och samtalet bröts.

Lakanjada skrev hon i blocket, startade motorn och höll på att köra på den viftande mannen när hon tråcklade sig ut ur garaget.

Trafiken var förfärlig. Hon förstod precis varför Spanien var Europa-mästare i att köra ihjäl fotgängare på övergångsställena. Bilar tutade och förare hötte med nävarna och viftade med armarna.

– Lugna ner er innan ni får en hjärtinfarkt, mumlade hon och försökte hitta någon struktur på vägskyltarna. Det gick inte.

Det verkade som om ombyggnaden av Malagas flygplats var ett jätteprojekt. Enorma betongskelett spretade mot himlen vart hon än såg, armeringsjärn låg i stora travar utefter körbanan, lastbilar och gaffeltruckar och grävskopor trängdes med bilar och mopeder och *courtesy buses* som bussade folk från långtidsparkeringarna in till terminalerna. Alla gator var provisoriska och målade med ett myller av olika filer och färdriktningar.

Det fanns ingen logik i namnet på orterna hon skulle köra mot heller, det hade tjejen under Helle Hollis-skylten förvarnat om. Hon skulle sikta på Cádiz alternativt Algeciras för att komma till Marbella, första gången kunde hon ta betalmotorvägen men andra gången måste hon köra mot San Pedro de Alcántara, det var viktigt, det fick hon inte glömma, annars skulle hon hamna i Estepona.

– Och det är ett förfärligt ställe, det har man ju hört, sa Annika och tänkte på Julia.

Tjejen hade sett på henne med tom blick.

– Jag bor där, sa hon.

Annika passerade Torremolinos långt nere till vänster, ett grotesk myller av skitiga vita hus som sträckte sig i oändlighet efter Medelhavskusten. Hon körde om flera franskregistrerade folkabussar med hela bohag på taket och blev själv omkörd av tyskregistrerade Mercor. En spansk BMW körde i sicksack mellan filerna och höll på att kollidera med en Seat. Hon höll krampaktigt i ratten och undrade vad lakanjada var för något.

När hon kom upp på den del av motorvägen som var tullbelagd minskade trafiken radikalt. Hon kunde slappna av och häpnade över landskapets dramatik.

De kilometerhöga bergen sträckte sig hela vägen ner till havet. Motorvägen dånade fram på bergssidor och genom dalgångar, bred och slät och fyrfilig. Stora reklamskyltar för nattklubbar och fastighetsmäklare stod uppställda utmed vägen, ibland alldeles intill övergivna ruiner av gamla lantgårdar. Nyexploaterade bostadsområden med gigantiska terrasshus i bjärta kulörer började dyka upp när hon passerat betaltullen. Hon var tvungen att rota fram solglasögonen ur bagen, färgerna var så klara att de skar i ögonen: den knallblå himlen, dalarnas grönska, husens pasteller, och så havet som glittrade som en krossad spegel.

Strax före Marbella, precis intill ett shoppingcenter som påminde om Kungens kurva, gick motorvägarna ihop igen och trafiken blev lika vansinnig som tidigare. Hon höll sig långt ut till höger och kom på så sätt rätt när den delade sig igen. Ville ju inte hamna i Estepona.

Vid avfarten till något som hette Istán gjorde motorvägen en lång sväng ut mot havet. Bebyggelsen tätnade. Hon tänkte att hon nog borde svänga av snart och försöka hitta ett hotell. I nästa ögonblick såg hon ett precis till vänster. HOTELPYR.com läste hon på skylten som svävade mot himlen.

Ja, vad fan, tänkte hon och svängde av mot en tjurfäktningsarena.

Pyr låg mitt i Puerto Banús och hade gott om lediga rum. Hon fick ett hörnrum på tredje våningen med hänförande utsikt över motorvägen.

– Känner du till något som heter lakanjada? frågade hon receptionisten.

– La Cañada? Det är ett shoppingcenter. Jättelikt, på vägen mot Malaga. Du kan inte missa det. Sväng av mot Ojén.

Ah, tänkte hon. Kungens kurva-komplexet.

Hon såg på klockan, halv två.

Hon gick ut i bilen igen.

Naturligtvis missade hon avfarten.

Hon såg komplexet svischa förbi på vänster sida i samma ögonblick som hon insåg att hon kört för långt. Med en ilning av panik lyckades hon undvika att komma upp på betalmotorvägen igen. I djungeln av obegripliga reklamslogans och vägmärken och elektroniska meddelanden på spanska som kantade motorvägen letade hon efter en avfart där hon kunde svänga tillbaka och byta färdriktning, och hittade en strax efter Costa del Sol-sjukhuset.

Först när hon körde in på den smockfulla parkeringen intill köpcentret märkte hon hur axlarna varit som fastlimmade uppe vid öronen. Hon tvingade dem att falla ner på sin normala plats, trängde sig in framför en brittiskregistrerad Jaguar och parkerade precis intill utfarten.

Det var svart av folk där inne. Dagarna före *el día de Reyes*, trettondagen, hörde till de största shoppingdagarna på hela året, det hade hon läst i guideboken på vägen ner. De flesta spanska barn fick inte sina julklappar på julafton utan på trettondagen, och alla sista minuten-presenter i södra Spanien skulle tydligen inhandlas här och nu.

Insidan höll samma temperatur som utsidan, noterade hon när hon gled ut på det spegelblanka granitgolvet. Solen sken genom glastaket flera våningar upp och förstärkte intrycket av att fortfarande befinna sig utomhus. Hon maldes framåt av människomassorna och passerade samma typer av dussinaffärer som fanns i galleriorna hemma i Stockholm: Mango, Zara, Lacoste och Swatch. Hon hittade en informationstavla och såg att hon stod precis bredvid entrén till H&M. Någon polis kunde hon inte upptäcka i folkmassan, så hon ställde sig med ryggen platt intill skyltfönstret för att ha uppsikt utan att bli nedtrampad.

Rakt framför henne reste sig en enorm julgran mot taket, dess frodiga grönska avslöjade att den var av plast. Från takstolarna hängde julgransbollar, uppemot två meter i diameter, några palmer lutade sig mot en stenpelare. De var så fula att hon antog att de var äkta.

Hon tittade på klockan. De borde komma snart.

– Annika Bengtzon?

De var två, och deras uppenbarelser skrek skandinavisk civilpolis så tydligt att det ekade mellan glasfönstren. Den ene var blond, den andre cendré, bägge med jeans och bekväma skor, vältränade med den avslappnade självklarhet som bara män med otvetydig auktoritet har.

Hon tog i hand och log.

– Vi har lite bråttom, sa Knut Garen, men där uppe finns en tapasbar med utomordentlig utsikt över parkeringen.

Kollegan presenterade sig som Niklas Linde, det lät som om han kom från övre Norrland.

De tog rulltrappan upp och trängde sig ner vid ett fönsterbord och fick mycket riktigt en kolossalt fin vy över tiotusen personbilar.

– Tack för att ni kunde ta er tid, sa Annika och lade upp block och penna på bordet.

– Nå, sa Knut Garen, det är så här det går till. Alla kontakter mellan spansk polis och svenska myndigheter måste gå genom oss. Det är vi som synkroniserar kommunikationen.

– Först och främst vill jag fråga er om ni känner till någon bra tolk, sa Annika. Helst från svenska till spanska, men det går bra med någon som översätter från engelska också.

– Du pratar inte spanska? sa Knut Garen.

– *No mucho*, sa Annika. *Comprendo un poquito.*

– Carita, sa Niklas Linde. Hon är svenska och bor med familjen här nere, jobbar med översättningar och sådant när hon inte rycker in och tolkar. Du ska få hennes nummer.

Knut Garen plockade fram sin mobiltelefon.

– Det är ju en fasligt trist historia, det här med Söderströms, sa han medan han knappade fram tolkens nummer i sin telefonbok. Gasinbrott har blivit allt vanligare, men vi har aldrig varit med om att det har gått så här illa. Här ska du se, Carita Halling Gonzales, har du en penna?

Hon skrev upp både hemnumret och något hon antog var ett mobilnummer.

– Kommer ni att jobba med morden? frågade hon.

– Det är spanska *policía nacional* som sköter utredningen, sa Niklas Linde. Vi är inte operativa här.

– Vi är sysselsatta med en annan historia just nu, sa Knut Garen. Den kanske du också får anledning att skriva om framöver. Greco och Udyco tog en last med 700 kilo kokain i ett lager i La Campana förra veckan, vi tror att det har anknytning till Sverige.

– Greco? sa Annika.

– De spanska specialenheterna för narkotikabrott och organiserad brottslighet. Vi har mycket med dem att göra.

Knut Garen tittade på sin klocka.

– Bara några generella frågor om kriminaliteten här nere, sa Annika. Jag har läst att Costa del Sol också kallas Costa del Crime. Är det en överdrift?

– Beror på hur man ser det, sa Knut Garen. Här finns 420 kriminella organisationer, de sysslar med allt från haschodling till kokainsmuggling och bilstölder, människohandel och illegala spelhålor. Man räknar med ett trettiotal beställningsmord bara i Malaga varje år. Sexindustrin är enorm, den sysselsätter över 40 000 personer. Det finns ett hundratal kända bordeller…

– Hur vanliga är gasinbrott?

– Oerhört vanliga, sa Niklas Linde. Ofta är det utlänningar som drabbas, men givetvis också rika spanjorer. Man tror att ligorna ser ut sina offer på flygplatsen, följer efter dem till deras villor eller lägenheter och drogar dem med gas när de har somnat. Det händer att folk vaknar i hus där hela bohaget är borta, inklusive vigselringarna de haft på fingrarna. Folk mår ofta väldigt dåligt efteråt, och då pratar jag inte om sviterna efter själva gasen.

– Kan jag citera dig på det?

– Visst, sa han, men inte med mitt namn. Jag verkar utan att synas.

Hon såg dröjande på honom, vilken var hans roll egentligen?

– Jag har förstått att gasinbrott drabbat svenskar förut, sa hon.

– Vi har ett hundratal svenska fall per år, sa Knut Garen och vinkade till sig ytterligare en tallrik med jamón serrano.

– Vad tror ni om det här specifika inbrottet? frågade hon.

Poliserna såg på varandra.

– Jag menar, sa Annika, hade de inte gaslarm? Jag har fått höra att alla har gaslarm i Nueva Andalucía…

– Det finns indikationer på att det här inte var en vanlig gasning, sa Niklas Linde.

– Jag vet inte om vi ska…, sa Knut Garen.

Niklas Linde lutade sig fram över bordet och sänkte rösten.

– Offren befann sig inte i sina sängar när de upptäcktes, sa han. Kvinnan låg död strax intill dörren, mannen hittades liggande på ett skrivbord. Gaslarmet hade lösts ut, förmodligen väcktes de av det. Någon stängde av det.

– Och barnen? frågade Annika och var tvungen att svälja.

– De hittades i korridoren utanför föräldrarnas sovrum. Barnens mormor, en pensionär, var den enda som låg i sin säng. Hon kanske hade svårt att röra sig, vi vet inte.

Annika tänkte febrilt. Hon brydde sig inte om att fråga efter detaljer kring offrens namn och ålder, sådant fanns på nyhetsbyråerna.

– Hur fick tjuvarna in gasen i huset?

– Via ventilationsanläggningen på baksidan av kåken. Termostaterna inomhus stod på tjugo grader och det var kallt i går natt, inte mer än åtta, nio grader. När temperaturen sjönk utomhus gick värmen igång och hela huset gasades samtidigt.

Annika såg ner på sina anteckningar.

– En konstig fråga kanske, sa hon, men vad gjorde... mannen på skrivbordet?

Hon kunde inte förmå sig att använda hans namn.

– Skrivbordet stod precis under luftintaget, sa Niklas Linde. Han hade ett täcke under sig när han hittades. Det verkar som om han faktiskt har sett gasen välla fram och försökt stoppa den med hjälp av sängkläderna, och det förstärker det underliga i fallet.

Det blev tyst, poliserna såg på varandra.

– Vad? sa Annika. Varför då?

– Vanliga knockoutgaser som hexan, isopropanol och koldioxid är transparenta, sa Niklas Linde. Hade man använt någon av dem så hade han inte kunnat se den.

Hon antecknade namnen på gaserna som hon trodde att de stavades.

– Men den här gången användes alltså något annat? Vad?

Niklas Linde skakade på huvudet.

– Gasen måste ha varit starkare än normalt, eftersom den dödade dem när de var vakna och på väg att fly, och den var antagligen synlig på något sätt. Som imma, eller rök.

Annika rös till.

– Så de dog väldigt snabbt?

– De blev förlamade tämligen omgående i alla fall.

– Barnen också?

Poliserna svarade inte, Annika kände illamåendet stiga i halsen. Var det något annat hon behövde veta?

– Vem hittade dem? frågade hon och bläddrade i sina anteckningar medan hon tryckte tillbaka obehagskänslan i halsen.

– Hemhjälpen, hon jobbade där fem dagar i veckan och gick in med egen nyckel.

– Och det kan inte ha varit hon som gasade dem?

– Om hon hade velat länsa huset hade hon exempelvis kunnat göra det i förra veckan, när familjen firade jul i Florida.

– Så det var något som blev stulet?

– Allt av värde. Kassaskåpet var borta. Tjuvarna, eller om vi ska kalla dem för mördarna, slog sönder tegelväggen där skåpet murats in och tog det med sig, förmodligen oöppnat. All konst är borta, alla datorer och tv-skärmar och andra elektroniska apparater, och alla smycken och kontanter. De har tagit god tid på sig.

– Vad innebär "god tid"? frågade Annika.

– Minst tjugo minuter för kassaskåpet och lika mycket för resten av bytet.

– Vet man vilken tid det hände?

– Mördarna tog sig in på egendomen klockan 03.34.

Annika spärrade upp ögonen.

– Hur vet man det?

– Larmet vid grinden kopplades ur då.

– Hur då "kopplades ur"? sa Annika. Bröt de strömmen? Slet de ut sladdarna?

Knut Garen tittade på klockan igen.

– Jag kan inte komma fram till någon annan förklaring än att mördarna kunde koden, sa han och reste sig.

Annika satt kvar vid bordet sedan polismännen gått. Hon hade redan dåliga erfarenheter av att sitta och ringa i bilen på en fullpackad parkering i det här landet.

Hon började med Carita Halling Gonzales hemnummer.

Inget svar.

Hon slog mobilnumret, och efter fyra signaler svarade en kvinna *Sí, díga?*

– Carita Halling Gonzales?

Några barn skrek och skrattade i bakgrunden.

– *Soy yo.*

– Jag heter Annika Bengtzon och har fått ditt namn av Knut Garen. Jag är reporter på tidningen Kvällspressen och skulle behöva hjälp av en tolk några dagar. Stämmer det att du tolkar från svenska till spanska?

– Kan ni vara lite tysta? sa hon en bit från luren och barnens skratt sjönk undan. Jo, jag tolkar, sa hon sedan i luren igen, fast just idag är det väldigt körigt. Det är ju trettondagsafton i morgon. Just nu är jag på Mercadona och… nej men hörni!

Annika tryckte tummen och pekfingret mot näsroten och uppbådade tålamod.

Hon borde förstås ha frågat om flera namn, så klumpigt av henne…

– Vilken typ av uppdrag gäller saken? frågade Carita Halling Gonzales.

– *Está libre?*

Annika tittade upp och såg tre feta kvinnor peka uppfordrande på de tomma stolarna runt hennes bord.

– *No*, sa Annika och sänkte telefonen. *No libre.*

Kvinnorna började slå sig ner i alla fall.

– *No libre!* röt Annika och slog ut med händerna och kvinnorna såg förnärmat på henne och baxade sig iväg mot andra änden av baren.

När du är i Spanien, tala som spanjorerna, tänkte hon och lyfte telefonen igen.

– Jag är här med anledning av ett dödsfall, sa hon. Det gäller en svensk familj, en Sebastian Söderström och hans fru och barn. Har du hört talas om det?

– Ja, herregud, sa Carita Halling Gonzales, jag fick precis veta det nu i förmiddags. Det är ju fullständigt förskräckligt. Vi har bara gått och väntat på att något sådant här skulle hända, så mycket gasinbrott som det är här nere.

Annika antecknade, bara för att säkra upp citatet.

– Kände du familjen?

– Söderströms? Nej, det kan jag inte säga. Fast jag har träffat dem förstås. Vi har barn i samma skola.

– Vilken skola är det?

– Marbella International College. Vad skulle uppdraget innebära, vad skulle jag göra?

Annika rev sig i huvudet, hon tyckte inte om att resa och hade alltid undvikit att göra det så långt det var möjligt. Hon hade aldrig jobbat med en tolk förut.

– Jag pratar för dålig spanska för att göra mig förstådd, sa hon, och jag har aldrig varit här förut. Jag behöver hjälp med de enklaste saker, som att prata med folk och ta mig fram och hitta dit jag ska...

– Jag ska kolla med Nacho, sa hon, få se om jag får tag på honom. Han har nog patienter nu förstås...

– Nacho? sa Annika.

– Min man, han är barnläkare. Kan jag ringa tillbaka till dig?

Annika lutade sig bakåt mot ryggstödet och släppte ner mobilen på bordet. Hon borde ringa Patrik, även om samtalet inte skulle fylla någon som helst funktion.

Hon slöt ögonen och vilade huvudet mot väggen.

Hon var verkligen ohyggligt trött. När klockan ringde 03.15 i morse hade hon nästan kräkts. Nu kände hon hur nacken slappnade av, huvudet rullade åt sidan och hakan ramlade ner. Tyngden av sömn rann genom hela kroppen och hon satte sig upp med ett ryck, blinkade några gånger och tog upp sin mobil igen.

Patrik svarade direkt, naturligtvis.

– Jag gör ett par grejer, sa hon och bryd

de sig inte om att förklara att hon respekterade förbudet att ha mobiltelefoner påslagna på flygplan. Sådant fjant struntade Patrik i, det visste hon. Enligt honom var problemet att mottagningen var så taskig på 10 000 meter.

– Jag skriver detaljer om gasmordet, sa hon, jag har fått fram en del nytt. Jag har pratat med en mamma som har barn i samma skola, så jag gör ett knäck om själva familjen och deras livsstil också.

Hon blundade och höll andan och hoppades komma undan klyschan "En idyll i chock".

– En idyll i chock då? undrade Patrik. Det är ju därför du är där nere, för att skildra paniken i svenskkolonin.

Är jag? tänkte Annika.

– En idyll i chock är mitt mellannamn, sa hon. Vartenda ord kommer att vara genomsyrat av chocken. *No te preocupes.*

– Hm, sa Patrik och lät inte övertygad.

Två pip i luren visade att hon hade ett annat samtal på väg in.

– Jag måste sluta, sa hon och bytte samtal.

Det var Carita Halling Gonzales.

– Jo, sa hon, det går bra. Jag kan ta på mig uppdraget. Jag tar 40 euro i timmen plus utgifter.

– Öh, okey, sa Annika som antog att det var normal tolktaxa. Vad betyder "utgifter"?

– Om jag ska köra omkring dig, till exempel, så fakturerar jag bensinkostnaden.

– Jag har en bil, sa Annika. Eller rättare sagt en Ford. Kan du börja med en gång?

– Oj, vänta, en polisbil…

Det rasslade till i luren och sedan blev det tyst en lång stund.

– Carita? sa Annika prövande.

– Ursäkta, nu har de åkt. Det är förbjudet att prata i mobiltelefonen medan man kör, Nacho fick 60 euro i böter i förra veckan. Var är du nu?

– Lakanjada, sa Annika.

– Stackare, en sådan här dag. Ska vi ses där eller någon annanstans?

– Jag bor på ett hotell som heter Pyr. Det ligger…

– Vi kan ses på Pyr, ska vi säga om en kvart? Ses snart!

– Vänta, ropade Annika. Kan du ta med dig skolkatalogen?

Carita Halling Gonzales såg ut exakt som kvinnorna som shoppat på La Cañada: smal och blond och brunbränd, något äldre än hon själv. Guldörhängen och skramlande armband. Tight urringad tröja och leopardmönstrad tygväska.

– Så trevligt, sa tolken och hälsade hjärtligt samtidigt som hon stoppade ner ett läppstift med guldhylsa i leopardväskan. Vad vill du göra först?

– Åka till villan där de bodde. Vet du var den ligger?

Carita Halling Gonzales rynkade ögonbrynen.

– Någonstans i Nueva Andalucía, sa hon sedan. Du hade ingen närmare adress, något supermanzana?

Annika stirrade på henne, något superäpple?

– Kvarter, bostadsområde, sa tolken.

– Ah, sa Annika och rev fram sitt anteckningsblock. Hon bläddrade tills hon hittade Berits uppgift från Paginas Blancas.

– Las Estrellas de Marbella, läste hon.

– Marbellas stjärnor, sa tolken och skakade sedan på huvudet. Har ingen aning. Vi får ringa till Rickard.

– Marmén? sa Annika.

– Känner du honom? sa Carita Halling Gonzales förvånat.

– Alla känner väl Rickard, sa Annika och letade fram numret i anteckningsblocket.

Jodå, Rickard visste var Las Estrellas de Marbella låg någonstans. Han hade drivit inredningsbutik i en inte alltför avlägsen forntid och hade hunnit göra några leveranser till Las Estrellas innan företaget gick i konkurs.

Carita skrev ner färdvägen i Annikas block.

– Tack, puss, sa hon och gav tillbaka telefonen till Annika.

– Vill du köra eller ska jag? sa Annika.

– Kör du, jag kommer att ha fullt upp med att läsa den här komplicerade vägbeskrivningen. Vad har du gjort i fingret?

Hon pekade på Annikas vänstra pekfinger med det fula ärret.

– Skurit mig, sa Annika.

De satte sig i bilen och körde ner under motorvägen.

– Rakt fram förbi tjurfäktningsarenan, sa tolken och pekade med målade naglar. Vad ska du skriva för artiklar?

– Jag har redan träffat två poliser som berättade detaljer om själva morden, sa Annika. Nu vill jag titta på huset, jag vill kunna beskriva området det ligger i, kanske prata med några grannar. Sedan tänkte jag försöka träffa några av de svenskar som bor här nere som kan förklara hur en sådan här händelse påverkar deras tillvaro, om den nu gör det…

– Morden? sa Carita Halling Gonzales.

Annika sneglade på kvinnan bredvid sig, hon tittade sig i en fick-spegel och petade bort något mellan tänderna.

– Polisen tror inte att det här var ett vanligt inbrott. Tjuvarna använde någon underlig typ av gas som gjorde att familjen dog nästan genast.

Hon tänkte några ögonblick.

– De beskrev dem faktiskt inte som tjuvar, utan som mördare.

– Så förskräckligt, sa tolken. Ta vänster i rondellen.

Gatorna ringlade sig fram mellan höga cementmurar, täta cypress-häckar och stora snår av hibiskus och bougainvillea. Bakom murarna och växtligheten skymtade tak av terrakottafärgade tegelpannor, sten-lagda gårdar och hårt klippta gräsmattor.

– Vilka stora hus, sa Annika och kikade ut genom vindrutan.

– Och dyra, sa Carita Halling Gonzales. Det där framme, till exempel, är till salu för nio och en halv miljon.

Annika granskade den svarta smidesporten när de körde förbi.

– Det är förtstås dyrt, sa hon, men det kostar villorna i Djursholm också.

– Inte kronor, euro, sa Carita Halling Gonzales och kisade på sin färdplan. Höger här, tror jag.

De körde någon kilometer. Tolken tittade sig vaket omkring.

– Området där uppe måste vara helt nybyggt, sa hon och pekade upp till vänster. Jag tror aldrig att jag har sett det förut. Prova och kör dit. Ojoj, passa hålet i vägen...

Annika fick göra en tvär gir för att undvika att köra ner i en stor grop mitt på körbanan.

– Jeezez, sa hon. Hur kan de låta gatorna se ut så här?

Carita Halling Gonzales suckade.

– För några år sedan fängslade man hela Marbellas kommun-ledning. Det där hålet är förmodligen åtgärdat och betalt flera gånger om, men jobbet utfördes antagligen i form av renoveringsarbeten hemma hos chefen för gatu- och fastighetskontoret... Jo, här är det.

En prålig portal som påminde om något ur en gammal västernfilm blev synlig när de rundade en stor häck. *Las Estrellas de Marbella* stod det skrivet med snirkliga guldbokstäver på portalen ovanför grindarna. En ängel med marmorvingar spelade harpa högst uppe på toppen. Två rosa stenlejon med vidöppna gap vrålade tyst mot omvärlden.

– Herregud, sa Annika. Det var det mest smaklösa jag någonsin sett.

– Det går över, sa tolken. Efter ett par år här nere är man immun.

Hon öppnade passagerardörren och klev ur bilen.

– Undrar hur man kommer in här då?

Det fanns en stolpe med ett kodlås framför det ena stenlejonet. Annika pekade på den. Carita Halling Gonzales trippade bort och slog några nummer på måfå. Inget hände.

– Vi får vänta tills någon kör in eller ut, sa hon.

Annika slog av motorn, tog upp kameran och gick ut i eftermiddagssolen.

– Vilket väder, sa hon. Är det alltid så här?

– Från november till mars, sa tolken. Sedan blir det varmt igen.

Annika tryckte av några rutor på den präliga porten.

– Har du bott här länge?

Carita Halling Gonzales rynkade ögonbrynen och räknade på fingrarna.

– Det blir snart sju år nu, sa hon. Min man är från Colombia och där kunde vi inte bo av olika skäl så vi flyttade först till Sverige, men det gick inte alls. Vet du hur det går till i Sverige?

Annika skakade på huvudet och lyssnade i vinden, hon hörde en bil närma sig.

– Nacho, som alltså är utbildad barnläkare, fick inte ens jobb som tidningsbud. Arbetsförmedlingen ville skicka honom på kurs så att han skulle få jobb som städare inom vården. Har du hört så dumt?

En silverfärgad Jaguar cabriolet svängde upp innanför grindarna, en man med väldigt högt hårfäste tryckte på en fjärrkontroll och grindarna började glida upp. Både Annika och Carita Halling Gonzales satte sig i bilen igen. Carita vinkade glatt med naglarna mot Jaguarmannen när de körde in i området.

– Så vi flyttade hit i stället, sa hon. Nacho fick jobb på sjukhuset direkt. Vi trivs jättebra. Det är lite grann som södra Kalifornien.

Hon tittade på färdbeskrivningen igen.

– Ner här, sa hon. Det ska ligga på vänster sida av gatan, en bit ner i backen.

Huset tornade upp sig ovanför dem, tungt och väldigt. Det låg för sig självt på en återvändsgata, vänt mot söder och havet med en bergssida i väst. Uppfarten var blockerad, dels av en stor grind och dels av polisens plastband.

Annika parkerade intill trottoaren lite längre ner mot vändplanen, bredvid en övervuxen tomt med en sprucken husgrund mitt på. De steg ur bilen, Annika hämtade kameran och kameraväskan i baksätet. En smula andäktigt gick de fram mot villan.

Uppfartsvägen fortsatte innanför grindarna och svängde vänster mot en carport. Det stod två bilar under taket, en stadsjeep och en mindre bil med sufflett. Annika höjde kameran och tog några kort.

Själva huset låg rakt fram. Det reste sig mot himlen i två och bitvis tre plan, oregelbundet och invecklat. Där var terrasser och balkonger, burspråk och pelare och valv i olika former, svarvade betongräcken och utsirade järnstaket. Högst upp fanns ett torn med välvda fönster åt alla väderstreck. Tomten var tätt bevuxen av fruktträd och stora palmer. Framför huset sträckte sig ett stenlagt poolområde.

Hela tomten låg i skugga. Med ens märkte Annika att det drog kallt från bergssidan. Hon tryckte av en serie bilder där huset strävade mot kvällssolen i motljus.

– Har du någon aning om hur länge familjen har bott här? frågade hon och lade armarna i kors för att värma sig.

Carita Halling Gonzales kikade upp mot huset.

– Kan inte ha varit särskilt länge, sa hon. Området är så nytt.

– Men träden? sa Annika. De ser uppvuxna ut.

– Här nere köper man palmerna när de är tio meter höga. De levereras av långtradare/med grävskopor. Kan det här vara en ringklocka?

Hon tryckte på något som såg ut som en strömbrytare på ena grindstolpen.

Några sekunder senare öppnades terrassdörren och en uniformerad polis steg ut på soldäcket. Carita Halling Gonzales vinkade frenetiskt. Annika gömde kameran bakom ryggen. Den uniformerade kom gående ner mot grinden och stannade på behörigt avstånd.

Carita sa något på smattrande spanska och polisen svarade irriterat. Carita pekade på Annika och lät vädjande och sa *Suecia* och *amiga* och en massa annat som Annika inte begrep. Polisen fick en något vänligare uppsyn men skakade beklagande på huvudet, *hoy no, impossible, mañana si.*

– Du får komma in i huset i morgon bitti, sa Carita, tog henne medkännande under armen och klappade henne tröstande på axeln. Jag berättade att du var en vän från Sverige som var helt förkrossad över tragedin och att du skulle vilja komma in och ta ett sista farväl av dina vänner, här, på plats i deras hem…

– Jag brukar inte ljuga om mitt syfte eller vem jag är, sa Annika och kände sig illa till mods.

– Jag tror inte konstapeln läser Kvällspressen, sa Carita Halling Gonzales och gick bort mot bilen.

Annika hade lagt tillbaka kameran och skulle precis sätta sig på förarplatsen när hennes mobiltelefon ringde. Hon tittade på displayen.

Bosse ringer.

Bosse?

– Hallå? sa hon tveksamt.

– Annika? Det här är Bosse. Bosse Svensson.

Reportern på Konkurrenten som hon hade haft en seriös flirt med. Hon hade kvar hans nummer i telefonboken.

Hon vände sig bort från bilen och tog ett par steg in på ödetomten.

– Vad vill du? frågade hon lågt.

– Du, sa han, jag ringer å yrkets vägnar. Jag har nämligen fått en bild i min hand som jag undrar om du vill kommentera.

Tystnad.

– Vad? sa Annika. Vad då för bild? Vad pratar du om?

– Jag har en bild på dig, utanför en krog, där du står och vänslas med statssekreteraren på Justitiedepartementet.

Annika stod alldeles stilla och lät orden trilla på plats.

– Vänslas? sa hon. Vad menar du?

– Ja, hånglar då.

Annika gapade ordlöst mot husgrunden.

– Hånglar? Med Halenius?

– Och jag ger dig möjligheten att kommentera saken.

Hon blundade och vilade pannan i handen.

De spanska kindpussarna precis innan hon klev in i taxin.

Horden med skrålande rikemansungdomar med sina mobiltelefoner i händerna.

Hon suckade tungt.

– Ni har tänkt publicera den där bilden? I tidningen?

– Ja, det är meningen.

– Och nu undrar du om jag vill kommentera den?

– Självklart får du en chans att förklara dig.

Hon drog upp lite snor genom näsan och spottade ut det på trottoaren.

– Okey, sa hon. Det här är min kommentar: Jag är så glad över att jag inte knullade med dig, Bosse. Jag har hört att du är riktigt värdelös i sängen. För övrigt hänvisar jag till källskyddet. Vem jag pratar med, vad vi pratar om, och hur vi gör det, allt sådant är skyddat enligt grundlagen. Jag har inte för avsikt att bryta mot grundlagen bara för att du inte kan hantera ett nej, Bosse.

Det var tyst en lång stund. Annika kunde höra redaktionsljuden eka i andra änden av linjen. Hon visste att Bosse spelade in henne. Hon tänkte inte prata på ett sådant sätt att han kunde klippa ut en mening här och var och sedan spela upp hennes citat i någon webbradio, eller ens för sina chefer.

– Jag har också en uppgift om att ni hade druckit väldigt mycket vin. Stämmer det?

– Jag ville aldrig dricka vin med dig, eller hur, Bosse? Är du kränkt över det?

– Så du vill inte kommentera det?

– Du är gift, eller hur? sa Annika. Fru och tre barn i Mälarhöjden?

Det blev tyst igen.

– Annika, sa han sedan, jag menar allvar. Vi kommer att skriva om det här. Vi har uppgifter om att Halenius hade jour den där kvällen, men i stället för att sköta sitt jobb så var han ute på krogen och söp och hånglade. Och du, som alltid har haft sådan hög svansföring och sådan journalistisk integritet, förstår du inte hur det här slår mot din trovärdighet?

– Anmälde du dig som frivillig till att ringa det här samtalet, Bosse, eller blev du beordrad?

Han suckade, Annika hörde något klicka till. Antagligen slog han av bandspelaren.

– Inser du inte att vi kommer att begära ut notan från departementet? sa han. Kontokortsslippar, taxikvitton… Allting kommer att komma fram.

– Om det var din idé att ringa så betyder det att du fortfarande inte har kommit över mig, och att du vill hämnas. Om du blev beordrad så har du osedvanligt lite civilkurage, eftersom du inte vägrade. Är vi klara?

– Det här kommer du inte undan, sa Bosse.

Hon knäppte av honom.

– Problem? sa Carita Halling Gonzales.

– Inte direkt, sa Annika och kunde inte låta bli att tänka på Thomas min när han slog upp Konkurrenten i morgon. Ska vi ta och ringa på hos grannarna?

Få av dem öppnade.

Ingen hade sett något.

Ingen ville säga något.

Solen började gå ner.

– Vart ska vi nu? undrade Carita Halling Gonzales när de kom till den första rondellen på väg ner mot motorvägen.

– Någonstans där det finns gott om svenskar som vill prata med en kvällstidningsreporter, sa Annika.

– Restaurangen La Garrapata eller Los Naranjos klubbhus, sa Carita konstaterande. Då blir det vänster här.

Annika svängde ut och tolken lade en varnande hand på hennes underarm.

– Pass upp, sa hon och pekade på en röd Land Rover som kom farande från höger. Det här verkar vara en britt, de är helt livsfarliga.

Tittar åt fel håll i rondellerna. Är vana vid vänstertrafik.

Mycket riktigt, föraren körde ut precis framför Annika utan att se åt hennes håll. Annika tvärbromsade och lade sig på signalhornet, föraren i det andra fordonet ryckte till och gav henne fingret.

– Bilkörningen blir inte bättre av att de dricker vin hela dagarna, sa Carita. Höger här. Golfklubben eller restaurangen?

– Helst inte golfklubben, sa Annika.

Hon mindes Svens definition av golf: "Världens lättaste sport, att slå på en boll som ligger still."

Tolken guidade henne på slingrande gator ner förbi golfbanor och jättevillor och kolossala lägenhetskomplex. Alla påminde på ett eller annat sätt om familjen Söderströms hem. Ingenting var lagom eller smakfullt. Annika stirrade fascinerat på ett fyravåningshus i gult och vitt som såg ut som en gräddtårta, det fanns en infart från en väg ovanför huset också vilket gjorde att man kunde parkera på vinden. Precis bredvid låg ett pistagegrönt hus med rosa tak och fem guldfärgade lökkupoler.

– Ser det ut så här i södra Kalifornien? frågade Annika.

– De flashigaste delarna av Los Angeles, sa Carita. Jag växte upp i Beverly Hills. Det här är det närmaste vi kommer USA i Europa. Sa poliserna något annat om inbrottet? Hade de några spår?

Annika insåg att hon faktiskt inte ställt den frågan, så urbota klantigt.

– Inga de ville berätta om för mig, sa hon snabbt. Vad är det för typ av människor vi kommer att möta nere på restaurangen?

Carita Halling Gonzales tänkte efter.

– Vanligt folk, sa hon. Sådana som har tröttnat på klimatet i Sverige, andra som har flyttat hit för barnens skull, några som har sålt sina företag och ägnar sig åt att dricka vin och spela golf. Hur hög är den här bilen undertill? Äsch, det går nog. Kör ner i flodfåran.

Annika stannade bilen.

– Vad?

– Ner i floden. Det är cement på botten. På så sätt slipper vi krångla oss upp på N340. Det är sådana köer vid den här tiden på grund av vägarbetena.

Hon såg Annikas skepsis.

– Det är inte djupt.

Annika körde försiktigt över kanten, genom en vassdunge och ner i flodbädden.

Vattnet var mycket riktigt bara någon decimeter djupt. Hon följde floden några tiotal meter och kom upp på andra sidan motorvägen.

– Vad många nya vägar ni bygger överallt, sa Annika och tittade i backspegeln på det stillastående vägbygget.

– N340? Ny? Den byggdes av romarna och har knappast restaurerats sedan dess. Nu är vi framme. Du kan parkera här.

– På övergångsstället? frågade Annika, men Carita var redan ute ur bilen.

De befann sig i ett äldre bostadsområde med kritvita radhus. Annika tog med sig kameran och ett blixtaggregat och gick efter tolken bort mot restaurangen.

– La Garrapata, läste Annika på tavlan utanför entrén som listade menyn på tre språk: svenska, engelska och finska. Betyder det något särskilt?

Carita puffade till sitt hår.

– Jo, sa hon, det betyder faktiskt fästing. Varför någon skulle döpa en krog efter ett blodsugande spindeldjur är mer än jag begriper, men så är det.

La Garrapata var ett ytterst modest etablissemang. Glasdörren mot gatan hade aluminiumram som skallrade när man drog upp den. Det var imma på insidan av fönstren. Carita steg in i lokalen och gav genast upp ett litet tjut. Hon satte igång att kindpussas än här än där, först på högra kinden och sedan på vänstra, precis som Jimmy Halenius hade visat.

Bilderna kunde inte vara alltför alarmerande, tänkte Annika. Det hade varit mörkt och hon hade inte uppfattat någon blixt och det hade inte varit några tungor inblandade.

Hon såg sig omkring.

De befann sig i en matsal med ett trettiotal bord och en bar med plats för ett tjugotal gäster. På en storbildsskärm inne i baren visades svensk tv.

– Det här är Annika Bengtzon, sa Carita och pekade på Annika. Hon är utsänd från tidningen Kvällspressen för att skriva om stackars familjen Söderström, och nu undrar hon om några av er vill prata med henne om familjen… Lasse, du kände ju Sebastian! Låt höra!

Det blev knäpptyst på krogen. Annika kände hur hon rodnade. Det var inte så här hon brukade jobba. Hon satte heder i att närma sig sina intervjuobjekt långsamt men tydligt. Hon hade för vana att alltid förklara sin avsikt med intervjun så klart som möjligt, så att människor inte skulle känna sig lurade i efterhand. Det gjorde de ändå, allt som oftast, eftersom de inte tyckte att Annika beskrev dem tillräckligt välvilligt.

Men Lasse harklade sig och steg fram, och så började han tala om sin vän Sebastian, högt och känslofyllt inför hela krogen.

Så väldigt osvenskt, tänkte Annika och skrev så att det värkte i armen.

– Sebbe hade kunnat satsa på vilken sport som helst, sa Lasse, han var lika bra på allt. Att det blev just ishockey var mest en slump, han var nästan lika bra på golf och tennis. Och han visste om det, han visste att han hade en gåva, han var medveten om det och han ville ge något tillbaka till livet.

Lasse snörvlade, flera av gästarna nickade och torkade sig i ögonen med bordsservetterna.

– Han ville göra något meningsfullt med sina pengar och sin tid, sa Lasse, inte bara putsa på hockeybucklorna hemma i bokhyllan. Det var därför han plockade in alla de där fattiga men begåvade kidsen på tennisklubben, det var därför han anställde Francis för att träna dem. Han hade själv fått möjligheten att utvecklas när han var liten, och han ville ge andra ungar samma chans.

Lasse började gråta.

– Jag minns sist vi var där med Leo och My, det måste ha varit strax före jul. Sebbe hade ordnat en klubbturnering där vinnaren inte bara fick en pokal och en ny träningsoverall, utan en plats på Marbella International College ända fram till en IB-examen vid arton års ålder.

Ett mummel utbröt bland gästerna, Lasse nickade.

– Japp, sa han, en plats på MIC. Tjejen som vann var tio år. Det priset kostade Sebbe en dryg miljon, men det var han bara glad över. "Hon är fantastisk", sa han, "kommer att gå hur långt som helst. Tänk, att få följa henne genom åren, se hur hon utvecklas, att vara där när hon tar sin examen…"

Flera av kvinnorna satte igång att gråta högljutt.

Annika funderade på att ta upp kameran, men beslutade sig för att vänta tills de snyftat ur sig det värsta. Hon tittade ner i sina anteckningar, vilka var My och Leo? De döda barnen?

Hon såg på klockan, det här fick inte dra ut alltför länge på tiden. Hon var tvungen att ringa Niklas Linde igen och fråga om de hade några spår efter mördarna, hon hade tre artiklar att skriva och måste komma i säng i hyfsad tid, eftersom det skulle bli en hård dag i morgon också.

– Sebastians fru, sa hon därför högt och tydligt, var det någon som kände henne?

En kvinna i blond pagefrisyr och designerjeans reste sig upp.

– Vivve var Swea, sa hon, så vi kände henne allesammans.

Nästan alla kvinnorna nickade bekräftade.

Vivve var svea, vad sjutton betydde det?

Annika gjorde en anteckning i sitt block och fortsatte att titta ner för att dölja sin förvirring, väntade på att kvinnan skulle fortsätta.

– Trots att hon hade så mycket med barnen och skolan och Sebastian så hade Vivve alltid tid för styrelsearbetet, och då ska vi minnas att hon både skötte om sin mamma och Suzette, närhelst hon var här nere…

– Hade hon något jobb? frågade Annika och kvinnan hajade till. Sedan snörpte hon lite på munnen.

– Jo, Vivve jobbade, men det där med jobb är inte lika viktigt här nere som uppe i Sverige, sa hon och satte sig.

Aj då, tänkte Annika, där trampade jag på en öm tå.

– Jag har förstått att familjen Söderström var mycket välkänd och omtyckt i den svenska kolonin på kusten, sa hon i stället och hoppades att hon uttryckte sig rätt. Det gjorde hon tydligen, för alla mumlade jakande.

– Veronica har ju varit här sedan hon var liten flicka, sa en äldre kvinna som satt ensam vid bordet närmast köket med en nästan tom vinflaska framför sig. Annika fick sträcka på nacken för att kunna se henne.

– Är Veronica Söderström uppvuxen i Spanien? frågade Annika.

Kvinnan fingrade på sitt glas, hennes ögon flackade.

– Jag kom hit samtidigt som Astrid, hennes mamma. Astrid spred liksom glädje omkring sig. Och Veronica var det vackraste lilla barn man hade sett, och så blev hon ju fotomodell också…

Den gamla damen verkade förlora sig i minnena.

Astrid måste vara den döda svärmodern.

– Hur länge har du känt Astrid? frågade Annika.

Kvinnan fyllde på sitt glas.

– I nästan fyrtio år. Hon var tärna när jag gifte mig med Edgar och satt bredvid mig när jag begravde honom i fjol. Skål för dig, Astrid!

Damen svepte sitt glas och med ens kände Annika att det blev trångt i halsen, hon var tvungen att harkla sig. Hon reste sig upp, gick bort till damen och satte sig intill henne. Gästerna tolkade detta som att mass-intervjuandet var slut och började prata och sorla vid borden.

Annika frågade vad kvinnan hette, hur gammal hon var och om hon fick ta en bild på henne.

Hon hette Maj-Lis, var sextionio år och ställde upp på bild, om det var så att det behövdes.

Annika tog några rutor med blixt rakt på, inga konstnärliga krumbukter här inte, lade sedan handen tröstande på kvinnans arm innan hon gick vidare till Lasse och gjorde samma sak.

Han hade känt Sebastian i fem år. De hade träffats när Lasse börjat spela tennis på Sebastians klubb, ett ganska litet ställe, bara fem banor men med fantastisk utsikt, uppe i El Madroñal. Lasses egna barn var jämngamla med My och Leo, åtta och fem, men Lasse var frånskild numera och exfrun hade flyttat hem till Sverige, så han hade bara barnen ibland på loven.

Kvinnan som liksom Veronica också var svea, vad det nu var, verkade inte alls känna den döda särskilt väl. Det gjorde inte någon av de andra heller.

Annika tog en bild på några av sveorna och manade ihop gästerna till en sörjande gruppbild, och sedan var hon nästan klar.

– Kommer det här som hänt att påverka er tillvaro på något sätt? frågade hon.

En stor och blond karl som inte yttrat sig tidigare steg fram och tog till orda.

– Jag tycker det här underbygger vikten av att ha ett gaslarm, sa han. Som ni vet så säljer jag förstklassiga larm i min järnhandel inne i San Pedro, så alla som inte skaffat larm tycker jag ska göra det nu. Vi har öppet till klockan 14 i morgon…

Med ens kände Annika att hon inte orkade mer.

Hon gick bort till Carita Halling Gonzales. Tolken var djupt inbegripen i ett samtal med två män i ljusa byxor som slutade vid knäna, Annika knackade henne lätt på axeln.

– Jag är färdig, sa hon och tolken reste sig genast.

De tackade för sig, vinkade och lämnade lokalen.

– Det där gick väl bra, sa Carita när de satt sig i bilen. Vart ska vi nu?

– Nu måste jag skriva ut det här, sa Annika och startade motorn. Ska jag köra dig hem?

– Det var snällt av dig, men du skulle aldrig hitta tillbaka till hotellet. Rakt fram, Hotel Pyr ligger bara runt hörnet. Dessutom har jag bilen i Corte Inglés-garaget. Här är skolans årsbok förresten. Släpp bara av mig utanför. Jag kommer att fakturera parkeringsavgiften, om det är all right?

– Visst, sa Annika.

Hon tog emot en inbunden bok tryckt på blankt papper.

– Vad betyder det att Veronica var svea förresten?

– Hon var medlem av Swedish Women's Educational Association, Swea. De finns överallt. Det var en av min mammas väninnor som startade den i Los Angeles i slutet av 70-talet.

– Är du medlem?

– Vem, jag? Nej, jag har inte tid. Sväng av här.

En minut senare bromsade Annika in framför hotellet.

– Bara en sak till, sa hon. Kommer familjen Söderströms död att påverka livet för svenskarna på Solkusten på något sätt?

– Absolut, sa Carita. Folk kommer att vara mycket mer försiktiga hädanefter. Vi ses i morgon!

Hon smällde igen bildörren och klapprade bort längs trottoaren i sina höga stövlar.

Annika andades ut. Folk kommer att vara mycket mer försiktiga hädanefter.

Där hade hon dagens sista citat.

Mörkret föll snabbt. Det susade svagt från motorvägen. De starka, gula lamporna som kantade vägarbetet kastade hårda skuggor genom rummet.

Annika släppte ner bagen och kameraväskan och plastkassen med alla böcker och kartor på sängen och gick för att dra för gardinerna.

Men i stället för att stänga ute skuggorna blev hon stående i fönstret och såg ut över det brokiga landskapet.

Det låg en ensam och ledsen tennisbana nedanför hennes fönster. Två av strålkastarna var trasiga och gömde den bortre delen av spelplanen i dunkel.

På andra sidan motorvägen klättrade bebyggelsen upp ur dalen mot ett gigantiskt bergsmassiv. Hon såg belysningen från fönster, neonskyltar och gatlyktor glöda och skimra i mörkret. Sedan tog bergen vid, långt där borta låg Sierra Nevada med tjugo toppar över 3 000 meter, hon såg deras utlöpare avteckna sig som svarta jättar mot stjärnhimlen.

Hon öppnade fönstret och fick vinden och avgaserna rakt i ansiktet. Kvällen var fortfarande ljummen. Hon blundade.

Barnen hade ätit nu. De hade förmodligen suttit och tittat på Bolibompa, men programmet var slut vid det här laget. Ellen hade antagligen hållit på att nicka till, och om hon gjort det skulle det vara stört omöjligt att få henne att somna, och då skulle hon vara som ett getingbo i morgon bitti.

Hon stängde fönstret, tog sin telefon och slog Thomas mobilnummer. Han var kort i tonen när han svarade.

– Sitter ni och äter? frågade hon ursäktande.

– Jag och Sophia tar ett glas vin, sa han. Barnen ser på barn-programmen. Var det något särskilt?

Hon satte sig på sängen och drog upp knäna under hakan.

– Jag skulle bara vilja prata med dem, sa hon.

Han suckade teatraliskt, ropade "Kalle, mamma i telefonen" och Annika hörde pojken ropa tillbaka "Men det är Lilla sportspegeln".

– Du har hård konkurrens, sa Thomas i luren, men sekunden senare hörde hon springande fötter och rassel på linjen.

– Hej mamma, sa Ellen.

Annikas axlar slappnade av och ett leende steg upp ur hennes hjärta.

– Hej gumman, hade du somnat i soffan?

Tveksam tystnad.

– Bara lite, sa flickan. Kan vi få en hund?

– En hund? Men vi kan inte ha någon hund, vi bor bara i en liten lägenhet, där kan inga hundar vara.

Flickan lät genuint förvånad när hon svarade.

– Anna har fått en hund, en brun, och den är mycket mindre än en lägenhet.

Annika kvävde en suck. Den här diskussionen uppstod varenda gång något barn på dagis fått ett nytt husdjur.

– Det är jättebra att du tycker om djur, det gör jag också, men vi måste tänka på djurens bästa också. Ni får leka med Zico när ni är ute hos farmor och farfar i Vaxholm, det är väl bra?

– Zico är snäll.

– Han är jättesnäll. Vad har du gjort på dagis idag?

Flickan, som uppenbarligen hade sovit en bra stund framför tv-n, återberättade med nyvaknad lust och energi sina aktiviteter det senaste dygnet. När dubble världsmästaren i brottning Ara Abrahamian pratat färdigt och delat ut priser i tv-studion kom Kalle och fyllde på. Inga kriser, inga trauman, inga elaka smådjävlar som tagit ut sin låga självkänsla på något av hennes barn just idag.

Hon sa hej då med många pussar och godnattkramar och satt kvar någon minut med en varm och sorgsen sten i bröstet.

Det hade blivit mörkt utanför fönstret. En ambulans körde förbi på motorvägen med tjutande sirener. Hon reste sig från sängen och drog för gardinerna. Tände taklampan och skrivbordslampan och packade upp sin laptop. Kände hur förlamande trött hon var.

Hur många gånger hade hon plockat upp och ihop den här datorn? Varenda gång hon kom och gick från jobbet, varenda gång hon kom eller lämnade sitt hem.

Det värkte i ryggslutet när hon satte sig. Stolen gnisslade.

Hon loggade in sig på hotellets nätverk, 15 euro per dygn, som hittat. Vilade pannan i händerna någon minut innan hon satte igång. Tog sedan upp mobilen och ringde Patrik Nilsson.

– Annika, ropade han, var har du hållit hus hela dagen?

– Suttit och fikat, sa hon. Jag kommer att skicka tre artiklar: Gasmordet, Familjen, Idyllen i chock. Det finns bilder till allting. Hur mycket ska jag skriva?

– Jag vet ju inte vad du har, sa Patrik.

– Hur mycket utrymme har ni hållit?

– Tre uppslag plus mitten, fast den gör Berit och sporten.

– Jag skickar allt eftersom så kan ni börja göra ut, sa Annika. Du har den första om någon timme.

De lade på och Annika slog mobilnumret till Niklas Linde.

Han svarade på fjärde signalen, det dunkade av discomusik i bakgrunden.

– Du, sa hon, jag har bara en kort fråga: Har spanska polisen säkrat några spår efter förövarna?

Dunk dunk dunk.

– Nu blir jag besviken, sa han och Annika bet sig i kinden. Vad hade hon nu gjort för fel?

En kvinna skrattade så att hon skrek någonstans på krogen.

– Jag hoppades att du var ute efter min kropp, sa Niklas Linde, och så är det bara min hjärna du vill åt.

Okey, så han var sådan.

– Jag tror att konstapel Linde har fått sig några vino tinto sedan vi sågs, sa Annika och tittade på klockan, halv nio. Ögonblicket därpå slog hungern till, hon hade inte ätit sedan den förfärliga smörgåsen i sardinburken i morse.

– Och några cavas, fyllde han i. Ska du med och ta några järn?

Dunk dunk dunk.

– Inte i kväll, sa Annika. Jag måste skriva artiklar. Det ingår liksom.

– Men någon annan kväll kanske?

Dunk dunk dunk.

– Kanske det kanske. Några spår i utredningen?

– Ett ögonblick bara, sa han och lät med ens alldeles nykter.

Det skrapade och bankade så att hon var tvungen att ta ut hörsnäckan ur örat.

– Hallå? sa han. Dunkandet var borta, nu var det trafikljud omkring honom i stället.

– Det var det där med spåren, sa Annika.

– Finns ganska mycket att gå på, sa Niklas Linde. Hjulspår från två transportmedel, bägge fordonstyperna är identifierade. Fotspår från tre misstänkta förövare. Skostorlekarna är säkrade. Finns också andra spår som jag av utredningstekniska skäl inte kan gå in på.

– Så polisen har gott hopp om att lösa det här brottet?

– En ren tidsfråga, sa Niklas Linde. Har du ätit?

– Eh, sa Annika, nej, men…

– Var bor du?

– På ett hotell som heter Pyr, det ligger…

– Åh fan, är du på Pyr? Jag sitter på Sinatra Bar nere i hamnen, det är bara trehundra meter bort. Ska jag komma upp med en stödmacka?

Hon kunde inte låta bli att skratta.

– Inte en chans, grabben, sa hon. Sov gott.

Hon knäppte bort samtalet, lyfte hotelltelefonen och ringde receptionen.

Hotellet hade ingen room service, thank you very much.

Minibaren var fylld av små svindyra spritflaskor, men längst in hittade hon två chokladkakor och en dammig burk med rostade mandlar. Hon satte i sig alltsammans samtidigt som hon skrev gasmordsartikeln.

Hon hänvisade till anonyma källor inom polisutredningen och berättade hur tjuvarna, tre personer i två fordon, hade öppnat grinden mot gatan till familjen Söderströms villa klockan 03.34 på morgonen, tagit sig till ventilationsanläggningens aggregat på baksidan av huset och släppt in den okända gasen i luftintaget. Hon redogjorde för polisens teori om familjens panikslagna handlande när de insåg att de höll på att bli gasade: hur de vaknat av gaslarmet, sett röken eller imman välla fram ur ventilationsanläggningen, hur pappan försökt stoppa den med hjälp av täcket samtidigt som mamman rusade mot dörren för att öppna för barnen, deras ögonblickliga förlamning och dödskamp. Hur sedan tjuvarna, eller mördarna, slagit sönder väggen och burit med sig kassaskåpet, sedan renrakat huset på allt värdefullt och kört därifrån.

Hon beskrev kropparnas positioner när de hittades av städhjälpen, polisens spår efter förövarna och hur det enbart var "en tidsfråga" innan de skyldiga kunde gripas.

Hon kompletterade med en faktaruta om gaser som användes vid inbrott:

Hexan: Vanligt förekommande lösningsmedel inom industrin. Finns även i bensin och bränslen. Luktar. Kräver ganska stora mängder för att söva en person.

Isopropanol: Lösningsmedel som används bland annat i sprayer, som frostskydd, i spolarvätska och för rengöring. Karakteristisk ganska stark lukt. För att söva en människa med isopropanol behövs mängder i storleken hektogram.

Koldioxid: Ingår naturligt i atmosfären med cirka 0,03 volymprocent. För att söva en person krävs stora mängder, i storleksordningen kilogram, vilket borde ge upphov till en hel del oljud om det pumpas in snabbt i rummet.

Narkosgaser: Gaser som används vid medicinsk narkos, exempelvis efrane och isoflurane. Snabbverkande och ger narkoseffekt redan vid en till två procent. Mer än två procent innebär livsfara.

Lustgas: Används inom medicinen och för att öka motoreffekten på trimmade bilar. För att söva en människa krävs en relativt hög halt, cirka 65–70 volymprocent.

Undrar hur tjuvarna bar sig åt för att inte dö själva av gasen, tänkte hon. De måste ha haft gasmasker.

Undrar vad Konkurrenten gör, tänkte hon sedan när artikeln visslade iväg över nätet. Egentligen borde hon ha stött ihop med någon av deras reportrar någonstans längs vägen. Att hon inte gjort det betydde en av två saker: antingen var hon mycket längre fram och hade hittat mycket bättre grejer, eller så var hon helt fel ute och hade missat hela storyn.

Det visar sig, tänkte hon bistert och laddade ner bilderna från kameran och in i datorn.

Mobilen ringde.

Det var Anders Schyman.

– Du, sa han, jag fick ett ganska konstigt samtal från en reporter på Konkurrenten. Har du hånglat på krogen med någon höjdare från Justitiedepartementet?

– Nej, sa Annika. Vi åt middag. Han gav mig uppgifter om en grej, och sedan fick jag en spansk kindpuss när vi gick därifrån. Är du orolig?

– Inte alls. Går det bra?

– Utmärkt, fast jag har en del att göra.

– Jag ska inte störa mer.

Hon lade bort telefonen.

Bilderna på huset var helt okey. Det såg ut som det gjorde, stort och vräkigt, med långa skuggor över tomten.

Hon gav till och med ett rubrikförslag: MÖRDARNA KUNDE KODEN.

Därefter gav hon sig på Idyllen i chock.

Hon beskrev bostadsområdet, hur rädda grannarna hade varit, den påtagliga sorgen på svenskarnas stamkrog, och så Caritas bägge citat, fast anonyma:

”Det är ju fullständigt förskräckligt. Vi har bara gått och väntat på att något sådant här skulle hända, så mycket gasinbrott som det är här nere” och ”Folk kommer att vara mycket mer försiktiga hädanefter, absolut”.

Där skickade hon med en bild på den pråliga porten till familjens bostadsområde och sedan alla korten på svenskarna med namn och bild och ålder.

Sedan hade hon det svåraste kvar: artikeln om familjen.

Hon gick in på Kvällspressens hemsida. En uppföljning av en ordväxling mellan en programledare och en politiker låg högst upp på www.kvallspressen.se, en dokusåpastjärna som kräkts i direktsändning kom därnäst, och sedan staplades nyheterna nedåt i fallande skala. Gasmordet låg på sjunde plats på sidan.

Där var bilder på de fem offren: Sebastian Söderström, 42, Veronica Söderström, 35, My Söderström, 8, Leo Söderström, 5, och Astrid Paulson, 68. Bilderna var av skiftande kvalité, alla verkade vara flera år gamla.

Hon började med att gå igenom skolkatalogen, eller rättare sagt årsredovisningen, hon fått låna av Carita. Marbella International College hade en årsbok som slog många svenska fotoböcker i storlek och standard. Där var en presentation av skolan, en genomgång av alla deras ämnen, kurser och lokaler, och sist kom alla klasserna prydligt uppställda i sina ljusblå skoluniformer.

Efter några minuter hade hon hittat både Leos och Mys skolfoton.

Leo var mycket äldre än på bilden på tidningens hemsida, med ostyrigt blont hår och glugg mellan framtänderna. Han såg ut som ett busfrö. My hade ljusblå skolklänning och håret i flätor, söt som en sockerstrut.

Annika svalde hårt och ringde receptionen för att be dem skanna in bilderna och skicka dem till hennes dator. En trött kille med akne hämtade årsboken och lovade oengagerat att fixa saken.

Familjen Söderströms tillvaro hade onekligen verkat så idyllisk så man smällde av. Men var den verkligen det? Var den inte snäv och inskränkt? Veronica hade varit engagerad i en kvinnoförening och Sebastian hade sysslat med sina sportungdomar. Leo var en busunge och My var söt och snäll. Det var så könsstereotypt att hon nästan var tvungen att hålla för näsan.

Hon lade händerna för ögonen, så trött att allting snurrade.

Sedan började hon skriva. Hon skrev om Sebastian och hans vilja att ge något tillbaka till det liv som givit honom så mycket, om tennisturneringarna i solen där fattiga barn vann nya chanser i livet, om Veronicas dokumenterade engagemang för sina vänner och sin familj, om mormoderns levnadsglädje och stora stöd, i glädje såväl som sorg.

Till slut märkte hon att hon satt och grät.

Hon mejlade den sista texten och de inskannade skolfotona och gick och lade sig utan att borsta tänderna.

Det sista hon tänkte på var Jimmy Halenius och bilden på dem som skulle publiceras i Konkurrentens tidning i morgon.

Hon försökte känna efter om det gjorde henne något, men hon somnade innan hon kommit fram till ett svar.

DET REGNADE. Annika stod vid grinden till familjen Söderströms villa. Hon kunde knappt urskilja huskroppen bakom regnskyarna. De drog fram över tomten likt dansande ridåer, kompakta som vattenfall.

– Costa del Nederbörd, sa Carita Halling Gonzales och kom fram bredvid henne under ett väldigt golfparaply. Det låter inte riktigt lika catchy, eller hur?

Hon tryckte på strömbrytaren som fungerade som en ringklocka och kisade upp mot huset.

– Tror du verkligen att det är samma polis här som i går? frågade Annika. Och att han släpper in oss?

Carita tog ett bättre grepp om sin väska, för dagen rutig.

– Jo du, han är här, sa hon. Det kan du lita på.

Hon vände blicken mot Annika.

– Du kan inte ta med dig den där stora kameran, sa hon. Då fattar han ju direkt att det är något konstigt.

Terrassdörren öppnades uppe vid huset och Annika sprang tillbaka till bilen och kastade in kameran i väskan i baksätet.

– Kan jag lämna grejerna här? ropade hon. Eller tror du de blir stulna?

– Jag tror att just den här gatan har haft sin kvot av inbrott för i år, sa Carita och vinkade mot polisen.

Annika såg konstapeln, suddig i regnet, närma sig grinden. Hon kollade att mobiltelefonen låg i väskan. Med den hade hon tagit kort förr, bland annat inifrån Gyllene salen i samband med Nobelmorden. Usla, visserligen, men publiceringsbara.

– Kommer du, Annika? ropade Carita.

Hon småsprang bort mot tolken samtidigt som polismannen sköt upp järngrindarna.

– *I'm sorry*, sa han på knagglig engelska och tog Annika formellt i hand.

Hon nickade och torkade regnet ur ansiktet.

Poolen framför huset var enorm. Solstolarna av mörkt trä såg svarta ut i regnet. Hon kunde inte bedöma utsikten, allting utanför tomten var dolt bakom regnridåerna.

– Det var den här vägen de tog sig in, sa polismannen och visade på den sönderbrutna terrassdörren.

– Vill du att jag ska översätta? frågade Carita.

– Engelska fattar jag, sa Annika.

De klev in i huset, polisen stängde dörren efter dem. Tystnaden som omslöt dem var lika kompakt som regnet. Med ens fick Annika svårt att andas.

– Gasen? sa hon och vände sig hastigt mot polisen. Är den borta?

– Sedan länge, svarade han.

De stod i en stor hall som var öppen ända upp till taket på övervåningen, minst sex meter, kanske mer. Två trappor, en på var sida om hallen, ledde upp mot det övre planet. Mitt i taket hängde en enorm, smidd ljuskrona. Golvet av krämvit marmor var blankt och iskallt. I väggarna fanns nischer med kopior av antika skulpturer.

Hon kunde inte komma ifrån känslan att det var svårt att andas. Luften var fuktig och unken.

– Var vill ni börja? frågade polisen och Annika ryckte till.

Hon trevade i botten av sin bag och drog upp ett av Ellens kvarglömda gosedjur. Det var en liten gul hund som flickan fått i ett lotteri med vinst varje gång på Gröna Lund.

– Min dotter, sa hon, hon skulle gärna vilja ge den här till My.

– Du har en dotter? sa polisen.

– Lika gammal som Leo, sa hon, och polisen visade vägen uppför marmortrappan.

Annika rörde sig så tyst hon kunde bakom polisen, Carita gick ytterligare några steg efter henne. Det drog en kall luftström genom huset, ett fönster måste stå öppet någonstans. Hon ville inte fråga igen, men hon undrade om all gas verkligen hade vädrats ut.

På övervåningen sträckte sig en korridor åt vardera hållet. Regnet slog mot tegelpannorna. Polisen tog av åt vänster. Ljudet av deras fotsteg ekade mot stengolvet. Två dörrar på var sida kantade korridoren, längst bort slutade den i en dekorerad dubbeldörr.

Polismannen pekade mot dubbeldörren.

– Där hittades barnen, sa han.

Annikas hals drogs ihop så att hon tvingades snappa efter luft.

Föräldrarnas sovrum, tänkte hon och manade sig själv till sans och förnuft.

– Ja, och här bodde flickan, fast det vet ni ju, sa han och öppnade dörren till det första rummet på vänster sida.

Annika blev stående i dörröppningen.

Rummet var ganska litet. Det gick i rosa och guld. Ett par balkongdörrar ledde ut till en stor altan med utsikt över poolområdet, hon kunde ana golfdalen nedanför genom regnet. Ett rosalaserat skrivbord med skinnyta och svängda ben stod i ena hörnet, det låg penslar och vattenfärger och ritpapper på bordet. Ett glas med grumligt innehåll stod intill, vattnet som flickan doppat penseln i vid färgbytena. Sängen i andra hörnet var obäddad, lämnad så som den var när flickan kravlat sig upp, väckt av gaslarmet.

Annika hostade till, steg in i rummet och gick fram till sängen. Det låg en docka med brunlockligt hår vid fotändan. Hon satte sig ner på huk och tog upp den.

– *Creo que la señora quiere estar sola*, sa Carita till polisen, och det fattade Annika.

Jag tror att frun vill vara ensam.

Polisen lät dörren gå igen bakom henne. Det blev dödstyst i rummet. Regnet slog mot marmorterrassen utanför.

Hon bet ihop och plockade upp sin mobil. Riktade den mot sängen, såg röran av sängkläder på displayen och tryckte av. Sedan gick hon fram till teckningen på skrivbordet.

Den föreställde en flicka som red på en brun häst. Solen sken och gräset var grönt. Både flickan och hästen skrattade. Tårar steg upp i

Annikas ögon så att hon var tvungen att bita sig i kinden, hon höll fram mobiltelefonen och tryckte av, igen och igen. Stoppade ner mobilen i väskan, tvekade ett ögonblick, tittade mot dörren och tog sedan upp teckningen, rullade ihop den och stoppade ner den i bagen. Till sist lade hon den lilla gula hunden på flickans huvudkudde, gick tillbaka till dörren, såg på rummet en kort sekund och steg tillbaka ut i korridoren. Försiktigt stängde hon dörren, det skallrade till lite i en tavla med texten "Här bor My" när den gick igen.

Carita och polisen hade gått in i föräldrarnas sovrum, hon kunde höra deras mumlande röster. Ena dubbeldörren stod på glänt och lät det gråa dagsljuset lysa upp den bortre delen av korridoren.

Annika plockade fram mobilen. Handen darrade då hon tog bilderna på dörren där barnen och mamman hittats döda.

Långsamt gick hon korridoren fram och stoppade undan mobilen igen. Nästa dörr hade en likadan tavla som Mys med texten "Här bor Leo". Hon rotade runt i botten av väskan igen och hittade Kalles trasiga racerbil. Hon drog upp dörren och gick in i pojkens rum.

Där inne härskade kaos.

Sängen var obäddad, i samma skick som flickans, hon kunde nästan ana den kvardröjande sängvärmen efter det sovande barnet, den speciella lukten, fukten i lakanen. På golvet låg kläder och bilar och dinosaurier i en enda röra. En stor bokhylla var proppfull med olika typer av sportattiraljer, tennisracketar och golfbollar och baseballhandskar.

På skrivbordet, likadant som flickans fast grönt, stod en tallrik med en halväten ostsmörgås och ett glas med intorkad mjölkchoklad. Ostens kanter hade hårdnat och gulnat. Det var skinn på chokladen.

Hon andades med öppen mun för att få luft, tog upp mobilen och tryckte av: sängen, mjölkchokladen, en nalle på golvet.

– Señora?

Polisen stod i dörren, Annika snurrade runt. Hon hade fortfarande både racerbilen och telefonen i handen.

Hon svalde högt.

– Till Leo, sa hon och lade bilen på huvudkudden.

Sedan gick hon ut ur rummet, vek av direkt till vänster och rakt in i föräldrarnas sängkammare utan att se sig om.

Det här rummet var flera gånger större än barnens. Ett tungt skrivbord av brittisk överklassmodell dominerade högra väggen, hennes blick gled automatiskt upp och landade på luftintaget.

– *Señora*, jag måste be er att skynda er lite. Utredarna är på väg. Vill ni lämna något åt den stora flickan också innan ni går?

Den stora flickan?

Hon vände sig mot polisen och nickade.

Mannen visade med handen att hon kunde gå före ut genom rummet.

– Ett ögonblick bara, sa Annika och strök sig över pannan.

– Visst, naturligtvis, sa polisen och tog ett steg ut i korridoren.

Hon såg sig omkring. Sängen var stor, med en två meter hög sänggavel i mörkt trä. Täckena, som pappan försökt stoppa gasen med, låg inte kvar på golvet. Polisen hade rafsat ihop dem i en hög mitt på bäddmadrassen.

Där somnade de sin sista natt i livet, där vaknade de av det ylande larmet, här dog de, utan att hinna fram till sina barn...

Hon tog en bild på sängen. Hon riktade mobilen mot skrivbordet och friskluftsintaget och tryckte av två gånger till.

Sedan skyndade hon ut i korridoren. Konstapeln drog igen dörren ordentligt efter henne. Tillsammans gick de nedför trappan igen. Carita stod och väntade intill terrassdörren.

– Bara en sak till, sa polisen och gick till höger genom hallen

De passerade köket, en rustik historia med jättelikt träbord i mitten och mörka hyllor på väggarna, belamrade med mängder av målad keramik.

Polisen stannade utanför en dörr vid sidan av köksingången. En likadan tavla som den utanför barnens rum hängde på dörren, texten löd "Här bor Suzette".

Vem är Suzette? tänkte Annika, men det kunde hon ju inte fråga.

– Var är Suzette? sa hon i stället. Hon var inte här när det hände, eller hur?

Polisen sköt upp dörren. Annika tittade in i ett välstädat tonårsrum. Sängen var bäddad och överkastet ordentligt utlagt. En dator, likadan som hennes egen, stod avslagen men uppställd på skrivbordet. En urblekt affisch med Britney Spears hängde bredvid dörren.

Polismannen tittade på klockan och såg besvärad ut.

– *Señora*, sa han, jag måste be er att gå nu.

Annika nickade.

– Tack för er vänlighet, sa hon och gick snabbt bort mot köket igen.

När de kom ut i den stora hallen sneglade hon inåt mot de andra rummen. Hon skymtade en stor salong med mörkbruna skinnmöbler och ett bibliotek med platsbyggda bokhyllor.

– *Muchas gracias*, sa Annika, och sedan steg hon och Carita ut på terrassen igen.

Skvalet hade upphört tvärt och lämnat efter sig ångande marker och porlande bäckar utmed stenläggningen.

De gick långsamt ner mot gatan, polisen öppnade grinden åt dem och sedan var de ute.

– Fick du det du ville ha? frågade Carita.

Annika lutade sig mot bilen och blundade.

– Din övertalningsförmåga är enorm, sa hon. Hur bar du dig åt?

– Jag tänker fakturera det under "omkostnader", sa tolken och tittade förundrat på Annikas oförstående min. Du trodde väl inte han lät oss komma in i huset för att vi var så rara och han var så snäll?

Jag är verkligen otroligt naiv, tänkte Annika.

– Det räckte med 100 euro, sa Carita. Du var trots allt bara en sörjande väninna. En reporter hade han aldrig släppt in, och ingen kommer någonsin att veta skillnaden. Kvällspressen finns visserligen att köpa här nere, men upplagan är begränsad. Vart ska vi nu?

– Känner du till någon Suzette? frågade Annika.

Tolken skakade på huvudet.

– Suzette? Vem är det?

– Det fanns ett barnrum till, ett tonårsrum med egen ingång precis vid köket. Det stod "Här bor Suzette"… Vänta, var det inte någon som pratade om en Suzette i går? Den där kvinnan som hade varit Swea tillsammans med Veronica?

– Ett barn till? sa Carita och såg nästan blek ut.

– Jag måste kolla det här, sa Annika och öppnade bildörren. Hur kör man tillbaka till hotellet?

Hon slängde paraplyet på golvet, släppte bagen på sängen och jackan på golvet och nästan ramlade ner vid sin dator. Med skakande fingrar gick hon in på Konkurrentens internetsajt.

Innan hon åkte iväg hade de inte hunnit få upp något vare sig om gasmordet eller henne själv och Halenius, men nu fanns bägge knäcken högt på sidan.

Gasmordet låg överst, och hon visste att det var egofixerat, men hon var tvungen att börja med sig själv och statssekreteraren.

Bilden utanför Järnet var värre än hon trott. Den var oskarp av mörker och rörelseoskärpa, men i ljuset från krogfönstret såg man ändå att det var hon. Hennes hår blåste i vinden och stod som ett vattenfall bakom henne. Det verkade som om Halenius höll om henne, kramade henne, hans läppar var tätt intill hennes öra. Antingen kysste han henne på kinden eller viskade något ömt.

"Stjärnjournalistens och toppsossens helkväll på krogen", vrålade rubriken.

Nåja, hon var stjärnjournalist åtminstone.

Hon satte sig bättre till rätta och läste nedryckaren och ingressen:

"Schyman: Jag har fullt förtroende för henne.

Kvällspressens kriminalreporter Annika Bengtzon festade tillsammans med justitieministerns närmaste man i går kväll.

– De drack vin och kysstes helt öppet, berättar en källa."

Hon rätade upprört på ryggen, vad var det här för skitprat?

Någonstans borta vid sängen började hennes mobiltelefon att ringa. Hon tittade mot bagen och tvekade, läsa vidare eller svara?

Till slut kastade hon sig mot bagen, rev fram telefonen och kontrollerade displayen.

– Hallå? sa hon och märkte själv att hon kvittrade.

– Jag har sett bilden, sa Thomas.

– Eh, jaha? sa Annika.

– Gjorde du det bara för att göra mig generad?

Hon spärrade upp ögonen i oförställd förvåning.

– Nej men Thomas, sa hon. Är du svartsjuk?

– Halenius är ju för fan en av mina chefer. Begriper du inte hur du ställer till det för mig? Fattar du hur folk kommer att snacka? Peka och viska?

Hennes koketterande attityd försvann.

– Ska *du* prata om att ställa till det för andra?

Thomas fnös.

– Tänker du aldrig på någon annan än dig själv?

Vreden gjorde det svårt för henne att tala.

– Din jävla hycklare! Du övergav mig och barnen i ett brinnande hus och stack hem till din jävla *knullis*, jag har varit hemlös i ett halvår, oskyldigt anklagad för mordbrand, på väg att förlora mina barn för att *du* försökte ta dem ifrån mig, och nu är det *du* som är kränkt. Du gör mig fullständigt jävla *illamående*.

Hon var på väg att trycka bort samtalet, precis som hon brukade, men hon hejdade sig.

I stället väntade hon kvar i luren och andades snabbt och ytligt.

– Annika? sa han.

Hon hostade till lite.

– Hm, ja, jag är här, sa hon.

– Men hur kan du säga så? Att jag övergav dig i ett brinnande hus?

– Du gjorde ju det.

– Det där var väl väldigt orättvist, sa han. Jag åkte hem till Sophia efter att du och jag hade grälat, och när jag kom tillbaka för att prata med dig så var huset nedbrunnet. Hur tror du det kändes? Jag visste ju inte om du klarat dig, om barnen levde…

– Tänk att det alltid är dig det är synd om, sa hon. Stackars Thomas.

Han suckade tungt i andra änden.

– Du får det alltid till att vara mitt fel…

– Du var otrogen mot mig, sa Annika. Jag såg er. Jag såg er utanför NK. Du gick och höll om henne och kysste henne, ni pratade och skrattade.

Nu var det Thomas tur att vara tyst.

– När då? sa han till sist.

– Förra hösten, sa hon. Jag stod på andra sidan gatan med bägge barnen, jag hade köpt gummistövlar till Kalle, var på väg hem och...

Plötsligt började hon gråta. Tårarna vällde fram utan att hon kunde hejda dem, de rann ut mellan hennes fingrar och ner i telefonen och ut över alla bräddar. Hon grät en lång stund, snorigt och okontrollerat.

– Förlåt, sa hon när snyftningarna började dö bort.

– Varför sa du inget? frågade han tyst.

– Jag vet inte, viskade hon. Jag var nog rädd att du skulle gå ifrån mig.

Själva tystnaden ekade av förvåning.

– Men, sa han, du drev ju bort mig. Du slutade prata med mig, jag fick inte ta i dig...

– Jag vet, sa hon. Förlåt.

De var tysta en lång stund.

– Det är så dags nu, sa han.

Hon skrattade till, torkade bort de sista tårarna.

– Jag vet, sa hon.

– Barnen pratar om att du har en ny lägenhet, sa han. Är det en bostadsrätt?

Hon snöt sig i en pappersnäsduk som hon hittat i bagen.

– Hyresrätt, sa hon. Fast jag har inte köpt den svart, jag fick den på kontakter.

– Vadå, via din nya kompis Halenius eller?

Trotset vaknade igen, men hon svalde det.

– Nej, sa hon. Inte via honom. Och bilden i tidningen är fullständigt missvisande. Vi käkade middag och han gav mig... uppgifter om en sak jag jobbar med, och när vi skildes åt fick jag en spansk kindpuss, eftersom jag skulle till Spanien tidigt på morgonen. Och jag drack inget vin, jag gillar inte rödtjut, det vet du ju...

– Fan vad journalisterna håller på, sa han.

Hon torkade bort mascara under ögonen med pappersnäsduken.

– Jag tycker mest det är lite larvigt, sa hon. Fast det kanske är värre för Halenius.

– Det står att han hade jour den där kvällen.

– Jag har inte hunnit läsa artikeln, sa Annika. Och om Jimmy Halenius har begått någon typ av tjänstefel så är det verkligen inte min huvudvärk. Snarare din, faktiskt...

De skrattade bägge två, med en ömsesidighet som förvånade henne.

Sedan suckade Thomas.

– Gissa om jag kommer att få gliringar på måndag, sa han.

– Du kommer inte att vara ensam, sa Annika.

De skrattade igen. Sedan blev det tyst.

– Ska jag komma hem till dig med barnen på söndag kväll? Så kan jag titta på nya lägenheten.

Något liknande hade han aldrig erbjudit sig att göra tidigare. Han hade aldrig varit uppe på kontoret i Gamla stan där hon bott tillfälligt under ett halvår.

– Det är inte så mycket att se än, sa Annika. Jag har inte hunnit packa upp.

– Var ligger den?

– Agnegatan 28.

– Men... det är ju...

– ...vårt gamla kvarter, jo.

De satt tysta en stund till.

– Hur är det med barnen? frågade Annika.

– Bra. Vi är i parken, de håller på att jaga varandra. Vill du prata med dem?

Hon blundade några ögonblick.

– Nej, sa hon sedan. Låt dem leka.

– Ska vi säga att jag kommer vid sextiden? På söndag?

De lade på och Annika blev stående med telefonen i handen.

Sedan sjönk hon ihop på sängen och kröp ner under överkastet. Tegelstenen med vassa kanter hon blivit så van att bära i sitt bröst var med ens inte lika påtaglig. Den hade blivit mindre och lättare och kanterna var inte lika skarpa. Bara en liten stund, bara några minuter, bara så länge att hon fick njuta av...

Hon höll på att somna till och reste sig tvärt upp.

Hon måste ju läsa artikeln om sig själv.

Satte sig med rak rygg och harklade sig, som om hon skulle hålla ett anförande.

"Av Bo Svensson", läste hon.

Jäkla apa, tänkte hon.

"Till vardags har reportern Annika Bengtzon till uppgift att granska makten i Sverige", började artikeln. "I dag kan vi avslöja att hon går längre än så. I förrgår kväll syntes hon på krogen Järnet i Gamla stan i Stockholm tillsammans med justitieministerns närmaste man, statssekreteraren och socialdemokraten Jimmy Halenius.

Bilden visar ett festande par som kysser och kramar varandra.

Men på Kvällspressen har man fullt förtroende för sin reporter.

– Ja, jag litar helt på hennes omdöme, säger chefredaktör Anders Schyman.

Skadar det här Annika Bengtzons trovärdighet?

– Absolut inte.

Men det finns kritiker som inte håller med.

– Annika Bengtzon passerade gränsen när hon kysstes med sin källa, säger den politiske krönikören Arne Påhlson.

Hur påverkar det här förtroendet för Annika Bengtzon som granskare av makten?

– Det är klart att det naggas i kanten..."

Hon var tvungen att resa sig upp och gå en sväng.

Vem fan var Arne Påhlson att sitta och kritisera henne? En överreklamerad dussinreporter som man kört fram som någon sorts jävla expert på etik och moral, kyss mig i arslet!

Hon gick tillbaka till datorn.

"På Justitiedepartementet där Jimmy Halenius är en av de högsta cheferna tycker man inte att bilderna är någon stor sak.

– Att politiker och journalister har kontakt med varandra är ingen nyhet, säger justitieministerns pressekreterare.

Huruvida Jimmy Halenius hade jour den aktuella kvällen vill departementet inte kommentera.

Annika Bengtzon själv hänvisar till källskyddet och vill inte uttala sig."

Hon sköt skärmen ifrån sig och reste sig upp. Hon märkte hur hjärtat slog hårt i bröstet.

Så obehagligt att läsa om sig själv i tredje person. Hon själv, som människa, hade inget som helst värde. Hon var bara en symbol, ett slagträ, inplacerad i en konstruerad verklighet som inte stämde.

Hon insåg hur fullkomligt maktlös hon var inför tidningens svepande generaliseringar. Det spelade ingen roll om det som stod var vare sig sant eller relevant, det enda viktiga var mediets beslut, tidningens världsbild, den redigerade sanningen.

Hon lyfte upp datorn och motstod impulsen att slänga iväg den.

Satte sig ner, andades djupt tre gånger, gned sig i ögonen för att hitta en mer professionell blick.

Sedan läste hon artikeln en gång till.

Det var verkligen ingen bra text.

Visserligen följde alla sådana här artiklar en löjligt likartad genremall, men den här kändes osedvanligt klyschig. Bosse hade haft problem med att formulera sig.

Hon skämdes lite över sin första reaktion, att det var synd om henne för att journalisterna var så dumma.

Var det så här hon själv gjorde? Körde hon över människor i sina artiklar?

Säkert. Absolut. Hände förmodligen dagligen.

Vad var alternativet? Att hon började begagna sig av en helt egen typ av journalistiska referensramar? Lät bli att vinkla, att leta rubriker och bilder, att bara referera och aldrig reflektera?

Hon gick en sväng i rummet och sköt tanken ifrån sig.

Satte sig sedan och skrollade vidare på Konkurrentens hemsida för att se vad de skrivit om gasmordet. Reportern var deras Madridkorrespondent, en parant kvinna i femtioårsåldern som givetvis pratade perfekt spanska. De hade också bild på huset från vägen, men med skuggorna i en annan vinkel. Fotografen hade en egen byline, ett spanskt namn. De var alltså ett team, och de hade varit där tidigare under dagen.

I artikeln fanns samma typ av fakta som Annika fått av Niklas Linde, fast från källor inom den spanska polisen.

Sedan hade Konkurrentens team uppenbarligen besökt golfklubben Los Naranjos och talat med sörjande svenskar. De hade fått liknande citat som Annika på La Garrapeta.

Dött lopp mellan henne och Madridstringern, alltså.

Det var alltid en lättnad, att inte ha fått stryk...

Mobilen ringde igen, ilsknare den här gången. Hon väntade två ringningar innan hon sträckte sig efter den. Tittade på displayen. Suckade djupt.

– Hej Patrik, sa hon.

– Golfklubben sörjer, ropade Patrik. Tennisklubben sörjer. Kolla om du inte kan få ihop ett gäng med gamla hockeystjärnor som står och håller en tyst minut för Sebastian Söderström på någon green någonstans. Äsch, för helvete, varför begränsa sig till hockeygubbar? Ta vilka sportstjärnor som helst.

– Jag har en del andra vinklar, sa Annika. Bilder inifrån huset, från platserna där familjen dog. Det kan finnas ett barn till i familjen, en flicka som överlevde. Jag måste kolla vidare på det.

– Sportstjärnorna är mycket bättre. Se till att de ser jävligt ledsna ut.

Annika blundade.

– Jag har ingen fotograf med mig, sa hon.

– Men du har väl en kamera? Ring när du har skickat över bilden. Och vad är det för jävla sätt, att springa omkring och hångla med statssekreterare på nätterna?

Så var han borta.

Annika lät mobilen falla ner på golvet.

Det här var inte klokt.

Hon reste sig upp och gick fram till fönstret mot motorvägen.

Det var länge sedan hon var i den här situationen. Under åren som fri reporter hade hon sluppit uppdragen att förverkliga nyhetschefens världsbild. I stället rapporterade hon om sin egen sanning, eller rättare sagt den hon själv tyckte varit riktig och viktig.

Men det fanns en skillnad i att skapa verkligheten och att berätta om den.

Om ett gäng före detta sportstjärnor tog ett initiativ att hylla sin kollega med en tyst minut så skulle hon inte ha haft några som helst problem att bevaka händelsen, men att själv iscensätta händelsen var något helt annat.

Hon gick tillbaka till datorn, in på den spanska nummerupplysningens hemsida, letade upp numren till Sebastian Söderströms tennisklubb och golfklubben Los Naranjos. Ringde sedan bägge.

Tennisklubben var stängd, svarade en engelsktalande man med spansk brytning. Nej, man hade inte planerat några aktiviteter för att hedra sin döde ägare. Ja, han skulle ringa henne om man kom på andra tankar.

Golfklubben Los Naranjos hade inte heller funderat över några ceremonier kring Sebastian Söderströms död, men han var ju faktiskt medlem, så det var egentligen ingen dum idé. I själva verket var det ett väldigt bra initiativ, faktum var att de nog resonerat i de här banorna på förmiddagen, vid fyratiden hade man tänkt sig…

Hon bet sig i läppen sedan de lagt på.

Så hade hon anpassat verkligheten så att den passade in i hennes femspaltiga tabloidformat.

Hon gick bort till fönstret igen.

Molnen låg så lågt att de bäddat in det stora berget framför henne i tjock, grå vadd. Trafik flöt som trög gröt på romarnas gamla riksväg.

Vem skulle hon ringa för att få veta mer om Suzette?

Hon gick till minibaren och såg att städerskan fyllt på chokladförrådet, hon tog en Snickers och mobilen och slängde sig på sängen.

Knut Garen plockade upp samtalet direkt, det lät som om han stod intill någon typ av forsande vatten.

– Jag är i Granada, sa han. Du får ringa till Niklas Linde om det där, han är kvar på kusten.

Hon svalde frågan vad han gjorde i Granada och slog Niklas Lindes nummer. Han svarade efter fyra signaler.

– Sitter lite risigt till, sa han lågt.

– Kort fråga, sa Annika. Känner du till en flicka som heter Suzette, som bodde i Sebastian Söderströms villa?

– Svar nej. Nu måste jag kila…

Annika lade på. Hon kände sig egendomligt snopen.

Hade de verkligen så mycket att göra, eller ville polismännen inte prata med henne?

Hon slickade fingrarna rena från choklad, slängde pappret i papperskorgen och satte sig vid datorn.

Spanska nummerupplysningen låg uppe på skärmen.

Hon fyllde i Sweakvinnan som hette Margit. Hon fanns inte i Paginas Blancas, så henne kunde hon inte ringa.

Maj-Lis, den äldre damen, var däremot listad. Hon bodde i en *urbanización* som hette Los Cuervos i Estepona. Det lät som om hon sov när Annika ringde.

– Vad är det här om? kraxade hon fram och harklade sig ljudligt. Varför frågar du om Suzette?

– Hon har ett rum i familjen Söderströms hus, sa Annika. Vem är hon?

– Kan du vänta ett litet ögonblick?

Kvinnan lade ifrån sig luren utan att vänta på svar. Annika hörde hur hon hasade iväg någonstans, hostade och hackade och spottade. En toalett spolade. Sedan kom hon tillbaka till telefonen.

– Ja, den lilla Suzette, sa damen och suckade, hon är Sebastians dotter från första äktenskapet. Ett riktigt litet åskmoln. Vad är det du vill veta?

– Vad är det för en flicka? Hur gammal är hon?

Damen hostade.

– Tiden är inte konstant, har du upptäckt det ännu? Den går fortare och fortare med åren. Vad kan Suzette ha hunnit bli? En femton, sexton år skulle jag tro.

– Hon var inte i huset under inbrottet. Vet du var hon håller hus?

– Ja, hon är väl hos sin mamma i Sverige, antar jag.

– Så hon bor inte här?

– Inte annat än på loven ibland, och knappt det. Suzette är inte lätt att tas med.

Annika knäppte irriterat på sin kulspetspenna. Var det något hon var allergisk emot så var det generaliseringen att någon tonårstjej "inte var lätt att tas med". Det var exakt så de hade definierat henne när hon gick på Bruksskolan i Hälleforsnäs.

– Varför hade hon ett eget rum där, i så fall?

– Det var nog Astrid som insisterade. Astrid hade alltid ett gott öga till flickan, ibland tror jag att hon var den enda som tyckte om henne. Suzette kallade henne faktiskt för "mormor".

– Fast det var hon alltså inte?

Maj-Lis tystnade, snörvlade lite. När hon började tala var rösten svag och bruten.

– Jag har så svårt att förstå att hon är borta. Hur kan människor bara försvinna? Vart tar de vägen? Gud, jag önskar att jag vore kristen.

Hon snöt sig ljudligt.

– Det är klart att det är förfärligt med Veronica och Sebastian och barnen också, men Astrid stod mig så nära. Jag kan känna henne här, alldeles intill mig, som en sorts värme, en vibration. Vänta lite…

Annika hörde det sugande ljudet när en kork drogs ur sin flaska.

– Skål, Astrid…

Maj-Lis drack en ljudlig klunk för gammal vänskaps skull.

– Så Suzette bor med sin mamma, sa Annika. Var någonstans? Vet du vad mamman heter?

– Sebastians första fru var ett riktigt stolpskott. Hans terminologi, inte min. Jag minns faktiskt inte hennes namn, men det var något förhållandevis simpelt. Påminde om en aktris i en gladporrfilm på 70-talet. En ungdomskärlek från gymnasiet hemma i förorten var hon, om jag inte missar mig. Jag har aldrig träffat henne.

Hon drack så det klunkade.

– Och de var gifta? Vet du om hon fortfarande heter Söderström?

– Om de var gifta, sa Maj-Lis, jodå, det kan du skriva opp. Det var en riktigt grisig skilsmässa. Frun krävde häften av Sebastians alla inkomster från åren i NHL, men det var ju för de pengarna som han skulle köpa tennisklubben…

– Och Suzette, heter hon Söderström?

– Veronica tog hans namn direkt, det var ingen tvekan hos henne, hon ville ha en stor familj med många barn, och de skulle alla ha samma efternamn, som en riktigt beständig och äkta kärnfamilj…

Den kära Maj-Lis höll på att bli dragen där i andra änden.

– Då ber jag att få tacka dig för din tid och undrar om jag får höra av mig igen om…

– Veronica förlät henne aldrig. Aldrig!

– Tack och hej, sa Annika och tryckte av.

Hon tvekade, sedan ringde hon Berits mobilnummer.

Kollegan var hemma, inte på redaktionen.

– Jag går ju på schema numera, och alla aftnar och röda dagar är lediga om inte annat meddelats minst två veckor i förväg, sa Berit högtidligt.

Det lät som om hon stod och skalade någonting.

– Men, sa Annika, då är ju jag också ledig.

– Enligt det lokala avtalet, ja, sa Berit. Gratulerar.

En kran vreds på, vatten porlade.

– Jag hade kunnat ägna dagen åt att packa upp barnens leksaker.

– Är det inte bättre att de är med och gör det tillsammans med dig? sa Berit. Annars får de ju känslan av att de bor på hotell.

Annika satte sig käpprak upp.

– Så klart, sa hon. Att jag inte tänkte på det.

– Låt oss lära av varandras misstag, sa Berit. Hur går det för dig?

– Har du tid att prata med mig en stund och gå igenom några grejer?

Porlandet försvann.

– Visst, sa Berit, och det lät som om hon drog ut en stol och satte sig.

– Jag har varit inne i familjens villa på morgonen och tagit bilder med mobilen, sa Annika. Jag ska ladda ner dem i datorn nu och se hur de blev. Och så har jag hittat ett barn till, en tonårstjej som tydligen överlevde gasinbrottet.

– Vad säger du? sa Berit. Hur gick det till?

– Hon var inte där, sa Annika, så det är inte så dramatiskt som det låter. Men man borde ändå prata med henne. Hon bor med sin mamma någonstans i Sverige.

– Det är ju jättebra. Vem är det som gör det på redaktionen?

– Ingen, sa Annika. Patrik nonchalerade det bara. Han vill ha sörjande sportstjärnor.

– Det är en felbedömning, sa Berit lugnt. Klart han kan ha sörjande sportstjärnor, men ett barn som överlevt ett massmord är väldigt mycket viktigare.

Annika andades ut. Hon visste ju det, men det var ändå skönt att höra.

– Har du med dig lösenorden till dafan? frågade Berit.

– Så klart. Jag får kolla det själv härifrån.

– Om inte annat så jobbar jag på fredag igen, sa Berit. Vad har ni för väder?

– Jämngrått, sa Annika. Sedan är det en sak till.

– Halenius, sa Berit.

– Hm, sa Annika.

– Hånglade ni verkligen? Det ser ut så på bilden.

– Faktiskt inte alls, sa Annika. Spelar det någon roll?

Berit tänkte tyst.

– Hädanefter blir det knepigt för dig att kritiskt granska just Jimmy Halenius, sa hon, men det finns det ju andra som kan göra.

– Så jag har inte bränt min trovärdighet?

– Lite, kanske, men det går över.

– Tack, sa Annika tyst.

– Kom ihåg att skriva upp övertid, sa Berit. Du får inte betalt, men du kan ta ut det i kompledighet.

De lade på.

Det kändes varmare och lättare i bröstet.

Hon gick in på infotorg.se, loggade in sig och väntade medan sidan laddades.

Den undersökande journalistiken hade i stort sett upphört att vara en sport i samma ögonblick som Infotorg gick online. Tjänsten var svindyr men ack så effektiv. Via tidningens abonnemang hade Annika tillgång till varenda uppgift som rörde alla svenska medborgare: deras namn, ålder, personnummer, nuvarande och tidigare adress, taxerade inkomst, styrelseuppdrag, färgen på deras bil, fastighetsbeteckningen på deras hus, deras kreditvärdighet och hur mycket skulder de eventuellt hade. Dessutom fanns också alla fakta om samtliga svenska och fjorton andra europeiska länders företag, organisationer och myndigheter, deras årsbokslut, ekonomiska situation och betalningsförmåga.

Hon klickade på Personinformation.

Ett formulär från folkbokföringsregistret kom upp på skärmen. Antingen kunde hon söka på namn eller personnummer, och i det här fallet ställde hon markören på Namn. Söderström, Suzette. Kön. Kvinna.

Resten lämnade hon öppet.

Träfflistan visade att det bara fanns en sådan person i hela Sverige.

En Jannike Diana SUZETTE, född för sexton år sedan och boende på Långskeppsgatan 77 i Bromma, Stockholms kommun.

Frågan var vad hennes mamma kunde heta. Funktionen för anhöriganknytningen på Infotorg hade plockats bort efter elfte september 2001, nu var det betydligt knöligare att få fram sådan information.

Annika tryckte fram folkbokföringsinformationen och fick på så sätt upp Långskeppsgatans postnummer. Sedan gjorde hon en ny sökning på Personinformation med något annorlunda detaljinformation. Hon fyllde i tre rutor: kön, postnumret till Långskeppsgatan och efternamnet Söderström.

Nu sökte datorn för att se om det fanns någon annan kvinna som hette Söderström inom samma postnummerområde. Om Suzette var skriven på samma adress som sin mamma, och mamman också hette Söderström, då borde hon komma upp här. Enda undantagen var de drygt niotusen svenskar som av olika anledningar hade skyddade personuppgifter eller var kvarskrivna, alltså undangömda av myndigheterna.

Bang smack, träff direkt!

Söderström, LENITA Marike, fyrtiotvå år gammal och folkbokförd på Långskeppsgatan nummer 77. Hon hade fyra registrerade betalningsanmärkningar enligt Svensk Handelstidning Justitia och ett aktuellt skuldsaldo hos kronofogdemyndigheten på 46 392 kronor. Inga funktionärsuppdrag i några företag, var inte enskild näringsidkare och var inte registrerad ägare till något motorfordon.

Skulderna bestod av obetalda tv-licenser, en skatteskuld och en förfallen avbetalningsplan från Ikea.

Hon växlade över till hitta.se, en gratistjänst som listade alla öppna telefonnummer i Sverige med kartor som visade var i geografin numret hörde hemma, inklusive bilder på många av de hus där telefonen fanns.

Annika fyllde i Lenita Söderströms namn och adress men fick ingen träff.

Suzette Söderströms mamma hade antingen hemligt nummer eller bara mobil med kontantkort.

Hon strök namnet och sökte bara på adressen.

Långskeppsgatan 77 visade sig ligga mellan Blackeberg och Råcksta i västra Stockholm. Hon valde en satellitbild över området och såg att adressen gick till några flerfamiljshus i änden av en gata med blandad bebyggelse. Det gamla dårhuset Beckomberga låg precis intill, noterade hon, fast nu var alla dårarna utskrivna och återanpassade till ett liv de inte alls klarade av att hantera.

Hon gick bort till minibaren och tog fram den andra chokladbiten också, en Toblerone.

Hur skulle hon få tag på Suzettes mamma, Lenita Söderström?

Kunde hon möjligen vara aktiv i någon förening? Finnas listad som kontaktperson för någonting på nätet?

Hon gick tillbaka till datorn och googlade henne.

Träfflistan var kort men klockren.

Lenita Söderström, Facebook.

Annika klickade och kom till en sida på spanska med en bild av en blond kvinna till vänster på skärmen. Med hjälp av en flagga i högra hörnet bytte hon språk och fick sidan att börja prata engelska.

Sign up for Facebook to connect with Lenita. Already a Member? Login!

Hon klickade på en rad till höger på sidan, *Send Message*.

En sida med ett långt formulär dök upp.

För att kunna få kontakt med Lenita Söderström måste hon tydligen registrera sig på sajten.

Jo, hon hade hört talas om Facebook, visste att det fanns flera på jobbet som höll på med sina facebooksidor hela dagarna. De räknade och tävlade om hur många "vänner" de hade, och de blev alldeles till sig när någon "pokade" dem. Sådant slutade hon med när hon var åtta.

Men vad fan, tänkte hon och fyllde i formuläret.

Hon skrev sitt namn, att hon jobbade på ett företag, sin födelsedag, mejladress och så hittade hon på ett lösenord. Till sist kryssade hon i rutan att hon läst *Terms of Use and Privacy Policy*, vilket hon givetvis inte hade gjort, och sedan tryckte hon *Sign Up*.

Nå, men det var ju ganska smärtfritt.

Confirm Your Email Address.

Nähä, var det inte klart nu?

Hon klickade *Go to Hotmail now.*

Där, i ett meddelande i inkorgen hos annika-bengtzon@hotmail.com, fanns en länk hon kunde klicka på.

En ny text dök upp på skärmen.

Welcome Annika! Your account has been created.

Hon tryckte *Search for friends*, skrev Lenita Söderström och hamnade i ett formulär där hon kunde skriva ett meddelande direkt till Suzettes mamma.

Hon förklarade vem hon var och vad hon ville, att hon ville få kontakt med både Lenita och Suzette, att det var viktigt och brådskande. Hon avslutade med sitt mobilnummer.

Vilket jävla krångligt sätt att få tag på folk, tänkte hon irriterat när hon tvingades fylla i en *security check* för att mejlet skulle gå iväg.

Hon tittade på klockan.

Om hon skulle hinna äta något innan golfklubben satte igång att sörja sin döda medlem så fick hon skynda sig ut.

– Här är det, sa Carita Halling Gonzales.

Annika bromsade in mitt i en rondell och parkerade intill några containrar för glas- och plaståtervinning. Molnen hade spruckit upp och lät en tveksam sol göra försiktiga skuggor. Hon låste bilen och såg upp mot himlen.

Fyra flaggor vajade på höga stänger intill golfklubbens parkering:

den spanska, andalusiska, svenska och sist ett gulrödgrönt emblem mot vit botten.

– Vad gör Gaisflaggan där? frågade Annika.

Carita Halling Gonzales kisade mot himlen men riktade sedan uppmärksamheten mot den lilla fickspegel hon hade i handen.

– Vad gör vad för något? sa hon och plockade fram läppstiftet med guldhylsa.

Annika pekade.

– Den sista där. Är ägaren makrill?

Tolken tittade upp och såg helt förvirrad ut.

– Gais är ett fotbollslag i Göteborg, sa Annika. Supportrarna kallas makrillar.

– Percy Nilsson har precis sålt banan till fyra svenskar. Någon av dem kan ju vara den där fisken. Entrén ligger där.

Carita stoppade ner läppstiftet i väskan, nu en silverfärgad lädervariant.

En tegeltrappa ledde ner till en överlastad portal omgiven av enorma apelsinträd.

Annika sköt upp dörren och drog efter andan.

– Så det är så här de rika har det, sa hon. Snacka om verklighetsflykt.

Vita marmorterrasser bredde ut sig framför henne. Några änder simmade stillsamt omkring i en konstgjord sjö. Ljusgröna gräsytor böljade mot horisonten, släta som kvinnoben i rakbladsreklamen. Små golfbilar körde omkring på cementerade, mörkrosa stigar. Välklippta män med mörkblå tröjor kastade över axlarna på vita pikéskjortor satt vid runda bord och såg avspända ut.

– Är det där några du känner?

Carita Halling Gonzales pekade på en medelålders kvinna och en mycket ung man som stod och viskade och tittade åt deras håll.

Konkurrentens Madridkorre och hennes toyboyfotograf.

– Jag vet vilka de är, sa Annika, och de känner nog igen mig.

Från dagens tidning, tänkte hon, men det sa hon inte. Carita var antagligen inte särskilt uppdaterad på svenska medier. Fanns ingen anledning att upplysa henne om hångelbilden utanför restaurang

Järnet i Gamla stan.

Dörren bakom dem brakade till och en klunga med människor omringade dem och fyllde marmorterrasserna på ett ögonblick. Deras stil och fason skilde sig så markant från gästernas att allting stannade av.

– Och det här är också dina kollegor?

– De svenska etermedierna, sa Annika lågt när männen bullrande började plocka fram kameror och stativ, långa sladdar och mikrofoner med håriga strumpor på.

Ryktet om den tysta minuten hade tydligen fått vingar.

Gästerna som suttit och ätit och druckit inne på klubbens restaurang strömmade ut bland borden på terrassen, ditlockade av kamerorna och tv-männens koncentrerade miner. Så snart ett tv-team var i närheten riktades all uppmärksamhet åt deras håll.

– Ser du några sportstjärnor här? viskade Annika till Carita samtidigt som hon kollade att kameran hade kräm kvar i batterierna.

– Skulle vara dina makrillar i så fall, sa tolken och pekade på några skalliga och överviktiga män med mörkgröna kavajer och det gulrödgröna emblemet på kavajslagen.

Folk fortsatte att välla ut från restaurangen. Snart var hela trappan svart av människor.

– Vad är det här för cirkus? frågade en man med ljusblå pikétröja som hamnat precis bakom Annika.

– Tyst minut för Sebastian Söderström, sa Annika och granskade mannen för att se om han möjligtvis var någon gammal kändis.

Mannen stelnade till och rättade till sina solglasögon.

– Verkligen? sa han. Det blir nog riktigt sorgligt.

Annika fiskade upp block och penna ur bagen.

– Du tror att det blir en rörande minnesstund? frågade hon artigt.

Mannen skrattade till och skakade på huvudet.

– Folk kommer att sörja sina pengar som de aldrig får tillbaka. Häften av alla som står här har någon gång investerat i Sebastian Söderströms vansinniga fantasiprojekt.

Annikas penna stannade efter bara några ord. Hjärnan registrerade inte riktigt deras innebörd.

– Hur… Vad menar du? frågade hon.

Mannen stoppade in tröjan ordentligt i golfbyxorna och tittade på sitt armbandsur.

– Söderström var en jävel på att övertyga. Några säsonger i NHL gjorde att folk trodde att han kunde skita guld. Det sorgesammaste var att han gick på det själv.

Han hejdade en man i ytterligare en pikétröja, ljusgrön den här gången, som precis passerade dem på väg ner mot golfbanan.

– Hördu Sverre, har du hört? De ska ha minnesstund för Söderström, det är meningen att vi ska stå och sörja i en tyst minut.

Sverre blev röd i ansiktet.

– Den jäveln, sa han, vände på klacken och gick tillbaka in i restaurangen.

Annika såg förvånat efter honom.

– Vad då för fantasiprojekt? frågade hon.

Mannen log roat.

– Introduktionen av den nya världssporten stickboll, till exempel. Har du inte hört talas om den? Så konstigt. Eller racerbanan som skulle byggas uppe i Sierra Nevada? Som visade sig ligga mitt i en nationalpark? Och så var det den där tennisklubben…

– Jag trodde Sebastian Söderström hade det gott ställt, sa Annika och noterade hur fler gäster lämnade terrasserna.

– Det var inte sina egna pengar han förlorade. Det var alla andras, annars hade han inte kunnat hålla på så länge som han gjorde. Och den där tennisklubben var ett ekonomiskt råttbo. Ge bort miljonvinster på klubbtävlingar, du kan ju tänka dig… Sonja!

Mannen med den ljusblå pikétröjan skyndade iväg nedför terrasstrappan och hejdade en kvinna med rosa keps. Annika såg hur de växlade några meningar och kvinnan blev upprörd. Hon vände på klacken och gick tillbaka upp mot receptionen.

– Förlåt mig ett ögonblick, sa Annika och ställde sig i vägen för kvinnan när hon ville förbi. Kände du Sebastian Söderström?

– Det kan du ge dig fan på, sa kvinnan och försökte gå förbi henne.

Annika tog ett steg åt sidan och stoppade henne.

– Kan du inte beskriva hurdan han var? frågade hon.

Kvinnan som hette Sonja tog av sig solglasögonen. Hennes ansikte bar spår av ett flertal kirurgiska ingrepp, framför allt runt ögonen.

– Sebastian Söderström var en fasad, sa hon. Han ville vara en stjärna, han var beroende av applåderna, men han ville inte jobba för det, han ville bara ha belöningen.

– Jag förstår inte hur du menar, sa Annika.

– Han fick en nyck, lurade av folk en massa pengar, levde högt på andras investeringar tills han tröttnade, då gjorde han något nytt. Fick tag i nya investerare, lånade pengar, putsade på fasaden och låtsades vara stjärna.

– Men var han inte det då? sa Annika.

– Du, sa kvinnan och sköt fram sin opererade näsa alldeles intill Annikas. Det var jävligt länge sedan.

Sedan föste hon Annika åt sidan och lämnade golfklubben.

Annika såg ut över gräsmattorna och änderna och de små golf-bilarna.

Hur skulle hon hantera det här? Låtsas att hon inte hört något? Eller skulle hon skriva sanningen, att folk hellre lämnade sin golf-drink än att sitta tysta en minut för Sebastian Söderströms skull?

Ishockeyhjältar, tänkte hon. Det är därför jag är här.

Hon svalde och letade med blicken över folkhopen.

– Ser du någon sportkändis? frågade hon Carita, och i samma sekund fick hon syn på en av NHL:s största stjärnor, en grabb från Norrland som just skrivit på ett kontrakt med en klubb i amerikanska mellanvästern som gav honom en kvarts miljard.

– Honom måste jag ha, sa Annika och trängde sig fram i folk-massan.

Hockeystjärnan hade några kompisar med sig. Två av dem hade varit med och tagit brons i fotbolls-VM 1994 och en tredje hade gjort flera ganska dåliga svenska långfilmer.

– Kommer från Kvällspressen, sa Annika. Kan jag få ta en bild?

Hockeystjärnan såg sig omkring.

– Vad är det här för något? Varför är det så mycket folk?

– Minnesstund över Sebastian Söderström, sa Annika och höjde kameran och tryckte av.

Klick klick klick.

– Åh fan, sa en av fotbollsspelarna.

– Kände ni honom? frågade Annika.

– Ja, för fan, sa hockeystjärnan. Jag spelade med honom i Tre Kronor en säsong.

– Vad har du för minnen av honom?

Hockeystjärnan rev sig i håret.

Klick klick klick.

– Jaa, sa han dröjande, han var en bra back, på sin tid. Jag vet att han hade ett hus här någonstans, men jag vet inte riktigt var.

– Det heter Las Estrellas de Marbella, sa Annika.

Stjärnan skakade på huvudet.

– Vet inte var det ligger.

– Och ni? frågade hon fotbollsspelarna. Kände ni Sebastian?

Bägge mumlade något nekande.

– Jag spelar på hans tennisklubb, sa den ganska misslyckade regissören. Sebbe är kanon. Om alla var som han så hade världen sett annorlunda ut.

Där satt den, tänkte Annika och tryckte av några sista rutor.

En gruppbild med de fyra stjärnorna, alla fritidsklädda och med solglasögon, och så citatet: "Om alla var som Sebastian skulle världen se annorlunda ut."

Hon var hemma.

– Tack ska ni ha, sa hon och gick tillbaka till Carita.

– Jag känner igen den här killen, sa tolken och pekade mot hockeystjärnan. Är det inte han som...

– Jo, sa Annika och lade sin hand över hennes finger. Nu väntar vi bara tills den här tysta minuten är över, sedan drar vi.

En man med yvigt vitt hår och liten kulmage stod med ens framför henne och log entusiastiskt.

– Annika Bengtzon? frågade han, och den göteborgskan tog man inte fel på.

– Rickard Marmén? sa Annika. Så trevligt att få ett ansikte till rösten.

De skakade hand, hjärtligt och länge. Sedan kindpussades han med Carita.

– Du, sa Annika och drog honom lite längre bort mot bilparkeringen. Jag skulle vilja fråga dig om ett par saker. Kände du familjen Söderström?

– Kände och kände, vi var bekanta.

– Var Sebastian Söderström skyldig folk en massa pengar?

Rickard Marmén log.

– Ja, det kan väl hända, sa han. Fast bara folk som hade råd med det.

Annika trampade på stället.

– Du får ursäkta om jag är framfusig, men det verkar som om många är arga på honom här. Har de anledning att vara det?

Den vithårige mannen ryckte på axlarna och log.

– Rent generellt har folk lite för lite att göra här nere. Då kan de haka upp sig på detaljer.

– Hade du själv några affärer med honom?

Rickard Marmén skrattade till.

– Nej, sa han, verkligen inte. Jag har inte den sortens tillgångar.

Annika granskade mannen framför sig. Hans ansikte var som gammalt läder, ögonen små och knallblå. Han hade en veckas kritvit skäggväxt. Håret stod som en gloria omkring honom.

– Du har varit här nere länge, eller hur?

– Sedan min tjugotreårsdag.

– Känner du till att Sebastian hade ett barn till? En tonårsdotter som hette Suzette?

– Ja, hon var ju här nere ibland. Hur så?

– När var hon här senast, vet du det?

Rickard Marmén strök sig över skägget.

– Hon red uppe hos Vibeke på Cancelada Club, sa han. Jag tror det var meningen att hon skulle hjälpa till där uppe.

Annika ställde sig lite närmare mannen och sänkte rösten ytterligare.

– Så hon är här, eller har varit här, nyligen?

Rickard Marmén kliade sig på näsan.

– Jag vet inte, sa han. Det är nog bäst att du pratar med Vibeke.

Han såg hennes frågande uttryck och fortsatte:

– Jensen, som har klubben. De har ett hus där ovanför. Det ligger...

– Jag vet var Cancelada Club ligger, sa Carita och steg fram till Annika. Jag kan visa dig hur man kör. Det är inte långt, ligger på andra sidan bergen där borta bara...

Sorlet runt omkring dem dog ut. Det var tunnsått med folk på terrassen. En man i svart kavaj och ljusa byxor ställde sig högst upp på trappan som ledde ner mot den konstgjorda sjön och började tala.

– Kära medlemmar, kära gäster... Vi har samlats här idag för att hedra minnet av en god vän och en kär kollega, en man som var ett föredöme för oss alla...

– Vem är det där? viskade Annika till Rickard Marmén.

– Nye ägaren. Han kom ner i lördags, jag tvivlar på att han någonsin träffade Sebastian.

Annika tog några bilder av klungan med folk. Efteråt fick hon försöka beskära den så att det såg ut som om människomassan var större än den var.

Den tysta minuten tog vid. Änderna simmade i sjön. En motorcykel vrålade förbi i rondellen utanför golfklubben. Tv-kamerorna filmade. Människor sneglade på varandra och försökte se ledsna ut.

Annika såg på klockan.

Efter 40 sekunder hade den nya ägaren fått nog och slog samman händerna.

– Och då ber jag att få tacka alla gäster och medlemmar, och representanter från medierna (han vinkade faktiskt till tv-kameran), och påminna om att restaurangen är öppen till...

– Nu åker vi, sa Annika, tackade Rickard Marmén och gick mot utgången.

Vägen ringlade sig längs bergssidan som en fet orm. Den kantades av breda trottoarer och snirkliga lyktstolpar, här och var stod elskåp och mindre servicebyggnader. Med ojämna mellanrum tog tvärgator vid och skar som sår in bland dalarnas grönska.

I övrigt syntes bara vildvuxna buskage och stora tistlar.

– Var är alla hus? frågade Annika och såg fascinerat upp på berget.

– Det här är ett av alla de bostadsområden som aldrig blev av, sa Carita. Planerna var storslagna och utsikten fantastisk, fast någonstans längs vägen tog det stopp. Man kom inte längre än till gatorna. Kör försiktigt...

Annika bromsade in.

Framför henne hade halva vägbanan rasat ner i avgrunden nedanför. Området runt raset var avspärrat med några vägkoner och ett rödvitt plastband.

– Herregud, sa Annika, kan man verkligen köra här?

– Inte så nära kanten bara, sa Carita.

Vägbanan hade spolats bort på ytterligare ett par ställen. Den fortsatte att slingra sig över bergen, ibland alldeles intill den stora betalmotorvägen, ibland flera hundra meter ovanför. Regnvädret hade blåst ut mot Atlanten och lämnat utsikten kvar i sin fullständiga svindel, med havet som en knallblå matta till vänster och Afrikas järngrå Rifberg vid horisonten.

När de närmade sig stallet omslöts vägen av en halvbyggd golfbana. Grävskopor, schaktmaskiner och lastbilar lade grunden till samma svepande gräsmattor och konstgjorda sjöar som på Los Naranjos.

– Har rika människor verkligen inget annat att göra än att gå omkring i en sagovärld och försöka träffa en stillastående boll med en liten metallklubba? frågade hon.

– De går inte, sa Carita. De kör golfbil.

Hon pekade på en skylt med texten Club Hipico, Annika blinkade och svängde höger. Parkeringen var full av dyra bilar. De parkerade bakom en Range Rover Sport och gick upp mot en låg, vit byggnad med snidade järnräcken för fönstren. Till vänster bredde stallarna ut sig, stora öppna boxar i mörkt trä med vackra gröna smidesdetaljer under enorma trädkronor. Flickor med blonda hästsvansar rörde sig bland brunskimrande fullblod. En hästskötare med skottkärra framför sig sa något till en flicka som skrattade.

Annika tvärstannade.

– Det här är inte sant, sa hon. Jag känner igen det här. Jag har varit här förut.

– Är du hästflicka? sa en kvinna på danska. Hon hade kort, grått hår och rödkantade ögon.

Annika såg förbluffat på henne.

– Både Hööks och Kingsland fotograferar sina sommarkataloger här, sa kvinnan.

Hon sträckte fram handen.

– Vibeke Jensen, sa hon.

– Annika Bengtzon, sa Annika och slet blicken från drömkatalogernas bakgrund, de söndertummade broschyrerna med hästsaker och ridkläder som hon och kompisarna svärmat över när de gick och red en gång i veckan på Finntorps gård.

– Jag förstår att du hade frågor om Suzette, sa Vibeke Jensen.

Annika såg att hon stödde sig tungt på en krycka. Inte den sorten man får på akutmottagningen efter att ha råkat ut för en olycka, utan en vacker men sliten sak i mörkt trä. Kvinnan hade använt käppen länge.

– Vill du att jag ska översätta? frågade Carita.

– Danska klarar jag, sa Annika. Ja, jag har förstått att hon brukade rida här.

Stallägaren vände sig om med kantiga rörelser.

– Vi kan gå in på mitt kontor, sa hon.

De gick förbi ytterligare en stallgård, Annika rös av déjà vu. En smal flicka i fjortonårsåldern med långa ben och blanka ridstövlar ledde ett arabiskt fullblod upp mot ridbanan där hopphindren stod uppställda, minst en och trettio höga. Något obehagligt drog igenom henne, avundsjuka eller missunnsamhet eller bara ren sorg, något som kunde ha blivit av om alla förutsättningar hade varit annorlunda.

Hon hade älskat att rida. Hon hade varit riktigt bra på det.

– Får jag bjuda på något?

Annika bad att få lite vatten. Carita tog ett glas rött.

De slog sig ner i ett litet rum bakom en kombinerad shop och servering. Vibeke Jensen satte sig tungt, lutade kryckan mot skrivbordet och sträckte ut sitt dåliga ben framför sig. Hon tittade upp och mötte Annikas blick.

– Ridolycka, sa hon. Det är över fyrtio år sedan nu. Jag är van, och jag kan rida.

Annika slog ner blicken.

– Det var meningen att Suzette skulle ha börjat jobba här, sa Vibeke Jensen och knöt händerna framför sig på skrivbordet. De var valkiga och fnasiga av arbete.

– Men det blev inget av med det. Så här i efterhand är det naturligtvis en Guds välsignelse att hon åkte hem.

Kvinnan tittade ut på stallbacken, det ryckte lite runt hennes mun.

– Så Suzette var här nere alldeles nyligen men åkte tillbaka till Sverige?

Vibeke Jensen nickade.

– Hon ringde i förra veckan och sa att hon ändrat sig. Hon skulle ge skolan en chans till. Jag måste säga att jag tyckte det var bra.

Hon lade händerna för munnen.

– Ni får förlåta mig, sa hon.

– Så du kände familjen väl? frågade Annika försiktigt utan att ta upp något block.

Stallägaren såg ut genom fönstret, lät blicken flyga ut över stallarna och stallbacken och eukalyptusträden där bortom.

– Inte särskilt, sa hon. My har sin ponny här, jag vet inte riktigt vad vi ska göra av den. Men jag kände inte Sebastian, och inte Veronica heller egentligen. Hon red innan hon fick barnen, men sedan jobbade hon alltid så mycket att hon inte hann med något annat. Astrid, däremot...

Hon tystnade en lång stund.

– Astrid lärde jag känna som liten pige. Mor och hon brukade gå på *juergas*. Hon lät mig följa med på utflykter. Jag tyckte mycket om henne.

– Var det Astrid som ordnade så att Suzette skulle få jobba här?

Vibeke nickade.

– Astrid var förtjust i flickan. Jag hade inget att invända, flickan är en god ryttarinna och har bra hand med hästarna...

Telefonen på skrivbordet ringde, Vibeke Jensen svarade med ett kort ord på spanska.

– Jag skulle behöva dra mig hemåt, viskade Carita i hennes öra. Det är ju trettondagsafton...

Annika tog upp sin bag och reste sig. Hon kom inte längre här. Vibeke Jensen avslutade samtalet.

– Vet du när Suzette åkte hem till Sverige? frågade Annika.

Stallägaren reste sig mödosamt, stödde sig på sin käpp.

– Hon ringde i förra veckan, i torsdags tror jag. Hon sa att hon skulle åka hem. Jag antar att hon flög på en gång.

Annika tog hennes hand.

– Tack för att du tog dig tid. Är det okey om jag använder några av dina citat i en artikel om familjen?

Vibeke Jensen nickade.

– Kan jag ta en bild också? Utanför kontoret, så att man ser anläggningen i bakgrunden?

Vibeke strök sig över håret och tvekade.

– Som jag ser ut, sa hon.

De gick ut i kvällssolen. Både hästar och stallväggar glödde i det sneda ljuset.

Annika tog några kort när kvinnan stod tungt stödd på kryckan och tittade ut över fältet ner mot vägen. Hon tackade igen och vände sig mot bilen.

– Förresten, sa Annika och stannade till. Du sa att Veronica jobbade mycket. Med vad då?

– Hon var advokat, sa Vibeke Jensen. Arbetade på en byrå i Gibraltar. Det var hon som drog in pengarna till familjen.

– Sebastian då? frågade Annika och höll andan.

Vibeke skakade på huvudet.

– Hon måste ha tjänat bra med pengar, sa Annika och tänkte på det stora huset.

I samma stund ringde hennes mobiltelefon.

Ett nummer hon inte kände igen. Hon ursäktade sig och svarade.

– Annika Bengtzon? sa en okänd kvinnoröst. Du mejlade till mej. Vad vill du?

– Eh, sa Annika. Vem?

– På Facebook. Lenita.

Söderström, för tusan!

– Ja, just det, sa Annika och tog några steg bort mot parkeringen. Så bra att du ringde tillbaka. Jag är alltså reporter på tidningen Kvällspressen och jag ville ha kontakt med dig och Suzette för att ställa några frågor om det som hänt i Marbella...

– Det vet jag inte något om, sa Lenita. Ingen informerar mig om någonting. Man tycker att jag borde få veta, jag var ju ändå gift med karln en gång i tiden.

– Det måste ha varit en förfärlig chock, sa Annika medlidsamt.

– Ja, herregud, sa Lenita Söderström. Det var en himla tur att Suzette hade åkt därifrån, annars vet man aldrig hur det hade gått.

– Hur har hon reagerat på det som hänt?

– Ja, alltså, sa Lenita Söderström, man tycker åtminstone att hon skulle svara i mobilen, men det är förstås för mycket begärt. Hon orkar väl inte ladda den som vanligt.

Annika såg bort mot ridbanan. Flickan med de blanka stövlarna hoppade just en kombination med sitt vackra fullblod.

– Så du har inte pratat med din dotter efter dödsfallen?

– Hur skulle jag ha kunnat göra det? Hon är ju i Spanien, och hon svarar inte på mobilen. Och den där människan Jensen har jag inte numret till.

Annika tittade efter den smala danskan som långsamt var på väg till sitt kontor igen.

– Vibeke Jensen? sa hon. Varför... Vad har hon med saken att göra?

– Suzette bor där. Hon klarade inte av Häxan, ja, den där Veronica, så hon flyttade hem till sin arbetsgivare.

Det stod stilla i huvudet på Annika. Carita stirrade intensivt på henne.

– Så du säger att Suzette bor hemma hos Vibeke Jensen, en danska som äger Cancelada Club?

– Hon ringde mig dagen före nyårsafton och sa att hon skulle flytta hem till tanten som äger den där ridklubben. För mig spelar det ingen roll var hon bor, så länge hon håller sig i skinnet och inte ställer till med något elände.

– Dagen före nyårsafton, sa Annika. Det var i torsdags, eller hur?

– Jag sa till henne, att om man inte pluggar då måste man jobba. Hon ska inte tro att hon kan leva på mig i all evighet.

Annika började gå med stora kliv mot ridklubbens kontor.

– Kan du vänta ett ögonblick? sa hon i telefonen. Det finns en person här som du borde tala med...

Hon drog upp dörren till kontoret, Vibeke Jensen tittade förvånat på henne.

– Lenita Söderström, sa Annika och höll fram telefonen. Hon tror att Suzette bor hos dig.

Skallgångskedjorna samlades i skymningen. De utgick från en uttorkad flodfåra strax bakom Las Estrellas de Marbella, familjens bostadsområde. Polisbilarnas blåljus svepte över förvildade adelfor och döda olivträd. Människor rörde sig som skuggor mellan fordonen, en man med många reflexer pekade med hela armen och dirigerade siluetterna i olika väderstreck.

Annika satt bredvid Niklas Linde i hans stora BMW och studerade scenen. Hon hade tur som fick vara här. Hon hade ställt ultimatum till polismannen: om hon berättade vad hon visste om Suzette så skulle hon få vara med på polisens skallgång. Niklas Linde hade inte haft något att sätta emot.

De hade stannat på en höjd ovanför flodfåran. Annika tog upp kameran ur bagen och öppnade bildörren. Med dörren som stativ tog hon flera bilder med lång exponeringstid. Hon kunde höra rösterna och blippandet av skallgångskedjornas bärbara polisradiosändare.

– Kommer de att hitta henne här någonstans i natt? frågade hon lågt.

– De måste ju leta, sa Niklas Linde.

– Hon har varit försvunnen i sex dagar, sa Annika. Om hon har legat här hela tiden är hon död.

– Vill du prata med insatsledaren?

– Bara en snabb kommentar om vad han tror om situationen, sa Annika.

De rullade ner mot floden. Niklas Linde parkerade, steg ur bilen och marscherade sedan fram till mannen med de många reflexerna. Hon såg hur de pratade och gestikulerade. Långsamt gick hon åt deras håll, förbi grupper med pinnar och pannlampor som var på väg att ge sig ut i markerna på människojakt. Marken var fortfarande varm och luktade örtkryddor. Vinden bar med sig fukt från havet.

– Vår man är inte optimist, sa Niklas Linde och gick tillbaka till henne. Betalmotorvägen ligger strax här ovanför. På andra sidan börjar en flera kvadratmil stor nationalpark. Jag tänkte gå med en sväng. Vill du hänga på?

Annika såg upp mot stjärnorna.

– Är Suzette formellt efterlyst nu? frågade hon ut i mörkret.

– Mamman lämnade in en anmälan hos polisen i Västerort för en timme sedan. Interpol skickade ut den per omgående. Så snart Suzette Söderström passerar en passkontroll eller tar ut pengar ur en bankomat eller ringer ett telefonsamtal från mobilen så kommer larmet att tjuta.

– Är Interpol verkligen så effektivt? sa Annika skeptiskt.

– Om hon lever kommer vi att hitta henne.

– Tror du hon gör det?

Polisen svarade inte. Han ställde sig bredvid henne och såg ut över den månbelysta flodbädden. Annika koncentrerade sig på att titta rakt fram och inte snegla på honom. Hon blev inte klok på honom.

– Har det hänt något nytt i mordutredningen? frågade hon.

– Jo, sa han, faktiskt. Vi har fått en preliminär dödsorsak.

– Gas? frågade Annika.

– Inte vilken gas som helst. Fentanyl.

Han nickade eftertryckligt i mörkret.

– Säger mig ingenting, sa Annika. Borde det det?

– Dubrovkateatern, sa Niklas Linde. Det är samma typ av gas som de ryska specialstyrkorna använde för att söva terrorister och gisslan vid stormningen av Dubrovkateatern i Moskva för ett par år sedan.

Annika stirrade på honom.

– Det var massor av människor som dog, sa hon.

– Minst 117 ur gisslan omkom. Vissa källor hävdar att det var betydligt fler. 700 överlevde. Det intressanta är att fentanylet spreds i aerosolform, alltså som vattendimma.

– Vilket stämmer med det här fallet, med mannens position där han hittades, på det där stora engelska skrivbordet…

Han gav henne ett hastigt ögonkast.

– Hur vet du att det var stort och engelskt?

Hon vände blicken rakt fram igen.

– En annan intressant detalj från stormningen i Moskva är att soldaterna i specialstyrkan inte behövde ha några gasmasker, fortsatte Niklas Linde. Var och en fick en injektion av ett motgift, ett naloxonderivat, innan de gick in på teatern. Det blockerar alla effekter av opiater under flera timmar.

Annika såg frågande på polisen.

– Används i praktisk narkomanvård, sa han. Det gör det omöjligt för heroinmissbrukare att få kickar. Skulle du med?

Hon såg bort mot skallgångskedjan som just försvann upp under betalmotorvägens betongfundament.

Hon hade tre artiklar att skriva.

Först skildringen inifrån Dödens hus, hennes genomsökning av familjen Söderströms hem, illustrerad med de dåliga mobiltelefonbilderna. De var publiceringsbara enbart på grund av sin exklusivitet, inget annat.

– Ni får *inte* sälja dem vidare, hade hon sagt till Patrik. De får *inte* nå några spanska tidningar. Jag gangstrade mig in och vill inte att någon ska få problem.

– Så jävla bra är de inte, hade nyhetschefen svarat.

Sedan hade hon dagens huvudstory: Var är Suzette?

Flickan var efterlyst och skulle uppmanas att ta kontakt med sin familj eller närmaste polisstation, men enligt mamman pratade hon inte spanska och knappt engelska, hon hörde aldrig på radio, läste inga tidningar och såg aldrig på tv.

– Det bästa sättet att nå henne när hon drar iväg brukar vara genom

MySpace eller MSN eller Facebook, hade Lenita sagt.

Suzettes mamma hade bokat en resa ner i morgon bitti med samma fakirflyg som Annika åkt, de skulle träffas för en intervju i morgon eftermiddag.

– Så Suzette har åkt iväg förut? hade Annika frågat, men det hade Lenita inte velat höra.

Den tredje artikeln hade hon inte ens researchat. Den skulle handla om det hon precis fått reda på, om fentanylgasen, vad den bestod av, vilka effekter den hade. Kanske kunde hon lägga ihop fakta om gasen med bilderna inifrån huset, få ihop det på något sätt...

Hon såg på Niklas Linde och nickade.

– Ja, sa hon. Jag går gärna med dig en sväng.

I ETT LAND långt borta, i ett egendomligt månbelyst landskap, gick Annika tillsammans med Niklas Linde och såg upp mot stjärnorna. Buskagen runt omkring henne var vassa och höga, men hon var inte rädd. De gick och letade efter något, hon mindes bara inte vad, och hon vände sig mot honom för att fråga honom om han tyckte om hästar...

Hon vaknade av mobiltelefonen. Den lät andtruten och inklämd, som om den höll på att kvävas. Hon hävde sig upp i sängen, trasslade in sig i lakanet och ramlade ut på golvet, rev fram bagen och fick upp telefonen ögonblicket innan svararen tog samtalet.

Det var Carita Halling Gonzales.

– Jag har möjlighet att jobba en stund på förmiddagen, sa hon, men sedan ska vi fira trettondag här hemma. Ville du åka till tennis-klubben?

Annika satte sig upp på golvet och krånglade loss foten från säng-kläderna. Den mörka natten dröjde kvar i henne. Niklas Linde satt fortfarande bredvid henne.

– Mmm, sa hon, det blir jättebra.

Hon såg att det var fullt dagsljus ute men hade ingen aning om vad klockan var.

Hon tog bort telefonen från örat en sekund för att kolla tiden, 09.47, och missade därför Caritas nästa mening.

– ... i receptionen.

– Okey, sa Annika. När?

– Hallå! Om en kvart! Låg du och sov?

– Nejdå, sa Annika.

Hon tryckte bort samtalet.

Det var väldeliga vad fru Halling Gonzales var engagerad i sitt uppdrag. Hon måste verkligen behöva pengarna.

Hon lade ner mobilen i bagen igen, och det var då hon såg teckningen.

Den hade blivit lite skrynklig, men inte så farligt.

Hon slätade ut flickan och den skrattande hästen mot skrivbordet, den sista teckningen som åttaåriga My hade ritat innan hon dog.

Sedan gick hon snabbt in i duschen för att inte gråta.

Tennisklubben låg högt ovanför havet, längst ut på en bergsklippa. En enorm grind av den vanliga, krusidulliga typen blockerade infarten, stängd och låst.

Annika parkerade på gatan och hindrade därmed trafiken i minst en färdriktning, vilket hon förstått var helt normalt.

Någon ringklocka fanns inte vid grinden och ingen svarade när de ropade.

– Men du är säker på att det är här? sa Annika.

Carita knöt åt skärpet hårt i midjan och började gå utefter muren som inhägnade anläggningen. Annika följde efter med bagen och kameran. På baksidan var muren betydligt lägre. Med föga graciösa språng lyckades de häva sig upp på värnet och traska in på en av läktarna.

Klubben var ganska liten. Där fanns en gräsbana och fyra med grus. I mitten tronade klubbhuset, ett palats av den vanliga sorten med tinnar och torn och burspråk och terrasser. Dörrarna mot havet stod öppna.

– Hello? ropade Annika och stack in huvudet genom ett fönster.

– *Oh God!*

En man med svart kalufs stack upp huvudet bakom ett skrivbord.

– Var kom du ifrån?

Han pratade bra engelska.

– Från en svensk tidning, sa Annika. Vi talades vid i går, jag frågade om ni hade tänkt ha någon ceremoni här, med tanke på det som hänt…

– Ah, sa mannen, reste sig upp och borstade bort damm från knä-na. Jag minns dig. Vad gör du här?

– Jag skriver om familjen Söderström för min tidning. Jag vet att Sebastian satsade väldigt mycket på sin klubb. Får jag komma in?

Mannen lade ifrån sig ett papper som han tydligen hittat i någon låda långt ner i en hurts. Han tvekade.

– Vi har egentligen stängt idag också, sa han. Jag vet faktiskt inte när jag ska öppna igen. Jag vet inte ens vem jag ska fråga.

– Hade inte Sebastian någon advokat? frågade Annika.

Mannen tittade bort.

– Jo, sa han. Sin fru.

Annika nickade, så klart.

Så suckade mannen tungt, gick runt receptionsdisken och öpp-nade en terrassdörr för henne och Carita.

– Francis heter jag, sa han och sträckte fram handen. Kom in.

Annika och Carita klev in i klubbhuset och presenterade sig ordentligt. Han visade att de skulle stiga fram mot receptionen. Stora buntar med dokument låg staplade på disken.

– Vill ni ha något att dricka?

Carita bad om en öl. Francis gick bort till baren och ställde fram en åt Annika också. Hon tog en klunk, den gick rakt upp i skallen. Hon ställde tillbaka ölglaset på bardisken.

Hela den stora byggnaden bestod av ett enda rum som var öppet upp till taknocken. På vänstra kortsidan låg den långa bardisken med stolar och små runda bord framför. I mitten dominerade receptionen, till höger låg en shop som sålde träningskläder och tennisracketar.

– Vet ni om Sebastian hade något juridiskt ombud i Sverige?

Både Annika och Carita skakade på huvudet.

– Jag har letat överallt, sa Francis och visade på högarna med pappersbuntar på receptionsdisken. Jag hittar inga lagfarter på fastig-heten, inga skuldsedlar, ingen avsiktsförklaring om vad han ville göra med klubben... Han måste ha haft alla papper någon annanstans, kanske i villan...

Mannens händer famlade över bardisken, plockade med ett under-lägg, släppte ner det igen. Annika insåg att han fortfarande befann sig i någon sorts chocktillstånd.

– Så vilken är din funktion här? frågade hon. Är det du som är föreståndaren?

– Jag är tennistränare, sa Francis. Ibland bokar jag in folk på banorna också om jag inte har något annat för mig. Sebastian är föreståndare.

– Hur många jobbar här i vanliga fall?

– Vi är tio stycken. Jag har sagt åt dem att komma hit på måndag. Vet ni om man har hittat något testamente? Det är väl Suzette som äger klubben nu?

Hans blick flackade över rummet.

– Gymmet ligger en trappa ner, sa han och pekade bort mot shoppen.

– Känner du Suzette? frågade Annika.

Frances tittade förvånat på henne.

– Det är väl klart, sa han. Det är jag som tränar henne.

– Tränar?

– Hon orkar inte jobba så mycket som krävs för att hon ska bli riktigt bra. Jag har försökt få upp hennes motivation, men hon är för splittrad.

Annika blinkade.

– Pratar vi om tennis nu? Suzette spelar tennis?

Francis lutade sig fram över bardisken och talade lågt och i förtroende.

– Suzettes känsloliv styr hennes tillvaro med ungefär en minuts framförhållning, det är därför det är så svårt att boka in träningstider. Om hon inte orkar träna så orkar hon inte, och det vet hon först precis innan...

Annika nickade.

– Är hon... duktig?

– Jag känner igen mig själv i henne. Hon skulle kunna nå lika långt som jag, minst.

Annika kände sig dum.

– Och hur långt är det?

– Jag rankades som nummer trettioåtta i världen när jag var nitton.

Annika spärrade upp ögonen och tittade närmare på mannen.

Varför hade hon inte hört talas om honom? Fast å andra sidan, vilken trettioåttarankad spelare i någon sport hade hon någonsin hört talas om, utom möjligen bandy och ishockey?

– Och nu jobbar du här, sa hon.

Francis log, ett sorgset leende.

– Jag tröttnade, sa han. Det spelar ingen roll hur bra spelare man är om man inte tycker om sitt liv. Jag skickades bort på boarding school i USA när jag var elva. Det var en jättechans för mig förstås, men det innebar att jag inte fick bo med min familj. Det var inte värt det. Jag lade av när jag var tjugo.

– Och Suzette kan bli lika bra? Bland de allra bästa i världen?

– Hon är mycket lik sin pappa, väldigt atletisk. Sebastian är också en synnerligen skicklig tennisspelare.

Annika brydde sig inte om att korrigera det felaktiga tempuset.

– Fast nu är det för sent, sa Francis. Hon skulle ha tränat mer fokuserat när hon var yngre.

– Har du hört att hon är försvunnen?

Francis nickade.

– Vet du var hon är?

Han skakade på huvudet.

– När såg du henne senast?

Han funderade någon sekund.

– Måste ha varit i torsdags. Hon kom hit och avbokade sin träning, sa att hon skulle på fest hos en kompis på nyårsafton, att hon skulle sova över där.

– Sa hon vilken kompis?

Tennistränaren tittade ut över banorna.

– Amira? Kan hon ha hetat det? Eller Samira? Man håller ju inte reda på de där tjejerna. Akira var det kanske…

– Vet du var… kompisen bor?

Han gick runt bardisken, bort till receptionen och sjönk ner på stolen. Annika följde efter honom.

– Tror du att hon kommer att höra av sig till dig? Hon hade väl en mobil?

Francis tog upp några papper och stoppade in dem i en pärm.

– Hon försökte ringa från sin mobil när hon var här, men hon sa att den var trasig, att den inte fungerade. Det gjorde henne väldigt arg.

– Tror du hon kan ha låtsats? frågade Annika.

Francis lade ner pärmen utan att trycka ihop de kromade klamrarna i mitten och såg upp på henne.

– Låtsats? Vad menar du?

– Kan hon ha iscensatt det där med telefonen, så att du inte skulle fundera om hon inte svarade i sin mobil?

Tränaren tänkte efter.

– Nej, sa han och klämde ihop pärmen. Suzette var aldrig beräknande på det sättet. Hon var alldeles för impulsiv. Hon skulle aldrig klara att spela teater.

– Har du någon aning om var hon kan hålla sig gömd någonstans?

Francis lät händerna sjunka ner bland pappershögarna.

– Har ni letat i stallet? Där kunde hon vara hur länge som helst. Om det var något hon verkligen brydde sig om så var det hästarna.

De körde tillbaka mot Hotel Pyr under tystnad.

– Så hon finns hos någon Akira Amira Samira, sa Carita till sist.

– Tveksamt, sa Annika. Om hon planerade att smita så skulle hon inte ha berättat för pappas tränare vem hon tänkte bo hos.

– Tror du verkligen att hon smet? sa Carita. Tror du inte att det har hänt henne något?

Annika bromsade in mitt i en rondell. Hon hade lärt sig känna igen britterna som alltid tittade åt fel håll.

– För att vara så impulsiv verkar hon väldigt förslagen. Hon ringer till sin mamma och säger att hon ska bo hos Vibeke Jensen, och till Vibeke Jensen säger hon att hon ska åka hem till Sverige. Till sin tennistränare säger hon att hon ska på fest och sova över hos en kompis, och dessutom demonstrerar hon att hennes mobil inte fungerar. Låter rymmahemifrånplan 1A för mig.

– Vad har hon sagt till sin pappa? frågade Carita.

– Ja, sa Annika och svängde ut på motorvägen, det får vi ju aldrig veta.

– Om hon inte dyker upp snart. Tänker du berätta det här för polisen?

– Jag tänker skriva det i tidningen, sa Annika.

– Vill du komma hem till oss i kväll förresten? Vi ska iväg på en stor lunch i Estepona klockan två, men vi tänkte ha en mycket mindre grej i kväll med några grannar och lite tapas...

Annika drog på svaret och svängde av ner mot hamnen. Skulle hon fakturera maten också, i så fall?

– Jag måste skriva en massa, sa hon, och jag tror att...

– Äta måste du ju, och vi börjar sent. Kom vid halv nio, nio vetja. Du behöver inte sova över.

Annika log och svängde in framför hotellet.

– Och hur ska jag hitta?

– Du måste köra rätt i sju rondeller. Jag mejlar en detaljerad väg-beskrivning.

Tolken öppnade dörren, hoppade ut på trottoaren och klev iväg på sina höga klackar.

Annika parkerade och gick upp på sitt rum, tittade på klockan. Hon skulle precis hinna äta lunch och skriva ut den här intervjun innan Lenita Söderström skulle anlända till Puerto Banús.

Annika, eller rättare sagt tidningen Kvällspressen, hade gjort en överenskommelse med Suzettes mamma. Tidningen skulle betala hennes nota på Hotel Pyr under tre dagar, på villkoret att hon inte talade med några andra medier under den tiden.

Hon slog sig ner vid datorn och gick in på kvallspressen.se.

Internetupplagan dominerades av ett webb-tv-inslag om en man vars näsa var fjorton centimeter lång.

Hon gick till den andra viktigaste nyheten för dagen, vilken var hennes artikel om Suzette. Familjen Söderströms död hade fått en egen vinjett på nätet: Solkustmordet. Stockholmsredaktionen hade lyckats skaka fram ett skolfoto från sjuan, där Suzette antagligen inte alls var sig lik. Här log hon osäkert mot kameran med bruna lockar runt kinderna. I signalementet som gått ut via Interpol beskrevs hennes hår som kort och korpsvart.

Annika skummade sin text, den var rätt dålig.

Bilden på skallgångskedjan, som givetvis inte hittat något, var däremot riktigt bra. De blå ljusen speglades i människornas koncentrerade ansikten. Det luktade natt och panik om bilden.

Den andra artikeln, den om Dödens hus, var betydligt bättre.

Med hjälp av bilderna från mobilen och fakta om fentanylgaser och stormningen av den ryska teatern hade hon lyckats få till en någorlunda trovärdig rekonstruktion av familjens sista ögonblick i livet.

Där var dörren där de hittats, de två små barnen på ena sidan och mamman på den andra. En viktig psykisk effekt av fentanylpåverkan är indifferens, hade hon skrivit. Det betydde att den utsatte blev handlingsförlamad, trots att personen såg och hörde allt så reagerade hon inte. Det kunde vara en del av förklaringen till att terroristerna på teatern i Moskva inte skjutit när stormningen började.

Mamman och barnen hade alltså legat på var sin sida om den stängda dörren, oförmögna att ropa till varandra eller öppna den, men ändå fullt medvetna om att något fruktansvärt höll på att hända.

Sedan hade de helt enkelt somnat.

Deras sista sekunder hade inte varit ångestfyllda. Fentanyler var starkt sövande. De framkallade inte hallucinationer, oro eller andra reaktioner. Muskelkontrollen försvagades och upphörde slutligen helt. De påverkade blev medvetslösa och avled av andningskollaps. Alltsammans gick väldigt fort. Det var över på några minuter.

Där var bilder på barnens rum och på skrivbordet där mannen hittats och så sängen med täcket som han försökt rädda familjen med.

Usla bilder, men exklusiva.

Den tysta minuten på greenen låg som tredje grej under Solkustmordvinjetten. Bilden på de tre och en halv stjärnorna i solbrillor var rätt okey, med citatet "Om alla var som Sebbe så hade världen sett annorlunda ut".

Hon kollade snabbt vad Konkurrenten hade.

De toppade sin sida med familjen Söderström, men med en annan vinjett: Gasmordet.

Madridkorren hade inte alls nått lika långt den här dagen. Hon hade färre fakta om Suzettes försvinnande och hon hade förstås inte bilderna inifrån huset. Däremot hade hon pratat med Francis redan i går, det var ju typiskt.

Nåja. Hon fick försöka baka in Francis i artikeln om Suzettes mamma på något sätt.

I ett anfall av uppgivenhet gick hon bort till sängen och slängde sig på sängöverkastet. Det trevligaste med att bo på hotell var att andra städade åt en. De kunde gott ha burit upp lite mat emellanåt också, men det hade ju å andra sidan konstapel Linde erbjudit sig att göra.

Hon mindes sin dröm, hur hon gått bredvid honom i den becksvarta nationalparken, de taggiga törnena, den ljumma vinden...

Telefonen satte igång att ringa.

Det var Niklas Linde.

– Hej, sa hon. Jag tänkte precis på dig.

– Vi har funnit inbrottstjuvarna, svarade han kort. Hittar du till La Campana?

– Funnit dem? Inte gripit dem?

– De är döda, sa han. Har du varit i La Campana?

– Ingen aning, sa Annika. Hur då döda?

Polismannen stönade.

– Okey, sa han. Jag hämtar upp dig. Tio minuter.

Hon hörde hur det skrek i bildäcken innan han tryckte bort samtalet.

BMW-n var lerig ända upp på sidorutorna.

– Har du kört off road? frågade Annika och tog på sig säkerhetsbältet.

Niklas Linde svarade inte utan räckte henne en spansk lokaltidning och körde iväg upp mot Nueva Andalucía.

– Vad är det här? sa Annika. Jag kan inte läsa spanska.

– Slå upp sidan sju, sa polismannen.

Hon bläddrade fram tidningens tredje uppslag och stirrade in i sina egna bilder inifrån familjen Söderströms villa i Las Estrellas de Marbella.

– Skit också, sa Annika och knölade ihop tidningen. Jag sa att de inte fick sälja dem vidare.

– Jag tänker göra en deal med dig, sa Niklas Linde och rattade bilen mellan Porschar och söndagsseglande hyrbilar. Jag tar med dig till platsen där tjuvarna från Söderströms hittades, och du skriver en artikel om ett fall som vi jobbar med.

– Du "tänker göra en deal" med mig, upprepade Annika. Vad får dig att tro att jag går med på det?

– Därför att du får två bra artiklar i stället för noll, sa Niklas Linde. Och så har jag hört mig för och fått veta att du är en sådan som gärna gör dealar.

Hon tittade bestört på honom.

– Vad menar du? sa hon. Vad då "en sådan som"… Vem har du pratat med?

Han sneglade på henne.

– Vad är det ni brukar säga, "mina källor är grundlagsskyddade"?

– Du har talat med kommissarie Q, sa hon.

Han flinade lite och körde till vänster, ner i ett slitet arbetarklassområde. Han kryssade sig fram till ett industriområde, ett *polígono*, i utkanten av samhället och stannade utanför en lagerlokal med en neddragen plåtjalusi för ingången.

Apits Carga läste Annika på en urblekt skylt intill entrén.

– Vad är det här? frågade hon.

– Här inne hittade spanska polisen 700 kilo kokain för mindre än två veckor sedan, sa han och pekade mot den stängda lokalen. Det låg i en last med meloner från Brasilien. Vi vet att delar av lasten var avsedda för Skandinavien, framför allt Malmö och Stockholm.

Annika nickade.

– Din kollega nämnde något om det när jag träffade er på det där shoppingcentret.

– Det har hänt en del sedan dess, sa Niklas Linde. Nu behöver vi gjuta olja på vågorna uppe i Stockholm.

– Ni behöver en artikel, sa Annika, för att lugna ner mottagarna.

– Exaktemente. Du kan få intervjua mig om att en stor knarkliga har nystats upp på spanska solkusten. Ett stort tillslag är gjort och de sista gripandena kommer att genomföras innan du skriver.

– Det räcker inte, sa Annika. Jag behöver en Sverigevinkel, annars tar nyhetschefen aldrig in det.

– En av de gripna är svensk medborgare, sa Niklas Linde. Duger det?

Hon tvekade, kände på rubriken: "Svensk gripen i spansk knark-razzia".

– Det är ingen kioskvältare, sa hon. Definitivt inte ett löp.

– Det behöver inte vara på löpsedeln, bara det står i tidningen.

– Då måste jag få detaljer.

– Det ska bli.

– Kan jag ta en bild?

– Varsågod.

Hon rotade fram kameran, öppnade dörren och steg ur bilen. Raskt knäppte hon tre höjdare och fyra breddare på den flagnande fasaden. Sedan satte hon sig igen. Niklas Linde lade i växeln och körde iväg.

Gatan var trång, bebyggelsen låg och ganska sjaskig. Det hängde tvätt på balkongerna. På trottoarerna trängdes vingliga plaststolar med reklampelare och ställ för dörrmattor. Män i keps drack kaffe i snapsglas. Breda spanjorskor bar grönsaker i dåliga plastkassar. Hantverkare blockerade trafiken när de lastade verktyg.

– Det verkar bo riktiga människor här, konstaterade Annika.

Niklas Linde väntade medan två unga kvinnor gick över gatan med sina barnvagnar.

– Byggnadsarbetarna som beordrades att bygga Puerto Banús på 50-talet var norrifrån. De fick börja med att bygga sina egna bostäder. Det är dem du ser här.

– Och det var här inbrottstjuvarna upptäcktes? sa Annika och fiskade upp sitt anteckningsblock. Stavas det som det låter, La Campana, med C?

– Där framme står lastbilen, sa Niklas Linde och svängde in på en stor ödetomt. Den uppkörda marken och mängden av hjulspår visade att jordlotten användes som allmän parkeringsplats.

Polisens avspärrningar kringgärdade hela tomtens bortre ände. En äldre lastbil var uppställd med bakänden mot vägen. Den ena bak-dörren stod öppen och gnisslade i vinden. En bil från Policía Local var parkerad intill avspärrningen.

– Är de… kvar? frågade Annika och svalde.

– Kropparna åkte iväg till rättslabb tidigt i morse.

– Och de hittades här?

– I förarhytten, för att vara exakt. Ska vi ta en titt?

Niklas Linde slog av tändningen, tog tag i en stavlampa och klev ur BMW-n. Annika följde efter med bagen över axeln. Polismannen gick bort till kollegan från den spanska lokalpolisen, tog i hand och utbytte spanska hälsningsfraser. Hon såg hur Niklas Linde viftade och pekade, både mot bilen och mot henne, och sedan vinkade han henne till sig.

– Vi kan gå in så länge vi inte tar i någonting, sa han och höll upp avspärrningsbandet så att Annika kunde krypa under.

Marken var ojämn och hårt packad, hon vinglade till i sina boots. Någon enstaka grästuva förde en tynande tillvaro mellan hål och jordknölar. Rester av cement skvallrade om en gammal husgrund eller uppfart.

Hon stannade två meter från lastbilens bakdörr. Niklas Linde tog ytterligare något steg, tände den kraftiga ficklampan och riktade strålen mot bilens innandöme. Den reflekterades tillbaka mot dem från en stor, platt tv-skärm. Niklas Linde flyttade ljuset, Annika såg hur det träffade en tavelram, en staty, en stor jordglob, en rulle med knutna mattor. Han riktade strålen nedåt. På golvet i lastbilen stod ett smyckeskrin och några tv-spelskonsoller, Annika kände igen Playstation 3 och en X-box.

Hon tog upp kameran ur bagen och tog några bilder.

– Fem liv, sa hon, för det här.

– Sju, sa Niklas Linde. Tjuvarna strök ju också med.

Han gick fram mot förarhytten på vänster sida om lastbilen, skymd för den spanska kollegan.

– Är det här hela tjuvgodset? frågade Annika och följde efter honom på svaga fotleder.

– Det är inte fastställt exakt vad som stals. Den lista som finns är hemhjälpens genomgång från rum till rum, men hon har ju inte koll på vad konstverken hette och vem som gjort dem.

– Vad dog tjuvarna av? frågade Annika. Var de skjutna? Ihjälslagna?

Han skakade på huvudet.

– Kropparna hade inga yttre skador.

– Kan det ha varit gasen? Fentanyl?

– Antagligen.

– Vem hittade dem?

– En man som bor på andra sidan gatan, ovanför den där lunch-krogen. Han hade sett bilen stå där i flera dagar och tyckte det var konstigt att den var kvar på trettondagen. Han beslutade sig för att gå och ta en närmare titt, och då såg han dem.

Annika tittade upp mot hytten. Hon såg bara en smutsig sidoruta och ett flammigt innertak.

– De kan inte ha synts utifrån, sa hon, för då skulle folk ha reagerat tidigare.

Niklas Linde ställde sig intill förarhytten och granskade den med händerna i sidorna.

– Hytten var olåst, sa han. Gubben öppnade förardörren. Den ena tjuven låg på passagerarsidan, den andra i förarsätet. Föraren ramlade ut när dörren gick upp. Gubben fick en mindre hjärtinfarkt och för-des till sjukhus med ambulans.

Annika såg upp mot lastbilsdörren. Hon skulle behöva ta en bild in i hytten.

– Kan vi öppna dörren? frågade hon. Den är väl fortfarande olåst.

Niklas Linde skakade på huvudet.

– Vi kan inte ta i handtaget.

– Men om jag klättrar upp då? sa Annika. Och tar en bild in genom sidorutan?

– Utan att hålla i dig i någonting?

Annika såg upp mot hytten. Det fanns ett trappsteg strax intill hjulhuset, där skulle hon kunna ta spjärn. Så vände hon sig mot polisen.

– Kan du lyfta upp mig? frågade hon.

Han fick något roat i blicken.

– Vad väger du?

Hon slog till honom på armen.

– Kom då, sa han.

Annika släppte bagen, tog ett ordentligt tag i kameran med högernäven och ställde sig alldeles framför polismannen. Han lade sina händer runt hennes midja och andades henne i nacken.

– Okey, sa han. Nu.

Och med ett kraftigt lyft hissade han upp henne i vädret. Hon ställde ena foten på förarhyttens trappsteg och tittade in genom den smutsiga sidorutan.

Ett smalt förarsäte och ett bredare passagerarsäte i sprucken vinyl, hamburgerpapper vid vindrutan ovanpå instrumentbrädan, en karta över Marbella, lera på golvet, två halvtomma ölflaskor i hållaren intill bilradion.

Hon höjde kameran och brände av en rad med bilder in i hytten.

Så släppte han ner henne.

– Också ett ställe att dö på, sa han och höll henne intill sig.

Hon stod stilla och andades in i hans skjorta. Han luktade tvål och gräs.

– Vad ska du göra i eftermiddag? frågade han.

I detsamma satte hennes mobil igång att ringa i bagen vid hennes fötter.

Hon vred sig loss med varma kinder och fick tag i sin handsfreesladd.

Det var en av programledarna från radioprogrammet Studio sex.

– Jag skulle vilja ha med dig i en debatt på måndag eftermiddag, sa radiomannen.

Hon tittade upp på Niklas Linde. Hans blick var mer än hon klarade av. Hon vände sig bort.

– Jaha, sa Annika. Med vem och om vad då?

– Med Arne Påhlson bland andra, om journalisters trovärdighet, om hur det går när den som ska granska makten i stället sätter sig i knäet på den, om…

Hon blundade hårt, inte bli arg, inte bli kränkt, inte göra något dumt, inte ge dem chansen att spela upp hennes raseri i radion.

– Jag är i Spanien på jobb, sa hon, och jag hör dig så dåligt. Vad sa du?

– Jo, om journalisters trovärdighet, om hur det går när den som…

– Hallå? sa Annika. Hallå?

– Hallå? sa mannen från Studio sex.

– Nä, sa Annika och höll mikrofonen en bit ifrån sig. Han försvann.

Sedan tryckte hon bort samtalet och stängde av mobilen.

– Jag har en date, sa hon och såg upp på Niklas Linde igen. Med Lenita Söderström, Suzettes mamma.

– Du ville inte prata med den som ringde, konstaterade polismannen.

– Kan du skjutsa mig tillbaka till hotellet?

De klev tillbaka till utsidan av avspärrningarna, Annika tog några knäpp med polisbilen och avspärrningen i förgrunden.

Hon såg redan rubriken i morgondagens tidning:

"Här dog Sebastians mördare."

Den här historien var på väg att åka ut från löpsedlarna.

Lenita Söderström checkade in på hotellet utan att Annika förstod vem hon var.

Den lilla tanten steg in i lobbyn med en brun resväska på hjul, kappan över armen och lätt haltande, som om hon hade skoskav. Hon gick fram till receptionen och sa något på stapplig engelska och Annika återgick till sin engelskspråkiga upplaga av lokaltidningen Sur. Också här återfanns hennes bilder inifrån huset. Foto: Kvallspressen.

– Annika Bengtzon?

Hon hade väntat sig en överårig blondin med risigt hår och för lågt skurna jeans.

Den lilla tanten som stod framför henne hade läsglasögonen i en snodd om halsen och lite noppig tröja. Hon var femton år äldre än bilden på Facebook och presenterade sig som Lenita Söderström med ett rejält handslag.

– Kan vi gå och äta lunch? sa hon. Jag är helt utsvulten.

Annika vek ihop tidningen och lämnade familjen Söderströms interiörer på bordet bredvid sig.

– Fast jag vet inte var man äter här omkring, sa Annika. Vi kan fråga i receptionen…

– Det behövs inte, sa Lenita Söderström. Jag har varit här förut.

Kvinnan tog täten ut genom dörrarna, gick till vänster på gatan utanför, förbi entrén till det gigantiska varuhuset El Corte Inglés och sedan nedför trappan i shoppingcentret Marina Banús. Där blev hon stående och såg sig förundrat omkring. Tjusiga modebutiker och två trendiga caféer upptog hela nedre planet på det lilla köpcentret.

– Men, sa hon, jag vet att den låg här...

– Det här blir jättebra, sa Annika och gick mot det ena fiket.

Lenita Söderström följde efter med tveksamma steg.

– Tänk att de bra och billiga krogarna aldrig får vara kvar, sa hon. De blir alltid utkonkurrerade av de stora kedjorna.

Hon slog sig ner mitt emot Annika vid ett litet runt cafébord. Annika sneglade på kvinnan samtidigt som hon skummade menyn. Fiket hade profilerat sig på ekologiska smoothies, färskrostat kaffe och sallader som var gjorda med kärlek. Hon visste att Lenita Söderström var fyrtiotvå år, född samma år som Sebastian, men hon såg äldre ut. Hon hade cendréfärgat hår, antydan till dubbelhaka och en figur som var helt rak, utan vare sig höfter eller midja.

– De här nya ställena har en förmåga att krångla till det, sa Lenita Söderström och lade bort menyn. Jag vill ha lasagne om de har, annars tar jag en muffin. Och ett glas rött.

Annika beställde två kycklingwok på sin haltande spanska, plus två *agua con gas* och *una copa de vino tinto*.

Lenita Söderström suckade, en utandning som lät som en avgrund.

– Om du bara visste, sa hon och såg upp på Annika. Det är så fruktansvärt, att inte veta var hon är. Det gör mig så arg och så förtvivlad. Hon kan väl åtminstone ringa!

Annika tog upp blocket och pennan ur bagen.

– Är det här första gången Suzette är borta? Eller har hon givit sig av hemifrån förut utan att berätta var hon håller hus?

Lenita Söderström vred sig på stolen.

– Det har väl alla tonåringar. Och hon gör det bara för att hon vet hur orolig jag blir. Jag kan inte äta, inte sova...

Deras mat kom in och Lenita Söderström högg in på woken utan att ifrågasätta var hennes lasagne var.

– Suzette tänker bara på sig själv, sa hon mellan tuggorna. Sedan hon var fyra år har det bara varit "jag, jag, jag" för Suzette.

Hon drack ur sitt vinglas och vinkade till sig ett nytt.

Annika kom sig inte för att säga något. Kvinnan var stressad och forcerad. Det här fick ta sin tid.

– Och Sebastian som bara spelade hockey jämt. Sitta där i Amerika och inte fatta vad de säger, hur roligt var det? Och med en unge som bara skrek.

Hon tog en klunk vin.

– Var tror du Suzette kan vara? frågade Annika.

Lenita Söderström hävde sig fram över bordet.

– I alla år har jag fått ta hand om henne på egen hand, sa hon med eftertryck. Nu skulle äntligen Sebastian ställa upp och ta lite ansvar och vad händer? Hon försvinner efter bara två veckor. Så otroligt oansvarigt!

Hon stönade och lutade sig bakåt mot stolens trendiga ryggstöd.

– När hörde du av Suzette senaste gången?

– Hon ringde och sa att hon skulle flytta in hos den där kvinnan som har stallet uppe i bergen.

– I torsdags, alltså.

– Efter att vi talats vid i går så gick jag in på hennes Facebooksida. Hon har inte varit aktiv där sedan dess.

– Kan det ha hänt henne något? sa Annika försiktigt.

Kvinnans ögon fylldes av tårar.

– Jag fick läsa om Sebastian i tidningen, sa hon med liten röst. Tänk dig, jag fick veta att min exman var död genom rubrikerna i en slaskblaska. Kan du förstå hur hemskt det var?

Annika nickade och undrade om slaskblaskan varit hennes egen.

– Jag ringde ju direkt till Suzzies mobiltelefon, men den var inte påslagen. Jag lämnade ett meddelande, men hon har inte ringt tillbaka. Jag kan inte förstå att hon gör så här mot mig.

– Ni talades inte vid på nyårsafton? undrade Annika. Ett sms vid tolvslaget eller så?

– Jag var på en kryssning med kollegorna på jobbet, så jag hade dålig mottagning, sa Lenita Söderström.

– Vad jobbar du med? frågade Annika.

– Jag är inom hotellbranschen, sa Lenita Söderström och beställde ett tredje glas vin. Sköter bokföring och budget och lönelistor. Det är ett pressande arbete.

Hon nämnde namnet på ett hotell som Annika inte hört talas om.

– De gånger som Suzette varit borta förut, hur länge har det dröjt innan hon har hört av sig?

Lenita blundade, hennes axlar åkte ner, vinet hade fått henne att slappna av en smula.

– En dag, sa hon. En gång var hon borta hela natten också. Hon sov över hos en kompis, Polly, utan att berätta det för mig. Efter det så pratade vi om det här. Hon vet hur orolig jag blir.

Annika såg ner i sitt block. Hon hade hoppats på ett annat svar. Hon hade hoppats att Suzette tagit för vana att vara borta i flera dygn utan att höra av sig, att hon var en erfaren och kompetent rymmare som klarade sig i alla väder.

Så var alltså inte fallet, och idag hade det gått en vecka sedan hon försvann.

– Har Suzette pratat om någon kompis som heter Amira eller Samira? frågade hon.

– Mig berättar hon aldrig något för.

– När förstod du att hon var borta?

– När jag pratade med danskan som har stallet, sa Lenita Söderström.

Alltså när Annika hade räckt över telefonen till Vibeke Jensen.

– Och då bokade du en biljett ner hit direkt?

– Det är ju dyrt att resa utomlands, men vad gör man en sådan här gång?

– Vad har du tänkt göra här nere?

– Leta efter min flicka, sa Lenita Söderström och tårarna svämmade över.

Annika lät henne gråta några minuter. Sedan lade hon sin hand på kvinnans arm.

– Så här gör vi, sa Annika. Jag skriver en artikel i tidningen där jag berättar att du är här och letar efter Suzette. Vi uppmanar Suzette själv och alla som möjligtvis varit i kontakt med henne att höra av sig till polisen och tala om vad de vet. Jag kommer att skriva att hon aldrig varit borta på det här sättet förut, för det är väl korrekt?

Lenita Söderström snöt sig i servetten och nickade.

– Jag har förstått att Suzette var en lovande sporttjej, sa Annika. Hon var en duktig ryttarinna och ett riktigt tennislöfte...

Kvinnan mitt emot henne fnös.

– Vet du vad det kostar att hålla en unge i ridskola? Och när jag sa att jag inte hade råd, då kom den där Astrid och viftade med plånboken. Men alla resorna då? Först var jag tvungen att åka med henne, det tog ju över en timme enkel väg, och sedan, när hon börjat åka själv, fick jag hålla på och köpa tunnelbanebiljetter och bussbiljetter...

– Du sa att hon sovit hos en kompis den där natten hon inte kom hem. Vad heter hennes bästa vänner?

Lenita gav Annika fyra namn, fyra flickor som alla var klasskamrater från högstadiet på Blackebergsskolan.

– Hade hon någon pojkvän?

– Suzette är försiktig med pojkar, sa Lenita och gjorde ett tecken till servitören. Hon såg ju hur det gick för mig.

– Trivs Suzette med sina vänner? Trivs hon i Bromma?

– Bromma är en bra förort, sa Lenita. Jag vet att det inte är Marbella, men jag sliter hårt för att få ekonomin att gå ihop, så att vi kan bo på Långskeppsgatan.

– Varför skulle hon flytta ner till Marbella och bo hos sin pappa?

– Suzette var skoltrött, men jag sa henne sanningen, att om man vill göra något av sitt liv så måste man ha en utbildning. Jag kan inte försörja henne resten av livet. Och det kommer inte hennes pappa att göra heller, även om han badar i pengar.

– Men hon började på gymnasiet?

– Idrottsgymnasium, fnös Lenita Söderström. Vad är det för utbildning, det sa jag till henne, spela tennis hela dagarna? Det förstår jag inte. Jag tyckte hon skulle ha gått ekonomlinjen, då hade hon kunnat få ett bra jobb. Hon hade kanske kunnat börja i hotellbranschen, åtminstone som extra, man behöver folk på somrarna och under jul och nyår...

– Men hon flyttade ner till sin pappa för att... vad? Spela tennis? Jobba?

Lenita Söderström lutade sig fram emot Annika samtidigt som det fjärde glaset vin kom nedseglande mellan dem.

– Om du visste vad han har gjort mot mig. Som han behandlade mig!

Annika lade ner pennan i blocket.

– Lenita, sa hon lågt. Kan vi sluta prata om dig och ägna oss åt Suzette i stället?

Det blev inte mycket till artikel. Som tur var hade hon Francis beskrivning av Suzette att fylla ut texten med, för Lenitas citat gick nästan inte att använda.

Bilden var ännu värre.

Lenita Söderström stod utanför El Corte Inglés och såg störtsur ut. Med väldigt god vilja kunde man tolka hennes min som förtvivlad och uppgiven, inte kränkt och halvpackad.

Efter den relevanta men osmidiga repliken att Annika ville prata om Suzette hade Lenita gått i baklås. Hon ville inte fotograferas, och det var Annikas hot om att bryta tidningens överenskommelse om hotellräkningen som till slut fått henne att ställa upp.

Hon beslöt sig för att vänta ett tag innan hon skickade iväg texten till Stockholm. Mätt på thailändsk kyckling skrev hon i stället ut artikeln om de döda tjuvarna. Hon mejlade upp den till redaktionen tillsammans med bilderna, påpekade att hennes bilder inifrån Söderströms hus fanns i alla spanska tidningar vilket Patrik lovat att de inte skulle göra. Tittade sedan på klockan.

Bara halv sju.

Hon skulle kanske försöka få tag i Suzettes kamrater från högstadiet. Ingen av dem hade någon egen bostad eller någon egen listad telefon, men om hon körde efternamn och postnummer fram och tillbaka skulle hon kanske kunna vaska fram deras föräldrar och därmed deras hemnummer.

Hon slog den första flickan, Polly Sandman.

Ingen träff.

Hon hette förmodligen något helt annat än Polly.

Den andra flickan, Amanda Andersson, fick 618 träffar enbart i Stockholm. För stort urval, Annika kunde inte utgå från att flickan bodde i Bromma och var född exakt samma år som Suzette.

Den tredje, Sandra Holgersson, bodde på Aladdinsvägen och hade samma efternamn som sina föräldrar som således också var skrivna på samma adress. De hade ett öppet telefonnummer, men ingen svarade.

Det var, trots allt, trettondagen.

Den fjärde flickan hette Klara, men henne var Lenita osäker på vad gällde efternamnet. Det var något dubbelnamn, trodde hon, Hermansson-Eklund eller något liknande. Just den kombinationen fick ingen träff.

Annika reste sig upp från datorn och gick en sväng i hotellrummet.

Det hade börjat skymma. Det stora berget på andra sidan motorvägen färgades mörkrött av solens döende strålar, gatlyktorna hade tänts. Ormarna av bilar ringlade sig långsamt men ihärdigt i bägge riktningarna.

Hon kanske skulle åka hem till Carita och hennes familj i alla fall. Att sitta här en kväll till kunde hon vara utan. Hon såg på klockan igen.

Det var en timme kvar. Skulle hon duscha, kanske? Ta en promenad? Ringa barnen?

Hon tog mobilen och ringde till Thomas mobil, kunde inte förmå sig att slå Sophia Fucking Jävla Grenborgs hemnummer.

Signalerna studsade mellan satelliterna, en, två, fem, sex stycken, och för varje ton ekade ensamheten i rummet allt starkare. Till sist tog svararen samtalet. Hon tryckte bort det utan att lämna något meddelande. Gick tillbaka till datorn och stirrade på skärmen.

Suzette hade inte varit aktiv på sin Facebooksida sedan i torsdags.

Annika mindes datorn som stod uppställd i tonårsrummet innanför köket i villan i Las Estrellas de Marbella. Den måste ha varit Suzettes.

Fast sitt konto kunde hon ju komma åt från vilken dator som helst.

Annika slog upp sin egen Facebookprofil.

0 Friends.

Inga vänner.

Hon gick till *Search* och fyllde i suzette söderström.

Bang, direktträff.

Name: Suzette Söderström

Network: Sweden

Matches: Name

Längst till vänster fanns en bild på Suzette som förmodligen både var nytagen och noggrant utvald. Hennes ögon var hårt sminkade och lite uppspärrade, hon hade huvudet lite på sned, det svarta håret spretade. Perspektiven var lite skeva, förmodligen var bilden tagen i en webcam.

Till höger på sidan fanns fyra alternativ att välja bland: *Send Message, Poke Her!, View Friends* och *Add to Friends*.

Hon tryckte *View Friends* och visslade till.

Suzette hade tvåhundraen vänner. De fyllde fem hela sidor med namn och foton i bokstavsordning, med kort information om var och en av vännerna. Alla var unga, alla var från Sverige. Redan på första sidan hittade hon Amanda Andersson. Eftersom hon själv numera var en etablerad medlem av *the big fat Facebook community* så behövde hon bara klicka på bilden av den unga Amanda Andersson och skriva ett meddelande till henne. Swisch så virvlade det iväg till cyberspace och skulle förhoppningsvis resultera i ett telefonsamtal eller mejl.

Sedan bläddrade hon vidare bland vännerna och fann både Klara, som hette Evertsson-Hedberg, och Sandra Holgersson och skickade meddelanden till dem också. På näst sista sidan hittade hon mycket riktigt en Polly Sandman, egentligen Paulina, med likadant korpsvart hår och samma vinkel och uppsyn som Suzette på sin bild.

De har tagit sina porträtt samtidigt, tänkte Annika, i samma webbkamera. De kanske skapade sina konton vid samma tillfälle, de samlade på vänner tillsammans. Det här var Suzettes bästa kompis.

Hon skrev ett meddelande till henne också, ett som var lite längre och utförligare än till de andra flickorna. Hon förklarade vem hon var, att hon skulle skriva om Suzette i tidningen, att hon inte ville att något skulle bli fel och att det var viktigt att hennes kamrater fick komma till tals.

Sedan tittade hon igenom alla vännerna en gång till.

Ingen Amira, Samira eller Akira.

Hon ringde Niklas Linde men fick inget svar, så hon försökte med Knut Garen i stället.

Polisen hade inte minsta spår efter Suzette, meddelade norrmannen. Det fysiska sökandet hade utvidgats till en radie som sträckte sig fyra kilometer runt familjen Söderströms hus, vilket innebar delar av en vildvuxen nationalpark med djupa klyftor och branta vattenfall. Dessutom följde man upp andra spår genom att söka igenom hennes dator, tala med hennes vänner och grannar och med personal på barerna i Nueva Andalucía.

Hon kompletterade sin artikel med några rader om polisens fruktlösa sökande, beskrev hur Suzette varit en lovande tennisbegåvning och att hon tränat mycket på sin pappas klubb, att hennes tränare en gång varit rankad som nummer trettioåtta i världen och att Suzette förutspåddes en minst lika framgångsrik karriär.

Sedan mejlade hon upp texten och den dåliga bilden på Lenita till nyhetschefer@kvallspressen.se.

Till sist tog hon fram Caritas vägbeskrivning. Den bestod enbart av hänvisningar till reklamskyltar och olika barer och restauranger, eftersom det inte verkade finnas några gatunamn. "Tag höger efter Mercadona, kör förbi OpenCor och följ vägen till vänster…"

På vägen ut till bilen stannade hon i receptionen och frågade efter numret till Taxi Marbella.

Bara som backup om hon skulle köra vilse.

Portalen var inte lika prålig som den i Las Estrellas de Marbella, men det var inte särskilt långt ifrån.

Carita Halling Gonzales radhusområde låg högt uppe på en bergssida med en golfbana strax nedanför. Lampor och gatlyktor rann som en flod av ljus ner mot havet, där Puerto Banús sträckte ut sig som en intensiv tusenwattslampa i månljuset. Hon tryckte på porttelefonen till hus nummer sex och väntade i bilen medan de obligatoriska grindarna gled upp.

Där innanför öppnade sig en värld som kändes lika naturlig och genuin som golfklubben Los Naranjos. Husen hängde ihop i små klungor på tre eller fyra. Alla var olika, rosa eller ljusblå, ockragula eller djupröda, med balustrader och terrasser och altaner. En swimmingpool med två vattenfall och stora stenpartier klättrade ner mot dalen. Utsirade lyktstolpar, som i London under gasljustiden, lyste upp gatorna med guldfärgat lågenergiljus.

– Välkommen, sa Carita Halling Gonzales och pussade henne på bägge kinderna. Annika insåg att hon pussade lite för hårt eftersom Carita fick rödfärg från hennes läppar på högra kinden. Hon kom sig inte för att säga till.

– Kom in, kom in, och nej nej, du behöver inte ta av dig skorna, du är i España nu, kom här så ska du få träffa alla...

Den lilla "grannträffen" som förespeglats henne visade sig innehålla praktiskt taget hela bostadsområdet.

– Ser du paret som står och skrattar där borta? sa Carita. Hon är gymnasielärare i matematik på Marbella International College, han är skeppare på en av yachterna nere i hamnen. De har två barn och bor längre upp här. Vanliga människor, fast britter. De som kommer fram till dem nu är svenskar. Minns du Dieselreklamen på 1990-talet? Det var han som gjorde dem. Hans fru var internationell fotomodell på den tiden. Numera bor de i ett annat område här intill. De har också två barn, en son som spelar fotboll och en dotter som är spansk mästarinna i hästhoppning.

Annika såg på den vackra kvinnan med det långa, blanka håret. Hon skrattade och lade sin hand på makens arm. Häst hade hon också.

Carita pekade mot andra änden av rummet.

– Hon, svenska, delägare i en advokatbyrå i Frankfurt. Han, nyzeeländare, jobbar också som skeppare. Unge mannen med hunden, fastighetsmäklare från Jamaica. Äldre mannen, tidigare chef över en bank i Kenya, numera golfare på heltid. Paret som får *cava* i glasen är från Värmland, de flyttade ner när han sålde sin däckfirma. Men herregud, du har ju inte fått något att dricka...

Hon susade iväg och Annika blev stående intill en grupp människor med dyra kläder och vin i händerna. En kort stund gav hon sig på att försöka prata spanska, men efter att hon sagt *soy sueco* så höll hon sig till engelskan. Hon hade presenterat sig som en svensk man. Jättekul.

Hon gick ut på terrassen och ställde sig att titta ut över hamnen. Neonskylten från varuhuset El Corte Inglés syntes ända hit upp.

– Jaså minsann, så du har hittat hit.

Annika snurrade runt när hon hörde den breda göteborgskan. Hon kände ansiktet spricka upp i ett leende som om hon just träffat sin äldsta vän.

– Rickard Marmén, sa hon. Jag trodde du bodde inne i Marbella.

– Det gör jag också, men min partner i firman har ett hus här i området. Vad tycker du, är du sugen på att investera?

Han pekade på en skylt på radhuset bredvid med texten *Se vende*, till salu.

– Det är lite modelljärnväg över alltsammans, sa hon.

Han skrattade gott.

Annika nickade mot till salu-skylten på huset intill.

– Hur mycket ska du ha för det här huset?

– Det beror på vad ägaren behöver. Han är professionell poker-spelare från Liverpool och sätter upp skylten varje gång det går dåligt. När han sedan vinner plockar han ner den igen.

– Du skojar, sa Annika. Jag trodde alla som bodde här var rika.

Rickard Marmén log.

– Det beror på vad du menar med "rik". De flesta har mer tid än vad man har i Sverige, till exempel. Tempot är lägre.

– Så klart, sa Annika. Om alla bara spelar golf hela dagarna så behöver det inte gå så fort.

Rickard Marmén ställde sig intill henne och nickade bort mot folksamlingen vid bardisken.

– Jag skulle säga att de flesta har jobbat rätt hårt i sina liv, om de inte fortfarande gör det.

– Och varför har de flyttat hit? Av skatteskäl? Eller är de ute efter vädret allihop?

– Många skatter är lägre i Sverige än i Spanien nuförtiden, sa Rickard Marmén. Jag tror mer på vinet, kvinnorna och sången...

Carita kom seglande ut på terrassen och stoppade in sin arm under Annikas.

– Kära du, utbrast hon, har du fortfarande inte fått något att dricka? *Nacho, una copa de cava, por favor...*

Sedan böjde hon sig fram mot Annika och sänkte rösten.

– Hur har det gått idag? Blev det en bra intervju med Suzettes mamma?

Annika fick ett glas med bubbel i händerna som hon genast ställde ifrån sig.

– Jag tror inte flickan har rymt hemifrån, sa hon. Jag tror hon har råkat ut för något riktigt otäckt.

– Varför tror du det? sa Carita.

Annika tvekade.

– Hon har inte hörts av på något enda sätt på sju dagar. En flicka som inte har någon anknytning alls till orten, som knappt hittar hem och inte kan språket, vad har hon för chanser?

– Hon kan vara tillsammans med någon man, sa Carita.

– Frivilligt? När hon inte ens har haft någon pojkvän? Hon har precis fyllt sexton.

– Jag var sexton när jag träffade Nacho, sa Carita och vinkade till sig en lång, smal man med högt hårfäste och känsliga händer. Annika, det här är min man.

Hon var påtagligt stolt över sin make. De hälsade ordentligt, på svenskt sätt, genom att skaka hand.

– Du är läkare, har jag förstått, sa Annika på engelska, men mannen svarade på svenska.

– Barnläkare, sa han. Det är ett vidunderligt yrke, att ta hand om framtiden.

Annika log.

– Jag har förstått att du arbetar på sjukhuset här i Marbella?

Mannen nickade.

– Det är ett förstklassigt hospital. Alldeles nyrenoverat. Jag är på neonatalavdelningen, arbetar med de för tidigt födda barnen. För mig är det den viktigaste vården av alla. Det ger avkastning i många årtionden. Ursäkta mig...

Så gled han vidare.

– Otroligt, sa Annika, att vi inte har utrymme för en sådan som han i vårt samhälle. Var träffades ni?

– På en fest i Beverly Hills, hos en tjej vars pappa var manusförfattare till någon av evighetsserierna som aldrig kom till Sverige. Nacho var så olik alla andra killar, så mycket lugnare, så mycket... manligare.

– Och han är från Colombia?

– Från Bogotá. Hans far, Victor, var polischef där. Vi bodde där också i några år i början av 1990-talet, i Chía, universitetsstaden som ligger två mil norr om Bogotá, på vägen till Zipaquirá...

Hon tystnade och snurrade sitt vinglas.

– Varför flyttade ni? frågade Annika.

Carita tvekade ett ögonblick.

– Vi kunde inte vara kvar, sa hon sedan. Victor, Nachos pappa, ledde ett stort tillslag mot ett av narkotikasyndikaten som driver kokainfabriker inne i djungeln, och han mördades strax efter razzian.

– Så gräsligt, sa Annika.

Carita Halling Gonzales drack en stor klunk vin.

– Colombianerna är lite speciella, sa hon. De nöjer sig inte med att döda sina fiender, de utraderar hela familjer. Det ska inte finnas någon kvar som ärver.

Hon log, ett snabbt och sorgset leende.

– Nacho klarade sig, sa hon, för att vi var i Sverige och hälsade på mina föräldrar. Har du fått någon mat? Jag och ungarna har stått och gjort grillspett hela eftermiddagen...

Hon tog ett tag om Annikas armbåge och trängde sig tillbaka in bland gästerna.

– Jag trodde bara du skulle bjuda över några av grannarna, sa Annika. Det här måste vara hela bostadsområdet.

– Nej du, sa Carita bestämt. Kan du tänka dig, att var femte hushåll inte betalar avgiften till vår gemensamma förening, den som står för lönerna till trädgårdsmästaren och poolskötaren och kostnaden för tv-parabolen. Är det inte urdåligt?

Hon drack mer vin.

– De är inte välkomna hit, och vet du vad?

Hon böjde sig fram och viskade i hennes öra.

– De är britter allihop.

HON SPRANG PÅ stranden i soluppgången. Sanden var packad och ljusgrå. Fåglar hon inte kände igen lyfte i stora flockar skränande och skrikande mot ljuset. Hon hade vinden i ansiktet och saltstänk från havet i håret.

Jag skulle kunna vänja mig vid det här, tänkte hon.

Efteråt duschade hon länge och bestämde sig för att, för första gången på hela veckan, äta en ordentlig frukost.

Matsalen hade klinkergolv och infällda spotlights i taket. Väggarna var gula, stolarna blå och gardinerna randiga. Hon åt en skiva vitt bröd med skinka och en yoghurt, drack kaffe och ett glas juice.

Sedan gick hon upp på sitt rum och ringde till redaktionen.

Berit hade inte kommit, så hon bad att få tala med Patrik.

– Vad händer idag då? frågade han med ett röstläge som om han redan varit igång i många timmar.

– Jag sa att jag inte ville att bilderna skulle säljas vidare, sa Annika. Ändå hittade jag dem i varenda spansk tidning i går.

Patrik lät rent perplex när han svarade.

– Det är väl för fan inte jag som sitter och kränger bilder utomlands.

– Men jag sa ju till dig att...

– Ser jag ut som ett modem? Det får du väl ta med bilddesken. Vad skriver du till i morgon?

– Tjuvarna är döda och stöldgodset hittat och Suzette är fortfarande försvunnen, så jag börjar bli kort på vinklar, sa hon.

– Hela historien har kallnat, avgjorde Patrik. Ta första planet hem i morgon bitti. Idag får du sopa ihop resterna.

– Jag har en grej om en svensk som precis åkt fast i en stor knark-razzia här nere, sa hon och tänkte på dealen med Niklas Linde.

– Skriv den så får vi se om vi tar in den. Det jag vill ha till i morgon är en summering av svenskarnas situation där nere. Är de förresten skattesmitare allihop?

Patriks röst blev drömsk där uppe på redaktionen, fyratusen kilometer norrut.

– Nu flyr svenskarna Solkusten, sa han och Annika såg hur han svepte med handen framför sig för att illustrera rubriken. Döden i paradiset. Slutet på en epok. Nu går flyttlassen norrut igen.

Han drack en ljudlig klunk av något, kanske kaffe.

– Jag har hört att det finns en svensk mäklare där nere som kan allt om Solkusten. Han heter... vänta nu ska du få se, jag har det här någonstans... Rickard Marmén! Tror du att du kan plocka fram honom själv eller ska jag fixa hans telefonnummer också?

Jaså, herr Marmén var mäklare också. Så klart.

– Jag tror jag klarar det, sa Annika och bläddrade upp hans nummer i blocket.

– Skaffa fram några riktigt ödesmättade citat som visar hur hela skiten är på väg att krypa ner i havet, sa han och lade på.

Hon ringde Rickard Marméns mobilnummer från hotelltelefonen och hamnade i en automatisk röstbrevlåda.

Det blev kanske sent hos Carita i går, tänkte hon och lämnade ett meddelande där hon bad honom ringa henne.

Sedan slog hon Niklas Lindes nummer.

Han svarade direkt.

– Svensken i knarkrazzian, sa hon. Jag måste få detaljer.

– Jag hämtar dig på hotellet klockan åtta i kväll, sa han. Ses då.

Hennes mobiltelefon ringde.

– Ledsen att jag inte hann svara, gumman. Hur är det med dig i dag?

Rickard Marmén lät pigg som en lärka.

– Utmärkt, tack. Jag har fått i uppdrag av redaktionen i Stockholm att intervjua dig, i egenskap av fastighetsmäklare. Vad säger du om det?

– Men det ska vi väl kunna ordna, kära du. Kom förbi min lilla butik fram emot lunchtid, den ligger mitt emot El Corte Inglés i Puerto Banús, du vet det här stora varuhuset som…

– Jag vet var det är, sa Annika. Och lunch, det är vid… två?

– Säg halv tre, sa Rickard Marmén.

Hon såg på klockan.

Hon hade fyra timmar att slå ihjäl.

Yachterna låg packade vid pirerna nere i hamnen. Ju lägre nummer på kajen, desto större båtar. På pir noll låg följaktligen de som såg ut som förkrympta Finlandsbåtar. Hon gick långsamt förbi dem och slickade på en glass. Det var glest mellan människorna. Några män bar verktyg ombord på en jättebåt som hette Shaf. En kvinna gick omkring med en trasa och polerade på en annan.

Det blåste snålt från havet. Solen var kall och ljuset hårt.

Hon gick in och beställde en kaffe på Sinatra Bar, stället som Niklas Linde besökt den första kvällen hon ringde till honom. Inredningen var ljusblå och vit, temat marint. Kaffet var inte särskilt gott. Hon gillade inte de här små fjantiga kopparna med två centiliter tjära i botten. Hemma brukade hon brygga en liter varje morgon i en fransk pressobryggare och sedan mikra upp det under dagen.

Hon längtade faktiskt efter sin lägenhet. Efter rummen hon inte flyttat in i ännu, efter kaffebryggaren i det sterila köket, efter högen med olästa pocketböcker på vardagsrumsgolvet och barnens doft i sängkläderna.

Hon hade inte förstått hur hemlös hon känt sig i det temporärt hyrda kontoret i Gamla stan. Hon var glad att hon bodde på Kungsholmen igen.

Av någon anledning dök bilden av Julia Lindholm upp i hennes inre.

Julia som hade varit hemlös exakt lika länge som hon själv.

Samma natt som hennes hus brann ner blev Julia gripen och inlåst för mordet på sin man.

Hon såg ut över båtarna och havet där bortom. De vaggade långsamt i otakt i den vassa vinden.

Julia och Alexander skulle sitta fast i det plastiga familjehemmet vid Lejondalssjön i ytterligare några månader. Och hur skulle det kännas för dem att komma tillbaka till trean på Söder där David blev skjuten?

Som att flytta in i en mardröm, tänkte Annika. Som om jag skulle ha flyttat tillbaka till det nedbrunna husliket borta på Vinterviksvägen.

Hon ruskade på sig. Baren hade börjat fyllas. Fyra blonderade tanter tog dagens första *tinto verano* borta vid ett av fönsterborden. Några brittiska fotbollssupporters halsade spanskt öl direkt ur flaskorna. Två unga tjejer fnittrade över en dagstidning längre in.

Annika reste sig för att betala vid disken. Hon gav mannen vid kassaapparaten en femtioeurosedel, vände sig om och studerade människorna som passerade.

Mannen lade några småmynt i växel vid hennes armbåge.

Hon tittade på grushögen.

– Du, sa hon och pekade på slantarna. Skulle jag inte ha några sedlar också?

Mannen såg på henne och ryckte på axlarna.

– Kanske, kanske inte, sa han och vände sig bort.

Det blixtrade till i Annikas huvud.

– Du, sa hon högre. Jag betalade med en femtiolapp.

Mannen var oerhört upptagen med att göra något med ryggen mot henne. Hans vältränade axlar spelade under den svarta t-shirten. Förmodligen behövde han stålar till anabola steroider.

– Ta hit min växel, sa hon riktigt högt och ilsket.

Det hade blivit alldeles tyst i baren. Ett par kom in genom dörren och såg sig omkring efter en sittplats.

– Kom inte hit, sa Annika högljutt. De lurar folk på växel här.

– Håll käften, sa mannen bakom disken och slängde fram två tjugoeurosedlar åt henne.

– Jävla bondtjuv, sa Annika på svenska och tog sina sedlar och gick.

När hon kom ut på kajen ringde hennes mobil.

Det var Berit.

– Hur går det i solen?

– Vet du, sa hon, jag höll precis på att bli lurad på 400 spänn i växel på en jävla skitbar.

Hon gick bort från Sinatra Bar med bestämda steg.

– Ge dem vad de tål. Hur har det gått med den försvunna flickan? Jag såg att mamman var nere hos dig, finns det något vi kan gå vidare med härifrån?

– Hennes kompisar hemma i Bromma, möjligen, sa Annika. Fast jag har redan tagit kontakt med dem på Facebook. De har inte hört av sig.

– Facebook? sa Berit. Jag läste på näringslivssidorna att Facebook är på väg ut.

– Så klart, sa Annika, eftersom jag äntligen har gått med. Du, jag tänkte på Julia Lindholm, har det hänt något med Filip Anderssons resningsansökan?

– Det tar nog månader, sa Berit. Det är en hel del att gå igenom. Förundersökningen var på över tusen sidor. Den var luddig och omständlig och full av hål och oklarheter. Det fanns kritiker som ropade justitiemord redan när tingsrättsdomen kom.

– Visste du att Filip Andersson har en syster som är polis? sa Annika. Nina Hoffman, hon som är Julia Lindholms bästa kompis…

– Är hon Filip Anderssons syster? Det visste jag inte.

– Är det inte konstigt att två så kriminella personer som Filip Andersson och Yvonne Nordin har en syrra som är snut?

Det lät som om Berit bläddrade i en dagstidning.

– Nja, sa hon, för mig låter det snarare som två sidor av samma mynt. Olika reaktioner på samma typ av uppväxt, så att säga.

– Så Nina blev den vita ankungen?

– Underligare saker har hänt. USA:s förra president har en halvbror som är kriminell, till exempel. Min kusin Klas-Göran har också skakat galler.

– Har Bill Clintons bror suttit i fängelse?

– Clinton benådade honom sin sista dag som president, den 20 januari 2001. Honom och 139 andra brottslingar. Det är ju kutym att amerikanska presidenter gör så. Vad gör din syster nuförtiden förresten?

Annika kom av sig mitt i en inandning.

– Birgitta? Ingen aning. Jag vet inte ens var hon bor.

Tystnaden som följde sammanfattade diskussionen med sitt tom-rum.

– Ska jag ta kontakt med Suzettes vänner, tycker du? frågade Berit till slut.

– Hellre då med Sebastian Söderströms svenska släktingar, sa Annika och drog ett lättat andetag. Hör om de kan ha någon aning om var tjejen kan vara.

– Vi har redan provat det, ingen vill prata.

– Astrid Paulson då? Alla påstår att hon var den enda som hade bra kontakt med Suzette. Hon kanske har några släktingar som vet något?

– Jag provar det, sa Berit.

– Har du hunnit göra något åt den där artikelserien som Patrik pratar om?

– Kokainkusten? Jag har faktiskt inte sett en enda ihoprullad euro-sedel, än mindre något knark...

De konstaterade att de skulle ses på måndag och avslutade sam-talet.

Annika hade kommit till slutet av kajen. Hon befann sig utanför en väskbutik där de billigaste små tygbagarna kostade 500 euro styck.

Hon vände ryggen mot skyltfönstret, tog upp telefonen och slog upp Nina H Polis i telefonboken. Tryckte "ring" och väntade medan det klickade och kopplades, för att sedan bli alldeles tyst. Rösten som sedan tog över var metallisk.

Telefonica le informa, que actualmente no es possible connectar al numero llamado. Telefonica le informa, de...

Hon tryckte bort samtalet.

Telefonica var det stora, spanska telefonbolaget, men varför sva-rade deras automatsvar på Nina Hoffmans svenska mobil? Befann sig Nina Hoffman i Spanien, eller var det mottagningen på hennes egen telefon som det var fel på?

Hon provade igen.

Telefonica le informa, que actualmente no es possible...

Dödade linjen. Tittade på klockan. Tjugo över två.

Dags att hälsa på hos Rickard Marmén.

Mäklarbyrån låg gömd bakom en brittisk bokhandel. Den var inte just mer än ett hål i väggen. Ett dussintal ganska blekta husannonser var uppklistrade på insidan av fönsterrutan.

Rickard Marmén satt bakom ett skrivbord och knappade på en dator när Annika steg in.

– Nej men hej du, gullet, sa han, reste sig och kysste henne på bägge kinderna. Ska Kvällspressen köpa en lägenhet i Puerto Banús?

– Inte direkt, sa hon. Hur går affärerna?

– Jävligt dåligt, sa han. Allt står stilla. Det är den här jäkla Operation Malaya.

Han såg hennes oförstående min och satte sig till rätta i stolen.

– Etthundratvå personer har gripits i en jättehärva i fastighets-branschen här nere, inklusive hela Marbellas förra kommunledning. Mutorna för olagliga byggnadstillstånd visste inga gränser. Pengarna flödade. Chefen för gatu- och fastighetskontoret visade sig ha tre lant-gårdar som var och en var lika stora som Stockholms stadshus. Han hade etthundraen galopphästar och en äkta Miró ovanför bubbel-poolen.

Annika skrattade.

– Och vi som tyckte det var en skandal när vår förra statsminister hade en felaktig byggnadsställning på sitt herrgårdsbygge.

Rickard Marmén lutade sig förnöjt tillbaka mot ryggstödet.

– Borgmästarinnan greps i sitt sovrum där hon låg och tog igen sig efter sin senaste fettsugning. Tio kommunala byggnadsarbetare höll som bäst på att renovera hennes kök. Nu ska vartenda bygglov sedan tjugo år tillbaka granskas och nagelfaras. Fram till dess ges inga bank-lån. Snacka om ispåse på köpglädjen. Det tar säkert ett år till innan den är tillbaka. Ett glas vin, kanske?

Hon skakade på huvudet och log.

– Berätta om reaktionerna i svenskkolonin efter mordet på famil-jen Söderström, sa hon. Kommer det här att skrämma bort svensk-arna från Solkusten?

– De är redan bortskrämda, sa Rickard Marmén. Inte av kriminaliteten, utan av fastighetspriserna. Ökningarna har stannat av på grund av Operation Malaya, men du får fortfarande inte en lägenhet under tre miljoner i Marbella, inte ett radhus under fyra. Minsta småhus kostar minst sex miljoner, en vanlig familjevilla får du aldrig under tretton. Runt Alicante får du samma kåk för halva priset.

– Varför är det så dyrt just här? frågade Annika.

Rickard Marmén slog ut med händerna.

– Därför att Marbella är exklusivt och Alicante är folkligt. Man betalar för adressen. Ibland blir det riktigt löjligt. Se här!

Han plockade upp en internetsida och vred skärmen mot Annika.

– Det här är en tomt utan utsikt i backen nedanför Caritas radhus. Den säljs direkt av ägaren för 5,6 miljoner euro.

Annika tittade på bilden. Det stod en rostig lyktstolpe vid gatan. En asfalterad uppfartsväg, söndersprängd av tistlar och törnen, ledde ner till en övergiven husgrund i en svacka. Längre bort stod snåren täta.

– 50 miljoner kronor, sa Annika skeptiskt. Det måste vara någon sorts skämt.

– Inte då, sa Rickard Marmén och vred tillbaka skärmen. Fast ägaren har inte blivit av med den, om man säger så.

– Så man är inte rädd för kriminaliteten?

Rickard Marmén blev allvarlig.

– Även om gasinbrott är vanliga så är det här första gången som någon omkommit, sa han. Min erfarenhet är att folk bor kvar i sina hus, även om de blivit gasade. Många far illa, betydligt mer än vid vanliga inbrott, men de stannar kvar. Sedan tror jag inte folk blir lika rånade och nedslagna på gatorna här nere som där uppe hos er i Stockholm. Jag har inga siffror på det, men det händer nästan aldrig.

– Men det är ju så mycket gangsters här, sa hon och mindes Knut Garens siffror: 420 ligor som utförde ett trettiotal beställningsmord bara i Malagaområdet varje år.

Rickard Marmén tänkte efter.

– Man märker inte av dem, sa han. Det man ser i gatubilden är många polisbilar, många Guardia Civil, många polismän till fots och på motorcyklar. Det gör att folk känner sig trygga, inte rädda. Det är så det funkar, vet du...

Annika lade ner pennan i blocket, det här skulle inte bli någon vidare artikel.

– Gör jag dig besviken? frågade mäklaren.

Hon skrattade till.

– Inte mig, sa hon, men min nyhetschef. Han hade tänkt sig rubriken "Nu flyr svenskarna Solkusten".

– Jag tror inte han blir sannspådd, sa Rickard Marmén. Hur är det med tidningsdrakarna nuförtiden, bjuder de på lunch?

– Absolut, sa Annika.

På eftermiddagen somnade hon. Hon låg på sin säng på hotellrummet och läste en deckare av Harlan Coben när sömnen svepte henne med sig. Hon drömde om Kalle och Ellen, de var försvunna bägge två och hon letade efter dem i ett sterilt månlandskap utan vatten eller växtlighet.

Hon var otroligt törstig när hon vaknade.

Medan hon duschade och gjorde sig i ordning för kvällen provade hon att ringa till Nina Hoffman två gånger. Meddelandet från Telefonica kom inte tillbaka. Det bara ringde och ringde tills signalerna kopplades ner.

Hon ringde till Carita Halling Gonzales och tackade henne så oerhört mycket för ett väldigt givande samarbete, gav henne faktureringsuppgifterna till tidningen och sa att hon skulle åka hem nästa morgon.

– Vi kan väl hålla kontakten? sa Carita. Du kanske kommer ner någon mer gång?

Annika svarade "visst" och mindes Patriks artikelserie.

Hon stod utanför hotellet i god tid.

Niklas Linde var nästan en halvtimme försenad.

– Sorry tjejen, sa han och flinade. Jag börjar bli lite spansk.

Hon satte sig i bilen utan att le. Hon gillade inte att vänta.

– Okey, sa hon och smällde igen dörren. Hur många gripna, hur många misstänkta, när, var och hur greps de, vad säger åklagaren och vad säger försvararna?

– Först ska jag se till att du får något att äta, sa han och körde ner under motorvägen.

Hon lade armarna i kors över bröstet.

– Jag är inte hungrig, sa hon och kände att hon ljög.

Niklas Linde log mot henne. Han svängde in på en smal gata som ledde till en ännu mindre väg som fortsatte upp i bergen. Efter bara några minuter var mörkret runt bilen helt kompakt, vilket gjorde Annika både lättad och nervös. Hon slapp se bråddjupen vid sidan av serpentinvägen, nackdelen var att sikten framåt var lika dålig.

– Har ni gått igenom stöldgodset i tjuvarnas lastbil? frågade Annika och höll i sig i instrumentbrädan när bilen tog en tvär högerkurva.

– Allt verkar ha varit där, utom kassaskåpet.

Annika stirrade in i mörkret vid sidan om strålkastarnas ljustunnel.

– Utom kassaskåpet, ekade hon. Vart kan det ha tagit vägen?

– Om det hade transporterats i lastutrymmet tillsammans med det andra godset så hade det funnits spår efter det, men det gjorde det inte.

– Vad lämnar ett kassaskåp för spår efter sig?

– Det var fastmurat i en tegelvägg inne i villan. Tjuvarna slog sönder väggen för att få loss det. Det skulle ha varit grus och cementrester och tegelflisor någonstans i lastutrymmet om det hade forslats därifrån i lastbilen.

– De kanske stoppade kassaskåpet i en påse, föreslog Annika.

Niklas Linde släppte körbanan med blicken och tittade på henne i stället.

– Vägen, snälla, sa Annika och pekade framåt.

Polismannen suckade och såg på vägbanan igen.

– Det var inget jätteskåp, sa han, men man bollade inte omkring med det. Det behövdes två personer för att flytta det. Jag tror det finns en helt annan förklaring.

De körde runt ett klipputsprång, och sekunden senare framträdde en tätort framför dem på bergssidan. Rad efter rad med vita hus klängde sig fast i branten, upplysta av gatlyktor och små neonskyltar.

I fönstren flimrade tv-ljus.

– Vad är det här? frågade Annika.

– Istán, sa Niklas Linde.

– Är vi i stan?

– Den heter så, byn. Istán. Betyder "källa". Den är morisk från början, har legat här sedan 1200-talet. Jag känner tjejen som har restaurangen vid torget.

De parkerade på en höjd ovanför själva staden och gick sedan långsamt ner utefter kullerstensgatorna. Det blåste lite, en ljummen vind som luktade örtkryddor. Annika kunde se ljusen från kusten glittra långt borta, i en annan tid, en annan värld. Ljudet av porlande vatten följde dem. Här och var fanns drickfontäner, vattnet leddes fram till dem via underjordiska kanaler uppifrån källorna i bergen.

Plötsligt stannade Annika mitt i en brant backe.

– Jag vet vart kassaskåpet tog vägen, sa hon.

Niklas Linde stannade några steg nedanför henne, såg upp på henne och log.

– Låt höra.

– Första dagen sa du att ni hittat spår efter två bilar och tre personer utanför familjen Söderströms hus. Den tredje personen dog inte i lastbilen. Den tredje personen var inte intresserad av stöldgodset, utan bara av kassaskåpet. Den tredje personen tog det med sig, i den andra bilen.

– Förmodligen korrekt, sa Niklas Linde, gick nedför backen och sköt upp en dörr av saloonmodell. Han lät Annika gå in först, hon steg in i lokalen och befann sig på en bjärt upplyst kvarterskrog.

En strålande vacker spanjorska med svallande lockar och djup urringning gav till ett glatt utrop när hon fick syn på Niklas Linde. Hon skyndade fram till honom, lade händerna om honom och kysste honom innerligt på båda kinderna. Deras spanska lät likadan som vattnet i kanalerna under gatorna.

– Det här är min väninna, Annika, sa han på engelska och kvinnan vände sig mot henne. Leendet dog en aning.

– *Una mesa para dos*, sa hon, snurrade runt och gick mot den inre delen av lokalen.

Annika och Niklas Linde följde efter.

De fick bordet längst inne i hörnet. Kvinnan tände ett stearinljus med en gul bictändare, gav dem två tummade menyer på spanska och seglade iväg mot bardisken.

– Hur väl känner du henne? frågade Annika.

Det glittrade till i polismannens ögon.

– Ganska väl, sa han och studerade sedan menyn.

Annika kände sig egendomligt tillplattad. Hon tog upp den inplastade matsedeln, tittade på de spanska orden utan att se dem. Hon gillade inte den vackra spanjorskan.

– Vad har hänt i spaningarna efter Suzette? frågade hon och gjorde rösten lätt och oberörd.

– Hon är som uppslukad av jorden. Enligt operatören har hennes mobiltelefon inte varit påslagen sedan förra torsdagen. Ska jag beställa åt dig?

Annika lade ner menyn på bordsduken.

– *Por favor.*

Polismannen beställde en lång rad smårätter som strömmade in på bordet i takt med att de blev färdiga ute i köket. Niklas Linde drack en öl, Annika *agua con gas.*

– Ska vi ta det här med knarkbeslaget? frågade hon när faten började bli tomma. Jag behöver ha kött på benen om jag ska kunna skriva en hel artikel.

Niklas Linde petade tänderna med en tandpetare och funderade ett par sekunder.

– Om du berättar för mig vad som har hänt med ditt finger, sa han och pekade på hennes vänstra hand.

Hon tvekade, men såg ingen anledning att slingra sig.

– Två män drog in mig i en gränd och skar sönder det i vintras, sa hon. De sa att jag skulle sluta rota i en grej som jag höll på med.

– Vet du vilka de var?

Hon skakade på huvudet.

– Vill du att jag ska ta reda på det åt dig? Fånga dem och spöa upp dem?

Hon log mot honom.

– Har du blixt på den där kameran? frågade han.

– Klart jag har.

Han såg på sitt armbandsur.

– Du skulle kunna hänga med på en grej, om du vill, sa han. Vi ska försöka plocka in en av de här killarna senare i natt. Du får stå långt bak och inte visa några identifierbara poliser på bild.

Hennes puls gick upp en aning.

– En razzia? sa hon. Nu i natt?

Han lutade sig närmare henne.

– Så här är det, sa han och sänkte rösten, trots att de garanterat var de enda svenskspråkiga gästerna på krogen.

– Greco, spanjorernas knarkdivision, hade koll på två kokslaster som levererades samtidigt till hamnen i Algeciras. Bägge var kyltransporter med frukt från Sydamerika: dels melonerna i Apits lager i La Campana och dels en container med apelsiner från Argentina.

– Och var är apelsinerna nu?

Niklas Linde log snett.

– Det var just det, sa han. Apelsinerna är på väg till Malmö med en långtradare.

– Och ni har bytt ut lasten, sa Annika.

Niklas Linde bet ihop käkarna.

– Vi satte en sändare på bilen, men själva lasten har vi inte kommit åt att byta. Det är ett vågspel. Mina kollegor på Greco inne i Malaga kan avläsa transportens exakta position på tio meter när. Problemet är att mottagarna har blivit nervösa. De vet att ena halvan av lasten är beslagtagen, och de tror att det är något lurt med den andra.

– Okey, sa Annika och bläddrade upp en ren sida i blocket. Säg vad det ska stå i artikeln.

– Att Greco har kartlagt den beslagtagna lasten i flera månader…

– Vad stod Greco för nu igen?

Niklas Linde såg irriterad ut.

– Vad spelar det för roll? De slog till när lasten var levererad och klar för omdistribuering, vilket gjorde att de kunde gripa både mottagare och leverantörer.

– Och när hände detta?

– Tidigt på morgonen torsdagen den 30 december.

– Hur gick det till?

Niklas Linde tog en klunk öl och berättade hur poliserna hyrt in sig i flera olika lokaler i samma *polígono* som det aktuella fruktlagret. De hade följt lasten sedan den lossades i den stora hamnen i Algeciras, en stad några mil västerut från Marbella räknat, tills den anlände med långtradare till La Campana. Där satt poliserna från Greco beredda i sina hyrda lokaler, med extra förstärkning i form av kravallpolis och prickskyttar, såg hur frukten avlämnades och väntade ändå tills mottagarna dök upp. Då slog man till.

Annika antecknade hårt och fort utan att titta upp.

– Hur många gripanden?

– Fem i fruktlagret. Långtradarchauffören greps i sitt hem i Estepona senare samma morgon. I natt ska vi plocka upp den sista i gänget, en av småpotatisarna. Han funkar vanligtvis som kurir, skulle vara med och köra upp lasten till Malmö via Berlin.

Annika lade ner pennan.

– Men hur kunde de bara lasta av en hel container full med knark och låtsas att den innehöll meloner? sa hon. Finns det ingen som kollar sådant i tullen?

Niklas Linde stirrade på henne och sedan skrattade han högt.

– Kokset låg ju inte i själva lasten, sa han. Den bestod förstås av meloner. En jävla massa meloner, flera ton faktiskt. Du kan inte ana hur de har börjat lukta.

– Det var ju en kyltransport, sa du. Det håller väl någon vecka.

Polismannen pekade på henne med fingret som om det var en pistol.

– Mitt i prick, sa han. Det var ingen kyltransport. Det var 700 kilo kokain i väggarna på containern i stället för isolering.

– Och alla papper var i ordning?

– Kritvita som nysnö.

Han såg på sitt armbandsur och vinkade till den spanska servitrisen. Hon skickade en av herrarna bakom baren att lämna fram notan.

– Låt mig, sa Annika och tog fram sitt kreditkort.

– Carmen tar bara kontanter, sa Niklas Linde.

– Lägg av, sa Annika. Heter hon Carmen?

Han reste sig, tog på sig jackan och flinade.

De gick tysta uppför backarna tillbaka mot bilen. Spanskt tv-skval, skrattande röster och klirr av porslin följde dem. Kakofonin flöt ut på trottoarerna tillsammans med ljuset från tapasbarer och öppna vardagsrumsfönster. Två tonårsgrabbar på en moped passerade dem på några centimeters avstånd, fyra katter hoppade förskräckt upp ur en soptunna. Vinden hade blivit kylig, Annika önskade att hon hade tagit med sig en jacka.

– Fryser du? frågade Niklas Linde, och innan hon svarat hade han lagt armen om henne och dragit henne intill sig, smekt hennes överarm med sin andra hand som för att värma henne.

Hon lät sig omfamnas, hon lutade sig emot honom, hennes höft stötte mot hans lår för varje steg. Avgasen efter mopeden låg kvar över gatstenarna. Han drog henne tätare intill sig, hans steg blev långsammare och sedan stannade han. Hon kom att stå vänd rakt emot honom, hans armar låg runt hennes axlar. Sina egna händer, som hon haft i kors över bröstet, släppte hon ner och sedan lät hon dem hamna på hans rygg, de trevade över jackans grova bomullstyg, de pressade honom intill sig.

Ja, tänkte hon. Jag vill.

Han böjde sig fram och kysste henne.

Hans mun var varm och salt och smakade vitlök.

Hon märkte att hans ben glidit in mellan hennes lår.

Hennes andning ökade, och hon släppte honom.

Hans ögon glittrade.

– Ska vi åka och fånga några bovar? frågade han, tog ett steg ifrån henne men behöll armen om hennes axlar och fortsatte sedan att gå.

Hon lät sin egen arm glida runt hans rygg och ta fäste vid hans midja. Deras höfter skavde mot varandra hela den långa uppförsbacken.

HUSET LÅG PÅ en bakgata inne i grannstaden San Pedro. Det låg i ett hörn strax intill ett litet torg som kantades av apelsinträd, två våningar högt, vitt i grunden men missfärgat av fukt och luftföroreningar. Alla fönster var försedda med svarta, rostiga galler. Från en balkong på övre planet hängde tygblöjor på tork.

– Har knarksmugglaren barn? frågade Annika lågt.

– Han hyr ett rum i undervåningen av familjen som äger huset, svarade Niklas Linde och lämnade henne i en portuppgång på andra sidan torget. Hon drog upp dragkedjan högre på den grova och alldeles för stora jackan som hon fått låna.

Hon såg polismannen långsamt och ljudlöst gå längs trottoaren, bort mot de spanska kollegorna som var samlade på bakgatan intill. Musklernas rörelser syntes tydligt under hans lediga kläder.

Han får precis vem han vill, tänkte hon, och han vet om det.

Den misstänkte knarksmugglaren var inte hemma. Just nu befann han sig inne på ett disco som hette Dreamers och låg nere i Puerto Banús. Informationen var han befann sig hade knarksmugglaren själv meddelat den spanska polisen, sig själv givetvis helt ovetande. Han hade ringt en kvinna som hette Betty och försökt övertala henne att komma ner till Dreamers och möta honom i baren, men Betty hade varit trött och sur och inte velat. Eftersom telefonavlyssningen på hans mobiltelefon varit igång i fyra månader visste polismännen från Greco mycket väl att Betty inte skulle komma. Hon avskydde när han ringde på fyllan från olika barer och tillhåll. Det fick henne att känna sig "billig". Hon tyckte inte att han visade henne "respekt".

Allt detta hade Niklas Linde berättat för henne medan de suttit i bilen utanför ett av Grecos tillhåll medan polismännen där inne förberett det förestående gripandet.

Annika drog upp händerna innanför ärmarnas muddar och stampade lite med fötterna. Hon stirrade på fönstret som var knarksmugglarens bostad här i världen och tänkte på Betty.

Hade de haft sex där inne? Hur hade det fått Betty att känna sig? Dyr och respekterad?

Hon kvävde en gäspning.

Hennes plan till Stockholm skulle lyfta om åtta timmar.

Så hörde hon stapplande steg närma sig torget. Hon kunde inte bedöma från vilket håll de kom. De var ömsom släpande, ömsom springande, som om stegen parerade snubblandet.

Hon drog sig längre in i porten och tog upp kameran. Höll den påslagen och redo med objektivet nedåt. Hon hade fått stränga order att inte prova ut något avstånd mot porten i mörkret förrän mannen var gripen, den röda laserpricken från avståndsmätaren kunde misstas för indikatorn på ett kikarsikte.

Så såg hon en spenslig varelse komma vacklande nedför gatan på andra sidan torget. Det var en ganska ung kille med spretigt hår som verkade nästan blont i den gryniga belysningen från torget. Han tog några steg framåt och sedan ett eller två åt sidan, kraftigt berusad. Stannade utanför porten och svajade.

Det var bra att Betty stannat hemma.

Han fumlade länge med nyckeln innan han fick in den i låset. Tydligen struntade han i att tända belysningen, för dörren var på väg att gå igen utan att någon lampa tänts.

Så såg hon en rad skuggor lösgöra sig från gränderna och gatorna runt omkring.

Hon höjde kameran.

Ett flertal civilklädda poliser och två i uniform hann fram till dörren i samma stund som den höll på att stängas. Sekunden senare var den berusade mannen ute ur porten igen med en spansk civilpolis under varje armhåla. Hans tåhättor släpade i marken, hans ansikte uttryckte total förvåning. Han vred huvudet från den ena polisen till den andra, och sedan började han protestera på karakteristisk, svensk stockholmsdialekt.

– Vad fan är det här? Öh, va? Grabbar? Vad fan håller ni på med?

Annika nuddade avtryckaren så att skärpan ställdes in, mannen blev alldeles skarp i mitten av bilden och sedan pressade hon utlösaren hela vägen ner. Blixten lyste upp hela torget under en sextiondels sekund. Hon väntade två sekunder och upprepade proceduren.

– Vad i helvete…? *Joder!*

Knarksmugglaren hade kommit på att han inte ville följa med poliserna. Han började fäkta med armarna och sparka med benen, men det hade han inte mycket för.

– *Cabrones! Imbéciles!* Släpp mig för helvete… *Fucking hell!*

Några sekunder senare var han placerad i baksätet på en civil polisbil, iförd handbojor, med en polis bredvid sig, en framför sig och en bakom ratten.

Bilen försvann nedåt gatan med ett mjukt mullrande.

Niklas Linde dök upp bredvid henne.

– Du sa att svensken redan var gripen, sa Annika.

Polismannen flinade.

– Nu är han det, sa han och böjde sig fram och kysste henne.

Hans mun var fantastisk.

– Vad heter han? viskade Annika mot hans tänder.

– Jocke Zarco Martinez. Ska vi åka hem till mig eller dig?

Hon drog sig undan och såg ner på kameran.

– Jag åker hem om några timmar, sa hon.

– Man hinner mycket på några timmar.

Hon skakade på huvudet och såg upp på honom.

– Nej, sa hon.

Han böjde huvudet ett ögonblick, tittade sedan upp och skrattade till.

– Kom, sa han. Jag kör dig till hotellet.

Han höll inte om henne på vägen till bilen.

De satte sig i BMW-n utan att säga något, körde under tystnad. Alldeles för snart bromsade han in vid entrén.

– Jag skulle inte skvallra för någon, sa han och tittade rakt fram genom vindrutan.

Hon såg på honom.

– Det är inte det att jag inte vill.

Han sneglade på henne.

– Vad är det då?

Hon beslutade sig för att vara alldeles uppriktig.

– Jag törs inte, sa hon. Det var så länge sedan att jag inte ens vet om jag kan.

Han skrattade igen, lyfte handen och strök henne över kinden.

– Du behöver inte vara orolig, sa han. Det är som att cykla.

– Hur länge kommer du att vara här nere? frågade hon.

– Vet inte. Jag åker lite upp och ner. Hur så?

Hon hade tänkt fråga om han var på väg hem till Sverige, var han bodde när han var hemma, om han hade någon som väntade på honom. Om han skulle vara kvar här om hon skickades ner för att skriva om Patriks kokainkust.

Men hon samlade bara ihop sin bag, öppnade dörren och steg ut ur bilen.

När baklyktorna försvann runt hörnet vid El Corte Inglés fick hon bita sig i läppen för att inte börja gråta.

Hon skrev en text om gripandet av svensken, laddade upp bilder, skickade paketet till Stockholm och sov två timmar. Sedan vacklade hon upp, packade ihop kläderna och sin dator, gick ner i receptionen och betalade sitt och Lenita Söderströms rum med sitt privata Visakort. Hon lämnade en lapp till Lenita där hon meddelade att hon hade åkt tillbaka till Stockholm. För säkerhets skull skrev hon ner sitt mobilnummer igen, om något skulle hända.

Hon körde på motorvägen, som nu var praktiskt taget tom på fordon, genom vägarbetena, förbi det stora shoppingcentret La Cañada och sedan upp på betalvägen.

Strax före Torremolinos passerade hon en trafikolycka. En fransk-registrerad skåpbil hade voltat på motorvägen, massvis av packning hade spritts ut över körbanan och hon fick långsamt krypa förbi i vägrenen. I backspegeln såg hon hur en muslimsk kvinna grät högt och slog sig med händerna på knäna. Sedan försvann kvinnan bakom en långtradare.

Hon kom fram till flygplatsen med två och en halv timme till godo.

En timme och en kvart använde hon till att hitta biluthyrnings-firmans returdepå. Hon var blöt av svett när hon kom fram till incheckningsdisken. Säkerhetskontrollen grävde igenom hela hennes bag och hittade en del saker som hon faktiskt hade glömt bort, inklusive ett halvätet äppelskrutt och en brevöppnare med reklamtexten "Kvällspressen – bäst när det gäller". Brevöppnaren snodde de och hennes läppglans tvingade de att åka i en genomskinlig plastpåse.

– Menar du allvar? frågade Annika och tittade skeptiskt på säkerhetskontrollanten när han räckte över den lilla påsen. Tror du att jag *inte* kommer att spränga flygplanet i luften därför att läppglansen ligger i den här?

– *No comprendo*, sa säkerhetskontrollanten.

– Helt rätt, sa Annika och tog sitt mördarläppglans och stoppade omedelbart tillbaka det i väskan. Ni förstår verkligen ingenting.

Planet lyfte nästan i tid och hon somnade omedelbart.

Hon vaknade på Arlanda när hjulen slog i backen. Boken av Harlan Coben hade åkt ner på golvet och vattnet hon köpt med sig från Upper Crust i avgångshallen hade runnit ut i stolsfickan framför.

Förvirrad och en smula vimmelkantig maldes hon ut ur planet, genom tarmen som tog henne in i terminalbyggnaden, framåt genom öde korridorer, förbi den tomma passkontrollen och bort mot bagageutlämningen. Hon fick vänta över en timme på sin väska.

Det hade blivit mörkt när hon tråcklat sig ut genom ankomsthallen. Oroliga snöflingor dansade i luften, osäkra på om de skulle falla eller stiga. Taxichaufförer från olika friåkare kastade sig över henne och ville slita tag i hennes väska, hon fräste ifrån och kånkade iväg med den bort mot en Taxi Stockholm-bil. Genom åren hade hon försökt vara frisinnad och liberal och åka med alla möjliga små obskyra taxiföretag, men sedan hon blivit utskälld och avkastad en gång för mycket för att hon ville betala med kort eller inte kunde visa vägen fram till sitt resmål så hade hon givit upp.

Taxi Stockholm-chauffören tog hennes väska, öppnade bildörren och sa sedan inte ett ord. Perfekt.

Hon provade att läsa kvällstidningarna i bilens baksäte, men blev illamående och fick lägga ner försöket.

Klockan fem på eftermiddagen låste hon upp dörren till sin ouppackade lägenhet. Rummen var stora och svarta, det susade svagt från ett friskluftsintag någonstans.

Hon släppte ner resväskan och bagen på golvet och gick raskt runt och tände alla lampor i våningen. I alla fönster mötte hon sin egen spegelbild, en hålögd kvinna med oklippt hår och för smala armar.

Hon vände sig bort från sina jag, slängde sig ner i sängen och greppade tag i telefonen. Hon ringde nyhetschefens direktnummer på redaktionen och suckade tyst när det var Patrik som svarade.

– Jag trodde Sjölander jobbade, sa Annika. Är inte du ledig idag?

– Sopar ihop lite rester bara, sa Patrik. Vad levererar du?

Hon blundade och vilade pannan mot handflatan.

– Jag har suttit på ett flygplan hela dagen och kom hem för tre minuter sedan. Vad tror du jag kan leverera?

– Sökandet efter Suzette, du får väl kolla om det har hänt något? Något nytt om vad inbrottstjuvarna dog av? En bild av mamman som sitter på sin försvunna dotters säng och kramar hennes gosedjur?

Tröttheten vek sig för ilskan. Hon ställde sig upp invid sängen och höll telefonen i ena handen och luren i den andra.

– Klockan fyra i morse skickade jag text och bild på hur en svensk medborgare greps i en knarkrazzia i San Pedro i Marbella kommun. Jag tycker jag har fyllt min kvot av exklusiva utrikesgrejer på just den här lediga dagen. Om du tror att ditt nya jobb innebär att du kan köra med mig som en jävla nittonårig vikarie så tror du fel.

Det blev tyst i luren.

– Hallå? sa Annika.

– Bara så att du vet det, sa Patrik med triumf i rösten, så har jag högtalartelefonen på.

– Utmärkt, sa Annika. Då kan ju dina kompisar också notera att jag kompar ut nästa vecka. Jag har jobbat tjugo timmar om dygnet fem dagar i sträck. Jag kommer in på måndag och skriver en reseräkning bara.

– Vad då för reseräkning? Biljetten var väl betald?

– Skit ner dig, sa Annika och lade på.

Hon sjönk ihop på sängen igen, tog kvällstidningarna som hon slängt på golvet och lutade sig mot kuddarna för att läsa.

Hennes grej om razzian var inne i tidningen. Den hade förmodligen inte kommit med i skogsupplagan, men enligt Niklas Linde skulle det inte spela någon roll.

Hon studerade bilderna. De var riktigt dramatiska.

De bägge uniformerade poliserna gick i förgrunden, reflexerna på deras jackor lyste som laser i blixtljuset. Svensken flaxade med armar och ben och uttryckte alltså hjärtlig protest, hans ansikte var hjälpligt maskerat. Niklas Linde hade huvudet bortvänt och var hyfsat oidentifierbar.

Texten var kort och rak och gick ut på att spanska polisen hade krossat en kokainsmugglarliga som opererade via Costa del Sol till stora delar av Nordeuropa. Hon hade radat upp fakta kring beslaget i La Campana, 700 kilo, hittat i varulager, meloner från Brasilien. Nattens gripande var det sista i raden, nu väntade häktningar och rättegångar.

Hon lät tidningen vila i knäet och funderade över hur hon kände inför den klockrena beställningstexten.

Inget särskilt, insåg hon. Det var alltid någon som tjänade på en journalistisk text. Enda skillnaden den här gången var att hon var helt införstådd med manipulationen, vilket hon givetvis aldrig någonsin skulle erkänna för sin redaktionsledning.

Hon bläddrade igenom resten av tidningen. En FN-helikopter hade störtat i Nepal. Sveriges första bed&breakfast för nudister skulle öppna i Skåne. En sångerska med plastbröst hade tackat nej till att vara joker i Melodifestivalen, varför Sveriges Television uppgavs sitta i krismöte i natt.

Hon släppte ner tidningen på golvet och plockade upp Konkurrenten.

Det första som mötte henne när hon slog upp ledarsidan var

hennes egen bylinebild från Kvällspressen och ett porträtt på Jimmy Halenius. Mellan dem svävade bilden som tagits utanför Järnet.

"I händerna på makten" löd rubriken.

Texten var ett indignationsverk av den högre skolan, full av insinuanta frågor som "Hur mycket drack de egentligen?" och "Ska granskaren och makten verkligen ha intimt umgänge?" samt "Svek Halenius sitt uppdrag?".

Hon tog upp telefonen igen och ringde till sin chefredaktör.

– Har du sett Konkurrentens ledarsida? frågade hon utan att presentera sig.

– Jag har pratat med deras chefredaktör, svarade Anders Schyman. Om de inte lägger av nu så kommer vi att belägra varenda krog runt deras redaktion och plåta alla deras reportrar och avslöja alla deras källor. Jag svarar i en ledare i morgon. Vi kommer aldrig att avslöja våra källor, kommer aldrig att visa några krognotor, kommer aldrig att precisera vad ni talade om.

– Bra, sa Annika.

– Vad talade ni om förresten? Hur mycket drack ni? Och vem fan betalade?

Hon sjönk ihop till en liten boll.

– Okey, sa hon. I tur och ordning: det har du inte med att göra, jag drack vatten och Halenius betalade. Inte departementet.

– Hur känner du honom?

Hon tvekade ett halvt ögonblick.

– Jag har vuxit upp med hans kusin.

– Jag hörde dig på högtalartelefonen för en liten stund sedan. Du måste för fan städa upp ditt språkbruk.

Chefredaktören lade på.

Hon satt kvar på sängen en stund och kämpade mot en massiv självömkan.

Hon gjorde inget annat än att ställa upp för den där jävla tidningen, och vad fick hon tillbaka? Annat än krav, kritik och offentliga utskällningar för sina middagssällskap?

Hon grät i en halv minut, mest av trötthet, reste sig sedan och gick ut i hallen och hämtade sin resväska. Badrummet var utrustat med både tvättmaskin och torktumlare, hon tömde resväskan direkt i maskinen och startade snabbprogrammet. Datorn tog hon in till köket, pluggade in modemet i telefonjacket och bad till Gud att internet skulle vara påkopplat.

Det var det.

Hon sjönk ner på en köksstol och surfade ut i cyberrymden.

Förutom de vanliga katastroferna, skvallret och det politiska käbblet hade det inte hänt någonting i världen.

I stället gick hon in på sin Facebookprofil.

Hon hade elva nya meddelanden.

Ett var från Amanda Andersson, ett från Sandra Holgersson, två från Klara Evertsson-Hedberg och sju från Polly Sandman.

Alla Suzette Söderströms bästa vänner hade alltså svarat henne. Pulsen gick upp när hon tryckte på det senaste meddelandet, det från Amanda.

"Jag tycker du är en skandalreporter som bara gottar dej i mänskors olykor", läste hon.

– Lär dig stava, sa Annika högt och klickade fram nästa, från Sandra.

"Jobbar du verkligen på en tidning? Kan du skaffa biljetter till Idol?"

Ett ögonblick funderade hon på att svara, men struntade sedan i det.

Klara var en ekonomiskt sinnad typ. Hon erbjöd sig att ställa upp på en intervju för 10 000 kronor. I det andra meddelandet hade hon sänkt gaget till 500.

Annika svarade inte henne heller.

Polly var av den skrivande sorten, vilket de sju meddelandena indikerade utan att hon ens öppnat dem. Där var dikter och tankar och funderingar om Suzette, om skolan och killar och livet i stort. Annika läste igenom dem och formulerade sedan ett svar.

"Hej Polly, vilka fina dikter och reflektioner du har. Tack för att jag fick läsa dem. Om du känner för att skriva något längre så vet jag att min tidning just nu har en novelltävling för tonåringar upp till arton år. Jag förstår att du inte hört något från Suzette. Om du gör det så får du väldigt gärna höra av dig till mig."

Hon undertecknade med både för- och efternamn för att behålla den professionella touchen. Något mobilnummer aktade hon sig för att skriva ut, hon ville inte få etiska utskällningar eller frågor om Idolbiljetter i örat.

Hon skulle precis stänga av datorn när mobilen ringde.

Numret var dolt och visades inte på displayen.

– Annika? Hej, det är Nina Hoffman.

Hon reste sig upp så hastigt att hon slog huvudet i kökslampan.

– Hej, sa hon och gned sig på bulan. Hej Nina.

– Du hade lämnat ett meddelande på min telefonsvarare för några dagar sedan. Du lät angelägen. Har det hänt något?

Annika stannade kökslampans svängningar med ena handen och mindes Telefonicas knastriga röst på Ninas mobilsvar.

– Ja, jag har försökt ringa dig några gånger. Har du varit i Spanien nyligen?

– Eh, ja, jag tog en semestervecka på Teneriffa. Hur så?

– Jag hälsade på ute hos Julia och Alexander, sa Annika och gick ut i hallen och bort mot sitt sovrum. Vi började prata om dig, och Julia berättade något jag inte visste.

Nina väntade.

– Jaha? sa hon sedan.

Annika satte sig på sängen.

– Filip Andersson är din bror, sa hon och märkte att hjärtat slog snabbare. Varför har du inte sagt något?

– Sagt vad?

– Och Yvonne Nordin var din syster. Varför sa du inget?

– Menar du att jag har någon sorts upplysningsplikt mot dig gällande mina familjerelationer?

Annika försökte samla ihop sig. Hon såg Nina framför sig, polisuniformen, det bruna håret i hästsvans, raka axlar och raka pressveck, känslan av återhållen explosivitet, hennes effektiva lugn den där natten när de klampat in på mordplatsen på Sankt Paulsgatan. *Annika, ut härifrån, 1617 till 70, vi har ett 23 alternativt 24 och behöver förstärkning, jag ser två, korrigering tre, skadade eventuellt avlidna personer...*

– Vi har ju pratat så många gånger om den där natten, sa Annika. Jag har babblat på om Filip Andersson, om morden, om att jag trodde att han kanske var oskyldig, om hur han kände David Lindholm. Du lyssnade på mina funderingar kring Davids kvinnor, bland andra Yvonne Nordin, du hjälpte mig till och med att ta fram en bild på henne, och hela den här tiden sa du inte ett ord om att de här bägge människorna var dina syskon. Fattar du inte hur konstigt det verkar?

Nina var tyst en lång stund.

– Skulle du ha berättat det, om det handlat om dina syskon?

– Så klart jag hade!

– Om du hade någon kriminell person i din närhet, eller om du själv varit kriminell, då skulle du genast ha berättat det för mig?

– Absolut.

– Du har ju själv slagit ihjäl en människa. Varför har du inte sagt något om det?

Nu var det Annikas tur att bli stum.

– Det hör väl inte hit, sa hon till sist.

– Jo, det gör det, på samma sätt som det hör till saken att mina syskon är kriminella.

De satt tysta en stund till.

– Det här förändrar ju allting, sa Annika. Det känns som om du lurat mig hela tiden.

– Det har jag inte, sa Nina. Jag har aldrig ljugit för dig.

– Du måste ha känt till att David och Filip kände varandra, till exempel. Hur länge hade de gjort det?

Nina suckade, en bottenlös utandning.

– De växte upp tillsammans, sa hon. David och Filip och Yvonne och lilla Veronica, de var mer som syskon än något annat. Mer än vad de någonsin var med mig.

Annika blundade hårt och försökte få ihop pusselbitarna.

David Lindholm, Sveriges mest berömda polis, gifte sig med sörmlandsflickan Julia Hensen som vuxit upp tillsammans med grannflickan Nina Hoffman. David själv hade tillbringat barndomen ihop med Filip Andersson som hade två systrar, den galna mördaren Yvonne Nordin och polisen Nina Hoffman, vars bästa väninna Julia han gifte sig med, trots att han samtidigt hade en affär med och gjorde Yvonne Nordin gravid…

– Hur länge har du känt David Lindholm? frågade hon.

– Jag träffade David första gången när han föreläste för oss på Polishögskolan.

– Så du har inte vuxit upp med honom?

– Jag stötte antagligen ihop med honom när jag var liten, och jag kände ju till honom, men jag kände honom inte. Mamma och jag flyttade till Teneriffa när jag var tre, då var Filip och Yvonne redan vuxna. Sedan hamnade jag utanför Valla när jag var nio, och det var där jag lärde känna Julia.

– Du berättade en gång för mig, sa Annika långsamt, att David kommit fram till dig och Julia efter den där föreläsningen på Polishögskolan. Visste han vem du var?

– Det är väl klart. Jag tror han var väldigt nyfiken på vad som blivit av mig.

– Men det var Julia han låtsades vara intresserad av?

– Han behövde inte låtsas. Han gifte sig ju med henne.

Där fanns en underton av bitterhet, inte uttalad, men den låg där. Annika rev sig i håret.

– Morden på Sankt Paulsgatan inträffade för snart fem år sedan. När förstod du att Filip och Yvonne var inblandade?

– När Filip greps. Det var det värsta ögonblicket i mitt liv.

– Och Yvonne? Det var ju hon som gjorde det. När fattade du det?

– När Filip berättade det, efter att hon var död. Men jag hade inte pratat med Yvonne på länge då. Jag tappade kontakten med henne efter aborten. Hon drog sig undan, blev lite underlig.

– Aborten? sa Annika och tog sig för pannan. Du menar aborten hon gjorde med Davids barn?

– Samtidigt som Julia väntade Alexander, bekräftade Nina.

Sedan var hon tyst en stund.

– Det är inte som du tror, sa hon sedan. Jag har aldrig menat att dölja något, men min familj och barndom är som ett öppet sår hos mig.

Annika visste inte vad hon skulle svara. Hon väntade stum i luren.

När Nina fortsatte var rösten tunn och frånvarande.

– Jag älskade verkligen min mamma, men hon kunde knappt sköta sig själv. Filip och Yvonne gled henne ur händerna, hon förmådde inte ta hand om dem. Jag hade tur, jag hade ju Julias familj. Det har alltid känts som… en förpliktelse, på något sätt. Som om jag har fått till uppgift att ställa allting till rätta…

Var det därför du blev polis? tänkte Annika, men hon sa det inte.

– Någonstans tror jag på människans inneboende godhet, fortsatte Nina och rösten var klarare nu. Jag tror att alla kan förändras, om vi verkligen får en chans. Mamma försökte, och det gick bra ett tag, men hon var för trasig för att det skulle hålla i längden…

– Är din mamma död? frågade Annika försiktigt.

– Sedan nio år. Hon dog dagen efter att David och Julia gifte sig. Nu är alla de andra borta, alla utom Filip.

Annika koncentrerade sig för att hänga med i tankegången.

– Du sa att de var fyra stycken som var som syskon, sa hon. David, Filip, Yvonne och… vem var den fjärde?

– Lilla Veronica. Veronica Paulson. Men hon är också död.

– Var det också någon du kände?

Nina suckade tungt.

– Inte direkt. Hon och hennes mamma hälsade på oss någon gång på Teneriffa, men jag har aldrig träffat henne sedan jag flyttade till Sverige.

– Hon kan inte ha varit så gammal. Vad dog hon av?

Nina lät förvånad när hon svarade.

– Men det har du ju precis skrivit flera artiklar om. Hon blev ju mördad för några dagar sedan.

Allting stannade runt omkring Annika. Det blev dödstyst i hennes huvud och tiden tog slut.

– Vad menar du? sa hon och kunde knappt andas.

– Hon gifte sig med den där ishockeyspelaren, sa Nina. Den där Sebastian Söderström.

Del 2
Efter påsk

Trollflickan med svavelstickorna

Hon kom till Gudagården utan skor och i en trasig klänning. Tanten från Barnavårdsnämnden knuffade ut henne ur bilen, gruset på gårdsplanen var vasst som glas under hennes fötter.

– Nig för Fostermor och Fosterfar, sa Tanten och föste fram henne mot väggen av människor.

Hon stirrade ner i marken. Människorna stirrade på henne.

– Hon ser ut som ett troll, sa Fostermor.

Tanten sparkade henne i knävecket och tvingade hennes nacke nedåt. Snabbt som en iller snurrade hon runt och bet Tanten i handen, sprang sedan iväg över gruset så att skinnet sprack under fotsulorna.

Fosterfar drog ner henne från höskullen när natten fallit. Hon stötte höften hårt i stenläggningen.

– Dig ska vi nog piska Djävulen ur, sa han och höjde ridspöet.

Och han slog och slog och slog tills huden på hennes lår och skinkor var som strimlor, och sedan reglade han dörren. Hon somnade i höet och drömde att hon låg i en myrstack. Krypen höll på att äta sig in i hennes ben och hennes stjärt, de byggde gångar innanför hennes hud, ett helt samhälle med vägar och skafferi och barnkammare och allt annat som myrorna behövde, allt det som Sigrid hade berättat för henne om myrornas fantastiska liv.

När hon vaknade var det redan dag. Höet hade fastnat i blodskorporna på benen. Hon visste att hon måste bada.

Hon hittade en lös planka i väggen på baksidan av höladan. Hålet var smalt, det var svårast att få ut huvudet men kroppen gled igenom som om den varit en liten mask.

Hon hade sett en sjö från bilfönstret. Den måste ligga alldeles här intill.

Hon gick en omväg runt gården. Det syntes inga människor.

Hon hittade en liten strand med vit sand under en stor ek. Hon badade med klänningen och underbyxorna på sig. Det sved som eld i benen.

En pojke med vinda ögon fick syn på henne när hon smög sig tillbaka mot gården. Han ropade på Fosterfar som kom rusande så att storstövlarna klafsade. Han var snabb och hon var svag av hunger och smärta.

Han slet sönder hennes klänning och spöade huden av henne på ryggen också.

– Du ska aldrig, aldrig, aldrig mer rymma från den här gården, sa Fosterfar i hennes öra. Om du gör det så slår jag ihjäl dig.

Men hon rymde, och han slog, och hon rymde, och han slog.

Till slut tröttnade han på att slå, och då slutade hon att rymma.

Hon fick ett rum på vinden med svalungar och getingbon. Redan i gryningen började svalmamman och svalpappan att flyga in och ut för att skaffa föda till sina små, de samlade maten i sin egen mun och sin egen mage och sedan kräktes de upp det till sina ungar. Det hade Sigrid berättat för henne om fåglarnas fantastiska liv.

Sigrid hade berättat sagor också. Hon hade berättat om andra flickor som även de hade det svårt, som Flickan med Svavel-stickorna.

"Där gick nu den lilla flickan på sina bara små fötter, som var röda och blå av köld. I ett gammalt förkläde bar hon en mängd svavelstickor och en bunt gick hon med i handen. Ingen hade på hela dagen köpt av henne, ingen hade gett henne en liten slant, hungrig och frusen gick hon och såg så ynklig ut, den lilla stackaren! Snöflingorna föll i hennes långa gula hår, som lockade sig så vackert i nacken, men hon tänkte sannerligen inte på lockarna..."

Flickan själv hade inga ljusa lockar. Hon hade svart och spretigt hår som Barnavårdsnämnden hade klippt så kort, så kort för att få bort alla lössen.

Hon var ingen söt flicka, hon var en trollflicka, det visste hon för det hade Fostermor sagt. Hon var Trollflickan med svavelstickorna, fast hon hade egentligen inte sålt svavelstickor utan svartsprit, och det har gått så bra, så bra ända tills Mor hamnade på fästning och Barnavårdsnämnden kom och hämtade henne.

På nätterna kunde hon se ut genom en springa i taket, och en gång såg hon en stjärna falla.

Flickan med svavelstickorna hade också sett ett stjärnfall i sagan.

"Gamla mormor, som var den enda som hade varit snäll mot henne, men nu var död, hade sagt: 'När en stjärna faller, stiger en själ opp till Gud'..."

Hon undrade vem det var som steg upp till himmelen den här gången, och hon knäppte händerna och bad till Herren: O Fader, låt det bli Fosterfar nästa gång, och sedan Vinda Ögat.

Och hon tänkte, att en gång skulle hon själv bli mormor, en som var snäll mot trollflickor som ingen tyckte om.

Men när tiden gick och mörkret kom, och kölden, och skörden skulle in och hon trodde att ryggen skulle gå av, då förändrades hennes böner.

O Fader, låt det bli jag nästa gång.

Så bad hon tills den dagen Prinsessan kom till Gudagården.

Det var en fantastisk dag. Trollflickan hade aldrig sett något så vackert.

Prinsessan hade blonda lockar som ringlade ända ner till midjan, och en ljusblå klänning som svepte runt hennes vader, och en docka som en älva i sina armar.

Men Fosterfar, som såg Djävulens frestelser i allt som var rent och älskligt och vackert, slet klänningen av flickan och hennes kappa med skinn på kragen och den fina dockan och hällde fotogen över alltihopa, och medan lågorna steg mot hösthimmelen så skrek han att syndaren skulle brinna i helvetet.

Trollflickan stod längst bak och tittade förundrat på Prinsessans förtvivlan. Hon låg och grät så att hon skakade på gårdsplanen, i bara undertröja och underbyxor, hennes hår böljade i gruset, ända tills Vinda Ögat gick fram och sparkade henne och Fostermor slet upp henne i armen och drog med henne in i huset.

De ställde upp en säng till på vinden.

Prinsessan såg rädd ut och tittade på Trollflickan och sa något på ett språk hon inte förstod till Fostermor, och Fostermor svarade på samma språk.

Sedan kom Fostermor fram med sitt stenansikte till Trollflickan och sa:

– Du kommer inte att störa henne, eller hur? Du är ju lite klen i huvudet, och inte pratar du heller.

Men redan första natten kröp Trollflickan ner hos Prinsessan och värmde henne när hon skakade och berättade sagorna som Sigrid lärt henne utantill, om Den Fula Ankungen och Tummelisa och Flickan med Svavelstickorna, och Prinsessan låg alldeles klarögd och lyssnade, och på det sättet lärde hon sig svenska.

HÖGSTA DOMSTOLENS BESLUT
Mål nr Ö 3490-11
meddelat i Stockholm den 26 april

SÖKANDE OCH KLAGANDE
Filip Andersson
Ombud: Advokat Sven-Göran Olin
MOTPART
Åklagarmyndigheten
SAKEN
Resning i mål gällande mord m.m.

HÖGSTA DOMSTOLENS AVGÖRANDE
Högsta domstolen beviljar resning i Svea hovrätts
mål Ö 9487-01 och förordnar att målet åter skall
tas upp i hovrätten.
Högsta domstolens inhibitionsbeslut skall bestå.

REGNET SLOG MOT FÖNSTERRUTORNA.

Annika stod i köket och rörde i en kastrull med mjölkchoklad. I ugnen låg två skivor formbröd med tomat och ost och grillade sig, en med skinka och en utan. Det fräste olycksbådande om osten, hon drog mjölken från glaskeramikhällen och öppnade ugnsluckan.

Trettio sekunder till.

Hon skalade två mandariner och öppnade två små yoghurtar med kokossmak. Tog ut plåten med smörgåsarna och lade upp dem på var sitt fat. Garnerade fatet med frukten och yoghurten. Ställde fram faten på köksbordet, hällde upp chokladen i två muggar, en röd och en blå, och gick ut genom det fönsterlösa vardagsrummet och bort mot barnens rum.

Ellen hade fortfarande tummen i munnen när hon sov. Thomas var rejält bekymrad över det, sa att flickan skulle vara tvungen att ha tandställning när hon blev större, men Annika hade svårt att bli upprörd. Det skulle komma besvärligare saker att brottas med när barnen kom i tonåren. Att ha en skena i munnen tillhörde inte mega-katastroferna.

Hon kröp ner i sängen hos flickan, tog henne i sina armar och snusade i hennes nacke.

– Lilla raringsvännen, viskade hon. Det är dags att vakna, för det är en ny dag.

Flickan sträckte på sig som en katt. Hon blev lång som hela sängen, gäspade ljudligt och kröp sedan ihop som en boll intill sin mamma.

– Jag har gjort frukost till dig, sa Annika och strök håret ur hennes panna.

– Hm, sa flickan. Är det kokosfil?

– Och grillad ostmacka, sa Annika. Och varm mjölkchoklad. Somna inte om, för då blir den kall.

– Hm, sa Ellen och lät tummen trilla in i munnen igen. Annika drog ut den, det hördes ett litet plopp.

– Du vet vad pappa säger om dina tänder, sa hon.

– Pappa bor inte här, sa flickan och vände sig bort, fortfarande hopkurad som ett litet nystan.

Annika klev ur sängen och gick in till Kalle.

– Hördu, gubben, sa hon. Är du pigg eller trött?

– Trött, sa pojken och gäspade ljudligt.

– Det finns en grillad macka åt dig ute i köket, sa hon och drog honom intill sig.

Pojken kramade henne tillbaka, han var varm och lite svettig.

– Är det skinka på? frågade han.

– Inte på din.

– Schyst, sa han.

Hon kysste honom på pannan och på håret och på örat, skrattade när han låtsades vifta bort henne, och sedan gick hon tillbaka in till Ellen som hade somnat om.

– Kom igen tjejen, sa hon och ruskade flickan. Din mjölkchoklad blir kall.

– Bär mig, mumlade barnet och sträckte armarna mot henne.

Hon drog upp den lilla kroppen i ett enda tag, snurrade runt med henne på trägolvet och hoppade sedan jämfota ut i köket. Flickan skrattade så att hon gurglade. Annika placerade henne på en av de fyra stolarna runt bordet. Kalle snubblade in i köket med sina för stora pyjamasbyxor, sömndrucken och halvblind. Annika ledde honom till hans plats, drog ut stolen och sköt in den under honom också.

Ritualerna på morgnarna bottnade i hennes egen panik över barnens utsatthet. Hon ville linda in dem i något rosaskimrande, ville betvinga världen runt omkring dem att visa dem lite barmhärtighet.

Om hon gav dem fullständig kärlek och tilltro den första timmen så inbillade hon sig att de fick med sig någon sorts skydd, en tillit som gjorde dem mindre mottagliga för världens ondska och elakheter.

Nu satt de vid köksbordet i sina pyjamasar och åt sina smörgåsar och slickade på sina skedar med kokosyoghurt och bet i sina mandarinklyftor. Själv drack hon en mugg med kaffe. Att se dem sitta där, så omedvetna om sin egen sårbarhet, så självklara och så formbara, det blev nästan för mycket för henne ibland, det hände att hon var tvungen att vända sig bort och diska något eller torka något för att inte bröstet skulle spricka.

– Pappa ska åka bort, sa Kalle och sköt den tomma yoghurtförpackningen åt sidan. Han ska åka till Malaga och vi ska vara med Sophia.

Annika vände blicken in mot väggen.

– Jo, sa hon, jag vet det.

– Varför får vi inte vara hos dig, mamma? sa pojken. Jag vill inte vara med henne, jag vill vara med dig.

Hon strök honom över håret, han lutade sig instinktivt bakåt och sköt bort hennes hand, stor grabb.

– Det är pappas vecka, sa hon. Det vet du. Och jag måste också åka iväg och jobba. Jag ska också till Malaga.

– Ska du jobba med pappa? frågade Kalle förvånat.

– Nej, inte egentligen. Vi ska bara vara på samma ställe.

– Varför får inte vi följa med?

– Jag och pappa ska jobba båda två, fast inte tillsammans. Vi har olika arbeten, det vet du ju.

Hon stirrade ner i sin kaffemugg och bet ihop käkarna. Hon ville inte visa hur vansinnigt arg hon varit över Thomas beslut: att lämna barnen hos Sophia medan han själv åkte på tjänsteresa.

Så såg hon att Ellen hade blivit orörlig på sin plats. Flickans hand med skeden låg alldeles stilla på tallriken. Hon tittade ner på smörgåsen vars ost hade kallnat och stelnat. Den lilla kroppen började skaka av snyftningar.

– Men lilla du, vad är det?

Hon tog upp dottern i famnen och vaggade henne långsamt.

Flickan sa inget, kröp bara ihop i fosterställning och stoppade in tummen i munnen. Hon kände verkligheten sippra in i köket och drog barnet tätare intill sig, kämpade för att behålla illusionen av värme och kärlek.

– Pappa hämtar er idag, sa hon. Han kommer att vara hemma med er ikväll, och om ni skyndar er att äta upp er middag så hinner ni kanske se en film tillsammans efteråt.

– Spindelmannen! sa Kalle och lyste upp.

– Den är kanske lite för vild för Ellen, sa Annika. Men Desmond och Träskpatrasket kan få följa med, vad säger ni?

– Den har vi ju sett, sa Kalle.

– Den är jättebra, den kan man se många gånger, sa Annika och blåste Ellen i håret. Och sedan kommer ni att vara med Sophia på tisdag och onsdag och torsdag, och på fredag ska ju farmor och farfar komma och hämta er och ta med er ut till ön, och då får ni leka med Zico, och sedan på lördag så är det Valborgsmässoafton och då kommer pappa hem och på måndag så hämtar jag er på dagis och fritids, och då får ni berätta för mig hur ni har haft det, ska vi säga så?

– Hon är dum, sa Ellen och torkade snor på Annikas t-shirt.

– Nejdå, sa Annika och kände sitt eget hyckleri eka i kroppen. Sophia är jättesnäll. Hon tycker jättemycket om er, och hon är glad att hon får ta hand om er.

– Hon tycker bara om pappa, sa Kalle.

Annika kände paniken växa. Hon torkade flickans näsa med en bit hushållspapper och stirrade ut på det ihållande regnet.

Vissa ögonblick var allt hon sa en lögn. Hon ljög för att rättfärdiga sina egna livsval, lät barnen betala priset för hennes egna misslyckanden, hon slet dem mellan än den ena, än den andra bostaden. I stället för två hem så hade de inget, i stället för två hela föräldrar så hade de två stympade halvor.

Hon fick bita sig i läppen för att inte börja gråta.

– Jag förstår om det är jobbigt, sa hon. Jag saknar er när ni inte är hos mig.

– Varför får vi inte vara hos dig alltid? frågade Kalle.

– Jag vill vara hos dig alltid, sa Ellen och sög sig fast runt Annikas hals så att hon fick svårt att andas. Försiktigt bände hon loss flickans armar.

– Alla barn har en mamma och en pappa, sa Annika, och det bästa för alla barn är att växa upp med båda två, men om inte det går så måste man komma överens på något annat sätt...

Kalle såg trotsigt på henne.

– Varför är det bara de stora som bestämmer? sa han. Varför kan inte barnen få bestämma något också?

Hon svalde smärtan och log mot honom.

– När du blir lite större får du bestämma själv.

– Jag är stor nu.

– Du är åtta år. Det är inte så stort.

– När är man stor då?

– Så att man får bestämma var man ska bo? När man är tolv, ungefär.

Pojken sjönk ihop.

– Det är fyra år till.

Han hade lärt sig subtrahera.

– Jag vill inte vara med Sophia, sa Ellen.

Annika tittade på klockan och reste sig upp med flickan i famnen.

– Ni får lämna mackorna så tar jag det sedan. Kalle, in och klä på dig. Ellen, iväg med dig till ditt rum och ta på dig kläderna vi lade fram igår kväll. Ni har packat era väskor? Ni har med er alla era grejer?

Barnen lullade iväg ut i hallen och bort mot sina rum.

Annika stod kvar i sitt avskalade kök och tittade efter dem och kände pulsen bränna i ådrorna som syra.

De kom iväg med en kvart till godo. Annika visste med sig att hon var tidsfascist, ett drag som hade accentuerats under äktenskapet med Thomas eftersom han var en hopplös tidsoptimist.

Att ha femton minuter över gav dem tid att gå och sjunga på vägen. Att stanna vid skyltfönster och önska sig saker. Att köpa två tablettaskar i kiosken vid Kungsholmstorg och lova lova lova att inte öppna dem förrän ikväll till filmen.

Regnet hade lättat och nästan upphört. Det var kyligt, några grader över noll, men vindstilla. Molnen vilade tjocka och tunga på hustak och spiror, gatorna blev raviner där det hjälpligt gick att andas. En del av det rosaskimrande återskapades, en del av skyddet förstärktes.

Annika bar båda barnens övernattningsväskor på sina axlar, plus sin egen tunga bag med papper och dator. Det blev allt fler saker som måste följa barnen till de bägge hemmen, hittills hade Annika inte ransonerat bort några. Det räckte inte längre att forsla omkring på nya Poppy och nya Chicken för att barnen skulle känna sig hemmastadda (gamla Chicken och Poppy hade brunnit upp på Vinterviksvägen), där var favoritjeansen och favoritjackan och bästa skorna och några filmer och flera böcker som också måste hänga med.

Annika släppte iväg Kalle vid skolgården och fick en snabb kram till avsked.

– Vi ses om en vecka. Jag hämtar dig som vanligt efter fritids nästa måndag, okey?

Pojken nickade och sprang iväg.

Sedan gick hon och Ellen ner till fritids och lämnade av den tunga väskan med alla sakerna vid Kalles hylla.

– Kan du bära mig? frågade flickan och höll upp armarna mot henne.

– Nej, sa Annika och rättade till hennes mössa. Du är för tung. Du är stor tjej nu. Här, ta min hand.

De gick tillsammans ner genom tunnelbanegången som sammanband öns södra och norra delar. Ellen rynkade ögonbrynen som om hon funderade riktigt hårt på någonting.

– Du mamma, sa flickan och tittade upp på Annika när de passerade City-Boules boulebanor. Kommer jag också att bli mamma?

– Kanske, sa Annika. Om du vill.

Barnet tänkte en stund till.

– Men, sa hon, om jag är mamma, vad blir du då?

– Jag kommer fortfarande att vara din mamma, men jag blir mormor också. Till dina barn.

Ellen nickade med eftertryck.

– Just det, sa hon. Och sedan blir jag gammal, och då blir du liten igen, och då blir jag din mamma.

– Blir du? sa Annika förvånat.

– För när jag är gammal, då är du död, och sedan kommer du tillbaka.

– Aha, sa Annika.

Hon hade ett barn som trodde på reinkarnation.

De kom upp i det grå dagsljuset strax intill hotell Amaranten, gick Pipersgatan fram mot dagiset i Vita huset, genade förbi entrén till Radio Stockholm och tog sig ner till plan tre. Annikas axel värkte när hon äntligen kunde sätta ner den tunga väskan vid Ellens hylla.

Flickan klädde av sig själv, både halsduken och skorna och overallen. Sedan satte hon på sig tofflorna med små mushuvuden på ovansidan och rättade till sin kjol.

– Ha det så himla bra nu tills vi ses nästa måndag, sa Annika och böjde sig ner och kramade om dottern.

Ellen nickade. Tårarna från i morse var glömda.

– Du mamma, sa hon. Visst är det konstigt? Gud, han finns, men han syns inte. Fast jultomten, han syns, fast han finns inte.

Sedan sprang hon iväg för att vara med på samlingen.

Molnen hade lyft en aning, svävade nu några meter ovanför hustaken. Det kändes som om Annika inte sett blå himmel på flera veckor.

I februari hade det plötsligt blivit rekordvarmt i hela Sverige. Snödroppar och krokus slog ut ända uppe i Ångermanland, men sedan kom kylan tillbaka. Mars hade varit kall och blåsig med flera snöstormar. Åtta människor frös ihjäl i Jämtland när en buss snöade in och blev stående utanför Trätgärde. En av veckorna när barnen var hos Thomas skickades hon upp till Östersund för att skriva om "Dödens stad", men annars hade hon varit kvar i Stockholm. Hon hade hukat sig fram och tillbaka mellan hemmet, dagis, fritids och redaktionen och inte hunnit se något annat än vardag.

Det gjorde henne inget. Att ha ett fungerade liv med barn och jobb och lägenhet var ingenting att ta för givet.

Hon gick nedför backen i slutet av Barnhusbron och drog in

Fleminggatans avgaser i lungorna. Hoppade på ettans buss bort mot Stora Essingen. Vid Fridhemsplan fick hon en sittplats, något hennes axlar var glada över.

Hon var framme vid tidningens huvudentré tjugo över nio. Stannade några ögonblick vid busshållplatsen och tittade in genom stängslet på ryska ambassaden på andra sidan gatan. En vakt med mössa med öronlappar stod vid grinden och stampade med fötterna och såg djupfryst ut. Han kunde inte vara en dag över tjugo.

Förstår man någonsin hur bra man faktiskt har det? tänkte hon och gick in i tidningshuset.

Tidigare hade hon alltid försökt smyga in på redaktionen utan att synas, gått med huvudet nedböjt och axlarna uppdragna och slunkit ner vid dagreporterbordet med ryggen mot människorna. Sedan hade hon försökt hitta på något som kunde sätta hennes egen dagordning, ett uppslag att gå vidare på, en tidigare artikel som skulle följas upp.

Numera, i den nya tiden, var sådant bara slöseri med engagemang.

Patrik hade alltid en lång lista med grejer hon skulle kolla när hon anlände till sin arbetsplats. Det kunde vara allt från rewrites om brittiska sjuksköterskor som satt i system att mörda sina patienter till intervjuer med fotbollsstjärnor som precis fått sitt andra barn. Så snart nyhetschefen fick syn på henne borta i vaktmästeriet satte han fart mot henne. Hon hade vanligtvis hunnit ta emot en hel bunt med lappar innan hon ens fått av sig täckjackan.

Barnens lugn, vilken kom ur deras oförmåga att stressa, fanns fortfarande kvar hos henne när hon steg in på redaktionen och såg honom slänga ner telefonluren och komma forsande.

– Hej Berit, sa hon och gick mot platsen mitt emot sin kollega.

– Kokainkusten, hojtade Patrik. Vi måste dra upp riktlinjerna.

Hon strök bort håret ur pannan och drog ett djupt andetag.

– Så det är dags att åka ut och resa, sa Berit och tittade hastigt upp ovanför läsglasögonen innan hon återgick till sin morgontidning.

Annika släppte ner bagen vid sin plats vid nyhetsdesken, tog av sig jackan och drog ut kontorsstolen.

– Så här gör vi, sa Patrik och satte sig på hennes skrivbord med en handskriven papperslapp i näven. Fyra human touch-artiklar och två faktagrejer, vi börjar med det humana…

Han gjorde en konstpaus och lät handen flyga fram över den imaginära rubriken framför sig.

– Ett: "Costa del Sol, Europas penningtvättmaskin – här blir svarta pengar vita". Gibraltar, som ligger där nere på Solkusten, är tydligen ett riktigt skatteparadis. Du får hitta en svensk advokat i Gibraltar som talar ut om hur man förvandlar knarkstålar till företagspengar.

Annika tog upp penna och ett block och antecknade.

– Två: "Kokainfesterna i Europas Beverly Hills – yachterna, lyxbilarna, jetsetlivet". Här får du skaka fram en ung svenska som talar ut om knarkkalasen i Puerto Banús. Det bästa är om hon har gripits i någon av koksrazziorna och ångrar sig. Hon får gärna vara bröstopererad.

Annika höjde blicken.

– Hur viktiga är brösten?

Patrik kom av sig och sänkte handen.

– Vad då? Vad menar du?

– I prioritetsordning. Hur viktiga är brösten kontra, säg, att hon ångrar sitt vilda jetsetliv?

Nyhetschefen makade sig irriterat längre upp på skrivbordet.

– Det där får du lösa på plats. Tre: "Mitt liv som knarkkurir". Ta kontakt med den där svenska killen som sitter häktad i Malaga och få honom att tala ut om sitt liv som kokainsmugglare.

Jocke Martinez, skrev Annika i blocket, för så mindes hon att killen hette.

Niklas Linde hade kysst henne samtidigt som han sa det.

– Fyra: "Hjälten som ska stoppa penningtvätten". Det börjar ett seminarium om internationell, ekonomisk brottslighet i Malaga i morgon onsdag, svenska regeringen är representerad av någon tjänsteman som ska föra kunskapen tillbaka hem till Sverige. Ragga upp honom och gör ett glamourreportage om honom och hans viktiga arbete.

Annika lade ner pennan i blocket.

– Det blir nog knepigt, sa hon.

Patrik tittade på henne.

– Av alla protester jag förväntade mig så kom just den där jävligt långt ner på listan.

– Den svenske hjälten är min exman, sa Annika. Jag vet att du tycker incest är bäst, särskilt om man håller det inom familjen, men det här känns lite kladdigt.

– Det finns väl någon annan, någon svensk polis där nere, någon sambandsman…

Hon såg ner i skrivbordet och tvingade rösten att bli nonchalant.

– Han är där inkognito, sa hon.

– Det brukar alltid finnas någon officiell.

– Han är norrman.

Patrik reste sig irriterat.

– Jävlar vad krångligt det var. Faktaartiklarna är lätta: "Så fungerar knarkhandeln". Du får gå igenom framställningen, transporterna, rutterna, smugglingen, distributionen och försäljningen, fast inga romaner. Gör det kort och snärtigt. Och så den andra, "Så fungerar penningtvätten". Du beskriver skatteparadisen, metoderna, företagen. Samma sak där, kort och rappt. Du har med Lotta så att vi får några kort som går att publicera.

Han lämnade en bunt med utskrifter på hennes dator.

– Flygbiljetter och hotellrum? frågade Annika.

– Flygbiljetter får du via mejlen under dagen. Rum får du lösa på plats. Ta något billigt den här gången.

– Hur gör jag med gasmordet? sa Annika. Suzette är fortfarande borta. Den tredje mördaren är fortfarande på fri fot, kassaskåpet är inte hittat.

– Det där är ju iskallt, sa Patrik.

– En försvunnen flicka? sa Annika och märkte att hon fått hetta i rösten. Hur kan det vara iskallt?

– Hon var väl ingen flicka, hon var ju ett jävla *Emo*. Lägg ner det där.

Annika svalde hårt. Han var inte värd att ta strid mot.

– Vem är Lotta? frågade hon i stället.

– Ny fotografvikarie, sa Patrik och gick tillbaka mot sin plats.

Journalistklubbens ordförande Eva-Britt Qvist kom stegande över redaktionen med sikte på Annika.

– Och vad vill hon nu då? viskade Annika till Berit som ryckte på axlarna.

– Annika, sa Eva-Britt Qvist. Jag skulle vilja prata lite med dig.

– Visst, sa Annika. Om vad då?

Klubbordföranden höll fram en utskrift mot Annika, hon tog emot den och såg att det var samma text som låg högst upp i hennes egen bunt av utskrifter.

– "Nu tar svenska regeringen krafttag mot penningtvätten", läste hon och lät pappret sjunka. Jaha, och?

– Det här är ju rena beställningsjobbet från Justitiedepartementet, sa Eva-Britt Qvist. Vi måste verkligen se till att den här tidningen inte blir en okritisk propagandaspridare för regeringsmakten.

Annika höjde på ögonbrynen.

– Men Eva-Britt, sa hon. Tycker du att jag ser ut som en megafon?

Fackklubbsordföranden rodnade.

– Någon måste åtminstone försöka upprätthålla de etiska reglerna, sa hon och ryckte åt sig pappret.

– Det här är en bra och viktig artikelserie, sa Annika. Den sätter droghandeln i Sverige i ett nytt perspektiv, visar hur den globala ekonomin och den internationella brottsligheten drabbar oss här hemma.

– Varför gör vi den inte på eget initiativ i så fall? Varför är Justitiedepartementet vår uppdragsgivare?

– Justitie är bara en dörröppnare. Som reporter på fältet behöver man vänner i viken, det vet du ju själv.

Berit gjorde en liten grimas bakom Eva-Britts rygg, ajajaj, den visste var den tog. I själva verket hade Eva-Britt aldrig jobbat som journalist, vilket var en mycket öm tå. Hon hade börjat som arkivarie och sedan vidareutbildat sig till sekreterare innan hon blev fackpamp.

Hon vände på klacken och tågade bort över redaktionsgolvet.

– Jag trodde du var djupt skeptisk till den här artikelserien, sa Berit när hon försvunnit.

Annika log.

– Jag har ändrat mig, sa hon och loggade in sig på infotorg.se. Vad gör du idag?

– HD har beviljat resning i målet mot Filip Andersson, sa Berit. Jag får väl skriva ihop en notis på det.

Annika släppte skärmen med blicken och tittade förvånat upp på kollegan.

– Du låter så skeptisk. Varför?

Berit tvekade.

– Jag vet inte, sa hon. Jag tror inte att han är oskyldig. Jag tror att han begick de där morden.

– Det kan du inte mena, sa Annika och stannade med fingrarna i luften ovanför tangentbordet. Man har identifierat Yvonne Nordins fingeravtryck och DNA på mordplatsen, man har hittat köttyxan ned-grävd bakom hennes torp, precis där Filip Andersson sa att den skulle finnas. Filips uppgifter om hur Yvonne sköt offren i benen stämmer också. Hur kan du tvivla?

Berit tog av sig läsglasögonen och såg på Annika.

– Det kan lika gärna ha varit Filip som grävde ner köttyxan. Att han visste det där om skotten i benen kan bero på att det var han själv som sköt.

– Det stämmer ändå inte, sa Annika. Han vägrade att berätta hur det låg till medan Yvonne levde, det hade varit att skriva under sin egen dödsdom. Så snart hon var borta kunde han säga sanningen.

– Eller så kunde han börja ljuga, sa Berit.

Annika skakade på huvudet.

– Det var Yvonne, sa Annika. Det var Yvonne som mördade David och kidnappade Alexander. Det var Yvonne som hade ihjäl de där människorna på Sankt Paulsgatan…

Hon hejdade sig och svalde.

– Hur var det? Man hittade aldrig de avhuggna kroppsdelarna, va?

Berit suckade och tog på sig läsglasögonen igen.

– Två händer och en fot är fortfarande försvunna, sa hon och lyfte luren för att ringa Högsta domstolen.

Annika stirrade bort mot sporten och bilden från Sankt Paulsgatan gled fram ur hennes minne.

Nina Hoffman hade gått först uppför trappan, sedan Julia och sist Annika, först ett våningsplan och sedan ett till.

Annika stod en halvtrappa ner, men ändå såg hon.

Hennes minnesbild dominerades av lukten, söt och tung och tjock. I de fragmentariska bildsegmenten fanns inga mörkblå byxben från några polisuniformer i vägen, bara den döende kvinnan, blodet på väggen, armen utan hand. Kvinnan, som egentligen bara var en flicka, hade kravlat sig ut i trapphuset, blodet pulserade ut ur armstumpen, det rann längs stengolvet och ut i trappan och hade stänkt på väggarna. Blodet var ljusrött och väggarna gula. Hennes hår var mörkt och skallbenet krossat, det stack fram med vita kanter i hårmassorna. Julia hade kräkts i en fönsternisch och Nina hade kört ut Annika på gatan med orden: ut härifrån!

Annika ruskade på sig.

Hon gick tillbaka till Infotorg, gick in på Personinformation SPAR och klickade i Kön: Man, Namn: Joakim Martinez, Fonetisering: Ja.

En träff, kille i södra Sverige som inte hade Joakim som tilltalsnamn och som var arton år gammal. Han kunde det inte vara.

Hon blinkade mot skärmen.

Det måste vara något fel. Alla svenskar var med i det här registret, Statens Person- och Adressregister. Antingen hade Niklas Linde haft fel namn på knarkarkillen, eller så var han inte svensk medborgare.

Hon slog bara Man och Martinez.

För många träffar (ca 820). Begränsa sökningen.

Hon blundade hårt.

Niklas hade sagt ett namn till, ett mellannamn, hade han inte det?

Jocke Någonting Martinez.

Sjutton också att hon inte hade skrivit upp det.

Ska vi åka hem till mig eller dig? hade han frågat och kysst henne, och i samband med det hade han sagt namnet.

Hela namnet.

Jocke Zarco Martinez?

Kunde det vara rätt? Hur stavades det?

Hon slog Man och Zarco Martinez.

Två träffar, och den första var klockren.

Johan Manolo Zarco Martinez, tjugosex år gammal, skriven i Skärholmen i södra Stockholm, *avregistrerad.*

Hon böjde sig fram mot skärmen.

Avregistrerad?

Hon tryckte fram den fullständiga informationen om mannen.

Personen är utvandrad eller överförd till obefintlighetsregister.

Så klart. Han hade emigrerat till Spanien, och han hette inte Joakim utan Johan.

Men så slogs hon av en tanke från en dammig vrå av sitt undermedvetna. Hon stirrade på skärmen.

Zarco Martinez.

Hon hade sett det namnet förut. Inte hört det, för hon visste inte hur det uttalades, Sarco eller Tjarco eller Charco, men hon hade sett det på en display, precis som den här. Hon böjde sig närmare datorn. Hon var helt säker.

Zarco Martinez, Zarco Martinez. Var, när, hur?

Hon hittade det inte och släppte minnesbilden.

Hur skulle hon komma i kontakt med Johan Manolo Zarco Martinez i ett spanskt häkte? Via hans advokat? Och vad kunde en sådan tänkas heta?

Hon drog ett djupt andetag och log.

Tog upp mobilen och tryckte fram telefonboken.

Niklas Linde, Spanien.

Rullade med axlarna och tryckte "ring".

Han svarade direkt.

– Hej, sa hon med ljus röst. Det är Annika. Annika Bengtzon, från tidningen Kvällspressen i...

– Hej Annika, sa han släpigt. Hur har du det?

– Jo, tack, sa hon, hur är det själv?

– Solen skiner på mig så jag är pigg och glad.

– Är du i Spanien, månne?

– Puerto Banús, baby.

– Så bra, för jag behöver hjälp med en grej.

– Jaså du, vad då?

Hon hörde skratt och porslinsskrammel i bakgrunden. Hon kunde se honom framför sig, brunbränd och med stor sporttröja, solglasögon och skäggstubb.

– Den där killen, sa hon, som greps den där natten i San Pedro...

– Då du inte ville cykla?

Hon blev alldeles varm i ansiktet och böjde ner huvudet mot tangentbordet.

– Hm, just det, sa hon. Han heter väl Johan Manolo Zarco Martinez, eller hur?

– Helt korrekt.

– Jag skulle vilja intervjua honom.

En espressomaskin började tjuta någonstans bakom Niklas Linde där nere i solen. Polismannen väntade ut oljudet. Det blåste in i hans mobil. Han satt alltså utomhus. Det var förmodligen hett, vinden torr och varm.

– Blir nog svårt, sa polisen. Killen sitter häktad i Malaga och du är väl i Stockholm.

– Jag kommer ner i morgon, sa Annika och blev ännu rödare om kinderna när hon hörde Niklas Linde skratta.

– Nej, men så intressant, sa han.

– Har killen restriktioner eller får han ta emot besök?

– Jag tror att inskränkningarna är hävda. Killen sjunger som en sångfågel. Tyvärr vet han inte särskilt mycket. Han har golat på resten av gänget som redan är gripna, men några nyheter har han inte levererat.

– Tror du han vill prata med Kvällspressen?

Annika hörde en kvinnoröst säga något lågt på spanska precis intill Niklas Lindes mobiltelefon. Polismannen svarade *vale* och *hasta luego*, och sedan uppfattade hon något som lät som en kyss.

Hon lade handen över ögonen.

– Jag tror knappast han har lust att framstå som tjallaren i gänget, om vi säger så, sa polismannen obekymrat när kvinnan försvunnit.

Annika tittade på klockan. Åt han frukost? Tog han bara en kaffe? Vem var kvinnan? Någon stadig, eller någon för natten?

– Jag förväntar mig inga långa bekännelser, sa Annika och ansträngde sig för att låta professionell. Jag vill göra en personlig intervju med honom, om hur han hamnade i den här situationen, om hans liv på Solkusten...

– Jag kan kolla med hans advokat, om du vill, sa Niklas Linde. När kommer du ner? Vill du bli hämtad på flygplatsen?

Hon var tvungen att behärska sig för att inte låta för glad.

– Tack men nej tack, sa hon. Jag ska åka direkt till ett internationellt seminarium om penningtvätt inne i Malaga, det är någon presskonferens på *Palacio de Congresos* klockan två...

– Jamen, då ses vi där. Jag ska också dit.

Hon blev alldeles konstig i magen.

– Så bra, sa hon. Då kanske du kan hjälpa mig med några andra saker också. Vet du om det finns någon svensk advokat i Gibraltar som kan berätta allt om hur svarta knarkpengar blir vita företagspengar? Eller någon bröstopererad svenska som kan tala ut om sitt vilda jetsetliv i Puerto Banús?

– Advokaten blir kanske knivig men brudar brukar jag kunna fixa. Hur viktiga är brösten?

– Viktigast av allt.

– Då ordnar vi det, sa han och skrattade.

Hon log in i telefonluren.

– Vi ses i morgon, sa hon och tryckte bort samtalet.

Han skulle vara där. Hon skulle få träffa honom. Han erbjöd sig att hämta henne på flygplatsen. Kanske skulle han kyssa henne igen.

– Jorden till Annika, sa Berit och rörde ena handen framför hennes ansikte. Vem pratade du med?

Annika harklade sig och skyndade sig att plocka med sina papper.

– En polis i Malaga, sa hon.

– Knut Garen? sa Berit förvånat.

– Nej, sa Annika. Hans svenska kollega.

Berit såg granskande på henne över glasögonbågarna.

– Poliser brukar vara bra i sängen, sa hon. Det är något med deras manlighet, den är så självklar på något sätt. Samma sak med högre militärer.

Annika insåg att hon måste ha tappat hakan.

– Bara som ett litet tips, sa Berit och återgick till sin dataskärm.

Annika skrev en artikel om en man som våldtagit en cykel, en notis om att en brittisk mirakelkräm mot rynkor börjat säljas i Sverige och så gjorde hon en Hallå Där med en före detta börs-vd som precis friats för grovt skattebrott i hovrätten.

– Det här ådagalägger det jag hela tiden har sagt, dundrade den gamle vd-n. Jag är helt oskyldig! Domen bevisar min oskuld!

– Nja, sa Annika, det gör den ju inte. Den säger bara att bevisen inte räcker till en fällande dom. Det är en väsentlig skillnad.

Hon åt en baguette med camembertost och skinka till lunch och drack två muggar kaffe från sin och Berits gemensamma och egenhändigt inhandlade pressobryggare.

Hon kollade ett rykte som påstod att en känd tv-profil hade slagit sin flickvän. Det förnekades kategoriskt av både flickvännen och tv-profilen. Annika drog slutsatsen att ryktet varit helt korrekt men lämnade uppgiften därhän.

En värdetransport rånades på Sveavägen i centrala Stockholm.

En fjortonåring våldtogs av sin tränare.

En höjdhoppsstjärna sa något elakt om en längdhoppsstjärna. Längdhoppsstjärnan svarade med något ännu elakare.

Det sistnämnda ansågs vara det absolut viktigaste som hänt på hela dagen och fick enormt utrymme på webben. Folk fick skriva in och kommentera "stjärnbråket", de fick kryssa i rutor och rösta på vem de hejade på, de fick mejla in sina bästa bilder på stjärnorna och komma med förslag på andra idrottsstjärnor som behövde en rejäl utskällning.

När Patrik gått på nyhetsmöte och därför inte kunde kasta flera lappar framför henne just för ögonblicket så passade hon på att läsa mer om penningtvätt på spanska solkusten.

Hon hittade en färsk artikel från en av morgontidningarna i arkivet. Den handlade om operation "Vitval", något som beskrevs som den hittills största polisaktionen i Spanien mot internationell penningtvätt och maffia. Efter ett och ett halvt års spaning och avlyssning hade polisen slagit till mot flera platser på Costa del Sol, skrev tidningen. Ett fyrtiotal personer hade gripits: spanjorer, marockaner, ryssar, ukrainare, fransmän och finländare. Sju av dem var advokater och tre notarier. Ett ryskt oljebolag var också inblandat. Man hade beslagtagit tvåhundrafemtioen lägenheter och villor, fyrtiotvå lyxbilar, två flygplan, en lyxyacht samt konstverk och smycken. Penningtvätten beräknades uppgå till minst en kvarts miljard euro, alltså över två miljarder kronor, som hade tvättats vita med hjälp av bulvanbolag i olika skatteparadis, främst Gibraltar. Pengarna hade sedan slussats tillbaka till Spanien och investerats i bygg- och fastighetsbolag på Costa del Sol, vilket beskrevs som "Europas största turistparadis och hetaste byggmarknad".

Spindeln i nätet av penningtvätt och skalbolag påstods vara en advokatfirma i Marbella. Grundaren hade skött juridiken och formaliteterna kring alla bolagsbildningar, inklusive att ordna "målvakter".

Hon googlade runt och hittade ett bolag på Stureplan som bedrev "skattejuridik för den globala ekonomin". Där fick hon veta varför just Gibraltar var så praktiskt för "internationella investerare".

Bolagen i Gibraltar hade varit skattebefriade sedan 1967, läste hon. När Spanien gick med i EU 1985 exploderade användningen av bolagen. Deras regelverk var skräddarsytt för utländska ägare som inte vill ha någon insyn i sin verksamhet.

Annika reste sig rastlöst, att de bara orkade hålla på. Hon hämtade en kopp kaffe till.

Hon ringde till Carita Halling Gonzales. Tolkens glada mobilsvar på tre språk gick igång, Annika lämnade ett meddelande där hon frågade om Carita fanns tillgänglig för tolkjobb under resten av veckan.

Sedan tryckte hon ut kartor över Costa del Sol, tog den virtuella turen i *Palacio de Ferias y Congresos de Málaga*, kongresshallen för presskonferensen, bokade två rum på www.hotelpyr.com (billigast på Costa del Sol enligt hotelguide.com).

Hon stannade upp och funderade över var delegaterna i konferensen skulle bo. Hon undrade vilka plan de skulle åka med.

Till sist slog hon en koll på gasinbrott som hon hade lärt sig hette *robo con escalamiento*, och *nueva andalucía* och *soederstroem*.

Inget nytt hade skrivits om gasinbrottet eller den döda familjen i de spanska tidningarna.

Hon packade ihop sin dator och lämnade redaktionen tillsammans med Berit klockan kvart över fem.

– Vet du vem Lotta är? frågade Annika när de steg ut ur hissarna på entréplanet.

– Fotovikarien? Blek och blond, konstnärstypen.

Annika stönade.

– Jag har aldrig jobbat med henne, skyndade sig Berit att tillägga. Hon kan ju vara både effektiv och nyhetsinriktad.

– I den bästa av världar, sa Annika.

De skildes åt utanför porten. Berit gick till höger mot garaget, Annika åt vänster bort mot busshållplatsen. Hennes mobiltelefon ringde samtidigt som ettans buss stannade vid trottoarkanten.

– Annika? Hej, det är Julia.

Julia Lindholm hade tagit för vana att höra av sig med ojämna mellanrum.

Annika kände sig egendomligt nöjd med det, som om hon fick titta in bakom kulisserna till verkligheten. Hon hade hälsat på Julia och Alexander på hemmet vid Lejondalssjön ytterligare en gång. Vid ett tillfälle hade Annika och Julia gått på bio tillsammans och sett La Vie en Rose, en film om Edith Piaf.

– Hej, sa Annika och ansträngde sig för att låta glad, visade upp sitt månadskort och gick ombord på bussen. Hur är det?

– Jo, bara fint, jag och Alexander är inne i stan och ser oss omkring lite. Vi har varit på Söder och tittat upp i lägenheten, mamma har varit där och gjort så fint. Det var blommor överallt, pelargoner och sankt paulior, nu tänkte vi gå och fika. Vill du följa med?

Bussen skramlade igång med ett ryck, hon fick ta emot sig mot en äldre herre för att inte ramla.

– Ursäkta, sa hon, såg sig omkring efter en sittplats och möttes av rader av gråa människors likgiltiga blickar. Där hemma väntade ett avskalat kök med ratade grillsmörgåsar och obäddade sängar. Inte hade hon någon mat hemma heller, hon skulle ju åka bort.

– Visst, sa hon. Var är ni nu?

– Vid Centralen. Vi ska möta Henrietta här om en timme. Ska vi ses uppe på Kafferepet?

Alexander hade vuxit. Han hade blivit både längre och bredare och ansiktet var mörkare på något sätt, kanske för att de blonda hårlockarna var bortklippta.

– Hej, sa Annika och böjde sig ner intill pojken. Jag heter Annika, kommer du ihåg mig? Vilken fin bil du har. Kan den köra på golvet?

Pojken vände sig bort och gömde bilen han hade i famnen mot Julias ben.

– Ni har börjat åka in till stan, konstaterade hon, reste sig upp och gav Julia en hastig kram.

– Vi har fått handla och gå på museum och en gång på barnteater, sa hon. De säger att vi gör stora framsteg. Nästa vecka ska vi få lämna institutionen och bo i öppet boende, det är en villa lite längre in mot samhället. Vad vill du ha? Gillar du bakelser?

Julia hade beställt saft till pojken och två bitar prinsesstårta.

Annika svalde en grimas.

– En kycklingsallad, sa hon till servitrisen, och en mineralvatten.

Julia tog in en kopp te.

Annika studerade henne i ögonvrån. Hon såg helt annorlunda ut mot för några månader sedan. Håret var tjockare och glansigare, rörelserna säkrare. Ögonen hade fått en botten, något att reflektera verkligheten emot. Hon började se ut som den polis hon en gång hade varit.

– Jag är klar, mamma, sa pojken och slickade av skeden.

– Vill du gå och köra med bilen? Gör det där borta vid toaletterna, men akta farbrödernas fötter.

De såg efter pojken då han långsamt gick längre in i lokalen.

– Så han pratar ordentligt? sa Annika.

– Bara med mig och Henrietta, men det är också "normalt".

De skrattade.

– Så det går åt rätt håll, sa Annika.

Servitrisen kom med salladen, vattnet och Julias te. Annika vecklade ut servetten och lade den i knäet. Julia såg ner på sina händer, pillade sig under naglarna.

– Vet du, sa hon, jag saknar honom.

Hon nickade ner mot sina händer, svalde sedan som om hon hade något tjockt i halsen.

Annika lät besticken sjunka, visste inte vad hon skulle svara.

– Jag vet att han behandlade mig som skit och allt det där, men jag sörjer honom verkligen.

Julia såg upp mot Annika, en hastig blick med blanka ögon som snabbt sökte sig bort mot pojken med bilen.

– Du skulle se bilder av honom som liten. Alexander är en kopia av honom. Det är nästan spöklikt. Vi hälsade på hos Davids mamma för några veckor sedan, då plockade vi fram albumen.

– Har Alexander förstått att pappa är död?

Julia nickade och snöt sig i sin servett.

– Han har börjat rita honom i himlen. Molnen ser ut som potatisar och änglarna är huvudfotingar med vingar.

Annika kunde inte låta bli att le, Julia skrattade också till.

– De där albumen, sa Annika. Det var alltså kort från när David var liten?

– Han var det sötaste som fanns, och Hannelore var en riktig skönhet.

– Fanns det bilder på Davids lekkamrater också? Några av dem han växte upp med?

Julia vilade hakan i handen och såg bort mot sin pojke. Han körde försiktigt omkring med bilen bland slasket på golvet invid toaletterna.

– De hade ett sådant vackert hus i Djursholm, sa hon. Ja, det var ju Torstens förstås. En sådan där riktig grosshandlarvilla med punschveranda och rosenrabatter och krattade grusgångar...

– Fanns det någon bild på Filip Andersson?

Julia blinkade till och släppte ner handen på bordet.

– Filip Andersson? Varför skulle det göra det?

– Han och David var barndomskamrater, sa Annika.

Hon sa inget om Yvonne Nordin.

Julia skakade på huvudet.

– Talade David någonsin om någon som hette Veronica? frågade Annika. Veronica Paulson, eller Veronica Söderström?

Julia lutade sig bakåt mot stolsryggen, tittade ner mot kassan på våningsplanet nedanför.

– Nej, det tror jag inte, sa hon.

– Brukar Davids mamma tala om någon Veronica? Eller om Filip Andersson?

Julia suckade högt.

– Hannelore är inte frisk, sa hon. Jag vet inte riktigt vad det är för fel på henne. Någon form av demens är det säkert, men det är något annat galet med henne också. Hon har varit på det där hemmet i tjugofem år snart. Nej, Alexander, inte där. Kör mellan borden bara...

Annika väntade tyst medan Julia gick en snabb vända bort mot toaletterna och visade sin son vart han kunde styra sin bil. Sedan satte hon sig ner vid bordet igen och värmde händerna runt tekoppen.

– Hur hanterar Davids mamma dig och Alexander? frågade Annika. Förstår hon vilka ni är?

Det klingade i porslinet när Julia rörde med teskeden i koppen.

– Jag vet inte om hon känner igen oss. Ibland undrar jag om hon någonsin har förstått att jag är Davids fru och Alex hans son. David kände hon igen, och hon frågar hela tiden efter honom. Hon verkar inte ha förstått att han är död.

– Så vad gör du? Förklarar du att han inte lever längre?

Julia nickade.

– Varje gång. Hon stirrar bara på mig, länge, och sedan börjar hon prata om något helt annat. Om nyhetshändelser på 60-talet, eller gamla filmer och radioprogram. Minns du något som hette Frukostklubben? Med Sigge Fürst?

Annika skakade på huvudet.

– Hon kan fortfarande sjunga hela signaturen. Sigge Fürst var hennes idol. Hon har fått för sig att han var tysk, vilket han inte alls var.

– Men Hannelore var tyska, eller hur?

Julia nickade.

– Judinna?

Julia lade huvudet på sned.

– Varför frågar du det?

– Nina sa en gång att hon kom till Sverige i de vita bussarna efter kriget. Och Davids mellannamn, Zeev och Samuel, det kan knappast bli mer judiskt...

– Hon vägrar att prata om det. Har aldrig sagt ett ljud om hur hon hade det i koncentrationslägret.

– Hade David några kusiner eller andra släktingar?

Julia drog sin kofta tätare intill sig.

– Hannelore var den enda i hela släkten som överlevde.

Annika tuggade på ett salladsblad och kände hur det växte i munnen. Hon drack mineralvatten och fick ner det i matstrupen.

– Davids pappa, sa hon, var är han?

– Ute ur bilden sedan fyrtio år. David växte upp med Torsten, Torsten Ernsten.

– Vem var han?

– Finlandssvensk affärsman. Han och Hannelore var inte gifta. Han kom och gick lite som han ville.

– Oj då, sa Annika. Det låter komplicerat, särskilt i Djursholm på 60-talet. Har ni någon kontakt med Torsten idag?

Julia skakade på huvudet.

– Han försvann när David var arton. Det var då det slog slint för Hannelore.

– Försvann? Hur då "försvann"?

– Han åkte iväg på en affärsresa och kom aldrig tillbaka. Det var då Hannelore togs in på hemmet.

– Affärsresa, vart? Vad handlade han med?

Hon ryckte på axlarna.

– Vet inte.

Annika såg granskande på Julia. Vad var det för konstig familj hon hade gift in sig i? En tysk judinna, ensam i världen, som fick en son som blev barndomsvän med en känd finansman och en internationell fotomodell. Sonen blev mördad och fotomodellen blev mördad och de övriga blev antingen poliser eller mördare.

Annika lutade sig framåt över bordet.

– När ni bodde nere i Estepona, sa hon, då när David jobbade undercover på Solkusten, träffade ni någonsin Sebastian Söderström och hans familj?

Julia tittade upp på henne med stora ögon.

– Ishockeyspelaren? sa hon. Som dog? Nej, det där är en missuppfattning. Bara för att David var känd från tv betydde det inte att vi umgicks med andra kändisar. Vi var alltid för oss själva där nere, när inte David var borta på jobb förstås. Då var jag helt ensam…

Hon rös till och skyndade sig att titta på sin klocka. Annika gjorde detsamma. Tio minuter kvar tills Julia skulle träffa Henrietta på Centralen.

– Vi ska nog börja röra på oss, sa Julia och reste sig, tog upp sonens ytterkläder från stolsryggen och gick bort mot toaletterna. Hon klädde på pojken som om han var en viljelös docka.

– Det var roligt att träffa dig, sa hon när de gick förbi Annika på väg ner mot trappan. I juni ska vi få börja tillbringa dagarna i vår lägenhet. Du kan väl komma förbi och hälsa på?

– Javisst, sa Annika automatiskt.

Julia fiskade upp en penna och en papperslapp ur sin väska.

– Det här är vårt telefonnummer hem, sa hon och klottrade ner något på lappen, det såg ut som en gammal bussbiljett. Vi skaffade hemligt när David började vara med i tv, det blev helt hysteriskt då, ringde hela nätterna…

Hon gav Annika en kram, tog sonen i handen och gick mot trappan.

Annika såg hennes hästsvans guppa stegvis ner mot entréplanet för att till slut försvinna helt. Hon tittade ner i sin orörda kycklingsallad och kände hur hungrig hon faktiskt var. Slukade köttet och grönsakerna men petade undan pastan, numera var det ju inte fettet utan kolhydraterna man skulle akta sig för.

Gick sedan hemåt på trånga trottoarer med en ogripbar förväntan i magen.

ANNIKA KIPPADE EFTER andan när hon steg ut på flygplanstrappan. Hettan och stanken av jetbränsle fick lungorna att brinna och ögonen att tåras.

Lotta, fotografen, ställde sig bredvid henne.

– Ah, sa hon lustfyllt. Påminner om Teheran. Sa jag att jag har jobbat där?

– Jo, du nämnde det, sa Annika, hissade upp bagen på axeln och började gå ner mot bussen som skulle ta dem till terminalbyggnaden.

Luften ovanför cementplattan dallrade, bokstavligt talat. Flygplanen längre bort var förvrängda som genom buckligt glas. Annika andades med öppen mun, hur många grader kunde det vara? Hundra?

– I Teheran var det väldigt bildmässigt, sa Lotta, krängde sig ombord på bussen och knuffade ryggsäcken med fotoutrustningen rakt i ansiktet på en gammal dam. Här verkar allting vara mer tillrättalagt. Det är ju uttrycken man vill fånga, karaktären i byggnaderna och människorna…

Hon drog ett djupt andetag och slöt ögonen.

– Ah, sa hon njutningsfullt. Det är så härligt med främmande kulturer.

Annika såg sig omkring. Hon hade redan konstaterat att Thomas inte var med på det här planet, men hon kollade en gång till för säkerhets skull. Regeringstjänstemän flög inte med internetbokade lågprisbolag när de åkte på utlandsuppdrag, det borde hon ha begripit.

De fick sina väskor efter bara tio minuter i bagagehallen och gick ner mot biluthyrningshallen. Annika travade iväg utefter hela raden av diskar och siktade in sig på Helle Hollis längst bort. Hon hade nästan hunnit fram när hon upptäckte att fotografen inte gick bakom henne. Förvirrad stannade hon upp och vände sedan tillbaka samma väg som hon kommit. Hon hittade Lotta vid disken till Avis.

– Det är så skönt med stora företag, sa Lotta. De är verkligen seriösa, de finns representerade överallt och det finns en sorts kontinuitet i det som jag tycker är viktig när så mycket annat är nytt runt omkring en...

– Öh, jaha, sa Annika. Jag trodde jag skulle köra.

– Som fotograf är jag van att vara chaufför, sa Lotta.

Annika höjde bägge händerna i vädret i en kapitulationsgest.

Lotta utverkade en Fort Escort, en exakt likadan som Annika hyrt förra gången. De gick ut i garaget och letade efter bilen. Annika tryckte igång sin mobil, hon hade fått ett meddelande på mobilsvaret. Carita Halling Gonzales hälsade att hon var upptagen under tisdagen och onsdagen, men att hon kunde jobba torsdag och eventuellt fredag. Annika behövde bara lämna besked på svararen, vilket hon gjorde.

– Vi åker väl och checkar in först, sa Lotta. Det känns alltid skönt att packa upp och installera sig innan man börjar jobba.

Annika tittade på sitt armbandsur.

– Kongresshallen ligger bara fem minuter härifrån, sa hon, och presskonferensen börjar om tre kvart. Vi hinner inte till Puerto Banús och tillbaka innan dess.

Lotta tittade ner på henne och höjde ögonbrynen.

– Vem har bokat ett sådant tight schema?

Annika ryckte på axlarna.

De hittade bilen efter en dryg kvart och packade in väskorna i det lilla bagageutrymmet. Lotta satte sig vid ratten, fick igång motorn och trixade sig sedan iväg mot utgången. Annika öppnade handskfacket och tog upp kontraktet som Lotta stoppat in där. Avis var tre gånger dyrare än Helle Hollis.

Solljuset utanför parkeringshuset var bländande vitt och frätte ut alla konturer. Både Annika och Lotta famlade i blindo efter sina solglasögon.

– Vart ska jag nu? frågade Lotta och bromsade.

Annika fick på sig brillorna och kisade ut genom vindrutan. Hon kände inte alls igen sig. Antingen körde Avis ut genom en helt annan *salida* än Helle Hollis eller så hade bygget hunnit fortskrida så långt att hennes tidigare referensramar var helt borta. Det enda som var sig likt var myllret av personbilar och människor och lastvagnar och cementblandare. Temporära skyltar i rött och gult ropade ut riktningar från viadukter och betongpelare.

– Vill du att jag ska köra? frågade Annika.

– Men bara säg vart jag ska!

Annika bet ihop käkarna.

– Kör mot Malaga, sa hon och vred på luftkonditioneringen. Försök komma upp på A7, norrut. Det är bara en eller ett par avfarter.

Föraren i bilen bakom dem lade sig på signalhornet, Lotta fick stressat i fel växel och motorn tjuvstannade. Annika vände bort huvudet och blundade, beslutade sig för att svälja sin irritation.

Det tog en halvtimme för dem att hitta.

Palacio de Ferias y Congresos de Málaga visade sig vara mindre än Annika trott från bilderna på hemsidan. Byggnaden låg utslängd i ett skräpigt industriområde och var en futuristisk historia i glas, stål och aluminium. Taket var format som en våg och väggarna som vecken på ett dragspel. Annika mindes den virtuella turen och tog sikte på den mindre av kongressalarna där presskonferensen skulle äga rum.

– Vilken stereotyp byggnad, sa Lotta bakom henne. Jag tycker den personifierar någon sorts sydländskt machoideal, en övermättnad på stil och konstruktionsiver…

– Det finns gott om sådant här nere, sa Annika och klev in under en rad av multifärgade plåtrör som hängde ut över entrén.

Lotta hade rätt, tänkte hon när hon kom in i anläggningen. Den var övermättad, med plåt och lampor och apelsinfärgade pelare. Hon fick stå i en odisciplinerad kö och sedan identifiera sig och gå igenom samma typ av säkerhetskontroll som på flygplatsen.

Presskonferensens sal låg på övre planet. Hon hörde Foto-Lottas steg sakta av, framme vid dörrarna upphörde de helt.

– Vad? sa Annika och vände sig om.

– Presskonferenser är aldrig bildmässiga, sa fotografen. Jag tror jag går ut igen, försöker fånga byggnadens själ.

Annika såg ut över salen. Blå stolar. Oregelbundna väggar av körsbärsfärgat trä med skarpa vinklar, ett blått podium med fyra stolar, tak med tunga stuckaturer. Skulle någonting inifrån presskonferensen publiceras? Gubbar i kostym på rad? Knappast. Det var bara om någonting totalt oförutsett inträffade som en bild skulle vara aktuell, om något fattade eld eller om konferensdeltagarna gick till attack mot varandra.

Hon kollade att mobilen låg där den skulle. Om något hände fick den väl duga igen.

– Gå du, sa Annika, tog ett kompendium från en hög och gick in i salen.

Hon satte sig längst bak, slog av mobilen och såg ut över havet av människor som höll på att placera sig i bänkraderna.

Där var medier från hela Europa, men hackordningen verkade vara densamma som på presskonferenserna hemma i Stockholm.

Tv-teamen barrikaderade sig längst fram med den självklara auktoriteten hos den som var viktigast. Radioreportrarna surrade omkring i raden bakom dem, placerade omständligt sina mikrofoner på podiet och rattade sedan på sina digitala små bandspelare för att ställa in ljudnivåerna. Tidningsfotograferna lufsade omkring i gångarna på sidan om bänkraderna. Bakom radiofolket satt tidningsredaktörerna som ville vara märkvärdiga, det såg hon på deras avmätta kroppshållning och viktiga miner. De fick sin bekräftelse i livet genom att visa sina kollegor hur duktiga de var, i sådana här fall genom att skrika krångliga och ointressanta frågor till podiet sedan radioreportrarna var klara.

Hon spanade efter Thomas men såg honom ingenstans.

Fyra män gick upp och placerade sig bakom bordet på podiet, en EU-kommissionär, en spansk jurist, en holländsk jurist och en moderator.

Hon stönade inombords.

Foto-Lotta hade gjort alldeles rätt.

Presskonferensen blev en utdragen historia. Vid meningen "om samordning och andra åtgärder mot den ekonomiska brottsligheten i den utsträckning som följer av denna förordning" nickade Annika till någon minut.

I korthet handlade konferensen om att synkronisera lagarna för den ekonomiska brottsligheten i de olika EU-länderna, i allt från bokföringsbrott till skattebrott och momsfiffel, kontokortsbedrägerier och anmälningsplikt för banker och växlingskontor. För att kunna göra det måste de olika länderna först sätta sig ner och jämföra sina olika lagtexter, konstatera vad som skiljer dem åt och sedan diskutera vem som ska förändra vad så att tjuvarna inte kommer undan genom att åka över en nationsgräns.

Borde ha kunnat uttryckts betydligt enklare, tänkte Annika och reste sig upp tillsammans med de andra. Hon vände sig om och spanade ut över salen. Thomas fanns ingenstans.

Så kände hon en hand på sin korsrygg.

– Hej, sa Niklas Linde i hennes öra. Kan ni vara så vänlig och komma med här?

– Är jag arresterad? frågade Annika.

– Absolut, sa polisen.

De steg ut i hallen utanför kongressalen. Niklas Linde lade händerna på var sida om hennes hals och kysste henne, först på ena kinden och sedan på andra.

– Välkommen, sa han lågt.

Hon skrattade och förde upp högra handen mot halsen, lade handflatan mot hans fingertoppar.

– Är Knut Garen också här? frågade hon.

– Han sitter borta på tapashyllan.

– Annika?

Rösten kom bakifrån. Hon drog ett djupt andetag. Niklas Linde släppte henne. Hon vände sig om.

– Hej Thomas, sa hon.

Han hade en av de där nya kostymerna som han köpt efter branden, de mörka, lite blanka, italienska. Röd slips, Rimowaportfölj, nyputsade skor. Hon log mot hans rufsiga hår och blåa ögon, men han såg henne inte. Han stirrade på polismannen intill henne.

– Har du träffat Niklas Linde? sa hon. Narkotikapolis, jobbar här nere.

Polismannen tog ett steg framåt, räckte fram näven och sa "angenämt". Thomas tog den och flackade med blicken mot Annika.

– Thomas Samuelsson, sa han.

– Thomas representerar det svenska Justitiedepartementet, sa Annika. Vi har tidigare varit gifta och har två barn tillsammans.

– Åh fan, sa polisen och log. Så trevligt. Är det han som inte kunde cykla?

Annika höll på att sätta en armbåge i hans revben.

– Kul att se dig, sa hon till Thomas, och sedan till Niklas: Ska vi gå och sätta oss?

Niklas Linde lade en hand på hennes axel men tittade hela tiden på Thomas.

– En trappa ner, sa Niklas Linde, flyttade handen till hennes nacke och visade vägen bort genom plåtkorridoren.

De vände sig om. Hans handflata hamnade i hennes korsrygg. Tillfredsställelsen brände i hela kroppen när hon kände Thomas blickar i bakhuvudet.

– Nyskilda? frågade polismannen och ställde sig tätt intill henne i rulltrappan.

– Inte särskilt, sa Annika och stod kvar.

Knut Garen hade parkerat sig vid ett bord med kycklingvingar, friterade bebisbläckfiskar och starka räkor i vitlök. Han hälsade hjärtligt.

– Så strålande att vi kunde ta det här på en gång, sa Annika och slog sig ner mitt emot honom. Niklas Linde satte sig bredvid henne.

Hon lade upp block och penna på bordet, beställde *agua con gas* och en *tortilla* med *albondigas* av servitrisen.

– Ni är uppdaterade om mitt uppdrag, sa Annika och polismännen nickade. Varför har narkotikasmuggling och penningtvätt vuxit ihop på Costa del Sol?

– Titta på kartan, sa Knut Garen. En timme med båt till Marocko, Europas egen haschplantage. Tre kvart till Atlanten, där lastfartygen från Sydamerika anlöper med sina kokslaster. Och mitt i alltihopa ligger Gibraltar, ett skatteparadis helt utan insyn.

Han stoppade in en bebisbläckfisk i munnen och slog ut med armarna.

– Här finns allt, sa han. Råvarorna, transportvägarna, distributörerna, skatteparadiset, korruptionen och kunderna.

– Kunderna? sa Annika.

– Spanien har gått om USA som världsmästare i kokainmissbruk, sa Niklas Linde. Var fjärde spanjor över femton år har provat.

– Fast det är fortfarande haschet som är störst, sa Knut Garen. Man räknar med att hundratjugotusen familjer i Marocko får hela sin inkomst från att odla hampa och framställa cannabis. Vet du hur de gör?

Hon skakade på huvudet. Polismannen torkade av sina flottiga bläckfiskfingrar på hennes servett och drog till sig hennes block och penna.

– Utsädet planteras på våren och plantorna växer till sig under sommaren, sa han och ritade en planta med långflikiga blad. Här, högst uppe, finns fröna, inneslutna i kapslar. Mellan kapseln och själva fröet finns ett fint gult pulver, ett pollen. När plantorna skördas på hösten lägger man dem mellan finmaskiga dukar med plast över, och sedan slår man med pinnar på dem för att krossa frökapseln. Pollenpulvret åker ner genom textildukarna och hamnar som ett lager längst ner.

Hon tittade på teckningen, ett frö med en kapsel inuti. Det såg ut som ett stekt ägg.

Polismannen tittade ut över entréhallen och fick något drömskt i blicken.

– Hela oktober och november ekar de marockanska nätterna av ljudet av pinnar mot marken, dunk dunk, dunk dunk. Det är de etthundratjugotusen familjerna som bankar sönder hampafröna. Som utomstående har man förstås ingen aning om vad det är som låter.

Han trummade med fingrarna mot bordet.

– Nätterna igenom, sa han lågt, tills alla plantor är utbankade tre gånger. Då har de gjort sitt. Sedan kommer uppköparna.

Han tog ner fingrarna från bordet.

– Ligorna som handlar med cannabis håller sig med ett tjugotal haschbönder var. Pollenet och växtdelarna fraktas ner till kusten där de torkas och packas till hårda kakor. Så här har man hållit på hur länge som helst.

Han drack ur sin öl och tittade på henne.

– Vad vet du om haschisch?

Annika tog en klunk av sitt mineralvatten.

De hade brukat samlas bakom snövallarna intill bandyplanen hemma i Hälleforsnäs och röka på. Sven var alltid den som stod för själva haschet, Sylvia Hagtorn hade med sig tobak att blanda ut det med och Roland Larsson hade snott sin farfars pipa. Annika tyckte det var lite äckligt med själva pipan, som att suga i sig gubbens gamla spott. Själva effekten gillade hon inte heller. Hon kände sig bara seg och korkad. Gräs var mycket roligare. Lite söndersmulad marijuana i ett cigarettpapper gjorde henne fnittrig och godissugen.

– Jag vet ju att man röker det, sa hon och såg ner i blocket.

– Av det första pollenet som bankas ut görs hasch av kategori ett, den högsta kvalitén. Den får vi nästan aldrig till Sverige, den köps upp på vägen. Haschet som når oss är kategori tre, den sämsta sorten, resterna av den sista utbankningen.

Det kanske var därför det aldrig funkade på mig, tänkte Annika.

– Hur forslas haschet över till Europa? frågade hon.

Niklas Linde skruvade sig på stolen. Hans ben kom att pressas mot hennes lår.

– Utskeppningen sker via två mindre kuststäder, Nador och Asilah, under februari och mars, sa han.

Hon nickade och kände med ens hur torr hon var i munnen. Lät benet vara kvar.

– Det nyaste är att använda go fast-båtar, de kallar dem bara så.

Hon drack girigt av mineralvattnet.

– Go fast-båtar är egentligen bara stora pråmar med tre eller fyra eller fem 225-hästars Yamamotorer längst bak. Halva båten upptas av bränsle och den andra halvan av knark. Det går så fort att de kör ifrån helikoptrar. Ute till havs dockar de med fartyg som fyller på deras bränsleförråd och sedan kan de köra vidare, ibland så långt upp som till Barcelona.

Niklas Linde räckte fram ena handen med sin mobiltelefon mot henne. Den andra lade han på hennes knä. Hon tog emot mobilen och såg förvånat på telefonens display. En skakig film rullade där, hon såg en glad och mörkhyad man stå mitt i ett hav av lastpallar och hålla sig fast i en ratt. Vinden slet frenetiskt i hans hår. Filmaren, vem han nu var, vred bort kameran från mannen och filmade sin omgivning i 360 grader. Hon insåg att filmen tagits på en enorm lastpråm som kördes över öppet hav i mycket hög hastighet. I fören fanns oändliga mängder fyrkantiga lårar, i aktern stod flera hundra runda tankar med båtbränsle. Så landade kameran på den mörke mannen igen och skärmen blev mörk.

– Han är inte lika glad längre, sa Niklas Linde och stoppade ner mobiltelefonen i fickan igen. Det du såg i fören var tre ton hasch. Han och filmaren sitter häktade i Granada idag.

Han släppte hennes knä.

Hon skrattade.

– EU har gjort en deal med den marockanska regeringen, sa Knut Garen. Staten har gått in och förstört miljoner hektar med haschplantor. Vad tror du det innebär för familjerna som levt av haschodlingen? Jo, de har inget bröd på bordet. Så vad gör de?

Han slog ut med armarna och lutade sig bakåt.

Annika insåg att frågan inte var en fråga utan en dramatisk gest och väntade tyst på svaret.

– Plantorna är borta, sa han, men allting annat är kvar.

Han lutade sig framåt igen.

– Hela logistiken, alldeles intakt: personal, köpare, säljare, transportföretag, båtar, fordon, fartyg, containers, kontaktnät, distributörer... så vad gör de?

– De börjar transportera och sälja något annat, sa Annika.

– De börjar transportera och sälja kokain, sa polismannen. Marocko och Västsahara har tagit över hanteringen som transitland för kokainhandeln, och här, exakt där vi sitter just nu, här är dörren in till kunderna. Allt kokain kommer från kokaplantagen i Sydamerika, och praktiskt taget alltsammans passerar här för att nå marknaden i Europa.

– Hur mycket beslagtas?

– Ungefär tio procent, i snitt nittio kilo per dag. Man räknar med att det rullar in ett ton kokain till Europa via Spanien varenda dag.

– Jeezez, sa Annika och antecknade.

Knut Garen lutade sig mot henne.

– Och vet du vilket som är knarkligornas största problem? sa han. Annika väntade.

– Vad? sa hon. Att muta tullen? Att hitta smugglare? Att skapa nya marknader?

Knut Garen skakade på huvudet.

– Allt det där är enkelt. Det svåraste är att göra av med all cash. Annika tittade misstroget på polismannen.

– Svårt? sa hon. Att använda sedlar?

– Att tvätta pengar är det mest komplicerade de gör. Och vi ska göra det svårare. Det är därför vi har seminarier som det här.

Polismannen åt upp den sista vitlöksräkan och såg på sitt armbandsur.

– Jag måste upp till Granada, sa han. Är du nöjd så?

Annika bläddrade bland sina anteckningar. Det var en del annat hon undrade över, men polismannen måste iväg och hon var trött i huvudet. Hon log mot norrmannen.

– Tusen tack, sa hon. Det här har varit ovärderligt. Nu undrar jag bara om ni har några tips om folk jag kan intervjua. Jag skulle till exempel vilja få kontakt med Jocke Martinez advokat...

– Jag har kollat lite på det där, sa Niklas Linde. Vi kan ta det efteråt.

– Utmärkt, sa Knut Garen och reste sig. Då lämnar jag er.

Han kysste Annika på båda kinderna och gick mot utgången.

– Jag gissar att det är jag som tar notan, sa hon.

Fotograf-Lotta var i upplösningstillstånd. Hon hade ringt till Annika minst hundra gånger men det var något fel på mobilen, den ville inte koppla, det kom bara en spansk röst som sa något helt obegripligt.

– Du måste slå plus fyrtiosex innan du slår mitt mobilnummer, och så ska du ta bort första nollan i riktnumret, sa Annika.

Fotografen stirrade på henne.

– Tror du jag är dum i huvudet? Det är klart jag slog landsnumret först. Har du ens satt på din mobil?

Annika rotade runt i bagen och drog upp telefonen i handsfree-sladden.

– Hm, sa hon. Sorry.

– Hur kunde du bara lämna mig så där? sa hon. Vi ska ju göra den här artikelserien tillsammans.

– Ta det lugnt, sa Annika och slog på sin mobil. Du har inte missat något, jag har bara fått bakgrundsinfo. Har du tagit några bilder?

– På vad då? Den här överlastade byggnaden? Eller de pittoreska omgivningarna?

Hon slog ut med armarna för att visa på de vindpinade ytorna runt omkring kongresshallen, motorvägen som dånade, de risiga industri-barackerna i bakgrunden.

– Vi måste sätta oss ner och försöka boka upp några personer vi kan intervjua i morgon, sa Annika. Någon knarklangare, en penning-tvättsadvokat, några jetsetsvenskor...

Lotta såg oförstående på henne.

– Det här har varit jättejobbigt för mig, sa hon. Stiga upp så tidigt, och sedan att du bara försvinner så där. Jag vill åka till hotellet nu och packa upp, och sedan måste jag äta.

Annika stirrade på kvinnan framför sig, den blonda hårmanen och det sårade ansiktsuttrycket, de långa benen och de kantiga axlarna.

– Packa upp? sa hon.

Sedan betänkte hon Anders Schymans kloka ord: Man ska välja sina krig. Idag var det onsdag. De skulle åka hem på lördag. De hade två dagar till på sig att ro ihop hela artikelserien.

– Visst, sa hon därför. Åk då. Hotel Pyr ligger i Puerto Banús, du ser det från motorvägen.

Hon stoppade ner mobilen i väskan.

– Vad då? sa fotografen. Ska inte du följa med?

– Jag har massor av jobb kvar att göra.

– Men...

– Förhoppningsvis kan jag få loss den svenska knarksmugglaren som sitter häktad i Malaga. Någon av oss måste se till att det blir gjort. Ska vi ses vid frukosten på hotellet i morgon bitti? Klockan åtta?

Lotta började säga något mer, men Annika vände sig om och gick mot Niklas Lindes bil. Inte BMW-n längre, utan en mindre modell av Jaguar.

– Är det där din fotograf? frågade polisen och såg intresserad bort mot Foto-Lotta.

– Nej, sa Annika och öppnade bildörren. Hon är inte min, hon är Kvällspressens. Du kan få låna henne om du vill.

Han flinade.

– Jag föredrar reportrar, sa han och satte sig i bilen.

Annika vinkade när de körde förbi henne på parkeringen.

Trafiken var tät, nästan stillastående. Niklas Linde rullade upp sin sidoruta och satte luftkonditioneringen på intern cirkulation. Termometern på bilens instrumentpanel visade en utomhustemperatur på tjugonio grader.

– Är det alltid så här varmt? frågade Annika och märkte att svetten började tränga genom t-shirten under brösten.

– Fram till oktober kommer det att vara så här, sa han. Regnar aldrig en droppe under sommarhalvåret.

Det vita ljuset hade tunnats ut, blivit lite mera rosa. Hon tog av sig solglasögonen och kisade ut över havet.

– Har det hänt något i fallet med Sebastian Söderström?

Han rynkade ögonbrynen.

– Har du hört vad obduktionsrapporten kom fram till? frågade han och sneglade på henne. Den på inbrottstjuvarna?

Hon skakade på huvudet.

– De dog inte av gasen, utan av en andningsdepression orsakad av en morfinöverdos.

Annika såg på polismannen, hans armar var bruna som kastanjer.

– Morfinöverdos? Var de morfinmissbrukare?

– Morfinet fanns i deras ölflaskor.

Annika vände blicken mot vägen, mindes interiören i tjuvarnas lastbilshytt: den smutsiga sidorutan, den spruckna vinylen i förarsätet, hamburgerpapper vid vindrutan ovanpå instrumentbrädan, kartan över Marbella, leran på golvet, två halvtomma ölflaskor...

– Jag kommer ihåg, sa hon. De stod i hållarna intill bilradion.

– Enliters San Miguel, sa han. De har skruvkork.

– Så någon preparerade dem, sa Annika. Det betyder ju att...

– ... någon tog livet av dem, just det.

– Men vem? Och varför?

– Varför tror du?

Hon tystnade och tittade rakt fram igen.

– Det är rätt smart egentligen, sa Niklas Linde. Morfin är tillgängligt på vartenda sjukhus. Skåpen ska hållas låsta, men de är inte svåra att bryta upp. De flytande lösningarna är smaksatta, så i det här fallet tror obducenten att det rör sig om morfin i tablettform.

– Det måste väl till en väldig massa piller för att man ska dö av dem, sa Annika.

– En icke tillvand människa dör av sextio milligram morfinklorid. Det är antingen tre eller sex tabletter beroende på styrka. Giftet som var kvar i de halva ölflaskorna skulle ha slagit ut en elefant.

Annika höll i sig i instrumentbrädan när Niklas Linde körde om en busslast med golfpensionärer.

– Så vad hände under själva inbrottet? sa hon. Inbrottstjuvarna tog sådana där sprutor med motgift mot gasen...

– Ett naloxonderivat, jo, det stämmer, det hittades spår av sådant i deras blod.

– De tog sig förbi grinden genom att slå koden. Hur kunde de den?

– Koden som slogs var larmcentralens egen, inte den som familjen hade valt. Det är ganska vanligt att sådana koder säljs. Flera gånger har olika vaktbolag stått bakom och arrangerat stora stöldhärvor, bland annat i ett lägenhetskomplex i Nueva Andalucía.

Annika kliade sig på kinden.

– Sedan gasade de familjen, sa hon, gick in utan gasmasker, slog sönder väggen med kassaskåpet, bar ut det till den ena bilen, länsade huset och ställde in stöldgodset i lastbilen, och så körde de därifrån.

– Ungefär så.

– Och när de kände sig på den säkra sidan så öppnade de öl-flaskorna för att fira.

Niklas Linde nickade.

De lämnade röran på den allmänna motorvägen och körde upp på betalvägen.

– Men den där sprutan gjorde väl att de inte kunde få kickar? sa Annika. Det skulle väl blockera effekten av alla typer av lugnande. Hur kunde de då dö av morfinet?

– Naloxonderivatet räckte bara någon timme eller två. Sedan kunde morfinet ge effekt. Det var därför de hann iväg så långt som de gjorde. De måste ha blivit trötta och stannat på parkeringen i La Campana för att ta igen sig.

– Jag antar att det inte fanns några andra fingeravtryck på öl-flaskorna än inbrottstjuvarnas?

– Korrekt.

De satt tysta ett tag. Berg, hav och grönska flimrade förbi utan-för bilfönstret. Annika blundade och såg flickans sovrum framför sig, den obäddade sängen, vattenfärgerna, dockan med de bruna lock-arna. Mindes korridoren med den stängda dörren in till föräldrasov-rummet, golvet där barnen dött.

– Det är något väldigt konstigt med det här inbrottet, sa hon. Eller hur?

Niklas Linde tittade rakt fram och svarade inte.

Insikten landade inom henne, tung och hemsk.

– Ingen preparerar öl med dödliga doser morfin i förväg om man inte är väldigt angelägen att ta kål på öldrickarna, sa Annika.

– Helt riktigt.

Hon rös till, han såg det och drog ner luftkonditioneringen.

– Det här var ett väl planerat massmord som kamouflerades som ett inbrott, sa hon. Har ni någon aning om varför?

Polismannen skakade på huvudet.

– De var duktiga på att städa upp efter sig. Tjuvarna som gjorde brytet var en risk, men den eliminerades. Antagligen fanns någon form av förklaring i kassaskåpet, men det lär vi aldrig se igen.

Hon såg ut över landskapet.

– Vad gör den spanska polisen?

– Ingenting, sa Niklas Linde. Fallet anses polisiärt uppklarat. Tjuvarna är döda. Det finns några lösa trådar, men det gör det nästan alltid.

– Du låter kritisk?

Han ryckte på axlarna.

– Jag är inte formellt inblandad i utredningen, sa han. Mitt bord är internationell narkotikahandel, inte lokala villainbrott.

– Men du tycker spanjorerna släpper det här för lätt?

Han skruvade på sig i sätet och harklade sig.

– Det måste finnas motiv till brottet som inte är klarlagda, sa han. Att avrätta en hel familj tyder på en jävla brutalitet. Mördaren gjorde en tydlig markering. Vi vet inte heller vilket av offren som var den egentliga måltavlan. Var det hela familjen, eller bara en av dem?

– Det kan knappast ha varit barnen, sa Annika, så det innebär någon av de vuxna. Har ni kollat upp dem?

Niklas Linde suckade.

– Inte på något djupare plan. Sebastian Söderström var en charmig slarver, totalt inkapabel att handskas med pengar. Veronica Söderström var en välrenommerad advokat, Astrid Paulson deltidspensionär, Suzette en skolflicka som skulle börja jobba i ett stall.

– Kan det finnas något där, i Sebastians trassliga finanser?

– Klart det kan, men om man inte frågar så får man inga svar.

– Och vad hände med Suzette? Hörde ni någonsin ifrån henne?

Han skakade på huvudet.

– Inte ett ljud. Hon gick upp i rök den 30 december i fjol.

– Letar man fortfarande aktivt efter henne på något sätt?

– Idag? Nej.

– Tror du hon lever?

Niklas Linde drog på svaret.

– Hon har inte givit ett enda livstecken ifrån sig på fem månader. Inte korsat någon nationsgräns, inte tagit ut några pengar, inte ringt ett samtal, inte loggat in sig på internet. Om hon lever någonstans så sitter hon inspärrad, utan möjlighet att kontakta omvärlden. Så det värsta är kanske inte att hon är död.

Annika satt stum en lång minut och stirrade ut genom vindrutan. Hon tänkte på bilden av flickan med den truliga uppsynen, det svarta håret, det veka ansiktet. *Det värsta är kanske inte att hon är död.* Så vedervärdigt gräsligt.

– Men det finns ju spår, sa hon sedan. Eller hur?

Niklas Linde nickade.

– Personen som preparerade ölen.

– Han iscensatte alltihop, sa Annika. Lejde tjuvarna, fixade gasen och naloxonderivat, köpte larmkoderna till villan, förgiftade ölen, tog kassaskåpet och körde iväg.

– Om det nu var en han.

Annika såg på Niklas Linde med öppen mun.

– Vad menar du?

– Fotavtrycken som säkrades på brottsplatsen, sa han. Tre par fötter, varav två stämmer med inbrottstjuvarnas. Det tredje var storlek trettiosju.

Få män har så små fötter.

– Har ni någon aning om vem hon kan vara?

Han såg på henne och log.

– Du är så allvarlig, lilla Annika, sa han. Jag är glad att du är här nere. Ska vi lägga gasinbrottet bakom oss och tala om något trevligare?

– Bara den här sista frågan, sa hon.

Han höjde högra handen och strök undan håret från hennes ansikte.

– Det finns inga fingeravtryck och inga DNA att gå på. Ingen bil och inga vittnen.

Hon kände hans beröring som kokhett vatten.

– Bara fotavtrycket, sa hon.

– Bara fotavtrycket, bekräftade polisen.

Hon tittade ner på hans fötter. De var enorma.

– Du vet vad de säger om män med stora fötter, sa hon.

Han tittade hastigt på henne, det glittrade till i hans ögon.

– Nej, sa han. Vad då?

Hon slappnade av och skrattade och lät värmen stiga upp i ansiktet. Tittade ut på betongskeletten som radade upp sig utmed motorvägen. Kände förväntan sprida sig från magen och nedåt.

– Den där svenske knarksmugglaren, sa hon och försökte låta normal. Ville han tala ut i tidningen Kvällspressen?

– Jag pratade med hans advokat i morse. Du har en besökstid på häktet i Malaga klockan elva i morgon förmiddag.

Han bromsade in vid tullstationen i Calahonda, ställde sig i en av köerna och hamnade bakom en långtradare från Marocko.

– Vad tror du den här har i lasten? frågade Annika.

Niklas Linde sträckte ut handen igen, tog ett lätt tag om hennes nacke, böjde sig över Jaguarens mittkonsol och kysste henne. Effekten var elektrisk. Håret över hela kroppen ställde sig på ända. Hon kysste honom tillbaka som en drunknande, lade sin hand på hans bakhuvud, körde fingrarna genom hans hår, tog ett bastant tag och höll honom fast. Hon kysste honom tills hon blev alldeles andlös och bilarna bakom dem började tuta.

– Bor du på samma ställe?

Annika nickade, yr i huvudet. Bilen bakom körde om med skrikande däck, föraren gav dem fingret när han passerade.

– Har du bråttom någonstans? frågade hon lågt. Eller har du tid att följa med upp?

Niklas Linde lade i växeln och körde fram till betalstationen.

Det gick mycket lättare än hon hade trott. Där fanns ingen genans och ingen prestationsångest. Kläderna ramlade av dem på golvet innanför dörren, han såg på henne med både skratt och allvar i ögonen och hon klarade av att se på honom tillbaka. Han kysste henne grundligt. Han smakade annorlunda än Thomas. Hans kropp var hårdare men tempot lugnare.

Han stannade kvar hos henne efteråt.

LOTTA VAR REDAN parkerad vid ett fönsterbord när Annika kom ner i frukostmatsalen. Framför fotografen stod en rejäl laddning med ägg och bacon, flingor i rosa yoghurt, ett glas apelsinjuice och ett glas tomatjuice, en macka med ost och paprika och två croissanter med choklad.

Annika tog en kopp kaffe och en engelsk morgontidning och satte sig bredvid henne. I ögonvrån såg hon Niklas Linde passera genom hotellvestibulen och bort mot entrédörrarna. De skulle träffas igen i eftermiddag och gå igenom den svenska polisens arbete på Solkusten i kampen mot knark och penningtvätt.

– Du anar inte vad du missade i går kväll, sa Lotta och tuggade energiskt på en bit segt bröd. Jag åt en fantastiskt god, spansk måltid på en riktigt genuin tapasbar nere i hamnen.

Hon hade tydligen kommit över att Annika inte slagit på mobilen under intervjun med poliserna.

– Och vet du att bergen man ser där borta, fortsatte hon, det är faktiskt Afrika?

Annika såg upp på fotografen en sekund för att se om hon skojade. Det gjorde hon inte.

– Jaså minsann, sa Annika och slog upp sin tidning.

Hon var fortfarande alldeles varm inombords, kände Niklas armar runt sin rygg. De hade duschat tillsammans på morgonen, något hon aldrig gjort med Thomas. Han ville alltid vara i fred i badrummet.

– Det är förstås förfärligt med den hemska kriminaliteten här nere, sa Lotta och satte igång att lassa i sig yoghurten. En man på krogen sa att det finns maffia här.

– 420 stycken olika, sa Annika och bläddrade i sin tidning.

Lotta spärrade upp ögonen.

– Vad då? Hur kan du säga det?

– Polisens uppgifter, sa Annika. De berättade det vid genomgången vi hade i går, när du hade problem med telefonen.

– Alltså, sa Lotta, jag tycker man ska ta alla sådana där siffror med en stor nypa salt. Polisen säger bara sådant för att rättfärdiga sin budget. Det som krävs sådana här gånger är faktiskt riktig journalistik, grundläggande inhämtande av basfakta. Den typen av arbete försummas verkligen på redaktionerna nuförtiden.

Annika såg på sitt armbandsur.

– Jag tror jag går upp på rummet och inhämtar lite basfakta, sa hon. Ska vi ses här nere om en timme?

Hon gick bort till frukostbuffén och plockade på sig bröd och ost och skinka som hon virade in i servetter och lade ner i sin bag.

Därefter gick hon upp till rummet, ringde Carita Halling Gonzales och berättade om artikelserien. De beslutade att Carita skulle följa med till Malaga och stämde träff i foajén klockan nio.

Hon åt upp brödet och osten och skinkan samtidigt som hon läste de svenska dagstidningarna på nätet. Hon slog av datorn och blev sittande vid skrivbordet och tittade ut över rummet. Sedan reste hon sig, gick långsamt över golvet och kröp ner i sin obäddade säng. Hon kunde fortfarande känna hans lukt bland lakanen.

Det är inte kärlek, tänkte hon. Det är bara för att jag vill.

Häktet låg i ett *polígono* inte särskilt långt ifrån flygplatsen. Fastigheten var en platt enplansbyggnad, byggd av betongblock och täckt med tunn kalkfärg som antagligen varit vit en gång i världen. Nu flagade den, grågrön av luftföroreningar och fukt. Runt huset gick en mur som var krönt av elstängsel och taggtråd.

– Det är ju inte Hilton direkt, sa Carita Halling Gonzales i baksätet och kikade ut genom vindrutan.

Annika tittade på klockan, en kvart kvar tills deras besökstid började.

De hade parkerat i skuggan, på gatan som löpte norr om arrest-lokalen. Utomhusmätaren på instrumentbrädan visade på trettiotvå grader.

– Varför vill den här killen prata med en tidning? frågade Carita.

Lotta tittade ut genom sidorutan. Annika vred sig mot baksätet så att hon fick ögonkontakt med Carita.

– Det är en av de saker jag tänker fråga honom om. Han har förstås ett syfte.

– Tror du han tänker avslöja något för dig i utbyte mot något annat?

Annika ryckte på axlarna.

– Inte mycket jag kan göra, annat än att skriva om hans fall.

– Vad vet du om honom? frågade Carita.

– Han har svensk-spansk mamma och spansk pappa. Greps strax efter nyår som någon sorts kurir för knarkbeslaget i La Campana. Jag vill ha hans levnadshistoria, hans bakgrund, hur det kom sig att han blev knarklangare, lite interiörer från den världen...

– Ljuset är helt fel, sa fotografen. Det är alldeles för platt, snart finns inga skuggor alls.

Annika såg på Lotta. Fotografen tittade intensivt ut genom vind-rutan, som om hon värderade det hon såg med millimeterprecision.

– Man måste börja mycket tidigare om man ska få något djup i bilden, sa hon. Vi skulle ha varit här i gryningen.

Annika drog ett djupt andetag. Lotta var fundamentalt ointresse-rad av allt som hade med deras uppdrag att göra, hade inte ställt en enda fråga om knarksmugglaren eller resten av artikelserien.

Annika vände sig mot Carita igen.

– Killen pratar svenska, sa Annika och mindes de berusade svor-domarna när han greps den där natten i San Pedro. Men ingen av vakterna gör det, och du kommer att behöva snacka oss in. Visserligen har vi tillstånd, men Niklas Linde förvarnade om att de kan trassla.

Annika vände sig mot fotografen.

– Vi kommer inte att få ta med någonting in i besökscellen, sa hon. Inga väskor eller påsar, de kommer att kolla i fickorna efter mobiltelefoner och block och pennor och sådant, så du kan prova att stoppa en minikamera innanför byxlinningen. Har vi tur så har de inte metalldetektorer.

Lotta spärrade upp ögonen.

– Men det är ju oetiskt!

– Spanska kriminalvårdsverket bestämmer inte vad vi ska publicera, sa Annika, det gör Anders Schyman. Vi tillhandahåller material som han tar ställning till. Ska vi gå?

Hon öppnade bildörren och klev ut på gatan utan att vänta på svar. Det var som att stiga in i en hårtork. Vinden ven runt hennes ben och virvlade upp gul sand under hennes kjol.

– Det här kan inte ha varit häkte från början, sa Carita och satte handen som skydd mot solen när hon kisade mot den mögliga fasaden. Det måste vara någon ombyggd fabrikslokal. Ett slakteri kanske. Och grabben lär få sitta här ett tag. Spanien är ökänt för sina häktningstider. Folk kan tvingas vänta i flera år innan de får någon rättegång.

Hon passade på att bättra på läppstiftet och trippade sedan iväg bort mot ingången runt hörnet. De blonda lockarna guppade rytmiskt mot axlarna. Annika hade glömt sina solglasögon på rummet och förmådde inte hålla ögonen öppna när de steg ut i solgasset. Klockan var inte riktigt elva, de fick stå och vänta ute i dammet i några långa minuter innan det surrade till i den elektroniska grinden och de kunde kliva de få metrarna in till själva häktesbyggnaden.

– *Buenos días, señores*, kvittrade Carita och sköt upp solglasögonen i pannan. Annika torkade bort svett ur ansiktet med handflatan och följde efter henne. Luftkonditioneringens kyla sveptes runt henne som en fuktig filt, hon rös till och slog armarna om överkroppen. Porten gick igen bakom henne med en metallisk smäll. Hon kände Lotta tätt bakom sig.

De hade hamnat i en trång reception. Ett högt skrivbord med fanerskiva stod rakt fram och en stor metalldetektor i form av en båge till vänster. Fyra uniformerade vakter med batonger och läderbälten såg uttryckslöst på dem. Enda ljuset i det trånga utrymmet kom från ett litet fönster bredvid dörren.

Carita satte igång att prata och diskutera med en av männen, han hade skärmmössa på sig inomhus och en stor nyckelknippa vid bältet.

Annika hörde namnet Manolo Zarco Martinez nämnas flera gånger, här hette han tydligen inte Jocke utan Manolo, Carita tog upp sitt pass ur väskan. Mannen med mössan viftade intensivt med bägge händerna och höjde rösten, Carita drog upp axlarna och följde efter hans rörelsemönster.

– Vi har bara tillstånd för två besökare, sa Carita. Inte tre.

Annika lade upp sitt pass på skrivbordet och tittade på Lotta.

– Jag tycker sådant här är så jobbigt, sa fotografen. Det känns inte naturligt för mig att tränga mig på folk i utsatta situationer. Jag väntar utanför.

Annika tvekade, sedan nickade hon. De skulle aldrig lyckas smuggla in någon kamera genom metallbågen i alla fall, och även om de gjorde det så skulle de inte kunna visa upp killen på bild. Hans villkor för att ställa upp var att han fick vara anonym. Det bästa hade varit en silhuettbild inifrån cellen, om den hade något fönster, eller en bakifrånbild med knarksmugglaren vänd mot väggen.

– Okey, sa Annika lågt. Ta lite översiktsbilder på häktet så länge, någonstans där det ser riktigt jävligt ut, det funkar lika bra. Du kan ju tänka dig rubriken, "Här sitter svensken inspärrad" eller något liknande…

Lotta satte händerna i sidorna.

– Nu är det ju jag som är fotografen, sa hon. Det beror på massor med faktorer om det kan bli en bra bild.

– Så klart, sa Annika. Naturligtvis.

– Vi är inskrivna, sa Carita och ställde upp sin leopardmönstrade handväska på disken. Annika steg fram, placerade sin otympliga bag bredvid den och skrev sitt namn på ett papper hon inte läste.

– Jag behöver behålla den här pennan, sa hon. Och ett block också.

Carita skakade på huvudet.

– Du får inte ta med dig någonting in, sa hon.

– Kan jag inte få låna? Det får man göra i Sverige.

– *Bienvenido a España*, sa Carita och steg genom metallbågen.

Annikas bälte pep så det fick hon ta av sig och lämna bredvid bagen på skrivbordet.

– Tror du de kommer att rota igenom våra grejer? frågade Annika
lågt och sneglade på väskorna när de passerade bakom skrivbordet på
väg mot arrestlokalerna.

– Garanterat, sa Carita och log mot vakten med mössan.

De steg in genom en trång dörr. Bakom den öppnade sig en lång,
tunnelliknande korridor som var ännu mörkare än receptionen. Ett
ensamt lysrör flimrade svagt i slutet av tunneln. En rad med järn-
dörrar på bägge sidorna av korridoren i samma brunröda färg som
golvet. En luftkonditionering rasslade och stånkade. Mannen med
mössan sträckte fram handen.

– *Celda numero seis.*

Carita tog ledningen och gick in i tunneln. Golvet var glatt och
halt, hon höll upp ena handen för att hålla balansen. Hennes klack-
ar ekade tveksamt, Annikas sandaler kippade och slirade. Vaktens
nyckelknippa klirrade.

– *Aquí.*

Han valde omständligt ut rätt nyckel och låste upp celldörren på
två olika ställen, i axelhöjd och midjehöjd.

– *Sesenta minutos,* sa han och drog upp dörren.

De hade en timme på sig.

Cellen var fönsterlös. Golvet hade samma färg som korridoren utan-
för men väggarna var mörkare, gråare. Annika stirrade in i rummet
och såg först inte fången i hans gråa kläder där han satt på en grå säng.
Hon hajade till när hon mötte hans blick borta i hörnet.

– God morgon, sa Carita och gick fram till mannen och tog i hand.
Carita heter jag och är tolk, men du talar svenska har jag förstått?

Johan Manolo Zarco Martinez reste sig långsamt och motvilligt.
Han tog Caritas hand i ett oengagerat grepp men såg hela tiden på
Annika.

– Du som är reportern? frågade han.

Hans accent var invandrarförortens. Annika sträckte fram höger-
näven. Han tog den och såg tvivlande på henne.

– Min advokat sa att du var snygg, sa han. Han hade inte träffat
dig, va?

– Ledsen att göra dig besviken, sa Annika. Jag är rädd att han gick på hörsägen.

– Ni har inte med er en öl eller något? De kollar inte så noga.

Carita satte sig vid fotändan av sängen.

En lågenergilampa i taket spred ett blåaktigt ljus rakt ovanifrån och skapade djupa skuggor under killens ögon och näsa. Annika vek undan blicken och såg sig om i cellen. Där fanns ingenstans att sitta förutom på sängen. Ett svagt vinande hördes från ett ventilations-galler vid dörren. Det var kallt, men inte lika kallt som ute i korri-doren. Hon blev stående med ryggen mot dörren. En timme verkade plötsligt som en evighet.

– Kallas du Johan? frågade hon.

– Jocke, sa Jocke Zarco Martinez och gled tillbaka ner bland skug-gorna i hörnet av sängen igen. Fast du skriver inte vad jag heter, va? Jag vill inte ha bilden i tidningen. Morsan bor kvar i Sverige, vet du, syrran också.

Annika såg på mannen. Hon visste att han var närmare tjugosex, men han såg yngre ut. Det fanns något naivt över honom, något lite rörande eller kanske korkat.

– Vad vill du att jag ska kalla dig i artikeln? frågade hon. Du får hitta på ett namn.

Han lyste upp.

– Vilket namn som helst?

Annika nickade.

– Stålballen! tjöt han och skrattade så han kiknade.

Hon suckade inombords och väntade ut skrattanfallet.

– Är det okey med… Andreas?

Han slutade garva och fejkade en kräkreflex.

– Nej för fan, så jävla ocoolt.

Han funderade några långa ögonblick.

– Bobby kan jag heta.

– Bobby? Det är ju inget svenskt namn. Det är engelskt.

Han rätade indignerat på ryggen.

– Vad fan… Du sa ju att jag fick välja!

– Ett svenskt namn.

Han sjönk tillbaka mot väggen och lade armarna i kors över bröstet.

– Fredrik, sa han.

– Fredrik, bekräftade Annika, oförmögen att förstå varför Fredrik var så mycket coolare än Andreas.

Jocke Zarco Martinez drog ner ärmarna över händerna och knäna upp under hakan.

– Fattar du hur länge jag har suttit här? Jag har berättat att jag skulle köra lasten till Stockholm för att få en snabb rättegång men de lurade mig, de jävlarna. Jag sa att jag ville bli förflyttad till Sverige, men nu ska de köra mig till provinsfängelset i Alhaurín de la Torre, jag vet en kille som satt där i tre år innan det blev rättegång. Du måste hjälpa mig att komma ut!

– Det där får du nog prata med din advokat om, sa Annika. Jag kan inte påverka det spanska rättssystemet. Jag vill intervjua dig om hur du hamnade här, det är därför jag är här.

– Jag vill ha garantier, sa killen.

– Om vad då?

– Att jag får sitta av mitt straff i Sverige.

Annika skakade på huvudet.

– Jag kan inte ge dig några sådana. Det enda jag kan göra är att skriva om dig i tidningen, att försöka skapa en opinion…

Han lyste upp och slog ut med armarna.

– Ja! sa han. Det är bra. Skapa opinion. Så att de plockar hem mig. Här kan man fan inte sitta.

Annika andades ut och sjönk ner på golvet. Hon hade femtiofem minuter kvar.

– Ska vi börja från början? sa hon.

Hon ställde allmängiltiga frågor om hans barndom och uppväxt. Den verkade inte särskilt mycket värre än någon annans. Tredje våningen i ett betonghus i Skärholmen, föräldrarna skilda, en äldre bror och en lillasyster, mamman och systern bodde fortfarande kvar i förorten. Han berättade engagerat om skoltiden och grabbgänget han ingått i. De hängde nere i centrum och hade snattartävlingar, den som snodde mest var coolast. Varorna sålde de på loppmarknaden i källarplanet av Skärholmens köpcentrum på lördagsförmiddagarna. Brodern, som var tio år äldre, hade börjat deala hasch redan under gymnasietiden. Det var han som introducerat sin lillebror i karriären som knarkkurir, en yrkesbana som varit väldigt framgångsrik fram tills för ett par månader sedan.

– Jag började innan jag var straffmyndig, sa Jocke Zarco Martinez. Det var supertight. Jag kunde inte dömas även om jag torskade, men jag åkte aldrig fast.

– Hur gick det till? Vad smugglade du?

– Koks, mest. Det är där stålarna finns. Det gick skitbra.

Han såg uppriktigt nöjd ut.

– Skulle du inte vara i skolan?

Han ryckte på axlarna.

– Brorsan ringde och sa att jag var sjuk. De trodde jag var ett väldigt sjukligt barn, vet du.

Han log glatt.

– Din mamma då? Vad sa du till henne?

Han skruvade på sig och såg med ens besvärad ut.

– Att jag var hos farsan, och farsan trodde att jag var hos morsan. De pratade aldrig med varandra.

Annika stelnade till. Som i en flash såg hon sina egna barn om tjugo år, sittande i en fönsterlös cell i något främmande land och förklara sitt livsnederlag på ett liknande sätt: jag är här för att mina föräldrar inte kommunicerade.

Hon släppte ämnet och märkte att hennes röst var raspig.

– Hur gick det till? Hur hittade du dina uppdragsgivare?

Han ryckte på axlarna.

– Först brorsan, sa han. Sedan kontakter.

– Folk som du kände, eller bekantas bekanta, eller via Arbetsförmedlingen?

Han log brett igen.

– Inte Arbetsförmedlingen, sa han. Polare. Någon som kände någon.

– Använder du droger själv?

– Inte ofta. Ibland bara. Jag gillar öl mer.

Annika önskade intensivt att hon fått ta med sig en penna och ett block. Hon började få ont i huvudet av koncentrationen.

– Smugglade du alltid från Spanien till Sverige?

– Inte bara, svarade han. Jag gick på Holland och Tyskland också. Det är bättre marknader.

– Minns du när du smugglade första gången?

Han skrattade till.

– Jodå. Fast från början var det lätt. Då åkte jag tåg, hade grejerna i en gymväska. Första gången med kådisar var värre. Svårt när man inte kan det.

Annika blinkade.

– Kådisar?

Han lade huvudet på sned och log. I en annan miljö hade hon säkert uppfattat honom som charmig.

– Du tror koks ser ut som på film, va? Pulver i små vita påsar, va? Det är skitfel. Koks är hårt. Kommer i stavar. Stora som en tumme ungefär.

Han höll upp vänstra handen för att illustrera storleken på sina varor.

Det värkte i hennes ryggslut. Hon satte sig bättre till rätta mot betongväggen.

– Man övar med vindruvor, sa han. Stora vindruvor. Man måste svälja dem hela utan att skalet går sönder. De satte oss i ett hotellrum. Vi var åtta stycken. Två dagar fick vi vara där och öva. Sedan fick vi börja svälja kådisar med hela koksstavar.

Hon kände illamåendet stiga i halsen.

– Så du svalde kondomer fulla med kokain? Hur många då?

– Känner en kille som tog ett helt kilo en gång. Det är nog världsrekord. Jag brukade ta ett halvkilo, det är normalt.

– Är det inte farligt?

– Man kan inte flyga på Stockholm Arlanda längre, de har för bra koll där. Man åker på Skavsta eller Västerås. För mig gick det alltid bra, det är västafrikanerna som torskar.

– Jag menar rent hälsomässigt?

– Man får passa sig noga när man sväljer. Det är bara farligt om någon kådis går sönder.

– För då dör man väl?

Killen log bara.

– Men du åkte fast till slut, sa Annika. Hur kommer det sig?

Leendet försvann som om han fått en örfil.

– Någon måste ha golat, sa han och knep ihop läpparna.

– Det kan inte ha kommit som någon överraskning att du åkte fast, sa Annika. Alla dina kompanjoner försvann runt omkring dig. Du var ju den sista som greps. Varför flydde du inte medan du hade en chans?

– Skulle inte behövas, sa han. Folk ska hålla käften.

– Är du verkligen säker på att någon förrådde dig? sa Annika. Tror du inte att du kan ha varit avlyssnad?

Han skrattade till, ett hårt och skorrande läte.

– Så klart man var avlyssnad. Man säger aldrig någonting på telefon.

– Men hur fick du dina uppdrag?

Han tystnade.

– Fast du har väl också golat? sa Annika. Så här i efterhand? För att få komma tillbaka till Sverige?

Jocke Zarco Martinez satte sig upprört upp.

– Men jag har bara sagt normala saker. Bara sådant som de redan visste! Jag har inte sagt någonting om Apits. De vill att jag ska snacka om hela skiten, men jag vet ju fan inget.

– Apits, sa Annika. Det är det där transportföretaget som äger lagerlokalen där man gjorde tillslaget, eller hur?

– Jag säger fan inget om Apits eller colombianerna, sa killen och kröp ihop i sitt hörn igen.

– Inte ens om det ger dig en biljett hem till Sverige? sa Annika.

Han drog upp axlarna och slog armarna hårt om underbenen.

– Morsan och syrran, sa han. Alla vet var de bor.

Han såg på Annika, och i hans ögon fanns uppriktig skräck. Hon kände håret resa sig i nacken.

– Vad? sa hon. Vad menar du med det?

Han skakade på huvudet, Annika försökte hålla kvar hans blick.

– Vad menar du med att alla vet var din mamma och syster bor? Är du orolig för deras säkerhet om du skulle berätta vad du vet?

– Jag vill inte säga mera nu, sa killen.

Tystnaden lade sig tung och tjock över den lilla cellen. Ventilationsanläggningen rasslade och stönade. Jocke Zarco Martinez kliade sig intensivt på ena handen. Carita fingrade på knapparna till sin blus. Annika tittade på klockan. Fem minuter kvar.

– Har du insyn i några andra branscher? frågade hon. Vet du exempelvis något om gasinbrott?

Killen höjde lite på ögonbrynen.

– Vad då, gasinbrott?

– Känner du några som sysslar med sådant?

– Det är ju bara de jävla rumänerna, sa han. Jag jobbar inte med rumäner.

– Du har inte hört något om inbrottet hos familjen Söderström? Ett gasinbrott efter nyår där alla dog, precis innan du greps?

Det rasslade i dörren. Vakten hade kortat ner besöket med några minuter.

Killen satte sig upp på sängen.

– När ska du skriva i tidningen? När kan jag komma härifrån?

Annika hävde sig upp från golvet på stela ben. Carita slätade till kjolen och reste sig från sängen. Bara Jocke Zarco Martinez satt kvar.

– *Vamos*, sa vakten kort.

Annika gick bort till den unge mannen och räckte fram handen.

– Hoppas det ordnar sig för dig, sa hon, och hon märkte att hon faktiskt menade det.

Och innan hon hunnit förstå vad som hände så hade killen rest sig upp och hoppat fram till Annika och givit henne en riktigt rejäl björnkram.

– Hjälp mig, viskade han i hennes öra. Hjälp mig härifrån.

Lotta satt med bilen på tomgång och luftkonditioneringen på.

– Malaga är en riktigt autentisk stad, sa hon. Här finns ett riktigt folkliv, en äkta tradition av arbete och siesta.

– Har du tagit några kort på häktet? frågade Annika.

Fotografen såg förvånat på henne.

– Det är inte alls bildmässigt, sa hon. Och ljuset är alldeles för hårt.

Annika blundade några ögonblick. Bilder måste tas och en intervju skulle skrivas ut. Hon dök ner i sin bag och rotade fram mobiltelefonen, noterade att hon hade tre missade samtal och gick sedan ut i det bländande solljuset. Hon satte mobilen på kamerafunktion och gick ett helt varv runt kvarteret, knäppte med kisande ögon några bilder ungefär var tionde meter. När hon kom tillbaka till bilen öppnade hon passagerardörren och lutade sig in i kupén.

– Det finns en bar nere till vänster, sa hon. Jag skulle behöva sätta mig där och skriva ner stolpar från intervjun. Ska ni följa med och ta något att dricka?

– Jag skulle just föreslå det, sa Lotta. Man blir så törstig i den här värmen.

Carita kom fram till henne och sa lågt:

– Vad viskade han till dig?

Annika såg förvånat på henne.

– Vad menar du?

– Strax innan vi gick, när han kramade om dig? Vad sa han?

Annika letade i minnet.

– Inget särskilt, sa hon. Att han ville ha hjälp att komma ut.

Carita log och skakade sorgset på huvudet.

– Stackars kille, sa hon.

Lokalen var mörk och inpyrd. EU:s förbud att röka på barer och restauranger hade tydligen inte slagit igenom på samma sätt i Spanien som i resten av Europa, för det bolmades överallt.

De fick ett bord ganska långt in i lokalen. Carita beställde in en *cafe cortado*, Lotta tog ett glas vin och Annika slog på stort med en Coca-Cola.

– Man ska ta seden dit man kommer, sa Lotta. Jag uppskattar den spanska traditionen att ta ett glas rött till lunch. Det är trevligt.

– Det är okey, sa Annika och tog upp block och penna. Jag kan köra tillbaka.

Lotta höjde på ögonbrynen.

– Varför det? Vi är ju i Spanien. Här är man inte lika rigid som i Sverige.

Annika såg upp på fotografen.

– Om vi sitter tre personer i en bil, två nyktra och en lullig, vem tycker du ska köra?

Lotta ruskade irriterat på sig.

– Det där är så inskränkt, sa hon. Det vet du också, att man inte blir lullig på ett glas vin.

Annika bet sig i tungan.

Nu höll hon på att ta strid lika fullt, inte om något väsentligt, utan bara för att få utlopp för sin frustration.

Hon tvingade sig att le.

– Visst, sa hon.

Sedan böjde hon sig över pappret och började strukturera sin artikel med stödord, teckningar och pilar. Hon ritade en snabb skiss av cellen och den unga killen, beskrev lukt och fukt och skuggor, fortsatte med en kronologisk redogörelse av hans liv.

– Människorna här verkar ha en helt annat autenticitet än i Puerto Banús, sa Lotta. Jag fotograferade flera kvinnor med sina getter på väg till en marknad medan ni var där inne, med livet ristat i sina fårade ansikten.

– Ja, sa Carita, dem hittar du inte i Puerto Banús. De har inte råd att bo där.

– Jag hade i och för sig inte förväntat mig något genuint på Solkusten, sa Lotta. Där finns ju bara golfpensionärer och skattesmitare. Därför är det en sådan trevlig överraskning att hitta något äkta här i Malaga. Det skulle kunna bli en bra utställning.

– Har du jobbat länge på Kvällspressen? frågade Carita.

Lotta skrattade lite.

– Nja, sa hon, det här med kvällstidningsjournalistik är egentligen inte mitt bord. Jag är konstnär i grunden, men man måste ju äta också.

Annika tog sin cola och flyttade sig till bordet bredvid för att få distans till deras röster. Hon skrev stödord kring Jocke Zarco Martinez ungdomsbrottslighet: grabbgänget, snattartävlingar, den som snodde mest var coolast. Loppmarknaden i Skärholmen, brodern började deala hasch, själv var han knarkkurir innan han var straffmyndig.

– Det har blivit väldigt dyrt här nere, sa Carita. Och det är inte bara bostadspriserna som har gått i taket, matpriserna har ökat, restaurangerna är dyrare. Vanligt folk har knappt råd att gå ut och äta söndagslunch längre.

Lotta suckade.

– Det är så sorgligt när det traditionella trängs ut av kommersialismen. Så är det på Södermalm också där jag bor. Känner du till Söder?

Annika försökte stänga av deras samtal och koncentrerade sig på att lyssna till killen i cellen.

Smugglade koks i gymväskor på tåg, brorsan ringde och sjukanmälde, mamman trodde han var hos pappan.

– Det var tur att jag köpte lägenheten i tid, sa Lotta. Idag skulle jag aldrig ha råd.

– Samma här, sa Carita. Jag fick ett arv efter mina föräldrar, det var så vi kunde köpa radhuset i Nueva Andalucía.

– Så dina föräldrar är döda, så tråkigt, sa Lotta. Var det länge sedan?

– Åtta år sedan nu. Jag ärvde ett biotechföretag som de startat och drivit...

Annika såg upp.

– Biotechföretag? sa hon. Vad hette företaget?

Hon mindes sin gamla granne i Djursholm, Ebba Romanova, som hade startat och blivit utköpt ur ett biotechföretag och fått 185 miljoner för besväret.

Carita såg förvånat på henne.

– Cell Impact, sa hon. Hur så?

– Hört talas om ett företag som hette ADVA Bio? frågade Annika. Det var min grannes.

Carita skrattade till.

– Jag är totalt okunnig på det där området, det var därför jag sålde direkt.

– Man ska satsa på det man kan, instämde Lotta. Jag kommer att koncentrera mig på utställningar i framtiden. Det är där jag känner att jag har min nisch.

Carita började samla ihop sina saker som hon spritt ut på bordet.

– Har du haft många utställningar? frågade hon och stoppade ner solglasögon och puder och läppstift i väskan.

– Fyra stycken, sa Lotta. Alla med människan i vardagen som tema. Jag sålde flera verk ur min svit med kvinnoporträtt från Teheran.

– Ska vi åka? sa Carita.

Hon reste sig utan att vänta på svar.

Annika såg ner på sina anteckningar.

– Två minuter, sa hon.

– Vi kan hämta bilen, sa Carita.

Snabbt tänkte Annika igenom slutet av intervjun, detaljerna om knarksmugglingen, övningarna med vindruvorna som skulle sväljas hela, de hårda kokainstavarna, problemen med kontrollen på Arlanda.

Hennes penna stannade när hon mindes den unge mannens skräckslagna ögon.

Jag har inte sagt någonting om Apits. Jag säger fan inget om colombianerna. Morsan och syrran. Alla vet var de bor.

Hon plockade ihop sina prylar, drack upp colan och gick ut i solen.

De missade samtalen härstammade från tidningen, Thomas mobil och från växelnumret på regeringskansliet.

Hon väntade tills hon kommit upp på hotellrummet innan hon ringde tillbaka.

Rummet var nystädat och sängen bäddad. Varje spår av Niklas Linde var bortsopat.

Hon beslöt sig för att återgälda samtalen i tur och ordning.

– Hur går det? hojtade Patrik.

Hon satte sig på sängen och gungade på madrassen.

– Vi har träffat knarkkillen som sitter häktad. Han har det inte så skojigt.

– Vad har vi för bilder?

Hon andades in och ut två gånger innan hon svarade. Det var ingen idé att klaga på fotografen, då skulle hon bara få skäll för att hon inte kunde samarbeta.

– Vi fick inte ta in någon kamera på häktet, sa hon, så vi har fängelset utifrån. Det ser rätt jävligt ut.

– Funkar, sa Patrik. "Här sitter svensken inspärrad." Vad gör ni mer idag?

– Jag träffar en svensk polis som jobbar med ett jättebeslag som var avsett för den svenska marknaden.

– Hm, sa Patrik. Låter rätt kallt. Vad blir det för kort på det?

– Han är ju inte officiell, så vi får arrangera något.

– Gör det dramatiskt som fan. Mer då?

– Jag har varit på presskonferensen om det internationella samarbetet för att stoppa den ekonomiska brottsligheten över gränserna, jag har en lång och bra intervju med två skandinaviska poliser om Costa del Crime och knark och penningtvätt, jag har en bra källa i en polis här nere som ska hjälpa mig att fixa fram resten av intervjuobjekten.

Hon underlät att berätta att en och samma polisman uppfyllde de flesta av de nämnda rollerna.

– Tjejen som talar ut om jetsetlivet?

– Jag hoppas jag hittar henne.

– Hon får fan inte vara anonym.

Nej, Annika hade fattat det. Närbilder framifrån var vad som gällde.

Det ringde i någon av Patriks övriga telefoner varpå nyhetschefen helt sonika lade på. Hon satt kvar med mobilen i handen, aningen snopen, och tvekade med fingret på uppringningsknappen för nästa nummer.

Vad kunde Thomas vilja henne? De hade inte talat om att ses.

Hon tryckte "ring upp" och hörde signalerna gå fram. Inget svar. Besviket lät hon telefonen sjunka ner i knäet. Det blev alldeles tyst i rummet. Hon hörde sitt eget blodomlopp sjuda i öronen.

De måste lära sig att prata med varandra. Deras bristande kommunikation var skälet till att äktenskapet hade kantrat, hon visste det nu, inte hans otrohet eller hennes smutskastning, inte att han jobbat för mycket eller att hon ställt för höga krav på hans närvaro. Hon hade inte talat, och han hade inte lyssnat.

Hennes huvud blev tungt som bly när hon mindes deras skensamtal om frågor som egentligen varit helt irrelevanta, de hade skrikit åt varandra om terrorism och integritet och nya lagförslag när de i själva verket hade menat något helt annat, de hade gått om varandra i en destruktiv och förgörande spiral som inte ledde någon annanstans än rakt ner i mörkret.

Hon lade ifrån sig mobilen och gick in på toaletten. Just som hon skulle sätta sig ringde telefonen borta på skrivbordet. Hon fick upp trosorna igen och snubblade ut i rummet.

– Annika Bengtzon? Hej, det är Jimmy Halenius. Är du upptagen?

Hon hajade till. De hade inte talats vid efter den famösa kvällen på restaurang Järnet med påföljande bild.

– Jag satt på muggen, sa hon och drog till troslinningen, fortfarande kissnödig.

Det blev en liten kort och häpen paus på linjen.

– Vad? sa Annika.

– Är det något du skulle vilja fortsätta med eller kan vi prata en minut?

– Jag kan hålla mig, sa Annika.

Han harklade sig.

– Hur går det med artikelserien?

Så han var informerad om den.

– Oroa dig inte, sa hon glatt. Den blir rena reklambroschyren för Justitiedepartementet.

– Kanonbra. Du, jag har information om vår vän Kattungen.

Hon höjde på ögonbrynen och rättade till kjolen, som om någon skulle se henne på tredje våningen på Hotel Pyr med palmkronor och motorväg utanför.

– Minsann. Vad har hon nu gjort?

– Hon åtalades ju för tre mord och ett dubbelmord vid en domstol i Boston. Rättegången var snabbt avklarad och i går kom domen. Hon fick arton års fängelse.

Annika blinkade.

– Arton år? Inte mer?

– Hon hade en av USA:s bästa försvarsadvokater. Han fick de tre mordåtalen ogiltigförklarade på grund av någon teknikalitet och dubbelmordet kom hon loss från genom att hävda självförsvar.

Annika sjönk ihop på sängen.

– Vad betyder det här?

– Att vi kan begära henne utlämnad, misstänkt för mordbranden i ditt hus.

Hon stirrade ner i stengolvet.

– Utlämnad? Blir det rättegång? Kommer jag att rentvås? Får jag ut mina försäkringspengar?

– Vår ansökan om utlämning kommer inte att hörsammas av de amerikanska myndigheterna så det blir ingen rättegång, men att ett åtal väcks mot en annan person innebär att du avförs från utredningen. Försäkringsbolaget har redan informerats. Du kommer att få ut hela beloppet.

Försäkringsbolaget. Få ut. Hela beloppet.

Hon letade efter något inom sig, lättnad eller jubel, men det kom inget. Hon blev bara medveten om ventilationstrummans dova hummande och motorvägens avlägsna dån, och om frågorna som bildade trafikstockning i hennes hjärna. Kommer de att ta tillbaka lägenheten nu? Får jag köpa loss den? När får jag pengarna? Thomas ska ju ha hälften. Eller måste vi bygga upp huset igen? Åh nej, jag vill inte bygga upp det! Kan vi sälja tomten?

– Annika? sa Jimmy Halenius i luren.

– Ja hm, sa hon.

– Fick du obehag efter den där bilden i tidningen?

Hon drog ett djupt andetag, tvingade ljuden och frågorna att sjunka undan.

– Jag överlevde, sa hon. Du då?

Han dröjde med svaret.

– Knappt, sa han. Det blev ett jävla liv på sina håll här i huset.

Han menade antagligen Rosenbad, eftersom det var därifrån han ringde: fastigheten som inrymde regeringskansliet med statsrådsberedningen, Justitiedepartementet och några fraktioner av Utrikesdepartementet.

– Shit happens, sa hon utan att känna sig särskilt skamsen.

– Så vad drar vi för lärdom av detta?

Hon reste sig upp och gick mot badrummet.

– Att vi inte ska pussas på offentliga platser, åtminstone inte när du har jour?

– Exakt!

– Du, sa hon, nu måste jag gå på toa.

– Okey, sa han. Jag väntar.

Hon stannade mitt i steget.

– Ska du vänta i luren medan jag kissar?

– Du behöver ju inte hålla telefonen mitt i strålen.

Hon skakade på huvudet, lade ifrån sig mobilen på golvet, gick in och kissade, tvättade händerna och tog upp telefonen igen.

– Är du kvar?

– Så var var vi?

– Lärdomar för framtiden.

– Just det. Därför undrar jag om du vill komma hem till mig i stället nästa gång.

Hon satte sig försiktigt på sängkanten.

– Vad får dig att tro att det blir en nästa gång?

– Jag tror inte. Jag frågar. Nästa fredag?

– Jag har barnen, sa hon.

– I morgon då, eller på lördag?

Hon tittade upp i taket och drog in lukten från rummet: damm, insektsmedel och något oidentifierbart, kanske var det resterna efter Niklas Linde.

Ville hon? Ville hon träffa honom?

Hon blundade och frågorna och männen flöt ihop.

– Jag vet inte, sa hon. Jag vet inte vad jag vill.

– Kan jag ringa dig i helgen?

Hon öppnade ögonen.

– Visst.

Hon tryckte bort samtalet och kröp ihop på sängöverkastet, drog upp knäna till hakan och slog armarna om dem. Hon tänkte på döda barn och skoningslösa kvinnor och mäktiga män. Hon lät sig gungas bort på något som var varmt och farligt.

Lotta stod och väntade nere i vestibulen några minuter i fyra. Hon hade hela fotoutrustningen med sig, ryggsäcken och ett klumpigt stativ och en blixt som var så stor att den hade en egen väska.

– Bra att du har med dig grejer, sa Annika, för det här kommer att bli svårplåtat. Polisen i fråga får inte identifieras, men bilden måste ändå vara dramatisk. Frågan är om vi inte ska arrangera den i stället för att krångla till det med skuggor och motljus och skärmar…

Lotta såg förvånat på henne.

– Nu var det väl ändå jag som var fotografen, sa hon. Jag trodde vi hade enats om det.

Annika släppte ner sin bag på golvet. Hon hade somnat på sängen och vaknat med huvudvärk. Gränsen för vad hon stod ut med hade flyttats bra mycket närmare. Att hon skulle träffa Niklas Linde tillsammans med en kollega från tidningen gjorde henne retlig och nervös.

– Artikelserien ska publiceras i Kvällspressen, sa Annika kort. Det finns några givna ramar att hålla sig till, och de finns där för att de fungerar.

– Så är det för dig, kanske, sa fotografen. Jag är här för att göra ett bra jobb.

Annika tog upp väskan igen.

– Jag väntar där ute, sa hon.

Niklas Linde kom en kvart för sent, sin vana trogen. Annika skyndade sig att sätta sig i framsätet medan Lotta packade in sina prylar i bagageluckan.

– Hej, sa han och lade hastigt handen på hennes lår. Hur mår du?

Hon drog efter andan, livrädd att Lotta skulle se, upprymd över hans beröring.

Hon fick till ett leende mot hans ögon.

– Jättebra, sa hon.

Lotta slog igen bakluckan, Niklas Linde tog bort sin hand. Hon hoppade in i baksätet och lutade sig fram mellan stolarna i framsätet på samma sätt som Ellen och Kalle brukade göra om de inte var fastspända.

– Lotta Svensson Bartholomeus, sa hon, sträckte fram handen och log brett mot Niklas Linde.

Han tog den en sekund och tittade på henne i backspegeln.

– Niklas Linde, sa han. Jag vet att det här inte ser ut som en polisbil, men jag försäkrar att den är en sådan. Därför måste jag be dig att sätta på dig bilbältet.

Lotta fnittrade faktiskt, Annika vred på huvudet och sneglade på henne i ögonvrån när hon spände fast sig mitt i baksätet. Sedan tittade hon rakt fram genom vindrutan och undvek att se på polismannen bredvid sig.

Det får inte märkas, tänkte hon. Lotta kommer inte att ana något om vi inte ger henne anledning.

Hon lade armarna i kors över bröstet.

Han hade bytt kläder, sporttröjan var ersatt med en kortärmad skjorta i något grovt material. Hans hår ringlade sig ner över axlarna, det var hon som hade tvättat det. Hon inbillade sig att hon kunde känna parfymen från hotellets billiga gratisschampo.

– Hur mådde Jocke? frågade Niklas Linde.

– Inte särskilt bra, sa Annika. Han hade hemlängtan.

– Just det där häktet i Malaga brukar ha den effekten på folk, sa polismannen och körde ut i trafiken.

Hon parerade en kurva genom att sträcka ut handen och hålla sig fast i instrumentbrädan. Det bästa skyddet var att prata på precis som vanligt.

– Jag har funderat över en sak, sa Annika. Namnet Zarco Martinez är väl inte särskilt vanligt?

– Åjo, sa Niklas Linde. Det är inte Andersson, men det är inte Bartholomeus heller. Jag känner till några Zarco Martinez här i Marbella, bland annat en jävligt duktig fastighetsadvokat.

– Jag har sett det där namnet någonstans tidigare, sa Annika. Innan jag hörde talas om vår lille knarksmugglare.

– Jocke har en bror, sa Niklas Linde. Han måste sitta inne någonstans, för honom har vi inte sett till på ett tag. Nicke Zarco Martinez heter han. De jobbade tillsammans.

Aha, storebrodern som började deala under gymnasietiden. Men var skulle Annika ha hört talas om honom?

Hon skakade på huvudet.

– Nej, sa hon. Det är inte rätt. Inte Nicke Zarco Martinez. Det var något annat.

Hon tittade ut genom fönsterrutan, såg en stor tjurfäktningsarena glida förbi till höger.

– Hallå där! sa hon. Jag känner igen mig. Här har jag varit förut.

– Du ville ju ha bilder på lagret i La Campana.

Annika vände sig mot Lotta.

– Vad tror du? Kan det finnas något att plåta i ett gammalt knarklager?

– Det är egentligen inte särskilt mycket att se, sa Niklas Linde. Containern är bortforslad som bevismaterial.

Fotografen tänkte efter.

– Ligger det i något autentiskt område?

Niklas Lind sneglade på henne i backspegeln.

– Det kan man nog säga.

Lotta nickade entusiastiskt.

– Då åker vi dit.

Annika såg på hans profil.

– Min nyhetschef vill ha ett hjälteporträtt av en svensk polis på Costa del Crime. Får jag skriva om dig, eller finns det någon annan än du här just nu?

Han rattade Jaguaren hårt och snabbt på de trånga gatorna.

– Officiellt är det Knut Garen som är sambandsman för Norden.

– Jo, sa Annika, jag vet. Fast ibland gör väl svenska poliser operationer här nere, utan att behöva vara stationerade här?

Hon tänkte på David Lindholm och Julias hemska beskrivning av Estepona medan David varit undercover och infiltrerat något knarkgäng.

Niklas Linde bromsade in och tutade åt en cementbil som stod stilla i en rondell.

– Just nu är det bara jag här.

– Och vad gör du då?

Han körde upp på trottoaren och runt cementbilen på insidan.

– Jag är samordnare. Observatör, kan man säga. Jag är länken mellan Malmöpolisen och den spanska polisen i ett specifikt ärende som berör bägge nationerna.

Har man hört, han var stationerad i Malmö.

– Hur aktiv är du?

– Jag följer spaningsarbetet och är med och tar beslut: Ska vi gå in nu? Ska vi vänta? Ska vi släppa iväg godset och satsa på att få mottagaren också?

– Som ni gjorde med den andra lasten vid nyår? sa Annika. Den med apelsinerna, som ni satte en sändare på?

Polismannen fick något bistert runt munnen.

– De dumpade bilen i Karlsruhe. Containerns sidor är uppbrutna. Sändaren kastade de i Rhen.

– Oj då, sa Annika.

– Jävla råmiss, sa Niklas Linde. Och det var jag som insisterade på att låta den gå.

Hon sa inget på någon minut. Gatorna klättrade uppför, grindarna blev pråligare och murarna högre.

– Tänk, så smaklöst, sa Lotta i baksätet. Vem vill bo så här?

Folk som betalar 10 miljoner euro, tänkte Annika.

– Är det vanligt att svenska poliser jobbar undercover här nere? frågade hon.

– Det kan jag inte påstå.

– Men när det händer, hur går det till?

– Då pratar vi om en ren agent som är väldigt aktiv. Han infiltrerar en organisation, antagligen som köpare. Enligt svensk lag så får vi inte provocera fram brott, vilket är tillåtet i praktiskt taget alla andra länder. Det gör situationen lite knepig.

– Men vi har sådana agenter?

– Det har alla länder.

– Kände du David Lindholm?

Nu såg han på henne, snabbt och förvånat.

– Tv-gubben? Nej. Varför frågar du?

– Han var här nere för några år sedan på en ganska lång under-
covergrej.

– David Lindholm? Här nere? När då?

Annika tänkte efter. Julia hade varit gravid med Alexander, och
pojken var fyra och ett halvt nu.

– Drygt fem år sedan, sa hon. Han bodde med familjen i Estepona
i flera månader.

Niklas Linde skakade på huvudet.

– Inte en chans.

– Jo, sa Annika. Jag är helt säker. Hans fru avskydde det. David var
borta veckor i sträck och fick inte yppa ett ord om vad han sysslade
med.

Niklas Linde rynkade pannan.

– Jag åkte upp och ner hela det året, och jag kan garantera att
vi inte hade några frifräsare från Stockholm stationerade i Estepona.
Han kan ju förstås ha varit här, men något uppdrag för den svenska
polisen hade han inte.

Annika rynkade pannan och såg ut genom bilfönstret, kunde hon
ha missuppfattat Julia?

– Men han kanske var så hemlig att ingen visste om honom? för-
sökte hon. Inte den nordiske sambandsmannen, inte den spanska
polisen...

– Så går det inte till. Alla är alltid informerade om vilka rörelser
vi gör.

Han svängde vänster, det började gå nedför.

– Säg att vi åker ner från Malmö till Holland i något ärende, fort-
satte han. Då måste vi få godkännande både från den danska och
tyska polisen, bara för att få passera genom deras territorium. Att vara
undercover utan att någon vet om det är helt uteslutet. Känner du
igen dig?

Annika såg sig förvånat omkring. De befann sig i ett industri-
område med låga hus och trånga gator.

– Ja! sa hon. Här har jag också varit förut!

Niklas Linde suckade.

– Du måste ha Europas sämsta lokalsinne. Du har varit här tidigare, med mig. Du har till och med tagit en bild på den där dörren.

Han böjde sig fram över henne, lutade underarmen mot hennes lår och öppnade bilens handskfack. Beröringen fick Annika att stelna till i hela kroppen, tänk om Lotta såg? En stor nyckelknippa skramlade ut, polismannen fiskade raskt upp den och satte sig till rätta i sätet igen. Annika kände hans arm bränna genom kjolstyget.

– Vilken charmig miljö, sa Lotta och öppnade bakdörren.

– Vänta, sa Niklas Linde. Vi kan inte stå här.

Han lade i växeln igen och körde iväg.

– Skulle vi inte gå in? sa Lotta och följde den neddragna plåtjalusin med blicken när den försvann bakom dem.

– Jag gillar den här bilen. Det är bättre att vi ställer den runt hörnet.

Niklas Linde parkerade på ett övergångsställe i kvarteret intill, stängde av tändningen och vände sig mot Lotta i baksätet.

– Jag skulle uppskatta om du bara tar med dig någon diskret kamera. Vi mår alla bra av att vara lite inkognito.

– Åh, sa hon. Javisst.

– Då så, sa han, drog bilnyckeln ur tändningslåset och steg ur bilen.

Lotta hämtade en kamera och en mindre blixt i bakluckan, sedan började de gå tillbaka upp mot lagret. Annika och Niklas Linde gick bredvid varandra, nära utan att ta i varandra, längs den långa uppförsbacken. Verkstäderna och snickerierna och grossisterna hade öppnat sina portar mot gatan efter siestan. Vinandet av sågmaskiner skar genom luften, de fick hoppa åt sidan för att undvika kaskaden av glödande flis från en metallfräs, två män skrek något upprört längre ner på gatan. Det var svårt att avgöra om de var arga eller glada.

– Så vad händer nu med den här härvan? frågade Annika. Hur långt har ni kommit i utredningen?

– Vi tar det när vi kommit in.

Han stannade till vid ingången till lagerlokalen. Annika studerade fasaden. Den urblekta skylten med Apits Carga hängde på sned.

Plåtjalusin hade troligtvis varit blå en gång i världen, nu var den avskavd av väder och slitage. Byggnaden var ganska hög jämfört med fastigheterna runt omkring, drygt sex meter gissade hon.

Niklas Linde såg sig omkring, böjde sig ner, låste upp ett litet hänglås nere vid väggen och drog upp metallskärmen. Innanför fanns ytterligare en port, en skjutdörr som han snabbt låste upp och slet åt sidan.

– Varsågoda, sa han och visade att de skulle skynda sig in i lokalen.

Hon steg in i mörkret med Lotta strax efter sig och Niklas Linde drog igen dörren bakom dem. Det blev svart som i en säck.

– Mörkrädda? frågade han.

– Ja, faktiskt, sa Lotta.

Annika svarade inte, andades in den unkna lukten av sågspån och rutten frukt.

Sekunden därpå klonkade det till borta vid väggen och lagerlokalen badade i ljus. Hon drog instinktivt upp armen för ögonen, blinkade några gånger och såg att lokalen var utrustad med samma kraftiga halogenstrålkastare som man hittade på sportarenor eller byggarbetsplatser.

Lagret var större än det verkade från utsidan. Väggarna var vitrappade, med undantag av en grå rektangel av betongblock på bakre långväggen. Damm och spindelväv svävade i luften. Brädstumpar och plywoodbitar låg utspridda längs med väggarna. En rostig kapsåg stod lutad mot ena kortsidan. Verktyg, eller rättare sagt delar av verktyg, låg och skräpade i bortre vänstra hörnet. I det högra fanns en meterstor hög med sågspån.

Niklas Linde släppte strömbrytarspaken och kom fram till henne.

– Du kan inte hänvisa till mig som källa om det här, sa han. Inte ens anonymt. Du får ludda till det med "polisens utredning pekar mot" eller något liknande.

Hon tog upp blocket igen.

– Okey, sa hon och skrev "säkra källor inom spanska polisen".

Lotta tog fram sin kamera och gick entusiastiskt bort mot verktygen längst in till vänster.

Polismannen tog några steg ut på betonggolvet, de ekade i den tomma rymden. Håret lockade sig i hans nacke, jeansen spände om hans lår.

– Apits är en koncern i transportbranschen, sa han. Fraktar frukt och grönsaker från Sydamerika till Europa. Inget stort maskineri utan väldigt hanterbart. Det består av Apits Carga som är själva transportdelen, vi antar att Carga äger containrarna och står för kostnaderna vid överfarten. Apits Depósito är lagerdelen, den delen av företaget hyr till exempel den här lokalen. Apits Transporte består av långtradarna som kör containrarna norrut.

– Vad står Apits för? frågade Annika.

– Svar vet ej, sa Niklas Linde. Det finns inget ord som liknar "apits" i vare sig engelskan, spanskan eller något annat språk. "Apios" betyder selleri i plural på spanska, det är det närmaste man kommer. Vi tror att det helt saknar betydelse, även om selleri är en sorts grönsak. Domännamnet apits.com finns registrerat, men har ingen användare. Det finns inget egennamn eller efternamn, så vi utgår från att det är en förkortning.

– Att Peka Inåt Trotsar Stormen?

– Eller Airport Passenger Intelligent Transport Systems. Det är ett japanskt system för att effektivisera incheckningen på större flygplatser. Eller Analog Proprietary Integrated Telephone System. Tillsammans med Dpits bildar Apits en form av integrerat telefonsystem hos Panasonic.

– Inte särskilt troligt, va? sa Annika.

– Inte särskilt, sa Niklas Linde.

– Så det står för något helt annat?

– Anna Petter Ines Tore Sigurd. Din gissning är lika god som min.

– Det här är helt fantastiskt, sa Lotta. Bra ljus, jättefin känsla. Man kan verkligen ana arbetarnas slit vid maskinerna.

Det här går bra, tänkte Annika. Vi låter helt normala. Inte som om vi knullade halva natten.

Niklas Linde gick förbi henne, bort mot den grå rektangeln på bortre väggen.

– Det fanns en entré på baksidan också, sa han och pekade, men den har de murat igen. De ville ha kontroll över entrén.

– Vilka är "de"? Vem äger Apits, eller står bakom det?

Niklas Linde suckade tungt.

– Gibraltar, sa han.

– Så vad vet ni, egentligen?

Niklas Linde slog ut med händerna. Annika visste att de var hårda och starka. Hon såg ner i sitt block.

– Vi vet att lagret hyrs på ett tvåårskontrakt av Apits Depósito. Det har vi fått fram efter att ha gjort en husrannsakan hos ägaren, en firma inne i San Pedro.

– Men det här handlar inte alls om apelsiner och meloner.

– Till viss del. Företaget fraktar sådant också, men bara som en rökridå för den verkliga verksamheten.

– Som är kokain från Sydamerika.

– Som är kokain från Colombia, sa Niklas Linde.

Annika gick utmed väggarna, såg uppåt mot det nakna innertaket. Hon kände hur han följde henne med blicken.

– Är ägaren till den här lokalen misstänkt?

– Helt avförd från utredningen.

Han ställde sig mitt på golvet.

– Här stod containern, sa han. Inregistrerad vid tullen i Algeciras den 29 december i fjol, med Apits Carga som ägare. Din kompis Jocke skulle ha kört hela innehållet upp genom Europa i en mindre lastbil som hyrs på ett ettårigt leasingavtal av Apits Transporte. Sedan vet vi inte mer.

Hon gick fram mot honom. Han flyttade sig inte.

– Men hur kunde ni haffa dem?

Han hade rakat sig. Han luktade gott.

– Avlyssning, sa han. Killarna snackade sinsemellan. Jocke verkar ha varit spindeln i nätet. Vi har uppgraderat hans status. Det är troligt att han var länken mellan distributören och resten av de gripna.

– Till mig sa han att han aldrig pratade om något viktigt i mobilen.

– Sant, sa Niklas Linde och flinade. Men bara om man räknar de spanska samtalen. En av killarna har bott i Rinkeby och Jocke trodde inte vi fattade vad han sa om de pratade svenska med varandra.

– Kan man dämpa belysningen på något sätt? frågade Lotta från kapsågen.

– Dämpa? frågade Niklas Linde och vände sig mot henne. Hon låg på golvet med kameran tryckt mot näsan och fotograferade en trasig plåtsax.

– Med en dimmer eller så?

– Eh, nej.

Han vände sig mot Annika och drog snabbt fingret längs hennes urringning.

Annika spärrade upp ögonen och gjorde en grimas att han skulle sluta.

Det fick inte florera några rykten om att hon hade sex med sina källor, inte efter bilden med Halenius.

– Distributören är alltså Apits med dess dotterbolag, sa hon och kollade över Niklas Lindes axel att Lotta inte hade sett något. Fotografen var helt uppslukad av plåtsaxen.

– Korrekt.

– De gripna är… vad? Smågangsters?

– Rätt igen.

– Och leverantören är…?

– Colombianerna.

Annika såg bort mot fotografen igen. Hon mindes Carita Halling Gonzales ord om sin mördade svärfar: colombianerna utraderar hela familjer. Det ska inte finnas någon kvar som får ärva.

– Finns den colombianska maffian här, på Costa del Sol, just nu?

– De har förstås företrädare här som ser till att leveranserna fungerar.

– Får jag flytta på kapsågen? frågade Lotta bortifrån hörnet.

– Helst inte, sa Niklas Linde.

Hon skulle vilja ta i honom. Hon skulle vilja lägga en hand på hans mage och stryka den nedåt, över hans jeans.

– Hur stort var det här beslaget? frågade hon.

– Vad menar du med "stort"?

Hon stirrade ner på sina anteckningar.

– Var alla jätteupphetsade och firade med champagne?

– 700 kilo är mycket, men spanska polisen tar i genomsnitt ett ton per dygn. Det hamnar alltså inte i historieböckerna.

Lotta reste sig upp och borstade bort sågspånet från sin solklänning.

Annika tog ett steg bakåt.

– Och Apits är inga storfräsare, sa Niklas Linde. Däremot har de funnits och verkat länge på Costa del Sol. Vi har hittat uppgifter om hyreskontrakt på lastbilar och lagerlokaler från mitten av 60-talet och framåt. Det handlar alltså om en liten men mycket välorganiserad knarkdistributör. Det är förstås bra om ett sådant här etablerat syndikat kan krossas, särskilt ur vårt svenska perspektiv.

– Varför?

– De levererar framför allt till mottagare i Holland, Tyskland och Sverige.

– Och det är första gången de åker fast?

– De har säkert fått mindre partier beslagtagna, men aldrig i den här storleksordningen.

– Vad innebär det här för dem? Kommer de att slå igen butiken nu?

– Vi känner inte till deras interna status, så det är svårt att svara på.

– Får de problem med colombianerna?

– De måste vara med och ersätta det som beslagtagits, vanligtvis går man halva vägen var. Var tionde last försvinner, det är något colombianerna räknar med. För dem är det en piss i Nilen. För en grupp som Apits kan det handla om att vinna eller försvinna.

Han tog ett steg fram så att han hamnade alldeles inpå henne, satte sina läppar intill hennes öra.

– Jag kommer inte att kunna vara tillsammans med dig ikväll.

Hon stelnade till och pennan slant i hennes hand så att det bildades ett långt streck över hennes anteckningar.

– Varför inte?

– Jag har andra åtaganden.

Han gick förbi henne bort mot ingången, bekymmerslös och obe-
rörd.

Hon stod kvar på golvet, orörlig.

Han har någon annan, tänkte hon. Kvinnan i bakgrunden på ute-
serveringen där han satt och drack kaffe när jag ringde. *Hasta luego*,
och så en kyss. Eller Carmen på restaurangen uppe i bergsbyn. Eller
någon av tjejerna som skrattade så hysteriskt när han ringde mig från
Sinatra Bar första kvällen här förra gången…

– Är det något mer du behöver veta? frågade han.

Vem är hon? tänkte Annika och såg ner i blocket.

– Jocke Martinez, sa hon. Hur fick han informationen från distri-
butören? Polismannen öppnade dörren några centimeter och tittade
ut på gatan, sedan stängde han den igen.

– Det där är en av våra stora stötestenar, sa han. Vi vet inte hur
Martinez kommunicerade med sina uppdragsgivare, och vi vet inte
hur Apits meddelade sig med colombianerna.

– Om de inte pratade i telefon, vad gjorde de då? Skrev de brev?
Skickade de mejl? Träffades de på olika tapasbarer och bytte kodade
meddelanden i vikta dagstidningar?

– Vi hade Martinez under bevakning. Han har inte träffat någon
som vi kan knyta till distributionskedjan. Vi har inte hittat något
skrivet, och inget på hårddisken i hans personliga dator. Men han kan
ju ha gått på internetcafé och kallat sig Kåt Hemmafru från Finland
och tagit emot meddelanden på någon community som vi inte kän-
ner till.

– Brukade han gå på internetfik?

– Det här var verkligen ett riktigt roligt ställe, sa Lotta och ställde
sig bredvid polismannen och log.

– Aldrig, sa Niklas Linde. Jag har förresten hittat en partytjej åt er.
Hon säger att hon vill berätta i tidningen för att varna andra.

– Jättebra, sa Annika och tvingade sig att le. Tusen tack.

– Kom så skjutsar jag er tillbaka till hotellet.

Lotta skyndade sig att sätta sig i framsätet. Hon talade entusiastiskt
med Niklas Linde om hur fantastiskt hon uppfattat den karga miljön

inne på lagret, de hårda skuggorna, de slitna verktygen.

Annika satt i baksätet och försökte få kontroll över sina känslor.

Andra åtaganden.

Så klart.

Vad hade hon väntat sig?

Att han skulle flytta in hos henne i trean på Agnegatan?

Hon stirrade ut genom bilrutan. Grindar och murar och hustak svischade förbi.

Nej, tänkte hon. Inte att han skulle flytta in hos mig, men att han skulle vara med mig de få nätter jag är här nere.

Sedan, den förfärligaste av tankar:

Han tyckte jag var dålig i sängen.

Hon blundade. Försökte sansa sig, trösta sig.

Jag tyckte det var bra, och det är det som är viktigt. Han får tycka vad han vill. Jag ångrar mig inte.

Hon kvävde en snyftning.

– Eller vad säger du, Annika?

Hon mötte hans blick i backspegeln.

– Vad? sa hon.

– Håller du med om att konsten är mycket verkligare än journalistiken?

Hon såg ut genom rutan igen.

– Det går ju inte att svara på, sa hon. Vad då "konsten verkligare..." Det är som att fråga: Vad är det för skillnad på en fisk? Och svaret blir: Han kan varken cykla.

Niklas Linde skrattade högt.

– Det jag menar är att konsten skapar en upplevelse hos dig som betraktare medan tidningar bara refererar andras upplevelser, sa Lotta.

– Det där är skitprat, sa Annika. Menar du att du aldrig upplever något när du läser en tidning eller ser ett nyhetsprogram på tv? När barn blir gasmördade? Eller tonåriga flickor försvinner spårlöst? Eller diktatorer blir störtade och folk får demokrati?

– Det var inte så jag menade, sa Lotta sårat.

– Hur menar du då? Att man blir mer berörd av bilderna på din plåtsax än att läsa om småbarn som dött av fentanylgas på hallgolvet utanför sin mammas sovrum?

Tystnaden i bilen blev öronbedövande. Det enda hon uppfattade var sin egen flämtande andhämtning.

Herregud, tänkte hon, jag gör det igen. Jag tar strid för den mest idiotiska saken i världen i stället för att prata om de egentliga problemen. Jag måste ha något fel i huvudet.

– Förlåt, sa hon. Jag har en sådan gräslig huvudvärk.

– Här i Spanien finns det gott om roliga piller, sa Niklas Linde. Vill du att jag ska stanna på en *farmacia?*

– Jag har Panodil på rummet, mumlade hon.

Lotta satt och blinkade och kämpade mot tårarna, Niklas såg irriterad ut.

De passerade tjurfäktningsarenan på vänster sida och Annika kunde ana motorvägen nedanför. Tack och lov var de snart framme.

De satt tysta tills han svängde upp framför entrén till Hotel Pyr.

– Du kan väl slå en signal innan du åker, sa han och log mot henne genom den nedrullade sidorutan.

Hon smällde igen bakdörren och tvingade sig att le tillbaka.

Lotta gick raka vägen upp till sitt rum utan att se på Annika.

Som du vill, tänkte Annika och gick ut på gatan igen, bort mot det stora varuhuset, tog sedan höger ner mot hamnen och gick in på McDonald's. Hon hade fått nog av att sitta och svälta på kvällarna på det där hotellet. Hon beställde en quarter pounder cheese med morötter och mineralvatten och slog sig ner vid ett fönsterbord.

Det var förhållandevis lugnt och stillsamt omkring henne. Några spanska ungdomar skrattade borta vid kassorna. Två finklädda, spanska tanter talade förtroligt över var sin muffin. Vid bordet framför satt en man i kostym och vit skjorta och slips med en pojke i tioårsåldern bredvid sig i en rullstol. Barnet hade en cp-skada. Hans armar, händer, fötter och ben var förvridna och rörde sig okontrollerat och spasmiskt. Annika ansträngde sig för att inte stirra på honom, vilket var svårt när barnet satt precis framför henne. Hon plockade med sina morötter och drack av sitt vatten.

Pappan med kostymen talade till sin pojke med låg, mjuk röst på spanska, matade honom med pommes frites och höll fram en läsk med sugrör så att han kunde dricka. Pojken försökte säga något som pappan tydligen uppfattade, för han skrattade uppskattande.

– *Sí, sí, claro*, sa pappan och gav honom en pommes frites till.

Entrédörren öppnades och en elegant kvinna och en flicka i femårsåldern steg in på hamburgerbaren. Kvinnan letade med blicken någon sekund över lokalen och sken sedan upp när hon fick syn på pappan och pojken i rullstolen. Hon trixade sig fram mellan borden, höll den lilla flickan i ena handen och sina shoppingkassar från D&G och Versace i den andra. Hon kom fram till bordet och kysste mannen på munnen och pojken i rullstolen på kinden, sa något till dem så att de skrattade tillsammans alla fyra. Pojken i rullstolen också.

Utan att tänka reste sig Annika från sitt bord och gick mot utgången. Hon stötte emot bord och stolar och kände hur hon fick blåmärken på benen men det gjorde inte ont, för all hennes smärta fanns i bröstet.

Det fanns så mycket kärlek i världen, om man bara förmådde ta den till vara. Och vad gjorde hon själv? Utkämpade patetiska krig mot allt och alla, besatt av tanken att vinna, att få *rätt*, att briljera och få erkännanden.

Några brittiska tonårsflickor kom emot henne på trottoaren, med höga röster och Zara-kassar i händerna och med solflagor på näsorna. Hon torkade bort tårar med baksidan av händerna och gick snabbt med nedböjt huvud bort mot El Corte Inglés. Stannade till utanför varuhuset och såg på hotellet. Hon ville inte sitta där, ensam på sitt rum och vänta på att någon skulle ringa.

Jag har andra åtaganden.

Hon såg åt andra hållet, mindes att Rickard Marméns mäklarbyrå låg runt hörnet. Han kanske hade öppet fortfarande?

Hon gick åt höger, rundade den brittiska bokhandeln och såg att det lyste i lokalen. Hon kände på dörren, den var låst. Ställde sig intill skyltfönstret och kupade händerna runt ögonen för att slippa sin egen spegelbild.

Kontoret var tomt, men ett blåaktigt ljus på väggen bakom skrivbordet skvallrade om att datorn fortfarande stod på.

Hon knackade på glasrutan med knogarna.

Rickard Marmén stack ut huvudet genom en dörröppning längst bak i lokalen. Han verkade säga något, men Annika uppfattade inte vad.

Han försvann igen men kom tillbaka ögonblicket efteråt med en nyckel i handen.

– Annika Bengtzon, vår favoritrepresentant för den svenska press-kåren, sa han och höll upp dörren. Välkommen!

Annika log och luftpussade honom på bägge kinderna.

– Vad kan vi göra för dig i afton? frågade mannen.

– Du har möjligen inte något nytt liv till salu? sa hon och steg in i butiken.

– Men kära du, här säljer vi inte annat. Drömmar och nya liv, det är vår specialitet. Hade du tänkt dig något särskilt? Marmorgolv eller vildvin på terrassen? Fyra badrum med havsutsikt?

Hon skrattade, och med skrattet kom hennes livsandar tillbaka. Hon sjönk ner i en av hans stolar framför skrivbordet. Det låg en stor dammråtta invid bordsbenet. Skyltfönstret var flammigt. Rickard Marmén låste dörren igen och satte sig bredvid henne, i den andra stolen.

– Så varför är du missnöjd med ditt nuvarande?

Annika såg ner i golvet och beslöt sig för att passa på frågan.

– Jag är här för att skriva om knarkhandel och penningtvätt, sa hon, så just nu har jag det ganska bra. Artikelserien heter "Kokainkusten".

– Låter spännande, sa Rickard Marmén. Vill du ha ett glas vin?

Annika skakade på huvudet.

Rickard Marmén reste sig i alla fall. Han gick och hämtade en flaska rödvin och två glas.

– Då får du hålla mig sällskap, sa han. Så hur artar det sig med kokainet?

Rickard Marmén hällde upp rioja i bägge glasen.

– Jag har en bra bit kvar innan jag är hemma, sa hon.

– Där kan jag inte hjälpa dig, sa han. Knark är en av de få saker jag aldrig har handlat med. Har inga kontakter alls i den branschen. Skål!

Han drack med slutna ögon.

Annika smuttade på sitt vin. Det smakade sur alkohol. Hon ställde bort glaset.

– Har affärerna piggat på sig? frågade hon.

– Förut stod de stilla, sa han, men nu backar de. Hypoteken kräver att köparna ska ha femtio procent av köpeskillingen kontant, även om husen har bygglov. Det är det bara knarkbaronerna som har, och de är visserligen många men de fyller inte hela marknaden. Priserna sjunker, och då vill folk inte sälja utan väntar. Jag funderar på att öppna hyresförmedling. Det är det enda folk gör numera, hyr ut i väntan på bättre tider...

Annika avbröt hans svada.

– Knarkbaronerna betalar kontant? sa hon.

– Är det något de har gott om så är det sedlar. Du skulle skriva om penningtvätt? Att bygga stora och dyra hus är ett sätt att göra svarta pengar vita.

Annika såg på mannen bredvid sig, egentligen borde hon inte vara förvånad.

– Så du vet hur man gör när man tvättar pengar?

Rickard Marmén log ett mycket sorgset leende.

– Tyvärr har jag aldrig haft förmånen att ha några svarta pengar att tvätta, sa han, men hur tvättmaskinen fungerar är ingen större hemlighet.

Skulle du kunna berätta för mig?

– Vad vill du veta?

Hon fiskade upp blocket och pennan ur bagen. Rickard Marmén hällde upp ett glas vin till.

– De köper alltså fastigheter, sa hon.

Mäklaren nickade.

– Lagarna skärps hela tiden, sa han. Du kan inte längre komma indansande med en sopsäck full med dollar till banken, polisen är där innan du hunnit säga "sparkonto". Banker och finansinstitut har anmälningsskyldighet. Du måste kunna förklara hur du har fått tag i pengarna på ett lagligt sätt.

– Så därför köper man ett hus?

– Eller så köper man en tomt och bygger ett hus. Så mycket som möjligt betalas kontant. För byggmästaren är det inget problem att rulla in med sedlarna till sin bank, han kan ju förklara att de kommer från ett husbygge. Han har kvitton på rör och cement och tegelstenar. Till slut står huset där, fixt och färdigt, och kan säljas för x antal miljoner. Knarkbaronen kan visa att han har fått pengarna via en husförsäljning, hur lagligt som helst. Slantarna är alltså inne i systemet.

– Vad många hus de måste bygga, sa Annika.

– Och så många lyxyachter de måste segla omkring i, sa Rickard Marmén. Det är därför det är så praktiskt med Gibraltar.

Annika lade ner pennan i blocket.

– Jag läste om något som kallas operation "Vitval", sa hon. Det var någon jätterazzia där man gripit massor med bovar och beslagtagit över tvåhundrafemtio villor. De använde sig tydligen av advokater och bolag i Gibraltar.

Rickard Marmén nickade entusiastiskt och svepte sitt andra glas.

– Det stämmer precis, sa han.

Annika ritade i sitt block.

– Hur går det till egentligen? Penningtvättaren öppnar ett bolag i Gibraltar, sa hon och ritade en ring mitt på pappret. Sedan då?

– Flera bolag, sa Rickard Marmén tålmodigt och lyfte över hennes block till sitt eget knä. Han ritade åtskilliga små ringar runt den första ringen.

– Baronerna slussar in pengar i något av bolagen, och sedan börjar de skicka fakturor mellan varandra. Kan vara hyror, konsulttjänster, import och export av varor, allt mellan himmel och jord.

– Men inget av det där är sant? frågade Annika. Alla fakturor är falska?

Mäklaren hällde upp mer vin.

– Säkert att du inte vill ha?

Annika pekade på ringarna.

– Så när alla fakturor finns där så är det helt i sin ordning att också pengarna är där? frågade hon.

– Simsalabim, sa Rickard Marmén. Svarta knarkpengar har blivit vita företagspengar, alltsammans granskat och godkänt av advokater och banker och revisorer. Och Gibraltar är helt skattefritt, tänk så praktiskt!

– Men är det ingen som kollar att allt stämmer?

– Jovisst. Alla advokater och banker och revisorer.

– Advokater och revisorer som alltså finns på plats i Gibraltar?

– Exakt.

Hon började förstå varför Patrik varit så angelägen om att hon skulle intervjua någon sådan.

– Du känner ingen svensk advokat som jag kan intervjua?

– I Gibraltar?

Han rullade runt vinet i munnen medan han funderade. Sedan svalde han ljudligt.

– Ingen svensk, sa han, men en dansk.

– Tvättar han pengar?

Rickard Marmén log igen.

– Som sagt, tyvärr inte åt mig. Vill du att jag ska ringa honom?

– Hemskt gärna.

Hon gick på toaletten medan Rickard Marmén, lätt svajande, tog sig runt skrivbordet och slog ett telefonnummer med prefixet 350. Toalettpappret var slut och tvättstället hade mörkgrå smutsränder.

Rickard Marmén hade sparat in på städkostnaderna av lokalen.

Hon stod kvar och stirrade på sin spegelbild medan hon hörde mäklarens röst stiga och falla ute i butiken. Det syntes att hon hade gråtit. Ögonen var röda i kanterna och fransarna hade blivit spindelben av den sammankladdade mascaran.

Hon kände hur ohyggligt trött hon var.

Så hörde hon telefonen plinga till där ute på kontoret. Hon spolade lite pliktskyldigt i handfatet och gick ut till Rickard Marmén igen.

– Stig Seidenfaden tar emot dig på sitt kontor i morgon bitti, sa mäklaren. Känner du för att segla ut i hamnen och ta en bit mat?

Hon log och kände sig svimfärdig.

– Tack, sa hon, jag har redan ätit. Nu måste jag sätta mig och skriva en artikel.

Rickard Marmén smackade missbelåtet.

– Bara arbete och ingen lek gör Jack till en tråkig pojke, sa han.

– Åja, sa Annika. Jag tycker du är ganska kul.

– Det var mest dig jag tänkte på, sa mäklaren allvarligt och stängde av sin dator.

De följdes åt ut genom dörren.

Rickard Marmén drog ner den obligatoriska plåtjalusin och låste den med ett hänglås mot en krok i trottoaren.

– Säg till om det är något annat du behöver hjälp med, sa han, vinkade och försvann ner mot gränderna i hamnen.

Lobbyn var helt öde. Inte ens kvinnan bakom receptionen syntes till.

Annika skyndade sig genom foajén och tog sig upp på rummet utan att stöta ihop med någon. Framför allt syntes inte Lotta till. Lättad sjönk hon ihop på kanten av sängen och stirrade ner i marmorgolvet.

Det är så jag ser det, tänkte hon. Om jag slipper konfronteras, om jag slipper prata och förklara mig, då har jag vunnit. Om jag får prata om jobbet och utnyttja människors kunskaper i mitt arbete, då mår jag bra. Om någon svarar på mina frågor och gör som jag säger så försvinner all ångest.

Hon rätade på ryggen.

Det är ju inte friskt, tänkte hon. Det kanske till och med kan definieras med någon typ av diagnos. Tänk om jag verkligen är sjuk i huvudet?

Hon kanske skulle gå till en hjärnskrynklare i alla fall, en sådan som Anne Snapphane alltid hade försökt få iväg henne till.

Eller så kunde hon försöka bete sig annorlunda. Anstränga sig för att vara lite tillmötesgående, även mot folk som inte gjorde precis som hon sa. Hur svårt kunde det vara?

Hon reste sig upp och gick ett rastlöst varv i rummet. Folk med mycket sämre villkor än hon själv klarade av att anpassa sig. De hade kapacitet att uppskatta kärleken, det skedde överallt hela tiden. Det hände i fuktiga häktesceller, där fängslade män satt inlåsta för att de var rädda om sina närmaste. Det hände på halvtomma hamburgerbarer, där människor som fått ett skadat barn förmådde hålla ihop och älska både varandra och livet.

Hon satte sig sedan på sängen igen och tog upp bagen i knäet. Rev upp sin mobiltelefon och blev sittande med den i handen. Hon var tvungen att meddela Lotta att de skulle till Gibraltar i morgon bitti. Frågan var om hon skulle ringa eller skicka ett sms. Hon tvekade en halv sekund, sedan bestämde hon sig för ett sms. Därefter klickade hon fram listan med missade samtal.

Thomas nummer var näst högst upp, efter regeringskansliets växelnummer.

Hon tittade på klockan, kvart över åtta, svalde hårt och tryckte "ring upp".

Signalerna gick fram, två, tre, fyra...

– Ja, det är Thomas...

Hon var tvungen att harkla sig.

– Eh, hej, sa hon. Det är jag.

– Hej. Hej! sa han. Hur är det?

Ett dubbelhej, han var alltså förvånad att höra ifrån henne.

– Jag såg att du hade ringt mig, sa hon. I morse. Eller i förmiddags.

– Ja! Just det. Kan du vänta lite?

Han försvann från telefonen under några sekunder, hon hörde honom säga något på engelska i bakgrunden.

– Sådär, sa han. Nu är jag ute.

– Var är du?

– På hotellet, Parador. Ett golfhotell precis vid havet, och precis under inflygningen till flygplatsen. Om du hör något som låter som tredje världskriget så är det Easy Jet från London med en packe brittiska charterturister på väg till Torremolinos...

Resten av hans ord dränktes i ett förfärligt vrål från ett flygplan som höll på att landa.

– Där kom det, sa han sedan och hon var tvungen att skratta. Han måste ha druckit lite, han var inte så här glättig i vanliga fall.

– Var det något särskilt du ville när du ringde? frågade hon fegt och överlät ansvaret för samtalet på honom.

– Jo, sa han, jag blev uppringd av försäkringsbolaget i morse.

Kommer du ihåg skadereglerare Zachrisson?

Hon blundade och mindes en man med brett och ohederligt leende, på ett kontor med glasväggar och krommöbler som svävade högt ovanför marken och vattnet.

– Hur skulle jag kunna glömma? sa hon.

– Han ringde mig och sa att vi kommer att få ut försäkringspengarna. Vet du vad som har hänt?

Hon skrattade till av lättnad, då var det faktiskt sant.

– De har tagit den som gjorde det, sa hon. Det är en kvinna, hon sitter i fängelse i USA. Hon kommer inte att bli utlämnad och därför blir det ingen rättegång, men alla misstankar mot oss är avskrivna.

Hon sa "oss", inte "mig", och han protesterade inte.

– Otroligt bra, sa han bara.

Hon svalde och sa sedan:

– Ska vi fira?

– Fira?

– Vad gör du i morgon kväll?

– Förhandlingarna avslutas vid fyratiden. Vi hade tänkt äta middag.

Hon bet sig i läppen så att blodet sprang fram.

– Okey, sa hon och kände en våg av genans välla upp i ansiktet. Så klart. Du har en middag…

Det var tyst på linjen några långa sekunder. Hon höll handen för ögonen och blundade.

– Fast det är bara den skandinaviska delegationen, sa han. Ja, norrmännen åker snålskjuts som vanligt, de deltar i allting som är bra i EU men vägrar att vara med och betala notan…

Han tystnade.

– Jag kan intervjua dig om hur förhandlingarna har gått, sa Annika.

– Det blir kanske lite svårt att sammanfatta utan att…

– Du kan bara säga att överläggningarna har varit mycket givande, att ni är på god väg och att arbetet fortlöper som det ska.

Han tänkte en sekund, sedan bestämde han sig.

– De får klara sig utan mig. Var ska vi ses?

Glädjen kvillrade till i hennes mage, hon höll tillbaka ett litet jubel.

– Jag bor i Puerto Banús, sa hon och försökte låta behärskad. Har du varit här?

– En gång med mina föräldrar när jag var fjorton. Var bor du?

Hon gav honom namnet på hotellet och en enkel vägbeskrivning, ta första betalmotorvägen men inte den andra, för då hamnar du i Estepona och där vill man inte vara.

De bestämde sig för att ses klockan åtta i lobbyn.

Sedan lade de på och hon tänkte att hon skulle skriva, men hon var så trött att hon drog av sig kjol och tröja och kröp ihop under lakanen och tänkte förvirrade men hoppfulla tankar och somnade samtidigt som lamporna tändes på motorvägen.

GRYNINGEN KOM SENARE till västra Spanien än till någon annan del av Europa.

Det berodde inte på någon diskriminering från solens eller vädergudarnas sida, utan på ett politiskt beslut av de spanska myndigheterna. Man hade bestämt att hela det spanska fastlandet ska tillhöra samma tidszon som resten av Europa, alltså Greenwich Mean Time plus en timme, vilket var geografiskt helt felaktigt. Annika stod på stranden i shorts och munkjacka och joggingskor och såg solen gå upp över Puerto Banús klockan halv åtta på morgonen. Samma sol sken på andra sidan havet och träffade de röda bergen i Marocko, men där var klockan bara halv sex.

Hon såg ut över vattnet en stund och funderade över tiden, och vad vi gör med den.

Sista arbetsdagen på Solkusten. I morgon bitti skulle hon flyga hem. Hon hade inte skrivit ut en enda rad av alla intervjuer som hon gjort. Allt material fanns bara som fragment i röriga anteckningsblock och som digital information i hennes mobiltelefon. Det skulle ta dagar att gå igenom och strukturera till något som var publicerbart. Ingen av artiklarna kändes heller särskilt intressant. Det hon egentligen hade velat göra, kolla upp medlemmarna i familjen Söderström, hade hon inte alls hunnit med.

Det måste finnas motiv till brottet som inte är klarlagda. Att avrätta en hel familj tyder på en jävla brutalitet. Mördaren gjorde en tydlig markering. Vi vet inte heller vilket av offren som var den egentliga måltavlan. Sebastian Söderström var en charmig slarver, Veronica Söderström en väl-

renommerad advokat. Om man inte frågar så får man inga svar. Suzette
gick upp i rök den 30 december i fjol. Det värsta är kanske inte att hon
är död.

Hon sköt bort tankarna.

Det hade blåst upp under natten. Vinden hade vänt och luften var svalare. Hon frös i sina korta shorts.

Det skulle bli ett litet helsike i Gibraltar. De behövde bilder därifrån, och sedan var de tvungna att få bra porträtt på den svenska tjejen som skulle tala ut om jetsetlivet. Faktum var att tjejen kanske blev den enda människa som de kunde ha på bild i hela artikelserien, det berodde på om advokaten ställde upp.

Det här skulle inte bli någon Stora Journalistpriset-vinnare, det visste hon.

Fast det blev ju aldrig hennes artiklar, å andra sidan. Hon bevakade fel ämnesområden på fel medium. Storpolitik med skakig tv-kamera var ett bombsäkert nomineringsgrepp, liksom inkännande reportage i en pretentiös morgontidning om barn eller gamla som var hotade av kommunala nedskärningar, och så krig så klart. Krig var egentligen lättast. Det räckte med en gubbe med vit flagga på en väg i Irak för att man skulle vinna Årets Bild.

Hon lyfte ansiktet mot den blodröda solen någon minut och vände sedan tillbaka mot hotellet. Hade hon tur hann hon äta frukost innan Lotta kom ner.

De träffades utanför hissarna. Lotta klev ut samtidigt som Annika var på väg att stiga in i hissen bredvid.

– Storbritannien är inte med i Schengenavtalet, sa Annika. Du måste ta med dig passet. Vi åker om en halvtimme.

Sedan gick dörrarna igen emellan dem och Annika svävade iväg upp mot tredje våningen.

Hon duschade, bytte om, samlade ihop sina grejer och tänkte på hur hon skulle få Lotta att plocka upp kameran.

Det är inte klokt, for det genom hennes huvud, att det som tar mest kraft när jag ska ut på ett besvärligt knäck är hur jag ska få fotografen att göra sitt jobb.

Hon visste att Patrik förväntade sig en totalt korrupt advokat, svensk så klart, som med namn och bild berättade hur många miljarder han tvättat vita åt knarkmaffian.

Hon tvivlade på att Rickard Marméns gode vän hade för avsikt att erbjuda någon sådan information.

Det hade förutsättningar att bli en ganska krystad intervju.

Så trevligt att du kunde ta emot mig, säg mig, är du köpt av maffian? Jaså inte? Vad tycker du om att dina kollegor är det?

Hon fick helt enkelt låta honom förklara hur systemet med insynsskyddade bolag var uppbyggt, fråga honom om han såg några faror eller brister med det, sedan fylla på texten med Rickard Marméns beskrivningar över hur penningtvätten fungerade. Till sist gällde det att sy ihop alltsammans på ett sådant sätt att dansken personifierade en verksamhet som han egentligen inte stod för, helst utan att tidningen blev stämd.

Hon hörde Anders Schymans röst inom sig: Det där är en skrivteknisk fråga.

Hon gick ut ur rummet, stängde igen dörren och gick bort mot hissarna.

Lotta hade med sig ännu mer utrustning än dagen före: ryggsäcken med kameror och objektiv, en stor blixt, ett stativ för kameran och ett annat för blixten, en rund skärm för att rikta ljus med och ytterligare en väska som Annika inte ens kunde gissa vad den innehöll.

– Tror du verkligen att du behöver ha med dig allt det där? frågade hon.

Lotta svarade inte utan bar bara målmedvetet ut alla sakerna till bilen, först ryggsäcken, sedan de bägge stativen och sist skärmen och väskan.

– Det är ganska enkla bilder som behövs, sa Annika. Egentligen bara fyra stycken: en översiktsbild över Gibraltar, en gatubild från Main Street, ett porträtt på advokaten och ett på tjejen i Estepona.

Lotta satte sig i bilen och startade motorn. Annika slog sig ner i passagerarsätet med sin bag i knäet. Hon tog genast upp en bunt med papper, anteckningar och utskrifter och satte igång att läsa och anteckna. Hon visste att hon skulle bli åksjuk, men det var det värt om hon slapp prata.

Fotografen körde upp på N340 och svängde sedan höger mot betalmotorvägen. Hon sa inte ett ord förrän de var halvvägs till Estepona.

– Ditt utbrott i går var helt oacceptabelt, sa hon och tittade stint rakt fram genom vindrutan.

– Inte just nu, sa Annika utan att titta upp från pappersbuntarna. Inte på motorvägen.

Lotta höll i ratten så att knogarna vitnade.

Åkturen blev kortare än Annika vågat hoppas. De var framme i La Línea, den spanska gränsstaden som praktiskt taget hade vuxit ihop med Gibraltar, efter bara en halvtimme. De körde på en fyrfilig gata som följde vattnet, såg den enorma Gibraltarklippan resa sig framför dem, 430 meter rakt upp ur havet enligt utskrifterna från Wikipedia.

– Försök hitta någonstans att parkera, sa Annika. Det ska tydligen vara jättekrångligt att köra genom tullen med bilen, och det är inte säkert att de släpper igenom oss alls eftersom vi har en hyrbil.

Lotta knyckte på nacken.

– Jag tänker ta bra bilder, och då krävs det bra utrustning. Jag kan inte släpa sakerna med mig, jag måste köra in med bilen.

– För de bilder vi behöver så är inte alla de där studiogrejerna nödvändiga, sa Annika.

I samma stund bromsade Lotta in. Bilarna framför dem bildade en enorm kö vars början de inte kunde urskilja.

Annika suckade. De väntade en minut. Två minuter. Fem minuter. Sedan öppnade hon bildörren och steg ut.

– Jag går och kollar vad som har hänt.

Det var betydligt kyligare här än i Marbella. Havet till höger om henne var Atlanten, vattnet som skymtade bakom klippan framför henne var Medelhavet, och vinden kom från Atlantensidan. Hon var glad att hon tagit på sig jeansen och en tröja.

Hon passerade bil efter bil, promenerade ett hundratal meter, ända tills hon såg var bilkön började. Då vände hon och gick tillbaka. Lotta hade kört ungefär fyra meter. Hon satte sig i bilen igen.

– Det här är kön genom tullen in till Gibraltar, sa hon. Vi får nog räkna med två timmar om vi ska ta oss in. Minst.

– Du respekterar inte min integritet som fotograf, sa Lotta. Jag måste kunna känna att jag står för mitt material. Du säger åt mig att ta en intetsägande bild på ett fult häkte, när det faktiskt skulle gå att ta en verkligt dramatisk bild av samma motiv.

Annika svalde.

– Det är möjligt, sa hon, men det är det fula häktet som är det viktiga för just den här artikelserien. Det spelar ingen roll att det finns massor med kvinnor med getter och fårade ansikten runt omkring oss, för just nu är vi här för att skriva om knark och penningtvätt.

– Jag pratar inte om kvinnor med fårade ansikten, de bilderna tog jag ju bara för att jag inte hade något annat att göra medan jag väntade. Man kan visst ta bra bilder på ett häkte, men då måste man följa ljuset, man måste jobba med bilden. Vara där i gryningen och solnedgången, se hur färgerna förändras…

– Varför var du inte det då? frågade Annika.

– Det är ju bara du som bestämmer! Det är du som säger när vi ska åka och vart vi ska köra. Du behandlar mig som din sekreterare.

– Har jag hindrat dig från att ta några initiativ? Har jag sagt nej en enda gång när du har föreslagit något? Du har ju fått precis som du vill varenda gång du har öppnat munnen!

Lotta såg ner på sina händer och försökte kväva en snyftning.

– Det är inte så lätt, sa hon. Jag är alldeles ny och du är Annika Bengtzon. Tror du verkligen att jag törs säga åt dig vad jag tycker vi ska göra?

Annika kände hur hon baxnade.

– Vad då "du är Annika Bengtzon"? Vad fan menar du med det?

– Alla vet hur du behandlar vikarier. Tror du att jag ville åka på det här jobbet, fyra dagar tillsammans med dig?

Annika vräkte ihop alla sina papper i bagen, öppnade bildörren och steg ut.

– Vart ska du? ropade Lotta inifrån bilen.

– Ta vilka jävla bilder du vill. Jag går och intervjuar advokaten. Vi ses på flygplatsen i morgon bitti.

Hon smällde igen bildörren och travade iväg mot gränsstationen med bagen över axeln.

Det var ingen kö alls när man gick genom tullen till fots. Hon visade upp sitt pass och lämnade den spanska sidan, gick något tiotal meter genom ingenmansland och steg in i britternas gränsstation.

Byggnaden påminde om en tunnelbana i en Londonförort. Taket var lågt och välvt som i en tunnel, golvet gråblått, väggarna av målad betong. Där stod några trötta krukväxter och en Coca-Colamaskin och en automat för vidrigt brittiskt chokladgodis. En svettig, rödlätt britt satt vid ett skrivbord och tittade ointresserat på hennes pass när hon gick förbi.

Hon stannade till vid turistinformationen i slutet av tunneln, bad att få en karta över staden med adressen City Mill Lane markerad.

– Gå över landningsbanan, sa turistguiden och pekade genom dörren. Sedan upp till vänster, passera vindbryggan, in genom stadsmuren så är du på Main Street. När du kommer till The Plazza tar du vänster igen, City Mill Lane ligger en bit upp på berget.

Hon tackade och gick ut genom dörren och befann sig således i Storbritannien, på Winston Churchill Avenue. Hon drog upp bagen bättre på axeln och började gå över ett flygfält som sträckte sig från det ena havet till det andra.

Det var här Veronica Söderström hade jobbat. Varenda dag hade hon gått genom den här tullen, tvärs över den här landningsbanan, för att komma till sitt arbete. Eller brukade hon köra bil? Stod hon i den långa kön, eller hade hon hittat något sätt att undvika den? Varför allt detta krångel?

Det måste ha funnits en riktigt ordentlig anledning till att hon etablerat sin byrå i Gibraltar.

Strömmen av människor som gick över fältet var ganska gles. Det blåste en kall sidvind från Atlanten, hon höjde axlarna och drog ner tröjärmarna över fingrarna. Hennes puls lugnade ner sig. Hon tvingade Lottas ord att blekna, *tror du att jag ville, fyra dagar med dig?*

Hon skakade till som av frossa.

Rakt fram låg några eländigt fula betonghus med tvätt hängande utefter fasaderna. Bilparken utanför var gammal och rostig.

Det må finnas mycket pengar här, tänkte hon, men det märks inte på stadsbilden.

Den inre stadskärnan var äldre, mer välskött och rejält kommersialiserad. Huvudgatan hade snirkliga parkbänkar som ingen satt på, utsirade lyktstolpar och papperskorgar och hundratals skattebefriade turistbutiker. Där trängdes juvelerarbutiker och spritshopar och klädboutiquer, varuhus och mobiltelefonbutiker och leksaksaffärer, och, tack och lov, kamerabutiker.

Hon gick in i en i raden och bad att få köpa en hyfsad digitalkamera med ett vidvinkelobjektiv och en enkel zoom, ett stort minneskort och ett uppladdat batteri.

Jag kan använda den och ta bilder på barnen sedan, tänkte hon. Jag kommer ju snart att få ut försäkringspengarna.

Hon satte sig på en av de dekorerade parkbänkarna utanför affären och skummade igenom kamerans engelska bruksanvisning. Den var lika exemplariskt enkel som hon hade hoppats. Sikta och skjut. Kameran ställde själv in allt från bländare till slutartid och skärpa. Hon stoppade ner den i bagen tillsammans med resten av bråten och fortsatte bort på Main Street.

Tio minuter senare hittade hon City Mill Lane, en smal och vindlande gata utan trottoarer som klättrade upp på klippans västra sida. Hon satte igång att ta sig uppför och blev lite andfådd av att släpa på sin tunga väska. Glammet från huvudgatan nedanför sjönk undan, snart var det alldeles tyst mellan husen. Det luktade damm och köttkorv.

Nummer 34 var en brun dörr mellan en resebyrå och en herrfrisör.

Den danske advokaten Stig Seidenfaden hade ett mycket modest kontor på andra våningen i det gamla huset på City Mill Lane. Han tog emot med en korrekt bugning och visade in henne i ett litet konferensrum där te och scones stod framdukat.

– Så du är god vän med Rickard Marmén, sa han och såg intresserat på henne. Hur länge har ni känt varandra?

Annika satte sig ner vid bordets ena långsida, Stig Seidenfaden slog sig ner vid kortändan.

– Vi träffas och äter middag ibland, sa hon svävande. Rickard brukar hjälpa mig med kontakter...

En sekreterare kom in med en sockerskål som hon ställde fram på bordet, sedan gled hon ut på ljudlösa fötter och drog igen dörren bakom sig.

Det uppstod en kort och lite tryckt tystnad sedan sekreteraren försvunnit. Annika såg sig omkring. Tre fönster täckte nästan hela väggen mot gatan. Man såg rakt in i fastigheten mitt emot, in i ett konferensrum, faktiskt väldigt likt det hon nu satt i. Det var mycket tyst. Solen letade sig in genom den översta decimetern på fönstret och fick dammet under taket att dansa.

Stig Seidenfaden harklade sig och lutade sig framåt över bordet.

– Rickard berättade för mig att du var intresserad av att få en intervju med en skandinavisk advokat i Gibraltar, sa han. Vi är inte så många, och en av oss dog ju här i vintras.

– Du tänker på Veronica Söderström, sa Annika.

Mannen nickade.

– Vi brukar hålla ihop lite, vi nordbor i solen. Rickards vänner är mina vänner. Vad kan jag hjälpa dig med?

– Kände du Veronica Söderström?

Stig Seidenfaden hällde upp te ur en kanna och suckade.

– Hon var inte min hjärtevän, men vi kände förstås till varandra. Lite te?

Annika sträckte fram sin kopp, advokaten fyllde upp den. Porslinet var sprött, med rosor och guldkant. Fatet var kantstött.

– Vilken typ av juridik ägnade sig Veronica Söderström åt?

Advokaten såg lite förvånad ut.

– Hennes praktik var något bredare än min. Hon ägnade sig både åt affärsrätt och brottmål. Hade befogenhet att verka som notarius publicus också, vill jag minnas. Jag sysslar bara med *corporate services*.

– Företag och skatter, sa Annika.

Han nickade.

– Kan du berätta om hur skattesystemet i Gibraltar fungerar?

Han nickade igen och rörde med skeden i sin tekopp.

– Möjligheten att bilda ett skattefritt bolag här har funnits sedan 1967, sa han, men det var inte förrän Spanien gick med i EU 1985 som det blev någon fart på affärerna.

Hon tog upp block och penna och antecknade.

– Får vem som helst starta bolag här?

Advokaten lutade sig bakåt mot stolsryggen, höll tekoppen hårt i det lilla örat och spretade lite med lillfingret.

– Det finns några kriterier som måste uppfyllas. Bolagets inbetalda aktiekapital måste vara minst 100 brittiska pund.

Han väntade så att hon hade tid att anteckna.

– Ingen person hemmahörande i Gibraltar får vara slutlig ägare till bolaget. Bolaget får bara bedriva affärsverksamhet här om alla intäkter kommer från källor utanför Gibraltar.

Hon sneglade på mannen, på hans viktiga min och svällande mage under skjortknapparna.

Var det sådant här Veronica Söderström åkte till Gibraltar varje dag för att hålla på med? Att upprätthålla någon sorts urtvättad brittisk affärsmoral i ett låtsasland på gränsen till Afrika?

– Bolaget måste ha sin officiella adress och förvara sitt register över aktieägare här. Och till sist måste ägaren lämna en referens om sin goda vandel och finansiella ställning.

Hon ansträngde sig för att se intresserad ut.

– Vem lämnar en sådan referens?

– Den måste utställas av en bank, advokat eller revisor.

Annika nickade, det här hade Rickard Marmén pratat om.

– Och det finns ingen insyn alls i bolagen?

– Nej. All information behandlas konfidentiellt och är inte tillgänglig i något offentligt register.

– Och allt är helt skattebefriat?

– Här finns ingen inkomstskatt, ingen bolagsskatt på vinst, ingen stämpelskatt vid aktieöverlåtelse och inga källskatter. Ingen fastighetsskatt och ingen arvsskatt. Den enda som är obligatorisk är en fast skatt på 225 brittiska pund per år.

Annika kunde inte låta bli att skaka på huvudet.

– Det är rätt märkligt, sa hon, att det kan fungera så här i Europa idag.

– Inte särskilt länge till, sa advokaten. Reglerna håller på att ändras, systemet upphör från och med 2010. Det är EU som sätter stopp.

Hon vände blicken mot mannen, han sörplade på sitt te.

– Fast det kommer att finnas andra lösningar, sa han. Det gör det alltid.

– Kommer man att få insyn i bolagen efter 2010?

– Kan jag inte tänka mig, sa advokaten. Har du provat sconesen? Det är min fru som bakat dem.

– Din fru?

– Och sekreterare.

Han strök apelsinmarmelad på sin brödbit. Det knastrade när han bet i den.

– Jag har talat med människor som beskriver Gibraltar som Europas största penningtvättmaskin, sa Annika. Vad anser du om det?

Advokaten tuggade noggrant på sitt scones, tog en servett och torkade marmelad ur mungiporna.

– Jag är advokat, sa han. Inte åklagare. Jag är här för att lita på mina klienter. Säger de att inkomstkällan är legitim så är det inte min uppgift att ifrågasätta deras uppgifter. Det måste vi komma ihåg. Men jag skriver givetvis bara referenser där jag personligen garanterar klientens goda vandel.

– Ser du några faror med det här systemet?

Han böjde sig framåt över bordet.

– Det är inte juristerna som har byggt det, sa han. Vi ser bara till att det efterföljs. De advokater som aktivt medverkar till penning-tvätt, som skaffar fram målvakter och åker slalom mellan lagarna, dem tar jag definitivt avstånd ifrån.

– Känner du till några sådana?

Han såg på henne och log.

– Även om jag gjorde det, tror du att jag skulle berätta det för dig?

Hon log artigt tillbaka.

– Nej, sa hon, det tror jag inte. Får jag ta en bild på dig?

Han höjde förvånat på ögonbrynen.

– Ja, sa han, det kan du väl. Var? Här?

– Kanske inne på ditt rum? Med lite pärmar och papper i bakgrunden?

Vanligtvis skulle man undvika att fota gubbe bakom skrivbord, men i det här fallet kunde det fylla en funktion. Läsaren fick se alla pärmar och undra vad de dolde och höra tvättmaskinen dunka i bakgrunden.

Han skakade på huvudet.

– Dit släpper jag ingen, sa han.

Smart kille.

Hon tog upp kameran, satte igång den, placerade sökaren framför högra ögat.

Det såg lite konstigt ut. Det stod en krukväxt i bakgrunden och advokaten satt i rak linje mellan henne och växten. Följaktligen uppstod intrycket att mannen hade en blomma växande rakt upp ur huvudet.

– Vi kanske kan gå fram till fönstret? sa hon. För ljusets skull…

Hon placerade mannen vid ena fönsterkarmen, med profilen mot glasrutan. Sedan ställde hon sig rakt framför honom. Dagsljuset var mjukt och indirekt. Halva advokatens ansikte syntes tydligt och den andra sidan låg i skugga. Det blev rätt effektfullt.

Hon tog några bilder när han satt vid konferensbordet också, och sedan var hon klar. De steg ut i den lilla hallen igen, sekreterarfrun materialiserade sig på ljudlösa fötter och frågade om alltsammans gått bra. Hon talade engelska med brittisk accent.

– Mycket bra, sa Annika artigt. Och tack för sconesen. De var jättegoda.

Sedan insåg hon att hon inte ätit något.

– Veronica Söderström, skyndade hon sig att säga. Var hade hon sitt kontor?

– Det finns väl fortfarande kvar, sa Stig Seidenfaden. Borta vid Tareq's passage. Mitt emot kyrkan.

Annika drog igen dragkedjan på sin bag, tog i hand och tackade för sig.

– Hälsa Rickard! ropade Stig Seidenfaden efter henne i trappupp-
gången.

Strömmen av människor på Main Street hade tjocknat till en svart
massa. Gatan lutade svagt uppåt, hon plockade upp kameran och
ställde sig på en parkbänk. Med teleobjektivet tryckte hon ihop folk-
massan ännu mer. Tog några höjdare och ett antal breddare.

Så, nog med översiktsbilder.

Hon stod kvar och trampade några minuter och letade efter ett
fungerande fotoobjekt: en ung man med breda axlar och jeans som
smet åt om låren.

Han kom gående uppför Main Street med armen om sin flickvän.
Han hade till och med en sporttröja på sig.

– *Hello*, sa Annika och gick fram och tog i hand.

Paret stannade förvånat upp och tog hennes framsträckta näve: en
betingad reflex hos västerlänningar.

Annika förklarade att hon var fotograf och undrade om hon kunde
få ta en bild bakifrån på den unge mannen, hon behövde ha en anonym
bild på en mansperson som illustration till en tidningsartikel.

Mannen sken upp men flickvännen blev sur.

– Vad ska det vara bra för? sa hon.

– Vad är det för artikel? frågade killen.

– I en svensk tidning, Kvällspressen, sa hon. Har du läst den någon
gång?

Han skakade på huvudet.

Annika placerade honom med ansiktet mot en mörkgrå fasad, bad
honom stå lite bredbent med tummarna i jeanshällorna och stödja sig
på högra benet.

Han var nästan en kopia av Niklas Linde.

Hon tog höjdare och breddare och bad honom vrida huvudet lite
åt vänster. Solljuset föll ner över hans hår och ryggtavla och lade hans
profil i skugga.

Skulle funka som anonym bild på den svenska polishjälten på
Solkusten.

Hon tackade så mycket för hjälpen.

– När får jag se bilden? frågade killen intresserat.

– Håll koll på nätet, kvallspressen punkt se, sa Annika.

Hon stoppade undan kameran och letade sig fram mot kyrkan. Den var vit och såg ut som alla kyrkor i Pedro Almodóvars filmer. Framför den fanns ett litet torg. På andra sidan låg två gränder som nåddes via var sitt valv: Giro's passage till höger och Tareq's passage till vänster.

Hon gick in i den vänstra. Valvet gick tvärs igenom gathuset och mynnade ut i en trång gränd. Hon möttes av ett öronbedövande dån från en gigantisk fläkt och blev stående, villrådig.

De gamla husen som omslöt gränden var illa underhållna. Elledningar hängde som lianer mellan fönstren. Vatten- och avloppsledningar var dragna utanpå fasaderna och fick dem att se missbildade ut. Samtliga fönsterluckor på de första två våningsplanen var stängda och låsta med hänglås.

Hon gick vidare i gränden. Hittade en dörr med en porttelefon, fast utan text. Rundade hörnet och fann en liten mässingsskylt:

VS Counselling
Barrister – Solicitor – Commissioner for Oath
International Legal Services
International Corporate Services
VS, för Veronica Söderström.

Men var fanns entrén?

Hon gick vidare ett tiotal meter, passerade en mäklarbyrå som verkade stängd och ett apotek som precis höll på att öppna, stannade och funderade.

Vad hade Veronica Söderström sysslat med i den här förfallna fastigheten hela dagarna?

Stred hon för samhällets olycksbarn? De oskyldigt dömda? Upprättade hon mångmiljardkontrakt åt fiskeindustrin?

Eller tvättade hon pengar?

Om man inte frågar så får man inga svar.

Hon tittade ner på sina kläder. Gympadojor, jeans och noppig tröja från H&M: hon skulle aldrig passera som företagsledare eller internationell investerare. Beslutsamt gick hon tillbaka till porttelefonen utan text. Tryckte in anropsknappen, hårt och länge. Till slut vaknade den till liv med ett väldans knastrande.

– Ja, vad är det? sa en röst på amerikanska, irriterad, manlig och ungdomlig.

– Jag heter Annika Bengtzon och behöver hjälp med ett juridiskt problem, sa hon. Kan jag komma upp?

Det susade i porttelefonen. Den irriterade unge mannen hade alltså inte lagt på.

– Juridiskt problem? sa han. Jag kan inte hjälpa dig med det. Jag är mycket ledsen.

Det sista trodde inte Annika på. Han lät inte ett dugg ledsen.

– Jag kan gå någon annanstans, sa Annika, men Veronica hade velat att jag gick hit först.

Ny tystnad, samma sus på linjen.

– Var du bekant med Veronica?

– Jag är deras hästskötare. Jag tar hand om Mys ponny.

Det dröjde några sekunder, sedan surrade dörrlåset till.

Hon skyndade sig att trycka upp porten och steg in i en sotsvart trappuppgång. Dörren gick igen bakom henne och hon fick blinka för att vänja ögonen vid mörkret. Sedan såg hon en röd, självlysande knapp precis till vänster om dörren. Tryckte på den och hörde trapphusbelysningen slås på med ett ljudligt klonk.

En naken glödlampa spred ett tveksamt sken över en liten entréhall. En smal trappa rakt fram ledde brant uppåt. Både väggar och tak var illa medfarna. Golvet hade en gång varit vackert, under ett lager av smuts skymtade ett mönster av mosaik i blått, vitt och brunt.

Där fanns två dörrar, en till höger och en till vänster. Båda var förseglade med bommar och hänglås. Hon gick mot trappan och började klättra, för det var så det kändes.

Inget annat företag verkade finnas i huset. Dörrarna en trappa upp var också förbommade.

VS Counselling hade sitt kontor högst upp i huset, på tredje våningen. Vid den vänstra dörren fanns en likadan mässingsskylt som nere på gatan. Hon såg ingen ringklocka utan knackade på så det gjorde ont i knogen.

Dörren for upp med sådan fart att hon tvingades ta ett steg bakåt.

– God dag, sa hon blygt och sträckte fram handen. Så bra att du kunde ta emot mig.

Den unge mannen var verkligen mycket ung. Han var klädd i välpressad skjorta och slips, kostymbyxor och blanka läderskor. Hans anletsdrag mjuknade medan hans blick svepte över henne. Hon utgjorde tydligen ingen fara.

– Henry Hollister, sa han och lät mycket mindre irriterad.

– Jag har aldrig behövt söka juridisk hjälp förut. Det känns ganska knepigt för mig.

– Stig på, sa han och klev undan så att hon kunde komma in på kontoret.

Det var förmodligen en gammal lägenhet som inte gjorts om särskilt mycket för att fylla sin nya funktion. Alla dörrar stod öppna, tre mindre rum till höger, ett kök rakt fram och ett större rum till vänster. Det var alldeles tyst. Lokalen verkade vara helt öde, så när som på den unge amerikanen. Det luktade kaffe och ovädrade textilier.

– Får jag bjuda på något att dricka? frågade Henry Hollister.

– Nej tack, det är bra som det är, sa Annika.

Den unge mannen visade in henne i det större rummet till vänster. Det var ett konferensrum, mycket likt Stig Seidenfadens. Advokater i Gibraltar tog visst aldrig emot folk på sina egna kontor.

De slog sig ner mitt emot varandra, Henry Hollister lade pannan i djupa veck och knäppte händerna på bordsskivan.

– Så, sa han. Vad kan jag hjälpa dig med?

– Det är egentligen inte jag som är i knipa, sa Annika. Det är min bror. Han har arresterats för haschinnehav.

En häpen tystnad uppstod. Mannen såg på henne och blinkade flera gånger.

– Haschinnehav? sa han. Var då?

– I Puerto Banús, sa Annika.

– Men innehav är ju inte straffbart enligt spansk lagstiftning.

Shit shit shit. Det hade hon inte koll på.

– Polisen anklagar honom för att ha skaffat det för vidareförsäljning, sa hon.

– Hur mycket cannabis rör det sig om?

Hon svalde hårt.

– Fyra kilo, drog hon till med.

Den unge mannen blinkade igen och böjde sig bakåt mot stolsryggen.

– Ja, sa han, då blir det svårt att hävda innehav för eget bruk. Jag är ledsen, men det här är inget som jag kan...

Annika lutade sig fram över bordet och tog tag i hans hand.

– Du måste hjälpa mig, sa hon. Han sitter häktad på ett förfärligt ställe inne i Malaga, i ett *poligono* strax intill flygplatsen...

Henry Hollister drog förskräckt åt sig handen.

– Jag känner till det där häktet, sa han, men jag kan inte hjälpa dig. Jag är inte advokat, bara *legal assistant*. Jag har inga befogenheter att jobba aktivt, jag håller bara ställningarna så länge.

Annika såg avvaktande på honom.

– Håller ställningarna?

– Ja, tills den nye ägaren kommer.

– Är firman såld?

– Den övertogs inom ägarkoncernen.

Minsann, *övertogs inom ägarkoncernen*.

Hon snörvlade till.

– Häktningstiderna är ju oändliga i Spanien, min bror kommer att sitta inlåst i flera år om jag inte gör något. Hur länge måste jag vänta?

– Det återstår bara någon typ av formalia innan ägaren kan komma ner, det dröjer kanske en månad eller sex veckor...

– Varför kan han inte komma tidigare?

Den unge mannen såg obekväm ut.

– Jag vet faktiskt inte.

Annika suckade djupt.

– Så tragiskt med Veronica, sa hon. Tänk, om inte det där hemska inbrottet hade skett. Hon hade rett ut det här på nolltid.

Mannen såg undrande på henne.

– Tror du verkligen det? sa han. Jag vet aldrig att hon jobbade med spanska småbrott.

Annika såg förvånad ut.

– Jaså inte? Det trodde jag. Hon som alltid var borta så mycket, vad gjorde hon hela dagarna?

– Veronica var affärsjurist. Hon sysslade främst med avtal och förhandlingar för olika internationella koncerner.

– Jaha, sa Annika och försökte låta besviken. Jag trodde hon försvarade oskyldiga människor, som min bror. Det står ju på skylten där nere också, *Legal Services*.

Henry Hollister gjorde en liten grimas med munnen.

– Du vet inte vilka brottsanklagelser som kan föras fram mot internationella bolagsgrupper, sa han. Myndigheterna är så misstänksamma mot framgångsrika företag i den här delen av världen. Annat är det i USA, där jag kommer ifrån. Där uppmuntrar man den fria företagsamheten.

Annika nickade glatt.

– Vilken typ av bolagsgrupper jobbade hon mest med?

– Import och export, sa Henry Hollister, och sedan såg han ut att bita sig i tungan. Han lutade sig fram emot henne.

– Hur sa du att du kände Veronica egentligen?

Hon försökte le och kände hur det började brännas under fötterna.

– Jag har hand om Mys ponny. Vi har inte hittat någon köpare åt den ännu, så jag rider den varje dag för att den inte ska tappa formen. Det är en jättefin häst, har du träffat den?

Amerikanen ställde sig upp.

– Jag är ledsen, sa han, men jag kan inte hjälpa dig.

Hon suckade dystert och reste sig också.

– Jag antar att jag får skaffa hjälp på annat håll. Du känner inte till någon bra brottmålsadvokat?

– Jag är ledsen, upprepade mannen.

Hon log och försökte glittra lite extra med ögonen och räckte fram handen.

– Tack för att du tog dig tid, sa hon.

Han såg med ens orolig ut.

– Du, sa han, berätta inte för någon att du har varit här och pratat med mig. Ring och boka en tid med den nye ägaren när han har etablerat sig.

Hon låtsades bli förvånad.

– Okey, sa hon, inga problem.

De gick ut i den trånga hallen. På väggen utanför konferensrummet satt ett snirkligt diplom inom glas och ram.

The Faculty of Law at the University of Oxford.

Veronicas examensbevis.

– Om du känner någon som vill köpa en jättefin ponny så kan du väl ringa till stallet, sa hon och drog igen dörren efter sig.

Den gick igen med en smäll som ekade mellan väggarna. Belysningen hade slocknat och trapphuset var lika becksvart som tidigare. Hon trevade sig fram och hittade strömbrytaren.

Sedan sprang hon fort men tyst nedför trapporna.

Ute på gatan stannade hon upp, andfådd som om hon sprungit uppför i stället för nedför. Sedan kastade hon en sista blick upp på fasaden och gick med snabba steg längre in i gränden och rundade hörnet. Stannade invid den stängda mäklarbyrån och fiskade upp block och penna ur bagen. Hon satte sig på trottoaren och skrev snabbt ner vad hon fått reda på i samtalet med den unge amerikanen.

Veronica var utbildad advokat på universitetet i Oxford i Storbritannien. Hon var framför allt affärsjurist, även om skylten på huset talade om *legal services* också. Hon jobbade aldrig med spanska brottmål. Hon höll i avtal och förhandlingar för olika internationella koncerner som sysslade med import och export. Dessa internationella bolagsgrupper råkade tydligen ut för "brottsanklagelser" emellanåt. Det var kanske där Veronica Söderströms *legal services* kom in i bilden.

Efter hennes död övertogs verksamheten "inom ägarkoncernen". Det fanns alltså en koncern med flera ägare som numera kontrollerade Veronica Söderströms advokatbyrå, eller som kanske alltid hade gjort det.

Den nye ägaren, en man, väntade på någon form av formalia innan han kunde "komma ner" och ta över verksamheten. Komma ner varifrån? Ovanifrån, eller norrifrån?

Just nu bemannades kontoret enbart av en amerikansk *legal*

assistant som uppenbarligen var så uttråkad att han släppte in folk från gatan, något han med säkerhet var tillsagd att inte göra. Det tydde hans sista replik på, "berätta inte för någon att du har varit här". Hans välansade yttre tydde på en sporadisk kontakt med omvärlden, annars hade han gått omkring i grå gymnastikbyxor och collegetröja. Gjorde representanter för ägarkoncernen oannonserade besök på kontoret?

Fastigheten som kontoret låg i var ett mysterium i sig. Varför var största delen av huset tillbommat och övergivet? Fastighetspriserna här var skyhöga, det hade hon läst på wikipedia.org. Vanligt folk som jobbade i Gibraltar bodde nästan alltid på spanska sidan, i La Línea, för där var boendekostnaderna bara en tredjedel av hyrorna i Gibraltar.

Hon sneglade upp på skyltfönstret, på den stängda mäklarbyrån. Den verkade ha stått öde ett tag. Det låg en rad av döda insekter på insidan av rutan.

Hon reste sig och borstade bort gatudammet från rumpan och ställde sig för att kolla de gibraltiska bostadspriserna.

Det var inte mycket att välja på i fönstret. Där fanns urblekta bilder på en handfull villor och lägenheter, utan särskilt mycket fakta om objekten och givetvis utan adressanvisningar. Carita hade berättat att spanska hus kunde vara till salu hos tio olika mäklare samtidigt. Ingen hade ensamrätt, därför mörkade mäklarna alltid adresserna så att så få som möjligt skulle kunna knycka deras objekt.

Hon lät blicken glida över bilderna, här fanns inga hus eller lägenheter från Gibraltar. Objekten såg ut som alla andra på Solkusten.

Sedan stelnade hon till. Trodde hon sett fel. Hon tog ett steg närmare rutan och torkade bort damm från fönsterglaset.

Existing Freehold Villa.

Ideal family home. Ideal investment.

Bilden på villan som var till salu näst längst upp till höger i skyltfönstret var blekt och hade korvat sig i hörnen, som om den suttit uppe länge och utsatts för sol och fukt. Det stod inte var villan låg någonstans, hur stor den var eller vad den kostade, men Annika kände igen den. Två och bitvis tre plan, terrasser och balkonger, burspråk och pelare och valv, svarvade betongräcken och snirkliga järnstaket.

Högst upp ett torn med välvda fönster i alla väderstreck. Poolen, ljuset, bergssidan i bakgrunden.

Det var familjens Söderströms hus i Nueva Andalucía.

Bilden måste vara flera år gammal, för träden var mycket mindre än hon mindes dem och det stod en cementblandare längst ner i ena hörnet.

Hon gick bort till porten för att se om där fanns några öppettider. Det gjorde det inte, bara en mässingsskylt som hänvisade till en hemsida.

A Place in the Sun
Your Real Estate Agents on the Coast
Visit us at www.aplaceinthesun.se

Hon såg på skylten och läste nedersta raden två gånger.

A place in the sun punkt se.

Varför punkt se?

Varför hade en mäklare i Gibraltar en svensk internetadress?

Hon tog upp blocket och antecknade adressen. Gick sedan tillbaka till fönstret för att se om villan hade något särskilt referensnummer.

Det hade den inte.

Det är väl inte så konstigt att den är till salu, tänkte hon sedan. Dödsboet måste naturligtvis sälja den, precis som ponnyn. Men varför tar man inte en nyare och bättre bild?

Eller så hade bilden suttit uppe ända sedan familjen Söderström köpte villan. Veronica jobbade i det här kvarteret, hon brukade förstås gå förbi här och stanna och titta i skyltfönstret och se vad som var till salu, det kanske var så hon hittade den från allra första början. Det kunde vara via den här mäklaren som köpet genomfördes, och efteråt orkade de inte ta bort fotot från skylten.

Hon tittade på klockan, det var dags att åka till Estepona.

Med ens insåg hon att hon inte hade någon bil.

Busstationen i La Línea låg på Plaza de Europa, en rondell bara ett par kvarter från gränsen. Det gick bussar till Estepona hela tiden, nästa skulle avgå om tio minuter. Hon köpte biljett i kassan, 3 euro och 64 cent, och i samma stund rullade fordonet in på stationen. Bussen var bullrig och bolmade diesel. Hon klev ombord och kände golvet gunga till, det luktade olja och rengöringsmedel. Sätena var av blårandig plysch och fönstren hade solkiga gardiner. Hon fick en intensiv flashback från skolbussen som tog henne från Hälleforsnäs in till Flen och sedan vidare till gymnasiet i Katrineholm.

Precis som skolbussen var den spanska lokaltrafiken som en riktig mjölkbuss. Den sträcka som tagit en kvart med bil tog nu en och en halv timme. Bussen körde in i varenda byhåla och stannade och släppte av och på folk vid varenda gatukorsning. Utanför Marina de Casares slumrade hon till en stund. Hon vaknade av att en kille med en surfingbräda klev på i Bahía Dorada.

Vägen slingrade sig längs med havet. Vattenytan hade gäss av vinden. Himlen var knallblå och absolut molnfri. Hon visste att de närmade sig Estepona.

Det var inte stadens fel att Julia tyckte det var så gräsligt här, tänkte hon när bussen svängde ner mot hamnen.

Huvudgatan följde strandkanten. Palmer och apelsinträd flankerade körbanan, vinden slet i trädkronorna. Solstolarna på stranden var tomma, men på de enkla restaurangerna vid havet hade folk börjat samlas för att äta lunch.

Hon märkte med ens hur hungrig hon var.

Den unga jetsetsvenskan som hon skulle intervjua hette Wilma. Niklas Linde hade sms-at henne tjejens mobiltelefonnummer.

Hon hoppade av bussen på Avenida de España, fiskade upp sitt block och sin mobil och slog numret.

Wilma svarade efter första signalen, det lät som om hon suttit med telefonen i handen och väntat på samtalet hela morgonen. Hon lät väldigt entusiastisk över att "få tala ut i tidningen", som hon uttryckte det.

De bestämde att träffas på strandrestaurangen nedanför busstationen.

– Annika Bengtzon?

Annika tittade upp från menyn och visste att artikelserien var räddad.

Wilma såg fantastisk ut. Hon uppfyllde varenda millimeter av Patriks världsbild: ung, blond, översminkad och riktigt ordentligt bröstopererad.

Annika reste sig upp och tog i hand.

– Vad bra att du kunde ställa upp med så kort varsel, sa hon.

– Man vill ju hjälpa till så gott man kan, sa Wilma och slog sig ner mitt emot henne.

Alla män på restaurangen lade ner besticken och stirrade åt deras håll.

– Vad vill du äta? frågade Annika. Du får ta vad du vill.

– Har du provat *almejas?* Det är en sorts musslor som de fiskar här ute på reven. Eller *mejillones?* De är lite större. Det finns skaldjur här som du aldrig har sett förr.

Wilma slog sakkunnigt igen menyn.

– Ska jag beställa åt dig? frågade hon och förväntade sig ingen protest. Hon lutade sig bakåt och vinkade till sig kyparen. Bröstvårtorna syntes tydligt under den hårt utspända t-shirten.

– *Camarero, queremos mariscos a la plancha, con mucho ajo y hierbas. Y una botella de vino blanco de la casa, por favor!*

– Oj, sa Annika. Var har du lärt dig tala så där bra?

Tjejen såg överraskat på henne.

– I skolan, sa hon. Hurså?

Annika plockade upp block och penna.

– Hur gammal är du? frågade hon.

– Jag fyller tjugo i juli.

– Du vet att jag fick ditt namn av Niklas Linde, sa Annika. Han sa att du var beredd att berätta för mig om livet här nere på Costa del Sol…

– Jag vill varna andra, sa Wilma och log hjärtligt mot kyparen när han ställde fram en flaska immande vitt vin och två glas på deras bord. *Gracias, señor, sí, quiero probarlo.*

Hon rullade erfaret vinet i munnen någon sekund och nickade sedan gillande. Kyparen hällde upp i deras glas och susade vidare.

– Det kan verka som om allting här nere bara handlar om barer och discon och killar med häftiga bilar, men det finns en annan sida av Solkusten också, sa Wilma och läppjade på vinet.

– Droghandlarna vill gärna bli av med så mycket som möjligt av sina grejer direkt här på Costa del Sol, fortsatte hon. Då slipper de problemen med frakter och svinn under vägen upp genom Europa. Dricker du inte vin?

Annika tittade förvirrat upp från sitt anteckningsblock. Tjejen var som en vandrande rubrikmaskin. Hon behövde bara sitta och ta diktamen, artikelserien artade sig plötsligt alldeles utmärkt.

– Eh, jodå, jag är inte så törstig bara.

Hon drack en symbolisk klunk, vinet var ohyggligt surt.

– Din *loca*, sa Wilma. Man dricker väl inte vin för att man är törstig. Som ung tjej är det otroligt lätt att bli charmad av de snygga killarna här nere. De är så trevliga och solbrända, och de har stora båtar och snabba bilar, men de använder tjejer som förbrukningsmaterial. Jag ser det gång på gång, det kommer svenska tjejer hit ner och tror att de ska gifta sig med någon miljonär och leva lyxliv i en jättevilla i Nueva Andalucía, men det enda som händer är att de går ner sig på koks och slutar som nervvrak.

– Du själv då? frågade Annika. Har du provat kokain?

Wilma nickade, mycket allvarlig nu.

– Ja, sa hon, och det ångrar jag något fruktansvärt. Jag åkte fast i en razzia i februari, och det blev nog min räddning. Tala om väckarklocka! Som tur var så var det Niklas Linde som förhörde mig, och han ledde mig in på den rätta vägen. Alltså, han är ju bara så fantastisk. Känner du honom?

Annika tog upp glaset och drack en stor klunk.

– Nej, sa hon, inte alls. Jag har intervjuat honom några gånger.

– Man känner sig faktiskt trygg när den svenska polisen har sådana kompetenta medarbetare.

– Kan du berätta om razzian?

– Det var en privat fest nere i hamnen, i Puerto Banús alltså, i en lokal ovanpå ett disco. Polisen kom in vid halvtretiden på natten med knarkhundar och allting och visiterade alla, det var så klart väldigt läskigt, men samtidigt väldigt bra.

– Kommer du att åtalas?

Hon skakade på huvudet.

– Nejdå, jag hade ju bara några gram för eget bruk.

Just det ja, tänkte Annika. Innehav är inte straffbart.

– Så varför gick du på den där festen? Vad var det som lockade dig med det där livet?

Kyparen kom med deras mat, ett enormt fat med mängder av grillade skaldjur som simmade i olja med örter och vitlök.

– *Ah, qué bueno!* utbrast Wilma förtjust, slog ihop händerna och kastade sig sedan över maten.

Annika såg misstänksamt på räkorna och musslorna och humrarna och allt det andra. Hon var ingen skaldjursmänniska, hon föredrog köttbullar med lingonsylt om hon fick välja. Försiktigt petade hon på en räka.

– Jag kände mig så utvald och speciell, sa Wilma. Tänk, att lilla jag fick vara just här med alla vackra och kända människor. Prinsessan Madeleine har varit här, hon bodde på Marbella Club. Henne har jag ju inte träffat förstås, men jag har lärt känna många andra kändisar.

– Kände du Sebastian Söderström? frågade Annika och försökte att inte låta för angelägen.

Wilma sörplade i sig en halv hummer och nickade entusiastiskt.

– Det var för hemskt, det som hände med honom. Vem hade kunnat ana det? Tänk, vi var på hans dotters födelsedagsfest bara någon vecka innan de dog.

Annika lät räkan sjunka.

– Gick du på barnkalas? frägade hon skeptiskt. Hon kunde inte se Wilma sitta och äta tårta i Mys barnrum.

– Nej, din *loca*, det var inte den lilla flickan som fyllde. Det var den andra, Suzette.

Annika stirrade på henne.

– Du var på Suzettes fest? När då? Var då?

– Faktiskt i samma lokal där de gjorde den där razzian senare. Den ligger ovanpå ett av diskoteken i hamnen. Om man köper fyra hel-rör med vodka så får man automatiskt abonnera hela stället. Det är jättepopulärt att göra så.

– Och det gjorde Suzette för att fira att hon fyllde år?

– Nej, *loca*, det var hennes pappa. Han ville att Suzette skulle få kompisar, så han bjöd in oss allesammans, vi som är lite yngre. Sebbe var alltid så himla generös, det var bara fria drinkar och champagne champagne champagne hela natten.

– Lärde du känna Suzette?

Wilma suckade tungt.

– Alltså, sa hon, den där lilla tjejen ville inte alls vara där. Hon satt i ett hörn och ville inte prata med någon. Jag vet inte när hon gick hem, efter ett tag försvann hon bara.

– När hände det här?

– Strax efter jul. På annandagen, tror jag. Det var några tjejer som drog några linjer inne på muggen, och Sebastian blev alldeles vansinnig. Han var jättemycket emot knark och så, han kastade ut de där tjejerna på en gång...

– Du vet att Suzette är försvunnen?

Wilma nickade och samlade ihop de sista musslorna.

– Jag läste om det, jättehemskt, verkligen.

– Har du någon aning om var hon kan vara?

– Ingen aning.

– Hade hon några kompisar?

– Vet inte alls. Jag såg henne bara den gången.

– Så hon var aldrig ute i hamnen och festade?

Wilma skakade bestämt på huvudet.

– Kanske någon enstaka gång, men hon var inget partydjur. Då hade jag vetat om det.

Hon svepte sitt vinglas och hällde upp ett nytt.

– Så vad gör du nu? frågade Annika. Jobbar du, eller studerar?

– Jobbar, sa Wilma. Jag är konsult. Hjälper skandinaviska företag att etablera nya verksamheter på Costa del Sol.

Annika stirrade på den unga kvinnan.

– Du? sa hon. Hjälper skandinaviska företag... med vad då?

– Finansiering och etablering, sa hon.

Annika samlade sig.

– Och affärerna går bra?

– Skojar du? Jag känner varenda rik gubbe på hela Solkusten.

Wilma böjde sig framåt så att Annika kom att stirra ner i hennes enorma klyfta.

– Det finns bara ett trick, sa hon med låg röst. Man ska aldrig ligga med dem. Då förlorar de respekten för en.

Annika hällde i sig det som var kvar i vinglaset och beställde en mineralvatten. Wilma pimplade i sig resten av innehållet i vinflaskan.

Annika ställde pliktskyldiga frågor om Wilmas bakgrund och uppväxt (Vikingshill utanför Stockholm, föräldrarna datakonsulter, två yngre bröder), vad hon hade för råd till unga kvinnor som ville söka lyckan utomlands, vad de skulle akta sig för och vad de skulle satsa på, och sedan var vinet slut och räkskalen utburna.

– Ska vi ta några bilder? sa Annika. Kanske nere på stranden?

Wilma sken upp.

– Vilken bra idé! Och jag som har en bikini med mig!

Hon drog upp en minimal tygtrasa ur sin väska och lät den dingla framför Annikas näsa.

– Utmärkt, sa Annika. Vi testar både med bikini och kläder, så får redaktörerna hemma i Stockholm ta det som passar bäst.

Hon betalade notan. Även om restaurangen gav ett enkelt intryck med sitt tak av flätad bast och öppna väggar så var räkningen inte att leka med. Den kostade mer än Annikas flygbiljett.

De gick ner på stranden. Wilma ville börja med bikinifotograferingen, vilket Annika inte hade något emot. Hon drog av sig t-shirten och Annika noterade att ärren efter bröstoperationen var placerade i armhålorna, trixade på sig behån och vickade på höfterna tills trosorna satt på plats.

Sedan poserade Wilma glatt på en solstol med Estepona i bakgrunden. Några sådana bilder skulle inte gå att använda, men Annika knäppte av några rutor bara för att Patrik skulle bli glad.

– Vi kanske ska ta några när du är lite allvarlig också, sa hon.

Wilma såg med ens väldigt seriös och högtidlig ut, så högtidlig man nu kunde bli i en leopardbikini modell supermini.

– Och så några med kläder på...

Hon instruerade Wilma att gå utefter strandkanten med sina högklackade skor i handen, titta ut över havet och se fundersam ut. Det funkade fantastiskt bra. Solen verkade het och skoningslös, Wilma var ensam och utlämnad på den långa, vita stranden.

Hon såg fascinerat på sin nyinköpta kamera, det här var ju riktigt skojigt. Inte var det rocket science heller.

De skildes åt utanför busstationen och Annika satte sig för att vänta på nästa buss till Puerto Banús.

Det fanns inget spår av Lotta i vestibulen på hotellet. Annika hade inget intresse av ytterligare konfrontationer i fotofrågan, så hon hälsade på kvinnan i receptionen med ett kort *buenas tardes* och smet kvickt upp till sitt rum.

Klockan var kvart över sex.

Hon släppte ner bagen på golvet och gick en rastlös runda.

En timme och tre kvart kvar innan hon skulle träffa Thomas.

Tanken fick hennes mage att knyta sig.

Hon kröp ner i sängen och drog överkastet över huvudet. Det blev mörkt och tyst omkring henne. Låg alldeles stilla och lyssnade till sina egna hjärtslag ända tills syret tog slut och hon var tvungen att slänga överkastet åt sidan.

Hon och Thomas hade aldrig suttit ner och pratat med varandra efter skilsmässan, inte en enda gång. Vid ett tillfälle hade han varit uppe i den nya lägenheten på Agnegatan, på söndagskvällen efter att hon varit i Spanien förra gången. Det blev ett ganska tillkämpat möte. Annika hade varit angelägen att vara till lags och Thomas kämpade för att verka oberörd. Barnen hade rusat runt som tokiga, jagat varandra genom rummet och skrikit och skrattat tills Thomas sagt åt dem på skarpen.

Han tyckte att lägenheten var "trevlig".

Hon sa att det var "roligt att han tittade förbi".

Hon hade gråtit länge den kvällen, och nu skulle hon träffa honom igen.

Hon tittade på klockan, en och en halv timme kvar.

Hon reste sig upp ur sängen, satte sig vid datorn, loggade upp sig på hotellets nätverk och läste planlöst på de svenska nyhetssajterna.

Kvällspressen toppade med den världsomstörtande nyheten "Tio goda viner för en lyckad valborgsfest".

Och jag som trodde det var sällskapet det kom an på, tänkte hon.

Under vinhistorien fanns två ekonomiartiklar: den första ondgjorde sig över hur snål Ikeas grundare Ingvar Kamprad var. Den andra förfasade sig över att årets schlagervinnare slösade genom att åka privatflyg under en promotionturné. Det framgick inte vilket som var värst.

Konkurrenten körde först "Löneshoppa i solen!" och sedan "Så slipper du ur lyxfällan" och då gav hon upp. Hon klickade bort nyhetsmedierna och gick in på sin gamla Facebooksida. Det var ett tag sedan hon loggade in sig. Hon hade fått åtta nya meddelanden, samtliga från Polly Sandman, Suzettes bästa kompis hemma i Blackeberg.

Polly skrev mest långa och resonerande mejl, om livet och döden och kärleken, men ibland kom hon bara med korta upplysningar eller så ville hon ha svar på någon speciell fråga.

Annika började beta av meddelandena uppifrån, vilket innebar att hon kom att läsa det senaste mejlet först. Det innehöll en kort och kärnfull fråga:

"Är det fullmåne på hela jorden samtidigt?"

Annika blinkade mot skärmen.

Det visste hon faktiskt inte. Det kunde det väl inte vara? Eller var det det?

Hon gjorde en mental notering att ta reda på det.

Nästa meddelande var en lång berättelse om en dokusåpastjärna som blev astronaut.

Det tredje meddelandet bestod av tre meningar:

"Suzettes mamma har sålt deras lägenhet. Hon har slängt alla Suzettes grejer i grovsoporna. Jag vet inte vart hon har flyttat."

Annika läste meddelandet två gånger och kände hur halsen drog ihop sig.

Suzette betydde ingenting. Hon höll på att utraderas helt och hållet. Allt hon varit, tyckt och känt höll på att upplösas och ingen brydde sig.

Meddelandet var daterat den 16 april.

Jag måste hålla bättre koll på den här brevlådan, tänkte Annika.

De följande tre mejlen innehöll alla svårmodiga dikter om försvunna vänner.

Det näst sista var väldigt kort, bara två meningar.

"Jag har fått ett så konstigt mejl. Jag tror det är från Suzette."

Annikas hjärta började slå så hårt att pulsen dunkade i ådrorna, andhämtningen ökade.

Jag tror det är från Suzette.

Hon kollade snabbt på sidan, Polly Sandman var online. Hon klickade Pop Out Chat, fick upp Facebooks eget chatprogram och skrev "Hej Polly! Annika Bengtzon här! Vad är det för konstigt mejl du fått? Varför tror du att det kommer från Suzette?"

Hon skickade iväg frågan och stirrade sedan på skärmen, hon såg att hon fått en ny *request*.

Rolle i Mellösa frågade om han fick adda henne som sin vän.

Det tog några ögonblick innan hon fattade att Rolle i Mellösa var Roland Larsson, hennes gamla klasskamrat som haft en crush på henne under hela skoltiden. Han som var kusin med Jimmy Halenius.

Hon stirrade på skärmen och undrade om karln menade allvar. Hur kunde vuxna människor frivilligt ägna sin tid åt sådant här?

Å andra sidan så fanns det folk som ägnade hela sina yrkesliv åt att hjälpa oseriösa företagare att smita undan skatt, exempelvis via bolag i Gibraltar.

Hon klickade i att hon godkände Roland som sin vän. Tittade på klockan. Polly kanske inte satt vid datorn? Den kanske bara stod på i hennes rum medan hon var ute och fikade med sina kompisar?

I nästa sekund plingade chatprogrammet till.

"Tror du på meddelanden från andra sidan? Förr i tiden talade de döda genom andar, men idag kanske de kan mejla?"

Annika svarade kort och konsist: "Inte en chans. Vad skriver hon?"

Det dröjde ytterligare en minut.

"Mejlet är från Gunnar Larsson. Det stod inget i det."

Annika stirrade på svaret. Pulsen lugnade ner sig. Vad var det här för trams?

"Gunnar Larsson?" skickade hon tillbaka. "Vem är det?"

Svaret kom blixtsnabbt.

"Det är hemligt."

"Polly", skrev Annika och beslöt sig för att vara dramatisk. "Om detta har med Suzette att göra så måste du berätta. Det kan vara en fråga om liv och död."

Nu dröjde det flera minuter innan svaret landade.

"Gunnar Larsson var vår mattelärare i nian. Han var så töntig och gammal och jag och Suzette ville driva lite med honom. Vi gjorde en mejladress till honom, herr-gunnar-larsson@hotmail.com, och sedan skickade vi snuskmejl till olika tjejer i klassen. Vi vet inte vad som hände, men Gunnar Larsson fick sluta på skolan."

Annika läste meddelandet två gånger.

"Fick han sparken på grund av mejlen ni skickade?" frågade hon.

"Vet inte. Han var bara vikarie, så han skulle kanske ha fått sluta ändå. Men vi blev jätteskraja. Vi svor en pakt att aldrig berätta om Herr Gunnar Larssons mejl för någon i hela världen."

Annikas hjärta ökade takten igen.

"Men nu har Herr Gunnar Larsson hört av sig?"

Det dröjde åtta minuter innan svaret kom. Annika hade hunnit bita ner hela tumnageln.

"Det är bara jag och Suzette som har lösenordet till Herr Gunnar Larssons mejl. Nu måste jag sluta, vi ska bort på middag. Hej svejs!"

Sedan gick hon offline.

Annika satt kvar och stirrade på skärmen med ett svagt brus i öronen.

Ett tomt mejl från en hotmailadress, vad betydde det?

Att det kom från hotmail innebar att avsändaren måste ha tillgång till adressatens lösenord.

Att det var tomt tydde på brådska.

Det behövde inte betyda något, men det kunde vara ett livstecken.

Hon klickade upp Pollys sista meddelande, som var början till följetongen med dokusåpastjärnan/astronauten.

Annika satt kvar vid datorn någon minut. Sedan skrev hon ett kort svar:

"Du ska få mitt mobilnummer. Om Gunnar Larsson mejlar igen så vill jag att du ringer till mig."

Hon skrev sitt mobilnummer, tittade på klockan, skickade iväg meddelandet och stängde av datorn.

Hon fick skynda sig om hon skulle hinna duscha.

Han stod i vestibulen med ryggen mot hissarna.

Han hade samma kostym på sig som när hon stött ihop med honom utanför presskonferensen, den lite blanka italienska som satt så bra över höfterna.

Hon ställde sig bakom honom och andades in hans rakvatten.

Han hade också duschat, och rakat sig.

– Hej, sa hon lågt.

Han vände sig om och lät blicken rinna över henne. Ingen direkt uppskattning, men inte heller något avståndstagande.

– Hej, sa han. Ska vi åka?

Hon gick förbi honom, ut mot gatan.

Hon hade sina jeans, sin noppiga tröja och sin stora bag, precis som vanligt. Faktum var att hon packat ner sin allra tjusigaste klänning i väskan innan hon åkte: en knallröd, ärmlös historia som hon impulsköpt på mellandagsrean i julas. Det var inte med tanke på Thomas hon stuvat ner den, utan på Niklas Linde. Hon hade dragit på sig den först, men känt sig överklädd och fånig. Som om hon försökte för hårt.

Han hade en hyrbil parkerad utanför hotellet, låste upp den med en fjärrkontroll och öppnade dörren på passagerarsidan åt henne.

– Vart ska vi? frågade hon.

– Jag har bokat bord på ett ställe här uppe.

– Inte i Istán, väl?

– Vad? sa han och såg förvirrad ut.

– Ingenting, sa hon och satte sig i bilen.

Han satte sig bredvid henne precis på samma sätt som han gjort hundratals gånger tidigare, trasslade med bilnyckeln och kollade att växeln låg i och höll sedan andan ett ögonblick medan han vred på tändningen. Andades ut, testade gasen och tittade i backspegeln och glömde bort att koppla ur handbromsen innan han körde iväg.

Han styrde upp mot Nueva Andalucía. Hon tittade rakt fram genom vindrutan, intensivt medveten om hans närvaro: långa armar och ben, smala fingrar och breda axlar. Hon rös till och slog armarna om sig.

– Jag fick rekommendationen och en vägbeskrivning av portieren på hotellet, sa han. Krogen ska vara specialist på grillat kött. Jag antog att du inte ville ha fisk och skaldjur?

Hon svarade inte.

De rullade förbi tjurfäktningsarenan.

– Hur går artikelserien? frågade han.

Hon blundade. Det var så här de alltid gjort. Pratat runt det som var viktigt. Sagt en massa ord som aldrig betydde något.

– Jo tack, sa hon. För lite tid, en lat fotograf, för lite förarbeten, men det kommer att funka. Du då?

Han suckade, en ganska förnöjd utandning.

– Det här uppdraget, att koordinera alla de olika ekonomiska lagstiftningarna i de europeiska länderna, är en mycket större uppgift än jag först trodde. Jag kommer att vara inlasad på departementet flera gånger om innan det här är klart. Det känns väldigt bra att få ett sådant förtroende från departementsledningen.

Hon såg ut genom bilens sidoruta.

Tänk att han alltid var tvungen att berätta hur jävla bra och viktig han var.

De satt tysta medan bilen rullade uppför. De körde en annan väg än den hon åkt med Niklas Linde häromdagen, de var alltså inte på väg mot La Campana. Solen stod lågt och färgade murarna röda. Bougainvillean vällde fram över staket och hustak och glödde som eld i solnedgången.

– Jag har funderat, sa hon. Vi måste se till att ha en bra kontakt, du och jag, för barnens skull.

Han sneglade på henne, men han sa inget.

– Jag intervjuade en kille i går, sa Annika. Han är tjugosex år och sitter häktad i en fönsterlös betongcell inne i Malaga. Han kan vara glad om han kommer ut därifrån innan han har fyllt trettio, och han hade inte behövt hamna där.

Thomas svarade inte utan svängde in på en stor parkering utanför ett ställe som hette *El Picadero*.

– Portieren berättade att det här var ett stall en gång i tiden, sa han. Det fanns hästar här fram tills för några år sedan, faktiskt. Jag tänkte att det skulle passa dig.

Krogen var en låg och bred byggnad med gulflammiga takpannor och en stor terrass längs hela framsidan. Lyktor med levande ljus brann under taket.

– Vill du sitta ute?

Hon nickade.

De fick ett bord för två längst bort från dörren.

– Jag har också tänkt, sa Thomas sedan de satt sig och beställt vatten och vin. Han fingrade på servetten och trampade rastlöst med fötterna under bordet, precis som han brukade göra när han var illa berörd eller nervös inför något.

– Det var fel av mig att inte berätta om Sophia, sa han. Du visste om det, och jag önskar att du hade sagt något, men det var inte ditt fel. Att det blev som det blev. Inte bara.

Annika såg ner i bordsduken. Hon förstod vad han menade, och att det varit svårt för honom att säga det. Närmare än så skulle hon nog inte komma en ursäkt.

Tydligen var han inte klar, för trampandet fortsatte.

– Därför tycker jag att vi ska vara ärliga.

Annika nickade, jo, det tyckte hon också.

– Så du kan också säga…

Hon blinkade, förstod inte.

– Om du varit med någon.

Hon såg ner i servetten.

– Aldrig, sa hon. Inte med någon, inte en enda gång.

Kyparen kom med deras drycker. Thomas smakade av vinet. Annika drack girigt en klunk mineralvatten.

– Inte efteråt heller? sa han sedan servitören försvunnit.

Hon såg bort mot parkeringen. Den ende hon varit med var Niklas Linde.

– Den där polisen? sa Thomas. Eller Halenius?

Det gamla raseriet, dolt under en yta av nattgammal is, vällde fram med all sin lagrade unkenhet. Hon reste sig halvvägs från bordet så att stolen stötte i gästen bakom henne.

– Att du bara har mage, sa hon. Att börja korsförhöra mig om vem jag ligger med det första du gör.

Jag kan gå tillbaka till hotellet, for det genom hennes huvud. Jag får fråga om vägen. Det kan inte vara mer än en halvmil.

Sedan såg hon sig omkring. De övriga gästerna tittade förvånat på henne. Herrn som hon stött till flyttade ogillande på sin stol någon centimeter.

Hon var på väg att göra det igen, att springa iväg från konfrontationerna och stoppa huvudet i sanden.

Hon rodnade och satte sig ner.

– Förlåt, sa hon.

Thomas såg djupt generad ut.

– Det sitter svenskar där borta, sa han och nickade mot bordet vid ingången. De hörde dig även om de är döva.

– Förlåt, sa hon igen.

Kyparen dök upp bredvid dem igen och frågade om de ville beställa. De skyndade sig att ta upp menyerna.

– Det är köttet man ska äta, sa Thomas. Man grillar det vid bordet på en glödhet stenplatta. Det ska vara otroligt bra.

Annika slog ihop menyn utan att svara.

Thomas beställde några förrätter och *carne a la Piedra*.

Kyparen försvann.

– Barnen, sa Annika. Vi måste lägga bort alla surdegar mellan dig och mig och kunna prata med varandra utan att det blir så jävla laddat hela tiden. För barnens skull.

Han nickade.

– Jag har också tänkt på det, sa han. Vilken skillnad det är nu. Vi brukade ju dela på barnen, men nu är det bara jag som har ansvaret.

Hon såg på honom.

– Nej, Thomas, sa hon. Medan vi var gifta hade jag hand om barnen och du hade hand om din karriär. Inte i början, men efter att jag var tjänstledig efter den där historien med Sprängaren så lämnade du walk over. *Nu* delar vi däremot på ansvaret, du och jag.

Han såg på henne med häpna ögon.

Annika vek inte undan utan tittade tillbaka. Han hade börjat få gråa hårstrån vid tinningarna. Rynkorna vid ögonen var tydligare än förr. Han hade lagt ut lite också. Sophia Fucking Jävla Grenborg kanske bakade kaffebröd, Thomas var svag för bullar.

Det blev tyst mellan dem. En syrsa satte igång att gnissla i gräset precis intill. Andra gräshoppor svarade lite längre bort. En hund skällde.

Kyparen kom med deras förrätter, en tallrik med finskuren skinka och en med ost och valnötter.

– Jag tänkte att vi kunde dela? sa Thomas. Har du provat den här? *Jamón ibérico bellota*, den absolut bästa i världen.

De åt utan att prata. Annika kunde inte hejda sig när hon väl börjat äta. Hon stoppade i sig skinka och osten *queso manchego* och endive- blad med valnötter i gorgonzolakräm tills hon blev alldeles andfådd. Hon drack vatten och faktiskt också ett helt glas vin.

Mörkret tätnade och stod snart som en vägg runt omkring dem.

– Har jag berättat vad Ellen sa häromdagen när vi gick till sexårs? sa hon. "När jag är gammal, då är du död, och sedan kommer du tillbaka."

Thomas skrattade till.

– Vi har en tjej som tror på reinkarnation.

– Exakt, sa Annika.

– Undrar om hon levt förut, vem kan hon ha varit då?

– Mahatma Gandhi? föreslog Annika.

– Inte Josef Stalin i alla fall, sa Thomas. Hon är alldeles för rädd för blod.

De skrattade.

I samma stund ringde hans mobiltelefon. Han rotade fram den ur innerfickan, tittade lite långsynt på displayen, tvekade, reste sig upp och vände ryggen mot henne.

– Hej Kalle, sa han och gick ut på parkeringen.

Hon såg efter honom, fullständigt tom på luft.

Deras son ringde till honom, men han ville inte att pojken skulle få veta att han åt middag med henne, för det skulle bli komplicerat att förklara för Sophia.

Hon reste sig upp och slängde servetten på stolen. Någon jävla måtta fick det vara på förnedringen. Hon skulle sitta och redovisa vem hon knullade med, men han kunde inte ens stå för att de käkade middag.

Hon hade hunnit ett par meter ut på parkeringen när Thomas fick syn på henne.

– Jag saknar dig också, Kalle, sa han. Vet du vem som kommer nu? Det är en här som jag tror vill prata med dig.

Hon stannade mitt i steget. Han stod fyra, fem meter bort med telefonen utsträckt mot henne.

Hon nästan sprang fram och tog den.

– Kalle? sa hon.

– Mamma?

Värmen vällde upp inom henne och fick ögonen att tåras.

– Hej Kalle, hur mår du?

– Mamma, vet du, jag har tappat en tand!

Hon skrattade och stoppade en tår med fingrarna direkt under ögonfransarna.

– Oj då, en till, hur många har du egentligen?

– Jättemånga! Tror du tandfen hittar till Grev Turegatan?

– Lägg den i ett glas med vatten så ska du se att den har blivit en guldpeng i morgon bitti.

– Mamma?

– Ja?

– När kommer du hem?

– I morgon. Och sedan träffas vi ju på måndag när jag hämtar dig på fritids.

– Jag längtar efter dig, mamma.

Hon blundade hårt och harklade sig.

– Och jag längtar efter dig också. Är Ellen uppe?

– Hon sover, bebisen.

– Det borde du också göra. Sov gott nu. Jag älskar dig.

Hon log mot värmen inom sig och väntade på ramsan som pojken alltid brukade dra i slutet på telefonsamtalen, jag älskar dig mamma för du är den bästa mamman i hela väääärlden, men den kom inte.

– Mamma?

– Ja?

– Ska du gifta dig med pappa igen?

Hon slog upp ögonen, såg Thomas vandra runt på parkeringen som han gjorde när han var rastlös. Han stod aldrig stilla.

– Nej, gubben, det ska jag inte. Här kommer pappa, så får du säga god natt till honom också.

Hon gav Thomas telefonen, gick tillbaka till sin plats igen och stirrade ut i natten. Det hade blivit alldeles mörkt. Värmen från dagen låg kvar, vinden hade mojnat. Thomas avslutade samtalet och stoppade undan mobilen.

Kyparen tog undan deras förrättstallrikar och kom fram med en ställning som han placerade en fräsande stenplatta ovanpå. Sedan dukade han fram tunna skivor av marmorerad t-benstek och grönsaker och tre olika såser, visade hur de skulle smälta djurfett direkt på plattan och sedan steka skivorna i flottet. Det fräste och hoppade och rök och pyrde.

Annika tittade förhäxad på eldslågan som brann och fladdrade under ställningen och lyssnade till stekplattans fräsande.

– Jag saknar dig ibland, sa Thomas.

Hon trodde att han skulle säga något mer, men det gjorde han inte.

– Varför? frågade hon till slut.

Han lade en köttbit till på plattan.

– Du strök aldrig medhårs. Du sa alltid vad du tyckte. Jag var aldrig särskilt nöjd när jag diskuterat något med dig, men jag blev alltid klokare.

Hon svarade inte.

Thomas grillade och skar, grillade och skar.

Själv hade hon blivit mätt på förrätterna.

Lågan under ställningen flämtade till och slocknade.

Kyparen kom och bar ut de tomma tallrikarna.

Ingen av dem ville ha dessert eller kaffe. Thomas tog notan och betalade med ett kontokort Annika aldrig sett förut. Han skrev under med sin vanliga, slängiga signatur och lade en tioeurosedel i dricks.

– Är det pappa staten som betalar? frågade hon,

– Knappast, sa han. Man vill ju inte hamna i Kvällspressen.

Hon skrattade.

– Det här är mitt privata konto, sa han. Vi har ett gemensamt också, för mat och resor och andra ömsesidiga utgifter...

Annika vände bort ansiktet, ut mot mörkret. Hon sket väl fullständigt i deras jävla bankkonton.

Han kände hennes reaktion och såg generat på henne.

– Ibland undrar jag om vi försökte tillräckligt mycket, sa han.

Hon frös till, det hade blivit kyligt. Hon var glad att hon hade tagit på sig sin fula tröja.

– Ska vi åka? sa hon.

– Kanske och ta en drink någonstans? sa han. Kanske nere i hamnen?

– Jag tror inte det, sa hon. Jag är ganska trött.

De lämnade restaurangen och gick ut på parkeringen. Den var nästan tom på bilar.

– Saknar du mig? frågade han. Någon gång ibland?

Hela tiden, tänkte hon. Varje dag. Varje stund jag är ensam. Eller gör jag det?

Hon drog efter andan.

– Jag vet inte, sa hon. Inte så mycket nu längre. I början var det hemskt. Att du var borta var som ett svart hål inuti mig, det var som om du hade dött.

Hon stannade vid bilen.

– Det hade egentligen varit bättre om du hade dött, för då hade jag åtminstone haft rätt att sörja.

– Det var inte meningen, sa han. Att göra dig illa.

– Det skulle du ha tänkt på innan, sa hon.

– Jag vet, sa han.

De satte sig i bilen, körde tysta genom gatorna i Nueva Andalucía. Himlen var mörk och stjärnlös, det hade rullat in moln från Atlanten under kvällen.

– Det var en sådan här natt som familjen Söderström blev gas-mördad, sa Annika. En molnig natt, fast kallare. De hade värmen på i alla sovrum.

– Ska du inte följa med och ta en drink? En öl bara, eller en kaffe?

– En öl kanske, sa Annika.

De parkerade utanför Hotel Pyr och gick ner mot hamnen.

Människor trängdes i stora horder utmed hamngatan. De flyttade sig makligt när någon Lamborghini skulle fram. Raden av barer och diskotek som kantade kajen pumpade ut ljus och musik i mörkret utanför.

Thomas styrde stegen mot Sinatra Bar.

– Kan vi gå ut på piren? frågade Annika.

Hon ville inte stöta ihop med Niklas Linde och hans tjejer.

De gick förbi fyren och fortsatte ut på vågbrytaren. Vinden var kall, Thomas knäppte kavajen och slog upp kragen. Annika körde ner händerna i jeansens byxfickor. De gick nära utan att röra vid var-andra.

– Det är mycket jag önskar att jag hade gjort annorlunda, sa Thomas mot vinden. Jag tänkte inte på konsekvenserna. Jag tyckte bara att du var så hård och avig och känslokall.

– Hon blev den lättaste vägen ut, sa Annika. Du har en förmåga att "bara hamna".

Han nickade, stannade upp utan att se på henne. Borta i sydväst glödde spridda ljus på den afrikanska sidan.

– Jag vet att jag gjorde fel, sa Annika. Jag smet också. Och jag är ganska säker på att vi hade kunnat komma överens, om vi hade sökt hjälp.

Nu såg han på henne.

– Tror du att det är för sent? frågade han.

Hon trodde först att hon hört fel, att vinden spelat henne ett spratt.

– För sent? sa hon.

Han lade handen mot hennes kind och kysste henne.

Först blev hon alldeles stel. Hans läppar var veka och kalla. Hon märkte att hon var lite snorig, för hon fick ingen luft genom näsan.

Hon drog sig undan, torkade sig under näsan med handen. Han kysste henne igen.

– Kom, sa han lågt.

Han tog henne i handen och gick tillbaka mot ljusen på kajen.

Hon följde efter honom, hennes fingrar sammanflätade med hans, och det slog henne att han alltid hållit hennes hand på det sättet, tänk, det hade hon glömt. Hon gick lite närmare honom, för det slet och drog i hennes skadade pekfinger.

De gick genom hamnen och bort mot hotellet, längs gator som snabbt blev tomma och kalla när musiken och lamporna inte längre nådde fram.

Receptionen var obemannad, ljudet av en tv trängde ut från det lilla kontoret bakom disken.

De gick tyst och snabbt genom lobbyn, steg in i hissen längst bort. Annika tryckte på trean och Thomas strök undan hennes hår. Hon mötte sin egen blick i spegeln medan han kysste hennes örsnibb.

Hon blundade.

Det var alldeles mörkt i hennes rum. Thomas tände i taket och vände sig mot henne.

– Jag vill se på dig, sa han. Om jag minns dig rätt.

Brukar han fantisera om mig? tänkte hon.

Hon drog själv av sig tröjan och t-shirten, behån fastnade i tröjkanten. Hon hade den röda på sig, den som hon köpt till den fina klänningen som hon inte tagit på sig.

Han lade handen på hennes axel, smekte hennes arm, formade handen runt hennes bröst.

Så brukade han också göra. Han visste att hon gillade det.

Hon knäppte upp hans skjorta, följde händernas fumlande med blicken, knapp för knapp. Sedan såg hon upp på honom.

Hans ögon, åh, hon älskade hans ögon.

– Vet du, sa han, att jag har längtat efter dig.

Jag också, tänkte hon. Varje gång det blir tyst omkring mig, varje gång jag är ensam, då längtar jag efter dig.

Han knäppte av henne behån och lade den på sängbordet. Knäppte upp hennes jeans och smekte henne över stjärten.

– Du har gått ner i vikt, sa han.

Han minns fel, tänkte hon. Det är Sophia som är kraftigare än jag.

Hon drog av honom skjortan och lät den trilla ner på golvet. Han hade fått en liten putmage. Hon lade handen under hans navel och lät den vila där ett ögonblick. Så brukade hon göra. Det kändes som om hon aldrig gjort annat.

Efteråt somnade han på rygg med armarna utsträckta, men Annika låg vaken på hans axel och stirrade in i mörkret.

ANNIKA BETALADE BÅDE sitt och fotografens rum. Hon skrev på kontokortsnotan och gick sedan raka vägen ut mot gatan med sin resväska.

Hon blev stående på trottoaren några minuter medan hon väntade. Det var fortfarande kyligt i luften, solen hade inte orkat upp bakom Sierra Blanca.

Hennes plan lyfte klockan tio och Thomas kvart i fyra.

Han skulle köra henne till flygplatsen, sedan skulle han åka och samla ihop sina saker på Parador.

Det kändes som om inget konstigt eller obehagligt någonsin hade hänt mellan dem.

Skilsmässan var bara en obehaglig dröm, något hon inbillat sig. Allt var som det alltid varit och nu skulle de åka och hämta ungarna och sedan skulle de hem till lägenheten på Kungsholmen, det behövde nog tvättas och mjölken var slut. Svärföräldrarna väntade på dem ute på ön och...

Med ens fick hon svårt att andas. Ett band drogs ihop över hennes bröst, trafikljuden sjönk undan. Hon famlade efter resväskan och satte sig trevande på den, framåtlutad för att lättare få luft.

Hans hyrbil gled upp bredvid henne.

– Hur är det? sa han och skyndade sig fram mot henne. Mår du dåligt?

Hon viftade avvärjande med handen.

– Nejdå, sa hon. Jag fick bara en attack... blev lite snurrig. Det är inget.

Hon sneglade upp mot honom.

De hade inte älskat på morgonen. Han hade inte duschat. Han hade inte lånat hennes tandborste, något så ohygieniskt skulle han aldrig drömma om.

Han såg på henne med uppriktig oro i de fantastiska ögonen, de knallblå, hon tog hans hand och lät sig bli uppdragen och hjälpt bort till passagerarsätet. Han strök bort hennes hår ur ansiktet och satte på henne bilbältet. Sedan lyfte han in hennes resväska i bakluckan, stängde den ordentligt och kontrollerade att den verkligen gått i lås. Till sist kom han runt på förarsidan, satte sig i bilen och såg på henne och log. Håret föll ner i pannan på honom, skjortan var öppen i halsen.

Hon ansträngde sig för att le mot honom.

– Jag ångrar mig inte, sa han.

Inte ännu, tänkte hon.

– Inte jag heller, sa hon.

Sedan körde han iväg.

Motorvägen var nästan öde. När de kom upp på betalvägen såg de inte något annat fordon. De satt tysta bredvid varandra, Thomas tittade koncentrerat på motorvägen och Annika stirrade ut över havet. Hon kunde inte se Afrika, det var alldeles för disigt.

Med den här farten skulle de vara framme på flygplatsen om en halvtimme.

Hon skulle stiga ut ur bilen och kyssa honom lite trevande, och sedan skulle hon gå in i Pablo Ruiz Picasso-terminalen och de automatiska dörrarna skulle gå igen bakom henne, och då skulle illusionen vara över.

Flighterna skulle lyfta och bagagebanden rulla och taxichaufförerna slå in sina fasta priser. Sedan skulle hon sitta högst upp i en trea på Agnegatan och han skulle ta sista Vaxholmsbåten ut till sina föräldrars sommarställe i skärgården där Sophia och barnen väntade på honom, Kalle och Ellen klängiga och förväntansfulla och Sophia varm och kuttrande.

Och då skulle den här bilturen kännas främmande och obegriplig.

Hon kände lukten av gamla strumpor och tittade upp, de passerade ölbryggeriet San Miguel som låg precis intill flygplatsen.

Nu var det nästan förbi.

Thomas svängde upp på rampen för *salidas*, avgångar. Här härskade tydligen kaos oavsett tid eller veckodag. En vakt i knallgul väst vinkade in dem i en tom ficka några meter från terminaldörrarna.

Hon drog ett djupt andetag.

– Mår du bättre?

Hon nickade. Såg på honom. Hans anletsdrag var öppna och ljusa. Han ville henne väl, hon var säker på det.

– Jag mår fint, sa hon och strök bort hans hår från pannan, det blonda rufset som han nästan aldrig kammade.

Hon böjde sig fram och kysste honom, så lätt att det nästan inte kändes.

– Jag hjälper dig med väskan, sa han.

– Det behövs inte, sa hon, men han hade redan öppnat dörren och klivit ur bilen och var på väg mot bagageluckan.

Hon steg ur på ben som var tunga som bly, hon tog sin väska, han kysste henne på pannan.

– Jag ringer dig, sa han och såg på henne som om han verkligen menade det, och hon log tillbaka utan att svara, vände sig om och gick mot dörrarna.

När de glidit igen bakom henne stannade hon upp och slöt ögonen.

Så var det borta.

Annika gick runt och shoppade på flygplatsen ända fram till avgång. Hon köpte godis och leksaker till barnen, vin och sprit till sig själv trots att hon aldrig drack upp det, ett resekit med olika läppstift från Dior som hon antagligen aldrig skulle använda.

Lotta satt och väntade vid gaten. Hon hade ryggsäcken med kameran med sig, men resten av utrustningen hade hon tydligen checkat in.

Annika satte sig bredvid henne utan att säga något.

Lotta ryckte till och flyttade sig några centimeter bort från henne.

– Lugn, sa Annika. Jag bits bara vid fullmåne.

– Jag förstår att jag inte gjort särskilt bra ifrån mig, sa Lotta förskrämt.

Annika såg på fotografen, hennes uttryck av rädsla och trots.

Lotta hade pratat med någon. Hon hade förmodligen ringt till tidningen och krävt att få tala med Pelle, bildchefen, eller Schyman själv, och samtalet hade inte fallit väl ut. Nu kände hon sig ännu mer orättvist behandlad, men hon var tvungen att äta bajs om hon skulle få ha jobbet kvar.

– Artikelserien är i hamn, sa Annika och tog upp ett exemplar av gårdagens Daily Mail.

Hon höll upp tidningen framför sig och stirrade på sidorna utan att läsa ett enda ord ända tills de boardade.

De var placerade i flygstolarna bredvid varandra. Annika tog fönsterplatsen. Eftersom hon inte sovit mer än någon timme under natten somnade hon så snart planet kommit upp i luften och vaknade inte förrän inflygningen till Arlanda började.

Bagagebandet spottade fram Lottas bagage, alla hennes fem kollin, innan Annika fått sin enda lilla resväska.

– Jag skulle vara väldigt tacksam om du inte berättade för någon på tidningen om vårt samarbete, sa Lotta när hon lassat upp alla grejerna på vagnen.

Annika såg på fotografen och försökte precisera för sig själv vad hon kände inför den bleka kvinnan.

Hon kunde inte uppbåda något annat än likgiltighet.

– Vilket samarbete? sa hon.

Med det lät sig fotografen nöja och stretade iväg mot tullen.

Annika dröjde sig kvar och lät henne försvinna ut genom gången med jätteporträtten av de kända svenskarna som önskade resenärerna välkomna till sin hemstad.

Hon köpte kvällstidningarna i ankomsthallen och läste dem medan hon åt en ganska läskig sallad på sjuelva. Sedan tog hon snabbtåget in till Stockholm och beslöt sig för att gå från stationen.

Himlen var stålgrå och regnet hängde i luften. Vinden var fuktig och kall och gick genom märg och ben. Hon stretade över Kungsbron och kom upp på Fleminggatan. Resväskans små hjul fastnade i gatgruset, till slut gav hon upp och bar den i stället.

När hon kom upp till lägenheten var hon alldeles stum i armen.

Hon ställde ner resväskan på hallgolvet och beslöt sig för att vänta med att packa upp den, precis som hon brukade.

I stället gick hon in i sitt sovrum, lät blicken stanna på den inramade teckningen med flickan och hästen som hängde ovanför hennes säng. Lilla My, åtta år, vem sörjde henne? Vilka spår hann hon rista i verkligheten?

Annika lade sig ovanpå överkastet. Med öppna ögon låg hon och lyssnade till husets andning.

Först kom de stora ljuden, de som skvallrade om människor och aktivitet. Vatten som porlade i ledningarna. Att någon spolade i en toalett. Malande röster från radions P1.

Hon blundade och lyssnade efter de andra ljuden, de som låg bakom människornas bestyr, och efter en stund hörde hon dem. Det dova suset från centralvärmesystemet, knäppningarna i det hundraåriga träbjälklaget, vinandet i fönsterspringor och friskluftsventiler.

Thomas satt nog på planet nu. Det hade nyss lättat från marken och Spanien försvann under honom, bergen som var prickiga av olivlundar, byarna som lyste vita mot den röda jorden.

Suzette kanske levde. Vem hade annars skickat ett tomt meddelande från Herr Gunnar Larsson?

Med ens slogs hon av en tanke som satte henne käpprak upp i sängen.

Tänk om det var Herr Larsson själv som hackat mejlen? Det var inte alls Suzette som velat ge sig till känna, utan en bitter och avskedad lärare som ville hämnas på dem som sett till att han fått sparken?

Om han hade blivit uppsagd på grund av mejlen så hade ledningen säkert konfronterat honom med dem. Då hade han sett adressen, och han hade alltså alla möjligheter att gå in på hotmail och försöka knäcka koden till lösenordet. Det var inte hjärnkirurgi. Hon hade gjort det själv för bara något år sedan, med den mördade nobelkommittéordföranden Caroline von Behrings alternativa adress på nätet, andrietta_ahlsell@yahoo.se.

Hon studsade ut i hallen, tog upp sin dator ur bagen och gick ut i köket. Det var bara där hon hade internetanslutning. Hon hade funderat på att skaffa trådlöst nätverk, men inte kommit till skott. Dessutom visste hon inte hur bra det var att vistas i den där strålningen dygnet runt. Tidningen körde trådlöst över hela redaktionen, och ibland när hon kom hem kändes det som om hon haft huvudet inne i en mikrovågsugn hela dagen. Det var rätt skönt att slippa ha det hemma.

Datorn gick igång och hon loggade direkt in sig på Facebook.

Inga nya meddelanden. Polly Sandman var inte online.

Hon gick in på hotmail och angav användarnamnet herr-gunnar-larsson. Testade de givna lösenorden först. polly.

Felaktig e-postadress eller felaktigt lösenord. Försök igen.

suzette.

Felaktig e-postadress eller felaktigt lösenord. Försök igen.

blackeberg

Felaktig e-postadress eller felaktigt lösenord. Försök igen.

Hon undrade hur många försök hon hade innan kontot gick i baklås. Hur många som helst, kanske, hon visste inte.

Hon gav upp, loggade ut från hotmail och gick in på sin Facebook-mejl i stället. Skrev till Polly och frågade om hon trodde att Gunnar Larsson hade kunnat knäcka deras kod.

Blev sedan sittande och stirrade på skärmen.

Hon hade inte ringt till Niklas Linde innan hon åkt. Han hade bett henne göra det, det var det sista han sa innan hon gått ur hans bil i förrgår.

Han kanske hade något att säga henne, något han inte kunde berätta medan Lotta lyssnade.

Hon knöt händerna hårt, kände naglarna borra sig in i handflatorna.

Sedan loggade hon in sig på infotorg.se, gick in på SPAR och sökte niklas linde utan geografisk begränsning.

För många träffar (ca 170). Begränsa sökningen.

Hon tog bort fonetiseringen för att slippa alla som hette Lind eller Lindh. Sökte igen.

Tio träffar, åtta som hade Linde som efternamn. Fyra av dem bodde i Skåne, en var avregistrerad och utvandrad till Schweiz och tre var skrivna i Stockholmsområdet.

Hon tittade på födelseåren och såg direkt vem som var hennes Niklas.

Linde, Bo NIKLAS Yngve
Folkbokföringsadress: ÄNGSLYCKEVÄGEN 73,
245 62 HJÄRUP
Län: 12 SKÅNE
Kommun: 30 STAFFANSTORP
Församling: 06 UPPÅKRA

Han var trettiosex år gammal.

Hon startade en ny sökning och slog bara efternamnet, linde, och postnumret 245 62, kön: kvinna.

Bingo direkt. Tre träffar på samma adress.

Linde, Anna MARIA, trettiotre år gammal.

Linde, Kajsa ELENA, tio år.

Linde, Alva NATALIE, tre år.

Hans fru och två döttrar. Hade han någon son också, månne?

Hon gjorde en tredje slagning med linde, man och postnumret.

Bingo igen.

Linde, Bo OSCAR, åtta år.

Hon såg på namnet framför sig. En pojke som Kalle. Oscar. Antagligen tappade han tänder på löpande band och ringde och berättade det för pappa som var på jobb på spanska solkusten.

Starkt jobbat, Niklas. Fru och tre barn i Hjärup, var fan det nu låg. Utanför Malmö någonstans, antagligen. Säkert idylliskt som satan. Ängslyckevägen, ser man på.

Hennes mobil började ringa ute i bagen. Hon trasslade sig upp från köksstolen, slog i lilltån i bordsbenet och haltade ut i hallen.

– Annika?

Det var Niklas Linde.

Hon såg hastigt bort mot datorn, kunde han kolla hennes sökningar?

Antagligen, men det var knappast därför han ringde.

– Hej, sa hon förvånat. Jag är tillbaka i Stockholm.

– Du, sa han, och nu hörde hon att hans ton var väldigt kort. Jag har några frågor till dig, kan du svara på dem på en gång?

Hon gick tillbaka till köksbordet, klickade bort Infotorg där hela Niklas Lindes familj låg på display.

– Visst, sa hon och lade kroppstyngden på ena foten medan den andra vilade i luften. Det gjorde skitont i lilltån.

– Det gäller Johan Zarco Martinez, den svenska medborgaren som du träffade i häktet i Malaga i torsdags.

– Jaha? sa Annika.

– Får jag fråga dig vad ni pratade om?

– Så klart du får, men jag vet inte om jag svarar. Inte för att det handlade om några hemligheter, men du vet hur det är, källskydd och integritet och...

– Killen är död, sa Niklas Linde. Han hittades livlös i sin cell i morse.

Annika gled ner på stolen, med ens alldeles mjuk i knäna. Datorns surrande sjönk undan och hon hörde blodet susa.

– Död? Hur?

– Han ska förstås obduceras, men det finns några tecken som läkaren kunde konstatera omedelbart. Hans pupiller var miotiska, alltså extremt små. Det är mycket karakteristiskt vid morfinöverdoser.

Annika ruskade på huvudet som för att klarna tankarna.

– Morfin? Hur fick han tag i det, inne i häktet?

– Det var det jag tänkte fråga dig om. Du var bland de sista som besökte honom. Bad han om droger när ni var där?

Hjärtat ökade farten, hon blev fuktig i handflatorna av obehag.

– Nej, sa hon nervöst. Han sa att han inte var särskilt förtjust i kokain. Han gillade öl bättre, sa han.

Hon svalde och nickade för sig själv.

– Jo, så var det, sa hon. Han frågade om vi inte hade någon öl med oss. Det skulle vara ganska lätt att ta in, påstod han.

– Men ni hade ingen öl?

– Självklart inte.

– Vad sa Carita under intervjun?

– I stort sett ingenting. Hon tolkade så att vi kom in, men Johan pratade ju svenska.

– Vad sa hon efteråt?

Annika drog ett djupt andetag.

– Ingenting. Eller ja, hon frågade vad Johan viskat till mig precis på slutet, just innan vi gick.

– Viskat? Vad viskade han?

– Inget särskilt, han kramade om mig och bad mig att hjälpa honom att komma ut därifrån. Jag svarade inte, för det fanns inget att säga.

– Varför frågade Carita om det?

– Ingen aning.

– Jobbade du med Carita under gårdagen?

– I går, fredag? Nej, jag gjorde intervjuer i Gibraltar och Estepona, men bara på danska och svenska. Varför frågar du?

Niklas Linde tystnade. De susade och sprakade på linjen.

– Carita Halling Gonzales besökte Johan Zarco Martinez i häktet i går eftermiddag. Eftersom hon redan var registrerad som besökare fanns det ingenting som hindrade att hon kom in.

– Är ni verkligen säkra på att det är morfin? Kan det inte vara något annat?

Hon kände sig yr och lite illamående.

– Såvida inte vakterna försåg Jocke med morfinet så måste det ha varit Carita som gjorde det. Hon är den enda som hade möjligheten. Jocke hade ingen kontakt med några medfångar och inga andra besökare.

Annika var tvungen att luta ryggen mot köksväggen och blunda.

– Det är inte möjligt, sa hon. Jag har varit hemma hos henne. Jag känner ju henne. Hon är fåfäng och rasistisk gentemot britter och älskar verkligen sin man… Men vad säger hon själv? Har du inte pratat med henne?

– Hon kommer att efterlysas av Interpol så snart obduktionen är klar.

– Varför det? Är hon försvunnen?

– Radhuset är igenbommat. Maken dök inte upp på jobbet i förmiddags.

Annika öppnade ögonen och stirrade in i diskbänksskåpet.

– Så hela familjen är borta? Barnen också?

– Har Carita sagt något till dig om sin bakgrund, om sin familj?

– Hur så?

– De första vi letar hos är släktingar och nära vänner.

Annika hörde sin egen röst långt bortifrån, som om någon annan använde hennes stämband.

– Hon är uppvuxen i Beverly Hills, träffade sin man där, Nacho. Han är barnläkare, från Colombia. De bodde i Bogotá i början av 1990-talet. Hennes svärfar, Victor tror jag han hette, var polischef där och mördades av maffian och då var de tvungna att flytta därifrån, för maffian utraderar hela familjer, så att ingen kan ärva...

– Något annat?

Hon knep ihop ögonen.

– Hennes föräldrar drev ett biotechföretag, Cell Impact. När de dog ärvde hon bolaget och sålde det direkt, för hon kunde inget om sådant. Det var för pengarna från arvet som de kunde köpa radhuset i Nueva Andalucía.

– Det är möjligt att kollegorna i Stockholm kallar in dig på ett mer formellt förhör framöver, men för dagen räcker det här för mig. Du får ha det så...

Annika reste sig upp vid köksbordet.

– Vänta lite, sa hon. Är dödsfallet offentligt? Kan vi gå ut med det i tidningen?

– Du får kolla med UD:s presstjänst. Inget av det jag har berättat för dig är officiellt, det hoppas jag du förstår.

– En sak till, sa Annika snabbt innan hon ångrade sig. Varför berättade du inte att du är gift?

Det blev alldeles tyst på linjen.

– Men Annika, sa han sedan. Känner du dig sviken?

Hon harklade sig.

– Nej, sa hon. Bara rutten.

Det fanns gränser. Någon Sophia *Fucking Jävla* Grenborg skulle hon aldrig bli.

– Maria vet, sa han. Inte allt, och inte med vilka, och det är inte viktigt. Jag kommer aldrig att lämna henne. *Det* vet hon.

Vad du lurar dig själv, tänkte hon. En dag träffar du någon som du inte kan motstå och då står hon där, din fru, på Ängslyckevägen, med sin jättelånga, superförstående näsa.

Det blev tyst på linjen.

Jag borde berätta om Suzette, tänkte hon. Om mejlet, att hon kanske lever.

– Var det något annat? frågade Niklas Linde.

Annika svarade inte.

– Då så. Sköt om dig.

Han lade på.

Hon satt kvar på stolen, förlamad.

Hon ville kräkas eller gråta, kanske båda samtidigt.

Carita Halling Gonzales besökte Johan Zarco Martinez i häktet i går eftermiddag. Hon kommer att efterlysas av Interpol så snart obduktionen är klar.

Det kunde inte vara möjligt. Den colombianska maffian bar inte leopardväska och högklackat.

Öl. Morfin. Döda män.

Storlek trettiosju i skor. Få män har så små fötter.

Hon reste sig upp, gick till diskbänken och vred på kallvattnet, drack direkt från kranen. Blundade och lät vattnet skölja över ansiktet, rinna ner längs halsen och leta sig innanför kragen.

Vem var hon att avgöra vem som var kriminell eller inte? Det var de nordiska poliserna som rekommenderat Carita Halling Gonzales, för också de använde henne som tolk.

Hon stängde av kranen, rev av en bit hushållspapper och torkade av sig om halsen.

Skurkar en bit upp i hierarkin såg antagligen ut som alla andra. Läppstift och page, leopardväska och högklackat: varför inte?

Hon satte sig vid köksbordet igen. Blundade och såg villan i Nueva Andalucía framför sig, försökte förstå vad som hänt den där natten. Hon försökte se Carita framför sig, hur hon släppte in gasen i huset och klev över döda barnkroppar...

Släppte tankegången, den var omöjlig.

Kunde det vara något missförstånd?

Var Carita utsatt för någon komplott?

Eller var hon galen?

Hon skakade på huvudet för sig själv, nej, inte galen, men besatt. Man dödar inte sju människor om inte oerhört mycket står på spel, eller gör man det? Om man samtidigt älskar sin familj och är upprörd över att de brittiska grannarna inte betalar den gemensamma avgiften till poolskötaren?

Hon reste sig upp och drack vatten igen, ur ett glas den här gången.

Så klyftig Carita hade varit. Vilken fullkomligt strålande position hon hade skaffat sig.

Genom att tolka i polisförhör visste hon exakt vad de gripna avslöjade.

Genom att liera sig med Annika fick hon insyn i spaningsarbetet.

Och det var hon själv som sett till att Carita fått komma in på häktet.

Hon hoppade högt när mobilen satte igång att ringa. Dolt nummer, antagligen tidningen. Förmodligen Patrik.

– Ja, sa hon, jag har kommit hem.

– Eh, hej, det är Jimmy Halenius.

Oh jeeezez, han nu också.

– Hej, sa hon matt.

– Ringer jag olämpligt?

– En kille jag intervjuade i torsdags har dött inne på ett häkte och jag har fått reda på att min tolk antagligen är en colombiansk maffiamördare, sa hon.

– Åh fan, sa Jimmy Halenius. Vilket häkte?

– Malaga.

– Zarco Martinez? Det var som fan. Vi hade begärt honom utlämnad.

– För sent nu, sa Annika.

– Och maffiamördaren?

– En kvinna som fungerade som polistolk åt Malagapolisen.

– Åh fan, sa statssekreteraren igen. Vill du komma och käka middag hemma hos mig ikväll?

– Måste skriva, sa Annika. Om jag får loss honom från UD så blir Zarco Martinez antagligen både etta och löp i morgon.

– Jag förstår, sa Jimmy Halenius. Lycka till med UD. Det kommer du att behöva.

Hon lät mobilen sjunka, stirrade på sin dator.

Historien om Carita skulle hon inte kunna skriva ikväll. Den var för långsökt. Dessutom var hon inte formellt efterlyst ännu. Hon skulle vara glad om hon hittade någon som kunde bekräfta att killen var död. Någon dödsorsak, morfin, eller sista besökare, Carita, skulle hon inte få verifierad.

Att hävda en koppling till massmordet på familjen Söderström kunde hon inte heller göra.

Annika rätade på ryggen och rev sig i håret.

Vart kunde de ha tagit vägen? Till Colombia kunde de inte åka. Hela familjen hade ju varit tvungen att fly? De hade övergivit sitt fina liv i en förort därför att Nachos far, polischefen, hade blivit mördad av maffian? Och maffian utraderade hela familjer, så att ingen skulle kunna ärva…

Hon såg plötsligt Carita framför sig, utanför huset, den regniga dagen då polisen släppt in dem och hon för första gången blivit medveten om att det fanns en flicka till, en som hette Suzette.

Ett barn till? hade Carita sagt med uppspärrade ögon och alldeles vit i ansiktet.

Hon hade noterat Caritas reaktion, men bara trott att hon varit berörd i största allmänhet.

Du fick inte död på alla, tänkte Annika. Det fanns någon kvar som kunde ärva. Vilken jävla missräkning.

Hon var tvungen att gå en runda i lägenheten, in i barnens rum och stryka med handen över deras sängkläder.

Sedan väckte hon sin dator som gått ner i viloläge och hämtade upp Google.

Caritas svärfar, den mördade polischefen, han kanske fanns omnämnd som en demokratins hjälte på någon spanskspråkig hemsida? Victor? Victor Gonzales?

Hon fick 965 000 träffar.

Hon slog *victor gonzales policia bogota*.

Antalet träffar krympte till 179 000.

Hon sköt datorn ifrån sig. Tittade på klockan. Hon borde ringa Patrik och berätta om Jocke Zarco Martinez. Om inget världs-omstörtande hade hänt i tv-världen, att någon snubblat i direktsänd-ning eller något liknande, så skulle dödsfallet förmodligen toppa tidningen: förutsatt att hon fick loss grejen.

Hon gjorde en snabb kalkyl.

Hur stor var sannolikheten att något annat medium skulle få reda på dödsfallet och dessutom få det bekräftat om inte hon gjorde det?

Lika med noll.

Alltså behövde hon inte ringa Patrik förrän hon hade något att komma med.

Hon sträckte sig efter sin bag och halade upp kollegieblocket hon skrivit ner stolparna i efter intervjun inne i häktet. Bläddrade bland de kladdiga anteckningarna samtidigt som hon sträckte sig efter ett äpple som sett bättre dagar. Plockade upp mobilen och ringde UD:s pressjour. Tog en stor tugga och sörplade i sig äppelsaften, vände blad bakåt genom intervjun med Wilma i Estepona och besöket i Gibraltar. Det klickade till i luren och en kvinna svarade.

– Ni har kommit till Utrikesdepartementets pressjour, går det bra att dröja?

Hon talade med långa iiii-n och klara aaaa-n.

– Hur länge då? frågade Annika men kvinnan hade redan satt henne på vänt. Det susade på linjen, som en avlägsen tinnitus.

Hon suckade högt och hoppades att det hördes på andra sidan. Naturligtvis skulle hon använda intervjun i häktet till morgondagens artikel, nyheter gick före artikelserier. Hon plockade upp blocket igen och fortsatte att bläddra.

Fanns det något annat hon kunde använda redan nu?

Hennes blick fastnade på en webbadress hon skrivit upp från fastigheten runt hörnet från Veronica Söderströms kontor.

Den stängda mäklarbyrån med familjen Söderströms villa till salu i fönstret.

Det knäppte till i luren.

– Hallå? sa Annika.

Inget svar, bara tinnitus.

Hon släppte äpplet på bordet, drog till sig datorn och skrev in www.aplaceinthesun.se i Internet Explorers adressfält.

Tog en tugga till medan datorn hackade och stampade.

Welcome to A Place in the Sun, your Real Estate Agent on the Coast!

Sidan såg ut som alla andra mäklarsidor hon sett när hon spanat in huspriser och fastigheter runt om i världen, möjligen något enklare. Det här var ingen stor byrå. Loggan högst upp till vänster, blaffig och ful. Kanske fanns det mer information om familjens villa på sajten?

Nytt knäpp i luren.

– Hallå? Hallå!

Till vänster, under loggan, fanns en rad med olika underavdelningar: *Home, Property Search, New Developments, About Us, Contact.* Hon tryckte *Property Search* för att leta villor i Nueva Andalucía, men länken var tom.

– Utrikesdepartementets pressjour, går det bra att dröja?

– Hallå? sa Annika och släppte datorn. Jag har redan väntat…

Det sa klick i luren och suset återvände.

Hon kastade äppelskruttet i slasktratten.

Jävla märkvärdiga diplomater, tänkte hon och klickade på *About Us.*

Hon fick upp det vanliga engelska välkomstdravlet: att köpa en egendom i Spanien är en dröm för många, men det är också en stor investering. Därför behöver Ni bästa möjliga råd och vägledning från ett etablerat företag. Ända sedan vi öppnade vårt första kontor på Costa del Sol 1968 har vi hjälpt tusentals människor att finna sina nya hem på den spanska solkusten…

Hon tryckte irriterat bort sajten och hamnade i stället på kontaktsidan. Hon skulle precis klicka bort den när hennes blick fastnade på mäklarnas mejladresser:

astrid.paulson@aplaceinthesun.se

ernesto.zarco.martinez@aplaceinthesun.se

Hon stirrade på de bägge namnen och fick gåshud över hela kroppen.

Astrid Paulson.

Ernesto Zarco Martinez.

Astrid Paulson hette Veronica Söderströms mamma. Det var ingen slump, två kvinnor som hette och stavade likadant, runt hörnet från den enas dotter.

Hade Astrid Paulson varit fastighetsmäklare? Och vad var det här för Zarco Martinez?

Hon lade på luren och lämnade kärringen på UD åt sitt öde.

Snabbt googlade hon ernesto zarco martinez, 133 000 träffar, lönlöst.

Såg på skärmen tills ögonen tårades, letade febrilt i minnet.

Hon hade sett exakt det här namnet förut, fast med någon form av tillägg. Ytterligare ett namn, kanske, eller en adress.

Hon funderade, sedan tog hon långsamt upp datorns egen sökfunktion. Kryssade i att hon ville söka dokument (ordbehandling, kalkylblad m.m), använda avancerade sökalternativ och söka efter ett ord eller en fras i ett dokument. Sedan letade hon på hela datorns hårddisk, Ernesto Zarco Martinez, för säkerhets skull med versalerna på rätt ställe. Det skulle ta en bra stund, men om hon haft uppe just den här namnkombinationen på just den här datorn så skulle sökfunktionen hitta det.

Det kom upp en glad liten hund intill sökrutan och viftade på svansen medan datorn letade. Hon gick på toaletten, kissade, tvättade händerna och ansiktet och återvände till datorn. Hunden viftade på svansen. Inga träffar. Hon gick ut till telefonen i sitt sovrum.

– Utrikesdepartementets pressjour, går det bra att dröja?

– Nej! sa hon högt. Absolut inte! Om ni inte svarar nu så skriver jag ändå.

Det uppstod en häpen tystnad i andra änden, utan tinnitus.

– Eh, vad gäller saken?

– Känner ni till att en svensk medborgare avlidit i ett häkte i Malaga?

Människan på UD drog ett högdraget andetag.

– Vi har inte mottagit någon sådan information.

– Ja, nu är det så att jag vet att det här dödsfallet har inträffat.

Hon gav UD-människan alla fakta i frågan och sa att hon skulle återkomma om en timme för att få saken bekräftad. Det borde sätta lite fart på dem.

Sedan gick hon tillbaka till köket.

En träff.

Hon kände pulsen öka farten och klickade upp dokumentet.

Det var en gammal internetsida som låg och skräpade i datorns minnesbank, i *temporary internet files*, en sida från en bolagssökning på Infotorg som hon måste ha gjort för ett bra tag sedan.

Det berörde ett företag som hette Advice Investment Management AB, vilket skulle bedriva "finansiell rådgivning och företagsutveckling och därmed förenlig verksamhet, dock ej sådan verksamhet som avses i lag om bankrörelser eller i lag om kreditaktiebolag".

Hon lät blicken glida över sidan och hamnade på styrelsen.

Bolaget hade två ordinarie ledamöter, Lena Yvonne Nordin i Huddinge och Niklas Ernesto Zarco Martinez i Skärholmen. Som suppleant listades David Zeev Lindholm på Bondegatan i Stockholm.

Hon tvingade sin andning att vara lugn och stadig.

Hon kände igen bilden. Det var här hon hade sett namnet Zarco Martinez förut. Hon visste precis var den kom ifrån: från hennes research kring den mördade polisen David Lindholms egendomliga företagsengagemang.

Niklas Ernesto Zarco Martinez i Skärholmen kallades Nicke i Sverige och Ernesto i Spanien. Han var alltså Jocke Zarco Martinez storebror, och han hade drivit företag tillsammans med Yvonne Nordin, trippelmördaren från Sankt Paulsgatan.

Hon gick tillbaka till sin sökning, hunden med svansen hade hittat ytterligare två dokument med det aktuella namnet och sedan slutat söka. Han var klar.

Det första var en bolagsbild av ett avregistrerat städbolag i Skärholmen. Det hade drivits gemensamt av Lena Yvonne Nordin och Niklas Ernesto Zarco Martinez.

Det andra var en bild från statens person- och adressregister.

Niklas Ernesto Zarco Martinez – avregistrerad. Personen avliden.

Han hade dött på julafton för ett och ett halvt år sedan.

Hon nickade för sig själv, det stämde. Hon mindes sökningen nu när hon såg den.

Med ens började hon darra.

Hon insåg vad hon hade framför sig.

Det fanns en koppling mellan bröderna Zarco Martinez, Yvonne Nordin, David Lindholm och Astrid Paulson, Veronica Söderströms mamma: de hade haft bolag tillsammans, arbetat tillsammans, och nu var alla döda, alla på ett våldsamt eller destruktivt sätt.

Så steg en tanke upp i hennes huvud och hon klickade fram internetsidan igen, den med www.aplaceinthesun.se.

Hon tittade på den klumpiga loggan uppe i vänstra hörnet, de horisontellt uppställda orden, omgivna av en strålande sol.

A
Place
In
The
Sun

Så läste hon ordens versaler, uppifrån och ner, och kände hur rummet började snurra.

Apits.

Niklas Linde hade haft fel. Knarkkoncernen Apits på Costa del Sol betydde inte Airport Passenger Intelligent Transport Systems, eller Analog Proprietary Integrated Telephone System.

Det betydde A place in the sun.

En plats i solen.

Del 3

Efter pingst

Ängeln på Gudagården

Först fanns bara himmel och ängar. Luft och rymd och vindar.

Där var Mors starka armar och sänglinnets doftande strävhet. Golvtiljornas såpskurade ådror, glittrande vatten på sjön och sång på kvällarna.

> Han har öppnat pärleporten
> Så att jag kan komma in
> Genom blodet har han frälst mig
> Och bevarat mig som sin

Far hade hon inga tidiga minnen av. Han fanns på avstånd, hela tiden i utkanten av hennes synfält, för han var så förbunden med det jordiska; marken, gården, orden. Själv befann hon sig hela tiden en bit ovanför, utan riktig markkontakt, och det berodde på att hon var en Ängel.

Det sa alltid Mor.

– Du är min ängel, sa hon, eller *Du bist mein Engel*, för med henne talade Mor alltid sitt eget språk, Änglaspråket.

Och hon fladdrade och dansade över Gudagården som det lilla välsignade barn hon var, avlad utan synd i Herrens approbation. Far tyckte inte om att hon talade med de andra barnen på gården men det gjorde hon i alla fall, för Gud, Han talar med alla och Han ser och hör allt. Och alla var snälla och vänliga mot henne, log och sa blida ord för hon var ju predikantens dotter. Alla utom Trollflickan.

Det var ett mysterium.

Ängeln var lite rädd för Trollflickan. Inte så mycket, för som

Ängel var hon ju en Guds tjänare, och tryggare kan ingen vara än Guds lilla barnaskara, men Trollflickan gömde sin röst och hade smala svarta ögon som såg runt hörn.

Den enda Trollflickan ville visa sin röst för var Prinsessan, den vackraste av alla vackra prinsessor i hela världen, ja, hon var nästan en ängel hon också för hon kunde faktiskt tala Änglaspråket. Hon hade hört flickorna tala med varandra oppe under taket där de bodde, de talade bara när de trodde att ingen lyssnade, och Prinsessan förtalte sagor om Slottet bland molnen och Trollflickan berättade om flickor med svavelstickor som frös ihjäl och blev till stjärnfall på himmelen.

Men Trollflickans vessleögon såg henne nere i trappan och körde bort henne med hårda nävar.

Så kom den dagen då Vinda Ögat lade hand på Prinsessan för första gången. Trollflickan slog honom med en sten i huvudet och han släppte Prinsessan och rusade efter Trollflickan som gömde sig längst inne i redskapsboden.

Och Ängeln, hon såg alltsammans, och hon visste att änglars uppgift är att skydda och hjälpa, så hon gick efter dem in i skjulet och såg att Vinda Ögat hittat sig en kniv och cirklade långsamt runt Trollflickan med knivbladet utsträckt.

– Du skall icke dräpa, sa hon med sin höga, klara änglaröst och Vinda Ögat tittade irriterat åt hennes håll.

– Gå ut med dig, sa han.

Men änglar hjälper människor i nöd, även Trollflickor, så hon tog ytterligare ett steg in i redskapsskjulet.

– Hedra din Fader och din Moder, på det att det må gå dig väl och du må länge leva i ditt land, sa hon.

– Morsan är död och farsan på torken, det är därför jag sitter fast i det här helveteshålet, sa Vinda Ögat och hans röst sprack.

– Vi skola frukta och älska Gud, så att vi icke skada vår nästa till hans liv eller vålla honom lidande, utan hjälpa och bistå honom i alla faror och levnadsbehov, sa Ängeln och gick fram och tog tag i knivbladet.

Vinda Ögat snyftade till, släppte kniven och sprang mot dörrhålet.

Det var alldeles tyst sedan pojken försvunnit. Dammet dansade i solstrimmorna. Trollflickan stirrade på henne med öppen mun, och så fick också Ängeln se hennes röst.

– Varför gjorde du så? frågade hon och med ens blev Ängeln blyg.

– Du ska älska Herren din Gud över allting, sa hon, och din nästa som dig själv. Det säger Jesus.

Trollflickan tog ett steg närmare henne och hennes ögon smalnade.

– Är du lite sinnessvag?

Ängeln skakade på huvudet.

Och sedan den dagen fick hon följa med Trollflickan och Prinsessan överallt på hela gården. Far och Mor ville få henne att avstå från sådd och slåtter, men hon sa som Gud, att människan skall tjäna sitt bröd i sitt anletes svett, och sedan lät de henne hållas. Tillsammans virvlade de runt mellan dimmors frost och dun, i arbete och vila, och Ängeln lärde känna andra världar, där det fanns en stor man som förlorade ett väldigt krig, och kalla nätter i fuktiga källare där druckna män köpte sprit och kärlek. Ja, de gjorde allting tillsammans, genom somrar, höstar, vintrar och vårar, ända tills den där natten i augusti när det fruktansvärda hände och Trollflickan och Prinsessan försvann från Gudagården för evigt och Ängelns långa resa ner mot underjorden tog sin början.

---- Originalmeddelande ----

TT-FLASH: Filip Andersson frikänd.
PK Advokat Sven-Göran Olins kontor
Skeppsbron 28, kl 10.30

(nnnn)

DET VERKADE ALDRIG bli sommar. Löven hade nästan bara musöron fastän det var långt in i juni. Inte en enda dag hade luften fått vara riktigt ljummen. Nordanvindarna höll hela landet i ett järnhårt grepp och meteorologerna hade ingen ljusning i sikte.

Annika drog jackan tätare om halsen på väg mot bussen. Regnet tvekade i trädkronorna. Hon passerade dagens löpsedlar utanför sjuelva: HÄR HITTAR DU RESAN TILL SOLEN på den ena och REGNET FORTSÄTTER TILL MIDSOMMAR på den andra. Tyvärr bar hennes egen tidning det negativa budskapet och Konkurrenten det förhoppningsfulla. Det var alltså ingen fråga om vem som skulle vinna upplagekriget just den här dagen.

Hon missade bussen och var tvungen att ställa sig i porten på Hantverkargatan 32 för att undkomma regnet som nu hade bestämt sig för att falla. Hon såg upp i den välvda portalen ovanför sitt huvud, här hade hon bott tillsammans med Thomas i flera år. Så overkligt det kändes, som något hon läst om eller sett på film.

Han hade aldrig hört av sig efter natten på Costa del Sol.

Han hade sagt att han skulle ringa, jag ringer dig, så sa han det sista han gjorde när han släppte av henne på flygplatsen och han hade sett ut som om han menade det, men det hade han inte gjort.

Hon hade inte heller ringt. Faktum var att hon hade köpt en mobiltelefon till Kalle och lärt honom ladda den så att hon skulle slippa ringa till lägenheten på Grev Turegatan när hon skulle säga god natt till barnen.

Hon saknade dem redan, trots att hon hade haft dem över pingsthelgen och precis lämnat dem på skola och dagis.

Niklas Linde hade hon inte heller hört något ifrån, men det hade hon inte förväntat sig.

Inte ens Jimmy Halenius hade ringt, fast det berodde antagligen på en massrymning från anstalten i Österåker som fått stora politiska konsekvenser. Alla oppositionspartier krävde givetvis att justitieministern skulle avgå, som om det var han personligen som kört med bulldozern genom fängelsemuren. Han verkade klara sig, som vanligt, genom några eleganta utnämningar och en stor portion politisk naturbegåvning.

Bussen körde fram och hon klättrade ombord sist av alla. Hon fick stå hela vägen till Gjörwellsgatan.

Vaktmästaren Tore tog sikte på henne när hon klev in innanför entrédörrarna.

– Du tankade inte redaktionsbilen sist du lånade den, sa han och ställde sig bredbent framför henne.

Hennes mobiltelefon ringde, hon fiskade upp den i handsfreekabeln och kollade displayen: inget nummer hon kände igen.

– Tror du att jag är någon springpojke som har till uppgift att hålla på och städa upp efter dig? sa han.

– Hallå? sa Annika i luren.

– Annika? Hej! Det är Polly!

Rösten var ljus och lätt som en liten flickas. Hon blundade för att stänga ute den gnälliga vaktmästaren. Polly, Polly Sandman, Suzettes kompis. Hon hade aldrig hört hennes röst, bara mejlat med henne.

– Hej du, sa hon, vände sig bort och började gå mot redaktionen. Hur är det med dig?

– Nästa gång kan du se dig om i stjärnorna efter en bil från det här vaktmästeriet, skrek Tore efter henne.

– Du skrev att jag skulle ringa, sa Polly. Om Suzette hörde av sig.

Annika stannade mitt på redaktionsgolvet. Patrik fick syn på henne bortifrån nyhetsdesken, studsade upp och kom springande mot henne med en bunt lappar i näven.

– Har hon gjort det? frågade Annika. Hört av sig?

– Som Herr Gunnar Larsson, sa Polly. Den här gången har hon

skrivit ett meddelande också.

– PK på Skeppsbron om tre kvart, sa Patrik och räckte över en utskrift ur sin bunt. Du åker på studs med Steven.

– Vad? sa Annika och tog bort hörsnäckan från örat. Och vem är Steven?

– Filip Andersson är frikänd. Ny fotovikarie.

– Hallå? sa Polly i hörsnäckan.

Annika tog upp hörsnäckan igen.

– Kan vi träffas? frågade hon. Ta med dig datorn eller en utskrift av meddelandet. Var befinner du dig vid lunch?

Polly nämnde ett café på Drottninggatan som Annika aldrig hört talas om och därför antagligen var jättehippt. Hon såg en lång man, som var mycket ung och hade väldigt många kameror i stora väskor, komma forsande mot sig.

– Tjenare. Det är jag som är Steven.

Hon släppte ner mobilsladden i bagen och skakade hand med den nya fotografen.

– Vi åker väl på en gång, sa Annika och kastade en blick på utskriften på TT-flashen som hon fått av Patrik, Skeppsbron 28. Gamla stan alltså, med parkering på kajen nedanför.

– Jag har inte körkort, sa Steven.

Så sympatiskt, tänkte Annika och gick bort till vaktmästeriet.

– Inte en chans, sa Tore när han såg henne komma gående. Du ska lära dig tanka innan du kommer hit igen.

– Ditt jobb är att tanka och mitt är att tänka, sa Annika. Ta hit en biljävel.

Hon fick den gamla skabbiga Volvon han vanligtvis gav henne.

– Vad har vi för ambitioner kring den här presskonferensen? frågade fotografen när Annika tråcklade sig ut ur parkeringshuset. Är den dramatisk eller formell? Vem är offret och vem är hjälten? Finns det någon skurk?

Hon sneglade på honom för att se om han drev med henne, men han verkade dödligt seriös.

– Filip Andersson är väl offret och advokaten är hjälten, sa Annika. Fast ingen av dem är särskilt bildmässig i sin respektive roll. Filip

Andersson ser ut som en gangster och Sven-Göran Olin som en mys-farbror.

– Och skurken är en stilig karl med solbränna och ärliga blå ögon?

– Skurken var en alldaglig kvinna som blev ihjälskjuten av polisen i skogen ovanför Garphyttan i december i fjol, sa Annika. Hon hette Yvonne.

Sedan sa inte fotografen något mer.

Regnet hade upphört.

Hon kröp fram genom köerna i city. Det hade gått fortare att gå.

Hon parkerade på Skeppsbrokajen och betalade 260 kronor för att stå där i två timmar. Det hade varit billigare att ta taxi.

Hon tittade på klockan och undrade hur länge presskonferensen skulle pågå. Om den drog ut på tiden tänkte hon överge den. Mötet med Polly på fiket klockan tolv var viktigare, Patrik fick säga vad han ville.

Det kan vara falskt alarm, tänkte hon. Det behöver inte alls vara ett livstecken från Suzette. Polly älskar att dramatisera.

Advokatkontorets väntrum var redan proppfullt av journalister, tv-kameror och radiosändare, vilket förvånade Annika. Att Filip Andersson skulle bli frikänd hade varit mer eller mindre självklart ända sedan i vintras.

De var väl här för att titta på honom, antog hon.

Hon trängde sig genom rummet och hittade en ledig fåtölj intill toa-letterna. På armstödet låg spridda delar av dagens Fina Morgontidning. Hon satte sig ner med en suck och slog upp kultursidorna. Bläddrade utan att läsa fram till sidan fyra, där hon fick anledning att dröja sig kvar.

Uppslaget dominerades av en recension av en utställning på Kul-turhuset, en fotoexposition som hette "På andra sidan Solkusten". Fotografen Lotta Svensson Bartholomeus hyllades för att hon på "ett dokumentärt och känsligt sätt fångat baksidan av den exploaterade Costa del Sol, kvinnorna på väg till marknaden, hantverkarens över-blivna verktyg…" Artikeln illustrerades av en närbild på plåtsaxen i knarklagret i La Campana.

Där ser man, tänkte Annika och lade tidningen ifrån sig.

Hon stirrade rakt framför sig flera minuter med ett tilltagande obehag i magen. Så tog hon upp kulturdelen igen och stirrade på den konstiga bilden, mindes Lottas utläggningar om att konsten var verkligare än journalistiken.

Här fanns något hon inte förstod, så mycket begrep hon.

Hur kunde en trasig plåtsax på golvet i ett varulager vara principiellt intressant?

Vad fattades hos henne, eftersom hon inte hade förmåga att uppfatta det exceptionella som konstrecensenten såg?

Hon vek ihop tidningsdelen till ett hårt litet paket och stoppade in det under fåtöljen, reste sig upp och ställde sig invid toaletterna. Där blev hon stående ända tills dörrarna in till sammanträdesrummet slogs upp.

Det blev genast trafikstockning i dörröppningen. Hon hörde Sven-Göran Olin mana till lugn och ordning.

Hon väntade tills de flesta gått in, tog ett steg in i rummet och ställde sig strax innanför dörren.

Framme vid podiet, som var ett vanligt bord med tre stolar på rad vid bortre långsidan, trängdes fotograferna med tv-folket och radiomickarna. Steven skymtade i oredan, han var mycket längre än alla andra.

Hon letade med blicken efter den frikände mördaren. Han fanns inte här ännu.

Obehaget i magen ville inte släppa.

I fem år hade Filip Andersson suttit fängslad för ett groteskt brott som han inte begått. Kunde man komma ut efteråt och vara någorlunda frisk i huvudet, eller måste man vara Nelson Mandela för att klara det?

Hon insåg att hon snart skulle få svaret, för en bakdörr slogs upp och Filip Andersson kom in i salen. Han bar mörka byxor och vit skjorta och verkade nyduschad. Fotoknattrets enstaka knäppningar övergick till automateld, tv-lamporna tändes och färgade hela rummet blått, flammigt sminkade tv-reportrar gjorde upphetsade ståuppor framför sina kameror.

Den frikände gav dem inte en enda blick. Han sjönk ihop på en av de tre stolarna och såg sedan rakt fram utan att blinka. Annika sträckte på halsen för att se bättre.

Han hade gått ner i vikt sedan de träffades i besökscellen på Kumlabunkern i höstas. Han hade klippt sig och rakat sig.

Sven-Göran Olin slog sig ner på stolen intill och till sist kom en ung kvinna och satte sig längst ut.

– Det är glädjande, började advokaten, att vi idag fått ta emot Svea hovrätts dom som helt friar Filip Andersson från mord i tre fall på Sankt Paulsgatan.

Fotografernas ihärdiga smattrande avtog. Radioreportrarna satte sig.

– I över fem år har Filip Andersson suttit inlåst, fortsatte advokaten. Som jag konstaterade redan vid tingsrättsdomen fälldes han på alldeles för lösa grunder, i båda instanser. Alla inblandade gjorde det för enkelt för sig den gången.

Det hade blivit alldeles tyst i salen.

Annika granskade mannens ansikte och försökte spåra några känslor eller sinnesrörelser: lättnad, sorg, glädje eller bitterhet, men hon hittade ingenting alls. Hans ansikte var helt neutralt, blicken fäst någon decimeter ovanför journalisthopens huvuden. Axlarna verkade bredare, han hade kanske kommit igång och tränat inför hoppet om frigivning.

– En sådan här dom får till följd att förtroendet för rättsväsendet både ökar och minskar, sa Sven-Göran Olin. Det faktum att det går att få resning och rätta till saker i efterhand är positivt. Samtidigt är det oroväckande att rättsröter av det här slaget överhuvudtaget kan inträffa.

Man kunde höra en knappnål falla. Annika studerade sina kollegor. Alla stirrade på Filip Andersson, och deras ansiktsuttryck speglade besvikelse och osäkerhet. Vad skulle man göra av det här i sin tidning?

Filip Andersson var riktigt dålig i offerrollen. Han hade ingen gullig familj som omringade honom med tårta och barnteckningar, ingen vacker hustru som höll honom i handen och blickade mot kamerorna med tacksamma och tårfyllda ögon. Han såg ut precis som det han var: en något övergödd finansman utan skrupler som varit på fel plats vid fel tidpunkt. Det skulle inte gå att uppbåda särskilt mycket empati för honom ute i stugorna.

– Eftersom JK avslagit vår begäran kommer vi redan idag att lämna in en stämningsansökan mot svenska staten, sa Sven-Göran Olin. Filip Andersson kräver ett skadestånd på 12 miljoner kronor, där 5 miljoner representerar ideellt skadestånd för lidande och 7 miljoner förlorad arbetsinkomst.

Kvinnan bredvid honom reste sig upp och började dela ut ett förtryckt papper med någon form av information, förmodligen kopior på den nya stämningsansökan.

Det började sorla i salen igen.

Att kräva ett rekordstort skadestånd gjorde inte heller allmänheten särskilt sympatiskt inställd. Sven-Göran Olin skulle få svårt att vinna mediepoäng på den här segern.

– Filip Andersson, hur känns det att vara fri? ropade en radioreporter.

Sven-Göran Olin lutade sig fram mot mikrofonen igen.

– Min klient har bett att få slippa göra några kommentarer i det här läget, sa han.

– Varför är han här då? frågade en reporter ilsket någonstans strax till vänster om Annika.

– Olin tvingade honom, svarade någon annan. Han har kört hela fallet pro bono och det här var betalningen.

Advokaten fick ingen större valuta för sin arbetsinsats, tänkte Annika, fast å andra sidan var den inte särskilt stor. Det var hennes artiklar om Yvonne Nordin som hade satt igång snöbollen och Riksåklagaren själv som begärt resningen.

Kvinnan som delade ut papprena hade arbetat sig fram till den bakersta delen av salen och räckte Annika ett. Annika böjde sig raskt fram mot henne och viskade i hennes öra:

– Kan jag få en exklusiv med Filip? Annika Bengtzon heter jag, det var jag som skrev artiklarna om Yvonne Nordin som...

– Filip Andersson ger inga kommentarer, sa kvinnan uttryckslöst. Inte nu, och inte till någon.

Kollegorna runt omkring såg ogillande på henne, som om hon försökt tränga sig före i kön på Konsum.

Hon tittade stressat på klockan.

Om hon inte fick någon kommentar var hela förmiddagen förstörd. Det gick inte att skriva någon kvällstidningsartikel om en man som inte hade något att uttrycka.

Hon beslöt sig för att vänta till sist för att se om han inte kunde säga flasklock åtminstone.

Journalisterna började troppa av. Hon ställde sig på sidan och låtsades inte se kollegorna medan de strömmade förbi ut i hallen.

– Om han vill ha det där skadeståndet borde han åtminstone ha vett att gråta ut över de förlorade åren, sa en kvinna i mängden när hon passerade.

Filip Andersson reste sig från sin stol bakom bordet, fortfarande ganska stor och tung. Annika flyttade sig i sidled och makade sig närmare honom med ryggen mot väggen.

Den unga kvinnan som delat ut papperskopiorna öppnade den bakre dörren. Sven-Göran Olin smet ut först av alla. Filip Andersson vände ryggen mot salen och började gå mot dörren.

– Filip! sa Annika med hög röst. Filip Andersson!

Han stannade i dörröppningen och vände sig om. Hans blick kom att falla rakt på henne. Hon stannade intill väggen.

Kände han igen henne? Det måste han väl göra? Så många besök fick han väl inte i fängelset?

– Vad ska du göra härnäst? frågade hon högt. Vad har du för planer?

Oändligt långsamt höjde den frikände mannen sitt vänstra pekfinger, och sedan böjde han fingret flera gånger som om han vinkade åt henne.

Det vänstra pekfingret, det vinkade och vinkade.

Hon kände en rännil av skräck strila ner längs ryggraden.

Och med ens var hon tillbaka i gränden igen, i Yxsmedsgränd i Gamla stan, onsdagskvällen efter att hon besökt honom i Kumlabunkern. Hon var på väg hem när två maskerade män hade slitit in henne i en port. Den ene hade lutat sig över henne, ögonen som stirrade på henne genom skidmaskens hålor var ljusa som glas. Den andre höll knivbladet en centimeter från hennes vänstra öga. Hon hörde hans kvävda röst: "Lämna David i fred. Det räcker nu. Du ska inte rota mera." Känslan när de tog tag i hennes vänstra hand, drog av henne vanten. Sedan den förfärliga smärtan genom handen och upp genom armen och genom hela bröstkorgen. "Nästa gång skär vi upp dina barn i stället." Gatstenarnas kyla mot kinden, hennes dånande puls i öronen då hon såg deras stora vandrarkängor försvinna bort i gränden.

Hon tittade upp och mötte Filip Anderssons blick, tog ett steg bakåt och gömde ofrivilligt sin vänstra hand bakom ryggen.

Filip Andersson såg hennes gest och log, och sedan vände han sig om och försvann ut ur salen, samma väg som han hade kommit.

Det brände i hennes hand medan hon gick tillbaka till bilen. Ärret i pekfingret dunkade och värkte, något som inte hade hänt sedan det var som kallast i vintras.

Hon stoppade handen i jackfickan och drog upp axlarna mot blåsten.

– Han verkade inte särskilt ödmjuk, sa Steven. Fast det kanske man inte blir efter att ha varit oskyldigt inlåst i fem år.

– Det är ingen som har sagt att han är oskyldig, sa Annika. Det enda hovrätten har konstaterat är att bevisen inte räckte för en fällande dom. Det är en jävla skillnad.

Steven tystnade igen.

Jag är för hård mot vikarierna, tänkte hon. Det är rätt åt mig att de inte vill jobba med mig.

– Jag ska inte tillbaka till tidningen, sa hon och försökte låta lite snällare. Du får ta en taxi.

Steven verkade inte ta illa upp.

Antagligen glad att bli av med mig, tänkte hon och köpte ytterligare en parkeringsbiljett för 260 kronor. Det var lika bra att bilen stod kvar. Det fanns ändå inga p-platser på Drottninggatan.

Polly hade inte kommit. Annika hävde sig upp på en jättehög barstol som stod intill ett bord av valsad plåt och neonben. Hon försökte beställa en kaffe latte av en servitris med silverpigg i näsan men fick det snäsiga svaret att det här faktiskt var ett fik med självservering. Så trendiga att man serverade vid borden var man alltså inte. Hon beslöt sig för att strunta i latten och såg sig omkring i lokalen.

Den påminde om insidan på en fabrik från en futuristisk skräckfilm. Där var rostiga järnbitar som dekoration på väggarna, ofta inlindade i slingor av multifärgad neon. Kaffemaskinen fräste, det väsnades från en diskmaskin ute i köket, porslin skramlade. Musiken som dunkade i högtalarna fick tyska hårdrocksgruppen Rammstein att likna trallvänlig schlager.

Fingret värkte.

Det var knappast en slump. Han hade vinkat till henne med det finger hon fått sönderskuret samma kväll som hon träffat honom i fängelset och inte gjort som hon blivit tillsagd.

Hon stoppade handen i jackfickan igen.

Lokalen fylldes på, det började närma sig lunchdags. Förvånansvärt många av besökarna verkade vara tjänstemän från departementen och myndigheterna inne i city, åtminstone av deras konservativa yttre att döma: vita skjortor och mörka byxor, precis som Filip Andersson på presskonferensen nyss.

Hon rös till av obehag.

Om det var Filip Andersson som beordrat knivskärningen den där kvällen så hade han varit snabb. Det hade inte gått mer än några timmar efter hennes besök på Kumla. Han måste ha varit väldigt angelägen om att hindra henne från att rota i David Lindholms förflutna. Varför?

Det kunde knappast handla om barndomsnostalgi. De hade drivit företag tillsammans. David hade haft en kärleksaffär och väntat barn med hans syster. Han hade varit Filip Anderssons förtroendeman på Kumla, en sorts övervakare och kontaktperson som alla livstidsdömda har.

Det fanns tydligen något som hon inte skulle få reda på, frånsett det hon redan visste. David hade mycket mörka sidor.

Annika mindes Nina Hoffmans beskrivning av hur han behandlade Julia.

David Lindholm hade hållit sin fru inlåst i lägenheten, ibland uppemot en vecka i sträck. Andra gånger hade han kastat ut henne i trapphuset utan kläder, ända tills hon var så nedkyld att hon tvingades åka till akuten. Han var notoriskt otrogen, försvann i veckor utan att berätta var han hade varit, skrek "hora" och "slampa" åt henne...

Annika tittade på klockan.

Tänk om Polly inte kom?

Hon trummade med högerhandens fingrar mot plåtbordet.

David hade varit en oerhört motsägelsefull person. Samtidigt som han var ett svin till äkta man hade han kommit undan med att vara en av Sveriges mest kända och respekterade poliser.

Att han var våldsam visste hon från de utredningar om misshandel som gjorts i början av hans poliskarriär. Hon mindes Timmo Koivisto, den före detta narkomanen hon träffat på Vårtunahemmet utanför Norrtälje, som berättat hur David bankat hans huvud i en toalettvägg så att han fått skador för livet.

Timmo Koivisto hade varit knarklangare längst ner i näringskedjan. Han finansierade sitt eget missbruk genom att förskingra lite vid sidan om, han spädde ut tjacket med druvsocker, tog extra betalt utan att redovisa vinsten.

"Varför gjorde han det? Varför misshandlade David dig på det där sättet?" hade Annika frågat.

"De ville visa mig att jag aldrig skulle komma undan", hade Timmo Koivisto svarat. "Vart jag än vände mig kunde de nå mig. Om till och med polisen gick deras ärenden så fanns det ingenstans att fly."

Och vilka var "de"? hade Annika frågat. Pratade han om någon knarkmaffia?

"Så kan man kanske beskriva dem", hade Timmo Koivisto svarat.

Hon såg sig omkring i den futuristiska mardrömsinredningen. Hon var väl på rätt ställe?

För säkerhets skull tog hon upp blocket och kollade, jodå, det skulle vara här.

Hon lät blocket ligga kvar på bordet och stirrade in i cementväggen.

David Lindholm, knarkmaffia, morden på Sankt Paulsgatan, Filip

Andersson som skar henne i fingret…

– Annika?

Hon tittade upp och såg en blond flicka med ryggsäck och munk-jacka stå intill bordet.

– Polly?

Flickan tog i hand ordentligt, presenterade sig och slog sig ner mitt emot henne samtidigt som hon krängde av sig ryggsäcken.

– Jag vet, sa hon och lutade sig fram över bordet så att Annika skulle höra henne. Jag ser inte ut som på bilden på Facebook längre. Jag har tänkt byta den, men på något sätt vill jag inte. Vi tog dem tillsammans, jag och Suzette, och om jag byter ut den så försvinner hon liksom ännu mer…

Annika såg på flickan, så vuxen hon var.

– Och nu tror du att hon har hört av sig, sa Annika.

Polly nickade.

– Vill du ha något? Jag kan gå och handla.

Annika tog upp sin plånbok och räckte Polly en hundralapp.

– Ett glas vatten till mig bara, sa hon.

Flickan gick bort till kassan som stod på ett rostigt järnbord. Annika följde hennes ryggtavla med blicken. Sexton år måste hon vara, eller kanske sjutton. Hon verkade äldre.

Hon kom tillbaka med ett glas isvatten med citron och en kopp grönt te till sig själv. Hon såg lite ursäktande ut.

– Jag vet att det var lite fånigt av mig, sa hon. Det där jag sa förra gången.

Annika blinkade några gånger.

– När jag frågade om du trodde det fanns mejl i himlen. Det är klart det inte finns, det vet jag ju. Det var bara det att jag hoppa-des…

Hon krånglade sig upp på stolen. Hon var inte särskilt lång, unge-fär som Annika själv.

– Den här gången vet jag att det är på riktigt. Suz lever, sa hon.

Annika försökte granska flickan utan att stirra. Hennes ansikte var lugnt och fokuserat. Hon verkade varken uppriven eller exalterad.

– Har du datorn med dig? frågade Annika.

Polly nickade och halade upp en laptop ur sin ryggsäck.

– Jag har lite bråttom, sa hon. Det är elevrådsmöte.

Hon slog upp datorn, loggade in sig, klickade runt lite och vände upp apparaten mot Annika. Skärmen täcktes av en bild på en leende svarthårig flicka som kramade en brun häst.

– Det finns gratis wireless här, sa Polly. Vänta så ska jag logga in mig.

– Vilken fin bild av Suzette, sa Annika.

– Hästen heter Sultan, det är Suz favorit. Ridskolan har sålt honom nu.

Skärmen blinkade till och en hotmailsida under Windows Live rullade fram. En banner högst upp körde reklam för en vetenskaplig tidskrift. Strax under den, allra längst till höger, såg hon inloggnings-adressen herr-gunnar-larsson. Den mörkare blå markeringen till vän-ster stod på "skickat". Det fanns två meddelanden i korgen, ämnes-raden var tomma på bägge. De var postade till Pollys yahoo-adress, det första i slutet av mars och den andra klockan 14.37 i går, den 13 juni.

– Det här är alltså Gunnar Larsson mejl? sa Annika. Den du och Suzette skapade för att skicka snuskmeddelandena till tjejerna i klas-sen?

Polly nickade.

– Vi raderade alla mejl efter att Gunnar slutade, sa Polly lite skam-set.

– Fast ni lät adressen finnas kvar?

– Vi visste inte hur man gjorde när man tog bort den.

Annika klickade upp det undre meddelandet, det från i mars. Tomt.

Sedan klickade hon på det andra, från i går.

Hej Polly, du far inte seja nat till nan om det har mejlet. Du far inte seja nat till mamma och ABSOLUT INTE till polisen. Det finns inget nat pa farmen sa jag har inte kunnat mejla. Jag ar pa internetfik nu. Dom vet inte var jag ar, och Fatima skulle bli skitarg om hon visste att jag skriver.

Jag ar hos Amira. Jag har varit har sen nyar. Jag har fatt en egen hast som heter Larache. Han ar superfin, mix mellan engelskt fullblod och arabiskt fullblod. Valack. Ar Adde med nan annan? Sej inget till Adde om att jag har skrivit. Du kan svara pa den har mejlen men jag vet inte nar jag kan lasa. Vi aker bara till Asilah typ ibland.

Pussokram fran suz

Annika läste meddelandet två gånger. Uppenbarligen hade det skrivits på en dator som saknade de svenska bokstäverna å, ä och ö. Asilah lät som en ort, platsen verkade vagt bekant, var hade hon hört det förut?

– Tror du det är äkta? frågade hon lågt. Är det så här Suzette brukar uttrycka sig?

Polly drack sitt gröna te och nickade.

– Hon skriver alltid pussokram, och Suz med litet s.

– Vet du vilka personerna är som hon nämner i mejlet? Fatima, Amira och Adde?

En skugga drog snabbt över Pollys ansikte, eller så var det bara något Annika inbillade sig.

– Amira är Suz bästa kompis. Sa hon åtminstone, som om vi här hemma inte räknades. Jag tror Fatima är hennes mamma. Adde är Suz kille, eller kille och kille, de var inte ihop egentligen, det var mest Suz som var kär i honom. Adde är med en massa tjejer hela tiden...

– Vem är Amira? frågade Annika. Hur kan hon vara Suzettes bästa vän?

– Hennes sommarvän, Suz brukade vara på deras farm när hon var liten. De är lika gamla.

– Var? I Spanien?

Polly skakade på huvudet.

– I Marocko.

– Marocko? I Afrika?

– De har en farm där.

– Vet du var den ligger? Den här platsen som hon nämner, Asilah?

Polly ryckte på axlarna och sköt bort tekoppen.

– Men hur kan de prata med varandra? frågade Annika. I Marocko talar de franska och arabiska, och Suzette klarade väl knappt engelska?

Nu såg Polly förnärmad ut.

– Suz pratar visst engelska.

– Pratar hon engelska med Amira?

Polly skakade på huvudet och vred tillbaka datorn emot sig.

– Svenska så klart.

– Vänta, sa Annika. Får jag skicka det här vidare till min egen adress?

Polly tvekade och tittade på sin klocka.

– Nej, sa hon sedan. Jag lovade att berätta om hon hörde av sig. Nu måste jag gå.

– Pratar de svenska med varandra? Hur kan det komma sig?

– Amira är ju halvt svensk. Hennes pappa kommer från Sverige. Hon heter Lindholm i efternamn.

Ljuden försvann runt Annika, musikdånet och kaffemaskinen och porslinsskramlet.

– Lindholm? sa hon. Heter hennes pappa Lindholm i efternamn? Vet du vad han heter i förnamn?

Polly stoppade ner sin dator i ryggsäcken igen och ryckte på axlarna.

– Ingen aning. Jag tror inte han bor på farmen.

– Kan han ha hetat David? Vet du om han var polis?

Flickan krängde på sig ryggsäcken igen.

– Kan jag be dig om en sak? sa hon.

– Självklart, sa Annika.

– Säg inte något till någon om det här. Lova det.

Annika såg på den allvarliga unga kvinnan med det blonda håret, så olik den hårdsminkade svarthåriga flickan på Facebookbilden.

Sedan nickade hon.

– Jag ska inget säga, sa hon. Jag ska inte skriva något heller. Det lovar jag.

Polly sträckte fram sin högernäve, skakade hand med Annika och försvann ut genom dörren.

Annika gav henne två minuter innan hon följde efter.

Med en lättad suck lät hon skramlet och dånet från helvetesfiket försvinna bakom sig.

Suzette levde. Hon fanns på en gård någonstans på den marockanska landsbygden, där det fanns en flicka i samma ålder som hette Lindholm.

Hon blev stående på gatan, fiskade upp mobilen, ringde utlandsupplysningen och bad att bli kopplad till Sveriges ambassad i Rabat i Marocko.

Efter många signaler gick en automatisk telefonsvarare igång. En lång harang på franska drog igång som mest bestod av öppettider för visumavdelningen och telefontider för övriga ärenden. Annika hade svårt att hänga med, hennes franska var nästan lika usel som hennes spanska, men hon fattade att det var kört för idag att få någon information därifrån. Hon fick ringa i morgon igen.

Hon såg bort mot Kungsholmen. Hon borde åka upp till tidningen och berätta att Filip Andersson inte pratade.

Människor svischade förbi henne, stötte i henne, fastnade i hennes bag och trampade på hennes fötter, bråttom bråttom bråttom till lunchställen och kemtvättar och externa möten, bussar gnisslade och bilar skvätte lervälling.

Hon tittade ner mot Hamngatan. Att skriva om den värdelösa presskonferensen skulle ta trettio sekunder.

Annika höjde mobilen och slog numret hem till Julia Lindholm på Bondegatan.

Hon och Alexander var hemma. Annika var så välkommen att hälsa på.

Lägenheten låg på tredje våningen i ett ganska tråkigt 60-talshus. Trapphuset var mörkt och luktade unket. Det enda som verkade nytt i hela trappuppgången var dörren med texten LINDHOLM på brevlådeinkastet.

Polisen hade antagligen brutit sönder den gamla för att ta sig in i våningen när David mördats, tänkte Annika.

Hon ringde på och hörde en långdragen dingdong eka på andra sidan väggen.

– Välkommen, sa Julia och slog upp den nya dörren på vid gavel. Vad kul att du kommer och hälsar på. Eller hur, Alexander?

Pojken, som hade vuxit så det knakat under våren, stod i öppningen in till sitt rum och såg stadigt på Annika. Han svarade inte.

Annika släppte ner bagen på hallgolvet och hängde upp jackan på en krok. Sedan gick hon fram till Alexander och böjde sig ner intill honom.

– Hej Alexander, sa hon. Är det roligt att leka i ditt eget rum igen?

Pojken vände sig om, gick in i sitt rum och stängde dörren.

– Han ska få börja om på sitt gamla dagis i nästa vecka, sa Julia. Terapeuterna gör bedömningen att han är redo för det nu. Har du varit här förut?

Annika skakade på huvudet.

– Det är inte så mycket att se, men mina föräldrar har tapetserat om och gjort fint medan jag och Alexander var på Lejongården. Här är köket!

Hon visade med handen mot ett mycket ordinärt 60-talskök med målade köksluckor och repig diskbänk i rostfritt.

– Genuint, sa Annika.

– Ja, visst är det? Jag gillar det faktiskt. Och här är vardagsrummet...

De gick in i ett tv-rum med ekparkettgolv och fönster åt två håll.

– Vi har ingen balkong, sa Julia, det tycker jag är lite synd. Det är egentligen det enda jag saknar. Mitt sovrum...

Hon sköt upp dörren till rummet där hennes make mördats. Sängen var prydligt bäddad. Gardinerna var fråndragna.

Annika blev stående i öppningen.

Om nu David hade gått knarkmaffians ärenden för pengarnas skull så var det inte för att satsa dem på sitt boende.

– Jag vet vad du tänker, sa Julia. Hur kan jag sova här inne?

Annika drog efter andan för att protestera, men sedan andades hon ut i stället.

– Han är borta, men vi är kvar. Det finns ingen väg runt det, sa Julia. Har du ätit lunch?

Annika skakade på huvudet.

– Jag hade tänkt göra köttbullar och potatismos. Mamma Scans och pulvermos, men det fyller magen. Vill du ha?

– Gärna.

De gick ut i hallen igen. Annika hörde hur något bankade inne i Alexanders rum.

– Han har fått för sig att han ska bygga ett flygande tefat, sa Julia. Terapeuterna har sagt att jag ska låta honom hållas.

Annika satte sig vid köksbordet, Julia plockade fram mos i paketform och färdigstekta köttbullar i plastpåse.

– Hur går det för honom? frågade Annika.

Julia drog på svaret.

– Han är inte samma pojke som innan, fast jag vet inte riktigt vad jag ska förvänta mig. Han var ju ett helt år yngre då.

Hon stannade upp med stekspaden svävande framför ansiktet.

– Vet du vad? sa hon och vände sig mot Annika. Egentligen spelar det inte någon roll. Jag är bara så oändligt tacksam för att jag har fått honom tillbaka.

Annika nickade. Julia återgick till köttbullarna. Strax fräste det i stekpannan av margarin som bryntes. Ljudet var lugnande och hemtrevligt, köket var nymålat och välstädat, Julia gnolade lite på någon odefinierbar sång.

Här borde vara behagligt, tänkte Annika, men något skavde som en sten i skon. Kanske det orytmiska bankandet från pojkens rum, kanske något i den spartanska inredningen. Kanske var det ekot efter Davids lögner. Han hade aldrig varit undercover på Solkusten.

För spöken fanns ju inte.

– Hur klarar ni er ekonomiskt? frågade hon och försökte att inte låta alltför nyfiken.

– Lägenheten är en bostadsrätt som vi ärvde, något annat arv blev det inte. Men David hade en livförsäkring som var utställd till hans efterlevande, och det är ju jag och Alexander och Hannelore. Det är faktiskt en del pengar, så det är dem vi lever på nu.

– Vad ska du göra sedan? Gå tillbaka till polisen?

Julia skakade på huvudet.

– Arkitekthögskolan. Om jag är sparsam räcker försäkringspengarna tills jag är färdig.

Hon mätte upp fem deciliter vatten i en kastrull och satte kastrullen på plattan.

– Får jag fråga en annan sak? sa Annika. Vet du om David hade någon anknytning till Marocko?

Julia tittade förvånat upp på henne.

– Marocko? Nej, inte alls. Varför skulle han ha haft det?

– Han nämnde aldrig Marocko? Att han skulle ha känt någon där?

– Varför frågar du?

Annika drog på svaret.

– Han kanske hade någon släkting där…

Julia hämtade fram smör ur kylskåpet och en visp ur besticklådan, hällde upp lite mjölk i en kaffemugg, stoppade i en stor klick smör och ställde in den i mikron, vred på två minuter och tryckte på start.

– Enda gången han sa något om Marocko var när han berättade om sin styvfar, Torsten. Han försvann i Marocko när David var i slutet av tonåren.

Annika satt stilla och letade i minnet. Julia hade nämnt något om en försvunnen styvfar vid något tidigare tillfälle.

– Fick han någonsin reda på vad som hände med honom?

Julia plockade fram tre tallrikar, glas och bestick.

– Jag tror inte riktigt David kom över det. De stod varandra väldigt nära. Han kände ju aldrig sin egen pappa, så Torsten blev kolossalt viktig för honom.

Hon stannade upp.

– Det var den där vintern innan David sökte till polishögskolan, sa hon.

Annika tog emot tallrikarna och placerade ut dem på bordet.

– När ni bodde i Estepona, kan David ha åkt till Marocko för att leta efter Torsten?

Julia såg mycket förvånat på henne.

– Nej, sa hon, det var ju så himla länge sedan. Det tror jag inte alls.

Mikron pep tre gånger, mjölken var het och smöret var smält. Vattnet kokade på spisen, hon hällde i en påse potatispulver i smörmjölken och rörde energiskt med vispen.

– Alexander! Kom och ät!

Pojken kom genast ut från sitt rum och ställde sig intill Annika.

– Du sitter på min plats, sa han.

Hans röst var förvånansvärt mörk, inte alls som Annika mindes den från den där natten uppe i skogen.

– Du får sitta här, Alexander, sa Julia och visade på den uppdukade platsen vid bordets kortsida.

Barnets ansikte förvreds i en grimas och ett avgrundsdjupt vrål steg upp ur hans strupe. Han rasade ihop på golvet, kastade med överkroppen, bankade med fötter och händer mot golvet och skrek rakt ut. Annika drog sig förskräckt bakåt. Julia verkade varken förvånad eller bestört utan reste sig lugnt och drog upp pojken i famnen och vaggade honom tills raseriutbrottet ebbade ut.

– Idag får du sitta på den här platsen, sa hon och placerade pojken vid kortändan av bordet.

Han kastade en fientlig blick på Annika, sedan greppade han kniv och gaffel och kastade sig över köttbullarna med hejdlös aptit.

– Ketchup? frågade han mellan tuggorna.

– Inte idag, sa Julia.

Annika åt pulvermoset och de uppstekta köttbullarna under förstummad tystnad. Visst var hennes barn arga ibland, men hon hade aldrig sett maken till utbrott hos ett så litet barn.

– Kan jag få gå nu? frågade han när han var färdig.

– Tacka för maten och bär bort din tallrik, sa Julia.

– Tack för maten, sa pojken, kartade ner från stolen, tog glas och bestick och tallrik i ett vingligt grepp och balanserade iväg mot diskbänken.

Sedan lämnade han köket utan att se sig om, gick in i sitt rum och stängde dörren.

– Det underlättar att ha jobbat sju år som ordningspolis, sa Julia och log ett sorgset leende. Kaffe?

Annika såg på klockan.

– Jag måste nog dra vidare, sa hon. Har du någon kontakt med svärmor, förresten?

Julia fyllde vatten i den elektriska kaffebryggaren och tog ner en kaffeburk.

– Inte mer än vanligt, sa hon. Vi tog hit henne förra helgen, men hon gick bara omkring och letade efter David. Det blev jättekonstigt, så det dröjer nog innan vi gör om det.

– Vilket vårdhem är hon på?

– Ramsmora.

– Var ligger det?

– I Nacka. Det är ju inte långt, men vi har ingen bil och det är ganska knöligt att åka kommunalt dit ut. Därför blir det inte så ofta vi hälsar på.

– Skulle du ha något emot att jag besökte henne? frågade Annika.

Julia tittade upp.

– Varför skulle du vilja göra det?

Annika beslöt sig för att vara uppriktig.

– Minns du att jag frågade om du hört namnet Veronica Söderström, eller Veronica Paulson?

Julia tvekade, men sedan nickade hon.

– Det var den där ishockeystjärnans fru.

Julia mätte upp kaffe i filtret och tryckte på startknappen.

– Jag har anledning att tro att David träffade henne som barn, sa Annika. Du har aldrig pratat med Nina om det?

Julia skakade förvirrat på huvudet.

– Varför skulle jag ha gjort det?

– Nina berättade en gång för mig att de hade vuxit upp tillsammans, David och Filip Andersson och Yvonne Nordin och Veronica Paulson.

Julia ryckte till vid Yvonnes namn.

– Det här har vi pratat om förut, sa Annika, att de här barnen var som syskon. Det innebär att deras föräldrar måste ha känt varandra väl, eller åtminstone deras mammor. Har du hört talas om en kvinna som heter Astrid Paulson?

Julia rättade till kaffefiltret.

– Var inte hon ett av mordoffren i Spanien i vintras?

– Jo, sa Annika. Hon var Veronica Söderströms mamma. Har du hört hennes namn i något annat sammanhang?

Julia skakade på huvudet.

– Astrid Paulson, Ninas mamma och din svärmor, Hannelore, kände varandra.

– Gjorde de?

– Ninas och Yvonnes och Filips mamma hette Siv. Henne kände du, eller hur?

Julia ställde fram två muggar på köksbordet.

– Hon dog strax efter att vi gifte oss. Det var alltid lite synd om Siv. Hon var ganska alkoholiserad. Du dricker det svart, eller hur?

– Ja, svart. Davids riktiga pappa, Klas Lindholm, vad hände med honom?

– De skildes innan David fyllt ett år, sa hon och satte sig vid bordet. Han flyttade, jag vet inte vart. De hade aldrig mer kontakt. Han dog för några år sedan. David gick inte på begravningen.

– Vet du om han hade någon ny familj?

– David ärvde en gammal Saab och en sommarstuga utanför Kramfors när han dog. Han var ende arvingen.

– Brukade han åka till Marocko?

Julia höjde på ögonbrynen.

– Men det var ett väldigt tjat om Marocko. Varför håller du på med det?

Annika blev lite varm i ansiktet.

– Jag fick höra om en person som heter Lindholm som ska bo i Marocko, jag bara undrade om det kan vara någon släkting...

– Knappast, sa Julia. Lindholm är ett jättevanligt namn. Det finns en i porten bredvid, vi får varandras post hela tiden.

– Mamma?

Alexander stod i köksdörren.

– Ja vännen, vad är det?

– Mitt flygande tefat är färdigt.

Julia sken upp.

– Men så fint! Det måste jag få se. Vill du titta också, Annika?

– Om jag får, sa Annika.

Alexander nickade.

De gick in i pojkens rum. Det låg vägg i vägg med Julias.

Halva golvytan upptogs av en enorm hög av brädlappar och bitar av plywood och spånskivor, fastspikade ovanpå varandra. Några horisontella spröt, som antagligen varit gamla kvastskaft, spretade mot taket.

Julia slog ihop händerna av förtjusning.

– Men så fantastiskt! sa hon. Det här kan man säkert flyga till månen med.

Pojken såg allvarligt på henne.

– Jag måste komma högre, sa han. Ända upp till stjärnorna.

– Vad ska du göra där? frågade Annika.

Han såg på henne med total förvåning.

– Men hälsa på pappa så klart, sa barnet.

Annika hämtade bilen på Skeppsbron. Parkeringstiden hade gått ut och hon hade fått en p-bot på 500 kronor. Hon slängde ner boten i bagen och ringde nummerupplysningen, bad att få adressen och en vägbeskrivning via mms till vårdhemmet i Nacka.

Pojkens mörka blick brände kvar i henne.

Hon ruskade på sig och startade motorn.

Långsamt trixade hon sig bort mot Slussen och svängde ut på Stadsgårdsleden. Trafiken var trög som frusen sirap. Det hade slutat regna, men sörjan på gatan stänkte upp på rutorna och tvingade henne att använda vindrutetorkarna i alla fall.

Det fanns en sextonårig flicka som hette Amira Lindholm i Marocko, på en gård utanför Asilah.

Torsten Ernsten, David Lindholms styvfar, hade försvunnit i Marocko.

När hon passerade Skurusundet tyckte hon att det ljusnade lite borta i öster.

Hon fortsatte på motorvägen ut mot Gustavsberg.

Var hade hon hört ordet Asilah?

Vem hade kunnat säga det?

Med ens hörde hon Niklas Lindes röst i minnet.

Den talade om något och hon antecknade, hon hade inte tagit med det i artikeln för det hade egentligen inte med saken att göra, vad var det han hade sagt?

Utskeppningen sker via två mindre kuststäder, Nador och Asilah, under februari och mars.

De hade talat om cannabis som producerades av haschbönderna i Marocko. De hade suttit på tapasbaren i kongresshallen i Malaga och Niklas Linde hade pressat sitt ben mot hennes under bordet.

Hon insåg ett ögonblick för sent att hon precis missat sin avfart.

Hon fick ta av nästa, svänga tillbaka, och körde sedan raka vägen till Ramsmora vårdhem.

Byggnaden var låg och platt och hade försetts med ny fasad på 90-talet, målad med rosa lasyrfärg. Den stämde inte alls med resten av fastigheten, fönstren och dörrarna och proportionerna. Björkar med rasslande grenar ramade in det fula huset.

Hon parkerade på besöksparkeringen och andades ut. Hon körde bil alldeles för sällan, oavsett vad vaktmästar-Tore tyckte, och upplevde det alltid som lite obehagligt när hon var tvungen att göra det.

Hon hade låst bilen och var på väg mot entrén när hennes mobiltelefon ringde.

Det var Berit Hamrin.

– Jag är ledsen, sa hon. Det var inte meningen att du skulle behöva ta den där presskonferensen.

– Vilken presskonferens? frågade Annika innan hon mindes Filip Andersson.

– Jag var hos tandläkaren i morse, annars hade jag åkt. Sa han något?

– Inte ett ljud, sa Annika och mindes vinkningen.

– Du vet att jag inte tror att han är oskyldig.

Annika svarade inte, utan började gå mot entrén.

– Var är du? frågade Berit.

– Ska hälsa på en förvirrad gammal tant. Hon är tysk judinna och kom hit med de vita bussarna efter kriget.

– Hon är tyska? sa Berit. Och kom till Sverige med de vita bussarna?

Det måste du ha missuppfattat.

Annika stannade.

– Vad menar du?

– De vita bussarna hämtade upp skandinaver som hade suttit i tyska koncentrationsläger, alltså norrmän och danskar. Det fanns inga tyskar med.

– Är du säker? frågade Annika.

– Man påstod att bussarna skulle rädda andra nationaliteter också, men det har visat sig vara en riktig praktlögn. De enda tyskar som kom i närheten av de vita bussarna var döende fångar som fraktades mellan olika koncentrationsläger. De dog praktiskt taget allihop.

Annika tittade upp i björkarnas trädkronor. Hon borde egentligen inte vara förvånad. Ingenting som hade med de här familjerna att göra verkade vara sant eller normalt.

– Varför frågar du? undrade Berit.

– Jag berättar senare, sa Annika. Jag kommer in till redaktionen om några timmar.

Hon gick bort till entrén, skrapade av sig om fötterna och steg in på vårdhemmet.

Vestibulen hade lysrör i taket. De blänkte i golvet av bonad linoleum. Några tavlor med obestämbara motiv hängde på gipsväggarna, det luktade fränt av antiseptiskt skurmedel.

Hon ställde sig innanför dörren och lyssnade.

Två korridorer ledde bort från entréhallen, en rakt fram och en till höger. Hon såg inga människor, men någonstans uppfattade hon ett mummel av röster. Till vänster skymtade hon en matsal bakom en halvöppen dörr. Hon steg fram och drog upp den. Två kvinnor i femtioårsåldern vände sig mot henne som på given signal. Deras röster tystnade tvärt.

– Hej, sa Annika. Jag tänkte hälsa på Hannelore Lindholm. Vilket rum bor hon i?

Kvinnorna tittade på varandra och viskade något. Sedan gick den ena bortåt mot köket medan den andra kom fram emot henne.

– Annika Bengtzon heter jag, sa Annika och sträckte fram handen och log. Jag är bekant med Julia och Alexander. Hon berättade att Hannelore hälsade på dem förra helgen hemma på Bondegatan och...

– Jag vet vem du är, sa kvinnan. Det är jag som är Barbro, föreståndaren. Vi läser tidningen här på Ramsmora. Jag vet att du hittade Alexander.

Kvinnan tystnade, tog ett steg närmare och såg nyfiket på Annika. Hon var alldeles rödfnasig under näsan, som om hon varit förkyld och snutit sig för mycket.

– Ska du skriva en insändare?

Folk i gemen kunde inte skilja på de olika texterna i en dagstidning, på de långa redogörande reportagen, de inträngande personintervjuerna, de hårdvinklade nyhetsartiklarna, krönikorna, notiserna, debattartiklarna eller annonserna. För många, inklusive föreståndaren Barbro, var allting i tidningen bara "insändare".

– Nej, sa Annika. Jag ska inte skriva någon artikel. Jag vill bara träffa Hannelore och prata lite med henne.

– Om vad då?

Annika satte bagen till rätta på axeln.

– Behöver jag redogöra det för dig?

Barbro blev röd om kinderna.

– Den här vägen, sa hon och vände på klacken.

Hon gick igenom vestibulen och fortsatte rakt fram, in i den ena korridoren. Annika följde efter hennes ryggtavla. Den guppade hårt och energiskt för varje steg, Annika kunde ana att Barbro kände sig lite stukad.

– Ramsmora äldreboende är ett särskilt boende med olika inriktningar, sa hon över axeln. Här finns totalt fyrtioåtta lägenheter. Vi eftersträvar så hemlika förhållanden som möjligt. Vi har en sjukhemsdel och en servicehusdel och ett demensboende. Det är där vi är nu.

Väggarna var rosa. En målad bård med blommor i mörkare rosa delade av väggen på mitten. Efter några meter öppnade sig korridoren och blev bredare, med en heltäckande matta på mitten av golvet. Grupper med fåtöljer och små bord stod utplacerade med jämna mellanrum utmed ena väggen. Den andra täcktes av en rad dörrar, vissa öppna och andra stängda.

– Så Hannelore Lindholm räknas som dement?

– Jag diskuterar inte de boendes diagnoser, sa Barbro samtidigt som hon stannade vid en av de stängda dörrarna och knackade på. Hon drog upp den och gick in utan att vänta på svar.

– Hannelore, sa hon alldeles för högt, som om den gamla var hörselskadad. Du har besök.

Sedan släppte hon in Annika i rummet. Själv stod hon kvar i dörröppningen med handen på dörrhandtaget.

– Tack, sa Annika. Jag hittar ut själv sedan.

Barbro tvekade, sedan vände hon sig om, gick ut och stängde dörren efter sig.

Annika blev stående med ryggen mot den stängda dörren. Till höger låg ett badrum, till vänster ett litet trinettkök. Resten av lägenheten bestod av ett enda rum som var kraftigt övermöblerat. En tung soffgrupp i sprucket skinn, ett smäckert skrivbord, bokhyllor i idegran, en smal säng intill kokvrån. Möblerna såg nakna och malplacerade ut på det gula linoleumgolvet. Det luktade damm och möbelpolish.

En kvinna med långt, vitt hår stod framme vid fönstret och fingrade på en krukväxt. Hon verkade inte medveten om att Annika fanns i rummet.

Annika harklade sig ljudligt.

Ingen reaktion.

– Fru Lindholm? sa Annika. Hannelore? Annika Bengtzon hetei jag. Jag har kommit för att prata med dig.

Kvinnan i fönstret kastade en förvånansvärt pigg blick över axeln.

– Vad vill du då? frågade hon i alldeles normal samtalston och vände uppmärksamheten mot pelargonen igen.

– Jag skulle vilja prata med dig om Astrid och Siv, sa Annika.

Kvinnans händer stannade mitt i en rörelse. Hon vände sig om. Annika såg att hon hade händerna fulla av bruna blad. Hennes blick flackade över rummet. Hon var slående vacker.

– Är Astrid här? frågade hon.

Hon hade ingen tysk brytning. Tvärtom, hon talade sörmländska, precis som Annika.

– Nej, sa Annika. Astrid är inte här just nu. Ska vi sätta oss ner?

Hannelore Lindholm tvekade.

– Jag måste bara gå och slänga det här skräpet först, sa hon och gick bort mot det lilla trinettköket i rummets ena hörn.

Annika drog av sig jackan och släppte den och bagen på golvet invid dörren, gick sedan fram mot soffgruppen.

– När kommer Astrid hit? frågade den gamla kvinnan och såg förhoppningsfullt på Annika.

– Astrid kommer inte hit mer, sa Annika och slog sig ner i en av fåtöljerna. Kan du inte berätta lite för mig om henne?

– Var är hon?

Annika såg på kvinnan framför sig. Hon var lång och smal, ryggen var böjd men axlarna raka. Håret var omsorgsfullt tvättat och kammat. Ögonen var stora och klarblå, uttrycket påminde om en förvånad dockas. Hon hade rouge på kinderna.

Hon hade gått omkring och letat efter David i våningen på Bondegatan, trots att hon gång på gång fått veta att han var död. Alltså var det ingen mening för Annika att komma med några dödsbud som hon kanske redan fått men omedelbart glömt bort.

– Hon är på Costa del Sol, sa Annika, för hon visste faktiskt inte om kropparna flyttats och i så fall vart.

Hannelore Lindholm satte sig väl till rätta i den största soffan.

– Hon trivs så bra där, sa hon. Har hon kvar mäklarbyrån?

– Jadå, sa Annika.

Hannelore skrattade till.

– Astrid är den modiga, sa hon. Det är alltid hon som törs göra alla de farliga sakerna.

Hon log och nickade för att understryka sina ord.

– Vad törs Astrid göra? frågade Annika.

Svaret kom kvickt och lätt.

– Hoppa från högsta höskullen. Rida på den vilda tjuren.

Hannelore skrattade åt sina minnen.

– Hon är tokig!

Skrattet dog ut. Annika väntade. Det kom inget mer.

– Var hoppade Astrid från höskullen? frågade Annika.

Det förvånade uttrycket kom tillbaka i Hannelore Lindholms ögon.

– Men på Gudagården förstås! Hon är där när jag kommer. Hon är den enda som är snäll mot mig.

Hon lutade sig över ett antikt bord och sänkte rösten.

– Astrid är en väldigt god människa, sa hon lågt. Hon bryr sig alltid om dem som är svaga och rädda. Hon är inte alls någon trollflicka.

Annika kunde inte hjälpa att hon blinkade till. Tanten var verkligen totalt förvirrad. Det kanske skulle gå bättre om hon frågade något lättare.

– Kan du berätta lite om dig själv? bad hon.

Hannelore höjde blicken och lät den spela över det trånga rummet.

– Jag bor i ett slott, sa hon. I ett slott högt ovanför molnen. Jag dansar i *Die Halle* för alla djuren.

Hon höjde armarna och gjorde några graciösa rörelser i luften, lät händerna flyga och slöt ögonen. Det fanns något förtrollande i kvinnans ansiktsuttryck, som om det faktiskt existerade en annan verklighet mitt i den svenska äldreomsorgen, ett annat rum i en annan tid än här på Ramsmora ålderdomshem. Annika såg på henne en lång stund, ända tills hon blev obehaglig till mods.

– Var är dina föräldrar? frågade hon.

Kvinnans rörelser frös och hon öppnade ögonen.

– Jag får inte tala om Mor och Far, sa hon.

Hon såg rädd ut.

– Varför inte?

– Onkel Gunnar och tante Helga har förbjudit mig.

Hon gömde händerna i armhålorna.

– För mig får du berätta, sa Annika.

Kvinnan drog upp fötterna under sig och kröp ihop, hon skakade energiskt på huvudet.

– Han slår mig mera om jag någonsin säger något om Mor och Far, sa hon.

– Vem?

– Onkel Gunnar.

Hennes röst blev entonig, hon stirrade rakt fram när hon talade.

– Jag kom till Sverige med de vita bussarna som greve Folke Bernadotte och svenska Röda Korset så generöst hade ställt till de nödlidandes förfogande, sa hon rabblande.

– Fast det är ju inte sant, sa Annika.

Hannelore Lindholm sneglade på henne men sa inget.

– De tvingade dig att ljuga, eller hur? Varför?

Kvinnan blinkade som om hon skulle börja gråta.

– För att Far var officer, sa hon med mycket tunn röst.

– Officer? Tysk officer under kriget?

Hon nickade.

– Det där slottet du dansade i, vad var det för en plats? Var det ett riktigt slott?

Hon nickade igen.

– Berghof, sa hon med samma lilla röst.

Annika studsade till. Hon var ingen hejare på historia, men hon hade sett nästan alla avsnitt av miniserien Band of Brothers.

– Men det var ju Hitlers hus i Bayern, sa hon. Det som kallades Örnnästet.

Hannelore slog armarna runt knäna och gömde ansiktet mot låren.

Annika tittade på kvinnan, det mjuka vita håret föll fram över hennes ben. Händerna höll krampaktigt om underarmarna, vita händer med blåa blodådror och ljusrosa naglar.

Hannelore Lindholm var ingen judinna, insåg Annika. Hon hade aldrig suttit i något koncentrationsläger. Tvärtom, hon var dotter till en naziofficer, så högt uppsatt att familjen åtminstone vid något tillfälle hade besökt Berghof. Hennes judiska bakgrund var en efterhandskonstruktion av människorna hon kallade onkel och tante. Vilka var de? Annika hade aldrig läst tyska, men onkel och tante lät som någon sorts släktbeteckningar. Var Gunnar och Helga avlägsna släktingar som tagit hand om henne efter kriget? Och som tyckte att det klingade vackrare och mer ädelmodigt att ta hand om en stackars judinna som överlevt ett koncentrationsläger än en dotter till en högt uppsatt naziofficer?

Men varför hade hon givit sin son så judiska namn, David Zeev

Samuel? Som ett sätt att betala av någon sorts psykologisk skuld?

Eller kanske det hade varit pojkens pappa, den frånvarande herr Lindholm, som valt namnen. Han kunde ju ha varit jude...

Kvinnan vaggade sakta med överkroppen från sida till sida.

Annika skruvade lite olustigt på sig i stolen.

– Kan du berätta om Siv? bad hon.

Hannelore Lindholms svajande stannade upp. Hon rätade på ryggen, axlarna slappnade av och armarna föll ner. Hennes blick klarnade och hon såg på Annika.

– Är Siv här? frågade hon.

– Nej, sa Annika. Hon är i Sörmland.

Kvinnan verkade nöjd med svaret. Hon nickade instämmande och lite bekymrat.

– Det är synd om Siv, sa hon.

– Varför det? frågade Annika.

Hannelore böjde sig mot Annika.

– Hon låter sig luras. Hon tror verkligen på Gud och himmelriket och allt det andra som onkel Gunnar predikar. När jag först kom till Gudagården så trodde hon att hon var en ängel, för det hade tante Helga sagt åt henne. Så dumt!

Hon skakade eftertryckligt på huvudet.

Annika såg fundersamt på henne.

Hannelore Lindholm verkade inte ha några problem att minnas saker från sin barndom. Faktum var att hon fortfarande verkade vara kvar där. Det hon berättade var antagligen sant.

Flickorna hade vuxit upp tillsammans på en gård någonstans, förmodligen i Sörmland eftersom Hannelore hade samma dialekt som hon själv. De delade barndom och erfarenheter. Något under uppväxten band dem samman så att de höll kontakten även i vuxenlivet.

– Vad hände på Gudagården? frågade Annika och studerade kvinnans reaktion noga.

Hannelore Lindholm blinkade till.

– Hände?

– När flyttade du därifrån?

Hannelore Lindholm reste sig så snabbt ur soffan att det lilla antika

371

bordet åkte omkull. Hon gick bort till fönstret och började plocka med sin krukväxt igen, hårt och ryckigt.

Frågan hade upprört henne. Annika gick efter henne och lade sina händer på den äldre kvinnans.

– Kom och sitt i soffan, sa hon. Vi pratar om Siv och Astrid.

Dockögonen vändes mot Annika.

– Är Astrid här? frågade Hannelore.

Annika förde kvinnan tillbaka till skinnsoffan.

– Jag vill prata om Torsten, sa Annika.

– Torsten är inte här, sa Hannelore och hennes ögon blev tunga.

– Nej, jag vet det, sa Annika. Han är i Marocko. Vad gör han där?

Hannelore fingrade på sin kjol. Hennes läppar rörde sig, men hon sa inget.

– Åker Torsten ofta till Marocko? Vad gör han där? Vet du det?

Hannelore började sjunga, något entonigt och obegripligt, kanske på tyska.

– Vill du inte prata om Torsten? Har han gjort dig ledsen?

Hon slutade sjunga.

– Torsten kom aldrig hem, sa hon. Han åkte till farmen och han kom aldrig tillbaka.

Annika kände håret resa sig i nacken.

Det finns inget nat pa farmen sa jag har inte kunnat mejla.

– Var ligger farmen? frågade hon. Vem är på farmen?

Hannelore Lindholm tittade rakt fram utan att röra sig.

Annika väntade.

Hon satt stilla en lång stund, försökte förstå hur långt Hannelore Lindholms minne sträckte sig.

Julia hade sagt att hon tagits in på hemmet efter att Torsten försvunnit. Hon verkade komma ihåg att han inte kommit tillbaka efter sin sista resa. Hur länge sedan kan det ha varit? David hade varit tonåring, och han skulle ha varit fyrtiotre år gammal idag. Tjugofem år sedan alltså, när Hannelore själv var runt fyrtiofem. Kanske hade hon minnen kvar fram till dess.

Han åkte till farmen och han kom aldrig tillbaka.

– Är David också i Marocko? frågade hon.

Hannelore Lindholm sken upp.

– Nej, nej, sa hon. Han kommer och hämtar mig snart. Vi ska åka hem.

Hon reste sig och gick bort till en av bokhyllorna, öppnade ena dörren och började lägga böckerna i hög på golvet nedanför.

– Hannelore, sa Annika och gick fram till kvinnan. Kom och sitt i soffan. David är inte här ännu, vi får vänta en stund.

Kvinnan tvekade, sedan nickade hon och lämnade böckerna åt sitt öde på linoleumgolvet.

– David har det inte så lätt, sa hon. Alla de andra barnen har en pappa.

Annika fick kvinnan att sätta sig igen. Sedan slog hon sig ner bredvid henne i skinnsoffan.

– Varför har inte David någon pappa? frågade hon.

Kvinnan plockade ängsligt med fingrarna på sin kofta.

– De blev arga på varandra. Han skrek åt Astrid. Kommer inte David snart? Han borde vara här nu?

Annika hörde fotsteg och röster i korridoren, slammer av vagnar och porslin. Hon tog sats och såg rakt på Hannelore Lindholm.

– Kan du berätta om Fatima?

Kvinnan såg oförstående på henne.

– Vem är det?

Annika väntade några sekunder innan hon svarade.

– Fatima är på farmen, sa hon till sist. Med Amira.

Hannelores ögon flackade över rummet.

Annika väntade, sedan frågade hon:

– Kan du berätta om Julia?

Kvinnans händer famlade över kjolen.

– Alexander, minns du honom? Davids pojke?

Det knackade på dörren och föreståndaren Barbro stack in huvudet i rummet.

– Hur går det? frågade hon och såg nyfiket på Annika.

– Vi pratar, sa Annika ganska skarpt. Vi skulle uppskatta att få göra det i enrum.

Barbro steg in i rummet och stängde dörren efter sig.

– Det är dags för medicineringen, sa hon och låste upp ett skåp i Hannelores badrum.

– Jag vill inte ta medicinen, sa Hannelore Lindholm. Jag blir yr i huvudet av den.

Föreståndaren plockade ut något ur skåpet och låste det igen, kom sedan in i rummet och gick bort till trinettköket.

– Släng inte blomskräpet i slasktratten, sa hon tydligt och långsamt. Tänk på att det är vi som måste komma och städa efter dig.

Föreståndaren fyllde vatten i ett glas och gick bort till den äldre kvinnan.

Hannelore Lindholm suckade, tog emot pillret och svalde det med en liten klunk vatten.

– Så där ja, det var duktigt, sa Barbro med sin höga röst för hörselskadade.

Hon vände sig mot Annika.

– Nu får jag nog be dig avsluta besöket, sa hon, för Hannelore måste vila.

Annika tittade på klockan. Det var ändå hög tid att åka tillbaka.

Hannelore gick och satte sig på sängen med ett uppgivet uttryck i sina dockögon. Annika följde efter henne och tog hennes hand.

– Tack för pratstunden, sa hon.

Hannelore Lindholm blinkade förvånat och såg på henne.

– Vem är du? frågade hon.

Annika klappade den gamla på handen, gick bort mot sin bag, hängde upp den på axeln och tog jackan i famnen.

– Julia och Alexander hälsar, sa hon. De kommer snart och besöker dig.

Hannelore Lindholm såg bort mot fönstret och verkade inte höra henne.

Det hade börjat regna igen. Annika sprang ut till bilen, upptäckte att hon glömt att låsa den och kastade sig in på förarsätet med bagen bredvid sig.

Hon tog fram telefonen och kollade displayen, ett missat samtal från Patriks mobil.

Nyhetschefen fick vänta.

Hon slöt ögonen och tänkte. Vattnet trummade mot biltakets plåt, rann i bäckar och floder nedför vindrutan.

Hannelore, Astrid och Siv växte upp tillsammans på en gård i Sörmland som kallades Gudagården. Husets patriark hette Gunnar och drog sig inte för att slå barn. Hannelore var nazistdotter och en släkting till gårdsfolket, vilka var hycklare av den högre skolan eftersom de piskade den lilla flickan till att ljuga om sitt förflutna.

De tre flickorna växte upp och fortsatte att ha kontakt med varandra. Deras barn kom i sin tur att bli som syskon: David och Filip, Yvonne och Veronica, och så lilla Nina.

Hon startade bilen och körde bort mot motorvägen samtidigt som hon slog numret ur minnet.

Nina Hoffman svarade direkt, som hon brukade, med för- och efternamn.

Det var tyst i bakgrunden så Annika antog att hon var hemma eller inne på sitt tjänsterum. Hon satt åtminstone inte i någon patrullbil eller i en stökig arrestlokal.

– Jag var på presskonferensen när din bror släpptes, sa Annika. Vet du vad han kommer att göra nu?

– Jag är tacksam för det du har gjort, men jag är inte skyldig dig någonting, sa Nina Hoffman. Frågor som gäller Filip får du ställa till honom.

Annika saktade ner hastigheten och lade sig i innerfilen.

– Okey, sa hon. Jag har en helt annan fråga. Vet du något om en farm i Marocko?

Vindrutetorkarna gick för högtryck. Nina svarade inte.

– Hallå? sa Annika. Hallå? Nina?

– Ja, jag är här.

– Jag har precis hälsat på Hannelore Lindholm, sa hon. Jag pratade med henne om din mamma och Veronica Söderströms mamma, Astrid...

– Varför i allsindar då? Varför håller du på och rotar i vår familj? Varför kan du inte lämna oss i fred?

Hon lät inte upprörd, bara sammanbiten.

– Hannelore är en sjuk och förvirrad gammal kvinna. Du har ingenting med henne att…

– Nina, avbröt Annika och saktade ner farten ytterligare. Sa din mamma någonsin något om en farm i Marocko?

Det susade och knäppte på linjen.

Nina var tyst i flera sekunder.

– Varför frågar du det?

– Jag vet att det finns en lantgård någonstans utanför Asilah i norra Marocko, och på något sätt har den med Astrid Paulson och David Lindholm och alla er andra att göra.

– Vad menar du med det? ”… alla er andra…”

– En kvinna som heter Fatima, med en dotter som heter Amira? Hört talas om dem?

Det klickade till och blev helt tyst i andra änden. Nina Hoffman hade lagt på.

Annika bet sig i kinden, skit också.

Nina visste något som hon inte ville berätta.

En långtradare körde om henne och stänkte upp fullt av lera på vindrutan.

Annika stoppade undan telefonen och försökte koncentrera sig på bilkörningen.

Tore hade gått hem för dagen, tack och lov. Hon lämnade tillbaka nycklarna till kvällsvaktmästaren och upplyste honom om att bilen behövde tankas, och tvättas också för den delen. Sedan gick hon och hämtade en utläggsrekvisition och fyllde i dagens kostnader, både för parkeringen och p-boten. Egentligen skulle de betala böterna själva, men hon kunde ju alltid försöka…

– Hur mycket vill du ha på Filip Andersson? frågade Annika när hon passerade nyhetsdesken.

– Fick du någon exklusiv? frågade Patrik.

– Nix.

Nyhetschefen sköt ut kontorsstolen en bit från skrivbordet och såg uppgivet på henne.

– Var har du hållit hus hela dagen?

Annika stannade förvånat upp intill honom.

– Kollat grejer, sa hon. Hur så?

– Inte de grejer som du skulle ha kollat, sa han och lade handen på en bunt med lappar intill sin dator. Hur ska vi få ut en tidning om inte reportrarna dyker upp för tjänstgöring?

Hon blundade och beslutade sig för att inte bli arg.

– Ta hit lapparna, sa hon sedan och öppnade ögonen. Är det någon tv-stjärna som har rapat i direktsändning? Eller har mannen med världens längsta näsa dragit på sig hösnuva?

Patrik tog tag i bordskanten och halade in sig mot skrivbordet utan att svara.

– Nähäpp, sa Annika. Då var det väl inte så viktigt, då.

Hon gick bort till dagredigerarnas bord och packade upp sin dator. Öppnade ett vanligt worddokument, samlade sig och började skriva ner det hon fått reda på under dagen.

Hon började bakifrån, med Nina som inte var villig att prata med henne alls längre. Så Hannelore och hennes förvirrade barndomsminnen, Julia och Alexander och deras sköra liv, och sedan var hon framme vid Suzette. Hon stannade upp och såg Pollys skrivbordsbild på dataskärmen framför sig, den svarthåriga flickan med armarna om den stora hästen, hennes strålande ögon och leende ansikte.

– Annika? Kan du komma in till mig ett ögonblick?

Chefredaktören Anders Schyman stod i öppningen in till sin glasbur.

– Vad? sa Annika. Nu, på en gång?

– Helst.

– Visst, sa hon och loggade ut sig från nätverket för att slippa få sina lösenord ändrade, ett elände som blivit den nya sporten bland understimulerade nattredigerare.

Schyman stod tålmodigt och väntade. Hon lade jackan över bagen på ett ledigt bord och följde efter honom in i buren.

– Stäng dörren.

Hon sköt igen glasdörren.

– Har det hänt något? frågade hon.

– Sätt dig, sa han och pekade på en stol.

Annika stod kvar utan att svara. Schyman satte sig bakom sitt skrivbord.

– Hur tycker du det fungerar att vara reporter?

Hon såg ingående på sin chef och försökte utröna vad han egentligen ville.

– Sådär, sa hon. Det är ganska kul. Det är ju inte kärnfysik direkt, inte med Patrik vid nyhetsdesken.

– Jag har fått en del oroande rapporter om hur du uppträder gentemot dina medarbetare, sa chefredaktören.

Annika stelnade till.

– Patrik säger att du kommer och går precis som du vill. Så kan du givetvis inte bete dig. Han har ett ansvar gentemot mig och nyhetsledningen, han måste kunna lita på att du är på jobbet under din arbetstid…

Hon lade armarna i kors.

– Han har varit här inne och klagat, konstaterade hon. Han är sur för att jag inte kom tillbaka till hans lappar tillräckligt snabbt.

– Det är inte bara Patrik som tröttnat på din attityd. En av fotovikarierna ringde hit och grät när ni var i Spanien på det där jobbet om Kokainkusten. Hon sa att du övergivit henne utanför en kongressbyggnad och dragit iväg med en karl och inte kommit till hotellet på hela natten. Sedan hade du åkt omkring själv och tagit egna bilder i stället för att samarbeta med henne.

Annika tog ett djupt andetag.

– Ingenting jag gjorde var tillräckligt "bildmässigt", så fotografen vägrade helt enkelt att plocka upp kameran. Själv hade jag häcken full. Jag kunde inte sitta och hålla Foto-Lotta i handen och höra henne berätta om hur duktig hon varit i Teheran…

Chefredaktören höjde ena handen i ett stopptecken.

– Hon fick strålande kritik för sin utställning på Kulturhuset, sa han, så helt obegåvad kan hon inte vara.

– Det var de där bilderna hon sprang omkring och knäppte i stället för att göra sitt jobb, sa Annika.

Schyman lutade sig framåt och lät underarmarna landa tungt på skrivbordet.

– Du måste tänka på hur du beter dig, sa han. Du har varit förfärlig mot Patrik sedan första dagen han blev nyhetschef. Faktiskt nästan lika hemsk som en del av de andra var mot dig när du var kriminalchef. Patrik vill inte ha kvar dig på sitt skift och jag förstår honom. Jag har därför gått med på att flytta på dig.

Annika ville sätta sig ner men stod kvar, lamslagen.

– Vad menar du? frågade hon. Vad då "flytta på"?

– Har du själv något förslag på var jag ska placera dig?

– Menar du allvar?

Anders Schyman suckade.

– Är du intresserad av ett frilanskontrakt?

Hon fick knappt luft.

– Vad fan är det här? Ger du mig *sparken?*

Chefredaktören reste sig upp, krånglade sig runt sitt skrivbord, drog ut en av besöksstolarna och sa "sitt".

Annika satte sig. Stolen var lägre än hon trodde och hon slog svanskotan i ryggstödet.

– Kan du förstå att Patrik har haft problem att hantera dig?

Hennes instinkt var att argumentera emot, att visa på Patriks förhastade beslut och journalistiska inkompetens, hans ytliga nyhetsbedömningar och dåliga omdöme, men i stället stirrade hon rakt fram och vägrade svara.

– Vill du jobba natt igen? frågade chefredaktören. Bli redigerare? Insändarredaktör? Eller någonting på webben? Nyhetsankare på webben, vad tror du om det?

Hon såg upp på honom. Hur kunde hon vara ett problem? Hon rodde ju hem nyhetschefernas allra konstigaste vinklar, hittade försvunna barn i skogen och avslöjade terroristligor och Nobelmördare och jugoslaviska maffiakonstellationer…

– Jag tycker du är jävligt otacksam, sa hon. Du får det att låta som om jag sitter och fikar hela dagarna, men jag drar fram fler grejer än någon annan…

– Jag ifrågasätter inte din kompetens, utan din attityd.

– Min *attityd?* Är den viktigare än det jag levererar? Har du inte nog med ja-sägare omkring dig?

Chefredaktören mulnade.

– Det handlar inte om att jag vill ha folk som inte säger emot...

– Det gör det visst. Du är precis som alla andra gubbchefer. Du vill ha väluppfostrade flickreportrar som är gulliga och trevliga och som alltid gör exakt som alla säger åt dem. Sådan kommer jag aldrig att bli.

Det blev tyst i rummet.

– Vill du bli av med mig? frågade Annika. Uppriktigt?

Anders Schyman tuggade på underläppen.

– Jag har alltid försvarat dig, sa han. Fan, jag har gått längre än så, jag har tagit strid för dig. Styrelseordföranden har velat göra sig av med dig, men jag har satt min egen position på spel för att få behålla dig...

– Oh, jag blir alldeles röd, sa Annika. Om styrelsen får möjlighet att köra över dig och börja sparka och anställa personal så är du körd som chef, det vet du. Du behöver inte låtsas inför mig.

Det blev tyst i rummet igen.

– Är du intresserad av vad jag har gjort idag? frågade Annika. I stället för att ringa på Patriks lappar?

Anders Schyman svarade inte.

– Du minns gasmorden i Nueva Andalucía? Den försvunna sextonåriga flickan, Suzette Söderström?

Han nickade.

– Jag tror att hon lever. Jag tror att hon hålls fånge på en lantgård i Marocko. Jag har åkt runt och pratat med folk som kan ha uppgifter om den där gården och var den ligger, hur det kommer sig att hon är där, vilka som finns där och...

Chefredaktören lade händerna för ansiktet och stönade.

– Annika, Annika, Annika, sa han. Det kom ett sabotagelarm från kärnkraftverket i Oskarshamn nu i eftermiddag och vi hade ingen reporter att skicka.

– Det där hörde jag på bilradion, sa Annika. Det var ju ingenting. Det var en svetsare som hade någon sorts rest av sprängmedel på en plastkasse som det stod IFK Norrköping på.

– Det visste vi inte först. Faktum kvarstår, vi hade ingen reporter som kunde sköta bevakningen.

Annika stirrade på sin chef.

– Men det är väl för fan inte *mitt* fel? Det är väl inte jag som precis har sparkat halva redaktionen?

Anders Schyman reste sig.

– Vi kommer inte längre, sa han. Jag ger dig veckan ut att fundera över var du vill bli placerad.

Annika satt kvar på stolen med en svindlande känsla av fritt fall. Sedan tvingade hon sig att resa sig, hon gick ut ur glasburen och stängde dörren utan att se sig om.

Patrik stirrade på henne över redaktionsgolvet, han visste givetvis vad som hade sagts. Nu mådde han allt.

Hon förmådde inte se på honom utan gick bort till sin dator med gråten brännande i halsen.

Det fanns andra arbetsplatser. Det måste finnas något annat medieföretag i Sverige som ville anställa henne. Och hon skulle klara sig bra utan jobb också, åtminstone ett tag, med försäkringspengarna på ingång.

Den 30 juni skulle hon få ersättningen för sitt nedbrunna hus, 6 miljoner kronor plus en kvarts miljon för lösöret. Visserligen skulle Thomas ha hälften, men tomten skulle dessutom bjudas ut till försäljning och ge ett par miljoner till. Hon hade kollat på www.hemnet.se, det fanns bara en enda tomt till salu i hela Danderyds kommun och den hade utpriset 4,4 miljoner.

Det kanske inte var en tragedi att få sparken, trots allt.

Det kanske skulle vara början på något nytt och bra.

Det kanske vore jättebra att vara frilans, då kunde hon göra precis som hon ville utan att någon hade synpunkter…

Fast hon ville ju höra hemma. Hon ville ha en plats och ett postfack.

Hon satte sig vid datorn, blundade och tog tre djupa andetag, loggade in sig och plockade upp texten hon hållit på att skriva. Hon hade kommit till Suzettes mejl och försökt återskapa det ur minnet.

"Du får inte säga något om det här mejlet. Inte till mamma och inte till polisen. Det finns inget nät på farmen så jag har inte kunnat mejla. Jag är på internetfik. Fatima skulle bli skitarg om hon visste att jag skriver.

Jag är hos Amira. Jag har varit här sedan nyår. Jag har fått en egen häst som heter Larache. Han är mix mellan engelskt fullblod och arabiskt fullblod. Säg inget till Adde om att jag har skrivit. Du kan svara på den här mejlen men jag vet inte när jag kan läsa. Vi åker bara till Asilah ibland.

Puss o kram från Suz"

Hon läste mejlet två gånger och blev sedan sittande och stirrade på skärmen.

Det var helt vansinnigt att tidningen inte var intresserad av historien med Suzette. Varför var flickor med hästar så otroligt betydelselösa?

Dessutom fanns det något större i botten, något ogripbart och dunkelt över alltsammans, över Astrid och Siv och Hannelore och deras familjer, något hon precis börjat ana vidden av.

– Vad ville Schyman?

Patrik stod bredvid henne och kunde inte dölja sin triumf.

– Gratulera mig på födelsedagen, sa Annika. Du vet mycket väl vad han ville. Han förklarade att du vill bli av med mig.

Nyhetschefen satte sig på skrivbordet, ovanpå hennes anteckningar.

– Du är en duktig reporter, Annika, sa han. Om du bara kunde lära dig att...

– Bespara oss bägge, sa Annika och slet till sig anteckningsblocket. Om du är färdig nu så kanske jag kan få fortsätta med det jag höll på med.

Patrik reste sig motvilligt.

– Borde inte du gå hem? Det är en dag i morgon också.

Hon såg upp på honom och bestämde sig.

– Jag har feber, sa hon, så jag kommer inte alls i morgon. Måste gå till vårdcentralen, det är nog streptokocker.

Han såg tvivlande på henne, men sa inget mer utan gick tillbaka till sin plats.

Annika klickade bort sina worddokument och gick ut på nätet.

Det gick flyg mellan Stockholm och Malaga varje morgon.

Det gick båtar mellan Algeciras och Tanger hela tiden, det hade hon sett på skyltarna vid motorvägarna på Costa del Sol.

På något sätt gick det säkert att ta sig från Tanger till Asilah, Marocko var väl inte så stort.

Hon gick in på Google Maps och slog in *asilah morocco*. Två sekunder senare stirrade hon på en satellitbild över en stad vid den nordafrikanska Atlantkusten.

Den verkade ligga fem, sex mil från Tanger.

Hon drog två snabba andetag och sneglade bort mot chefredaktörens glasbur. Den var mörk, Schyman hade gått hem utan att hon hade märkt det.

Hon tvekade ett par sekunder, sedan plockade hon upp bokningssajten för fakirplanen till Malaga.

Det fanns några platser kvar på planet klockan 06.45.

Fallet genom himlarna

Ängeln landade mot jorden med en hård smäll sedan Trollflickan och Prinsessan försvunnit. Hon lades till sängs med feberyrsel och märkliga blåsor på händerna och ordinerades liniment på bröstet och församlingens förböner.

Far och gårdsfolket letade i hela grannskapet i tre dagar och tre nätter. Sedan rapporterades de förrymda till Barnavårdsnämnden. Flickorna tog man opp anmälan om, men inte Vinda Ögat. Han stod inte under förmyndarskap sedan han blivit myndig förevarande månad.

Tystnaden blev stor och stum på Gudagården. Far tog på sig vedergällningens uppdrag och späkte sig och gårdsfolket till botgöring, vilket inte föll i god jord. Att han tuktat fosterbarnen hade man tolerans med, men vuxna drängar som tjänade eget levebröd godtog inte att bli pryglade av husbonden.

Snart var Far och Ängeln ensamma vid sådd och slåtter. Arbetet blev lidande. Trots Fars böner om Guds bistånd och handräckning fick de inte opp potatisen innan frosten kom.

Från de förrymda hördes inte ett knyst, så Far tog flera fosterbarn. Inga flickor som kunde rymma ville han ha, bara pojkar i arbetsför ålder. Och han fick de värsta, de som ingen annan ville ha, och han piskade Herren Guds förmaning i dem tills deras ryggar blödde. Sedan arbetade han dem tills de inte orkade tänka på att avvika. De som ändå rymde, dem letade han inte längre efter utan lämnade åt Herrens Förbarmande och Helvetets Lågor.

Ängeln var fjorton år när Gregorius kom till gården.

Han var olik alla de andra pojkarna, för han var mörk och smal och lågmäld, han startade aldrig bråk och han skränade aldrig eller gapade. Han log sitt egendomliga leende och ingöt respekt i pojkhopen, eller kanske till och med fruktan. De som gav sig på honom vaknade med besynnerliga skador eller råkade ut för märkliga olyckshändelser.

Ängeln drogs till honom som malen till ljuset, och liksom den oförsiktiga fjärilen kom hon att bränna sina vingar på ett sådant sätt att hon aldrig mer kunde flyga.

Hon var femton år och åtta månader när Mor förstod att hon var gravid, och då hade Gregorius varit borta från gården sedan många veckor. Far slog hennes ben och rygg och underliv sönder och samman, piska synden ur hennes lidelsefulla lekamen skulle han göra, men det enda som han lyckades med var att ge henne ärr som räckte livet ut. Sedan låstes hon in i vindskupan där Trollflickan och Prinsessan fått sova under takfönstrets rimfrostade glasruta, och liksom sina föregångare klättrade hon ut över takpannorna och bort till brandstegen så snart hennes sår hade helat så pass att hon kunde springa.

Och sedan sprang hon.

Hon tog sig opp på vägen i skydd av nattmörkret, genom samhället och ut på Riksvägen, och tidigt på morgonen fick hon lift med en lastbilschaufför som skulle ända bort till Gnesta. Han frågade vad en så liten jänta gjorde ute på vägen i så arla morgonstund, och hon sa att hon inte ville berätta, och då sa han att han inget skulle säga om han fick vara lite vänskaplig med henne. Och skadan var ju redan skedd så hon såg ingen större våda i att låta honom få det han ville.

Det brände i såren då han tog henne, och hon kände jorden sluta sig ovanför hennes huvud för att aldrig öppna sig igen.

Här har du ditt liv, här har du din underjord.

Han körde henne till Mölnbo. Där fick hon skjuts med en mjölkbil som var på väg till Södertälje.

Då var det redan kväll och hon var mycket hungrig.

Hon tillbringade natten i en sänka intill järnvägsspåret och frös

som en hund, men hon visste att det inte var långt kvar, för Troll-
flickan hade berättat om sin mamma. Hon var ute från fästningen
sedan länge, och hon ville ta hand om sin flicka, men Barnavårds-
nämnden sa nej för man tyckte att det var bättre att Trollflickan
uppfostrades i Herrans Tukt och Förmaning på Gudagården.

Det ingen visste var att Trollmamman ibland kom och hälsade
på sin flicka, alltid om nätterna när det var snöfritt på taket och
flickan kunde använda sig av brandstegen, och Ängeln kände till
hennes adress.

Hur hon skulle hitta den inne i den stora staden Stockholm
hade hon inte funderat över, och det blev inte heller så svårt. En
droskchaufför körde henne till Tyska Brinken nummer 28 mot
samma betalning som lastbilschauffören från Mölnbo, och sedan
ringde hon på dörren.

Prinsessan öppnade.

Det tog flera sekunder innan hon kände igen den fallna Ängeln.

De vårdade henne i utdragssoffan i köket i flera veckor. Såren
var infekterade, hon föll i feberdvala och barnet i hennes mage
mådde inte bra. Men på hösten, strax innan barnet skulle födas, så
tog Trollflickan dem alla med sig, både sin mamma och Prinsessan
och den fallna Ängeln, och gick på biograf och såg en nästan ny film
från Amerika.

Trollflickan hade redan sett filmen många gånger och kunde alla
replikerna utantill. Den hette "En plats i solen" och den handlade
om en fattig ung man som kom för att arbeta hos sina rika släk-
tingar och blev förälskad i en vacker flicka, och för hennes skull
var han beredd att göra precis vad som helst, till och med mörda.
Filmen var väldigt sorglig och Ängeln grät, för den gravida flickan
Al, för den veke vackre George och hans kärlek till den gudom-
liga Angela, och för att han så orättvist avrättades i den elektriska
stolen.

Efteråt gick de på kafé och drack kaffe och åt bakelser.

De sa inte mycket men de tänkte alla på hur orättvist livet var.

Trollflickan betalade notan och gav servitrisen rejält med
dricks.

Innan de reste sig så böjde hon sig fram och tog de andras händer i sina. Hennes röst var låg och mörk och hennes trollögon svarta när hon edsvor deras framtid.

– Vi är värda en plats i solen, sa hon. Var och en av oss, och alla de våra. Så ska det bli, för det lovar jag er.

Orden brände sig in i Ängelns kropp, och sedan kom den första värken.

Gossen föddes i gryningen nästa morgon.

HON GICK ALDRIG OCH LADE SIG.

Hon stannade kvar på tidningen och skrev ut allt hon visste om Hannelore, Astrid och Siv och deras barn, om Carita Halling Gonzales och vad hon hade gjort, hon läste på om Algeciras och Marocko och Asilah, hon tänkte igenom vad hon behövde göra och när klockan blev halv tre åkte hon hem och packade. Hon tog bara med sig bagen med datorn, kameran från Gibraltar, tandborsten och ett ombyte underkläder. Klockan fyra tog hon taxi ut till Arlanda, boardade planet så snart hon kunde och somnade som en sten.

Hon vaknade vid landningen och försökte genast ringa svenska ambassaden i Rabat. En ny, lång, fransk harang, hon trodde den betydde att telefontiden inte hade börjat ännu.

Hon gick raka vägen från flygplanet ner till hyrbilsdiskarna i bottenvåningen.

Det var fler människor här än någonsin tidigare, hon antog att turistsäsongen kommit igång. Hon rörde sig lätt och snabbt genom människomassan eftersom hon inte hade något bagage.

Hon hyrde en Ford Escort på Helle Hollis, trixade sig ut från den allt rörigare flygplatsen, såg att man smällt upp ett gigantiskt Ikea-varuhus precis vid uppfarten till motorvägen sedan hon var här senast, eller så hade hon kanske inte sett det förut.

Det var inte lika varmt som hon förväntat sig, termometern på bilens instrumentpanel visade på tjugosex grader. Solljuset var disigt och flackt, det stack i hennes ögon utan att ge några direkta skuggor.

Hon körde västerut, förbi Torremolinos och Fuengirola, styrde upp på betalvägen och ökade farten. Naturen hade ändrat karaktär sedan sist. Den frodiga grönskan var borta. Landskapet var gulbrunt och sönderbränt med enstaka inslag av mörk oliv.

Snart började skyltarna med *Tickets Ceuta Tanger* dyka upp vid vägkanten. Hon passerade Hotel Pyr i Puerto Banús på vänster sida. Vägarbetena var fortfarande i full gång och hon tvingades sakta farten precis förbi hotellet. Hon kikade upp mot tredje våningen och försökte utröna vilka rum hon hade bott i men misslyckades.

Till höger om henne reste sig de vräkiga murarna runt villorna i Nueva Andalucía. Hon svängde av motorvägen och körde uppåt, förbi tjurfäktningsarenan.

Du måste köra rätt i sju rondeller, hade Carita sagt den där gången hon bjöd in henne på grannkalas.

Hon körde fel en gång och fick krångla sig tillbaka till *Plaza de Miragolf*, men sedan kom hon rätt.

Portalen var mindre prålig än hon mindes den, eller så höll hon på att bli van, hemska tanke. Hon tryckte på olika porttelefoner tills nummer 20 öppnade porten utan att ställa några frågor. Hon körde in med bilen.

Carita Halling Gonzales radhusområde hade sett ut som en modelljärnväg på kvällen och intrycket kvarstod dagtid. Husen klättrade uppför bergssidan, en pastellfärgad pastisch på en sydspansk bergsby. Poolens vattenfall porlade, buskarna blommade och lyktstolparnas glaskupor blänkte.

Hon parkerade utanför *casa numero seis*, rullade ner bilrutan och såg på huset.

Vita aluminiumjalusier var neddragna för alla fönster. Blåvita polisband hängde och dinglade från terrasserna på alla tre våningsplanen.

Annika stängde av motorn, letade fram kameran ur bagen och gick ut i solen. Hon stod stilla intill bilen i flera minuter och studerade huset. Ingenting rörde sig på hela området. Ingenting hördes, förutom vattenfallet. Det var som om alla husen var övergivna, inte bara Caritas.

Hon ställde in skärpan och knäppte några bilder, dels på området, dels på Caritas avspärrade hus. Hon tvekade, sedan klättrade hon upp på en plantering och tog några bilder bakom avspärrningarna, in på terrassen. Så länge hon stod i blombänken gjorde hon sig inte skyldig till olaga intrång, hoppades hon åtminstone.

Terrassen såg ut som hon mindes den. Det var där inne hon stått och pratat med Rickard Marmén den där kvällen. Växterna i krukorna stod kvar. Det gick en slang från kranen med automatisk konstbevattning utefter hela kanten. Växterna skulle klara sig länge efter att värdfolket försvunnit.

Hon hoppade ner från planteringen och gick och ringde på i husen runt omkring, hon kunde inte gärna slarva bort möjligheten att få återanvända rubriken "En by i skräck". Ingen öppnade. Hon letade rätt på poolskötaren och frågade honom om han visste vart familjen Halling Gonzales tagit vägen.

Han såg misstänksamt på henne, nej, han höll inte reda på de boende, de kom och gick hela tiden och sedan hyrde de ut, det var stört omöjligt att veta vem som befann sig var. Hon frågade när polisen varit där och fick svaret att det var länge sedan nu, efter påsk någon gång. Det där visste han inget om, sa poolskötaren.

Hon tackade och gick tillbaka till bilen, såg upp mot radhuslängorna och försökte räkna ut vilken port som var nummer 20. Där var det någon hemma, för de hade släppt in henne genom grinden.

Huset var aprikosfärgat och låg i raden bakom poolområdet.

Kvinnan som öppnade hade anammat samma skandinaviska grundlook som Carita. Hon var blonderad, brunbränd, lite lyft och hade guldsandaletter på fötterna. Annika kände inte igen henne från grannfesten i vintras.

Hon hette Tuula och var finska och hon hade bara goda saker att säga om Carita Halling Gonzales. Carita hade suttit i styrelsen som skötte de gemensamma frågorna för bostadsområdet och hon hade alltid informerat de boende om möten och hyreshöjningar och gemensamma aktiviteter i god tid. Hennes barn hade aldrig slängt ner solstolarna i poolen, vilket man verkligen inte kunde säga om de brittiska ungjävlarna och deras föräldrar, vilka slödder det fanns! Carita var den i området som tagit på sig att ringa vattenverket när vattnet försvann och elverket om elen försvann, för hon pratade ju flytande spanska.

– Och grovsoporna, sa Tuula. Vem ska ringa och be kommunen hämta grovsoporna nu?

– Carita är tydligen misstänkt för ett allvarligt brott, sa Annika och försökte se bekymrad ut.

Tuula bara fnös.

– Den spanska polisen, sa hon, det vet man ju hur den är. Lat och genomkorrumperad. Allting är bara *mañana mañana* i det här landet. De skyller säkert på henne bara för att hon är utlänning.

Annika tackade och gick ner mot poolen. Den finska kvinnans reaktion var inte särskilt förvånande. Även de värsta brottslingar hade sina supporters. Det fanns folk som fortfarande tyckte att Pol Pot var en kanongrabb.

Hon ställde sig och såg ut över golfbanan som sträckte sig genom dalen nedanför, tog upp mobiltelefonen, slog fram numret och ringde till Knut Garen.

Han svarade på femte signalen.

– Jag ringer dig för att berätta att jag är på Costa del Sol och tänker skriva om Carita Halling Gonzales, sa Annika. Vet man vart hon har tagit vägen?

– Inte ett spår, sa Knut Garen. Spanska polisen har kontrollerat alla passagerarlistor på både flygplan och färjor, men hon måste ha tagit sig ut någon annan väg.

– Kan hon vara kvar i Spanien?

– I så fall har hela familjen tillgång till någon annan identitet, med andra skolor och bostäder och bankkonton. Vi anser inte att det är särskilt troligt. Vad har du tänkt skriva?

– Allt som jag kan få bekräftat, exempelvis av dig. Är hennes efterlysning via Interpol offentlig?

– Inte ännu, sa Knut Garen.

Hon bet sig i läppen, det var en missräkning.

– Men den kan nog bli det redan nu i eftermiddag, fortsatte polismannen. Spanska polisen fick svar på ett DNA-prov från England i går, och det knyter henne till gasinbrottet i Nueva Andalucía strax efter nyår.

Annikas puls gick upp.

– Knyter hur?

– Kassaskåpet och den andra bilen som användes vid inbrottet har hittats.

– Var?

– Långtidsparkeringen på Malaga flygplats.

Annika gick tillbaka till bilen.

Så fiffigt av Carita. Om hon hade övergivit bilen vid en vägkant eller ute i bushen så hade någon uppmärksammat den, förr eller senare. På en obemannad långtidsparkering på en stor flygplats kan en bil stå i evigheter utan att det är konstigt.

– Fanns det något i kassaskåpet?

– Det var söndersprängt. Och tomt, så när som på sprängrester. Men inne i bilen hittades hårstrån och hudavskrap, och i går kunde man alltså konstatera att det matchar Carita Halling Gonzales DNA.

– Hur hade ni något att matcha med?

– Husrannsakan, sa Knut Garen. Jag tror de hittade DNA på hennes tandborste.

Annika såg upp på huset.

Stackars Jocke Zarco Martinez måste ha suttit inne med massor av information och kunskap. Carita offrade hela sin tillvaro för att ta död på honom. Hon fick inte ens med sig tandborsten när hon drog.

Så mindes hon en tanke som rullat genom hennes huvud under natten.

– Jag såg inte någon sönderslagen vägg inne i familjen Söderströms villa, sa hon. Var satt egentligen kassaskåpet?

– Det fanns kassaskåp i alla sovrum. Just det här kom från ett av rummen på bottenvåningen.

Hon rynkade pannan. Hon var inte medveten om att det funnits fler sovrum där än Suzettes.

– I vilket då? frågade hon.

– I Astrid Paulsons.

Hon blinkade till.

Så klart.

– Vad kan hon ha haft där som var så åtråvärt?

– Kontanter, värdepapper, dokument, diamanter, koder, känslig information, välj själv.

Annika strök sig över pannan.

Naturligtvis var Astrids kassaskåp det mest intressanta i huset. Inte Veronicas, penningtvätterskans, eller Sebastians, den ekonomiske katastrofens, utan Astrids. Det var hon som var här först, hon som drog igång verksamheten, hon som drivit mäklarbyrå på Solkusten sedan 1968.

– Hur mycket av det här kan jag skriva?

– Förundersökningsledaren kommer att fatta beslut att omhäkta Carita Halling Gonzales i sin utevaro under eftermiddagen. Nu är hon efterlyst för dråp på Zarco Martinez. Vi vet att hon gav honom morfinet, men det är inte säkert att hon planerade att mörda honom. Från och med i eftermiddag uppgraderas brottsmisstanken hos Interpol till att innefatta mord i åtta fall. Då måste sekretessen hävas, jag kan inte tänka mig något annat.

Annika skakade fram block och penna ur bagen och krafsade snabbt ner informationen.

– Åtta fall?

– Familjen i huset plus inbrottstjuvarna och Zarco Martinez. Nu när vi vet att det hänger ihop så tar åklagaren det hela vägen.

– Kan jag ringa och bekräfta det här med dig lite senare i eftermiddag?

– Det kan du göra.

De satt tysta ett tag.

– Varför? sa Annika sedan. Varför gjorde hon det?

Knut Garen svarade inte.

– Ni kände ju henne, sa Annika. Du jobbade med henne. Vad var det som drev henne?

Polismannen lät mycket trött.

– Pengar, antar jag, sa han. Status och erkännande, kanske, ett liv på gräddhyllan...

Annika såg upp på terrasserna där hibiskusarna blommade.

– Fast varför valde hon att bli kriminell? Hon hade ju ingen sådan historia, tvärtom. Med en svärfar som var polischef i Bogotá...

Knut Garen hostade till.

– Ja, sa han, vi kontrollerade dina uppgifter om Carita Halling Gonzales bakgrund. De var inte helt korrekta.

Annika kom sig inte för att svara.

– Svärfadern, Victor Gonzales, var en av Colombias största kokain-mafiosos. Han och hans fru och döttrar avrättades av ett annat syndikat för femton år sedan. De sprängde hans kokainlaboratorium och brände ner hans bostadshus.

Annika kände hur hon blev varm om kinderna, och det berodde inte bara på solen.

– Men Nacho och Carita klarade sig, sa hon, för de var i Sverige och hälsade på hennes föräldrar.

Nu suckade Knut Garen.

– Båda Carita Hallings föräldrar satt i fängelse i USA för femton år sedan. De drev ett företag som hette Cell Impact som gick i konkurs, och för att undvika skandalen satte de igång att förfalska fakturor och ändra i bokföringen.

Herregud, hon hade verkligen varit godtrogen.

– Fast nu är de döda, sa Annika.

– Kollegorna i Sverige har talat med dem, sa Knut Garen. De bor i en by utanför Borlänge. De har inte haft någon kontakt med Carita sedan de släpptes från fängelset, och det är tio år sedan.

Annika blundade, hade tolken sagt ett enda sant ord under de där dagarna de tillbringat tillsammans?

Ja, brottstycken, svärfaderns namn och att han blivit mördad, föräldrarnas företag. Hon hade antagligen vuxit upp i Beverly Hills och kanske också träffat sin make på det sätt hon beskrivit, och kärleken till honom och barnen behövde inte heller vara lögn.

Annika såg upp på polisavspärrningarna vid terrassen och mindes Caritas kuttrande presentation av sina gäster, hur nöjd och stolt hon verkat när hon pratat om dem. *Hans fru var internationell fotomodell, de har en dotter som är spansk mästarinna i hästhoppning. Hon är delägare i en advokatbyrå i Frankfurt, han var tidigare chef över en bank i Kenya...*

– Tror ni att ni får tag i henne?

– De som är vana vid dagsljus brukar flyta upp förr eller senare. Det är annat med terrorister och frihetskämpar, de klarar att ligga och trycka i grottor hur länge som helst. Men Carita Halling Gonzales vill äta på restaurang och ha barnen i etablerades skolor.

– Utförde hon morden på eget bevåg? Eller blev hon lejd, eller tvingad?

– Morden kopplar samman Zarco Martinez, koncernen Apits och familjen Söderström, sa Knut Garen. Däremot känner vi inte till Carita Halling Gonzales bevekelsegrunder. Vi hoppas få reda på dem när vi tar henne.

Annika tackade för hjälpen och avslutade samtalet.

Sedan kom hon på att hon hade glömt att fråga efter Niklas Linde.

Det var bilkö genom San Pedro de Alcántara, men sedan rullade trafiken på ganska bra. Hon passerade den stackars förtalade staden Estepona med god fart och fortsatte västerut.

När hon körde över ett backkrön vid avfarten till Torreguadiaro steg Gibraltarklippan upp ur havet framför henne som ett gigantiskt isberg. Strax där bakom skymtade hon Afrikas Rifberg i diset.

Så blev vägskyltarna tvåspråkiga, spanska och arabiska.

Algeciras var en stökig stad, helt olik de pittoreska och tillrätta-lagda ställen hon hittills besökt i Andalusien. De snirkliga bokstä-verna i det arabiska alfabetet som svischade förbi henne förstärkte det främmande intrycket.

Hon undrade hur hon skulle hitta till hamnen när hon upptäckte att ordet PUERTO, hamn, stod målat på motorvägens asfalt.

Låga palmer kantade den sexfiliga autostradan. Hon följde pilarna. De tog henne ut till en ö med en skog av lyftkranar. Lastfartygen låg packade vid kajer så långt hon kunde se. Tusentals containrar stod staplade, lastades eller lossades i ett virrvarr som påminde om en myr-stack. På Wikipedia hade hon läst att Algeciras var den sextonde mest trafikerade hamnen i världen. Hon såg sig förundrat omkring och undrade hur de femton som var värre såg ut.

Vid *Estación Marítima* parkerade hon bilen och gick mot *Terminal de pasajeros.*

Byggnaden påminde om Siljaterminalen i Stockholms frihamn, fast plottrigare. Tanger verkade trafikeras av en rad olika rederier. Stora skyltar strax under taket meddelade avgångar och ankomster precis som på en flygplats. Hon insåg att hon missat en båt till Tanger med två minuter. Nästa gick om 58 minuter. Hon bet sig i läppen och tittade på klockan, den var redan efter två på eftermiddagen. Överfarten till Marocko skulle ta två timmar, hon måste genom tullen och sedan hitta ett sätt att ta sig söderut. På nätet hade hon läst att det gick både tåg och någon sorts busstaxi, *grand taxi*, mellan de olika städerna.

Hon köpte en biljett för 33 euro och tog rulltrappan upp till avgångshallen ovanför. *Sala de Embarque* var helt byggd i gråspräcklig granit och stor som en fotbollsplan. Hon checkade in, nej, hon hade inget bagage, fick beskedet att passkontrollen öppnade om en kvart och då gick det bra att gå ombord. Kafeterian var öppen så länge, sa tjänstemannen och pekade mot en dörr på andra sidan fotbollsplanen.

Kafeterian var nästan lika stor och lika ödslig. Hon beställde en *cafe cortado* och en *bocadillo con jamón serrano y manchego* av en servitris som hade guldpigg i näsan och lila trosor. Det sistnämnda kunde hon inte låta bli att konstatera eftersom jeansen var nedhasade så att bältet satt i höjd med stjärthålet.

Hon var ordentligt hungrig. Eftersom hon hade sovit på planet så hade hon missat den limartade smörgåsen som fanns till försäljning. Den stora baguetten slukade hon på tre minuter blankt.

Sedan provade hon att ringa ambassaden i Rabat igen.

Nu meddelade den franska rösten att telefontiden hade upphört för dagen.

Hon knäppte bort samtalet och funderade intensivt en lång minut.

Sedan slog hon numret till Rickard Marmén.

Han svarade direkt.

– Annika! sa han glatt. Har du hittat något nytt liv som passar?

– Jag har beslutat mig för att behålla mitt gamla, sa hon. Håller på och renoverar det just nu, faktiskt. Hör du, har du någonsin handlat med fastigheter i Marocko?

– Kan du vänta ett ögonblick?

Han tog bort luren från munnen och sa något på spanska till någon intill.

– Marocko? sa han när han kom tillbaka. Javisst, Marocko är ett framtidsland. Vad hade du tänkt dig? Jag har två villor vid havet utanför Tanger och flera trevliga projekt off plan…

Hon knöt vänstra handen i triumf.

– Finns det några fastighetsregister i Marocko? Som är offentliga?

Om han var förvånad över frågan så visade han det inte.

– Jodå, sa han, det gör det, men de är i pappersform. Du får ta del av dem hur mycket du vill, men du måste göra det på plats. De är inte datoriserade. Och de är på tre olika språk, franska, spanska eller arabiska.

Hon bet sig i läppen.

– Om jag har ett namn, sa Annika, och en stad, finns det något sätt att få reda på var personen bor?

– Hm, sa Rickard Marmén. Du vill ha reda på en adress i Marocko?

– Om det går.

– Och du har namnet på personen och du vet vilken stad han hör till?

– Precis.

– Ja, det skulle vara via en *muqaddam* i så fall.

– En… vad?

– Det är den lokale tjänstemannen på orten, han jobbar på kvartersnivå. Delar ut röstkort och håller koll på vem som bor var, skriver ut pappersunderlagen till id-korten och sådant…

Hon slöt ögonen och andades ut, hon skulle gärna ha köpt ett hus av Rickard Marmén bara för att göra honom glad.

– En helt annan fråga, sa hon, vad vet du om Asilah i Marocko?

– Riktigt sömnig liten håla, fast de har renoverat medinan ganska nyligen, den har blivit synnerligen stilig…

– Finns det någon *muqaddam* där?

– I Asilah? Garanterat säkert.

– Och hur hittar jag honom?

– Det är nog inte svårare än att få tag i polisstationen. Fråga dig fram bara. Och om du kommer till Asilah så ska du passa på att äta lunch på Casa García. Du gillar väl spansk mat? Den ligger vid stora infartsvägen med utsikt över hamnen. Nu måste jag rusa vidare i tillvaron, kära du. Var det något annat?

– Jag hör av mig om jag misslyckas med renoveringen.

– Du är så välkommen.

Servitrisen med guldpiggen i näsan plockade bort hennes tallrik och kaffekopp.

När passkontrollen öppnade stod hon först i den obefintliga kön.

Hon fick en stämpel och slussades in i en gång av glas som svävade högt ovanför hamnområdet. Under henne fanns hundratals långtradare som alla var på väg att köra av eller på någon av färjorna.

Hon fick visa passet en gång till innan hon släpptes ombord på själva båten, och sedan klev hon rakt in i en déjà vu från skolresan till Finland i mitten av 1980-talet. Hon tyckte hon kände igen allting, från de noppiga blåa heltäckningsmattorna till taxfreeshopen och baren i fören med sitt marina tema.

Hon gick en sväng på de olika däcken, konstaterade att hon och ett gäng långtradarchaufförer som alla verkade känna varandra var de enda passagerarna.

Utanför damtoaletten på däck sex hittade hon förklaringen till sin känsla av kalla vindar och gropig skärgård: instruktionerna för brandlarmet var på finska. Båten hade haft ett tidigare liv på rutten Stockholm-Helsingfors.

Med ett dovt klonk lade båten ut och började gå mot Afrika med långa, sugande rullningar. Annika slog sig ner i baren med det marina temat.

De passerade tiotals lastfartyg i farleden, följde sedan den spanska kusten västerut. Hon såg städer och byar flyta förbi, sandstränder och olivodlingar och vindkraftverk.

Hon slogs av att hon följde den nya järnridån, den mellan första och tredje världen, och i samma stund började hon må illa.

Hon hade glömt att hon alltid blev sjösjuk, oavsett hur små och obetydliga vågorna var.

Snabbt plockade hon upp datorn för att få något annat att tänka på. Hon satte sig vid ett bord som hade ett eluttag i väggen intill. Skapade ett nytt dokument och skrev en nyhetstext om att gasmordet i Nueva Andalucía var på väg att klaras upp.

En svensk kvinna, boende på spanska solkusten, hade precis efterlysts av Interpol, misstänkt för åtta mord. Sebastian Söderström och hans familj var fem av offren.

Hon hänvisade till Knut Garen som källa, nordisk sambandsman på Costa del Sol. Hon skrev att den efterlysta kvinnan och hennes familj försvunnit spårlöst från sitt hem och att polisen trodde att de lämnat landet. Hon redogjorde för fyndet av bilen på Malagas flygplats, DNA-bevisen och den nya häktningen och efterlysningen via Interpol. Hon nämnde också sambandet med Jocke Zarco Martinez död, att kvinnan hade varit den sista som hälsat på honom i häktet innan han dog. Artikeln blev kort och rak. Hon sparade ner den och tittade på klockan.

En och en halv timme kvar.

Hon tog upp ett nytt dokument och skrev en artikel om Carita Halling Gonzales som person. Att publicera namn och bild på misstänkta brottslingar var inte hennes beslut, utan ansvarige utgivarens. Hon funderade ett ögonblick och döpte sedan Carita till "jetset-svenskan".

Annika skrev att "jetsetsvenskan" bott i lyxområdet Nueva Andalucía (alla områden som inte var betongförorter var lyxområden i kvällspressens terminologi), att hon arbetat som tolk och översättare, bland annat åt media och åt spanska polisen. Hon beskrev hur kvinnan umgåtts med sina vänner, hur hon varit aktiv i bostadsområdets lokala styrelse och ställt upp för sina grannar.

Hon citerade Tuula, den finska grannen, anonymt.

Sedan sparade hon ner texten på hårddisken, klickade bort dokumentet och såg ut över havet.

Sundet hade smalnat av. Bergen låg så nära fartyget att hon nästan kunde nå bägge kontinenterna samtidigt om hon sträckte ut armarna. Illamåendet ville inte släppa.

Hon tog upp den redan påbörjade artikeln om hur Carita Halling Gonzales gått tillväga när hon utfört massmordet i Nueva Andalucía. Det var en helt annan typ av text, en lång och beskrivande berättelse om vad som hade hänt den där natten i början av januari.

Hon beskrev hur kvinnan hade planerat morden på familjen Söderström och de två rumänska inbrottstjuvarna. Hur hon hade skaffat fram både gasen och ölen och morfinet, stulit eller mutat sig till sifferkombinationerna till larmen och engagerat de erbarmliga skurkarna. Hur de kört upp till villan på regnvåta gator, tagit injektionerna av naloxonderivatet, plockat med sig gasbehållaren, en slägga och en stor kofot, försiktigt gått över poolområdet och bort till baksidan där ventilationsanläggningen fanns...

Hon fortsatte att skriva om hur tjuvarna hade lossat en slang från villans friskluftsintag och kopplat den till gasbehållaren. Skruvat upp kranen och lyssnat på det väsande ljudet när gasen vällde in i huset, i sovrummen, i barnrummen... Sedan hade de väntat i mörkret. Gaslarmet hade ljudit. Sänglampor hade tänts. Hade ropen från de döende barnen hörts ut till ventilationsanläggningen på baksidan, eller hade de inte hunnit skrika?

Hon gick tillbaka i sina gamla artiklar och läste på.

En effekt av fentanylpåverkan var indifferens. Den utsatta blev handlingsförlamad. Mamman och barnen hade legat på var sin sida om den stängda dörren, oförmögna att ropa till varandra eller öppna den, men ändå fullt medvetna. Deras muskelkontroll hade försvagats och till slut upphört helt. De var döda inom ett par minuter.

Nej, några skrik hade nog inte hörts.

Annika tittade upp mot horisonten för att bemästra sitt illamående. Hon märkte en skiftning i havet runt henne, det hade fått en annan ton, en annan mättnad. Färjan hade lämnat Medelhavet och kört ut i Atlanten.

Hon gick och köpte en flaska mineralvatten och fortsatte med texten.

De bröt sig in via altandörren. Gaslarmet tjöt. I övrigt var det helt tyst. De letade sig först upp till föräldrarnas sovrum där larmet fanns, klev över de döda barnen och sköt upp dubbeldörrarna till sovrummet. Kanske var de svåra att få upp, för att mamman låg på andra sidan. Kanske fick de knuffa upp dem med våld, sparka undan den döda kvinnokroppen. Så fick de tyst på larmet, och sedan var det värsta över. Nu hade de gott om tid.

De började länsningen av huset med att stjäla kassaskåpet. Männen slog sönder väggarna runt omkring det, ett tidsödande och bullrigt arbete. När de var klara hjälptes de åt att baxa ut skåpet till kvinnans personbil.

Sedan hade hon kört därifrån, med kassaskåpet i bagageluckan och antagligen gasbehållaren också, för den hade inte hittats.

Bilen med resterna av skåpet dumpades på flygplatsparkeringen.

Tjuvarna länsade villan på konst och mattor och juveler, rena julaftonen.

De visste inte att de hade fyra timmar kvar att leva.

Annika sparade artikeln och klickade bort dokumentet.

Fartyget svängde söderut och lämnade Spanien och Europa bakom sig. De närmade sig snabbt den marockanska kusten. Små fiskebåtar började dyka upp omkring dem, de blev allt fler ju närmare stranden de kom. Till slut var det flera tiotal som guppade runt dem som färgglada flöten.

Solen hade gått i moln och havet var grått. Regnet hängde tungt över Rifbergen. Hon kunde urskilja hus vid strandkanten, höga, vita, och lyftkranar.

Hon slog ihop datorn.

Hon fick ett välkomstmeddelande från Meditel på sin telefon, en mobiloperatör som hälsade henne välkommen till Marocko.

Hon stoppade ner allt i sin bag och gick ut på däck. Vinden rev och slet i hennes hår. Illamåendet lättade genast.

Byggboomen från Costa del Sol verkade ha krupit över sundet. Hon såg människor på stränderna, bilar på gatorna, affärer med stora skyltfönster.

Hon hade aldrig varit i Afrika förut och hade inte alls föreställt sig det så här.

Färjan saktade in, däck och väggar skakade när den närmade sig kajen för att lägga till. Hon tittade på klockan, de hade varit sena ut från Algeciras och resan över hade tagit nästan en halvtimme längre än de två utlovade timmarna. Nu var den kvart i fem. Hon trampade rastlöst och hoppades att *muqaddamen* hade spanska tider och höll öppet en stund på kvällen.

Långtradarchaufförerna och hantverkarna samlades på däck fem, småpratade med varandra på franska och spanska och arabiska. Ingen av dem verkade ha särskilt bråttom. Hon ställde sig strategiskt invid porten där hon gått ombord för att komma av så fort som möjligt, men inget hände. Det small och bånglade någonstans under henne, hon antog att landbryggor och påkörningsramper monterades.

Sedan öppnades dörren, men inte den hon parkerat sig vid utan motsvarande port på andra sidan. Hon gnisslade tänder av missräkning men ställde sig snällt sist i kön.

Det tog en evig tid.

Först var hon tvungen att fylla i ett formulär med alla sina personuppgifter, sitt yrke och sin adress i Marocko, sitt syfte med besöket och hur länge hon tänkt stanna. Hon visste bättre än att fylla i att hon var journalist, så hon skrev "writer" som yrke.

Två tulltjänstemän och två passpoliser kontrollerade alla pass och inresedokument med irriterande noggrannhet.

– Vad skriver du? frågade tullaren misstänksamt på engelska och fingrade på hennes dator i väskan.

– Läroböcker för skolbarn, sa Annika.

De släppte igenom henne utan fler frågor. Hon fick gå ner två trappor, över bildäck och sedan genom en trång järnkorridor för att komma till landgången.

Hon steg i land i Marocko och drog in luft i lungorna. Det luktade hav och bränt gummi.

Hon slussades in i en likadan glasgång som den hon gått igenom för att komma ut till båten i Algeciras, såg likadana långtradare och containrar och lyftkranar runt omkring sig.

Hon stannade till inne i terminalen, slog sig ner på en bänk i ankomsthallen och ringde Knut Garen. Meditel fungerade utmärkt, polismannen hördes som vore han nästgårds.

– Efterlysningen är offentlig, bekräftade han och det var allt Annika behövde.

Hon plockade upp sin dator och kopplade upp sig på nätet via wappen på mobilen. Det skulle förmodligen kosta en förmögenhet, men hon tog upp sitt vanliga Outlook Express och skapade ett nytt meddelande till Anders Schyman. Via bluetooth skickade hon iväg alla tre artiklarna om Carita Halling Gonzales, efterlysningen, personen och beskrivningen av själva brottet, plus en av bilderna hon tagit utanför häktet i Malaga med sin mobiltelefon när de besökte Jocke Zarco Martinez. Carita hade råkat komma med på en av bilderna, visserligen bara i ena hörnet, men det syntes att hon var blond och bar leopardmönstrad väska och hade högklackat.

Jetsetsvenskan, i egen hög person.

Till sist bifogade hon två bilder från Caritas radhusområde, en översiktsbild med poolen och vattenfallet i förgrunden och sedan ett på Caritas radhus med polisavspärrningarna som fladdrade i vinden.

I själva meddelandet skrev hon bildtexterna, förklarade kort vad som hade hänt, uppgav Carita Halling Gonzales fullständiga namn och att hennes föräldrar bodde utanför Borlänge, och att han fick göra vad han ville med artiklarna.

Det tog en evighet att skicka mejlet. Hon var rädd att förbindelsen skulle gå ner så att hon skulle vara tvungen att börja om, men den höll, och till sist hade bilder och texter susat iväg. Hon andades ut och packade ihop sina grejer.

Sitt där med era jävla lappar, tänkte hon och gick ut ur terminalbyggnaden.

Himlen var molnig men ljuset var skarpt. Hon kisade upp mot staden som klättrade uppför bergssluttningen och insåg att hon stod inför nästa problem: att ta sig till Asilah.

– Taxi? frågade en äldre man i blå jeans och gråblå kavaj som lutade sig mot ytterväggen.

– Asilah? sa hon frågande.

– Twentyfive euros, sa mannen.

25 euro? Hela vägen till Asilah? Det var ju mindre än hälften av vad hon betalat för att åka ut till Arlanda i morse.

– Okey, sa hon.

– Min bil står här borta, sa han på stolpig men stadig engelska.

Hon följde efter mannen bort mot en parkering strax intill. Hans välklippta hår och avspända gångstil påminde om någon hon kände, Thomas pappa kanske.

Han gick fram till en gul Mercedes med taxiskylt på taket, öppnade den bakre passagerardörren åt henne och stängde den efter henne också.

– Så du ska till Asilah? sa mannen och kastade en snabb blick på henne i backspegeln. Det är en mycket trevlig liten stad.

Hon lade bagen bredvid sig på galonsätet.

– Tar det lång tid att köra dit? Jag har lite bråttom…

– Inte lång tid alls. Det här är en mycket bra bil. Den har varit i Rabat, Casablanca, Sahara, hela världen!

Han startade motorn och kryssade sig hemvant ut ur hamnområdet och bort genom Tangers gator. Annika kikade ut genom sidorutan.

Det såg ut precis som Marbella. Palmer kantade gatorna. Vita, moderna byggnader reste sig mot himlen, där fanns barer och kaféer och biluthyrare i gatuplanen.

– Det bor en miljon människor i *Tangier* nu, sa taxichauffören. Allt är helt nytt. Européerna kommer hit och köper upp landet. De bygger hotell och golfbanor och shoppingcenter. Det är mycket bra bizniz för folket här, legal bizniz. Mycket bra.

Hon såg husen svepa förbi och avstod från att fråga om den icke legala biznizen, antog att den bland annat bestod av det Knut Garen berättat för henne om: haschodlingarna uppe bland bergen och distributionskedjorna till Europa.

Hon fortsatte att titta ut genom rutan.

Hur i all världen hade Suzette lyckats ta sig in i det här landet utan pass? Inom Schengen kunde man resa överallt utan att behöva visa legitimation, men kontrollen på båten hade varit rigorös. Det var inte ofta hon hade behövt besvara frågor om yrke och syfte med resan tidigare. Hur hade Suzette, luspank och sexton år gammal, burit sig åt för att komma in utan att tullen och passpolisen slagit larm?

– Man har mycket bra liv här, sa chauffören. Här är lugn atmosfär, bra mat, bra väder.

De körde genom ett bostadsområde med en skog av tv-antenner och paraboler på hustaken. Hon såg kvinnor på väg till affärer och marknader, en del av dem hade håret täckt, andra inte. De passerade bensinmackar och mobiltelefonbutiker och en stor fotbollsarena som var under byggnad. Bostadshusen tunnades ut, industriområden tog över. De körde förbi ett Hotel Ibis, en stor Volvohandel, en Scaniahandel.

Suzette hade varit här på somrarna, åkt den här vägen och tittat på fälten och bilhallarna och bensinmackarna, suttit i sin mormors famn och lekt med sin kompis Amira, och för henne hade Afrika varit normalt.

– Fabrikerna producerar direkt för Europa, sa chauffören och pekade. Marockanska arbetare är mycket billigare än europeiska.

Han visade på andra sidan vägen, på en skogsdunge strax intill stranden.

– Hit kommer familjerna på helgerna, sa han. De grillar och läser böcker och leker med sina barn.

– Hur kommer det sig att du pratar så bra engelska? frågade hon. Har du bott i England?

Han såg snabbt på henne i backspegeln.

– Aldrig, sa han.

– Har du studerat engelska i skolan?

– Nej.

– Så du har haft engelska vänner?

Han svarade inte, och hon frågade inte mer.

De körde kustvägen söderut. Den ringlade sig längs Atlantkusten, på höger sida såg Annika enorma sandstränder som låg helt öde. Till vänster bredde böljande fält och kullar ut sig, mjuka och vänliga, inte alls lika hårda och dramatiska som utmed Medelhavskusten på Costa del Sol. Överallt blommade det, en fullkomligt överväldigande blomsterprakt.

Mannen fortsatte att prata, om hur folket från Qatar hade upptäckt de marockanska kusterna och börjat köpa upp tomter och bygga stora villor med fina pooler och annat som säkert var korrekt men föga intressant. Hon stängde av hans röst och tittade ut över landskapet.

Hur skulle hon hitta en *muqaddam* i Asilah? Var skulle hon börja leta? Vem skulle hon fråga?

Så tittade hon på mannen bakom ratten och tog sig för pannan, så korkad hon var! Hon hade ju världens bästa guide i sätet framför sig.

– Ursäkta, sa hon, men vet du om det finns en *muqaddam* i Asilah?

Ny förvånad blick i backspegeln.

– En vad för något?

Hon ansträngde sig för att få ordet att låta rätt.

– En *muqaddam?*

– Ah, en *muqaddam!*

Han svalde alla vokaler och uttalade ordet *mqdm.*

– Så klart det finns en *muqaddam* i Asilah.

Hon tittade på klockan, den var halv sju.

– Har han ett kontor, tror du?

– Visst, han har kontor.

– Hur länge har han öppet?

– Till klockan fem.

Hon lutade sig tillbaka mot sätet och kände modet sjunka. Nåja, om hon fick hjälp av taxichauffören att hitta kontoret så kunde hon ta in på hotell och gå tillbaka dit i morgon bitti...

– Vi ska nog hinna, sa chauffören. Det är bara några kilometer kvar till Asilah.

Hon såg förbluffat på honom och tittade på sin klocka igen. Den hade passerat halv sju.

– Men, sa hon, sa du inte att han stänger klockan fem?

Det blänkte till i mannens ögon i backspegeln.

– Du har inte ställt om klockan sedan du steg av båten? Den är halv fem här.

Hon drog efter andan, ja jävlar i hoppet, det hade hon glömt! Marocko hade ju två timmars tidsskillnad till Spanien, trots att de låg på samma längdgrad. Snabbt vred hon timvisaren två varv bakåt, och när hon tittade ut såg hon skylten Casa García susa förbi på andra sidan bilrutan. Det var restaurangen som Rickard Marmén rekommenderat. De var alltså framme i Asilah.

Sekunden senare bromsade bilen mycket riktigt in.

– Kan du hjälpa mig? frågade hon. Jag måste fråga *muqaddamen* om en sak, och jag pratar så dålig franska.

Taxichauffören körde in på en parkering, stannade bilen och vände sig mot henne.

– Du vill fråga om någon?

– En kvinna som heter Fatima som bor på en gård någonstans i närheten.

Han nickade och verkade fundera.

– Var i närheten?

– Det är det som är problemet. Jag vet inte riktigt. Tror du *muqaddamen* vet?

Han nickade, mer övertygad nu.

– Hon heter Fatima? Om Fatima bor på en farm nära Asilah så vet *muqaddam.*

Han stängde av motorn.

– Vi parkerar här. Sedan tar vi promenad till *muqaddam.*

De följde en skylt som visade riktningen till *QUARTIER ADMINISTRATIF.* Annika gick en halvmeter bakom mannen, lät honom hålla takten. Han gick inte särskilt fort.

De kom in på en gågata med låga bostadshus på bägge sidor. Det stod krukor med blommor och kryddor på trottoarerna. Taxichauffören stannade en man i vita kläder och frågade något på arabiska. Mannen svarade och pekade, taxichauffören nickade, mannen bugade, de pratade och pratade och pratade och sedan gick de äntligen vidare.

– Den gröna porten där framme, sa taxichauffören och pekade. Fatima? På en farm nära Asilah? Har hon någon man?

– Jag vet inte, men jag tror att han är död, sa Annika.

Chauffören nickade igen.

Han gick fram till den gröna porten och knackade på. Utan att vänta på svar sköt han upp den och klev in i mörkret. Annika stannade i dörröppningen, osäker på om hon borde gå in. Hon kom fram till att det var bäst att stå kvar.

Taxichauffören gick genom en mörk hall och steg sedan in i ett rum längst in till vänster. En triangel av ljus föll in på hallgolvet när dörren gick upp. Den krympte sedan och försvann när öppningen långsamt stängdes. Hon hörde chauffören hälsa på någon där inne, en ström av arabiska ord utbröt, det talades och hälsades och skrockades, och efter en stund lät det som om det dracks te. Hon blinkade in bland skuggorna i hallen och flyttade kroppstyngden från den ena foten till den andra.

Några småkillar lekte med en cykel lite längre bort på gatan. De blev blyga när de såg att hon tittade på dem så hon vände huvudet åt andra hållet. En flicka i skoluniform och flätor gick förbi med en rosa skolväska på ryggen. En kvinna med täckt hår och lång klädnad passerade åt andra hållet samtidigt som hon pratade energiskt i en mobiltelefon.

Så öppnades dörren bakom henne, hon vände sig om och såg ljustriangeln komma tillbaka. Taxichauffören kom ut med en man i traditionella arabiska kläder i släptåg.

– Muhammed, *muqaddam* i Asilah, sa taxichauffören och ställde sig vid sidan om Annika som om han skulle presentera henne. Annika blev alldeles torr i munnen, hur fasen hälsade man på arabiska?

Men *muqaddamen* sträckte fram handen och sa mjukt:

– *Bonjour madame.*

Annika tog hans hand.

– *Bonjour*, mumlade hon generat.

– Muhammed känner till Fatimas farm, sa taxichauffören. Den ligger uppe i bergen.

– *C'est une ferme très grande,* sa den arabiske mannen med sin mjuka stämma. *Les routes sont très mauvaises. Vous avez besoin d'une grosse voiture pour y aller.*

– Vad? sa Annika förvirrat.

– Vägarna är dåliga, sa chauffören. Man behöver stor bil. Han har förklarat för mig var den ligger. Vill du att jag ska köra dig?

– En fråga till bara. Fatimas make, bor han också på farmen? frågade hon och såg rakt på *muqaddamen*.

Taxichauffören översatte. Tjänstemannen svarade med huvudskakningar och höjda och sänkta händer.

– Han är död, sa taxichauffören.

– Vad hette han?

Nya gester och huvudskakningar.

– Han var europé.

Annika såg på taxichauffören.

– Ja, sa hon. Jag vill hemskt gärna att du kör mig till farmen.

– 25 euro till.

– Du är en bra förhandlare.

– Men först måste jag äta, sa han.

Tanken på mat gjorde henne alldeles svag i knäna. Det enda hon ätit på hela dagen var smörgåsen i kafeterian på färjeterminalen i Algeciras.

– Okey, sa hon matt.

De tackade tjänstemannen för hjälpen, han gick tillbaka in i huset och reglade dörren. Klockan var fem.

Taxichauffören, som också visade sig heta Muhammed, tackade vänligt men bestämt nej till att bjudas på middag. Annika såg honom slå sig ner på en lokal krog och genast komma i samspråk med några andra män i gråblå kavajer.

Själv gick hon runt hörnet och fick ett bord på den spanska restaurangen Casa García. Det skulle ta en timme att äta, hade Muhammed sagt, så hon tog både förrätt (*jamón iberico*) och varmrätt (*pollo a la plancha*) och efterrätt (*flan*). Efteråt kunde hon knappt röra sig. Hon betalade med kort och gick sedan bort mot medinan, den gamla stadskärnan. Hon var inte orolig att Muhammed skulle försvinna för henne, han hade inte fått betalt ännu.

Solen sjönk snabbt ner i havet. Hon ställde sig vid den norra stadsporten och såg ut över den lilla hamnen. Små färgsprakande fiskebåtar låg och guppade innanför piren.

Var detta en av Marockos största utskeppningshamnar för cannabis?

Det hade hon svårt att tro.

Fast de go fast-båtar som Knut Garen och Niklas Linde pratat om såg hon förstås inte till. Det var inte alls säkert att de använde hamnen mitt inne i staden när de lassade och lossade haschskörden.

Hon gick en sväng bland de tusenåriga husen innanför stadsmuren. De var så uppsnofsade och nymålade att de såg ut som om de byggts i går.

Taxichauffören satt och väntade i bilen när hon kom tillbaka. Hon slank in i baksätet, Muhammed vred om tändningen och styrde ut ur staden.

– Du åt god mat? frågade han.

– Mycket god, sa hon.

– Marocko har mycket god mat, god couscous.

Hon sa inte att hon ätit på en spansk restaurang.

Asilah försvann bakom dem, dränkt i den nedåtgående solen. Bilen rullade österut, över en järnväg och under en motorväg. Sedan upphörde asfaltbeläggningen och en smal grusväg tog vid. Muhammed bromsade in, slog på billyktorna och lät den stora Mercedesen kränga vidare på det knöliga underlaget. Vägen skymtade framför bilen som ett ljusare streck i natten, hon kunde urskilja buskage och grödor och klippblock vid vägrenen.

När de sista ljusen från motorvägen försvann bakom ett backkrön slöt sig mörkret omkring dem som en sotsvart säck. Muhammed vevade upp sin ruta hela vägen, som om han ville stänga det ute.

– Är det långt? frågade Annika som började undra om det inte hade varit bättre att åka ut till farmen i morgon bitti.

– Inte långt, sa taxichauffören, men dålig väg. Man får vara försiktig med bilen.

Hon lutade sig tillbaka mot sätet och stirrade in i mörkret utanför fönstret. Den spanska maten låg som en stenbumling i hennes mage. Hon såg ingenting alls där ute, bara de svaga konturerna av sitt eget ansikte som speglades i fönsterglaset.

Vad hade fått David att åka hit, till den här gudsförgätna delen av världen? Hade han också skakat i dåliga bilar på ännu sämre vägar för att komma ut till någon liten lantgård på den marockanska bondvischan? Hade Suzette också åkt här, alldeles nyligen? Bara för några dagar sedan?

Med ens såg hon en filmscen framför sig, från filmen La Vie en Rose som hon sett på bio tillsammans med Julia för några månader sedan.

Boxaren Marcel sitter med Edith Piaf på en restaurang i New York och berättar att han har en svinfarm i Marocko, en modern farm med stora och friska svin. Hans fru sköter om den medan han åker runt och boxas och ligger med franska sångerskor.

Hon blundade och lät sig skakas och gungas av gropar och stenar.

Männen drar ut i världen och fruarna stannar hemma och matar svinen.

Hon lutade huvudet bakåt och somnade.

– *Madame? Madame!* Vi är framme!

Hon satte sig upp med ett ryck. Taxichauffören satt vänd mot henne i baksätet. Han såg trött ut. Hon tittade på sin klocka, halv nio. De hade kört i två timmar.

Hon gned sig i ögonen och fick mascara på knogarna.

Natten var lika ogenomträngligt becksvart utanför bilrutorna som tidigare, men på en höjd till höger om henne lyste någonting uppe på himlen.

Hon blinkade några gånger för att kunna fokusera på föremålet där ute.

Det var ett knallgult rymdskepp som svävade som en glödande tallrik mot himlen.

– Vad? sa hon och stirrade upp mot höjden. Vad är det där?

– Det är farmen.

– Det där?

Hon vevade ner rutan. Vinden blåste in i bilen, den förde med sig sand och gräspollen och rörde upp hennes hår.

– Kan du köra närmare?

– Ända fram?

– Ja tack.

Muhammed lade i en växel och började långsamt köra den sista stigande sträckan upp mot gården.

Annika stirrade fascinerad på den märkliga synen framför sig.

Det var givetvis inget rymdskepp. Det var en mur, en gulrappad mur som var flera meter hög och inhägnade ett mycket stort område. Både själva muren och området närmast intill den var bjärt upplyst av kraftiga halogenstrålkastare.

– Är du säker? sa hon tveksamt.

Hon hade föreställt sig en liten bondgård med några får och ett par hästar.

– Här på farmen bor Fatima, det säger *muqaddam*.

– Jeezez, sa Annika.

Bilen stannade med ett litet ryck intill en stor, grå järnport. Muren kröntes av en spiral med kraftig taggtråd. Strålkastarna var monterade med tio meters mellanrum direkt på murkrönet, två av dem lyste rakt mot porten. Hon såg en högtalartelefon och en övervakningskamera.

Hon rev sig i håret, det här var inte alls vad hon väntat sig. Stället påminde mer om Kumlabunkern än om en lantgård.

– Var är vi egentligen? frågade hon.

– Mellan *Souk el Had el Rharbia* och *Souk Trine de Sidi el Yamani.*

– Hm, sa Annika. Finns det några andra hus i närheten?

– Inte andra hus. För en timme sedan körde vi förbi en liten by. Kanske finns hus på andra håll.

– Hur långt ifrån Asilah är vi?

– Fyrtio kilometer, eller lite mer.

– Uppe i bergen?

– Uppe i bergen, men inga höga berg. Bra odlingsmarker i Asilah.

Hon drog ett djupt andetag och öppnade bildörren.

Hade hon nu åkt hela vägen så tänkte hon åtminstone ringa på och fråga om det var någon hemma.

Taxichauffören harklade sig. Hon stannade till och såg förvånat på honom.

Betalningen så klart.

Hon satte sig ner på sätet igen, Muhammed tände den lilla lampan i taket så att hon skulle hitta i sin väska. Hon fick fram plånboken och drog fram tre tjugosedlar.

– Har ingen växel, sa chauffören snabbt.

Hon log mot honom.

– Det är dricks, sa hon. Kan du vänta tills du ser att jag blir insläppt?

Han sken upp och nickade entusiastiskt.

– Javisst. Jag väntar.

Hon gick ut ur bilen med bagen över axeln, smällde försiktigt igen bakdörren och vände sig mot muren.

Muhammed hade ställt bilen ett tiotal meter från porten. Hon började gå. Uppfarten bar lite uppför, underlaget var skrovligt. Hon blinkade och kisade mot strålkastarna, hörde något som surrade och såg att övervakningskameran zoomade in på henne.

Hon kom fram till porten. Den var blank och grå, som om den nyligen målats med högblank färg. Hon strök försiktigt med fingret över den glatta ytan.

Sedan gick hon bort till porttelefonen och tryckte på knappen intill.

Det gick tio sekunder.

Hon skulle precis trycka igen då det sprakade till i högtalaren.

– *Oui?*

Hon harklade sig tyst och vrickade till tungan för att hitta skol-franskan.

– *Je m'appelle Annika Bengtzon. Je voudrais parler avec Fatima.*

Det knäppte till i högtalaren och blev tyst.

Hon stod kvar intill muren och blev medveten om sina egna andetag. Det surrade från strålkastarna uppe på murkrönet. I buskagen, strax utanför strålkastarnas räckvidd, prasslade det av djur och vindar.

Hon såg sig om över axeln.

Taxin stod kvar.

Muhammed såg hennes blick.

– Har du problem? frågade han.

– Jag vet inte, sa Annika. Jag tror det.

– Vill du ha skjuts tillbaka till *Tangier?* 50 euro.

Du måste ju köra tillbaka ändå, tänkte Annika och tryckte på högtalartelefonen en gång till.

Det sprakade till direkt den här gången.

– *Oui?*

Mer irriterat nu.

– *Je veux parler avec Suzette aussi.*

Jag vill prata med Suzette också.

Det susade och sprakade i högtalaren, de hade alltså inte stängt av den.

– *Je sais qu'elle est ici.*

Jag vet att hon är här.

– Kanske gårdsfolket har gått och lagt sig, sa taxichauffören.

Knappast, tänkte Annika och såg upp mot övervakningskameran. Gårdsfolket var vaket, i allra högsta grad.

Högtalaren knäppte till och dog.

– Jag måste åka tillbaka nu. Lång väg till *Tangier.*

Annika tvekade. Bortsett från prasslet i buskarna var det alldeles tyst.

Det var lika bra att åka tillbaka och försöka igen i morgon, i dagsljus.

Hon vände sig om för att gå tillbaka till taxin, men i samma stund klongade det till invid muren och grinden började gå upp, en decimeter, två, tre. Ytterligare en strålkastare blev synlig i öppningen, den lyste henne rätt i ögonen och fick henne att hålla upp handen för ansiktet. Hon kisade och väntade, sedan höll hon andan och steg in genom grindhålet. Järnporten slutade genast öppnas och började stängas igen. Hon hörde hur den rullade bakom henne och hon drabbades av en ögonblicklig och total panik, men sedan kom det ljudliga knäppet när regeln gick i lås och det inte längre var någon idé att fundera på att backa.

Strålkastaren som lyst henne i ansiktet slocknade. Hon blinkade in i mörkret, förblindad av det starka ljuset. Hon hörde Muhammed starta sin taxi, backa, vända och köra iväg.

Det stod två män framför henne. Den ene var en karl i femtioårsåldern och den andre en pojke i övre tonåren. Bägge var beväpnade med någon sorts automatvapen. De var riktade rakt emot henne.

Hon ryggade tillbaka, fortfarande förblindad av den kraftiga strålkastaren. Den svävade framför henne i flera upplagor som stora lilafärgade ljusbollar. Hon försökte blinka bort dem för att se vad som fanns bakom. Någon sorts gårdsplan, antog hon. Det var grus och stenar under hennes fötter.

– *Pardon,* sa hon. *Je ne veux pas causer des problèmes.*

Den äldre mannen sa något till den yngre på arabiska. Pojken gick fram emot henne och pekade på hennes väska med sitt vapen.

– *Laissez le sac.*

Hon släppte ner väskan på marken.

– *Donnez-le moi.*

Hon föste bort den mot honom med foten.

Den äldre mannen tog ett steg närmare henne när pojken böjde sig ner och hällde ut innehållet i hennes bag på gårdsgruset. Han rotade igenom sakerna med gevärspipan, Annika undrade om objektivet på kameran klarade sådana stötar.

– *Venez par ici,* sa den äldre mannen och viftade med sitt vapen. Hon förstod att han ville att hon skulle följa med. Pojken rafsade ihop hennes prylar i väskan igen och hängde upp den på sin egen axel, den skulle hon alltså inte få tillbaka.

Hon tog några försiktiga steg framåt, kunde urskilja konturerna av hus och bilar.

Hon gick mycket riktigt över en stor, kringbyggd innergård. Där var hus på två sidor om henne, rakt fram och till vänster. Hon tittade uppåt på huset framför sig och häpnade.

Byggnaden var ett boningshus, och det var enormt. Trettio meter långt, tre våningar högt, med balustrader och burspråk och balkongräcken på både andra och tredje våningen. Det lyste i flera fönster på de övre planen, ljuset var svagt som om det silades genom tjocka gardiner. En liten entrélykta glödde över en ingång på första våningsplanet.

Den äldre mannen gick framför henne och den unge pojken bakom. Det verkade som om de var på väg mot ingången med lyktan.

Mannen knackade lätt på dörren, den gick upp och öppnade sig som ett svart hål.

– *Entrez,* sa mannen och viftade med vapnet igen.

Hon hörde hjärtat bulta i öronen och svalde hårt.

Sedan steg hon in genom dörren. Mörkret var kompakt men luften var lätt. Hon befann sig i en stor hall med mycket rymd.

– *À droite.*

Hon tänkte efter ett ögonblick, sedan gick hon till höger.

En dörr öppnades framför henne. Hon fick en lätt knuff i ryggen och snubblade in i ett rum med ett skrivbord och en gammal stol.

– *Attendez ici.*

Dörren stängdes bakom henne. Hon hörde hur en nyckel vreds om i låset.

Hon såg sig omkring och andades ut. Här var inte becksvart åtminstone. En liten bordslampa lyste på skrivbordet.

Det måste finnas någon här som hette Fatima, annars skulle de knappast ha släppt in henne. Och så fort hon nämnt Suzette så gick porten upp.

Hon gick några steg, fram till ett fönster som doldes bakom fördragna gardiner. Hon petade undan gardinen för att titta ut men såg ingenting. Det tog några sekunder innan hon insåg att det var igenbommat av fönsterluckor från utsidan.

Så hörde hon hur det rasslade i dörrlåset. Hon släppte gardinen som om hon bränt sig på den och gick snabbt tillbaka till den plats mitt i rummet där den beväpnade mannen placerat henne.

En kvinna i femtioårsåldern med svarta, traditionella kläder steg in i rummet. Hon sa något ut i hallen och stängde dörren efter sig.

Sedan vände hon sig mot Annika. Hon var lång, närmare en och åttio, med välsminkade svarta ögon och stora ringar på fingrarna.

– Du ville tala med mig? sa hon på perfekt Oxfordengelska.

– Är du Fatima? frågade Annika.

– Jag är Fatima.

– Jag heter Annika Bengtzon, sa Annika. Jag kommer från Sverige. Jag arbetar på en tidning där som heter...

– Jag vet vem du är.

Annika drog in luft i lungorna men fick inte fram några ljud.

Fatima gick runt skrivbordet och slog sig ner i den gamla stolen.

– Varför har du kommit hit?

Hon såg på Annika med ögon som var vana att befalla.

Annika fick stålsätta sig för att stå kvar och inte backa.

Jag har åtminstone kommit rätt. Hon vet vem jag är. Då vet hon också vad jag gör.

– Jag är journalist, sa Annika. Jag vill ha svar på frågor.

Fatima rörde inte en min.

– Varför skulle jag svara på dina frågor?

– Varför inte? Om du inte har något att dölja?

Fatima granskade henne en hel minut.

– Du kanske kan ge *mig* svar, sa hon sedan.

– Jag? sa Annika. Om vad då?

– Var är Filip?

Annika stirrade på kvinnan.

– Filip? sa hon. Filip Andersson?

Fatima nickade kort.

Annika harklade sig. Det var ingen hemlighet att hon varit på presskonferensen efter frigivningen. Hon hade inget att förlora på att svara.

– Han släpptes från fängelset i Kumla i går morse. Jag såg honom på hans advokats kontor på Skeppsbron i Stockholm i går, strax före lunch. Sedan dess har jag inte sett till honom.

Hon stannade upp.

– Var han är nu har jag ingen aning om.

– Vilken tid såg du honom i Stockholm?

Annika tänkte efter.

– Ungefär kvart i tolv, sa hon.

– Har han något pass?

– Pass?

Hon funderade.

Fick livstidsdömda inneha pass?

Hon hade skrivit en artikel en gång om en fånge som inte fick åka på sin mammas begravning i Skottland. Killen hade varit förtvivlad, men reglerna var stenhårda. Han hade fått sitt pass återkallat när han åkte in, det gällde alla som dömts till ett års fängelse eller mer. Hon kom till och med ihåg lagparagrafen som reglerade frågan, paragraf tolv i passlagen.

Att en livstidsdömd skulle få inneha pass var helt uteslutet.

Och att utverka ett nytt pass tog fem arbetsdagar, det visste hon, för hon hade själv försökt att påskynda processen för några år sedan och misslyckats kapitalt.

Möjligen kunde han utverka ett provisoriskt resebevis ute på Arlanda, det hade Anne Snapphane gjort en gång när hon skulle åka på charterresa till Turkiet.

Hon skakade på huvudet.

– Inget vanligt pass, sa hon, men kanske ett provisoriskt.

– Är Sverige med i Schengen?

Annika nickade.

– Då kan han åka inom Europa på ett nationellt id-kort?

Hon nickade igen.

Fatima reste sig ur stolen, gick fram och öppnade dörren och sa något med låg röst på arabiska. Sedan stängde hon dörren igen.

– Känner du honom? frågade hon. Vet du vilken sorts man han är?

Annika gömde sitt finger bakom ryggen.

– Jag har intervjuat honom en gång, men jag känner honom inte.

Fatima gick tillbaka och satte sig bakom skrivbordet.

– Nu har jag svarat på flera frågor, sa Annika. Kan jag få ställa en i min tur?

Fatima rörde sig inte. Annika tog det som ett ja.

– Är Suzette här?

Kvinnan rörde sig fortfarande inte. Hon blinkade inte ens.

– Vad får dig att tro att hon skulle vara här?

Kvinnan ifrågasatte inte själva frågeställningen. Hon undrade inte vem Suzette var. Alltså måste hon veta det.

Annika vände och vred på svaret. Hon kunde inte avslöja att Suzette kommit åt att skriva ett mejl, det skulle slå tillbaka mot flickan.

– Suzette har en mycket god vän som heter Amira. Det har hon berättat för sina vänner, det är ingen hemlighet. Amira bor på en farm med hästar utanför Asilah. Om du vet vem jag är så vet du att jag skriver artiklar. Jag har skrivit om Suzette, jag har berörts av hennes öde. Jag ville hitta henne.

Det knackade på dörren, Fatima gick och öppnade den. Annika hörde mumlande arabiska röster. Fatima klev ut i hallen och stängde dörren.

Annika väntade i fem minuter, sedan kom kvinnan tillbaka.

– Vi får tala mer i morgon. Från och med nu stannar du här som vår gäst. Ahmed visar dig till ditt rum.

Sedan försvann hon och den unge pojken blev synlig i dörröppningen. Han räckte fram Annikas väska mot henne, den var tom så när som på tandborsten, blocket, pennorna och ombytet med underkläder. Datorn, mobilen och kameran hade de behållit.

– *Suivez-moi*, sa han. Annika tog sin nästan tomma bag och följde efter honom.

De gick genom den mörka hallen och bort till en trappa på vänster sida. Den var av sten, ringlade sig brant uppför i flera våningar och slutade i en massiv trädörr. Den unge pojken sköt upp den, de klev ut i en dåligt upplyst korridor.

– *Allez*, sa han och gick efter henne genom nästan hela korridoren. Sedan stannade han vid en smal port på vänster sida.

– *Ici*, sa han.

Annika steg in i rummet och kände dörren gå igen bakom sig.

Hon vände sig om för att fråga hur länge hon skulle stanna här när hon hörde en nyckel vridas om i låset.

Döden på stranden

Vinda Ögat var lite klen i huvudet. Man sa att hans far hade slagit honom så illa över ansiktet en gång när han var liten att ögat hamnat på sniskan och ena örat hade blivit lomhört, men det kanske bara var prat. Han fanns bland de första fosterbarnen som kom till Gudagården, och han gjorde aldrig något större väsen av sig.

Han hade bara en svaghet.

Han kunde inte hålla sig borta från flickorna, särskilt inte från Prinsessan. Han gömde sig i vassruggen när de badade, han smög upp på dem bakifrån och klämde på deras bröst och stjärtar, han tryckte sig mot dem och gned på sitt kön.

Trollflickan fick alltid vakta på honom så att han inte kunde komma åt Prinsessan.

Flickorna var tretton och fjorton år den kvällen när Prinsessan inte hann undan. Han fick tag i henne nere vid sandstranden där vassen stod som tätast, han slet sönder hennes baddräkt och lade handen över hennes mun. Han tog henne med sådan frenesi att våldet och sanden slet opp hennes inre och dränkte henne i blod.

Trollflickan och Ängeln hade varit på ärende inne i lanthandeln och köpt socker och salt, och när de kom ner till stranden var han på väg att dra på sig sina byxor, bortvänd mot vattnet, Prinsessan livlös och bloddränkt vid hans fötter. Trollflickan rörde sig ljudlöst och blixtsnabbt, kvick som den vessla hon var, hon tog en sten och sprang fram på lätta fötter och slog mot hans huvud, men den här gången slutade hon inte slå. Ängeln stod med öppen mun i ett ljudlöst skrik medan Trollflickan slog och slog och slog, ända tills blodet slutade rinna och den gråa sörjan från den krossade skallen låg utspridd över sanden.

– Gå och hämta spadar och lindor, sa hon till Ängeln medan hon bar Prinsessan till vattnet för att tvätta av henne.

Och Ängeln sprang in till Mor i köket med sockret och saltet, frågade om de fick sova på höskullen i natt och det fick de, och sedan släpade hon spadarna och det lilla spettet hela vägen ner till sjön, och hela den natten grävde hon och Trollflickan en trång men djup och lämplig grav bakom den stora eken på badstranden. Först drog de undan riset, och sanden var mjuk och lätt att skotta, men trädets rötter var hårda som järn och tvingade Ängeln att hämta en yxa. Det hade blivit nästan ljust innan de var klara. Prinsessan hade kvicknat till och de hjälptes åt att släpa ner den slappa kroppen i graven. Hans ena skjortärm fastnade i en trädrot så Trollflickan fick klättra ner i graven och slita loss den, hon fick liket över sig och behövde hjälp av de andra för att ta sig upp igen.

De skottade ner blodet och hjärnsubstansen först, och sedan fyllde de på med trädrötterna och jorden och sanden, och sist lade de tillbaka riset.

Sedan grät de gemensamt av rädsla och utmattning, stod tätt tillsammans på sanden intill sjön nedvid Gudagården och lovade varandra att aldrig berätta.

Prinsessan var fjorton år och Trollflickan var tretton, och Ängeln, hon var bara tio.

Och till oss tre har jag låtit trycka upp denna bok, i tre exemplar, ett åt oss var.

Och allt detta, det är så sant som det är skrivet, för Ängeln, det är jag.

ANNIKA VAKNADE AV att solen sken henne i ansiktet. Det var ohyggligt varmt i det lilla rummet. Hon hade slutligen somnat med kläderna på, ovanpå den smala säng som upptog kammarens halva golvyta.

Ledbruten satte hon sig upp på tagelmadrassen och kisade mot solljuset. Det silades in igenom ett par franska småspröjsade balkongdörrar utan fönsterluckor. Hon reste sig upp för att öppna fönstret, men karmarna var låsta. Det hängde tunna, gula gardiner framför glasrutorna, hon drog för dem i ett fåfängt försök att stänga ute värmen.

Hon var förfärligt kissnödig. Hon gick till den smala dörren och kände på handtaget.

Låst.

Hon satte sig på sängen igen, strök svettiga hårtestar ur pannan, tittade på klockan. Den var halv sju på morgonen. Efter timmar av ångest hade hon fallit i en orolig och utmattad slummer. Hon tog av sig munkjackan, linnet under var vått av svett.

Hon såg sig omkring i rummet. I går kväll hade hon inte hittat någon lysknapp, utan hade trevat sig fram till sängen där hon krupit ihop i mörkret. Nu såg hon varför. Det fanns ingen elektrisk belysning installerad i rummet.

Rummets ena vägg upptogs av sängen hon satt på, den andra av ett stort skrivbord i massivt trä med en klumpig stol framför. Ovanpå stod en ljuslykta med en ask tändstickor.

Vad var det här för sorts rum? Ett gästrum? Barnkammare? Bostad för tjänstefolket? Eller var det en cell?

Just nu tjänstgjorde den definitivt som det senare.

Hon reste sig hastigt upp, gick fram till dörren och bankade på den av full kraft med högra knytnäven.

– Släpp ut mig! ropade hon på svenska. För helvete, jag måste gå på toaletten. Hallå! Hör ni mig?

Hon slutade bulta och lade örat mot dörren för att lyssna om någon kom.

Det enda hon uppfattade var sina egna hjärtslag.

Hon väntade fem minuter, sedan satte hon sig på sängen igen.

Hon var tvungen att kissa, så var det bara. Hon fick väl göra det på golvet, om inte annat.

Ett plötsligt infall fick henne att böja sig ner och kika under sängen.

Mycket riktigt, där stod en potta av emalj. Nästan exakt en sådan som mormor hade haft stående under sängen i Lyckebo, torpet i skogen intill Hosjön som saknade avlopp.

Hon drog fram nattkärlet, hasade av sig jeansen och slöt ögonen av lättnad.

Efteråt sköt hon in pjäsen mot väggen så långt hon bara kunde.

Hon satte sig på stolen intill skrivbordet.

Det var alldeles tyst i huset.

Hennes mormor hann aldrig träffa Ellen och Kalle.

Hennes barn hade aldrig kissat i en iskall emaljpotta i ett dragigt torp invid Hosjön.

När hon fick pengarna från försäkringsbolaget skulle hon köpa ett ställe ute i skogen i Sörmland.

Hon reste sig för att banka på dörren igen, men hejdade sig.

De skulle inte släppa ut henne för att hon slog hårdare. Att hamra sönder händerna var inte särskilt konstruktivt.

Bagen hade ramlat ner vid sidan om bordet, hon tog upp den och halade fram blocket och en penna.

Hon bet i pennan och tänkte igenom vad hon visste.

Kvinnan som hette Fatima kände Filip Andersson och visste att han släppts från Kumla. Hennes frågor om hans pass innebar att hon trodde att han var på väg att resa någonstans. Att hon inte blivit förvånad när Annika pratat om Suzette borde betyda att flickan faktiskt fanns här, eller så visste hon var hon hölls gömd.

Gården hon befann sig på var stor och välbeställd. Det lilla hon sett av hus och murar var väl underhållet.

Annika reste sig upp och gick fram till det franska fönstret, drog isär gardinerna och tittade ut.

Hon såg inte så mycket, bara innergården hon passerat över i går kväll, muren från insidan och överallt böljande fält på kullarna runt omkring. Hon befann sig högst upp i det stora boningshuset. Till höger fanns den lägre byggnaden som antagligen var stall och uthus.

Så såg hon en ung kvinna med huvudduk stiga ut från uthuset tillsammans med två små pojkar. Kunde det vara Amira?

Hon tryckte näsan mot fönsterrutan.

Nej, den här kvinnan var mycket äldre, hon måste vara närmare tjugofem. Hon höll barnen i var sin hand och gick mot ingången som hon själv kommit in igenom i går kväll.

Utanför murarna, så långt hon kunde se, sträckte sig enorma fält av frodig grönska. Hon kunde inte urskilja formen på bladen uppifrån sitt fönster, men hon begrep att det inte var potatisblast. På Wikipedia hade hon läst att cannabis sativa var en mycket härdig, snabbväxande växt som klarade de flesta klimat och höjder upp till tretusen meter över havet, och för Europas räkning framför allt odlades bland Rif-bergen i norra Marocko.

Annika mindes Knut Garens målande beskrivning av det rytmiska trummandet som genljöd bland de marockanska bergen under höst-månaderna, dunk dunk, dunk dunk, när pollenet från cannabis-plantorna bankades ut mellan lager av glesa textildukar.

Det rasslade till i låset och den unge mannen från gårdagen stod i dörrhålet.

– *Suivez-moi.*

Hon stoppade ner blocket och pennan i väskan och följde efter honom.

– *Laissez-le ici.*

Hon skulle lämna kvar bagen. Det var alltså meningen att hon skulle iväg någonstans och sedan komma tillbaka. Eller...?

– *Où allons-nous?* frågade hon.

Vart går vi?

Hennes franska var verkligen förfärlig.

Han svarade inte.

– *Qu'est-ce que vous faites maintenant?*

Vad gör du nu?

– *Ne vous inquiétez pas*, sa pojken.

Hon skulle inte oroa sig.

De gick nedför en annan trappa, Annika före och pojken med vapnet efter, en mycket bredare trappa än den de gått uppför i går kväll. Den här var belagd med en tjock matta och ledde ner till husets mittenvåning. De hamnade i en stor stenhall med dörrar åt tre håll, samtliga stängda och tillbommade. Både dörrar och väggar var mörka och rikt ornamenterade, vissa partier var förgyllda. Det stod tunga statyer av sten och brons i olika nischer. Den fjärde sidan bestod av en öppen ljusbrunn från bottenvåningen ända upp till taknocken. Trappan fortsatte nedåt, hon kunde se ända ner till ytterdörren där hon kommit in i går kväll.

Ynglingen stannade utanför ett par stora dubbeldörrar på vänster sida, han öppnade den ena och visade in henne. Hon noterade att det satt en stor nyckel i nyckelhålet.

Hon gjorde som hon blivit anvisad och hörde dörren gå igen bakom sig, och sedan hur låsmekanismen vreds om.

Hon befann sig i ett bibliotek. Väggarna var täckta av väggfasta bokhyllor med mängder av böcker, vissa i gamla skinnband och andra med moderna omslag. Bokstäverna var både arabiska och latinska.

Det fanns ingen annan utgång.

Hon gick fram till de tre fönstren och provade att öppna dem, ett efter ett. Alla var låsta.

Hon blev stående mitt på golvet, mellan två stoppade soffor i oxblodsfärgat läder. Intill henne tronade ett utsirat marmorbord med ett massivt askfat i brons ovanpå. Hon sparkade till bordet och fick fruktansvärt ont i tån.

I ena hörnet stod ett gammalt bord med fyra stolar, på bordet en bricka med frukost för en person.

De hade inte tänkt låta henne svälta.

Hon gick fram till bordet och tittade misstänksamt på den fram-dukade maten. Pitabröden kände hon igen, och grönsakerna vid sidan om, men bönröran i mitten verkade skum.

Hon satte sig ner, tog upp gaffeln och smakade på bönorna. Hon brukade inte äta bönor, trots att det var så inne med GI, men faktum var att röran var riktigt god. Smakade vitlök och persilja.

Hon åt upp alltsammans och drack sött te till.

Hon hade precis hällt upp det sista teet när det rasslade till i dörr-låset.

Det knöt sig i mellangärdet, hon ville inte tillbaka till den kokheta cellen på övervåningen.

Men det var inte den unge mannen med vapnet som kommit till-baka.

Det var en späd flicka med stora ögon och kolsvart hår.

Annika drog efter andan.

– Ha! sa flickan. Jag börjar fatta vad de säger. Jag tyckte de sa att de skulle ge dig frukost i biblioteket, och det var rätt.

Hon stängde dörren försiktigt efter sig och lutade sig mot den med ögonen lysande av nyfikenhet.

– Är det sant att du jobbar på en tidning?

Annika nickade.

– Och det är du som är Suzette?

Flickan log brett. Hon bar jeans, t-shirt och gymnastikskor.

– Varför har du kommit hit? frågade hon.

Annika studerade sextonåringen, hon såg frisk och glad ut. Det verkade inte alls ha gått någon nöd på henne.

– Jag ville se om du var här. Det är ganska många som letar efter dig.

Hennes uppsyn mörknade.

– Det är ingen som bryr sig, sa hon. Inte på riktigt.

– Din mamma bekymrar sig om dig, hon är jätteorolig.

Flickan gick bort från dörren och kastade sig i en av lädersoffor-na.

– Äh, sa hon. Hon bryr sig bara om sitt värdelösa jobb. Jag var bara i vägen, och så kostade jag för mycket pengar.

Hon halvlåg i soffan med ena benet dinglande över armstödet, Annika satt tyst och avvaktade tills flickans nyfikenhet kom tillbaka.

– Det är ingen som vet om att jag är här. Hur visste du?

Suzette var tydligen medveten om att hon hölls undangömd. Hon fick antagligen inte alls vara här i biblioteket.

– Den viktigaste frågan är väl *varför* du är här, sa Annika, och hur du kom hit.

Suzette ryckte på axlarna och log.

– Vill du intervjua mig?

– Om du vill bli intervjuad.

– Ha!

Hon kastade huvudet bakåt.

– Det skulle Fatima aldrig gå med på. Jag får inte säga till någon var jag är.

– Varför det? frågade Annika snabbt. Är du fånge här?

Suzette fingrade på sina naglar, men hon slutade inte le.

– Fatima hämtade mig, sa hon. Hon sa att jag skulle säga till alla att jag var någon annanstans, och sedan åkte vi hit.

Vilket skälet än var att hålla flickan borta, så var det inget som bekymrade henne själv, så mycket stod klart. Hennes uppgifter stämde förmodligen. Francis, tennistränaren, hade sagt att Suzette var för ostrukturerad för att själv planera någon form av mer avancerad flykt.

– Men du hade ju inget pass med dig, sa Annika.

Suzette satte sig irriterat upp i soffan och släppte ner gymnastikskorna på mattan.

– Fatima har ju egna båtar, hon behöver inte gå genom tullen. Hon åker till sin egen hamn.

Minsann, tänkte Annika.

– Och så har du varit här sedan dess?

Flickan nickade.

– Vill du vara här?

Hon slutade nicka och blev alldeles stilla.

– Vet du vad som har hänt? frågade hon och tårarna steg upp i hennes ögon. Med gasen?

Annika reste sig från stolen vid frukostbordet och satte sig i soffan mitt emot Suzette.

– Ja, sa hon, jag vet vad som hände. Jag skrev om det i tidningen.

Tårarna rann över.

– De var så himla små, och så himla gulliga. Leo kunde vara så otroligt irriterande, men han var ju så liten. My var den bästa som fanns, hon älskade hästar, precis som jag…

Flickan slog händerna för ansiktet och grät i flera minuter. Annika satt stilla och väntade ut henne. Till slut torkade hon gråt och snor med utsidan av händerna och såg upp på Annika. Sminket hade smetats ut över hela ansiktet.

– Vänta så ska du få något att torka dig med, sa Annika och hämtade sin oanvända linneservett från frukostbrickan.

Suzette snöt sig ljudligt och gnuggade mascaran från sina kinder.

– Och så mormor, sa hon. Hon var min bästa vän.

Annika satte sig ner igen.

– Astrid, menar du?

Flickan nickade.

– Hon sa alltid att jag var hennes prinsessa, fastän hon inte var min riktiga mormor.

Hon snöt sig igen.

– Det var hon som tog mig hit första gången. Farmen var vårt speciella ställe.

Annika försökte låta lugn och neutral när hon svarade.

– Så du och Astrid brukade åka hit tillsammans?

Flickan nickade.

– Varför det?

– Mormor känner Fatima väl, de har bizniz ihop. Och Amira är lika gammal som jag, och hon har haft egen häst sedan hon var fyra år. Vi har varit här och hälsat på varenda sommar.

– Är det inte svårt att prata med Amira? frågade Annika, trots att hon visste svaret.

– Hon pratar ju svenska, för hennes pappa är svensk. Hon hade svensk barnflicka hela tiden medan hon var liten, och mormor skickade alla videor med Saltkråkan och Bamse och Alfons.

Suzette skrattade.

– Tänk, att skicka Saltkråkan till värsta Afrika!

Annika lutade sig framåt.

– Vad heter Amiras pappa?

Suzette tystnade och rynkade ögonbrynen.

– Han är död. Han bodde inte här, jag har aldrig träffat honom. Men hennes mamma heter Fatima och hennes syrror heter Maryam och Sabrina, och Maryam är gift med Abbas, och de har världens gulligaste ungar, två småkillar. Fast Sabrina är inte här nu för hon pluggar på Harvard, och dit ska Amira också åka sedan när hon har gjort klart sin IB-examen…

Annika försökte se ut som om det var helt normalt att studera på Harvard.

– Har Maryam också gått där?

– Nä, hon gick två år på Cambridge, precis som Fatima, men hon ville komma hem och gifta sig med Abbas, så då fick hon så klart göra det. Fatima tvingar ingen. Hon tvingar inte mig heller, för jag gillar inte att plugga. Jag har fått en egen häst, Larache. Han är en mix mellan arabiskt fullblod och engelskt fullblod, världens gulligaste. Jag vill jobba med djur och hästar, och det tycker Fatima också är bra.

Hon nickade eftertryckligt.

– Man behöver inte vara bäst i klassen, sa hon. Jag hjälper Zine och Ahmed, det är förmannen och hans son.

– Tyckte mormor Astrid också att det var okey att du jobbade med hästar?

Nickarna blev ännu intensivare.

– Helt klart. Mormor växte själv upp på en bondgård, fast de var inte snälla mot henne där.

Annika lutade sig bakåt mot ryggstödet och försökte slappna av.

– Brukade mormor berätta om hur det var när hon var liten?

Suzette lade sig ner i soffan och slängde benen över armstödet.

– Ibland. Det var ganska sorgliga historier…

Så spratt hon till och flög upp på fötter.

– Fast vet du? sa hon. Det finns en bok om mormor och hennes kompisar.

Hon snurrade runt och sprang bort till en av bokhyllorna i hörnet bakom frukostbordet.

– En bok? sa Annika och vände sig om i soffan för att kunna följa henne med blicken.

– Ehum, sa Suzette och for med händerna över bokryggarna. Den stod här någonstans... här är den!

Hon höll upp en tunn, häftad skrift med vitt omslag utan bild eller annan utsmyckning, bara med titel och författarnamn.

– De har alla Emil och Pippi och Kulla-Gulla och sådant, sa Suzette, men det här är typ den enda vuxenboken.

Hon räckte över den till Annika.

– Jag har läst den. Den är ganska konstig.

Annika stirrade på boken.

En plats i solen
av
Siv Hoffman

– Hittade du den här? I bokhyllan?

Hon slog upp försättsbladet. Tryckt på Författares Bokmaskin för tjugo år sedan. Ninas mamma hade tydligen haft författarambitioner.

– Den stod där jag tog den nu. Det är ingen direkt ordning, inte som på skolbibblan. Allt är liksom huller om buller...

Det skramlade till i dörrlåset och både Annika och Suzette stelnade till. Annika drog in magen och stoppade snabbt ner boken innanför jeansen, sedan släppte hon ner linnet över och hoppades att boken inte syntes.

Den unge mannen som hette Ahmed steg in i biblioteket med vapnet framför sig. Han spärrade upp ögonen och skrek något på arabiska åt Suzette, som kvickt som ögat pilade iväg och slank förbi honom ut i stenhallen.

– *Allez!* sa han argt till Annika. *Dépêchez-vous!*

– Ja ja, mumlade hon.

Hon skulle skynda sig.

Det var betydligt svalare i rummet. Någon måste ha vädrat. Det gick alltså att låsa upp fönstret på något sätt. Någon hade också ställt in en vattenkanna och ett glas på skrivbordet.

Stegen försvann bort längs korridoren, hon drog upp boken ur jeansen och lade den på filten. Sedan böjde hon sig ner och tittade under sängen.

Samma någon hade tömt och sköljt ur pottan.

Hon satte sig vid skrivbordet och tog upp blocket och pennan.

Snabbt skrev hon ner det som Suzette berättat, fyllde på med sina egna intryck och slutsatser.

Fatima hade hämtat Suzette i smyg. Hon måste ha vetat om att något var i görningen, och av någon anledning ville hon ha bort Suzette från Costa del Sol utan att någon fick reda på det.

För att hon tyckte om flickan, kanske. För att Suzette var hennes dotters bästa vän. Eller hade hon någon annan, mindre ädelmodig avsikt? Var Suzette gisslan? I utbyte mot vad? Och av vem?

Nästa tanke fick henne att stanna pennan på pappret.

Om Fatima visste om att Suzette måste räddas, så visste hon också att familjen Söderström var i fara.

Hon kunde själv vara inblandad i morden.

Det kanske var hon som beordrade dem?

Med ens kändes väggarna trängre.

Annika släppte pennan och sprang upp och kände på dörren, den var förstås fortfarande låst.

Tänk om de inte släppte ut henne igen?

Tänk om de behöll henne här i evighet?

Vem visste var hon fanns?

Ingen, utom taxichauffören Muhammed från Tanger.

Hon kände hur halsen snörptes åt och de klassiska tecknen på ett panikanfall började komma, tunnelseendet, stickningarna i fingrarna, den fullständiga skräcken inombords.

Hon famlade sig bort till sängen där hon lade sig i framstupa sidoläge.

Det är ingen fara, intalade hon sig. Om de hade velat ta kål på mig så hade de redan gjort det. De hade överhuvudtaget inte släppt in mig. Fatima må vara knarkproducent, men hon är ingen mördare. Det var därför hon hämtade Suzette, Fatima bryr sig om människor...

Hon låg stilla och koncentrerade sig på att andas normalt en lång stund.

De här panikattackerna borde hon ha vuxit ifrån.

Hon reste sig försiktigt upp och gick bort till fönstret. Det var fortfarande låst.

Hon såg inga människor där ute. Himlen hade mörknat, svarta moln hade vällt in från Atlanten. Det såg ut som om det skulle bli regn.

Hon kikade ner på fasaden.

Översta planet, där hon nu befann sig, var inrett mer spartanskt än resten av huset. Tydde på att det här var tjänstevåningen, eller en extravåning.

Mittenvåningen verkade vara sällskapsvåningen. Vad som fanns på entréplanet hade hon ingen riktig uppfattning om, det hade varit mörkt när hon kom, men utifrån hade det verkat mycket enklare än det övre planet. På vägen mot Asilah hade hon sett liknande gårdar. Det kanske var så man byggde i Marocko, man började med en enkel undervåning och byggde på när ekonomin tillät.

Huset var enormt, säkert tusen kvadratmeter. Delvis var det mycket kostsamt inrett. Det här var en välbärgad gård. Fatima var en haschbonde i den högre ligan, så mycket var klart.

Hon vände sig om, det började bli dunkelt i rummet också.

Hon satte sig vid skrivbordet, tog upp pennan som ramlat ner på golvet och började spalta upp farmens invånare.

Hur många var det som bodde här?

Först Fatima och hennes tre döttrar: Maryam, Sabrina och Amira. Maryam var gift med Abbas och hade två små pojkar. Det var kanske dem hon sett från fönstret i morse. Sabrina studerade i Boston, så hon var inte här just nu. Förmannen Zine med sonen Ahmed måste vara männen med vapnen.

Dessutom fanns det tjänstefolk, som tömde pottor och som jobbade på fälten. Förmannen Zine måste ju ha någon att vara förman över.

Hon släppte pennan och gick och satte sig på sängen. Böjde sig mot fotändan och tog upp boken som Suzette givit henne nere i biblioteket, Siv Hoffmans alster, En plats i solen. Hon slet fram kudden under filten och lutade den mot väggen för att få stöd för ryggen.

Hon slog upp första kapitlet och började läsa.

Och medan hon läste om *Prinsessan i slottet bland molnen, Trollflickan med svavelstickorna, Ängeln på Gudagården, Fallet genom himlarna* och *Döden på stranden* och de andra märkliga berättelserna satte Atlantregnet igång att piska mot rutan och vinden slet och drog i grödorna runt gården.

På eftermiddagen kom åskan.

Det hade blivit så mörkt i rummet att hon varit tvungen att tända den lilla ljuslyktan för att kunna avsluta berättelsen.

Hon läste färdigt sista sidan, slog ihop boken och visste inte vad hon skulle tro.

Kunde det här vara vad som verkligen hände, eller var det bara en fiktiv historia med skönlitterära anspråk?

En blixt med efterföljande åskknall fick henne att ställa sig upp och titta upp mot bergen. De var helt svarta. Blixtar jagade varandra över himlen, det brakade och small.

Vad skulle hon göra om en av dem slog ner och det började brinna?

Hon mindes de rytande lågorna på andra sidan sovrumsdörren i huset i Djursholm, hur hon öppnat fönstret och firat ner barnen i sängkläderna. Här var hon instängd som en råtta i en skokartong.

En tusenwattsblixt som åtföljdes av en enorm åskknall skakade om hela huset och fick henne nästan att tappa balansen. Hon skrek till, började andas kort och ytligt och gick de tre stegen bort till dörren och slet i dörrhandtaget. Det var stumt och stängt som ett kassavalv.

Hon sprang tillbaka till fönstret och tittade ordentligt på låsanordningen på de franska balkongdörrarna. De öppnades utåt. Låset satt i handtaget, mitt på dörrparet, i midjehöjd. Hon tryckte till det, hårt.

Dörrarna rubbades inte.

Hon tittade ner på gården. Belysningen hade slocknat. Strömmen hade gått.

Hon svalde och försökte lugna ner sig, hon hade aldrig varit rädd för åskan.

Huset var av sten och taket av tegel, så särskilt eldfängt kunde det inte vara.

Det var inte vädret som var hennes problem, det var hennes egen dumdristighet.

Vem kunde veta var hon fanns?

Hon satte sig på sängen igen och försökte vara konkret.

Schyman visste att hon befunnit sig på Costa del Sol, om han nu hade fått mejlet med artiklarna. Det var inte säkert att det hade gått fram.

Om hon efterlystes så skulle passagerarlistor och passkontroller visa att hon rest in i Marocko. Man skulle således åtminstone veta i vilket land hon var.

Hennes telefonlistor hos mobiloperatören skulle avslöja att hon ringt till Rickard Marmén, och han skulle leda dem vidare till *muqaddamen* i Asilah. Han kunde, i sin tur, berätta att hon frågat efter Fatimas gård.

Hon var inte spårlöst försvunnen, även om det var ohyggligt klumpigt att inte berätta för någon vart hon varit på väg.

Åskan small ovanför hennes huvud, hon duckade instinktivt.

Hur lång tid skulle det ta innan någon började leta?

Måndag, tidigast, då hon skulle hämta barnen.

Det small till igen, inte en åskknall den här gången utan något annat, ett kortare och skarpare ljud nerifrån gårdsplanen.

Hon gick fram till fönstret, lutade sig fram och kikade ner på gården. Den lilla ljuslyktan skapade reflexer i fönsterglaset, hon ställde undan den och blåste ut den.

Sedan kröp hon ihop och kikade mellan balkongens spjälor.

Porten i muren stod halvöppen. Metallen i änden var förvriden, det rök från den.

Hon rynkade ögonbrynen och skärpte blicken.

Jo, det ångade faktiskt från järngrinden.

Smällen hade varit en explosion, någon hade sprängt bort låset på grinden.

Hon böjde sig framåt och såg rörelser nere på gårdsplanen, svarta gestalter som gled mellan gråa regnskyar. Två tre stycken, hon såg dem röra sig mot huset, och sedan flammade något upp och hon hörde en ny typ av smäll igen.

Hon flämtade till.

De hade vapen, och de använde dem.

Hon bekämpade en intensiv impuls att krypa iväg och gömma sig under sängen. I stället tog hon på sig sin mörka munkjacka över det ljusa linnet för att inte synas. Hon fällde upp luvan över håret och satte händerna mot glasrutan som en kikare.

Det small till igen, flera skott den här gången, elden besvarades från en plats i eller intill huset, hon hörde ett skrik och såg en av skuggorna falla. Det var en av inkräktarna. Förmannen Zine och hans son måste ha träffat honom.

De bägge andra skuggorna rörde sig i sicksack över gården, och nu sköt de oavbrutet. Mynningsflammorna lyste upp dem så att hon skymtade deras ansikten.

De var vita män, bleka européer.

Så föll ytterligare en av männen, han som var närmast huset. Hon såg honom hamna på rygg strax nedanför hennes fönster.

Den kvarvarande mannen stannade upp, reste sig i sin fulla längd och verkade avvakta.

Sedan gick han lugnt fram mot huset och försvann ur Annikas synfält. Hon satt kvar och väntade, och efter en liten stund kom han tillbaka.

Han hade med sig någon, en man, eller ett barn, han släpade honom i håret, mitt ut på gårdsplanen, och släppte ner honom där. Ynglingen vred sig på marken, han verkade vara träffad av ett skott.

Annika skymtade hans ansikte, förvridet av smärta och skräck. Det var Ahmed, förmannens son. Den svartklädde mannen böjde sig fram, pekade med sin gevärspipa mot pojkens huvud och tryckte av.

Geväret ryckte till i hans hand. Ahmed spratt till och låg sedan stilla på marken och Annika trodde att hon skulle kräkas.

Skottlossningen upphörde. Det måste betyda att förmannen också var oskadliggjord, kanske död.

Mannen stod kvar på gårdsplanen. Hon såg honom lyfta huvudet och studera husfasaden, hon drog sig snabbt tillbaka in i rummet så att han inte skulle se henne i fönstret.

Hon väntade en hel minut innan hon vågade titta ut igen.

Mannen var borta.

Sedan hörde hon ett skott någonstans i undervåningen, och sedan flera skrik.

Suzette, tänkte hon, småpojkarna och Amira, åh Gud, åh Gud, nu går han från rum till rum och skjuter alla!

Hennes puls började slå så fort att hon trodde hon skulle dö.

Snart har han avverkat de nedre våningsplanen och sedan kommer han upp hit.

Hon såg sig omkring och tvingade undan paniken.

Att sätta igång och gapa och skrika, vilket hon varit på väg att göra, hade givetvis varit helt idiotiskt.

Hon måste ta sig ut härifrån.

Att slå sönder fönstret var ingen idé, rutorna var spröjsade i fyrtio glasrutor på varje dörr, hon skulle inte kunna pressa sig ut.

Hon måste få upp fönstret och ta sig ner på marken.

Använt lakan hade hon gjort förut och överlevt. Nu brann det åtminstone inte.

Hon provade att kasta sig mot fönsterkarmarna, men hon hade för lite plats att ta sats på och fick ingen kraft i rörelsen.

Så tittade hon på det stora skrivbordet och fattade hur hon kunde göra.

Hon sköt fram skrivbordet till fönstret, satte sig upp på det, hasade fram så att hennes fötter precis nådde fram till låset, drog upp knäna så långt hon kunde och sedan sparkade hon. Åskan mullrade. Dörrkarmarna kved till och skrivbordet åkte bak en liten bit, men inte särskilt mycket. Hon tog sats igen, sparkade fyra gånger till, sedan fick hon kliva ner och flytta tillbaka skrivbordet.

Efter den sjunde sparken flög dörrarna upp med ett brak. Åskan svarade på himlen. Regnet vräkte in i rummet och hon var genomblöt på ett ögonblick.

I två snabba ryck slet hon ner de ljusgula gardinerna. Hon rev upp sängen och såg till sin lättnad att den var bäddad med fina linnelakan. Med darrande fingrar knöt hon ihop gardinerna och lakanen med råbandsknopar, tack och lov att hon hade varit scout. Ena änden knöt hon fast i balkongräcket och den andra kastade hon ut över kanten.

De räckte nästan hela vägen ner till marken, rörde sig ryckigt i regnbyarna.

Skulle tyget bli halt i regnet?

Antagligen.

Hon tvekade.

Det kanske var bättre att stanna kvar i rummet? Mannen kanske inte kom hit upp?

I samma ögonblick hörde hon ytterligare ett skott från undervåningen.

Hon drog tre djupa andetag, gick ut på den lilla balkongen och klättrade över räcket.

Det var väldigt långt ner till marken.

Hon kröp ihop på utsidan av balkongräcket, tog tag i gardinen och testade om den höll. Det gjorde den, men tyngden skulle bli större ju längre ner hon kom. Regnet piskade henne i ansiktet och gjorde det svårt att se.

Nå, hon behövde inte titta, åtminstone inte nedåt, hon behövde bara hasa sig ner längs väggen tills hon nådde marken. Om hon bara kunde bemästra sin höjdskräck så borde det gå.

Hon släppte taget om balkongräcket och höll omedelbart på att falla. Hennes andning var så flämtande hög att den överröstade åskknallarna. Hon höll sig fast för glatta livet och insåg att hon måste släppa efter. Hon lättade lite på greppet. Tyget brände i hennes händer. Så stötte fötterna emot husväggen, hon tog spjärn och hasade sig nedåt, ett steg, två steg, ett alldeles för långt steg, skinnet glödde i hennes handflator, hon tog sig över första knopen, passerade andra våningen, armarna började värka, hon passerade andra knopen, borde vara halvvägs, armarna var stumma nu, hon släppte efter mera, det brann i hennes handflator, tredje knopen, och sedan tappade hon greppet. Hon tumlade mot marken och hamnade snett med ena foten. Gruset skrapade upp hennes underarmar. Hon låg alldeles stilla och lyssnade. Regnet vräkte ner, hon var blöt inpå bara kroppen. Fotleden gjorde ohyggligt ont.

Hon hörde röster.

De kom inifrån huset.

Så satte hon sig upp. Det var ljusare nere på marken än det verkat uppifrån hennes fönster. Hon såg stallet som en mörk koloss, trettio eller kanske fyrtio meter bort. Den söndersprängda grinden gnisslade i vinden långt bakom henne, snett framför henne stod dörren in till huset på vid gavel.

Med en vrickad fot skulle hon inte kunna springa ifrån någon. Att ta sig ut genom grinden och gömma sig ute bland hampaplantorna var ett alternativ, om hon kom så långt. Stallet var mycket närmare, men då skulle hon vara tvungen att korsa hela den öppna gårdsplanen, och hon visste inte om det var olåst.

Ett barn skrek hjärtskärande inne i huset. Hon såg mot den öppna dörren.

Det lyste svagt från övervåningen.

Svajande reste hon sig upp. Bara ett par meter ifrån henne låg en av de skjutna männen och stirrade upp i himlen. Regnet sköljde över hans oseende ögon.

Hon haltade försiktigt fram till honom. Knastret av gruset drunknade i vattenkaskaderna. Hon kände igen de där ögonen. Ljusa, nästan vita. De hade skrattat mot henne samtidigt som de skar henne i vänstra pekfingret.

Vid sidan om mannen låg hans vapen, en sorts automatgevär som hon tidigare bara sett i amerikanska actionfilmer. Hon tog upp det, det var häpnadsväckande tungt.

Ahmed låg ett tiotal meter längre bort. Halva hans huvud var bortsprängt. Hon vände bort blicken.

I ett blixtsken såg hon något som rörde sig nere vid grinden. Hon stelnade till och stirrade koncentrerat genom regnskyarna mot grind-öppningen.

Så såg hon det igen. Hon var helt säker. Det var en människa som sprungit förbi den söndersprängda entrén.

Benen vek sig under henne och hon tappade vapnet, åh Gud, åh Gud, bara de inte skjuter mig.

På alla fyra kravlade hon mot husväggen, reste sig hukande och sprang mot dörröppningen med adrenalinet dånande i öronen.

Vid ingången stannade hon till och kikade in i hallen, såg ingen-ting, kastade sig in i husets mörker och pressade ryggen mot väggen. Hon sjönk ihop och andades så högt att det ekade i hela huset, hon lade handen för munnen så att det inte skulle höras. Åskan dånade. Barnet grät. Hon sneglade ut genom dörrhålet men såg ingen där ute.

Här kunde hon inte sitta.

Hon reste sig upp och försökte stödja på foten, det gjorde rejält ont men det gick.

Så tyst hon kunde vacklade hon bort från ytterdörren. Hon tog tag i trappräcket för att vila sig samtidigt som hon kikade uppåt.

Rösterna kom från något av rummen där uppe. Hon hörde en mansröst och en kvinna. Orden gick inte att urskilja, men sats-melodin lät som engelska.

Hon tog några steg uppåt.

– *You emptied the accounts in Gibraltar. Where is the money?*

Du tömde kontona i Gibraltar. Var är pengarna?

Det var mannen som frågade, han nästan skrek.

– Ja, jag tömde dem, svarade Fatima, och hennes röst var tjock av rädsla. Jag varnade för razziorna i Algeciras, men Astrid lyssnade inte. Jag förstod vad som skulle komma, och jag räddade det som räddas kunde.

Annika tog några steg till.

– Du sålde ut oss, sa mannen. Du ville tvinga oss att använda din kedja, till dina groteska överpriser, och när Astrid vägrade såg du till att oskadliggöra oss.

Hon kände igen rösten.

Den var Filip Anderssons.

Annika använde ledstången för att häva sig upp de sista stegen. Stenhallen på sällskapsvåningen låg i mörker. Rösterna kom från rummet bredvid biblioteket där hon ätit frukost. Hon såg ner på den tjocka mattan under sina fötter, den verkade fortsätta hela vägen genom hallen.

– Polisen hade er under bevakning, sa Fatima. Jag varnade Astrid, men hon vägrade lyssna. Hon hade inget val, sa hon.

Dörrarna stod på glänt och släppte en svag strimma av ljus ut i stenhallen. Annika följde väggen fram och kikade in i springan mellan dörren och dörrkarmen.

Rummet var en stor salong. Filip Andersson stod med ryggen mot dörren. En vit skjortkrage stack upp innanför hans svarta vindtygsjacka. Det hade bildats en pöl av vatten vid hans fötter.

– Tacka fan för att hon var pressad, sa Filip Andersson. Hon hade plockat ut pengar för att finansiera den där jävla tennisklubben.

Annika flyttade sig försiktigt för att få en annan vinkel in i rummet. Det var sparsamt upplyst, hon såg en ljusstake med stearinljus och två oljelyktor. Längst bort skymtade hon Fatima, hon satt i en blommig chintzsoffa med en liten pojke i famnen. Ett av barnbarnen förstås. Suzette och ytterligare en ung flicka, förmodligen Amira, delade en fåtölj och höll varandras händer. De såg dödsförskräckta ut. Två andra kvinnor stod framför dem, antagligen tjänstefolket. Bägge grät. En man och kvinnan hon sett på gårdsplanen i morse stod bredvid dem. Kvinnan höll den andre lille pojken i sina armar. Maryam och hennes man, Abbas, och deras son.

Det verkade som om Filip Andersson samlat ihop alla han hittat och beordrat dem till salongen. Ingen verkade skjuten eller skadad.

– Ni skulle inte ta så där stora laster, sa Fatima. Ni skulle ha låtit mig sköta det.

– Och du skulle ha givit fan i kontona i Gibraltar. Var är pengarna?

Fatima svarade inte.

– Jag räknar till tio, sa Filip Andersson. Sedan börjar jag med ungen du har i knäet. Ett.

Annika drog sig tillbaka. Det susade i hennes öron och händerna skakade. Vad kunde hon göra? Ringa till någon? Var fanns det en telefon? Hon hade inte sett någon, och inte några telefonledningar som ledde fram till huset heller.

Hon tittade nedför trappan, bara mörker.

– Två.

Annika fattade vad Filip Andersson var på väg att göra. Han skulle döda dem allihop, oavsett om han fick tag i pengarna eller inte. De små pojkarna, Suzette, Amira, de gråtande tjänstekvinnorna, han skulle skjuta dem på samma sätt som han avrättat Ahmed.

Vad kunde hon göra?

– Tre.

Han stod inte så långt från dörren, två, två och en halv meter.

Hon såg sig omkring i hallen.

Det var mörkt, hon kunde knappt urskilja några föremål.

Så snabbt hon kunde haltade hon bort till biblioteket och blinkade in bland skuggorna.

Hon hörde hans röst inifrån salongen.

– Fyra.

Hon ansträngde ögonen till det yttersta och lät dem svepa över rummet, över skinnsofforna och böckerna och matbordet. Brickan var borta.

Så anade hon askfatet i brons på marmorbordet mellan sofforna.

Hon linkade fram och tog upp det, det var lika tungt och massivt som det såg ut. Det gjorde ännu ondare i foten när hon stapplade tillbaka mot dörren med det stora metallfatet i famnen.

– Fem. Var har du pengarna?

– Det är inte dina pengar, Filip. Vi kan göra en överenskommelse, du och jag. Lägg bort vapnet och låt barnen och husfolket gå, så sätter vi oss ner och förhandlar fram en lösning.

– Sex. Jag förhandlar på mitt eget sätt. Fråga Astrid så får du höra. Fråga vem som äger alla hennes omhuldade jävla koder och urkunder och bolagsbevis numera. Sju.

Annika hoppade tillbaka mot salongen på ett ben.

– Filip, det var varit tillräckligt mycket död och elände nu...

– Åtta.

– Ja, Filip, jag ska säga var pengarna är…

Annika kikade in i rummet igen. Filip Anderson hade börjat röra sig över golvet, bort mot Fatima och barnet, med steg som var små och nästan trippande.

Han njuter verkligen av det här, tänkte hon. Han kommer att göra det.

– Nio.

Hon skulle bara få en enda chans.

Annika lyfte upp fatet ovanför huvudet, drog ett djupt andetag och störtade in i rummet. Filip Andersson var tre meter bort. Armmusklerna skakade, smärtan sköt upp i skenbenet varje gång foten träffade golvet.

En av de gråtande kvinnorna såg henne och skrek.

Med all kraft hon kunde uppbåda slungade hon fatet mot Filip Anderssons huvud.

Mannen blev varse hennes rörelse i ögonvrån. Han vände sig om i samma stund som bronsfatet träffade honom.

Annika insåg direkt att hon hade misslyckats.

Pjäsen landade inte mot hans bakhuvud, utan på örat och ena axeln. Han stapplade till och tappade sitt vapen men stod fortfarande upprätt.

– Vad i…?

Annika kastade sig fram och fick tag i geväret, ett likadant som legat bredvid den döde mannen där ute. Hon försökte fösa iväg det, bort mot de andra, men Filip Andersson var snabbare än hon. Han slet vapnet ur hennes händer, sparkade till henne så att hon hamnade på rygg under honom och riktade geväret mot hennes panna. Hon såg hur det ryckte till i hans ansikte när han kände igen henne.

– Vad fan gör du här? sa han och lät uppriktigt förvånad.

Annika förmådde inte svara. Hon var på väg att kissa på sig av skräck.

Filip Andersson tog sig för örat och fick blod på fingrarna. Hon såg hur häpenheten sjönk undan i hans blick och ilskan tog över.

– Jag varnade dig, sa han. Du ska ge fan i att lägga dig i saker du inte har med att göra.

Han osäkrade vapnet och riktade det mot hennes panna, precis som hon sett honom göra med Ahmed, och hon tänkte att hon hade två barn, att han inte fick göra det.

Sedan exploderade hans huvud.

Kvinnorna skrek, ljudet av ett skott rullade runt i rummet.

Annika stirrade på kroppen som svajade något ögonblick ovanför henne, lealös som om den inte längre hade något skelett. I panik drog hon sig bakåt med händerna för att inte få den över sig när den föll. Kroppen landade mot den persiska mattan med en dov duns. Hans skor hamnade precis intill hennes ansikte.

Tjänstekvinnornas skrik gick upp i falsett. Suzette och Amira tryckte sig mot varandra i fåtöljen och Fatima lade sin hand över barnets ögon. Alla stirrade bort mot dörren, Annika följde deras blickar och såg en skugga i mörkret ute i stenhallen.

Hon makade sig längre bort, bort från kroppen, bort från dörren och krockade med en staty som välte.

En människa klev in i salongen med ett automatvapen i händerna. Det var likadant som det maskingevär Annika plockat upp men tappat nere på gårdsplanen. Det rök ur gevärsmynningen.

Suzette och Amira skrek.

Annika såg upp på människan som höll i vapnet, på hennes strama profil och raka axlar, den dyblöta hästsvansen och den höjda hakan.

– De mördar oss, skrek Suzette. De tänker gasa oss allihop.

Kvinnan verkade inte höra henne. Hon lade ifrån sig geväret på golvet och gick fram till den döde mannen. Böjde sig ner intill honom och strök hans hand som fortfarande kramade avtryckaren.

– Förlåt, viskade hon. Förlåt, Filip, men det måste bli ett slut på det här.

Sedan sjönk hon ihop på golvet och grät.

Abbas rusade fram och ryckte till sig geväret, osäkrade det och riktade det mot inkräktaren.

Annika kom på fötter och ställde sig framför kvinnan med händerna utsträcka.

– Skjut henne inte, ropade hon. Låt henne vara. Hon är polis. Hon heter Nina Hoffman.

Åskvädret drog förbi.

En varm vind började blåsa. Den svepte in genom den vidöppna ytterdörren, uppför trappan, genom stenhallen och in i salongen och biblioteket och husets alla andra rum vars dörrar stod öppna.

Fatima reste sig och placerade barnet som hon haft i knäet hos Amira och Suzette.

Hon gick fram till den döde mannen på mattan och såg på honom en lång minut. Han låg på mage, med armarna raklånga efter sidorna och vapnet tätt intill kroppen på höger sida. Hans bakhuvud var borta. Kvinnorna hade slutat skrika. Ingen sa något. Inte ens barnen gnydde.

Sedan tittade hon upp på Annika och Nina.

– Finns det fler män här?

Annika harklade sig och sökte Ninas blick, men polisen såg ner i golvet och verkade inte ha hört vad som sagts.

– Det ligger två till ute på gårdsplanen, sa Annika.

– Zine och Ahmed?

– Ahmed är där ute, sa Annika. Zine har jag inte sett.

Fatima nickade mot henne och Nina.

– Ni två, sa hon. Ni bär ner liket och placerar det invid stallväggen. Efteråt kommer ni tillbaka hit upp, rullar ihop den här mattan och lägger den på golvet i bykrummet bakom köket. Sedan kontrollerar ni vilka av de andra mattorna här uppe som behöver tvättas, ni rullar ihop dem och ställer dem mot bakre väggen i bykrummet.

Annika såg lamslagen på kvinnan. Fatima såg tillbaka utan att röra en min. Sedan vände hon sig mot sin svärson. Abbas stod fortfarande med Ninas vapen höjt och osäkrat framför sig.

– Abbas, sa hon, se till att få igång elektriciteten. Sedan plockar du ihop alla vapen och låser in dem där de ska vara. Ta fram traktor-grävaren och lilla släpet. Flickor!

Hon såg bort mot Amira och Suzette.

– Ta med er pojkarna ner till köket. Ge dem något att äta. Sedan tar ni upp dem till mitt sovrum och läser för dem. Försök få dem att somna.

Amira var den första som rörde sig. Hon ställde ner sin systerson på golvet, hävde sig ur fåtöljen, tog Suzette i handen och hjälpte henne upp, gick fram till sin syster och tog den minste pojken i famnen. Abbas säkrade geväret, hängde det över axeln, böjde sig fram och ryckte Filips vapen ur den döda handen och gick ut ur rummet.

Sedan rörde sig Nina.

Hon gick fram till likets huvudända och böjde sig ner.

– Vi kommer inte att orka bära honom, sa hon på engelska utan att se upp. Vi kommer att behöva släpa honom. Finns det något som vi kan linda runt huvudet, annars kommer vi att få tvätta alla andra mattor i huset också.

– Amira, sa Fatima till flickan som snabbt gick iväg med barnet i famnen och försvann nedför trappan.

Sedan sa Fatima något på arabiska till tjänstekvinnorna, och tillsammans med Abbas och Suzette lämnade de rummet.

Annika förmådde inte titta på liket utan vände sig bort.

Amira kom tillbaka med en soppåse med knytband. Hon gav den till Nina som raskt trädde den över likets huvud, drog ihop snörningen vid halsen och knöt en blåknut.

– Först vänder vi på honom, sa hon till Annika som lydde.

– Ta tag i benen.

Annika gjorde som hon blivit tillsagd, tom och hel på samma gång. Trots skumrasket var möblernas konturer knivskarpa, färgerna blixtrande klara. Han skulle ha skjutit henne, skulle han inte det?

Kroppen var verkligen oerhört tung. De klarade inte av att lyfta hela samtidigt, utan slet och drog med ryggen och rumpan släpande på de tjocka mattorna tills de kommit fram till trappan.

I samma stund kom elen tillbaka och stenhallen lystes upp av smidda ljuskronor och lampetter.

Nina svängde benen utför trappan.

– Du går före och drar, sa hon. Jag håller i huvudet och försöker se till så att påsen inte åker av.

Annika drog i fötterna och byxbenen. Kroppen gled ganska lätt, två gånger fick hon ta tag i magen för att stoppa upp hastigheten.

Gårdsplanen var upplyst av stora strålkastare. De släppte ner huvudet på marken och drog liket i var sitt ben. Påsen trasades sönder och blod och sörja rann ut.

De båda svartklädda männen som sprängt grinden tillsammans med Filip Andersson låg kvar, träffade av flera skott i bröstet. Ahmed hade flyttats, Annika såg den mörka fläcken efter hans huvud avteckna sig tydligt mot det ljusa gårdsgruset.

– Ni kan lägga honom direkt på släpet, sa Abbas.

Han pekade mot ett fordon med traktorskopa fram och grävskopa bak. Bakom grävskopan hade ett litet flak hakats på.

– Vi behöver hjälp med det, sa Nina.

Tillsammans fick de upp den tunga kroppen på kärran.

Utan att säga något mer gick de tillbaka mot de svartklädda liken. Abbas bar dem i armarna och Nina och Annika i var sitt ben.

– Var är Zine? frågade Annika sedan de lagt upp de bägge männen ovanpå Filip Andersson.

– Han lever, men han har förlorat mycket blod. Den enda på gården som har hans blodgrupp är Ahmed, men han är död.

Fatima kom ut på gården i sin svarta klädnad.

Abbas klättrade upp i traktorgrävaren, startade motorn och körde iväg, bort mot fälten. Fatima ställde sig intill dem och såg fordonet försvinna över backkrönet.

– De kommer aldrig att hittas, sa Annika. Precis som Torsten. Eller hur?

Fatima blundade, men hon svarade inte.

– Vad hade Torsten gjort? frågade Annika.

– Vad hade han inte gjort? Han förtjänade att dö.

– Vem dödade honom?

– David.

Fatima vände sig om och gick tillbaka mot huset.

Annika hörde ljudet av traktorn lösas upp och försvinna.

I samma stund släcktes belysningen runt gården.

Hon gick in i huset, upp till övervåningen för att bära bort de blodiga mattorna.

Det susade i grödorna utanför murarna. Annika satte sig ner på trappstegen in till huset. Hon blinkade för att vänja ögonen vid det mjuka mörkret. Hennes blick fastnade på fläcken i gårdsgruset där livet runnit ur mannen med de ljusa ögonen.

Nina satte sig ner bredvid henne.

– Jag kände igen honom, sa Annika och pekade mot fläcken. Det var han som skar mig i fingret.

Nina såg upp mot himlen.

Stjärnorna tindrade och blinkade, tydligare och klarare än Annika någonsin sett dem förut. Hon kände sig skakig och egendomligt upprymd.

De satt tysta en lång stund.

– Hur mår du? frågade Annika till slut och såg på kvinnan bredvid sig.

Nina tog upp några stenar ur gruset, vägde dem i handen och lät dem falla till marken igen.

– Avdomnad, sa hon. Jag har aldrig skjutit en människa förut. Det var mycket enklare än jag trodde.

Hon lyfte armarna och höll i ett imaginärt gevär, blundade med ena ögat och kramade avtryckaren.

– Det är svårt att sikta med en AK-47:a, sa hon och lät armarna sjunka. Det här var långpipigt, annars hade jag nog inte tordats. Jag gick ner i knästående och sköt honom underifrån, för en kula av den kalibern kan mycket väl passera genom kroppen och jag ville inte skada människorna i bakgrunden...

– Du prickade verkligen rätt, sa Annika.

Nina sneglade på henne.

– Jag siktade på bålen, sa hon. Pipan måste ha fått en smäll. Det var ren tur att jag inte vådasköt någon.

Annika tittade bort. Kanske underlättade det att hon var utbildad polis, att hon tränats i att hantera våld, att hon kunde skjuta.

– Varför kom du hit? frågade Annika.

Nina svarade lågt och samlat.

– Filip kom till mig i tisdags, vid lunchtid, och ville ha ett pass. Jag frågade vart han ville åka. "Costa del Sol", sa han, "för att reda upp trassliga affärer." Jag sa åt honom att han kunde flyga på sitt nationella id-kort, men då blev han arg. Jag sa att han måste gå till passmyndigheten, så skulle jag försöka påskynda hanteringen…

Hon såg in i mörkret, slog armarna om sig.

– På kvällen ringde han och frågade om jag visste var farmen låg. "Astrid var ju alltid så hemlig med den där gården", sa han. Jag sa att jag inte visste vad han pratade om. "Sluta vara så skenhelig", sa han. "Det är dags att du också gör någon nytta, det är ju bara vi kvar. Förutom ungen." Jag fattade inte vad han menade.

Hon tystnade och såg ner i gruset.

– Sedan sa han "jag ger mig fan på att hon är på farmen", och så lade han på. Det var sista gången jag pratade med honom…

Annika väntade under tystnad.

– Jag ville prata med honom, sa Nina sedan. Jag tog planet till Malaga i morse. Det var därför jag kom hit, för att prata honom till rätta.

– Men hur hittade du?

Hon drog ett djupt andetag och sneglade på Annika.

– Det var du, sa hon. Du ringde mig på eftermiddagen och frågade samma sak som Filip, vad jag visste om farmen, men du sa var den låg. I Marocko, utanför Asilah. Jag gick till *muqaddam*, han sa att jag var den andra vita kvinnan på två dagar som frågat samma sak, så då antog jag att du redan var här… När kom du hit?

– I går kväll. De låste in mig direkt.

Nina strök sig över pannan och såg väldigt trött ut.

– De visste att Filip var på väg. De ville antagligen ha dig ur vägen tills det var över.

Annika såg på henne. Nina satt tyst en lång stund.

– Jag kommer aldrig att kunna prata med någon om det, sa hon.

Annika kom sig inte för att svara. Hon försökte föreställa sig vad Nina tänkte eller kände.

Mindes hon alla de gånger hon hälsat på sin bror på Kumlabunkern? Tänkte hon på en storebror som hissade henne mot taket på julaftnar och födelsedagar? Eller såg hon bara brottslingen som var på väg att döda ännu fler?

– Han hade skjutit mig, sa Annika. Du räddade allihop.

Nina rörde sig inte.

– Jag är sist kvar. Det var upp till mig att ställa allting till rätta.

Amira kom ut och frågade om de ville ha något att äta.

Hennes svenska var klar och ren och nästan utan brytning.

Annika trodde inte att hon skulle kunna få ner något, men hon reste sig och följde efter flickan in i huset, över den öppna hallen och bort genom en lång korridor.

Köket var enormt. Det upptog hela östra delen av husets undervåning, lågt i tak men över hundra kvadratmeter i golvyta. Tjugofyra stolar var uppställda runt ett rustikt träbord mitt på golvet, fler rymdes om det skulle behövas. Där fanns ost och frukt, uppskuren lammbog, grönsaker och en skål med kall couscous.

Annika och Nina satte sig vid bordet och plockade på sig några matbitar. Annika tuggade och tuggade, hon fick ner några grönsaker och drack flera glas vatten. Hon var yr och vimmelkantig, hennes handflator var fulla av blåsor och det värkte i fotleden.

När de ätit klart kom Fatima in i köket.

– Ni båda, sa hon och nickade mot Annika och Nina. Följ mig.

Hon gick ut ur köket och in i hallen, uppför trappan och in i biblioteket. Hon satte sig i en av lädersofforna och visade att Annika och Nina skulle slå sig ner mitt emot.

– Du är Filips syster, förstår jag, sa hon och såg på Nina.

Nina höjde hakan.

– Ja, sa hon.

– Jag har hört mycket om dig, sa Fatima.

Nina svarade inte.

Fatima väntade. Ingen sa något. Annika upptäckte att hon höll andan.

– Du är polis, sa Fatima till sist. Som David.

– Ja, fast inte som David. Jag har aldrig varit inblandad i affärerna, som David eller Filip eller de andra.

Fatima nickade.

– David sa det. Du var den enda som slapp undan.

Nina harklade sig.

– Varför pratar du om mitt yrke? Det här har inte med mitt yrke att göra.

– Du är polis, och du dödade din bror. Jag har tio vittnen.

Nina svarade inte.

– Tänker du gå till dina överordnade och erkänna vad du gjort?

Nina tittade bort.

– Kommer du att anmäla honom försvunnen?

– Nej.

– Aldrig?

– Nej.

Fatima granskade henne. Nina satt orörlig.

– De andra männen, har de familj?

– Jag vet inte, sa Nina. Någon kan säkert komma att sakna dem.

– Kan de spåras hit?

– Jag antar att de flög till Malaga och skaffade sig vapen där. Filip hade inget pass, så min gissning är att de chartrade en båt och betalade kontant. Jag såg en bil här utanför, en gammal Seat. Passagerardörren var uppbruten.

Fatima nickade.

– De måste ha stulit den. Abbas har tagit hand om den.

Annika såg ner på sina blåsiga handflator.

Filip Andersson och hans hejdukar skulle aldrig kunna spåras till Marocko. De var redan begravda tillsammans med Torsten i något öde hörn av farmen. De skulle aldrig höras av igen.

Hon rös till.

Fanns det fler kroppar nedgrävda på ägorna?

– Var är Carita Halling Gonzales? frågade hon plötsligt och såg rakt på Fatima. Vet du det?

Fatima höjde på ögonbrynen.

– Hon har flytt, vart vet jag inte.

– Varför mördade hon hela familjen Söderström? frågade Annika.

Kvinnans ögon smalnade.

– Du är journalist, sa hon. Din profession är att rota i andra människors angelägenheter. Har du tänkt skriva om min farm?

Annika sträckte på ryggen.

– Jag tänker fullgöra min uppgift, sa hon. Jag tänker skriva att Suzette lever. Jag vill intervjua henne, och låta henne själv bestämma hur mycket hon vill berätta om sitt nya liv. Jag skulle gärna citera dig också, om du är villig att gå med på det…

– Och händelserna här idag?

Annika blinkade till.

– Du hade kunnat springa din väg, sa Fatima, men du valde att komma tillbaka. Ingen tvingade dig att ingripa.

Annika tittade ner på sina händer. Fatima såg på henne en lång minut.

– Carita Halling Gonzales var Filips ögon och öron på Costa del Sol medan han satt i fängelse i Sverige, sa hon. Med åren började hon slarva. Astrid kunde förskingra stora summor pengar, leveranser försenades och beslagtogs. När Filip insåg vidden av det hela gav han Carita ett ultimatum, hennes familj eller Astrids.

– Så gräsligt, mumlade Annika.

Fatima gjorde en min.

– Det var inte första gången Carita Halling Gonzales städade upp. Vet du varför du blev insläppt här på gården?

Annika skakade på huvudet, oförmögen att svara.

– Tror du på Gud, Annika Bengtzon?

Hon svalde.

– Inte direkt.

Fatima lade ihop händerna i knäet.

– Nå, sa hon, ni är väldigt sekulariserade i Sverige. Har du respekt för människor som tror?

Annika nickade.

– Då har du förståelse för att min Gud är det viktigaste i mitt liv? Viktigare än mina barn och min familj, mina hus och mitt arbete?

Annika svarade inte.

– Enligt min tro får en man ha fyra hustrur. Jag var hans första, och han tog sig en andra. Det är så jag ser på mitt äktenskap. Jag känner väl till västerlandets seder och bruk, och jag förväntar mig att du accepterar mina.

Annika väntade tyst på fortsättningen.

– Min man och jag, vi fick bara döttrar. Men med sin andra hustru fick han en pojke, Alexander. Du räddade honom, min makes barn, hans ende son. Därför står jag i skuld till dig, och därför släpptes du in.

– Jag trodde inte muslimska kvinnor fick gifta sig med kristna män, sa Nina.

Fatima såg förvånat på henne.

– David konverterade till islam. Visste du inte det?

Hon reste sig upp. Nina och Annika gjorde detsamma.

– Ni stannar här i natt, sa hon. Abbas kör er till *Tangier* i morgon bitti.

Hon såg på Annika.

– Min uppgift när det gäller Suzette är avklarad, sa hon. Hon får själv bestämma om hon ska intervjuas. Jag tror på människans fria val. Gud är inget tvång, utan en gåva.

Så suckade hon, och det verkade som om hon sjönk ihop en aning.

– Det står er fritt att berätta vad ni har gjort här på farmen ikväll, sa hon. Jag hotar inte och tvingar aldrig. Jag överlåter åt ert eget omdöme att ansvara för era egna handlingar.

Några kvinnor började sjunga någonstans i huset.

– Fönstret i ditt rum är trasigt, sa Fatima till Annika. Amira visar er båda till ett annat sovrum. Ni hittar henne nere i köket.

Hon viftade iväg dem med handen, och i ögonvrån såg Annika hur hon vände sig mot mörkret utanför fönstren.

Annika fick tillbaka sin dator, kameran och telefonen. Till sin förvåning såg hon att det fanns full täckning på mobilen.

– Det är mamma som har satt upp masten, sa Amira. Vi har ett eget kraftverk också, med solceller och vindkraft. Det räcker till både huset och stallet, fast inte när vi lyser upp hela muren med strålkastarna. Då blir det så där konstigt och mörkt som det var i går kväll…

– Hur är det med Zine? frågade Annika.

Det ryckte till i Amiras vackra ansikte.

– Han dog, sa hon. Begravningen är i morgon. Den här vägen. Det finns en kökstrappa.

Hon ledde dem via samma smala stentrappa som Annika och Ahmed gått uppför i går kväll. Lamporna i korridoren lyste mycket starkare nu när strålkastarna på muren var släckta.

– Fönstret i ditt rum är trasigt, sa hon till Annika.

– Jag vet. Jag har min väska där. Kan jag hämta den?

Hon nickade.

– Dörren är öppen. Jag och Suzette har gjort i ordning det stora rummet åt er. Det är mycket finare, och så har det lampor. Badrummet ligger här.

Hon pekade på dörren bredvid.

Annika och Nina sneglade på varandra och steg in i sitt gemensamma sovrum, Annika såg till att lämna dörren på glänt. Ingen låste den bakom henne.

Rummet var verkligen mycket större än hennes tidigare cell. Det hade två breda sängar, ett stort skrivbord, två fåtöljer och både takbelysning och sänglampor.

– Jag går och duschar, sa Nina.

Hon försvann ut till badrummet. Annika lade ner sina saker på den ena sängen och gick ut i korridoren, tillbaka till sin gamla cell och drog upp dörren.

Det var rejält vått på golvet. Balkongdörrarna slog långsamt i vinden. Madrassen hade hamnat på sniskan när hon rivit upp lakanen, men väskan låg kvar vid fotändan på sängen. Hon klafsade in i vattnet och tog upp den. Under låg den vita boken med de svarta bokstäverna på omslaget.

En plats i solen, av Siv Hoffman.

Hon tog upp boken, lade ner den i bagen och gick tillbaka till sovrummet.

Hon lämnade dörren på glänt, satte sig på sängen och kontrollerade sin telefon. Den måste ha varit på hela tiden för den hade låg batterinivå och tre missade samtal. De kom från Thomas, Anders Schyman och Thomas igen.

Hon hade två nya meddelanden på mobilsvaret. Det första kom från chefredaktören och var kort och koncist.

"Jag antar att du inte skickade de här artiklarna från Serafens vårdcentral. Ring mig."

Det andra var från Thomas. Det var långt och tveksamt.

"Hej Annika, det är jag… Du, jag vet att jag sa att jag skulle ringa efter… ja, du vet… men jag har tänkt mycket, Annika, jag har verkligen funderat och jag undrar… kan du inte ringa mig. Snart. När du får det här. Ring mig på mobilen är du snäll. Okey. Hej…"

Hon knäppte bort samtalet och lade mobiltelefonen mot sitt bröst.

Så underlig han hade låtit. Det kunde väl inte ha hänt något med barnen? Då skulle han väl ha sagt det?

Hon satt stilla och lyssnade, vattnet strömmade för fullt inne i duschen. Kvickt drog hon igen dörren, sedan satte hon sig på sängen igen, andades snabba andetag och tryckte "ring upp".

– Jag hörde ditt meddelande, sa hon lågt när han svarade.

– Bra, hej, vad bra att du ringde upp, sa han och lät väldigt officiell. Kan du vänta ett ögonblick?

– Visst, sa Annika.

Det slutade skvala inne i badrummet. I andra änden av telefonlinjen skramlade det och skrapade. En dörr gick igen och det började eka, som om Thomas gått ut i trapphuset.

– Hallå? Annika?

– Ja, jag är här.

– Du, jag sitter lite illa till, men jag har tänkt så mycket och jag vill verkligen prata med dig. Kan vi inte träffas?

Hon harklade sig och hörde hur toaletten spolade på andra sidan väggen.

– Jag är inte i Stockholm, sa hon. Vad vill du prata om?

– Jag tror det här är ett stort misstag, sa han.

Annika blundade.

– Vad? Vad är ett misstag?

– Skilsmässan, sa han lågt.

Hon öppnade ögonen och munnen men fann inga ord.

– Annika?

Nina kom in i rummet med en handduk runt håret och en annan runt kroppen.

– Varmvattnet börjar ta slut, sa hon.

– Var är du? frågade han.

– Ute på jobb, sa hon. Du lät så angelägen att jag ville ringa på en gång. Kan jag höra av mig när jag kommer tillbaka till Stockholm?

– Visst.

Det blev tyst på linjen. Nina rullade upp sin turban och skakade ut det våta håret. Hon lade den blöta handduken på fåtöljen och blev stående mitt i rummet.

– En sak bara, sa Annika. Står du i trappan på Grev Turegatan?

– Öh, ja, hur så?

Hon gnuggade ögonlocken med fingertopparna.

Han satt alltså hemma och myste med sin nya sambo, och när hans före detta fru ringde så smög han ut i trapphuset och sa att han ångrade deras skilsmässa.

– Ingenting, sa hon. Jag hör av mig.

De lade på.

– Det hjälpte inte, sa Nina. Jag känner mig lika smutsig som innan.

Hon verkade lika samlad som hon brukade, lika stadig och fokuserad.

Annika stängde av sin mobiltelefon, hon hade ingen laddare med sig och behövde spara batteri. Sedan sträckte hon sig efter sin bag och tog upp den vita boken.

– Suzette hittade den här i biblioteket, sa hon.

Hon gick till Ninas säng och lade skriften framför henne.

– Har du sett den förr?

– "En plats i solen, av Siv Hoffman", läste Nina och tog upp boken. Vad är det här?

– Läs den, särskilt kapitlet "Döden på stranden". Se om du tror att det som står kan vara sant. Jag går och duschar.

Nina tog upp boken och bläddrade.

Annika gick ut i korridoren. Kvinnorna sjöng någonstans under henne.

Varmvattnet var slut. Hon duschade ljummet, tvättade både håret och kroppen med Wella schampo som hon hittade på hyllan. Nina hade rätt, vattnet och schampots syntetiska parfymdoft rådde inte på den skarpa odör som trängde ut genom hennes hud, en blandning av skräck och fiskrens. Hon torkade sig, satte på sig de rena underkläderna och gick tillbaka in i sovrummet.

Hon ställde sig vid en av de franska balkongerna och tittade ut. Det här rummet vette inte mot gårdsplanen utan åt andra hållet. Månen lyste över det kuperade landskapet, glimmade lite i plantornas regnvåta blad.

Cannabis sativa. Sedan förhistorisk tid hade människor odlat växten och använt den till rep, textilier, fågelfrö, energigröda, medicin och berusning.

Nina slog ihop boken. Annika vände sig om. Nina böjde huvudet och blundade, men det såg inte ut som om hon grät.

– Vad tror du? frågade Annika försiktigt. Kan det vara sant?

Nina kastade iväg boken till fotändan av sängen, som om den bränt henne.

– Ingen aning.

– Och du har aldrig sett den här boken förut?

– Mamma hade ingen, det är jag helt säker på.

– Fast det är hon som har skrivit den?

– Jag gick igenom alla hennes tillhörigheter när hon dog. Någon sådan här bok fanns inte bland dem.

Annika tog ett steg över golvet och hämtade upp boken.

– Om det här är sant så tvivlar jag på att Astrid lät sitt exemplar stå och skräpa i en bokhylla. Det betyder att det här måste vara Hannelores.

Hon nickade för sig själv.

– Det förklarar att den hamnade här. David fann boken och tog den med sig.

Hon bläddrade bland sidorna, blicken fastnade på meningen "Och hon fladdrade och dansade över Gudagården som det lilla välsignade barn hon var, avlad utan synd i Herrens approbation."

– Vad vet du egentligen om din mammas uppväxt?

Nina reste sig upp och gick några rastlösa rundor i rummet.

– Vet man någonsin något om sin föräldrar?

– Deras vuxna liv då? Astrids och Hannelores och din mammas?

Nina satte sig ner på sängen igen.

– Innan jag föddes jobbade mamma ihop med Astrid på Costa del Sol. Vad hon gjorde vet jag inte.

Annika gick tillbaka till sängen. Hon lät boken landa på golvet bredvid.

– Jag var tre år när jag och mamma flyttade. Jag har inga minnen från Solkusten. Vi hamnade på Teneriffa, i ett konstnärskollektiv där folk drejade fat och målade solnedgångar och rökte gräs. Mamma kallade sig poet…

Nina hejdade sig, det lät nästan som om hon skrattade till.

– Poet, ja herregud…

– Dina syskon, de följde inte med till Teneriffa? frågade Annika.

– De stannade kvar med Astrid i Marbella. De var ju nästan vuxna, Filip var tjugotvå och Yvonne sexton. Astrid betalade deras utbildningar, båda blev ekonomer. Jag saknade dem jämt.

Nina förde ihop håret i en svans, fäste den med en snodd hon haft i handen.

– Jag vet inte varför vi flyttade. Jag vet inte om mamma ville komma bort från Astrid eller om Astrid sparkade ut henne.

– Varför skulle Astrid ha sparkat ut henne?

Nina sjönk ihop lite.

– Min mamma missbrukade, sa hon. Hon kom aldrig ur det. Sedan vi flyttat till Sörmland höll hon sig till sprit, och T-röd på slutet, men hon drogade sig hela sitt vuxna liv.

– Träffade du Astrid någon gång?

Nina tänkte efter.

– Hon hälsade på oss på Teneriffa några gånger. Men mamma berättade om henne ganska ofta, och om Hannelore, alltid när hon var full. Allt jag vet om Veronica, Astrid, David, Torsten och Hannelore kommer från mammas fylledillen. Hon saknade Astrid väldigt mycket.

– Umgicks ni med Hannelore?

Nina skakade på huvudet.

– Aldrig.

– Hur pass inblandad var Hannelore i Astrids affärer?

– Inte särskilt mycket, tror jag. Hon har varit psykiskt instabil hela sitt liv. Men Torsten, hennes karl, fungerade som handelsresande i deras verksamhet.

– I deras knarkliga, sa Annika. Det var ju det det var.

De satt tysta en stund. Kvinnorösterna slutade sjunga.

– Jag läste din artikel i tidningen idag, sa Nina. Om den svenska jetsetkvinnan som mördade Astrid och familjen.

Annika rätade på ryggen.

– Var den inne i tidningen?

– Det stod nästan inget annat, det var massor av sidor. Vem är hon?

Mejlet hade alltså inte bara kommit fram, det hade fallit i god jord.

– Carita Halling Gonzales, en riktigt duktig skådespelerska. Hon lurade alla omkring sig, kanske också sig själv. Så bra låtsas ingen. Jag har funderat mycket på henne.

Annika rös till. Hon kröp ner under filten.

Det blev tyst en stund.

– Jag visste om att David hade en annan familj, sa Nina lågt.

Annika hajade till.

– Vad menar du? Har du känt till det här i alla år?

– Yvonne sa det till mig, men jag trodde henne inte.

Nina tittade rakt fram utan att se.

– Det är över fem år sedan nu. Jag visste att Yvonne var helt besatt av David, det var någon sorts fix idé sedan de var små. Jag sökte upp henne för att be henne lämna Julia i fred.

Hon fingrade på sitt hår.

– Då sa hon att David redan hade en annan familj, fru och tre döttrar. Han kunde ha flera fruar, fyra enligt Koranen, men Yvonne tyckte att det var hon som var hans förstafru, fastän de inte var gifta. Hon var den som hade honom först. Jag trodde att det hade slagit om för henne.

Nina strök bort håret från pannan.

– Så jag bröt kontakten. Det där var sista gången jag pratade med Yvonne.

– Och sedan, sa Annika, försökte några smålangare blåsa knark-ligan på pengar. Var det Filip som mördade de där människorna på Sankt Paulsgatan? Eller var det Yvonne?

Nina ställde sig upp och gick bort till fönstret.

– Spelar det någon roll? Båda är döda.

Annika såg på hennes strama ryggtavla, de raka axlarna, häst-svansen som hade torkat till en spikrak piska.

– Det var inte ditt fel, sa hon.

Nina höjde båda armarna och pressade handflatorna hårt mot pannan.

– Jävla kärring, sa hon med låg röst. Hon smet in i sina hasch-dimmor och spritrus och lämpade över alltsammans på mig.

Annika väntade, men det kom ingen fortsättning.

– Vad? frågade hon. Vad lämpade hon över på dig?

Ninas hårda rygg sjönk ihop en aning.

– Jag fick växa upp utan syskon och utan sammanhang, men ändå är det jag som har fått se till att vi håller ihop. Hon bara tog mig och stack.

– Hon ville kanske bespara dig en plats i solen.

Nina svarade inte.

Annika tog upp boken som hamnat nere på golvet.

– Vet du var den här Gudagården ligger?

Nina gav till en djup suck. Hon svajade och tog tag i fönsterkarmen för att få stöd.

– Jag är uppvuxen där. Mamma ärvde den. Vi flyttade dit när Gunnar och Helga hade dött, det var därför vi lämnade Teneriffa. Mamma var den enda arvingen. De hade skrivit ett testamente där de ville att alltsammans skulle gå till kyrkan, men det var inte bevittnat så det var inte giltigt.

Annika väntade tyst på fortsättningen.

– Mamma hatade gården, sa Nina svagt. Jag förstår inte varför hon inte sålde den. Den förtärde henne, inifrån och ut.

– Finns det någon sjö i närheten?

– Spetebysjön ligger precis nedanför Gudagården. Eller Solgården, som mamma döpte om den till. Den ligger mellan Ekeby och Solvik, inte så långt från Valla.

– Jag känner till Valla, sa Annika. Hade en klasskompis där, på Häringevägen.

– Gården ligger på samma sida om järnvägen, på vägen ner mot Björkvik.

– Då vet jag, sa Annika.

Nina såg ut i mörkret.

– Strax nedanför gården finns en liten sandstrand med en stor ek, sa hon tonlöst. Den är enorm. Men mamma sa att det var farligt där, att det fanns underströmmar och kvicksand.

Hon vände sig om, gick fram till sängen och tog upp boken.

– Tror du? sa hon. Kan det här vara sant? Var det därför jag aldrig fick bada där?

Annika lade sin hand på Ninas arm.

– Det finns ett sätt att ta reda på det, sa hon.

En knackning på dörren fick dem båda att rycka till. De tittade hastigt på varandra.

– Kom in, sa Nina lågt.

Dörren gick upp och Suzette och Amira steg in i sängkammaren.

– Hej, sa Suzette. Får vi komma in?

– Visst, sa Annika.

Flickorna blev stående innanför dörren.

– Vill ni inte sätta er ner? sa Annika och visade på de bägge fåtöljerna.

De gick fram och slog sig ner i var sin stol. Nina satte sig till rätta på sängen.

– Var det något särskilt ni ville? frågade Annika och Amira puffade Suzette i sidan.

– Fatima har sagt att jag får åka hem nu, sa Suzette. Jag behöver inte stanna på farmen, för faran är över.

Annika nickade.

– Men jag vill inte åka iväg, sa Suzette. Jag vill stanna här, och Fatima har sagt att jag får vara kvar, om jag vill.

Annika såg allvarligt på henne.

– Din mamma i Sverige har rätt att få veta var du är.

Suzette nickade.

– Jag vet. Därför skulle jag vilja säga att de inte behöver leta efter mig mera nu. Jag vill inte berätta exakt var jag är, men jag vill kunna mejla med Polly, och ringa till mamma…

Hon drog ett djupt andetag och ögonen blev tårfyllda.

– Jag längtar efter min mamma, sa hon, och jag skulle vilja hälsa på henne, kanske nästa sommar, när jag är myndig. Men jag vill inte bo med henne i lägenheten, fast jag vill att hon ska veta att jag har det bra, och att jag kommer hem och hälsar på…

Annika mindes Pollys meddelande på Facebook, att Lenita hade sålt lägenheten och slängt alla Suzettes saker i grovsoprummet.

– Vill du att jag ska skriva det här i tidningen? frågade hon.

Flickan nickade.

Annika såg på henne.

– Har du verkligen tänkt igenom vad det innebär att stanna här? Kommer du att kunna gå i skolan?

Suzette flyttade sig irriterat i fåtöljen.

– Abbas blir den nya förmannen, efter Zine. Jag ska få gå bredvid och lära mig gårdens skötsel. Det blir som att gå lärling.

Annika flyttade sig framåt i sängen.

– Suzette, sa hon, vet du vad de odlar på den här gården?

Flickan spärrade upp ögonen.

– Det är klart jag vet.

– Och du tycker det är okey att utbilda sig till haschbonde?

Amira flög upp ur sin fåtölj.

– Min familj har odlat hampa på den här jorden i tvåhundra år, sa hon. Varför ska vi sluta med det, bara för att Europakommissionen säger att vi måste? De bestämmer väl inte över våra liv.

Flickan hade knutit nävarna i ilska.

– Så du tycker det är ett bra liv, att odla knark?

– Jag ska bli ekonom, sa Amira. Min syster ska bli jurist, och vi ska jobba med gården och mammas företag.

– Tror du att din pappa hade velat det, att du och Sabrina och Maryam skulle jobba med sådana saker?

Amiras ögon fylldes av tårar.

– Maryam har en annan pappa, sa hon, en ond man från Sverige som skändade mamma. Men min pappa dödade honom och gifte sig med mamma och räddade vår familjs ära.

Annika stirrade på flickan, tankarna rusade runt i huvudet.

– En annan pappa? Hette han Torsten?

– Pappa gjorde vad som var rätt för familjen. Han skulle vara jättestolt över mig.

Annika slog ner blicken. När hon såg upp igen vände hon sig mot Suzette.

– Vi får sätta oss ner i morgon bitti och prata igenom exakt vad vi vill att det ska stå i texten. Och sedan vill jag ta en bild på dig och din häst, så att vi kan visa upp att du är pigg och frisk.

Suzette log brett.

– Asbra, sa hon och reste sig ur stolen hon också.

Tillsammans gick flickorna ut ur rummet och stängde dörren efter sig.

– Så fick du din artikel, sa Nina, och Annika kunde inte bedöma om det fanns resignation eller sarkasm i rösten.

– Och allting fortsätter, sa Annika.

Epilog

Efter midsommar

HIMLEN VAR BLYGRÅ. Det ljus som letat sig igenom molnmassorna hade mattats av och silats bort tills bara en tveksam dager återstod.

Annika parkerade redaktions-Volvon uppe vid vägen. Stängde av motorn, steg ur bilen och sträckte på ryggen. Hon såg sig om åt bägge hållen längs den öde landsvägen, det här borde vara rätt.

Mellan Ekeby och Solvik, inte så långt från Valla. På samma sida om järnvägen, på vägen ner mot Björkvik.

Hon lät blicken svepa över de faluröda hus som låg utspridda i landskapet, undrade vilket av dem som en gång hetat Gudagården. Kisade i det tunna ljuset och letade efter sjön.

Där var den. Den syntes faktiskt från vägen. Spetebysjön, mellan Stensjön och Långhalsen, en av tusentals sjöar och vattendrag i Södermanland, hennes låglänta hembygd med sina ekar och gärds-gårdar och kohagar.

Hon låste bilen med ett blipp från fjärrkontrollen, hängde upp bagen på axeln och började gå utmed ett dike ner mot vattnet.

Jorden var mjuk av fukt och luktade gräs och kobajs. Väta trängde in i hennes gymnastikskor. Hon borde naturligtvis ha tagit på sig gummistövlar.

Hon såg polisens tekniker och avspärrningar på långt håll. De blåvita banden och knallgula presenningarna utgjorde de enda färgklickarna i allt det grågröna. De var fyra poliser på plats, två som grävde och två som kontrollerade jordmassorna som skyfflades upp.

Nina stod en bit utanför avspärrningarna, iklädd militärgröna gummistövlar från Tretorn. Flera andra nyfikna åskådare från gårdarna runt omkring hade trotsat gråvädret för att komma ut och se vad som var i görningen.

– Har de hittat något? frågade Annika.

Nina skakade på huvudet. Hon såg inte på Annika utan tittade oavvänt mot poliserna som försiktigt skottade jord och sand från stranden bakom eken.

– Hur bar du dig åt för att få hit dem? frågade hon.

– Jag sa att jag fått ett tips, sa Annika, och att uppgiftslämnaren ville vara anonym. Då kan de inget göra. De får inte ens fråga vem tipsaren var, då gör de sig skyldiga till grundlagsbrott.

Nina gav Annika ett snabbt ögonkast.

– Jag läste artiklarna om Suzette.

– Där kommer grundlagsskyddet väl till pass. Mamman har ringt som en galning och kräver att få reda på var hon är.

De stod tysta en stund.

– Är allt bra annars? frågade Annika.

– Jag vikarierar som vakthavande i sommar.

– Vet du om man hört något från Carita Halling Gonzales?

– Inte ett ljud.

Annika gick ett steg närmare henne och sänkte rösten.

– Är det någon som har efterlyst Filip?

Ninas axlar stelnade till.

– Det ringde en ung man från Gibraltar. Filip skulle tydligen ta över någon advokatbyrå.

Det måste ha varit Henry Hollister, tänkte Annika.

– Sedan har hans advokat ringt två gånger, det var något med skadeståndsanspråket. Jag sa precis som det var, att Filip kontaktade mig för att fråga om jag kunde skynda på utfärdandet av ett pass, men att jag inte kunde hjälpa honom. Det finns ingen anmälan om att han har försvunnit.

– Och de andra?

– Jag vet faktiskt inte.

Annika såg ut över sjön.

– Och Julia? Hur har hon och Alexander det?

– Alexander har börjat om på sitt gamla dagis. Det går tydligen riktigt bra. Han leker med sina gamla lekkamrater som om ingenting har hänt.

– De där raseriutbrotten...?

– Mer sällsynta.

De tystnade igen.

Till slut harklade sig Annika.

– Har du sagt något till Julia? Om Fatima?

Nina andades ut, hårt och bestämt.

– Nej, sa hon. Äktenskap i Marocko registreras inte automatiskt av de svenska myndigheterna, man måste själv meddela skattemyndigheten att man gift sig och det gjorde aldrig David. Men han var ju ändå gift, vilket gör äktenskapet med Julia ogiltigt. Det innebär, i nästa led, att hon inte räknas som hans efterlevande.

Annika försökte följa hennes tankegångar.

– Och det betyder att hon inte skulle ha haft rätt till hans livförsäkring, som är allt hon har att leva på.

– Exakt.

Nina såg på henne.

– Ställde inte tidningen några frågor om var du hade varit? När du träffade Suzette?

Annika skrockade till.

– De bryr sig inte om var jag har varit, utan vart de ska skicka mig. Senaste budet är att jag ska bli korrespondent i Washington.

Nina höjde på ögonbrynen.

– Oj då, sa hon. Imponerande.

– Nåja, sa Annika. Det handlar mest om att få mig så långt bort från nyhetsdesken som möjligt.

– Men hur går det med barnen? frågade Nina. Ska du lämna dem i Sverige?

Annika drog upp axlarna mot vinden från sjön.

– Thomas kanske följer med, sa hon. Det är möjligt att departementet har ett utredningsuppdrag...

Rop och röster bortifrån badplatsen avbröt henne. Febril aktivitet rådde vid den grävda gropen. Det ringdes i mobiltelefoner och knastrade i polisradior.

Åskådarna runt omkring dem gick tillsammans fram mot avspärrningarna. Nina och Annika följde med.

De bägge polismännen med spadarna hade grävt så djupt att deras huvuden knappt stack upp ovanför kanten.

– Kan tre små flickor verkligen ha grävt så djupt på en enda natt? viskade Annika.

– De var vana vid hårt kroppsarbete, sa Nina lågt. Sådd och skörd och hässjning...

– Stämmer det? ropade en av männen intill dem. Har ni hittat ett lik i gropen?

En av poliserna som kontrollerat jorden kom fram mot åskådarna.

– Det ser ut som om vi har funnit kvarlevorna efter en människa, sa han.

– Vem är det? frågade en gammal kvinna längre bort.

– Vi vet inte vilket kön det rör sig om eller hur länge kroppen legat här, det blir teknikernas och rättsläkarnas uppgift att ta reda på.

– Kan det vara min bror? ropade kvinnan. Kan det vara Sigfrid Englund?

Polismannen gick bort mot henne.

– Finns han anmäld försvunnen?

– Sedan 1953, när han var tjugoett år gammal. Han växte upp som fosterbarn på en gård här intill.

Annika vände sig om och började gå mot bilen.

Nina skyndade efter henne.

– Ska du inte skriva något?

Annika såg upp mot himlen.

– Det här lämnar jag åt lokaltidningen, svarade hon.

Författarens tack

Detta är fiktion. Alla händelser och karaktärer är helt och hållet sprungna ur min möjligen något morbida fantasi.

Liksom alla mina romaner vilar dock ofta, men inte alltid, händelseförlopp, fysiska platser och beskrivna regler och lagar på verklighetsgrund. Därför har jag, som vanligt, bedrivit en del research i mitt arbete.

Därför vill jag tacka följande personer:

För information om den europeiska narkotikahandeln, dess transportvägar och smugglingssätt vill jag tacka Rolf M. Øyen, polisattaché vid norska ambassaden i Madrid och verksam som nordisk sambandsman i Malaga, kriminalinspektör Göran Karlsson och kriminalkommissarie Jan Magnusson vid Stockholmspolisens länsnarkotikarotel, samt narkotikaspanare som arbetar inkognito och vars namn jag inte kan nämna här utan har tackat personligen.

Kent Madstedt, chefsåklagare på ekobrottsmyndigheten i Stockholm, som förklarat hur penningtvätt och ekonomisk brottslighet i Europa går till.

Joakim Caryll på Stockholmspolisens informationsavdelning, för hjälp med kontakter.

Hampus Lilja, revisionssekreterare vid Högsta domstolen, för information kring beslutsgången vid resningsansökningar.

Fredrik Berg, informatör på Åklagarmyndigheten, Riksåklagarens kansli, för hjälp med rutiner och formuleringar i Riksåklagarens beslut.

Anders Sjöberg, kriminalinspektör vid Interpol i Stockholm, för information om kriterier vid internationella efterlysningar via Interpol, både vad gäller försvunna och brottsmisstänkta personer.

Anna Block Mazoyer, ambassadråd på Sveriges ambassad i Rabat i Marocko, för upplysningar om offentliga register såsom personregister och fastighetsregister i Marocko.

Peter Rönnerfalk, chefsläkare på Stockholms läns landsting, vill jag tacka för allt möjligt hela tiden, fast just i det här fallet för info om narkosgaser, naloxonpreparat och dödliga morfindoser.

Thomas Bodström förstås, ordförande i riksdagens justitieutskott, för kontrolläsning och alla diskussioner om det juridiska och politiska.

Anna Rönnerfalk, sjuksköterska inom psykiatrin, för hjälp med diagnos och symptom hos karaktärer under stark, psykisk press.

Samtliga medarbetare på Piratförlaget.

Tove Alsterdal så klart, min redaktör, som tröskat igenom alltsammans från ax till limpa, precis som vanligt. Tack för att du finns.

Och så naturligtvis Micke Aspeborg, min kärlek under alla dessa år, för allting annat.

Eventuella fel och missuppfattningar är mina egna.

LÄS MER

*Extramaterial
om boken och
författaren*

LÄS MER

Intervju med Liza Marklund

"Det finns inga gränser för maffians girighet"

Tillbaka på ruta ett. Bostadslös och degraderad till springreporter på Kvällspressen... Livet har onekligen tett sig ljusare för Annika Bengtzon än den dag hon av sin nye odräglige chef skickas till Spanien för att skriva om ett gasinbrott som tagit livet av en svensk barnfamilj i en villa på Costa del Sol.

Men det som först ser ut som ett rutinjobb, visar sig snart dölja något mycket större. Och farligare.

"*En plats i solen* är en väldigt tajt historia som var jäkligt rolig att skriva", säger Liza Marklund. "Den är en direkt fortsättning på min förra roman, *Livstid*. Alla personer från den boken finns med – helt enkelt eftersom jag blev så väldigt nyfiken på dem medan jag skrev *Livstid*. Jag måste få veta varför de gjorde som de gjorde. Var den mördade polisen David Lindholm en skurk? Vem är egentligen poliskvinnan Nina Hoffman?"

Här kan det vara på sin plats med en kort resumé av *Livstid*: När Sveriges affischpolis nummer ett, David Lindholm, hittas mördad hemma i sin säng faller misstankarna på hans hustru Julia. Julia, som också är polis, häktas och döms för mordet på sin man och för att ha fört bort parets fyraårige son Alexander. Ingen tror på Julia när hon hävdar att det var en annan kvinna, som hon aldrig förut sett, som brutit sig in i lägenheten, kidnappat Alexander och skjutit David med Julias eget tjänstevapen. Annika Bengtzon, som skriver om fallet, befinner sig samtidigt i ett privat kaos – misstänkt för mordbrand i sitt eget hus.

"Medan jag skrev *Livstid* växte bilden fram av hur det skulle gå för de här människorna sedan. Men det fick inte plats, så jag var

Själv tycks du vara en mästare i att inte stressa upp dig, trots en
gigantisk arbetsbörda. Du inte bara skriver och promotar dina
böcker, du är också delägare i Piratförlaget och skriver dessutom
krönikor varje vecka, både i svenska och utländska tidningar. Hur
hinner du?
"Det är inte så svårt. Krönikorna är ett välkommet avbrott i
romanskrivandet och dessutom en god anledning att hålla mig
uppdaterad. Jag läser nyheter på nätet varje dag och i nyhetsflö-
det hittar jag idéer och inspiration även till mina böcker.

En roman är ju fiktion, en alternativ verklighet. Men jag tycker
alltid det blir bäst när det ligger väldigt nära verkligheten, utan
att vara sant."

En plats i solen är din elfte bok på tio år. Hur har ditt sätt att arbe-
ta som författare utvecklats under den här tiden?
"Faktiskt inte alls. Det är klart att jag blivit mer van och har
mer kontroll över hela skrivprocessen, men själva arbetet är sig
väldigt likt. Det är fortfarande väldigt jobbigt i början och helt
uppslukande i slutet. Jag måste fortfarande få vara helt ifred när
jag jobbar, såväl fysiskt som psykiskt. Och jag spelar fortfarande
dataspel när jag skriver."

Världens tjatigaste fråga: Hur många böcker blir det om Annika
Bengtzon?
"Elva. Alla frågar ju hela tiden, så jag har bestämt mig för det.
I stort sett har jag alla i huvudet och vet vad de ska handla om.
Framförallt vet jag hur det kommer att gå för Annika!"

Så kom omslaget till
av Liza Marklund

Tankarna kring mina omslag börjar innan en enda rad av boken är skriven. Omslaget måste nämligen vara klart allra först. Därför börjar vi diskutera omslag ungefär ett år innan boken kommer ut i handeln.

Initialt är det jag och min förläggare Ann-Marie Skarp som bollar idéer. Det första vi brukar bestämma är en färg. Alla mina böcker domineras av en eller annan kulör.

Vi var snabbt eniga om att *En plats i solen* skulle vara en solnedgång, eller en Tequila Sunrise, som formgivaren Eric Thunfors senare uttryckte det. Intensivt rött, orange, gult och kanske lite purpur som en solnedgång eller en paraplydrink. Sedan diskuterade vi både titel och motiv. Fler personer blandas in i diskussionen. Personal på förlaget, min redaktör Tove Alsterdal, min man och mina barn(!).

Första tanken var att boken skulle heta Kokainkusten, och därför utgick vi från den titeln när vi pratade motiv. Något glamoröst, var vi inne på. En kvinna i en solstol? Eller i leopardklänning och höga klackar? Palmer? Båtar? Eller något annat?

Sedan bytte vi titel, till just *En plats i solen*. Därmed förändrades det motiv vi letade efter, eftersom den nya titeln var mycket mer poetisk. Jag ville ha en bild som krockade mot själva orden, något hårt och kargt och svårfångat. Därför gick jag runt med min egen kamera och tog massvis med bilder runt omkring mig i min närmiljö här på Costa del Sol där jag bor stora delar av året numera. Sedan mejlade jag upp några olika förslag till Ann-Marie, och vi var faktiskt genast överens.

Vi valde en bild som är tagen i ett bostadsområde som aldrig blev av, och som ligger bara några minuters bilväg från mitt hus. Gatan finns där, de breda trottoarerna, tjusiga utsirade lyktstolpar – men sedan inget mer. Ogräset har sprängt sönder asfalten. Vildmarken växer tätt inpå gatan. Lyktstolparna är rostiga, sönderslagna och lutar.

Så var vi klara med titel, färg och motiv.

Då vidtog fotograferingen.

När vi kom tillbaka till den övergivna gatan ställdes vi inför ett problem. Omgivningarna hade rensats upp. Växtligheten som sprängt sönder gatan hade klippts ned och kantarna ansats. Vi tvekade i 0,1 sekund och beslöt oss för att köra ändå.

I det här fallet är det min man, Micke Aspeborg, som har tagit bilden efter mina anvisningar. Kameran lånade jag av Nikolaj Alsterdal.

Jag är ju alltid med på mina egna omslag, även om jag successivt försöker vandra ut ur bilden. Hur jag ska se ut och vad jag ska ha på mig varierar beroende på syftet med omslaget. (Jag är inte Annika Bengtzon, jag brukar vara mördaren, eller möjligtvis offret.)

På *En plats i solen* valde vi att göra en svartklädd figur med långt hår och stor väska, någon som går på en obestämbar och lite obehaglig plats som är starkt solbelyst. Man ska inte veta vart hon är på väg, eller var hon kommer ifrån. Hon ser lite vilsen ut. (Egentligen hade jag tänkt ha en lång kjol på mig, men det funkade inte alls, av någon anledning. Det såg bara utklätt ut. Jag fick åka hem och byta.)

Bilden är tagen i januari 2008. Vi provade flera olika tidpunkter under dagen för att få det optimala solgasset. Den vi valde är tagen vid fyratiden på eftermiddagen.

När fotograferingen är klar tar den grafiske designern Eric Thunfors över. Han tittade på hundratals bilder och valde sedan exakt samma som jag och min man. Det var något med känslan i fotot vi föll för allesammans, tror jag.

Allt fler av de utländska förlagen, som publicerar mina böcker på olika språk, använder idag varianter på de svenska omslagen till sina utgåvor. Norge, Finland, Danmark och Holland är några av dem.

Jag tycker det är roligt att vi har hittat en form och ett arbetssätt som passar oss.

Gibraltar

En plats i solen utspelar sig delvis i Gibraltar, den lilla brittiska enklaven vid Medelhavets inlopp. Med sitt strategiska läge mellan Europa och Asien, sina obefintliga skattelagar och totala skydd mot insyn har staden blivit ett paradis för skattesmitare, penningtvättare och droghandlare.

Gibraltarklippan reser sig 430 meter över havet och följer en vart man än går i lilleputtlandet.

Entrén in till själva staden går över vindbryggan och genom en tunnel i den gamla stadsmuren.

Stadsbilden är en blandning av brittisk, spansk och morisk arkitektur.

Det är sådana här gränder Annika Bengtzon går omkring i och letar efter penningtvättare.

Här finns väldigt mycket pengar, något som varken syns på husen eller bilparken.

I det här huset sitter, exempelvis, en stor internationell advokatbyrå.

Vräkiga grindar

Ingenstans i Europa är villorna lika vräkiga, klimatet lika stabilt och gatorna lika fulla av Ferraris som i områdena runt Puerto Banùs i södra Spanien.

I Nueva Andalucía kan villorna kosta 10 miljoner. Euro.

Pressröster om *En plats i solen*

"Världens bästa Bengtzon … Marklund är regerande deckardrottning. Punkt slut."
Bodil Juggas, Arbetarbladet

"Marklunds nya deckare, den åttonde i serien om Annika Bengtzon, är den bästa hon skrivit på länge. … Oavsett vilka ämnen Liza Marklund väljer att skriva om går det inte att ta ifrån henne att hon är riktigt bra på att berätta en historia och fånga läsaren med sitt enkla och kärnfulla språk."
Monica G, Västerbottens-Kuriren

"Till skillnad från alla andra som ska skriva tio romaner om ett brott så blir Marklund faktiskt bara bättre och bättre; i alla fall i sina specialgrenar dialog, diskbänksrealism och research."
Måns Hirschfeldt, Kulturnytt Sveriges Radio P1

"En riktig sträckläsare."
Betyg: MMMMM=mästerlig (5 av 5 möjliga)
Suzy Persson, Må Bra

"När man kanske tröttnar på Håkan Nessers finstämda humor och dramatik, eller Mankells dova dödande (vilket jag inte gjort än) så finns alltid Liza Marklunds snitsiga stories. Ja, jag gillar henne skarpt. Hon är absolut bäst av de svenska deckardrottningarna. … Det finns bara en Annika Bengtzon. Och en Liza Marklund. Jag gillar båda."
Heléne Ljung, Barometern

"Jeezez! Den åttonde boken om Annika Bengtzon är en riktig höjdare. En av de bästa."
Monica Bengtsson, Smålänningen

"Alltsedan Sprängaren kom 1998 har Liza Marklund varit den stora kvinnliga kometen på svensk författarhimmel."
Rolf Johnsson, Läns-Posten

"Liza Marklund har i de senare böckerna utvecklats som skribent, språket är mer nyansrikt, miljöskildringarna mera levande samtidigt som hon fortfarande driver berättelsen framåt raskt och effektivt."
Camilla Carnmo, Smålandsposten

"Liza Marklund håller tempot uppe och det råder ingen tvekan om att det är spänningsintrigen och drivet framåt i berättelsen som är överordnat allt."
Paulina Helgeson, Svenska Dagbladet

"*En plats i solen* är utan tvekan en roman som man läser med intresse. ... Här finns en god portion insiktsfull och roande mediakritik. ... en mycket kompetent bild av människors värderingar."
Karl G Fredriksson, Nerikes Allehanda

"Mitt i den brusande handlingen finns det som imponerar mest på mig; Annika Bengtzons romanfigur har vuxit, blivit mognare och mer reflekterande."
Lars Hedström, Norrbottens-Kuriren

"Liza Marklund har alltid varit rapp och direkt i sin berättarstil, så även nu, men det är uppenbart att hon blivit mer driven. Hon har helt enkelt utvecklats och blivit bättre."
Torbjörn Carlsson, Piteå-Tidningen

"Den här gången imponerar hantverket. ... *En plats i solen* är en av de starkaste böckerna i Annika Bengtzon-serien. Genom att förflytta ramhandlingen till ett annat land har Liza Marklund

förnyat sig – och hon skildrar dessutom miljöerna där med stor trovärdighet."
Lars Andersson, Norra Västerbotten

"Det är spännande med en romanfigur som så tydligt bryter mot alla traditionella förväntningar på hur en kvinna ska vara. ... På köpet får jag en dos bengtzonsk jäklaranamma som känns riktigt uppfriskande."
Kattis Streberg, Södermanlands Nyheter

"Det mest engagerande är i stället när Liza Marklund med pricksäker ironi skildrar svensklivet vid Costa del Sol. Här är hon i sitt esse och bokens centrala frågeställning – om hur mycket man är beredd att offra för just en plats i solen – bränner till."
Gunilla Wedding, Skånska Dagbladet

"Liza Marklund är skicklig på att teckna en trovärdig vardag ... Slutet har inslag av gastkramande thriller, där har Marklund verkligen lyckats. ... för den som fastnat för Annika Bengtzons eskapader är detta ett måste. Marklund levererar."
Anna Hultman, VästerviksTidningen

"Med en så pass stark och orädd hjältinna i spetsen, blir sträckläsning det enda möjliga."
Charlotte Vybiral, Upsala Nya Tidning

Piratförlagets författare i pocket

Läs mer om Piratförlagets böcker och författare på
www.piratforlaget.se